黑色火焰

20世纪美国黑人小说史

THE BLACK FLAME

A History of the Twentieth Century African-American Novels

王家湘

著

浙江出版联合集团

浙江文艺出版社

学。1998年我到哈佛大学的杜波伊斯黑人研究所，对黑人小说做更进一步的研究，回国后开始着手撰写《黑色火焰：20世纪美国黑人小说史》。2001年我又在洛杉矶补上了对20世纪最后两年出版的黑人小说的研究。我这个人不喜欢过多的文学理论的探讨，还是"老一套"地通过作品认识时代、现实和作家，通过作家认识作品。作品是具体的作家创作的，不可能不反映作家的经历和他对世界、对社会、对未来、对人生的意义和价值的看法。我从人物、情节、语言运用、创作手法去解读、欣赏作品。谨将此书献给一切充满好奇、愿意看看美国黑人小说这一陌生事物的读者。

感谢国家社科规划课题基金的资助，它使我有了非完成不可的责任感，使我不敢懒惰。

感谢北京外国语大学和大学科研处科研资金的资助。

感谢鲁斯基金会，使我有可能近距离接触到美国黑人文学。

感谢康奈尔大学和哈佛大学，特别是小亨利·路易斯·盖茨教授，他对自己种族文化的自豪感和独到的研究，他对一个中国学者对美国黑人文学的喜爱所感到的由衷的高兴，他的友谊和支持，以及他在图书资料上的慷慨赠予，既鼓舞了我，也使我受益良多。

感谢长年支持我的工作的家人。

目　录

第一章
20 世纪前的黑人文学简介

第一节　南北战争前

黑人在美国政治、经济、文化的发展中起到了重要的作用。他们的祖先来到美洲大陆却并非出于自愿。他们被强行贩卖到美洲,从自由人变成了奴隶,在残酷的蓄奴制的枷锁下从事极为繁重的劳动,遭受非人的对待。他们自己的语言、家庭、宗教、习俗统统留在了非洲,面临的是陌生的世界、陌生的语言和文化。在一个政治上由白人统治、经济上由白人控制、文化上由白人垄断的社会中,黑人文学的诞生和发展是极其艰难的。从1619年第一批黑奴登上北美土地到18世纪后期第一部黑人文学作品的出现,其间相隔一个半世纪。

美国黑人文学的诞生比起任何别的民族文学来要艰难得多。黑奴长期被剥夺了受教育权利,有的地区甚至立法禁止黑奴学习文化,如1739年在南卡罗来纳地区爆发了黑奴起义后,当地立法规定黑人具有以下两种能力为违法:一是读写能力,二是掌握用鼓声传递信息的能力。但是哪里有压迫,哪里就有反抗和斗争。禁令更加强了黑奴争取自由及受教育机会的渴望。对于他们来说,取得读写能力不仅表明自己是一个完整的人,在心智上和白人是平等的,而且还让他们拥有了争取种族解放的武器。逃离奴隶制虎口的黑奴创作了大量的黑奴自述或传记,这些作品在控诉蓄奴制的残酷、唤醒人们的良知、鼓励人们为废除蓄奴制而斗争中起了极大的作用。詹姆士·威尔顿·约翰逊于1922 年编写了《美国黑人诗歌选集》,他在序言中恰当地总结了黑人创造的文学对于黑人民族的意义。他说,黑人必须创造自己的文学,因为它是黑人智力潜能的基本证明。他认为:"一个民族可以有许多方式成为伟大的民族,但是要人们承认其伟大却只有一个标准,那就是这个民族所创造的文学艺术……没有一个创造了辉煌文学艺术的民族会被世人认为是低等民族。"①美国一位马克思主义文艺评论家卡尔佛顿也表达了同样的观点。他在 1929 年出版的《美国黑人文学选》的前言中指出,1920 年代哈莱姆黑人文艺复兴表明了种族文化之迅速发展,"它不仅表明了一种文学的兴起,而且标志着整个民族的兴起"。② 黑人文学肩负着黑人种族在文学以外的期望,这在其他的文学中是少有的。这使得黑人文学长期以来一直是黑人争取解放及平等权利的重要武器。不少黑人学者认为,这虽然促进了黑人文学的发展,但也在一定程度上制约了其文学上的更大成就。他们认为,黑人文学经过了漫长的发展道路,直到 20 世纪才开始成熟,从女奴菲利斯·惠特里诗选的出版到莫里森获诺贝尔文学奖,其间整整用了两百多年的时间。这固然和黑人长期被剥夺受教育的权利有关,但也是黑人文学过分政治化的结果。西尔维斯特·沃特金斯在 1944 年《美国黑人文学选》中的这段话就代表了这种观点:

---

① 转引自小亨利·路易斯·盖茨、耐利·麦凯编:《诺顿美国黑人文学选集》序,诺顿出版公司,1997 年版,第 35 页。

② 詹姆斯·威尔顿·约翰逊编:《美国黑人文学选》前言,哈考特·布雷斯·约万诺维奇出版公司,1983 年版。

长期以来,黑人文学和黑人历史一直保持着极密切的联系。黑人在为得到较好的生活方式进行的斗争中,出于想要成为美国有充分资格的公民的强烈愿望,必须把文学变成目的性极强的东西。黑人文学起步晚,不允许作者有暇去创造新的文学或更美好的表现方式,他的时间与精力首先要放在与无知、冷漠及种族偏执的斗争上。①

黑人作品一出现,便以其对蓄奴制度、对种族歧视的强烈控诉、谴责与抗议在黑奴解放的斗争中发挥了巨大的作用。早期的黑人文学是为种族生存呐喊的文学,是为争取黑人在美国社会中做一个平等的人的权利而奋争的文学。黑人作为一个民族在美国生活的历程,他们的爱与恨、痛苦与欢乐、磨难与希望,都在黑人的作品中得到了反映。

早期的黑人文学多以黑奴自述的形式出现,在18世纪末开始流行。由于黑人在北美低下的社会地位和极端受压的处境,他们想要有所成就就需做出超人的努力,克服几乎无法克服的障碍和阻力,甚至要冒生命危险。因此,逃出了牢笼并有所建树的黑奴之生平经历就会引起广泛的兴趣。黑奴自述、自传在早期黑人文学中占有主要地位,有着重大的影响。

古斯塔沃斯·瓦萨的自传《非洲人奥拉达·依奎阿诺,或古斯塔沃斯·瓦萨生平趣事述》(1789)是黑人所写的第一部有力谴责蓄奴制的作品,这部自传记载了作者1745年出生于贝宁后的童年生活和11岁时被黑奴贩子捉运到北美后的传奇般的经历。他先在弗吉尼亚一个种植园做农奴,逃出后为一个英国海军军官干活时得到了受教育的机会,后来作为费城一个商人的奴隶在海船上做水手,积蓄了足够的钱买

---

① 转引自小亨利·路易斯·盖茨、耐利·麦凯编:《诺顿美国黑人文学选集》序,第35页。

到了自由,最终到英国,从事反对蓄奴制的斗争。他写《生平趣事述》就是为了鞭挞蓄奴制,唤起人们对这一罪恶制度的痛恨。此书出版后5 年中再版 7 次,是 18 世纪黑奴自述的代表作。

由于资本主义经济发展的需要,18 世纪末美国北方开始解放黑奴。到 19 世纪 30 年代,北方黑人基本上成了自由民,北方大城市如纽约、费城、波士顿等开始出现有组织的黑人社团,进行废奴宣传。1827年第一份黑人杂志《自由周刊》创刊。但是在南方,对黑奴的控制却愈加残酷,黑奴的反抗也愈加激烈。在废除蓄奴制的斗争中,黑人传记是有力的武器,有的传记是一批在斗争中摆脱了文盲状态的黑人自己写的,有的则是他人根据黑奴口述写成。最著名的有弗雷德里克·道格拉斯于 1845 年至 1892 年间出版的三部自传:《弗·道格拉斯生平记述》(1845)、《奴役与自由》(1855)及《弗·道格拉斯的生活与时代》(1882)。它们不仅记述了这位在美国政治舞台上活跃了半个多世纪的黑人领袖的毕生经历和业绩,而且也反映了在南北战争前后这个黑人民族历史上极为关键的时代中,美国的优秀儿女为解放黑奴所进行的艰苦卓绝的斗争。其他如《北方奴隶苏简纳·特鲁斯自述》(1850),记载了一位反抗蓄奴制、为妇女争取选举权而毕生奋斗的著名黑人妇女特鲁斯的多彩而独特的一生;哈里特·雅各布斯以林达·布伦特为笔名写的《女奴生活纪实》(1861),则描写了 1820 年至 1840 年间南方黑奴的生活状况,详细叙述了作者如何为了逃避男主人的污辱,历尽艰难逃出魔掌到了北方。这是一部集中记述蓄奴制对黑人女性摧残的充满血泪的作品。这些都是当时大量涌现的黑奴传记文学中的优秀代表。

美国黑人创作的第一部小说是《克洛托尔;或总统之女:美国黑奴生活记述》,于 1853 年在英国出版。作者威廉·韦尔斯·布朗曾为黑奴,逃离虎口后成为废奴运动的积极鼓动家。小说主人公是杰斐逊和黑人女管家所生的两个女儿克洛托尔和奥尔西莎。小说开始时杰斐逊早已从她们的生活中消失,她们被卖后或目睹或经历了黑奴所可能受到的一切凌辱,在走投无路的情况下,克洛托尔跳进离白宫不远的波多马克河自尽。由于小说标题影射美国第三任总统(1801—1809)托马斯·杰斐逊(1743—1826),直到11年后把杰斐逊改为"某参议员",书名改为《克洛托尔:南方的故事》,方才得以在美国出版。

在美国国土上出版的第一部黑人作家的小说是弗兰克·韦伯的《盖瑞一家和他们的朋友》(1857)。这是第一部描写肤色白皙的混血女子企图隐瞒自己的黑人血统及其遭遇的故事。作者旨在表明,即使摆脱了奴隶地位,黑人或有黑人血统的人在美国仍备受歧视与迫害。故事发生在北方的费城,时间是1830年到1855年,当时北方黑人已全部成了自由民。盖瑞先生是南方白人,妻子是肤色几乎和白人相同的混血女子。由于妻儿在南方受歧视,盖瑞迁居北方,希望能在北方过平静的生活。但太太有黑人血统一事被人们发现,孩子被赶出学校,暴徒到家中行凶,盖瑞夫妇死于非命。他们的儿子外貌和白人毫无区别,成年后与一白人姑娘相爱,但当姑娘的家人了解到他身上有十六分之一的黑人血统后拆散了他们。韦伯通过盖瑞一家的遭遇表明,由于根深蒂固的种族歧视,黑人即使得到了自由,仍被剥夺做正常人的权利,不可能有任何发展。

黑人妇女创作的第一部小说《黑鬼;或,北方一座白色两层楼房中一个黑人自由民的生活片断,表明即使在那儿也笼罩着蓄奴制的阴影》(1899)也是揭露对黑人自由民的歧视与迫害的。哈里特·威尔逊在出版这部小说时署名"黑鬼",悲愤之情跃然于封面之上。由于黑人自由民在北方仍遭歧视这一点在当时是个十分敏感的话题,不少废奴主义者不愿触及这个问题,以免激怒同情黑奴解放的北方白人。书中写到主人公弗拉多的白人母亲和黑人结婚后平静而相当幸福地生活了好几年。白人女子嫁给黑人,这在当时是个禁忌的话题;再加上弗拉多的丈夫为了政治上的需要冒充逃奴,且对妻儿毫无责任感,这也有损废奴运动的形象。由于这种种因素，《黑鬼》出版后遭到冷遇，直到 1982 年经过黑人学者小亨利·路易斯·盖茨多方考证，才使美国历史上第一部黑人妇女写的小说重见天日。

第二节　南北战争后至 19 世纪末

　　1865 年南北战争的胜利宣告了黑奴的解放。南方的经济在战争中遭到了巨大的破坏，政治制度受到极大冲击。战后开始了重建时期。黑人取得了公民权，一部分黑人参加到南方政治经济斗争中去，引起原蓄奴主阶级的极大恐惧与仇恨。白人种族主义者为了在南方保持白人的一统天下，进行了不择手段的反扑，1865 年建立三 K 党，对敢于行使公民权的黑人进行恐吓打击，甚至私刑处死。随着民主党势力在南方各州的恢复，为了缓和南北方政治经济上的矛盾，联邦政府与国会开始对南方白人统治势力妥协。到 1876 年，除三个州外，南部其余各州完全为白人种族主义分子控制。次年，联邦军队全部撤出南方，黑人重又陷入任人宰割的境地。南部各州的立法、司法机构以法律手段推行种族隔离制度，先后在选举法修正案上添加条款，实际上剥夺了黑人的选举权。庄园经济恢复，黑人虽不再是奴隶，却在分租制、佃租制、劳役地租等形式下遭受残酷的经济剥削。到 19 世纪末，南方在种族歧视的基础上建立起了一整套完整的种族隔离制度。

　　白人种族主义文学密切配合了白人政治上的反扑，大批白人作家继承南北战争前庄园文学的传统，写了大量怀念蓄奴制下南方生活方式的庄园小说。他们对一个一去不复返的、建立在对广大黑奴剥削和奴役基础上的生活方式极尽缅怀与歌颂，而且还宣扬黑人因智力低下难以成为美国社会合格的公民，得到自由后常因无法适应而沦为罪犯。他们说什么黑人如无白人加以管理便会从知足的奴隶变成野蛮人，极尽美化蓄奴制之能事。有的作家还露骨地歌颂种族主义,为三 K 党大唱赞歌,称他们为雅利安文化的保卫者。

面对种族主义分子在政治及文化上的疯狂反扑,黑人为保护自己的权利进行了斗争。道格拉斯继续不懈地争取黑人的政治权力,要求与白人完全平等;新涌现的黑人领袖杜波伊斯针对一些黑人头面人物,如布克·华盛顿的"分离但平等"的迁就妥协思想,召开了尼亚加拉会议,要求黑人享有言论自由,男性公民应有选举权,废除公共场所的种族隔离措施,黑人应有受高等教育的权利等。这就是尼亚加拉运动的开始。1909 年美国有色人种协进会成立,次年 11 月其机关刊物《危机》创刊,杜波伊斯任主编,发表年轻黑人的作品,反对种族歧视,争取黑人参与美国一切民主生活,与华盛顿的妥协政策斗争。

这一时期的黑人文学充分反映了这场斗争。黑人传记方兴未艾。除上文提到的道格拉斯传外,还相继出现了一批具有相当影响的黑人传记,如莎拉·布拉德福德所著《哈里特,民族之摩西》(1886),记录了反对蓄奴制的女英雄哈里特·塔普曼的一生;黑人主教丹尼尔·佩恩的《70 年回忆》(1888);黑人国会议员兰斯顿写的《从弗吉尼亚种植园到联邦国会大厦》(1894);以及名噪一时、颇有争议的黑人领袖布克·华盛顿的两部自传:《我的生活和工作的故事》(1900)和《从奴役中奋起》(1901)等等。这些作品记录了 19 世纪黑人中先进人物为民族挣脱蓄奴制枷锁而斗争的事迹,他们广泛参加了当时黑人在政治、教育、宗教、社会等方面的改革。这批优秀的传记文学作品是了解 19 世纪美国黑人发展的必读书。

19 世纪末,随着黑人中产阶级的出现,黑人作家开始形成一支队伍登上了美国文坛。这一时期的小说或着力反对庄园文学对黑人的歪曲与丑化,或对种族歧视、种族迫害发出强烈的抗议。一些黑人作家在作品中塑造有教养、懂礼貌、受过良好教育的黑人形象,歌颂中产阶级黑人的道德品质,反映这些比普通白人更有才能、更有教养的人所遭受的歧视与迫害,力图以此揭示种族歧视制度之不合理。这些作品中的男主人公往往克服了种族歧视造成的重重困难与障碍,成为有成就的政治家、教师、医生、律师、记者等;女主人公则多为美貌温柔的混血女郎,是从言谈举止、思想教养到外貌等一切方面都与南方白人贵妇不相上下甚至更为出众的女子,仅仅由于身上有了些微的黑人血统便遭受非人的对待。黑人作家力图以这种完美的黑人形象作为广大黑人的楷模,同时唤起白人读者的良知和对黑人的同情,表明黑人既非野兽,也非劣等人。这批作家把文学看作提高民族素质的工具,他们鼓舞黑人的斗志,争取白人同情反对种族歧视的斗争,有着强烈的使命感。

从19世纪末到20世纪20年代哈莱姆文艺复兴前,这一创作模式是黑人文学的主导。这批被杜波伊斯称作"有才能的十分之一"的、受过高等教育的黑人作家把教育和提高下层黑人视为己任,力图在作品中将理想化了的中产阶级黑人形象树为种族的典范。

维多利亚·厄尔·马修斯在《种族文学的价值》一文中所反映的观点很有代表性:

> ……无疑证明需要从我们(黑人)方面通过深思熟虑,做出明确和明智的努力……其目的是在与黑人和黑人的生活环境有关的一切问题上,至少从文学上,向美国人民提供确切有力的信息。我们和其他任何民族一样不能对这个问题漠然视之。①

南北战争后出版的第一部黑人小说,女作家弗朗西斯·哈珀(1825—1911)所著《艾拉·勒洛伊,阴影消失》就是这类作品的典型。哈珀是19世纪著名的废奴主义者,热衷于女权运动。她毕生与蓄奴制

---

① 转引自小亨利·路易斯·盖茨、耐利·麦凯编:《诺顿美国黑人文学选集》,第467页。

斗争,发表演说,撰写诗文。她共出版了十部诗集,《艾拉·勒洛伊,阴影消失》(1892)是她唯一的一部小说。哈珀看到战后黑奴虽获得解放,种族歧视却愈演愈烈。黑人被污蔑为低等人,野蛮、放纵、淫乱等被歪曲了的黑人形象充斥于白人的报刊杂志、文学作品中。为了反击,战斗了一生、已是67岁高龄的哈珀写下了这部小说。她从蓄奴制时代写起,目的如她所说是"在国人心中唤起更强烈的正义感和更具基督式的人道精神"①。小说女主人公艾拉是白人尤金与混血姑娘玛丽之女,受过良好的教育,活动于白人社会的上层。但尤金死后,玛丽和艾拉沦为奴隶。小说描写了黑人在南北战争中支持联邦政府,英勇战斗,以及解放了的黑奴在极端不利的条件下艰苦创业的状况。小说的后半部正如次标题"阴影消失"所示,集中表现了黑人自由职业者如何通过努力使自己达到白人中产阶级的标准。作者的苦心自然在于驳斥黑奴解放后只会堕落等等的烂言。哈珀并没有在小说中描写下层黑人,也没有表现她在许多文章中反映的战后黑人妇女的生活状况,而是集中表现以混血人种为主的黑人中产阶级的成长,把黑人中这一阶层理想化,以期改变社会上,特别是白人文学作品中宣扬的对黑人的错误看法。对哈珀来说,文学只是她为黑人事业斗争的工具之一。

历史进入了20世纪,第一批接受了正规高等教育的黑人开始出现,用黑人领袖杜波伊斯的话来说,这是黑人中"有才能的十分之一",他们中的许多人是20世纪初期黑人文学的主力军。他们的作品在主题和人物上沿袭了19世纪末期黑人文学的创作模式,以白人为主要读者,强烈地反映了为中产阶级黑人鸣冤叫屈、希望得到白人社会的同情和接受的心态。

---

① 弗朗西斯·哈珀:《艾拉·勒洛伊,阴影消失》序,加里格斯兄弟出版公司,1892年版。

第二章

20世纪初到哈莱姆文艺复兴前的黑人小说

第一节 概论

19世纪末,在废除蓄奴制斗争中成长起来的黑人领袖或去世,或步入老年,新一代黑人领袖在内战后种族关系严峻的南方的新形势下继续为反对种族歧视、争取种族平等而斗争。由于南方各州在19世纪90年代先后通过立法巩固种族隔离制度,使许多黑人感到只有依靠种族团结和自力更生来争取黑人的利益得到实现。布克·华盛顿(1856—1915)就是在道格拉斯去世后涌现出来的南方黑人领袖,世纪之交著名的改革家,塔斯基吉工业师范学院主要创办人及首任院长。他在种族关系上提出了"分离但平等"的主张。华盛顿于1856年生于西弗吉尼亚,父亲是白人,母亲是黑奴。他十二三岁即在西弗吉尼亚的莫尔登煤矿干活,但他一直希望有机会能到为黑人及印第安人开办的汉普顿农艺师范学院求学。在16岁那年,他步行近500英里到汉普顿,1875年毕业后留校任教,1881年被派到亚拉巴马州去创办一所培养黑人教师的学院,即塔斯基吉工业师范学院。他在美国黑人教育及社会经济进步方面所持的观点是:黑人最需要的是基础教育和职业教育,黑人应该去适应南方白人的种族优越观,但自身也应具有种族自豪感,要团结自助。他认为,黑人最大的利益可以通过工业教育、精明的农场经营和拥有土地所有权、培养诸如耐心和勤俭等良好的品德和习惯以及高尚的礼貌道德,而得到实现。在1895年亚特兰大博览会的讲话中,他的这些观点在"分离但平等"的主张中得到了充分的反映。他说:

> ……(黑人)会一如既往地忠实于白人,照料你们的子女,在你们父母的病床前守候,并且带着模糊的泪眼给他们送葬,将来我们也会以自己谦卑的方式以任何外国人都达不到的忠诚与你们站在一起,如果必要,会为保卫你们的生命而献出自己的生命,以能使黑白两个种族的利益结合起来的方式把我们的工业、商业、平民和宗教生活与你们的交织在一起。在一切纯社交性的事务中,我们可以像手指一样分开;但在一切对共同进步有决定意义的事情上,我们必须团结得像一只手一样……①

华盛顿的自传《从奴役中奋起》受到了广泛的欢迎,在他去世前共再版四十余次,被翻译成法、西、德、俄等近十种欧洲语言出版。它和过去其他黑人传记的不同之处在于,华盛顿在这部自传中没有描写黑奴的悲惨生活,反而说蓄奴制是一所"学校",考验并锻炼了黑人,说毕业于此校的黑人能不断发展自己的意志力与技能。华盛顿以卑躬屈膝、对白人充满感激的口气,以对白人中产阶级标准的无条件接受,并一再重申黑人解放后只需也只要初级职业教育等等主张,获得了白人的支持,成为世纪之交炙手可热的黑人领袖。他曾对出版商说,他出版自传的目的是吸引那些有钱的人,从他们那里谋求捐助。而他确实也为黑

---

① 小亨利·路易斯·盖茨、耐利·麦凯编:《诺顿美国黑人文学选集》,第515页。

人教育等事业获得了白人的大量捐款，为南方黑人争取到了初级教育和职业教育的机会。

但是，受过高等教育的北方黑人却对他的黑人民族低于白人的论调强烈不满。在华盛顿眼里，黑人似乎只会从事只需要简单技能的体力劳动，不会也不要求思想文化方面的生活与发展。同时，他们也不赞成华盛顿不要求白人社会及社会机构改变其几百年来的种族歧视政策，而只是要求黑人去适应他们的种族主义，在种族歧视的状态下通过自身的努力改善自己的处境的主张。最坚决反对华盛顿的黑人领袖之一是杜波伊斯。

这一时期的黑人作品反映了在黑人未来发展前途上的这两种尖锐对立的观点。

第二节　重要作家

杜波伊斯

杜波伊斯（1868—1963）出生于马萨诸塞州大巴林顿城，父亲很早离家。母亲家是世代自由黑人，杜波伊斯有机会受到高等教育。1885年在当地中学毕业后，杜波伊斯到田纳西州纳什维尔市，就读于菲斯克大学。这所黑人大学的教育使他意识到，作为一个受过高等教育的黑人，自己应该在种族进步的斗争中起重要作用。这是在北方长大的他第一次到南方，亲身接触到了南方种族迫害的现实。暑期到南方落后的边远地区学校中教书，给了他深入南方美国黑人社区生活、接触到深厚的黑人民间传统文化的机会。从菲斯克大学毕业后，杜波伊斯到哈佛大学读哲学，取得硕士学位，1891 年到柏林大学读历史学博士，1895年获哈佛大学历史学博士学位，成为哈佛大学第一个取得博士学位的黑人。杜波伊斯在宾夕法尼亚州立大学做助教期间，出版了《费城黑人社会研究》（1899），这是在美国出版的第一部关于黑人社区个案研究的社会学著作。他一生中写了大量有关美国黑人历史及社会学方面的著作，创办了许多黑人先驱性刊物，讨论美国种族问题，阐述自己的观点，特别是他创办并任主编的全国有色人种协进会的机关刊物《危机》，大量发表黑人知识分子，特别是年轻黑人的作品，在哈莱姆文艺复兴中，在促进黑人反对种族歧视和推动黑人文学的繁荣发展上，起了重要的作用。他不仅是个学者，而且是个社会活动家。他创建了争取黑人权利的黑人知识分子组织尼亚加拉运动（1905）和全国有色人种协进会（1909）。他也是泛非运动的先驱性领袖。晚年他对美国政府感到失望，于1961年加入美国共产党。同年，杜波伊斯应加纳总统恩克鲁玛的邀请移居加纳，负责《非洲百科全书》的编撰。1962年，杜波伊斯放弃美国国籍，1963年在加纳逝世。

　　作为一代著名学者，杜波伊斯是历史学家、社会学家、教育家，在这些领域中都有大量著述。作为20世纪上半叶美国最有影响的黑人领袖，杜波伊斯有关种族关系的理论和大量文章在20世纪美国黑人运动发展上有着重要的作用。作为作家的杜波伊斯在黑人文学发展中主要起着播种者的作用。他创作的主要作品有：散文集《黑人的灵魂》（1903），诗文集《暗流：面纱里的声音》（1920），自传性文集《昏暗的黎明》（1940），小说《寻求银羊毛》（1911）、《黑公主》（1928）和《黑色火焰：三部曲》：《曼萨特的磨难》（1957）、《曼萨特创建学校》（1959）、《肤色世界》（1961）。在杜波伊斯的作品中，《黑人的灵魂》被公认是最为重要的一部。乔治·卡宁汉在《杜波伊斯》一文中指出："杜波伊斯主要是通过这部作品在美国黑人政治和文学的创造意识中建立了他统帅的地位。"①阿诺德·朗普赛德在《牛津美国黑人文学指南》中评价

---

　　①　瓦莱里·史密斯等编：《美国黑人作家》，麦克米伦出版公司，1993年版，第57页。

《黑人的灵魂》时说：

> （这本书）将黑人的性格和特点置于从来没有被置于过的历史、社会、宗教、音乐和艺术的背景下来思考，从而使美国黑人的自我认识产生了革命。杜波伊斯的双重意识的观念和他的美国黑人在美国生活在面纱后面的形象化的比喻……为就美国黑人被迫生活在危机下做出反应的黑人艺术家打开了新的表现世界。①

他在 1987 年发表的有关杜波伊斯的文章中称《黑人的灵魂》为"某种圣书，解释美国黑人经历的主要教材，黑人进入在美国面临的严酷未来时最值得信赖的指导"②。

《黑人的灵魂》是一部集关于美国黑人的历史、宗教、政治、社会、文化等方方面面的论述的 14 篇文章而成的书，从上述各个重要方面揭示出美国的种族歧视政策深刻地影响了黑人的自我意识和黑人与社会的关系。杜波伊斯在这部作品中强调的第一点是，他认为黑人独特的传统、民间口头文化和黑人社区的价值观——这些他称作黑人的灵魂的一切——应该在美国得到承认、尊重，并得以保存、流传。他在这部作品中提出，美国黑人"戴着面纱出生"，具有"双重意识"。他说：

> ……美国黑人戴着面纱出生，对美国这个世界天生具有超人的眼力——这个世界并不给他真正的自我意识，只允许他通过揭示出的另一个世界来看他自己。这是一种奇特的感觉，这种双重意识，这种永远通过别人的眼睛看自己的感觉，用怀着怜悯与蔑视

---

① 瓦莱里·史密斯等编：《美国黑人作家》，第 239 页。

② 阿诺德·朗普赛德：《蓄奴制和文学创造力：杜波伊斯的〈黑人的灵魂〉》，见德博拉·迈克杜威尔及阿诺德·朗普赛德主编：《蓄奴制和文学创造力》，霍普金斯大学出版社，1989 年版，第 104 页。

的、冷眼旁观的世界的尺度来衡量自己的灵魂的感觉。他永远感受到自己的双重性——一个美国人,一个黑人;两个灵魂,两种思想,两种互不妥协的追求;在一个黑色身躯中两个互相战斗着的理想,只有他自己的顽强力量才使他没有被撕碎。

美国黑人的历史就是这场斗争的历史——这是一种对获得成熟的自我的渴望,希望把他的双重自我融合成一个更完美更真实的自我。在这个融合过程中,他不希望失去两个原来的自我中的任何一个。他不会把美国非洲化,因为非洲和世界可以向美国学习太多的东西。他也不会在美国白人传统的洪流中漂白自己黑人的灵魂,因为他知道黑种人对世界具有自己的使命。他只是希望一个人可以既是黑人也是美国人,而不会因此被同伴咒骂,往他脸上吐唾沫,机会之门也不会粗暴地对他关闭。①

杜波伊斯的黑人"戴着面纱出生"及具有"双重意识"的观点对后来的黑人作家具有深刻的影响。许多有成就的黑人作家在作品中探讨的都离不开这两种意识在黑人个人生活中的表现及两者间的冲突与斗争所造成的黑人的悲剧性的命运。

杜波伊斯在《黑人的灵魂》中还对布克·华盛顿的迁就哲学提出了尖锐的批评,认为华盛顿实际上是要求黑人放弃政治权力、放弃对黑人民权的坚持和黑人青年享受高等教育的权利。他对华盛顿认为黑人不能也不愿攀登文化高峰的观点极为反感,提出了造就"有才能的十分之一"的策略,即鼓励有才能的黑人充分发挥自己的智力,成为黑人知识阶层的领袖,以他们的成就获得白人的尊重,从而激励年轻黑人做出成绩,争取种族平等。

《寻求银羊毛》是一部旨在揭示种族歧视的经济根源的小说,同时

---

① 杜波伊斯:《黑人的灵魂》,麦克克勒格出版公司,1989年版,第3页。

也是"美国黑人文学中第一部成长小说"①。其主人公佐拉从南方农村中一个无知、受剥削的女子成长为认识到自身力量的人。小说的背景是南北战争后处于北方资本主义和南方白人种族主义经济统治下的南部乡村。一个叫布雷斯的青年学生和佐拉一起，企图通过种植优良的非洲棉花品种银羊毛为自己筹得学费。两人的爱情破裂后，布雷斯离开南方到了华盛顿，企图通过政治途径反对种植园制度。佐拉做了有钱的政治人物范德普尔夫人的女仆，跟随她到了许多地方，她的所见所闻给了她极大的教育，使她认识到自己生活的目的，要为黑人的利益去斗争。她回到南方，把佃农组织起来建立合作农场，和控制经济命脉的垄断资本斗争。布雷斯在华盛顿无法实现自己的愿望，他不愿为美国共和党所代表的大资产者的利益服务，也重回南方，和佐拉及贫苦的黑人农民一起反对农场主和北方商业资本的剥削，佐拉和布雷斯也在共同的斗争中重新建立和巩固了他们之间的爱情。杜波伊斯这部小说中的女主人公和当时绝大多数黑人作品中的女主人公不同，她不是肤色白皙的混血女郎，也不是中产阶级温文尔雅的淑女。她肤色深黑，关心的不是自己个人的利益和发展，而是种族的共同进步。她有自己的信念并且为之奋斗。

《黑公主》描写的是美国黑人马修·唐斯和印度一个公国的公主考提尔娅的故事。在小说第一部"流放"中，由于医学院拒绝马修学习产科，马修绝望之下去欧洲，邂逅考提尔娅公主，两人很快成了恋人。考提尔娅是泛亚运动组织深肤色民族大联合会的领袖之一，正在努力和泛非运动结成联盟。联合会的一些理事对于美国黑人能否全力参与这一世界性的解放运动表示怀疑，马修发表了热情洋溢的讲话，认为美国黑人完全可能参与进来。考提尔娅派马修回美国，调查她认为有可

---

① 转引自威廉·L. 安德鲁斯等编：《牛津美国黑人文学指南》，牛津大学出版社，1997 年版，第 613 页。

能领导黑人从事激进斗争的一个由米古尔·佩里挂领导的组织。第二部"普尔门式火车上的服务员"写马修回到美国,到普尔门式火车上做服务员。在三K党专列上,一个列车服务员被私刑处死。马修策划罢工,但被叛徒出卖而失败。马修气愤之下参加了佩里挂计划炸火车的行动,但他发现考提尔娅公主在车上时,便阻止了这一行动。他不愿连累他人,被判10年监禁。在第三部"芝加哥政客"中,芝加哥黑人政治首领司各特的秘书莎拉利用各种影响使马修获得赦免离开监狱,并被选入州议会。莎拉使马修从政治交易中一步步获得权力,她和马修结婚,脱离了司各特。第四部"博德普的君主"描写考提尔娅重新回到马修的生活之中,马修离开了妻子莎拉。小说结束时,马修和考提尔娅公主结婚,并且有了儿子。杜波伊斯以印度一个公国新王子的诞生把两个有色民族通过浪漫的联合凝结在了一起,象征他心目中所希望的世界有色人种的大联合。但是作者在为争取有色人种团结而斗争时,却未能反映出人除了肤色的区别之外,也存在着阶级区别,不分阶级以肤色为标准进行联合是不实际的,也是行不通的。

《黑公主》出版后近30年,杜波伊斯在89岁高龄时开始创作《黑色火焰:三部曲》。《曼萨特的磨难》的时间跨度是从1870年到1916年,曼萨特出生的当晚,他的父亲被白人私刑处死,悲愤的祖母以父亲的鲜血为他做洗礼,并给他取名"黑色火焰"。小说记述了南方重建时期到第一次世界大战前夕南方的重大历史事件,以及曼萨特与家人的活动和生活,特别反映了主人公在亚特兰大的学习生活,他作为黑人教师的屈辱和贫困,他在亚特兰大暴乱中的经历。到小说结束时,他被指派为该市学校的黑人学监。《曼萨特创建学校》叙述的是1916年至1936年间曼萨特的生活,书中对亚特兰大的学校制度的运作、对黑人在第一次世界大战期间从南方向北方城市的大移民、曼萨特的儿子们移居北方后在各个不同领域中所受到的歧视的情况,有详细的描述。小说结束时曼萨特已是乔治亚州州立黑人大学的校长,仍寄希望于通过教育实现黑人民族的彻底解放。《肤色世界》记述了1936年到1956年期间的曼萨特。他面对的是一个迅速发展的新世界,这时黑人在美国的地位有了一定的变化。他到世界各地旅行,大大拓展了自己的视野。他的子女和孙辈散布在美国各地,从事着各种职业的工作。世界上被压迫民族的斗争和非洲黑人的觉醒教育并激励了曼萨特,使他在政治思想上越来越革命化。到晚年,他感到未来世界的希望是共产主义,美国黑人的解放是人类解放事业的一个组成部分。杜波伊斯在生命的最后阶段完成了这部跨越了86年的三部曲,反映了这段时期黑人在美国教育、政治、经济、社会方面的地位,向读者展示了一个典型的中产阶级黑人家庭如何在方方面面参与到美国生活之中,以及主人公在美国国内和世界人民的斗争中认识不断提高的过程。小说在相当程度上反映了作者自己的一生。杜波伊斯在《曼萨特的磨难》的后记中明确地表示了自己的创作目的,他说:"如果我有时间和金钱,我会(对黑人历史)继续纯历史的研究。但是没有这个机会,时间也不够了。然而我还是要从我漫长的经历中抢救下一些我学到的和推测到的东西,于是我试图用历史小说的方法来完成这个历史的循环,我的思想、研究和行动在半个世纪中一直都倾注在它上面。"

作为作家的杜波伊斯是服从于作为政治活动家、革命家的杜波伊斯的,这也就使他的小说不可避免地存在重内容而艺术上着力不够的缺点。他的作品是一百多年间美国黑人的斗争史和成长史,内容丰富的黑人历史文化的百科全书。

查尔斯·切斯纳特

内战后涌现的黑人作家中最著名的要算查尔斯·切斯纳特(1858—1932)了。他是第一个享有全国声誉的黑人作家,黑人文学的重要开拓者。他出生在俄亥俄州的克利夫兰市,在北卡罗来纳州费也特维尔长大。他学习出众,14岁就在州立黑人师范学校教课,19岁被任命为该校副校长。但是,切斯纳特总感到南方存在的严重种族歧视限制了他的发展,希望北方的人们能够以他本身具有的才能来判断他的价值,相信只要他做出坚持不懈的努力,就能够有所成就。于是,他在1883年举家北迁,先在纽约一家报纸做了一阵记者,后定居克利夫兰,在1887年通过了律师资格考试后,成立了法庭速记服务公司。

切斯纳特从童年时起就梦想当作家。1880年在师范学校任教时,他在5月29日的日记中这样写道:"我觉得自己一定要写一本书。这一直是我怀有的梦想,我感到一股无法抗拒的力量呼唤我去从事这项任务。"他很明确地说:

> 我写作的目的与其说是为了提高黑人,不如说是为了提高白人——因为我认为,种族等级制度之不公正所产生的毒害之大遍及全国,以至于将整个民族和与这个民族相关联的一切置于被蔑视和被社会排斥的地位——我认为这是美国人民道德进步的障碍;我将成为首先领头向它发起坚决的、有组织的讨伐的人之一。①

对切斯纳特来说,文学的功用是很明确的,就是要逐步使公众接受这样一个观念,即黑人和白人应该是平等的,应该享有平等的机会。

1887年,《大西洋月刊》刊登了切斯纳特的短篇小说《毒葡萄》,这是一个由老黑奴朱利叶斯·麦克阿杜叔叔讲述的内战前南方生活的故事。到1899年3月,切斯纳特把7个朱利叶斯叔叔讲的故事汇编成短篇小说集《巫婆》(1899),由波士顿著名的霍顿-米夫林出版公司出版。同年同一个出版社又出版了切斯纳特的第二个短篇小说集《他年轻时

---

① 瓦莱里·史密斯等编:《美国黑人作家》,第41页。

的妻子及有关肤色分界线的其他故事》（1899）。1900 年，切斯纳特把经过 10 年的构思、创作和修改写成的长篇小说《里纳·沃尔顿》交给了霍顿-米夫林出版公司。出版公司决定出版，但要求将书名改为《杉树后面的房子》（1900），次年又出版了他的《传统之精髓》（1901）。切斯纳特的最后一部小说《上校的梦想》（1905）由道布尔迪出版公司出版。

《巫婆》中的故事都出自一个老黑奴朱利叶斯叔叔之口，由听他讲故事的白人约翰转述。生长在北方的白人约翰和妻子来到北卡罗来纳州，购买了一个葡萄种植园，遇见内战后一直居住在种植园内废弃的黑奴屋中的老黑人朱利叶斯叔叔。他给约翰夫妇讲了许多奴隶制下南方黑奴生活的故事，用黑人的口头语言，幽默、讽刺、生动地描绘出奴隶主的贪婪和毫无人性，黑奴被贩卖造成的妻离子散的痛苦，具有超自然力量的巫婆帮助缓解黑奴的不幸。如在《可怜的桑迪》中，黑奴桑迪的妻子被主人卖掉以换取另外一个女奴坦妮。桑迪十分悲伤。但渐渐地，他爱上了会巫术的坦妮。当桑迪得知主人要把他出租给在很远的地方的一个农场主去干活时，他让坦妮把他变成了一棵树，并夜夜恢复成人，以便和坦妮厮守在一起。后来，主人把坦妮也租了出去，她走后主人把桑迪变成的树砍掉了，锯成木料盖了学校，此后每天夜里学校都传出悲泣声。在《巫术葡萄》中，老奴隶主为了阻止黑奴吃葡萄，让巫婆给葡萄施巫术。黑奴亨利新来乍到，吃了葡萄，结果他一到春天就精神抖擞，一到秋天就蔫头耷脑。奴隶主就在春天把他高价卖出，秋天低价买进，大赚其钱。奴隶主的贪婪终于使他上了北方来的一个骗子的当。骗子说他可以用新技术使葡萄高产，结果弄死了葡萄，亨利也死去。读者在阅读这些故事时很快意识到，聪明的老黑奴其实是通过讲过去的故事达到让白人主子按他自己的愿望行事的目的。他讲"巫术葡萄"的本意是阻止约翰买下葡萄园，这样他就可以继续住在园中以葡萄园为生。约翰虽然不相信他所讲的巫术，买下了葡萄园，却被朱利叶斯叔叔的故事吸引,给了他一份工作,朱利叶斯得以继续在葡萄园居住。当朱利叶斯得知约翰的妻子想要盖一个新厨房,约翰打算拆毁种植园里的一所老校舍以便利用其木料时,朱利叶斯就讲了"可怜的桑迪"的故事,目的是阻止约翰夫妇拆校舍。切斯纳特笔下的黑人形象生动真实,所有的故事都反映了黑奴为自身、家人和群体的生存所表现出的坚忍、毅力和智慧。

《他年轻时的妻子》收录了九篇小说,主要反映内战后南方的种族隔离状况和混血人种的遭遇。小说中许多人物的原型来自作者在克利夫兰的旧相识。切斯纳特触及了混血儿这个敏感而禁忌的话题,对此一些评论者颇有微词。切斯纳特在《内战后至哈莱姆前》一文中,说到自己作品中很多是反映混血人种的问题,这是因为总的来说,在生活中,他们一方面与黑人面临同样的问题,但在许多情况下,在许多方面,他们的问题却更为复杂,更难处理,在小说里也是如此。切斯纳特笔下的这些混血儿自视高于黑人,而他们内部又因肤色深浅的程度不同和经济社会地位的区别而分成等级,形成了一个荒谬扭曲的群体。浅肤色而又有一定经济地位的混血儿凑在一起,成立"贵族血统社",歧视深肤色的和纯血统黑人。然而他们又身受白人种族主义的歧视和迫害。切斯纳特对这些自认为高贵的黑人的言行进行了讽刺和揭露。《事关原则》中的克莱顿对深肤色的人避之如瘟疫,他有四分之三的白人血统,因此不承认自己是黑人,不和黑人来往,认为"如果不能作为白人被接受,至少可以表明我们反对被叫做黑人"①。对他来说,这是原则问题。女儿艾丽斯肤色和白人几乎没多少区别,他当然不能让她嫁给黑人,白人又不愿娶她,而想要她嫁个肤色白皙的黑人,合格者又太少,因此在父母的怂恿下,她常外出旅行,探亲访友找机会。一次从

---

① 查尔斯·切斯纳特:《他年轻时的妻子》,密执安大学出版社,1968年版,第95页。

华盛顿回来后三个星期，她收到叫汉密尔顿的下议院黑人议员的一封信，信中表达了在舞会上相遇后的倾慕之情，说想借公务到南方之机来拜访她。由于那晚在华盛顿的舞会上请她跳过舞的人太多，虽然父母一再追问，艾丽斯仍记不清究竟哪个是汉密尔顿了，印象里似乎是一个肤色较黑的人。事关原则，于是克莱顿设法打听，得知此人是个浅肤色的高个子以后，对女儿说："我想他可以。显然他是有意而来，我们必须把他当做白人一样接待。"①他怕当地接待黑人的旅馆不够高级，要把他接到家里来住，上上下下收拾房间，筹备欢迎晚会，发请帖，忙得不亦乐乎。克莱顿带着助手杰克到车站去接汉密尔顿，旅客下完了，未见浅肤色的人，只见一个矮个子、有着突出的非洲人相貌的黑人身旁放着两只贴着华盛顿市标签的皮箱，猜想他必定就是汉密尔顿了。事关原则，克莱顿不能接待这么黑的人，杰克便出主意说，可以说艾丽斯得了白喉，家里无法接待他，于是克莱顿让杰克把他送到旅馆，自己回家找来医生，如此这般，一切安排妥当。他们暗自为之得意，第二天的报纸上却登出了有关汉密尔顿的报道，浅肤色的汉密尔顿和深肤色的琼斯主教同行，克莱顿意识到他们在车站看到的是主教。报道还说城里的瓦特金斯家将举办晚会欢迎议员。结果浅肤色的瓦特金斯小姐和汉密尔顿订了婚。切斯纳特的小说还反映了内战后南方社会愈演愈烈的种族歧视，以及在法律的外衣下对黑人进行的更为残酷的迫害。《旁证网》中铁匠本·戴维斯通过自己的辛勤劳动积累起了一些财富，拥有土地和自己的铁匠作坊。桑顿上校来钉马掌，本看见他的马鞭，称羡不已，问在什么地方能够买到。不久上校的马鞭不见了，警察在本的铁匠店的一个角落中找到了马鞭。法庭上能够罗列的只有旁证，证人都说如何听到他称赞马鞭，他如何说白人应该把地分给黑人，等等。从小说的暗示中读者知道，这是他的徒弟和他的妻子通奸，加害于他，本根本

---

① 查尔斯·切斯纳特：《他年轻时的妻子》，第 110 页。

没有偷马鞭。即使偷了,对他的惩罚也是毫无法理可言,当天同一法官判了三件案子,一个斗殴后打死人的白人被判1年监禁,一个假币案犯判刑6个月,而本被判5年监禁,兼罚苦役。在《警长的儿女》中,内战结束已经10年,南方一个闭塞的小城中一个白人于夜间被杀死家中。人们反映,看见一个混血青年到他家里去过。当天傍晚这个人就被抓到了,作为疑犯被关押。城里的白人种族主义分子认为,审判后吊死太便宜了这个黑鬼,要私刑将他烧死。"他们一致同意为了给他们被害的朋友报仇,至少应该这样做,并且认为这是纪念他的最恰当方式。"①警长坎贝尔出身奴隶主家庭,但是受过大学教育,也见过外面的世界。他忠于职守,认为只有经过法院判决才能处决一个人。当他得知白人暴徒实施私刑的打算后,就到监牢,劝包围监牢的暴徒离开,等待法律对嫌犯的审判,被暴徒拒绝了。于是他把自己和嫌犯一起反锁在牢房里,而且打开了嫌犯的脚镣手铐,给了他一把枪,要他在必要时保护自己。经过一番争论,暴徒最终决定暂时放弃这次行动,但还是有人在撤离时向监狱开了一枪以泄愤。这时嫌犯拿过了警长放在一旁的枪,将两把枪同时指着警长,要他放他走。他告诉警长,自己并没有杀人,但是他"永远不可能洗清自己,9点钟我在他的家里,偷了被捕时穿在身上的那件大衣。除非在审判前抓到真正的凶手,即使是公正的审判,我也会被判有罪的"②。他活命的唯一机会就是现在逃跑。他告诉警长坎贝尔,他是警长和黑奴西塞里的儿子汤姆,当年被坎贝尔卖掉后受尽磨难,母亲死在了奴隶主的皮鞭下。为了自己能够逃走,他必须杀死警长,以免他追捕他,正在这时,警长的女儿听见暴徒枪声后不见父亲回家,不放心来到监狱,见犯人用枪指着父亲,就开枪打伤了犯人。警长为汤姆包扎好伤口,锁好监牢,和女儿回到家中。他深夜反思,感到确

---

① 查尔斯·切斯纳特:《他年轻时的妻子》,第66页。
② 查尔斯·切斯纳特:《他年轻时的妻子》,第82页。

实对不起汤姆，他过去本来是可以为汤姆做些事的，现在他作为警长的责任心使他不能放走汤姆，但是他要不惜一切去抓住真凶，这样汤姆就能被释放，他也可以弥补一些当年的过失。他第二天早上到监狱去时，却发现汤姆在夜里撕掉了绷带，流血而死。他太了解南方的社会现实了，不可能有什么司法公正，他宁愿自己结束生命，以抗议这个种族歧视横行的社会。

此后切斯纳特连续出版了三部小说，主题和他的短篇小说一样，仍然围绕战后南方的种族问题，通过小说提出了政治、社会和经济上的解决途径。

《杉树后面的房子》中的女主人公里纳·沃尔顿是个美丽的混血姑娘，肤色与白人无异。她的哥哥约翰离开老家到查尔斯顿市，隐瞒黑人血统，改姓沃威克，成了律师。他回到家中，把妹妹带到查尔斯顿，改名里纳·沃威克。不久，里纳结识了富家子弟乔治·特赖恩，两人一见钟情。乔治向里纳求婚后，里纳内心极度矛盾。她怕她的黑人血统早晚会暴露，但是如果向乔治说明了真相，就要毁掉哥哥艰苦创下的事业。婚礼前夕，里纳接到母亲莫莉生病的电报，叫她立即回帕茨维尔家中看望。正巧乔治有事到帕茨维尔，获知了里纳的黑人血统。乔治离开了里纳，里纳在帕茨维尔一个黑人学校做了教师。黑人校长对她极尽骚扰。乔治虽然不愿和里纳结婚，但却想让美丽的里纳做他的情妇，遭到里纳拒绝。她无法接受把肤色血统看得重于道德和爱情的社会，心力交瘁，郁郁寡欢而亡。切斯纳特用里纳的悲剧性结局控诉了种族歧视的不公正。同时，他也希望通过揭示造成里纳兄妹隐瞒黑人血统的社会、经济和心理原因，使白人读者了解这一部分混血人种的生存处境。里纳的生活充满了悲剧色彩，但是她不像许多白人的作品中所表现的混血儿那样恨自己身上的黑人血统。白人一贯认为，混血人种隐瞒黑人血统是因为对自己的身世感到耻辱，缺乏自尊心，是一种人格上的缺陷。切斯纳特虽然自己决定和黑人血统认同，但是他十分了解选择进入白人世界的混血儿。他看到他们在走出这一步时所需的勇气,也看到在一个疯狂的种族歧视的社会中,他们的种种努力往往以失败告终。在另一方面,切斯纳特还在小说中揭示了种族歧视在有色人种心理上造成的扭曲。里纳的母亲莫莉存在着自视高于未混血的黑人的思想,将自己肤色接近白人作为资本,觉得自己虽然不是玫瑰,至少还接近玫瑰。有着莫莉这种肤色情结的人不惜一切代价使自己和"一般黑人"区别开来,构建一个由同类的人形成的虚伪的小社会,以缓解既不为黑人也不为白人接受的边缘生存状态所造成的痛苦。

《杉树后面的房子》出版后取得了一定的好评,霍顿-米夫林出版公司希望切斯纳特再写一本小说。切斯纳特两年来一直在收集有关北卡罗来纳州威尔敏顿市二十几个黑人在白人极端主义分子推翻市政府的事件中被杀害的情况。他感到是自己写一本当前人们最关切的种族问题的作品的时候了,于是决定以威尔敏顿事件为背景进行创作。他在1901年初亲赴威尔敏顿进行了调查研究,之后写了《传统之精髓》。小说反映了切斯纳特对造成内战后南方的种族和社会状况的前因后果的深入分析,他认为这是自己最好的一部作品。故事的中心是北卡罗来纳州一个叫威灵顿的小城里白人种族主义分子为了夺回政权而导演的流血事件。为了夺回在竞选中输给较为开明的共和党白人和黑人联盟的权力,老奴隶主德拉迈尔,奴隶主世家出身的白人报纸《威灵顿晨报》的主编菲力普·卡特瑞特和穷白人出身、靠承包黑人囚犯做苦力而发家的残酷的迈克贝恩组成了一个三人委员会,密谋以"白人至上"的口号来煽动白人的种族主义情绪,剥夺黑人的选举权,赶走市长和一切黑人政府官员,将权力重新掌握在白人种族主义分子手中。小城的这些政治事件和卡特瑞特及混血人种米勒这两个家庭之间的恩怨纠结在一起。菲力普·卡特瑞特的妻子奥里维亚的父亲山姆和混血女管家朱丽亚生了个女儿珍妮特。山姆和朱丽亚是正式结了婚的夫妻,但是在当时的社会环境下,他们没有公布这件事。山姆在自己的遗嘱中留给了珍妮特一万美元,其余财产留给了奥里维亚。但在山姆去世后,奥里维亚的姨母波利抢先拿到了遗嘱和证明他们是合法夫妻的证书,藏了起来,由此剥夺了朱丽亚和珍妮特的继承权,并把她们扫地出门。珍妮特长大后和米勒结婚。米勒也是混血人种,是威灵顿市著名的医生,作者心目中新黑人的代表。奥里维亚和菲力普都有强烈的种族主义情绪,菲力普更是一贯反对内战后南方黑人在政治、经济、文化上的参与,利用一切机会和借口在其所办报纸上对黑人极尽污蔑之能事,煽动种族仇恨。当波利被发现死在家中,钱财被盗时,人们立刻怀疑波利是被杀害的,凶手是黑人,因为"在南方的社区中如果有无法解释的罪行发生,总怀疑是黑人干的"[1]。有人说看见德拉迈尔的黑人仆役桑迪在当晚进出过波利的家,桑迪于是被捕。卡特瑞特立即出号外详细叙述这件事,并从中得出结论,说黑人如何低劣,不应该掌握任何权力。实际上,偷波利的钱财的是德拉迈尔的孙子汤姆,他赌博作弊被抓获,又欠了大量赌债,就涂黑了脸,穿上桑迪的衣服,化装成桑迪去偷钱,波利是摔倒后流血过多死去的。当德拉迈尔在汤姆的房间里搜出了波利的金币、真相大白后,在德拉迈尔的坚持下桑迪被放,但是菲力普说服了德拉迈尔不把汤姆偷窃的事实公之于众,只在报纸的一角披露桑迪无罪,罪犯已经逃逸。这样一来,"德拉迈尔家族的名誉保住了,威灵顿白人的名声也没有受到什么伤害"[2]。菲力普没有能够利用上桑迪的事件,但是他继续在报纸上宣传白人优越论,并到全州各地旅行讲演,宣传白人必须掌握绝对权力。最后,三人委员会决定推翻威灵顿市政府,武装起来的白人种族主义分子将黑人政治家和自由职业者赶出城市,黑人市民被杀死在街头。黑人工人乔斯·格林本来就和迈克贝恩有杀父之

---

① 查尔斯·切斯纳特:《传统之精髓》,密执安大学出版社,1969年版,第178页。

② 查尔斯·切斯纳特:《传统之精髓》,第234页。

仇,他不甘心束手待毙,带领一批轧棉厂的工人到米勒的医院,想要保护黑人的医院、教堂和学校。白人暴徒围攻医院,黑人死守。白人最后放火,乔斯只得带领黑人冲出燃烧的医院。白人向他们开枪,重伤的乔斯用大刀砍死了迈克贝恩。这时,菲力普·卡特瑞特的不到一岁的儿子病重,生命垂危,需施行气管切开术,所有的白人医生或因暴乱无法回城,或因救治暴乱中受伤的白人无法抽身,菲力普来求米勒救孩子的性命。与此同时,米勒十岁的儿子在暴乱中被白人的流弹打死,而且菲力普曾经拒绝白人医生请米勒协助为他的儿子开刀,因此悲痛中的米勒拒绝了他。奥里维亚为了能让米勒医生答应去给儿子看病,亲自到了米勒家,口口声声叫珍妮特妹妹,承认隐瞒了珍妮特是山姆的合法女儿的事实,求珍妮特答应让米勒去救她的孩子。珍妮特这时对奥里维亚已经不存任何幻想,她对奥里维亚说:

> 我把你父亲的姓、你父亲的财富和你承认我是妹妹的行为,统统扔还给你。我不需要——它们的代价太高了! 啊,上帝,代价太高了! 但是你要知道一个女人可以受到卑鄙的伤害,而仍然有一颗充满同情的心,即便是对伤害了她的人。如果我丈夫能够救活他,你可以保全你孩子的生命![1]

珍妮特的充满人类同情的决定使奥里维亚等人的种族主义表现显得更加可耻可鄙。显然,切斯纳特要通过小说揭露南方传统的"精髓"正是白人至上的种族主义思想。切斯纳特感到,南方在暴力和威胁、日益加深的种族鸿沟和白人强权政治的操纵之下,要改变它的状况几乎是不可能的,需要全国有良知的人起来支持苦斗中的南方进步力量。

切斯纳特以其对南北战争后南方社会中种族关系的深刻了解在小

---

[1]　查尔斯·切斯纳特:《传统之精髓》,第329页。

说中揭露了南方白人各阶层在种族和政治问题上的不同态度，但同时从米勒身上也反映了切斯纳特对"有良知"的白人的幻想，希望通过黑人自身的努力和白人的良知改善黑人的社会地位和种族关系。米勒拒绝了乔斯要求他带领黑人起来反抗白人暴力的请求，最后乔斯带领的黑人全部战死，表现了作为中产阶级的切斯纳特所寻求的是解决种族关系的改良之路。

《传统之精髓》并没有受到预期的好评。切斯纳特感到主要是由于公众尚不能接受正面反映种族冲突而且有色人种之表现优于白人的作品。他听从了友人要他暂时避开写以种族问题为题材的作品的劝告，重新开始法庭速记事业。

此后切斯纳特陆续写了一些有关种族问题的评论文章，其中较为重要的一篇是《黑人选举权的被剥夺》，收入《黑人问题：当今有代表性的黑人的文集》(1903年出版)，文集中还收入了布克·华盛顿主张对黑人进行职业技术教育，杜波伊斯主张给予黑人中"有才能的十分之一"正规高等教育的文章。切斯纳特在文章中表明，唯一能保障黑人社会进步的是选举权。1904年春，道布尔迪出版公司建议切斯纳特再创作一部有关种族问题的小说，切斯纳特选择了白人作为主人公，希望能够使多数读者与之认同，这部小说就是《上校的梦想》。白人上校亨利·弗伦奇回到北卡罗来纳州的故乡，想要改变故乡在社会和经济上一片死气沉沉的景象，雄心勃勃地改革教育、开办工厂。他雇用黑人重建纺织厂，在法庭上抨击劳役制。为了减少阻力，他宣传公平对待黑人是为了经济发展的需要。以比尔·费特斯为首的地方实力人物长期控制黑人和贫苦的白人，使二者处于完全被奴役的地位，为了拼力抵制弗伦奇的改革措施，他们无所不用其极。他们用种族主义的暴力手段威胁恐吓黑人，包括私刑处死黑人，甚至把一个黑人的尸体从白人公墓中挖出。最后弗伦奇才意识到，他的具体改革措施并没有触及南方种族歧视的思想、道德和伦理的基础，失败是必然的。他只得放弃在南方实行改革的梦想,失望地回到了北方。他的结论是,种族问题颠倒了是非的标准,只有建立起一个新的思想体系来反击几个世纪以来遍布南方的思想和机构体制中的种族主义的神话,才能真正改变南方的状况,但是弗伦奇和创造他的作者都不知道如何建立起这样的新思想体系。切斯纳特在他的三部小说中探索了提高人们对种族问题的认识和解决社会不公正的三种可能性:《杉树后面的房子》——通过隐瞒黑人血统以求得到自身发展的权利和机会;《传统之精髓》——以暴力相对还是调和相处;《上校的梦想》——社会经济上的合作改革。三部小说的结局都是悲观的。切斯纳特的作品在白人控制的美国文坛遭到冷落,评论也多指责他的种族观,对他的艺术成就闭口不谈。在极度气愤与失望之下,切斯纳特停止写作,重操律师旧业。

到了1920年代,切斯纳特的作品重又引起关注。1922年《芝加哥保卫者》连载了《杉树后面的房子》,1923年黑人电影工作者奥斯卡·米绍把这部小说拍成电影。全国有色人种协进会在1928年授予切斯纳特斯普林根奖章,以表彰他"作为文学艺术家在表现美国黑人后裔的生活和斗争中的开拓性的工作,以及他作为学者、工作者和自由人在美国一个伟大的城市中从事的长期的、卓有成效的事业"。1929年霍顿-米夫林出版公司以精装本重版了《巫婆》。后人认为切斯纳特"是第一个开采丰富的黑人民间文化宝藏的黑人","用民间素材和土语创作自己的故事"[1]。"作为第一个在小说中探索黑人经历的方方面面的美国作家,切斯纳特站在整个一代黑人现实主义作家的前列。"[2]"是他教育了美国白人把黑人小说家作为批判现实主义者加以尊重。"[3]《诺

---

[1]　爱德华·马尔戈利斯:《土生子们》,利平柯特出版公司,1968年版,第24页。

[2]　杰弗里·亨特编:《黑人文学评论》,盖尔出版公司,1999年版,第1卷,第375页。

[3]　瓦莱里·史密斯等编:《美国黑人作家》,第51页。

顿美国黑人文学选集》在总结切斯纳特的成就时指出,他"几乎是单枪匹马地创建了美国黑人文学中短篇小说的真正传统",1920年代的哈莱姆文艺复兴运动"从根本意义上来说,是沿着他的先例,揭露他们时代中虚假的面貌和形象,把注意力重新集中到美国面临的真正的种族问题上来"①。

宝琳·伊丽莎白·霍普金斯

美国当代著名黑人女评论家克劳迪娅·泰特称宝琳·伊丽莎白·霍普金斯(1859—1930)为"我们的文学之母"。② 她在《牛津美国黑人文学指南》中颇为霍普金斯不平地指出:

> 霍普金斯和顿巴、切斯纳特或格里格斯有着给人同样深刻的印象的出版记录。作为编辑她和……主编《月球》及《地平线》的杜波伊斯有着同样巨大的影响。和这些男性一样,早在赖特把印刷文字看作武器之前,霍普金斯就已清楚地认识到叙述的政治力量……然而直到80年代,这位最多产的黑人妇女按惯例被文学研究者忽视了。③

霍普金斯确实是位多产的女作家。她共出版了小说《对立的力量：表现南北方黑人生活的浪漫故事》(1900)、《黑格的女儿：南方种族等级偏见的故事》(1901—1902)、《维诺娜：南方和西南方黑人生活

---

① 小亨利·路易斯·盖茨、耐利·麦凯编：《诺顿美国黑人文学选集》,第523页。

② 克劳迪娅·泰特：《宝琳·霍普金斯：我们的文学之母》,马乔里·普莱斯、霍藤斯·斯皮勒斯编：《巫术——黑人妇女、小说和文学传统》,印第安纳大学出版社,1985年版,第53页。

③ 威廉·L.安德鲁斯等编：《牛津美国黑人文学指南》,第367页。

的故事》(1902)、《同一血统;或,掩盖着的自我》(1902—1903)和《托普西·坦普尔顿》(1916),人物传记《著名黑人男性》(1901—1902)和《著名黑人女性》(1901—1902)以及《黑人早期成就史实入门》(1905)等作品,并在报刊上发表了大量社论和评论文章。

霍普金斯于1859年出生在缅因州的波特兰市,在波士顿读完中学。她21岁时创作的音乐剧《奴隶出逃;或,地下铁路》上演,霍普金斯本人和她家庭里的成员都参加了演出。此后的几年中,她作为歌手和她的家庭演出团一起到各地演出。1900年她在《美国有色人杂志》上发表了短篇小说《我们内心之谜》。同年,有色人合作出版公司出版了霍普金斯的《对立的力量》。此后四年她陆续出版了三部小说。1902年,霍普金斯成了《美国有色人杂志》的编辑。她是杜波伊斯的种族观念主张的支持者。1904年,推崇布克·华盛顿的弗雷德·摩尔接管该杂志,宣扬华盛顿的种族调和政策,为此霍普金斯离开了。她开始在《黑人的声音》杂志上发表题为"20世纪的深肤色人种"的系列文章,批判白人至上,认为20世纪的危机将是黑人问题以及资本和劳工间的矛盾。

霍普金斯在20世纪80年代重新受到重视后,她的作品中评论界分析评论得最多的是《对立的力量》,它被公认是霍普金斯小说中最好的一部。该小说在时间上跨越了一个世纪,在地域上从百慕大群岛到美国、英国。人物间关系从历史、血缘、思想信念到政治主张错综复杂。故事开始于1790年,百慕大群岛上的一个种植园主查尔斯·蒙特福特不愿按英国法律之规定解放黑奴,便带着黑奴举家搬到美国的北卡罗来纳州经营棉花种植园。他对黑奴的"开明"态度,以及他想在回英国养老之前解放自己的黑奴的打算,引起了当地白人种族主义分子的不满。他们想要教训教训他。很快出现了一股流言,说蒙特福特美貌的妻子格雷丝身上有黑人血统。作者并没有表明这流言的真伪,但仅仅是怀疑就足以使蒙特福特全家受到白人的排斥。附近的白人农场主安森·波洛克为了得到格雷丝做情妇,和种族主义分子一起,借口蒙特福特的黑奴策划叛乱，袭击了蒙特福特的农场，蒙特福特被子弹打死。格雷丝受到残酷的毒打，为了逃脱被波洛克强奸的命运自杀了。波洛克占有了格雷丝的女奴露西，格雷丝的两个儿子沦为波洛克的奴隶。大儿子查尔斯被卖给一个英国人，后来英国人给了他自由，并把他带到英国。小儿子杰西受尽了波洛克的奴役，最后逃到了新汉布什尔州，在黑人社区中长大成人，娶了一个黑人女子为妻，有了许多儿女。一对亲兄弟就这样一个沿着白人、一个沿着黑人的人生轨迹繁衍生息。在这样一个历史背景下，霍普金斯展开了小说的主要情节。一个世纪之后，杰西的后代威尔·史密斯和妹妹朵拉·史密斯与寡母一起生活在波士顿。威尔在哈佛大学学哲学，朵拉和母亲一起经营寄宿公寓。威尔是个争取黑人权利的积极分子，他在政治和教育方面的观点和杜波伊斯的观点极为相像。他和住在寄宿公寓里的混血姑娘萨福相爱。萨福在家里为一家公司打字，因为公司老板虽然愿意给她这份工作，却不愿让一个黑人女子在公司上班。朵拉的未婚夫，也住在公寓里的黑人律师约翰·兰利为萨福的美貌所迷，总想勾搭萨福。兰利在政治上很有野心，想依靠白人向上爬。他接受白人政客的贿赂，极力利用他在黑人社区中的地位，阻止黑人对南方的白人种族主义分子将黑人私刑处死等暴行采取有组织的政治行动。在美国有色人种联盟召集的一次讨论南方愈演愈烈的私刑问题的会议上，兰利主张不要采取任何行动，遭到一个叫卢克的黑人的批评，他向与会者讲述了自己亲身经历的白人种族主义暴行。他讲到他的父亲如何被白人暴徒私刑处死，他如何死里逃生，被一个叫博宾的黑人救回家中，把他像亲生儿子一样养大。博宾的白人父亲有个同父异母的弟弟，他把博宾十四岁的女儿梅布尔强奸后送进了妓院。博宾几个星期后才找回了女儿，他的叔叔竟然想以一千美元钱了结此事。博宾把钱扔还给他，说要到联邦法院去告他。但是第二天家里的房子被烧，家人被打死，卢克奋力救出梅布尔，把她送进了修道院，后来在那儿生了个男孩。听到卢克的叙述，萨福在会场当场昏倒,使兰利意识到萨福就是梅布儿。他于是威胁萨福,如果不答应做他的情妇,他就要揭穿她的身世。萨福一方面为了躲避兰利,一方面不希望威尔娶有自己这样的过去的女人为妻,就给威尔留下一封说明兰利的企图和自己的过去的信,然后悄悄离开。威尔把信的内容告诉了朵拉,朵拉立即和兰利解除了婚约。后来朵拉和路易斯安那黑人职业学校的校长刘易斯结婚,婚后搬到学校所在地。威尔去看望他们,无意中遇到了萨福,不久两人就结了婚。至于兰利,由于他的贪得无厌,后来冻死在淘金的地方。小说是个大团圆的结局,蒙特福特在英国的一支家族和史密斯一家团聚,他们在百慕大找到了露西和她的女儿,发现兰利是露西的重外孙,也就是说,是波洛克的后代。

从上面的故事梗概可以看出,《对立的力量》虽然没有摆脱世纪之交黑人文学的主题和人物塑造的框架,但是作品的重要意义是不容忽视的。《诺顿美国黑人文学选集》是这样评价这部作品的:"《对立的力量》极其有力地审视了蓄奴制对黑人家庭的破坏所产生的长期的影响、北方黑人中产阶级政治行动的必要性以及爱情和紧密的家庭关系在克服甚至对身心最为有害的种族暴行,特别是对黑人女性的性暴行的后果上的巨大力量。"[1]霍普金斯在小说中除了表现蓄奴制和种族歧视的罪恶之外,还通过小说演绎了当时黑人领袖对于解决种族问题的不同立场。威尔和萨福对于黑人教育的看法体现了杜波伊斯的思想,而刘易斯则身体力行地贯彻华盛顿的职业教育、在政治上与白人妥协的思想。在现实生活中,这两种立场始终互相对立,但霍普金斯在小说里给予了它们各自得到实现的机会。刘易斯夫妇搞他们的黑人职业教育,史密斯夫妇则提倡给黑人以正规高等教育,并积极为黑人争取政治权利。霍普金斯在作品中揭露种族主义暴力时,并没有停留在暴力本

---

① 小亨利·路易斯·盖茨、耐利·麦凯编:《诺顿美国黑人文学选集》,第570页。

身,而是表明种族主义暴力是种族主义分子用来威胁阻止黑人争取政治权利的手段。和当时绝大多数黑人作品不同的是,《对立的力量》还反映了作者对妇女问题的关注。她通过小说中的人物威利斯太太之口表明,黑人妇女地位的提高应该是美国妇女问题中的新问题。她认为应该成立黑人妇女俱乐部,把黑人妇女组织在一起进行学习,从事救助等一切有利于妇女的活动。她的女主人公萨福和朵拉都有着强烈的改变种族命运的意识,她们讨论妇女参加政治活动和取得选举权的重要性,结婚后和丈夫一起为共同的事业奋斗。在提高黑人社会地位的问题上,小说强调关键在争取选举权和黑人男女受教育的权利以及黑人自我素质的提高。今人当然可以认为霍普金斯的看法幼稚,她的解决种族及妇女问题的设想没有触及问题的要害,但是她能够看到黑人妇女的问题既是个种族问题,又是个妇女问题,这在当时是很难得的。通过小说提供的错综复杂的情节,霍普金斯向读者提出了一个最根本的问题:以是否有黑人血统来区分人究竟有什么意义? 不同的生活环境、不同的人生经历、不同的性格和人生观,使都有黑人血统的一群男男女女有了不同的追求和表现,不同的结局。在这一点上,黑人和其他人种难道有任何区别吗?

霍普金斯其余的四部小说都是以在期刊上连载的形式出现的。除《托普西·坦普尔顿》是发表在《新时代》上的之外,其他三部都发表在《美国有色人杂志》上。黑兹尔·卡贝在《"小说作用何在?":宝琳·伊丽莎白·霍普金斯》一文中提到这些小说时说:"霍普金斯在创作可望获得更多读者的杂志连载小说时,采用了更为流行的传统的男女主人公形象。在继续政治性小说的创作时采用了流行小说的形式……"①黑兹尔的这段话点出了这几部小说的特点。在情节的基本

---

① 黑兹尔·卡贝:《重构女性:美国黑人女作家的出现》,牛津大学出版社,1987 年版,第 124 页。

构架上和《对立的力量》相仿的《维诺娜》主要反映19世纪中叶黑奴逃向自由过程中的经历,以及主人公到达没有蓄奴制的英国后的幸福生活。女主人公也是美丽端庄的混血姑娘,故事围绕浪漫的爱情展开。该小说主要揭露的是蓄奴制的罪恶,但是除了通过地下铁路出逃之外,作者没有像在《对立的力量》中那样探索解决种族问题的各种途径。《同一血统》故事背景是20世纪初,黑人医学院的学生布里格斯爱上了黛安特,结了婚。为了能够多挣一些钱,布里格斯参加了去埃塞俄比亚的考古队,把妻子托付给了好友利文思顿。利文思顿为了得到黛安特,欺骗她说布里格斯出事身亡,同时又制造了翻船的事故,既杀死了自己的未婚妻莫莉,又使人们以为他和黛安特也葬身水下。布里格斯长久得不到妻子的任何消息,忧心如焚,在迷睡状态下出现了黛安特翻船死去的幻象。他在痛苦中进入了一座金字塔,失去了知觉,醒来发现自己在一个神秘的地下城市中。那儿的老百姓说他是他们盼望已久的国王,他和女王结了婚,要在一起恢复埃塞俄比亚昔日的辉煌。但在又一次迷睡状态下,他得知黛安特还活着,便踏上了回美国寻找黛安特之路。这边在美国,黛安特已经和利文思顿结了婚,但是后来她得知布里格斯并没有死,就从利文思顿身边逃走。她在森林里迷了路,被一个叫汉娜的黑人老妇带回家中。汉娜认出黛安特是自己女儿迈拉的孩子,并告诉黛安特,布里格斯和利文思顿也是迈拉的孩子。他们都有着"同一血统"。黛安特企图毒死利文思顿,利文思顿发觉,让黛安特喝下了毒药。黛安特死去,利文思顿自杀,布里格斯回到地下城市,去完成自己未竟的事业。《同一血统》中的女主人公黛安特虽然仍没有摆脱当时黑人小说中混血姑娘的模式,但是地下王国的女王却是早期黑人文学中不多的几个黑皮肤美女之一。通过这部充满了偶然巧合和夸张情节的小说,霍普金斯表达的依然是黑人男女在种族进步上所肩负的社会责任。有的评论家认为,《同一血统》是黑人在科幻小说上的第一次尝试。

萨顿·格里格斯

萨顿·格里格斯(1872—1933)出生在得克萨斯州夏特菲尔德,父亲是浸礼会的传教士。格里格斯在里士满神学院毕业后先后在弗吉尼亚和田纳西州做传教士。他一生共写了 33 部具有强烈的战斗性的作品。他还是位有声望的传教士和演说家,在作品和演讲中唤起黑人的种族自豪感和自强奋斗的精神,抗议种族歧视,争取黑人的权利,要求黑人自决权。他在田纳西州纳什维尔市创办了猎户座出版社,出版了不少他自己的作品,在黑人群众中推广。由于他不依赖白人的出版社,所以不必为了作品能够出版而考虑白人的趣味,可以直截了当地表明自己的观点,而这一点是他同时代的黑人作家不可企及的,但也正是由于没有白人的出版社出版他的作品,他的作品在当时很少引起主流社会的注意。在格里格斯的 33 部作品中有 5 部是小说,他通过这些小说抨击对黑人的歧视与迫害,歌颂他们的高尚品德,指出黑人的缺点与不足都是野蛮的蓄奴制造成的,而他们的成就则表明了民族的才智与能力。他在《国中国》里的一段话很有代表性:"蓄奴制时代那种畏畏缩缩,阿谀奉承,懦弱乞怜的黑人消失了,新的一代黑人起而代之,他们自尊自强,勇敢无畏,决心行使与保卫自己的权利。"①

《国中国》(1899)是他的第一部作品,是黑人作家所写的第一部政治小说,也是最早反映激进黑人民族主义思想的作品。该小说描写在"国中国"这一黑人秘密战斗组织中存在的是否要以武力在得克萨斯州建立黑人国的问题上的不同态度与行动。小说除大量揭露种族歧视的罪行外,还抨击了对黑人政治上的迫害,指出黑人应建立自己的组织,保护政府不能保障的黑人的权益。贝尔顿虽然大学毕业,仍因是黑人受到迫害,仅仅因为在教堂中帮助一个白人姑娘在赞美诗集中找到

---

① 萨顿·格里格斯:《国中国》,编辑出版公司,1899 年版,第 62 页。

所要的赞美诗,被处以私刑。白人以为他已死,割断了吊死他的绳子,他得以死里逃生。他加入了"国中国"组织。贝尔顿的中学同学伯纳德也加入了"国中国"。伯纳德在种族问题上态度很激进,在"国中国"成员中有很大的影响。在一个黑人因为被任命为邮政局长而被暴徒私刑处死后,伯纳德主张黑人公开起义,要求占领得克萨斯成立黑人国,把路易斯安那割让给盟国以换取援助。贝尔顿反对暴力行动,提出得克萨斯州的黑人主动和白人隔离,自己解决自己的问题。贝尔顿因拒绝和组织合作而被处死。

在格里格斯的第二部小说《阴影笼罩》(1901)中,作者表现了对于黑人在白人主宰的社会中的前途无望的心情,指出他们面前的道路崎岖坎坷。小说故事发生在南方的弗吉尼亚州,尔玛·怀逊和奥斯忒尔·赫恩顿是一对情人。当奥斯忒尔离家外出上大学时,前州长的儿子约翰·劳森想利用多利使尔玛成为自己的情妇,但是他不知道多利和尔玛的母亲是姐妹,是约翰父亲的私生女。多利为了报复,在法庭上公开了劳森父子玩弄黑人妇女的劣行,结果老劳森神经失常,约翰被判刑,多利也受到被浑身涂上柏油粘上羽毛的惩罚,自杀而死。尔玛和奥斯忒尔结婚后,尔玛的兄弟约翰突然来到他们家中。约翰因杀死了一个坚持反对工会吸收黑人的白人工人被判在用铁链锁在一起的囚犯队中服苦役,他从囚犯队中逃了出来。约翰因在逃跑时风餐露宿,身体极度虚弱,不久即死去。尔玛感到,因为自己相信了布克·华盛顿的讲话,劝约翰坦白,才导致了他的悲惨结局,她极度悔恨悲伤,不久也死去了。奥斯忒尔的一个友好的白人朋友劝奥斯忒尔"接受不可改变的事实……有意识地不断地按最少反抗的路线行事,那么一切总会好起来的"[1]。奥斯忒尔拒绝接受这种劝告,也排除了回非洲的想法,因为非洲"也笼罩着阴影"。他悲痛地把妻子海葬了,因为在海中,"那儿不存

---

① 萨顿·格里格斯:《阴影笼罩》,猎户座出版公司,1901年版,第215页。

在这样的社会群体,他们的生存条件是将阴影笼罩在一切他们认为不可同化的事物上"。① 作者通过混血女尔玛短暂的一生,揭露南方一个广泛的社会问题,即道貌岸然的白人绅士对黑人妇女的玩弄与遗弃,造成越来越多的种族悲剧。寻欢的绅士留下混血的私生子女,任何一点黑人血统都会给一个人的一生罩上阴影:才能得不到发挥,职业没有保障,被排除在工会之外,法庭不公,肤色深浅不同的人之间的隔阂甚至仇恨,这一切常常使他们陷入走投无路的绝境。作者通过尔玛的命运批判了布克·华盛顿的种族妥协哲学。

格里格斯在《挣脱枷锁》(1902)的前言中表明,他写这本小说的目的是"将读者带入黑人民族的内心世界,袒露存在于他们内心中的理想"②。小说开始时,田纳西州一个白人种植场主去世,把财产的大部分留给了侄子莱缪埃尔·达尔顿,剩下的给了一个黑人老保姆和一个叫莫莲的混血姑娘。莱缪埃尔和黑人青年哈里·达尔顿发生冲突。一些白人认为,哈里和他的姐姐比拉要求平等,完全是因为接受了正规教育,而黑人的教育只应教会他们干活。他们把姐弟二人赶出了社区,这使黑人十分气愤,大批黑人搬出了社区。一群年轻白人认为是比拉唆使黑人采取行动的,在冲突中将比拉打死。为了避免黑人报复,白人拉出一个黑人教师来平息事端。莫莲和哈里结婚后一同搬到附近的城市去生活。莫莲在那儿遇到了黑人政治家多兰·沃塞尔。沃塞尔为莫莲的美貌所吸引。他的政敌想利用哈里杀死沃塞尔,莫莲得知后告诉了沃塞尔,并离开了哈里。沃塞尔向莫莲求婚,莫莲提出条件,要他制定出能使黑人的思想挣脱枷锁,使黑人和白人能够和平融洽地生活在一起的规划,才和他结婚。沃塞尔果然提出了促进黑白两个民族在南方和睦相处的"多兰规划",莫莲和他结了婚。这时,莱缪埃尔娶了一个

---

① 萨顿·格里格斯:《阴影笼罩》,第 217 页。
② 萨顿·格里格斯:《挣脱枷锁》,猎户座出版公司,1902 年版,第 5 页。

北方姑娘,她受到莱缪埃尔的影响,对黑人既仇视又恐惧,结果在看到一个黑人时吓得歇斯底里大发作,从马背上掉下来摔死了。这个致命的打击使莱缪埃尔猛醒,开始意识到在南方,只有黑白两个民族之间友好相处,才能给两个民族都带来幸福和繁荣。小说揭露了南方白人在黑人教育问题上的偏见,分析了造成白人对黑人实行种族隔离、歧视、恐吓的思想根源。尤其重要的是"多兰规划",这实际是作者本人在种族政策方面的见解的反映。格里格斯把一篇题为《多兰规划:〈挣脱枷锁〉后续:关于种族问题的论文》的文章附在小说的最后,既提出了通过各级教育提高黑人本身文化和素质的措施,也认为黑人必须拥有政治力量。

正是由于黑人被剥夺了政治权利,他们感到自己在美国的处境像是"一只束缚住的手"。格里格斯的《束缚住的手》(1905)阐明的正是这个观点。小说揭露了南方混血人种在肤色深浅不同构成的等级下的悲惨遭遇,以及白人的政治、司法制度的不公。蒂亚拉是混血父母三个子女中肤色最深的,为了利于家庭其他成员隐瞒黑人血统,她小小年纪就被迫离开家庭。尤妮斯违背自己的意志嫁给了白人,在她的黑人血统被发现后精神崩溃,最后疯了。黑人被私刑处死,对私刑犯提起公诉的律师在政治上遭到排斥,而私刑犯倒被陪审团判为无罪。在这本小说中,格里格斯还有意识地抨击了小托马斯·狄克逊的种族主义小说《豹斑》,并在书后附了一篇评论:《一只束缚人的手,〈束缚住的手〉的补充:评小托马斯·狄克逊先生的反黑人讨伐》,分析了狄克逊污蔑歪曲黑人形象的动机和社会根源,是黑人作品中对狄克逊抨击最有力的。

格里格斯的《指路》(1908)和《束缚住的手》一样,也是揭露南方种族歧视和黑人政治上的不平等造成的混血人种的悲剧,但是由于是"指路",因此比《束缚住的手》多了一线希望。莉迪夏是白人和女奴的私生女,却看不起黑皮肤的黑人,认为黑人应该通过婚姻使肤色一代比一代浅,因此两个黑皮肤的人结婚对她来说简直就是犯罪。她拼命要侄女克洛迪尔嫁给做律师的混血儿鲍·佩珀司，但是克洛迪尔爱的是大学同学，黑皮肤的康若·德里斯科尔。一个假期，克洛迪尔把埃娜请到南方贝尔罗斯家中度假。埃娜是个漂亮的有英国和西班牙血统的印度姑娘，克洛迪尔希望埃娜会爱上佩珀司，这样她就可以和德里斯科尔结婚了。埃娜果然对佩珀司很有好感，但是深为埃娜的美貌所吸引的白人律师塞斯·默莱却对她说，南方社会提供的黑人的活动范围只有干活、吃饭、睡觉、死亡，在南方种族之间没有社交的自由，任何人如果在南方和一个种族交往，就不会被另一个种族接受。当埃娜问默莱，在南方种族之间是否有希望和谐相处时，默莱认为唯一可能改善种族关系的是黑人和白人中的优秀分子在政治上的合作。埃娜想要帮助改善种族关系，劝说佩珀司去说服默莱，要他提出公正对待一切公民，并以此作为竞选市长的口号，以获取黑人的支持。默莱在黑人青年被杀害的事件中积极支持黑人，受到黑人的信任，当选为市长。默莱在贝尔罗斯的开明的种族政策获得联邦政府的好评，也引来希望改善南方黑人和贫困白人的生存状态的富人的经济资助。在埃娜的积极鼓动之下，佩珀司到最高法院为黑人的公民权，特别是选举权辩护。小说结束时，贝尔罗斯式的种族政治合作的试验受到高度赞赏，佩珀司和埃娜也在共同的事业中结为夫妻。格里格斯在《指路》中通过开明的白人与有政治头脑的黑人在南方小城进行的这种政治合作的试验，指出这条道路不仅能解决南方的问题，而且有利于全国形势的改善。这反映了作者归根到底具有南方黑人的传统心态，即依靠高等白人为种族问题提供解决方案。

　　格里格斯的作品反映他动摇于激进与调和之间，前者代表为《国中国》，后者代表为《指路》。这种态度不是格里格斯个人独有的，它反映了第一次世界大战前黑人知识阶层的困境，是个历史的困境。在大量黑人涌入城市，形成黑人能独立进行斗争的群众基础之前，黑人很难进行既富于战斗性又现实可行的政治行动。世纪之交的黑人民族主义思潮尽管具有强烈的战斗性,但往往只是难以实现的政治上的空想。格里格斯作品的价值并不在于它们的文学性,而主要在于真实地反映了世纪初美国黑人的处境和一代黑人知识分子在解决种族问题上的探讨。

詹姆斯·威尔顿·约翰逊

詹姆斯·威尔顿·约翰逊(1871—1938)一生的成就是惊人的。他多才多艺,是佛罗里达州第一个黑人律师,还是诗人、作家、记者、出版家、外交家、教育家、教授,是哈莱姆文艺复兴中的重要人物,早期黑人民权运动的领导人。约翰逊出生在佛罗里达州杰克逊维尔市,父亲是一家豪华假日饭店的领班,母亲是小学老师,会弹钢琴、画画、写诗。约翰逊从童年时代起就对音乐和阅读有浓厚的兴趣。小学毕业后,由于当地没有黑人中学,他到亚特兰大大学读预科,1894年从亚特兰大大学毕业。在17岁那年夏天,约翰逊给一个白人医生萨姆斯做秘书。萨姆斯反对种族歧视,平等对待约翰逊,不仅鼓励他看书写诗,还认真地和他一起讨论各种问题。他带约翰逊到纽约和华盛顿去,和他同吃同住。萨姆斯的为人和在大都会中的见闻对约翰逊产生了很大的影响,他在自传《沿着这条路》(1933)中称,他把萨姆斯"当成典范,人和绅士就应该是这个样子的",他"要想成为作家的志向更明确、更强烈了……"①亚特兰大大学的良好教育使约翰逊更加关心黑人的未来,产生了为种族服务的责任感。约翰逊毕业后回杰克逊维尔做了小学校长,并开始为改善黑人的处境努力。他建立了佛罗里达州第一所黑人中学,在1895年创办了第一份黑人日报《美国人日报》。同时他又读法律,成了律师。他一面做校长,一面做律师,夏天到纽约和弟弟约翰一起谱写流行歌曲,创作轻歌剧和音乐喜剧。他们所写的最著名的歌

---

① 詹姆斯·威尔顿·约翰逊:《沿着这条路》,海盗出版公司,1933年版,第98页。

曲是《大家引吭高歌》，被看作黑人的圣歌。1900年，约翰逊兄弟和当时著名的黑人表演家鲍勃·科尔合作，成功地创作了一部轻歌舞剧，在百老汇上演。1901年约翰逊移居纽约，一面继续和弟弟及科尔合作进行音乐剧的创作，一面在哥伦比亚大学文学专业学习。1906年，他获得国务院的任命，到委内瑞拉任领事，1909年又被调往尼加拉瓜任领事。在出任领事期间，约翰逊写出了小说《一个原黑人的自传》，于1912年匿名出版。1913年约翰逊辞去领事的工作，回到纽约。他为黑人周报《纽约时代周刊》写社论。从1916年到1931年，约翰逊先担任四年美国全国有色人种协进会组织干事，后来任总干事。在任组织干事期间，他负责发展各地的分会，调查私刑处死等因种族歧视引发的暴力事件，奔波在南方各地。在两年的时间里，全国有色人种协进会的成员从1万名发展到4.4万名。约翰逊大多数的作品也是在这15年中问世的。离开在全国有色人种协进会的工作后，约翰逊做了菲斯克大学的文学教授。

约翰逊一共出版了四部诗集：《50年及其他诗歌》（1917）、《上帝的长号：七篇黑人诗体布道文》（1927）、《圣彼得讲述一个事件：诗选》（1935）和《诗选》（1936），还编辑了一部黑人诗选和两部黑人圣歌集，写了一部历史书《黑人的曼哈顿》（1930），一部论文集《美国黑人，现在怎么办?》（1934），小说《一个原黑人的自传》和自传《沿着这条路》。

约翰逊极其重视黑人民间文化传统，认为黑人圣歌及其他黑奴诗歌是真正的美国货，美国黑人诗人只要和民间传统认同，作品就会从内在而非外在之象征来表现种族精神。他写了大量诗及歌词，是哈莱姆文艺复兴时期的重要诗人。他的早期诗作主要表现黑人对获得解放的欢欣，对种族歧视的抗议，对黑人中英雄的歌颂。世纪之交时约翰逊所写的歌词随着黑人音乐的流行而广为人知，著名的《大家引吭高歌》后来被公认是黑人的"国歌"，反映出了黑人经历苦难后充满希望的心情：

大家引吭高歌，

直唱得自由的和声

响彻天地，

让我们的欢声笑语，

直达倾听着的天宇，

如翻腾大海的隆隆回响。

唱一曲充满黑暗的过去教会我们的信心之歌，

唱一曲充满现实带给我们的希望之歌；

面对我们新一天开始时冉冉升起的朝阳

让我们前进直到胜利。

……

　　约翰逊为了鼓励黑人进行诗歌创作，促进黑人诗歌的发展，改变社会对黑人的看法，编纂了《美国黑人诗歌选集》。在《美国黑人诗歌选集》的序言中，约翰逊说："黑人在美国的地位主要是国人对这一种族的态度问题，而要使人们改变这一态度，提高黑人的地位，主要要靠黑人文学艺术中所表现出的和白人同样的智力。"

　　《一个原黑人的自传》(1912)是部特别值得一提的作品，因为这部小说具有不同于当时一般黑人作品的特点。他在这部作品中不像其他黑人作家那样渲染黑人之优点与白人之邪恶，而是用冷静的笔触将种族歧视造成的现实摆在读者面前，使读者也能冷静地思考与分析问题。作品的叙述者，即无名的主人公，是个有钱的南方白人和他肤色白皙的黑人情妇的私生子。他在北方长大，最初对自己的黑人血统一无所知，直到学校的老师说出真相。他决心要有所成就，做一个"伟大的黑人"，以突破社会对黑人的偏见。约翰逊打破了当时黑人作品多描写南方生活对黑人的局限，让他的主人公从南部农村来到北方城市，并随主人去了欧洲。这位很有音乐天赋的肤色白皙的黑人青年中学毕业后到亚特兰大去上大学,但是学费被偷,只得到杰克逊维尔的雪茄烟厂去做工,烟厂倒闭后他去纽约,在哈莱姆区歌舞酒吧当过钢琴手,后来被一个白人富豪雇去在私人晚会上弹钢琴。不久他又随着主人到欧洲生活、旅行,在音乐上达到了很高的造诣。他萌生了利用黑人民间音乐作为素材创作交响乐的念头,便立志回到美国南方,去记录研究黑人民歌。在佐治亚州目睹私刑的场面后,他对白人的凶残和黑人的无助感到既惊恐又愤怒,同时也为自己的民族居然默默承受这种野蛮行径而感到羞耻。他回到纽约,选择了做一个白人富商而不是黑人音乐家的道路。他说,使自己不做黑人的原因是"耻辱感,无法忍受的耻辱感。为被看作是能够泰然地接受猪狗不如的对待的民族的一员而感到耻辱"①。

　　他娶了个白人女子为妻,她为他隐瞒了他具有黑人血统的秘密,甚至连子女都没有告诉。他赚了许多钱,但是他的内心却十分空虚。妻子去世后,他意识到自己的选择使他否定了他和黑人艺术有着千丝万缕联系的文化归属。当他在白人的地位上看到许多黑人献身于民族彻底解放的斗争时,他感到自己是个懦夫、逃兵,却无法下决心回到黑鬼的行列里去。在他生活的每一个关键时刻,他选择的都是一条最少斗争的路,听任环境为他做出抉择。尽管最后他在世人眼中成了个有钱的"白人",但对他自己来说,他的一生是失败的,是人没有能够实现自我的一个象征。

　　能够从这样广阔的角度反映黑人在美国生活的现实,又能够这样深刻地审视有着黑人血统的人的文化归属问题,当然与作者本身丰富的生活经历是不可分的。他之所以用自传的形式来创作他唯一的一部小说,正是因为他希望读者把它当做"一个真实的人在解决自我归属问题上真实的心路历程"②。这部作品的写作风格,反映种族关系的角

---

　　① 詹姆斯·威尔顿·约翰逊:《一个原黑人的自传》,收入小亨利·路易斯·盖茨、耐利·麦凯编:《诺顿美国黑人文学选集》,第853页。

　　② 小亨利·路易斯·盖茨、耐利·麦凯编:《诺顿美国黑人文学选集》,第768页。

度,着重从人物内心世界来表现人物的手法,以及与当时黑人作品中流行的人物模式迥然不同的主人公:一个敏感、有教养、由于气质决定是个沉默的忍受者而不是战斗的改革家,为摆脱屈辱的命运而隐瞒自己的黑人血统却又不断怀疑这一选择是否正确的人。约翰逊着眼的不是迫使主人公最终逃避到白人世界中去的种种客观原因,而是揭示主人公的性格悲剧:

> 我对自己子女的爱使我为成为现在的我感到高兴,并使我不希望成为别样的人;然而当我有时打开一只小盒子,里面收藏着我那很快发黄的手稿,那消失了的梦想,那死亡了的志向,那被牺牲了的才能的唯一可见的残骸,我便无法压下这个念头:不管怎么说,我选择了一个次要的角色,我为了物质利益出卖了自己天生的权利。①

这部作品对 1920 年代哈莱姆文艺复兴时期的一代黑人作家产生了极大的影响,其作者在许多人的心目中成了哈莱姆文艺复兴的先驱。

约翰逊还是 1920 年代哈莱姆文艺复兴时期的著名评论家,他所发表的大量的有关政治、种族、黑人文学方面的文章对哈莱姆文艺复兴产生了巨大的影响。

保罗·劳伦斯·顿巴

保罗·劳伦斯·顿巴(1872—1906)是美国第一个靠写作为生的黑人职业作家。他的父亲乔舒亚原是黑奴,通过地下铁路逃到加拿大后获得了自由。南北战争时他回到美国,参加了北方组建的第二黑人

---

① 小亨利·路易斯·盖茨、耐利·麦凯编:《诺顿美国黑人文学选集》,第861 页。

军团，为反对蓄奴制而战。战争结束后，他在俄亥俄州德顿定居，和内战后获得解放的女奴玛蒂尔达结了婚。顿巴 12 岁时父亲去世。他在中学时是全校唯一的黑人学生，成绩优异，是校刊的主编，文学社主席，被誉为班级诗人。顿巴 16 岁时就在《德顿先驱报》发表了两首诗，18 岁时在他的一个同学出版的《闲谈者报》做主编，这是一份黑人社区的报纸，报上多数的文章是顿巴自己写的，他在文章中鼓励德顿的黑人为争取经济独立而奋斗。中学毕业后，由于要在经济上帮助母亲，他开始找工作，但是作为黑人，连职员的工作也找不到，只好当了一个电梯工。他一面学习自己喜爱的诗人的作品，一面自己写诗在报纸上发表。1892 年，西部作家协会在德顿开会，顿巴应邀致欢迎词，并朗诵了自己的一首诗。他的口才和朗诵的诗歌给了与会者极深的印象，但是人们并不知道这首诗是顿巴所写，纷纷猜测他的身份和诗的作者，"谁都不相信像他这样年纪和肤色的人能够写出具有这样显著的优点的东西"。① 在一个普遍认为黑人，特别是纯血统的黑人不可能具有进入文学殿堂的才能的时代，顿巴用自己的艺术成就证明了黑人在一切方面都和任何民族具有同样的能力。1892 年，顿巴自费出版了第一部诗集《橡树和常春藤》，并未引起特别的注意。1893 年他到芝加哥参观世界博览会，邂逅了许多著名的黑人作家、艺术家和政治活动家，特别是弗雷德里克·道格拉斯，得到了他们的不少支持。1895 年，顿巴出了第二部诗集《老老少少》，引起了当时著名的小说家和评论家威廉·豪威尔斯的注意。豪威尔斯特别欣赏顿巴用黑人口语写的诗，在著名的《哈珀周刊》上发表了评论顿巴诗作的文章，称顿巴在他的黑人口语诗中"对黑人的局限有着一种敏锐的带有讽刺的观察，充满了柔情，我们很少看到，因此很是新鲜……顿巴先生给我们的文学的贡献正是这种幽默的特质，也正是这一点将会使他不同凡响"。对于顿巴的非口语

---

① 杰伊·马丁：《黎明时的歌手》，第 15 页。

诗,豪威尔斯的评论是:"我认为有些很好,但显然他对美国诗歌所做出的贡献不是由于这些作品。"此后,顿巴又于1896年出版了诗集《下层生活的抒情诗》,豪威尔斯为之作序,顿巴从此成名,在华盛顿、纽约、波士顿等东部城市巡回朗诵自己的作品。豪威尔斯的这个看法长期主宰了评论界,它使顿巴成名,但是也对顿巴的创作带来了有害的影响,使他想通过继续发表黑人口语诗歌取悦读者和出版商,从而使自己的非口语诗得到接受。然而期刊杂志要的只是他的口语诗。实际上他多数的诗歌并非口语诗,但是白人对此不感兴趣。

顿巴于1898年结婚,妻子艾丽斯·摩尔也是诗人。他继续在各地朗诵他的诗歌。不久他患了肺病,身体越来越坏,1902年和妻子分居后,回到了德顿母亲家中生活。1906年,不到34岁的顿巴离开了人间。在他短暂的一生中,写了大量诗歌和四部短篇小说集,还有四部长篇小说:《未受感召的》(1898)、《兰德利的爱情》(1900)、《狂热分子》(1901)和《诸神的玩笑》(1902)。他的成就主要在诗歌上。

对顿巴的作品,评论界一直存在着分歧。他的黑人口语诗获得好评,如上文所引豪威尔斯的看法,黑人评论家詹姆斯·威尔顿·约翰逊在《美国黑人诗歌选集》的前言中指出,顿巴是"第一个真正具有艺术成就的美国黑人诗人",并且认为他是最重要的口语诗人,黑人口语诗的奠基人。布克·华盛顿称他为"黑人桂冠诗人"。他被公认为第一个"从审美角度感受黑人生活并以抒情手法加以表达"的黑人。他既用黑人口语也用标准英语写诗,约翰逊把顿巴和苏格兰诗人彭斯相比,说"彭斯用苏格兰方言写出了经典诗篇,顿巴用黑人的口语创造出了音乐"。① 不过也有不少评论家认为顿巴迎合白人的口味,说他笔下的黑人形象和白人庄园文学中的黑人十分相像,认为作为一个黑人作家,

---

① 詹姆斯·威尔顿·约翰逊编:《美国黑人诗歌选集》前言,转引自小亨利·路易斯·盖茨、耐利·麦凯编:《诺顿美国黑人文学选集》,第878页。

在作品中塑造的黑人形象是黑人本身正在努力改变的、由于种族歧视而造成的、在白人的庄园文学中存在的这样一种形象，是黑人读者无法接受的。为顿巴辩护的人则认为，如他在《我们戴着面具》一诗中所说，他是戴着面具进行创作，使他能以"万千微妙含义"来叙述白人不愿面对的现实。《我们戴着面具》是顿巴诗作中最为脍炙人口的一首：

> 我们戴着面具，它咧嘴微笑，满口谎言
> 它盖住我们的脸，遮住我们的眼——
> 这是我们为人类的狡诈付出的代价；
> 我们带着破碎流血的心微笑，
> 带着万千微妙含义说话。
>
> 为何要让世界过于明白地
> 计数我们所有的眼泪和叹息？
> 不，就让他们只看见
> 戴着面具时的我们。
>
> 我们微笑，但是，伟大的基督啊，升向你的
> 是我们受尽折磨的灵魂的哭泣，
> 我们歌唱，但是，啊，我们脚下路途
> 漫长险阻，
> 就让世人做出别种想象吧，
> 我们戴着面具！①

———————

① 小亨利·路易斯·盖茨、耐利·麦凯编：《诺顿美国黑人文学选集》，第896页。

　　对顿巴的评价反映了美国的社会政治气候。在20世纪20年代哈莱姆文艺复兴时期,阿兰·洛克和詹姆斯·约翰逊等黑人评论家虽普遍承认顿巴作为黑人所取得的国际国内名声的历史意义,但对他的作品中的黑人形象则有看法。此后对顿巴评论的基调是他对种族歧视的抗议不够突出,为了作品能够发表,做出了迎合白人读者趣味的让步。人们总是首先评价顿巴这个黑人,其次才评价顿巴这个艺术家。这种情况直到1960年代黑人文艺运动时才有所改变,人们开始更多看到顿巴的艺术成就。1972年,在有许多著名黑人诗人和作家参加的加州大学欧文校区为纪念顿巴诞生百年召开的会议上,顿巴被称作美国历史上在文学领域中超越肤色界限的最早的黑人作家之一,对顿巴的评价也开始超越是否突出了种族抗议这一标准,从他所处的时代、社会环境、黑人传统文化、创作手法等多方面进行分析。对于他在黑人文学中的作用的估价也不能脱离他从事创作的时代。在19世纪末黑人脱离奴隶地位不久,认为黑人智力低下等种族歧视观念仍占主导地位的时候,在白人认为只有在文学艺术方面取得卓越成就的种族才是高度发展的种族的时代,顿巴作为第一个没有任何白人血统的黑人作家,以自己的艺术成就迫使白人承认黑人具有和他们一样的能力,这本身就有着重大的意义。顿巴作为第一个依靠写作谋生的黑人,生活在黑人之中却需要得到白人社会的接受,他的作品反映了他这种生存境遇的痛苦和无奈,这正是顿巴的真正悲剧所在。

　　顿巴首先是一个诗人,其次才是小说家。他有四部短篇小说集:《南部来的老乡》(1898)、《吉迪恩的力量和其他小说》(1900)、《种植园过去的岁月》(1903)、《幸福谷的中心》(1904)。这些小说中不少反映了南方的种族歧视,但有相当一部分对蓄奴制下的庄园充满了怀旧情绪,黑人在庄园里过着质朴自然的生活,有浓厚的田园风味,表现了黑人之间相处的欢乐。由于在很多方面和白人庄园文学相似,顿巴的短篇小说受到不少批评。

他的小说在他生前没有受到多少重视,除《诸神的玩笑》之外。这
与该小说的主人公是白人,反映的是白人的生活有很大关系。评论界
在对他的诗作进行重新评价时,对他的小说,特别是《诸神的玩笑》,也
开始进行新的分析。许多评论家认为《未受感召的》是顿巴精神成长
的自传。在俄亥俄州的一个小城德克斯特,弗雷德里克·布伦特酗酒
的父亲弃家出走,母亲病死。他被虔诚、严厉、死板的老处女普莱姆收
养,弗雷德里克的天性受到压抑。在普莱姆的坚持下,他接受了宗教教
育,和小城牧师的女儿订了婚。老牧师退休后,弗雷德里克做了牧师,
但是因为不愿在布道时公开指责一个未婚母亲,便辞去职务,到辛辛那
提市去做牧师。在辛辛那提一次戒酒集会上,弗雷德里克和父亲相遇。
老人自知日子不长,悔恨过去,回到家乡。弗雷德里克在父亲去世前原
谅了他。他在给朋友的信中的一段话点出了作者所要表达的主题：
"我感到自己在成长。在这里我可以充分自由呼吸。在德克斯特不
行;那儿的空气因宗教而稀薄了。"主人公弗雷德里克是个白人,小说
主要抨击了小城的宗教偏执对人的桎梏,反映了主人公精神上的成长。
《兰德利的爱情》描写的是米尔德里德·奥斯朋和兰德利的爱情故事。
米尔德里德因结核病到科罗拉多州去疗养,在那儿遇见了兰德利。两
个人都是从东部来到广阔的西部。小说中兰德利的这段话也许是作者
所要表达的中心思想："说到底,除了优雅地躺着、合法地欺骗以及最
大程度地远离上帝和大自然生活之外,(文明)究竟有什么意义?"这部
小说中只有火车上一个服务员是黑人。《狂热分子》以南北战争时期
一个俄亥俄小城为背景,反映两个白人家庭因不同的政治见解导致的
冲突。布拉德福特·沃特斯和斯蒂芬·范·多林原是朋友,但是战争
爆发后沃特斯支持北方,多林支持南方,政治见解的冲突使两人疏远
了。当多林的儿子鲍勃参加南军后,沃特斯要女儿玛丽解除和鲍勃的
婚约,但是玛丽不肯。在北军中打仗的儿子牺牲后,沃特斯醒悟了,与
多林和解,于是玛丽和鲍勃结婚。除了因战争中不同的立场造成的狂

热外,小说还表现出反对大批原黑奴进入小城的狂热。在这个问题上,城里的白人,无论是支持北方的还是支持南方的,全都团结一致地力图阻止黑人在小城定居。在这个问题上,作者不无讽刺地说:"所有的党派分歧都暂时地消失了,所有的人都团结在一个事业上——阻止黑人涌入。"这里顿巴虽然没有直接揭露和批评种族歧视与偏见,却触及不同政治态度的白人在种族问题上的共同态度。对小说中唯一的黑人埃德的描写也令人深思。埃德内战前是小城的醉鬼和在大街上宣读告示的人,战争结束后他从战场归来,小城的白人是这样对待他的:"于是他们给了他一个终身享用的地位和他需要的一切,他从受歧视一变而为受到宠物般的对待,因为他们全是些狂热分子。"表面上埃德的地位变了,但是,是白人给了他一个他所属的地位,实际上仍在白人控制的范围内生活。顿巴这三部小说中的人物基本上是白人,在当时种族之间存在巨大鸿沟的情况下,顿巴对白人的思想、生活和感情世界不可能有深刻的了解,抛开了他熟知的黑人生活而去写他不了解的白人,作品必然会失之肤浅,所反映的白人生活也必然缺乏深度。

《诸神的玩笑》和前三部小说不同,写的是一个黑人家庭从南部移居到纽约市的遭遇,被认为是顿巴小说中最好的一部。作品反映了世纪之交黑人面临的一个重要选择:从南方农村向北方城市移民的利弊。贝利·汉密尔顿在南方被诬偷盗而坐了牢,妻子和儿子乔及女儿弗朗西斯离家来到纽约的哈莱姆区。贝利冤情大白后到纽约,但儿子犯罪被监禁,女儿为谋生去跳舞。贝利和妻子重回南方。"这生活并不幸福,但剩给他们的也只有这个了。他们毫无怨言地过着日子,因为他们知道,在比他们的意志强大得多的某种天意的支配下,他们是没有力量来抗拒的。"这一小说和当时风行欧美的其他自然主义作品一样,认为在冷酷无情的世界上,人没有能力主宰自己的命运。作品通过描写初到北方大城市毫无生活经验的黑人青年如何在环境的影响下身不由己地堕落下去,揭示了哈莱姆黑人区底层的生活。有的评论家认为,在战后南方种族歧视和种族隔离愈演愈烈的情况下，黑人纷纷涌向北方希望改善自己的处境，而顿巴却通过展示北方城市的险恶使黑人留在南方，"为新的庄园经济提供驯服的劳动力"①。不过实际上，后来的许多黑人作家，如理查德·赖特、安·佩特里等，都以城市底层黑人生活为题材，反映黑人受到的歧视。顿巴在世纪之初黑人向北方大移民时就能看到北方并不是黑人的天堂，反映黑人在城市这个新环境中的种种遭遇，最后走投无路，只得回到南方，其中的辛酸、幻灭和无望，正体现了黑人当时的生存状态。

顿巴从正反两个方面都对哈莱姆文艺复兴起着影响。1920 年代哈莱姆文艺复兴时期的许多作家受到《诸神的玩笑》的影响，竞相表现城市底层黑人生活的题材，但他的诗与短篇小说中的庄园文学情调却是 1920 年代黑人作家的抨击对象。如果顿巴没有在 34 岁时即死于肺结核，他也许会为黑人文学做出更大的贡献。

第一次世界大战爆发后，黑人文学创作发展的势头减缓。回顾 20 世纪最初的这十几年，黑人文学有了长足的发展，出现了一大批具有相当知名度的作家和诗人，在诗歌、戏剧、散文、小说、评论等一切领域为黑人文学的发展奠定了基础。他们通过揭露黑人在美国遭受歧视和迫害的情况，通过塑造正面的男女黑人的形象，和种族主义分子及美国的种族歧视与种族隔离制度进行了斗争，并在这个过程中不断提高和锤炼自己的表现技巧。一些在这一时期达到创作高峰的作家成为后来者的借鉴和榜样，一些在这一时期开始崭露头角的作家成了后来哈莱姆文艺复兴的中坚。

---

① 罗伯特·博恩：《美国黑人小说》，耶鲁大学出版社，1958 年版，第 42 页。

第三章
哈莱姆文艺复兴时期的黑人小说

第一节　概论

在回顾本世纪黑人文学发展的历史时,第一个吸引研究者的群星璀璨的时期当推哈莱姆文艺复兴时期,亦称新黑人运动,黑人文艺复兴运动。半个多世纪的沧桑也为研究者提供了以不断发展的视角来对这个时期的作家和作品进行再审视的可能。1971 年,牛津大学出版社出版了内森·哈金斯的《哈莱姆文艺复兴》,全面地分析了这一文学运动的方方面面;1972 年阿纳·邦当,这位哈莱姆文艺复兴中活跃的一员,编辑出版了《回忆哈莱姆文艺复兴》;1987 年芝加哥大学出版社出版了小休斯顿·贝克的《现代主义和哈莱姆文艺复兴》,首次较为全面系统地分析了现代主义在哈莱姆文艺复兴中的表现;1989 年维克多·克莱默编辑出版了论文集《再评哈莱姆文艺复兴》,收集了历年来这方面的重要评论文章。这一系列集中研究哈莱姆文艺复兴时代的论著的出现,反映了这个时期在本世纪黑人文学发展中的重要地位。

综观近年对哈莱姆文艺复兴时代的作家及作品的分析研究,可以看出今人对这一文学运动的意义的认识在不断加深,并普遍认为这是第一个得到黑人本身及美国主流社会广泛承认的黑人文学运动,在美国黑人文学和文化史上占有极其重要的地位。当时黑人作家所关心的文学主题和艺术性方面的问题,在整个 20 世纪中都主宰着美国的黑人文学意识,如黑人文学和美国主流文学的关系、黑人口头和民间文学传统对黑人文学的意义、现代化城市社会对文学形式的影响,等等。当代不少评论家认为,美国黑人文学现代主义的传统可以追溯到 1920 年代图默的《蔗》,从《蔗》到赫斯顿的《摩西,山的主宰》,到兰斯顿·休斯的《延迟之梦的蒙太奇》,到埃里森的《看不见的人》,到梅尔文·托尔森的诗集《哈莱姆画廊》,都是一脉相承的。

从第一次世界大战结束到 1930 年代末(1997 年出版的《诺顿美国黑人文学选集》中,哈莱姆文艺复兴时期为 1919 年至 1940 年)涌现出了一大批黑人青年作家,形成黑人文学史上一个重要的高潮。由于这批作家的大多数集中在纽约市黑人聚居的哈莱姆区,并多以此为创作背景,史称哈莱姆文艺复兴。实际上,其他大城市如洛杉矶、华盛顿、芝加哥、费城、克利夫兰等的黑人聚居区中都有重要黑人作家及杂志出现,是这一时期黑人文学高潮中不可忽视的力量。之所以称为“复兴”,则是由于这一文学高潮与 19 世纪末 20 世纪初的黑人文学有着不可分割的历史及思想渊源,是在上述阶段黑人文学的发展后出现的相对沉默以后的再度繁荣。哈莱姆时期的黑人作家和作品进一步发展了世纪之交黑人作家关心的主题,对黑人的心态进行了更为深入的探索。这一时期黑人作家的作品具有前所未有的广度和多样性。黑人不仅表现出了新的自豪感和目的感,而且带着极大的成就感进行创作。

1920 年代是黑人在政治和文化上进一步觉醒的年代,在音乐、诗歌、戏剧、小说等领域都有长足发展。黑人的作品开始被有影响的大公司出版,许多全国性的重要杂志也开始刊登黑人的作品。黑人创办的杂志如雨后春笋般出现,如《火》、《哈莱姆》、《黑色蛋白石》,以及全国有色人种协进会的机关刊物,著名黑人学者和社会活动家杜波伊斯主编的《危机》和全国城市联盟的刊物《机遇》，还有《信使》《黑人世界》等，都致力于美国黑人的社会政治进步事业，发展能使黑人民族感到骄傲的文学艺术传统。这些刊物在反映黑人民族的心声、扩大黑人作品的影响、培育青年作家方面起了不可低估的作用。

　　战后新一代黑人知识分子在西方传统观念分崩离析的时代中成熟了起来，并在哈莱姆崭露头角。他们和世纪之交时期的作家不同：老一代黑人作家大多忠实反映中产阶级的要求，企望在现存社会中争取黑人平等的公民权利；新一代黑人作家则和当时美国"迷惘的一代"青年作家一样，抛弃了传统价值观念，不因循守旧，具有独立的见解。他们多为第二代受过高等教育的黑人，是父辈生活方式与观念的叛逆者。他们在所办的杂志中为自己的观点大声呐喊。《信使》杂志的信条就很有代表性："我反对偶像崇拜/我打碎偶像的肢体/也粉碎人间的传统。"

　　这一时期黑人文学艺术出现了一系列具有重要意义的事件。1921年，一部由黑人创作及演出的音乐剧《跟着跳》开创了集歌、舞、喜剧于一体的新风格，倾倒了黑人及白人观众，成为这一新型黑人艺术产生及发展的强大推动力。1922年，詹姆斯·威尔顿·约翰逊编辑了《美国黑人诗选》，他在序言中强调新一代黑人诗人不应再用口语体创作，而应寻找一种既能表现美国黑人的"意象、语言特点、奇特的思维倾向和独有的幽默及伤感性"，又能表现黑人"最深刻、最高尚的理想及情感"和"最广阔的主题、最大范围的表现手法"的形式。1925年，著名黑人学者，编辑，作家阿兰·洛克编辑出版了《新黑人》文集，收集青年黑人作家新创作的诗歌、散文、戏剧、小说，以此为榜样号召黑人作家在多元文化的美国社会中继续探索，表现黑人民族的自我意识和特性。随着《新黑人》的出现，新黑人的文学作为一个运动得到正式的承认。洛克认为，任何人想要了解黑人的特性，想要全面了解黑人的成就和所具有的潜在力量，都必须从当代黑人文化所提供的黑人自画像中去寻找启示，强调了黑人创作对增进种族了解上的作用。洛克指出，黑人文学不仅和其他非洲文化运动有着密切的联系,而且和世界上一切把种族自豪或民族主义与在艺术、文化和政治上取得新成就相结合的运动也都有着密切的联系。这种强调新黑人的新艺术、新风格、新追求,重技巧、重自由创作的宣言式的理论,反映了新一代黑人政治与文学艺术上的主要思潮,对哈莱姆文艺复兴时期的黑人作家有着极大的影响。黑人学者查尔斯·约翰逊主编《机遇》期间,致力于倡导黑人文学的发展,组织了三届黑人文学竞赛,使大批黑人青年艺术家脱颖而出,同时也使黑人作品受到白人出版商的注意,许多主流出版社纷纷出版黑人文学作品,扩大了黑人作品的社会影响。

1920年代出现这一黑人文艺复兴运动绝非偶然,是复杂的社会、文化、经济、意识形态诸种力量交错作用的产物。

第一次世界大战对黑人民族民主意识之觉醒有重大作用。战争工业的发展大大增加了就业机会,加速了黑人从南方乡村大批涌入北方城市的过程。从1919年到1920年有50万黑人迁入北方,1920年代中又有80万黑人加入北方工人行列。黑人从南部农村向北方城市的大迁移是黑人社会发展中极其重要的事件。在南方处于赤贫状态的分租或佃租的农民和农业工人把向北方迁移看作取得社会和经济发展的良机,希望在北方能摆脱贫困及白人种族主义者的迫害。现代化大城市中的生活使他们不得不彻底改变传统的生活方式,并在他们的思想意识中引起巨大的变化。生活的改善与受教育机会的增加加强了黑人的民族自尊感和独立奋发的意识;而且由于大量黑人集中在黑人聚居区,强化了他们的群体意识,使他们感到前所未有的群体的力量。黑人区的存在和发展又为黑人中产阶级的成长壮大创造了良好的条件,黑人工商业者、律师、教师、医生等大量出现。由于黑人聚居于大城市贫困的街区,条件本来就极差,加以黑人短期内大量涌入,使这些街区人口激增,住房拥挤,疾病流行,犯罪增加。此外,大量黑人士兵参加了第一次世界大战,期望战后黑人在美国能享受民主及平等的权利,但事与愿违,战后的美国种族主义仍然横行,黑人受到变本加厉的压制。杜波伊斯在《昏暗的黎明》中列举了以下的数字:仅在 1919 年,就有"77 个黑人被私刑处死,其中包括一个妇女,11 个士兵;这 77 个黑人有 14 个是在光天化日之下被烧死,其中 11 个被活活烧死"。战后种族间的矛盾和对立迅速激化,导致全国范围内种族仇恨情绪的爆发,如 1919 年"血腥的夏天"中,"全国 26 个城市中发生了大大小小的种族暴乱,8 月份芝加哥的暴乱中死亡 38 人;阿肯色州菲力普斯县暴乱中死亡 25 到 50 人;华盛顿市死亡 6 人"[①]。黑人不再消极忍受,用暴力对白人种族主义的倒行逆施进行了公开的反抗。

向北方的大迁移和战争造成了黑人经济、文化、社会及心理上的巨变,这一切不可能不在黑人文学中得到表现。文学家捕捉住了黑人民族史上这一重要转折,在自己的作品中加以反映。哈莱姆本身是大移民的产物,它成了美国最大的黑人聚居区,又处在美国文化艺术音乐戏剧之都纽约市的心脏曼哈顿岛上,各方面的文学艺术家都要到这儿来一展才能;而且纽约也是黑人政治斗争的中心,全国有色人种协进会和全国城市联盟在此建立,其机关刊物在此出版,1920 年代盛极一时的在加维领导下的回归非洲运动总部也设在纽约。因此,1920 年代的哈莱姆就成了黑人政治文化的首都,新黑人运动及其文学的中心,哈莱姆文艺复兴的发祥地。

黑人文学能风靡美国,还得益于西欧北美的"黑人热"。从战后开始到 1920 年代中期达到高潮的"爵士时代"在欧美白人知识界中造成了"黑人热"。人们对黑人的生活方式、文化传统突然大感兴趣,集中表现在对原始文化的膜拜上。究其思想根源,是对现代西方文明及机械化社会生活的逆反心理造成。战后一股厌恶现代文明的思潮使不少

---

① 杜波伊斯:《昏暗的黎明》,哈考特-布莱斯出版公司,1940 年版,第264 页。

人逃避现实,追求理想的较为单纯的社会和具有原始风情的古朴的文化。在他们的心目中,黑人正是原始的未被现代文明玷污的自然之子的象征。有强烈的黑人民间音乐特色的爵士乐的流行以及非洲原始雕塑绘画的发现,使欧美许多著名的文学艺术家和音乐家受到启示,开始对黑人文化进行认真的研究,这一切更使"黑人热"遍及文学艺术各个领域。

在这种情况下,描写黑人生活的作品大受欢迎,哈莱姆的黑人歌舞酒吧吸引了大批白人猎奇者。白人作家卡尔·范维克顿的小说《黑人天堂》即以哈莱姆为背景,将那儿的黑人生活描写成浪漫、喧闹、彻夜寻欢作乐。他笔下的黑人易冲动重肉欲,大大宣扬黑人区独特的原始情调。此书于 1926 年出版时,正逢哈莱姆黑人歌舞明星走红全国、白人对哈莱姆生活好奇之时,小说迎合了在"黑人热"中白人读者的猎奇心理,一夜之间成了炙手可热的畅销书。范维克顿有声有色地描绘了哈莱姆歌舞酒吧中的夜生活,那疯狂的爵士乐、扭动的腰肢、寻欢作乐的人群。如果说小说中所表现的黑人生活与形象还有任何真实之处的话,恐怕最多也只是反映了哈莱姆夜生活的一个侧面,对于黑人生活的现实起了歪曲作用。但由于此书之畅销,许多大出版公司进一步向黑人作者打开了大门,黑人作家作为一支重要力量进入美国文坛。

哈莱姆文艺复兴的初期涌现了许多诗人,如兰斯顿·休斯、阿纳·邦当、康蒂·卡伦、安妮·斯潘塞等。这也许和躁动的时代中人们急于喊出自己的心声有关。到了 1920 年代中期,其重点似乎转到了小说上,不少以诗歌开始文学事业的诗人也开始出版小说。而严肃戏剧虽经杜波伊斯大力倡导克里格瓦小剧院运动,专门上演"关于黑人、由黑人所写、为黑人而写、接近黑人群众"的戏剧,成效却并不显著。

和任何一个文艺运动一样,哈莱姆文艺复兴运动可以主宰当时的黑人文坛,但不可能垄断一切。从一开始就存在的新旧两代黑人作家之间的矛盾发展得更加尖锐起来,杜波伊斯于 1926 年在《危机》上开辟专栏论坛,批评一些作品缺乏政治严肃性。和以杜波伊斯为代表的老一代作家持不同观点的一批青年作家,如休斯、瑟曼、赫斯顿等,则在1926年创办了新刊物《火》,声称要大量烧掉过去那些陈旧的、死亡了的有关黑人和白人的传统观念,称自己是与旧传统彻底决裂的"新黑人"。

由于哈莱姆文艺复兴在物质上很大程度依赖于出版业、戏剧业、艺术业的繁荣,因此1920年代末席卷美国及西方世界的经济大萧条使这一文化运动很快进入低潮。

综观这一时期"新黑人"作家的作品,它们与南北战争后黑人作品的根本不同之处,在于他们对黑人在美国社会应如何生活以及对文学的作用的态度。19世纪末崛起的一代作家斗争的总目标是争取黑人得到公正的对待,追求与主流文化的认同,他们认为文学应正面表现黑人,成为争取种族平等的工具,他们创作的对象是白人。"新黑人"作家则强调在多元文化结构中探索与确立黑人的文化传统。黑人民族主义情绪的高涨和对白人文明的异化感,使他们追求民族的自我认识,不再赞成盲目地追求一个没有前途的物质至上主义的文化认同,而要保护自己的民族特色。他们具有强烈的自尊自立意识,创作的对象是黑人。这批黑人作家转向黑人民间文化,转向对非洲传统的崇拜,有意识地独立于主流文化传统之外,给黑人文学以自己的生命。他们大胆地向前代黑人作品中可敬的"模范"黑人形象挑战,主要人物来自下层,主要背景是下层生活,而且采用黑人口头语言进行创作,使人物及情节真实、充满生气。他们认为,只有在黑人作家的作品能与白人作家的作品媲美,甚至超过白人作家的作品时,文学才能在促进种族平等上起到积极的作用。

从总体来看,这一时期的作品尽管仍存在着艺术上较为粗糙的不足,但在黑人文学发展史上是一个重要的时期。对黑人作家来说,这是挣脱羁绊扩展视野的时代,作品从主题、背景到价值观都有很大发展,冲破了题材禁区和人物模式,开始了民族的自我剖析与批判,为以后黑人文学的发展打下了坚实的基础。1997 年出版的《诺顿美国黑人文学选集》在六十多年后回顾这一运动时,其第四部分的主编,普林斯顿大学的阿诺德·兰帕萨德教授,对哈莱姆文艺复兴运动做了恰如其分的评价。他认为在消灭蓄奴制后仅半个世纪的时间里,黑人文学艺术就能取得这样的成就,是很了不起的一件事。黑人文学艺术家在此期间"重新发现了他们非洲的祖先的古老的信心和使命感,创作了大量的文学艺术作品,使未来的作家、音乐家和艺术家能够以此为基础进行构建,使广大的黑人群众能够从中看到自己的面貌得到了正确及充满爱心的反映"①。

第二节　兼写小说的诗人

这节介绍的作家主要是诗人,在诗坛上都取得了重大的成就,其中的兰斯顿·休斯更在美国诗坛上极负盛名。由于本书论述的是黑人小说,所以他们在诗歌领域中的卓越成就只能一笔带过,而把重点放在他们创作的小说上。

兰斯顿·休斯

兰斯顿·休斯(1902—1967)是哈莱姆文艺复兴中最负盛名的诗人之一。他的诗写出了哈莱姆文艺复兴的主旋律,表现了对黑人民族和民族文化及传统的强烈的爱和自豪,以及对黑人未来的信心,充分代表了"新黑人"的思想感情:

---

① 　小亨利·路易斯·盖茨、耐利·麦凯编:《诺顿美国黑人文学选集》,第936 页。

我们的明天

如火焰

光亮一片。

昨天

如逝去的黑夜，

一个日暮的名字。

而今天黎明

在我们的来路上

高悬着宽阔的穹隆。

我们大步前进！

——《青年》

他以宣言式的文章《黑人艺术家与种族大山》和诗集《消沉的布鲁斯》（1926）及《好衣服给犹太人》（1927）在哈莱姆文艺复兴中崭露头角。在随后的 40 年中，休斯共写了 16 部诗集、2 部小说、7 部短篇小说集、30 部以上的剧本、9 集儿童故事及 2 部自传。他的创作不仅量大，而且包括了诗歌、长篇小说、戏剧、短篇小说等文学形式，成就卓著。评论家阿兰·洛克在《消沉的布鲁斯》出版后当即欣喜地声称，兰斯顿是"（黑人）的代言人"[①]。小亨利·路易斯·盖茨在《今昔批评面面观：兰斯顿·休斯》一书的序言中总结说，休斯被公认为"哈莱姆的莎士比亚"和"黑人桂冠诗人"[②]。休斯于 1926 年夏发表在《民族》杂志上的《黑人

---

① 《评〈消沉的布鲁斯〉》，《棕榈》，1926 年 10 月号，第 25 页。
② 小亨利·路易斯·盖茨、K. A. 阿皮亚编：《今昔批评面面观：兰斯顿·休斯》序，艾米斯塔德出版社，1993 年版，第 9 页。

艺术家与种族大山》一文被公认为时代精神的代表,新黑人的文学宣言。他在这篇文章中鼓励作家利用自己民族多彩而独特的素材,他宣称:

> 我们这些目前在进行创作的年轻黑人文艺家志在毫无畏惧、毫不羞愧地表现黑皮肤的自我。如果白人喜欢,我们很高兴;如果他们不喜欢也没有关系……我们按我们所知为明天建造自己最坚固的官殿,我们心灵自由地站在山巅。①

休斯出生在密苏里州的乔普林市。他出生后不久父母离婚,母亲为谋生,把休斯寄养在外祖母家。休斯 8 岁时外祖母去世,随后 4 年间他辗转于亲友家中,12 岁时开始和母亲及继父生活。他于 1921 年进入哥伦比亚大学,一年后因不满学校中对黑人学生的歧视而辍学,一面打工,一面写诗。他在商船上做了一年多船舱服务生,先在非洲航线航行,后来在欧洲航线。在欧洲他中途离船,在西班牙、法国和意大利生活了一段时期后,于 1924 年底回到美国,继续一面打工,一面进行诗歌创作。他的诗发表在《危机》和《机遇》等杂志上,1926 年出版第一部诗集。同年休斯进入林肯大学。在大学期间,他继续写诗,1929 年获学士学位。他的第一本小说《不无笑声》于 1930 年出版。在经济大萧条时期,休斯思想急剧左倾,在《新群众》等左翼杂志上发表文章和诗歌。他到南方的黑人教堂和学校中向普通黑人群众朗读他的诗歌作品。1932 年,苏联计划拍摄一部反映美国种族关系的电影,休斯和二十几个黑人青年应聘到了莫斯科。电影拍摄计划流产,休斯在苏联生活了一年,创作了许多激进的诗歌,包括受到猛烈抨击的《再见,基督》。他

---

① 小亨利·路易斯·盖茨、耐利·麦凯编:《诺顿美国黑人文学选集》,第 1271 页。

把在苏联的中亚地区旅行所见写成《一个黑人看苏维埃中亚》(1934)，反映了苏联的民族政策，并把它和美国的种族隔离制度进行了对比。后来休斯来到中国，见到了鲁迅。在西班牙内战时期，休斯作为战地记者到了西班牙。

从 1932 年起，休斯陆续写了三十多个剧本，在黑人观众中很受欢迎。1938 年，他创建了哈莱姆皮箱剧院，次年在洛杉矶建立了新黑人剧院，上演黑人剧作家的作品。他在剧作中大量使用了黑人口头语言和民间用语。剧作的主题强调了美国黑人的尊严和力量。较为著名的有：《混血儿》(1935)、《难道你不想得到自由吗?》(1938)等。评论界一般认为，休斯的诗歌和散文要优于他的剧作。

在麦卡锡主义横行的年代，休斯于 1953 年受到麦卡锡的调查委员会传讯，在压力下他采取了妥协的态度，否认自己是共产党员，但是承认过去的一些激进的诗歌有不妥之处。此后，休斯政治上激进的作品少了，内容再一次集中到美国的种族隔离和争取黑人民权的现实上来。他的两部自传《大海》(1940)和《我流浪中的彷徨》(1956)基本上反映了他的生活和时代。

休斯诗歌的最大特点是使用黑人传统的民间口头语言，并把布鲁斯、爵士乐的节奏和旋律结合进诗作之中。他在诗歌中使用了对话、戏剧性独白、印象主义等手法。一些同时代的评论家对他的这种创新尝试颇有微词，认为他强调了黑人粗俗无知等不利特点，无助于增加种族之间的理解和黑人社会地位的提高。休斯则认为，自己所反映的是普通但高尚的黑人，他以自己杰出的创作成就确立了普通黑人在美国黑人文学中的主人公地位，打破了此前以按照中产阶级白人的价值观生活的黑人为主角的黑人文学模式。评论家理查德·巴克斯代尔明确指出，休斯和世纪之交的黑人文学传统决裂，他转向民间文学及音乐，反对一心要融入主流文化、决意压制"下等黑人"的历史和文化的黑人传统文学定式。①

　　休斯在哈莱姆文艺复兴时期的诗作反映了他对普通黑人的关切，用幽默轻松的笔触表现出他们在一个充满歧视的社会中生存的思想感情。休斯了解并热爱普通黑人群众，诗歌中大量反映下层黑人生活。其著名诗集除上文已提到过的外，还有《亲切可爱的死亡》（1931）、《梦的守护者及其他诗歌》（1932）等。从 1930 年代经济大萧条到第二次世界大战结束，在休斯的诗歌中，悲痛的抗议取代了青年时期的轻松激越。《新歌》（1938）中收集了他激进的诗篇，《莎士比亚在哈莱姆》（1942）中的诗展示出一个和 1920 年代全然不同的哈莱姆，一个充满了失望和辛酸的贫民窟。《单程票》（1949）和《延迟之梦的蒙太奇》（1951）是对种族歧视的有力抗议。美国黑人要求平等发展的机会的梦想一再无法实现，诗人发出了质问：

　　　　一个梦的实现被延迟时会发生什么呢？

　　　　它会干瘪吗？

　　　　就像太阳下的葡萄干？

　　　　还是会像创口般化脓——

　　　　然后流淌？

　　　　它会像腐肉般发臭吗？

　　　　还是会像蜜糖般

　　　　结上糖皮？

　　　　也许它会

　　　　像沉重的负载般垂下

---

　　① 巴克斯代尔：《休斯：他的时代和他的人文主义技巧》，见小亨利·路易斯·盖茨、K. A. 阿皮亚编：《今昔批评面面观：兰斯顿·休斯》，第 94—106 页。

还是会爆炸?

从 1943 年开始,休斯在《芝加哥卫士报》上发表以黑人辛普尔为主角的随笔故事。他的七部短篇小说集中最著名的就是收集成四册的辛普尔的故事:《辛普尔表明看法》(1950)、《辛普尔娶妻》(1953)、《辛普尔表明要求》(1957)和《辛普尔的山姆大叔》(1965)。休斯以一个市井下层黑人的大实话的形式,辛酸而不失幽默地反映了美国社会的浅薄和虚伪。这些故事多数都是由一个叫波埃德的黑人做叙述者,讲述关于他和黑人辛普尔在各种偶遇的场合下,辛普尔向他叙述自己的某个一般都和种族歧视有关的经历,而在叙述的过程中,波埃德往往会和辛普尔的看法发生矛盾。波埃德是一个回避种族歧视的现实的人,他尽可能去按照主流社会的观念规范自己的行为,抱怨辛普尔把什么都往种族问题上扯,而辛普尔认为种族问题确实存在于一切之中。从这些辛普尔的故事中可以清楚地看出,作为一个美国人的理想和作为一个黑人的生活现实之间存在着巨大鸿沟。休斯把存在于 20 世纪中期美国社会中种族歧视的活生生的例证呈现在读者,特别是黑人读者面前,揭穿迷惑着不少黑人的美国梦的虚伪,这和他许多诗歌中的主题是一致的。评论家奥乌契克瓦·杰米将休斯的辛普尔故事集称为"社论小说"或"纪实小说",指出作品的特点是"对于美国黑人的生活和文化,以及对于美国的公众事务,从黑人的视角进行小说化的评论"[1]。

长篇小说《不无笑声》(1930)是一个黑人少年的成长故事,以 1920 年代堪萨斯州一个小城为背景,描写在一个下层黑人家庭中为了摆脱困境如何各自寻找出路,反映了黑人社会内部不同的价值观。黑人男孩桑迪的外婆哈格是虔诚的教徒,靠洗衣挣钱养大三个女儿,对她们寄

---

[1]　奥乌契克瓦·杰米:《或许会爆炸吗?》,见小亨利·路易斯·盖茨、K.A.阿皮亚编:《今昔批评面面观:兰斯顿·休斯》,第 168 页。

予厚望，希望她们为了黑人能够做出一些成就。大女儿坦佩一心一意想赚钱，能够"穿着和白人一样，谈吐和白人一样，思维和白人一样——那么他们就不再会被叫做'黑鬼'了"[①]。对于她来说，说笑是浪费时间，寻欢作乐是黑人一切不幸的根源。小女儿哈里特在五岁时被白人孩子拉住小辫取笑，从此"和白人在一起感到难受，这最早的伤害随着后来的每一次伤害发展成了她无法掩盖的积恨，一种变成了痛苦的嫌恶"[②]。她不愿按母亲的方式生活，不愿终身为白人洗衣，终身从后门进出。她要有自己的生活和生活的乐趣。她经历了许多坎坷，最后成了著名的黑人民歌手。桑迪的母亲安吉是哈格的二女儿，在白人家做女佣。桑迪的父亲吉姆儿酷爱弹吉他，他到处流浪，总是找不到合意的工作，只能做小工，还经常被辞退。哈格抱怨吉姆儿对家庭不能负起任何责任，但是他和许多黑人青年一样，不能像老一辈那样，"无论白人给你们什么工作都统统接受，一句话也不说。你到某个白人的后门口去找工作，五块钱的活他们只付给你一块钱，而且什么时候想辞你就让你走路"[③]。哈格对于女儿的失望使她把希望寄托在了桑迪的身上。安吉随吉姆儿离家，把儿子交给哈格抚养。哈格死后，桑迪到了坦佩家，坦佩虽然也要求桑迪上进，但她的目的是要桑迪以白人为榜样，向他灌输黑人不如白人的观念，说黑人喜爱的歌曲、音乐、舞蹈都是低级的，黑人的口头语言表现了黑人的愚昧无知。在她那儿桑迪不敢唱黑人的民歌，说话要像个绅士。即使如此，桑迪的言行仍然总是不能让姨妈满意。最后，在母子分离五年后，桑迪十六岁时，母亲把他接到芝加哥做旅馆的电梯工。桑迪开了两个月的电梯，感到生活平淡单调，决心重回学校学习，但母亲希望他继续干活挣钱以维持生活。这时早已

---

① 兰斯顿·休斯：《不无笑声》，麦克米伦出版公司，1969 年版，第 240 页。

② 兰斯顿·休斯：《不无笑声》，第 76 页。

③ 兰斯顿·休斯：《不无笑声》，第 74 页。

离家的哈里特已经成了一个巡回演出的歌唱演员,正好到芝加哥演出。见到桑迪和安吉,哈里特要帮助桑迪实现自己母亲对桑迪的期望,她意识到"在这个白人的国家里,我们黑人落得太远了,不能再让脑袋聪明的人白白浪费掉了"①。她决定在经济上资助桑迪读书。桑迪渐渐懂得了黑人生存的现实:在种族歧视下的生活是悲哀的,黑人的困苦并不是如坦佩所说,是因为他们只知歌舞不思上进,才去做唱歌的、小丑、演爵士乐的人,而是"应该从另一个角度来看:他们因贫穷而去跳舞;因痛苦而去唱歌;因需要忘却而总是在笑"②。在这部作品中,休斯向读者展现了黑人区的社会文化生活,正是这丰富的文化传统给黑人贫困受歧视的生活带来了笑声。不少评论家认为,这是当时描写普通黑人生活最出色的作品之一,其中包含了作者对黑人未来的设想。反映在桑迪的未来上,作者否定了坦佩的摒弃一切和黑人有关的传统,甚至包括爱吃西瓜在内,亦步亦趋地模仿白人的世界的态度,表现在桑迪离开了那个窒息他的家庭;当"布鲁斯歌后"哈里特决定承担起桑迪的教育费用,为他开创了获得教育和摆脱贫困的可能性后,休斯看到了黑人的生活"不需要抛弃民间文化也能取得进步;(黑人)能够有舒适的中产阶级的生活而仍旧保持黑人的传统"③。

　　休斯的第二部小说《通向天国荣誉的手鼓》(1958)是从他所写的同名音乐剧改写成为小说的。休斯审视的是在哈莱姆流行一时的各种狂热的小教堂和不同的人在经营小教堂时的不同动机。爱西·贝尔·约翰逊和劳拉·赖特·里德在只有一只手鼓和一本《圣经》的情况下,搞起了街头教堂,逐渐发展,把教堂搬进了旧剧场。爱西和劳拉也都挣下了一些钱。爱西把十几岁的女儿玛丽爱塔从南方接来

---

① 兰斯顿·休斯:《不无笑声》,第 303 页。

② 兰斯顿·休斯:《不无笑声》,第 293 页。

③ 奥乌契克瓦·杰米:《或许会爆炸吗?》,小亨利·路易斯·盖茨、K. A. 阿皮亚编:《今昔批评面面观:兰斯顿·休斯》,第 166 页。

和她一起生活,劳拉买了轿车。劳拉的男友洛迈克斯利用各种机会,包括欺骗的手段,在小教堂赚取钱财。当他移情玛丽爱塔时,劳拉杀死了他,并企图嫁祸于爱西。休斯通过小说揭露了有人利用人们真诚的信仰,假借上帝之名,用拯救的名义来欺骗善良的人的罪恶行径。

当哈莱姆时代结束,多数同龄人沉默以后,休斯仍继续文学事业,直到去世。休斯死后,他的未发表的诗作《豹与鞭:我们时代的诗歌》于 1967 年出版,诗集反映了他对黑人仍然受歧视的愤怒。评论家法里逊认为,这本诗集是休斯漫长的创作生涯的极好的总结:"从他创作事业的开始,休斯就为黑人争取成为一等公民的斗争呐喊。因此,这部诗集作为他的创作生涯的结束,对于为这个斗争和美国诗歌都做出了极端重要贡献的休斯来说,是再恰当不过的了。"①

阿纳·邦当

阿纳·邦当(1902—1973)在哈莱姆文艺复兴时期以诗歌闻名,后来更多是写小说。邦当出生在路易斯安那州,父亲受到白人的威胁后,举家迁移到洛杉矶。邦当 1923 年在洛杉矶大学毕业后,先在邮局工作了一年左右,即被哈莱姆吸引到了纽约,1924 年在《危机》上发表诗歌《希望》,在 1926 年和 1927 年中三次获得《危机》和《机遇》的诗歌奖。他的诗歌的突出特点是对人生的深刻思考,风格优雅宁和,传达出对种族的发自内心的自豪。

邦当于 1931 年出版了第一部小说《上帝送来了星期日》,描写了一个寻欢作乐的马术师的故事。他的最著名的短篇小说《夏日的悲剧》获 1932 年《机遇》杂志奖。

---

① 詹姆斯·德雷珀主编:《黑人文学评论》,盖尔研究公司,1992 年版,第 2 卷,第 1040 页。

此后邦当移居芝加哥,写了关于 1800 年加布利埃尔·普罗瑟在弗吉尼亚州领导的黑奴起义的小说《黑雷》(1936)。邦当在这部作品中反映了奴隶主的凶残,黑奴在他们眼中只是一种工具、一份财产。24岁的加布利埃尔是里士满郊外托马斯农场里的一个黑奴,是个马车夫。他高大健壮,坚毅勇敢,深受黑奴的尊敬和信任。奴隶主托马斯发现老黑奴邦迪拿着朗姆酒,把他活活打死。加布利埃尔忍无可忍,开始了酝酿已久的农奴起义。他计划率领三队黑奴进入里士满,夺取军火库,把起义的黑奴武装起来,建立一个基地接纳其他黑奴,同时派人把起义的消息向周围的城市传播,以鼓励更多的黑奴参加起义。可是,向里士满进军的那天夜里下起了大雷雨,使这个地区变成了一片泽国。快到里士满时,一千多名追随者只剩下了很小的一部分,加布利埃尔只得停止了夺取军火库的行动。在他派出的人中,有一个叫法汝奥的,因为加布利埃尔没有让他指挥一个小队而产生了嫉恨,向奴隶主告了密。惊恐的白人奴隶主们乱抓乱捕,处死了大批黑人。由于根深蒂固的偏见,白人不相信智力低下的黑奴能够组织这场起义,开始怀疑一切外来的白人,引起相当一部分非土生土长的白人逃回北方。在奴隶主不遗余力的搜捕下,加布利埃尔和起义的主要领导人还是被抓住绞死。邦当在《黑雷》中表现了黑奴生活的真实状况,捕捉到了黑奴不同的生活态度,用他们自己的生动语言反映出来。作者精心选择了各种不同类型的黑人,塑造出一个缩微的 19 世纪初的黑奴社会,以及黑奴对自由的一致渴望。邦当使用了不同于当时一般黑人小说的创作手法,不断变化叙述角度,不同人物从不同的视角反映不同的故事片段,读者必须从这些片段中构筑起整个故事。邦当在 20 世纪 30 年代创作这样一部历史题材的作品,目的当然不只是反映黑奴所受的苦难和所进行的斗争。他是要提醒美国人,蓄奴制虽然已经被消灭,但黑人仍生活在受歧视和迫害之中。邦当本人在 1971 年接受约翰·奥布赖恩访谈时所说的话证明了这一点,他明确表示斯科茨伯勒案件①的影响促成了他创作《黑雷》。《黑雷》是邦当最成功的作品,黑人诗人和评论家斯特林·布朗称之为黑人六部最佳小说之一。② 赖特认为《黑雷》是"唯一一部直率地处理黑人的历史和革命传统的小说"。③ 总的说来,当时的读者和评论界没有给予《黑雷》太多的注意。三十多年后,灯塔出版社在 1968年再版此书时,邦当在序言中有这样一段话:"承受力达到极限的黑人要求自己的权利这样一个主题,在当时并不是小说读者准备思索的问题。现在《黑雷》在三十多年后再版,我禁不住感到疑虑,不知故事是否会更好地为美国的黑人和白人所理解。"④邦当的最后一部小说《暮鼓声》(1939)是关于海地黑奴起义的。1943 年邦当获芝加哥大学图书馆学硕士后,到菲斯克大学图书馆工作,大量收集黑人及有关黑人的书籍,使菲斯克大学成了黑人学研究的重要中心。邦当本人则编文选、写传记、儿童故事等。1972 年他编选出版了《回忆哈莱姆文艺复兴》一书。他的作品中贯穿着对人类追求自由和社会公正的激情的歌颂。对于哈莱姆文艺复兴来说,邦当的主要贡献是诗歌。

康蒂·卡伦

康蒂·卡伦(1903—1946)是哈莱姆文艺复兴时代最杰出的诗人之一。他的童年很少为人所知,比较肯定的是,他出生在肯塔基州的路易斯维尔,由在纽约的祖母抚养到 15 岁,老人去世后被一个叫弗雷德

---

① 20 世纪 30 年代闻名美国的诬陷黑人案。亚拉巴马州斯科茨伯勒九名黑人青年被指控强奸了两名白人妇女,尽管医生证明她们并未被强奸,但全部由白人组成的陪审团判他们有罪,法官判处他们死刑。在美国共产党等进步组织和人民的抗议下,几经周折,六年后除一人外其余八人被保释。

② 小亨利·路易斯·盖茨、耐利·麦凯编:《诺顿美国黑人文学选集》,第1240 页。

③ 转引自詹姆斯·德雷珀主编:《黑人文学评论》,第 210 页。

④ 阿纳·邦当:《黑雷》序言,1968 年版,第 15 页。

里克·卡伦的牧师收养。卡伦一方面在保守的基督教卫理公会的环境下成长，但养父又是黑人事业的活动分子，对卡伦有很大的影响。卡伦在上高中时是校报的编辑，并且帮助编辑学校的文学期刊，自己也写诗歌发表。在纽约市诗歌比赛中，高中生卡伦的诗《我与生命约会》获奖。1920 年代可以说是卡伦生命中最灿烂的时期。从他在纽约大学做学生时起，就于 1923、1924、1925 年连续获全美大学本科生诗歌创作威特·宾纳奖。1925 年卡伦 22 岁时就出版了第一本诗集《肤色》。他发表在《危机》、《机遇》等杂志上的诗歌多次获奖。1927 年他获得哈佛大学英法文学硕士学位，同年担任《机遇》副主编，又出版了《紫铜太阳》和《棕皮肤姑娘的歌谣：重述一首古老的歌谣》。他于 1927 年编辑出版了黑人诗选《歌颂黄昏》，因而获哈蒙基金会文学奖。从高中到哈佛大学毕业的这段时期，卡伦是美国炙手可热的黑人诗人，得的文学大奖超过 1920 年代的任何一个黑人作家。1928 年卡伦和杜波伊斯的女儿举行了有千人参加的盛大婚礼，但仅两个月后婚姻失败，他只身远走欧洲。1932 年卡伦出版了他唯一的小说《天堂一途》。1934 年以后，卡伦为了谋生在纽约一所中学任教。此后他虽写过儿童故事和一些诗歌，均未能引起大的反响。在卡伦身上一直存在着做一个诗人和做一个黑人诗人的矛盾。他接受的正规教育使他创作出优秀的英国浪漫派诗歌式的作品。"然而我对这古怪的事感到诧异：……把诗人造成黑人，然后命令他歌唱！"在这首题为"然而我感到诧异"的十四行诗中的这两行诗句，充分反映了卡伦既希望继承英国诗歌的传统又强烈意识到种族感情的矛盾心态。他相信优秀的文学作品应该超越种族，所以不愿意以种族题材和民族诗歌的形式来限制自己的创作，然而生活在当时的美国，他又不可能没有强烈的种族感。他的最感人的作品都是反映了种族意识的诗篇。也许正是因为这始终未能解决的矛盾，阻碍了他才能的充分发展。

　　《天堂一途》是一部讽刺作品。小说以哈莱姆为背景，交织了城市底层黑人的生活，特别是他们的宗教狂热，还反映了中产阶级黑人在种族问题上的伪善。山姆·路卡斯靠欺骗为生，他总是到黑人教堂去装做受感召皈依基督教而骗取善男信女的捐助。在宗教集会上信徒们赞扬上帝所创造的奇迹时，他走到他们面前，把一副肮脏的纸牌和亮锃锃的刀片往地上一扔，痛哭流涕地跪倒在地，表示从此皈依。这又一个"奇迹"使虔诚的教徒对他解囊相助。在一次这样的皈依表演中，一个美丽的黑人女仆玛蒂受到了感动，唤起了她的宗教虔诚，不久玛蒂和山姆结了婚。玛蒂的主人，上层黑人康斯坦西亚以爱书者协会的名义频频举行社交晚会，但是这些上层黑人不是声称顿巴和切斯纳特之后没有哪个黑人写出过重要的作品，就是极端地认为不是新黑人的作品就该受到谴责。卡伦对这些形形色色的上层人物进行了讽刺。作者不无幽默地指出，进入天堂之途不止一条。

克劳德·麦凯

作品最能表现出 1920 年代哈莱姆特色的作家之一是克劳德·麦凯（1889—1948）。他出生在牙买加，父亲是农民，具有强烈的种族自豪感，一个哥哥是教师，鼓励麦凯追求知识，他们对麦凯都有很大的影响。1909 年麦凯去牙买加首都金斯敦，他习惯了主要居民是黑人的故乡的生活，对金斯敦存在的严重的种族歧视极为反感。麦凯在 23 岁到美国之前出版了两本用牙买加方言创作的诗集：《牙买加之歌》（1912）和《警察歌谣》（1912）。前者主要歌颂了牙买加的农民；后者收集了麦凯在牙买加警察队伍中短暂工作时所写的有关警察生活的诗歌。这两本诗作使麦凯获得了牙买加科学艺术院奖。他是获此荣誉的第一个黑人。麦凯利用奖金到了美国，本意是去求学，后来决定继续写作。他于 1915 年来到了哈莱姆，开始结识居住在纽约格林威治村的一批左翼白人作家，并在他们的刊物上发表诗歌。1919 年麦凯到英国，在 1920 年《剑桥杂志》夏季号上发表了二十几首诗。他的诗集《新罕布什尔之春及其他诗歌》受到高度赞扬,英国著名评论家理查兹在为诗集所写的序言中称之为在英国出版的"这一代诗人的最佳作品之一"。麦凯于1921年回到美国后继续为一些杂志写作,1922年出版了他最重要的诗集《哈莱姆阴影》。该诗集主要反映种族问题,其中最著名的一首诗是《如果我们必须死去》。这首战斗的十四行诗是麦凯在1919年震撼美国的种族暴力的刺激下写成的:

> 如果我们必须死去,切勿像群猪
>
> 被追闭在一个耻辱之处,
>
> 任饥饿的疯狗狂吠将我们包围,
>
> 嘲笑我们不幸的命运。
>
> 如果我们必须死去,啊,让我们高尚地死,
>
> 使我们的宝贵的血不致
>
> 白流;这样我们虽死
>
> 我们誓死反抗的恶魔也不得不敬重我们!……

　　丘吉尔在第二次世界大战期间一次反纳粹的讲话中背诵了该诗,起了号召人民团结战斗的作用,也使这首诗歌在全世界不胫而走。对于许多年轻黑人作家来说,麦凯在这部诗集中对种族题材的得力处理和表现成为他们的楷模,使他们看到,黑人作家对种族问题的洞察是可以成为创作优秀诗歌的基础的。权威黑人文学评论家之一威廉·斯坦利·布雷斯威特称麦凯是"争取种族诗歌成就运动中的一块基石"[①]。

　　1923年麦凯到苏联,会见了列宁,并参与了第三国际的工作。他离开苏联后又到法国,结识了洛克、福塞特、图默等黑人作家。他此后在欧洲及北非等地旅行,1934年回到哈莱姆,潜心创作。他一生共出

---

①　转引自詹姆斯·德雷珀主编:《黑人文学评论》,第1377页。

版了三本诗集，一本短篇小说集《姜镇》(1932)，一本短文集《哈莱姆：黑人大都会》(1940)，三本小说：《回到哈莱姆》(1928)、《班卓》(1929)、《香蕉谷》(1933)和自传《远离家乡》(1937)及《我牙买加的绿色山丘》(1979)。麦凯有很强烈的种族自豪感，比一般在美国土生土长的黑人有更多的自尊。他受过高等教育，但仍把自己看作黑人大众的一员，蔑视中产阶级的生活方式和价值观，在作品中歌颂黑人民族传统中一切多彩、独特的东西。《回到哈莱姆》的出版激化了当年黑人文坛上始终存在的争论，一些人认为他受《黑人天堂》的影响，夸大了哈莱姆生活中声色放荡的一面，杜波伊斯也批评他迎合白人的口味，描写了黑人生活中低下的一面，不利于黑人争取平等的斗争。麦凯的回答是，杜波伊斯分不清宣传和艺术之间的区别。其实麦凯只是利用哈莱姆生活作为背景，反映当时黑人青年中的不同人生态度。

与 1920 年代不少小说一样，《回到哈莱姆》以厌战开始其故事。黑人士兵杰克在第一次世界大战期间出于爱国热情参加了军队，到欧洲后却没有让他打仗，于是他开了小差，回到了哈莱姆。小说的主要情节集中在他企图找回在一夜之欢后消失了的妓女费丽斯，因为他们的相遇虽然是金钱交易，但杰克次日早晨醒来，却在裤子口袋里发现了费丽斯还给他的 50 美元买欢钱，使杰克看到了这个女子身上的真诚。为此，他进出哈莱姆各个夜生活场所，一心要找到她，和她一起生活。杰克在火车上做了一段时间的餐车服务员，认识了从海地来美国的雷。为了找寻费丽斯，杰克重又回到哈莱姆，最后在一个夜总会里找到了做舞女的费丽斯，两人决定到芝加哥去开始新的生活。

杰克这个经历过死亡威胁的逃兵，在一个白人主宰一切的社会中找不到自己的位置。他的生活态度是寻欢作乐、得过且过。他想干活时就找点活干，不想干时就闲荡。他拒绝按白人社会的标准生活，不愿去做一个安分守己、终日辛劳以求温饱的低人一等的黑人，他要按自己的本性生活。他的生活方式是对黑人受歧视地位的一种反抗。他的朋友雷是个受过高等教育的黑人,他无法适应白人文明,但那点教育又使他不能像杰克那样放纵自己。社会的现状使他感到压抑,哈莱姆的生活又使他迷失和茫然。麦凯塑造了杰克与雷这样两个以不同的生活方式反抗白人文明的人物,但偏爱的是无拘无束的杰克。当读者跟随杰克出入哈莱姆的大街小巷的时候,看到了在纽约这个大都会中黑人聚居区的拥挤、黑人的大量失业和艰难的生活。麦凯从物质和精神两个方面反映了黑人生活的现实。

《班卓》把雷的故事继续了下去,并写了又一个杰克式人物班卓——一个拒绝被西方文明同化的黑人。小说的背景是法国马赛码头的歌舞酒吧。小说结束时,雷从彷徨与茫然中解脱了出来,决定和杰克及班卓等下层黑人共命运。麦凯始终认为,接受白人价值观、鄙视自己民族的黑人其实永远不可能为白人社会所接受,只会成为失落的一群,只有回到自己民族文化传统中方能找回自我。

《香蕉谷》中的牙买加黑人姑娘毕塔在少女时代被强奸,后被白人传教士克来格夫妇收养。他们相信通过西方教育,能够把一个充满野性的黑人姑娘改变成为有教养的基督徒,因此将她送到英国接受教育。毕塔六年的学习生活结束后又在欧洲各地旅行,然后回到了牙买加,养父母希望她和神学院的黑人学生哈罗德结婚。哈罗德正是克来格心目中教育好了的黑人的典范。毕塔发现自己和哈罗德之间毫无共同之处。当她回到自己出生的小村香蕉谷,和当地的黑人在一起纵情歌舞的时候,心中产生了强烈的共鸣和认同感。在两种文化传统在她身上产生矛盾时,毕塔做出了与1920年代许多美国黑人青年同样的选择,她从来不想改变自己,并为自己是黑人、与白人不同而感到骄傲。她认为最可悲的莫过于人们折磨自己,要把自己变成和他们自然的、无法改变的自我不同的人。

麦凯通过他的作品,表现普通黑人身上具有的黑人突出的特性,希望在一个异化的世界中找到保持黑人精神和发挥他们的创造性的途径。

第三节　各有特点的小说家

吉恩·图默

　　吉恩·图默（1894—1967）出生在华盛顿市，不久父亲离家，母亲尼娜带着图默回到了自己父母家中。图默的父亲和外祖父都是肤色白皙的黑人，图默自己相貌上也没有多少黑人的特征。他的外祖父平奇巴克在内战后经济恢复时期做过路易斯安那州的代理州长，是一个很有影响的政治人物。1906年尼娜再嫁，图默随母亲搬到白人继父在纽约的家中。三年后尼娜病故，图默又一次回到华盛顿外祖父家。这时外祖父家已从富有的主要是上层白人居住的社区搬到了一个中产阶级黑白人混居的社区，图默第一次和众多黑皮肤的人交往。平奇巴克是个很严厉的人，对唯一的外孙图默要求很严。图默在华盛顿一所黑人中学学习，成绩很好，1914年毕业后，他选择到威斯康星州立大学继续深造。

　　图默可以说是在"寄人篱下"的状态中长大的，外祖父又极端严厉，这使得图默养成了极大的自制力。由于肤色的白皙及外祖父的社会经济地位所给予他的生活环境，图默并没有因为是黑人而受到太多的歧视，可是他对大部分黑人在美国的生存状况十分关心，最使他忧虑的莫过于白人社会强加在黑人身上的种种局限，使黑人不能发挥自己的才能、实现自己的理想。

　　图默五年的大学生活是在踌躇不定的状态中度过的。他在威斯康星州立大学呆了一个学期，读科学农业学，1915年转到麻省农学院，后来又到芝加哥美国体育学院、芝加哥大学、纽约城市大学等处学习。为了挣钱上学，他卖过汽车，教过体育，还在造船厂干过活。他博览群书，在芝加哥时接触了社会主义和唯物主义的作品；在纽约时，图默有一段时间住在文人云集的格林威治村，他读了歌德、惠特曼、易卜生、萧伯纳等大师的作品,也结识了一批纽约的文化人。到1919年,他决定不再继续学业,专心读书和写作。他系统地读了欧美名家,如托尔斯泰、福楼拜、波德莱尔、陀思妥耶夫斯基、辛克莱·刘易斯、德莱塞、舍伍德·安德逊、弗洛伊德等人的作品。他和沃尔多·弗兰克及舍伍德·安德逊成了好友。他如饥似渴地吸收各种知识,进一步看到美国的物质主义、机械文明对人和社会的扭曲。图默后来在回顾这段生活的时候说,他是在渴望寻找"某种适合其他一切东西的完整的东西……一种对生活持有连贯看法的思想体系"①。1920年他回到华盛顿,和年迈的外祖父母一起生活,开始写作。他写了不少,但自己都不满意。直到1923年《蔗》的出版,使他一夜成名,成了青年黑人作家眼中的新星。图默在此期间写了两个剧本,独幕剧《巴萝》在1923—1924年上演,《娜塔丽·曼》从未上演过,但是被达尔文·特纳收入了1980年出版的《倔强任性和不断探索的人:吉恩·图默文集》中。

从1923年开始,图默受到了亚美尼亚唯灵主义哲学家古尔捷耶夫的影响,热衷于宗教及神秘主义。他在1924年夏赴巴黎古尔捷耶夫创办的和谐启智会修学,目的是寻求一种能给人以内心和谐的哲学思想体系。1932年,图默在威斯康星和六个志同道合者按古尔捷耶夫的教义过了六个月的实验生活,自己从事劳动,追求集体的精神成长。实验结束后,图默和参加实验活动的白人女子玛杰里·拉蒂默结婚,一年后玛杰里生孩子时死去。后来图默和纽约女子玛乔里结婚,搬到宾夕法尼亚一个农场生活,开始对教友派发生兴趣,于1940年成为教友派信徒。

图默于1936年在《新车队》发表了800行的长诗《蓝色子午线》。他从1921年就开始创作这首诗,当时的名字是"第一个美国人"。在十几年的时间里,他不断完善它。这首诗集中地反映了图默在种族问题上的思考。他形容自己是一个身上有着"法国、荷兰、威尔士、黑人、

① 《图默材料收藏》,菲斯克大学档案库,第14箱,卷宗1。

德国、犹太和印度血统"①的人，是个美国人。以他的肤色，陌生人会把他看成白人，但是他不愿使用"白人"或"黑人"来界定自己，而说自己属于"美国人种"，他认为这是生活在美国这块土地上的人民的唯一共性。《蓝色子午线》中的蓝色人是不分性别、阶级和肤色的融合人，这种新人身上没有异化和分裂，只有和宇宙秩序的和谐一致。在由这种新人构成的国度中，一切的人都享有尊严，能够有机会充分发展自己的能力，实现自己的理想。

真正奠定了图默在哈莱姆文艺复兴中的地位的作品是《蔗》。图默同时代的作家阿纳·邦当曾说，当《蔗》出版时，哈莱姆进入了"无声的疯狂"②。至今《蔗》仍被认为是哈莱姆时期最有力的作品之一。图默虽然对按肤色给人贴标签十分反感，并说可以由他自己选择他的种族身份，但是他的创作灵感则是来自黑人文化。他曾在 1921 年到佐治亚州一个农村黑人学校做了四个月代理校长，和农村黑人朝夕相处，《蔗》就是这段经历激发的灵感的产物，他在写给《解放者》杂志编辑的信中清楚地表明了这一点。他说：

> 在最近两三年里，我日益增长的艺术表现的需要将我越来越深地吸引到黑人群体之中。当我的感受力不断加强之时，我发现自己对这个群体的爱是如此之深，我永远不可能对白人群体有这样的爱。它激发起并浇灌了我身上可能有的不论什么创造才能。去秋在佐治亚的一段时间几乎是我所做的一切有价值的事情的开端。③

---

① 转引自维克多·克莱默：《再评哈莱姆文艺复兴》，AMS 出版公司，1987 年版，第 188 页。

② 小亨利·路易斯·盖茨、耐利·麦凯编：《诺顿美国黑人文学选集》，第 1089 页。

③ 维克多·克莱默：《再评哈莱姆文艺复兴》，第 189 页。

　　《蔗》是一本集诗歌、短篇小说、戏剧的表现形式于一体的作品，图默用现代主义甚至可以说是先锋艺术的手法，表现了黑人浓重的时而怀旧时而激进的种族情愫，反映了一个黑人青年在回到父辈的土地上，发现了对自己来说陌生的黑人文化传统时的激情和震撼。他看到的是一片薄雾朦胧中长满了绿树的红土地，以及充斥在这片美丽的土地上的暴力威胁。这部作品共由三个部分构成，包罗了黑人在美国南方和北方、城市和农村的生活和经历。

　　第一部分包括六篇小说和十首诗，描写了佐治亚州农村的黑人，六篇小说叙述了六个女人的遭遇，三个纯黑人姑娘卡林莎、卡玛和弗恩充满了神秘的美和力量。《卡林莎》中的卡林莎的皮肤"像日落时幽暗的东方天际……她突然在你身边一掠而过是一抹生动的色彩，像一只闪耀在日光中的黑色小鸟"[①]。可是男人等不及她长大，她在林中松针上生下了孩子。男人们为了她拼命挣钱，但是他们到死都不会理解"她的灵魂是个过快成熟的生长着的东西"[②]。《卡玛》里的卡玛赶着骡车从甘蔗地里回家，"斜照在她肩上的太阳把原始的火箭射进她幽暗的美洲红树般、像黄色花朵样的脸上"[③]。她的丈夫班恩长期离家，回家就怀疑卡玛不忠。卡玛否认，他要动手，卡玛抓住一支枪跑到蔗田里。一声枪响，等到人们找到她，发现她只是向蔗林开了一枪。班恩感到被卡玛欺骗了，"一次欺骗证明了另一次也是欺骗"[④]，他气急之下胡乱砍伤了旁边的人，进了监狱。《弗恩》的女主人公弗恩有一双令人捉摸不透的眼睛，她似乎永远在等待着什么。"男人总是不断把他们的身体带给她"[⑤]，而她总是把头靠在回廊的柱子上，"两眼茫然地注视着夕

----

① 吉恩·图默：《蔗》，利夫莱特出版公司，1975 年版，第 1 页。
② 吉恩·图默：《蔗》，第 2 页。
③ 吉恩·图默：《蔗》，第 10 页。
④ 吉恩·图默：《蔗》，第 11 页。
⑤ 吉恩·图默：《蔗》，第 14 页。

阳……什么事也没有真正发生过。从来也没有什么来到她身边……"①仅仅因为她们是女人，男人看到的只是她们的肉体，从来不去试图了解她们的内心世界。另外三个女子的命运就更悲惨了。《埃斯特尔》的主人公埃斯特尔是个肤色近于白人的姑娘，她的父亲是小镇上一个黑人店主。由于她的肤色，她既不属于白人又不属于黑人世界，在街上行走时"在街角闲逛的白人和黑人男子对她毫无兴趣"②，孤独的她日益生活在幻想之中。图默只摘取了她生活中四个片段，就勾勒出了她的不幸：9岁，她看到黑人巡回牧师金·巴罗布道，"他的形象不可磨灭地留在了埃斯特尔心中"③。16岁，她开始幻想自己圣洁怀胎生下巴罗的孩子④。"孩子给她的喜悦使镇民对她的嘲笑变成了无害的嫉妒，于是她不去计较了。"⑤22岁，埃斯特尔开始在父亲的店里工作。她想着巴罗，觉得自己爱他，只有他能够用爱把她从孤独中拯救出来。"她隐隐感到岁月的流逝，决定他下次到镇上来的时候她要对他说出来，不管人们会怎么说。"⑥27岁，苦等5年之后巴罗终于来了。她深夜到酒吧去找巴罗，当她面对巴罗时，却无法摆脱幻想中编织出的巴罗，无法接受现实中的巴罗。"巴罗显得丑陋可怕。"她只有逃离现实。"她走出门去。没有空气，街道、小镇完全消失了。"⑦她从来没有过现实，多少年来一直靠幻想支持，如今幻想破灭了，今后的生活会是什么样子呢？ 在《燃烧着血的月亮》中，白人鲍勃和黑人汤姆都认为路易莎属于自己。鲍勃觉得作为奴隶主的后代，要一个在他家干活的黑人女

---

① 吉恩·图默：《蔗》，第 17 页。

② 吉恩·图默：《蔗》，第 20 页。

③ 吉恩·图默：《蔗》，第 21 页。

④ 如《圣经》中圣母玛丽亚没有性行为而怀胎，生下耶稣，即为圣洁怀胎。

⑤ 吉恩·图默：《蔗》，第 22 页。

⑥ 吉恩·图默：《蔗》，第 23 页。

⑦ 吉恩·图默：《蔗》，第 25 页。

子是天经地义的事;汤姆和路易莎一起长大,他爱她,发誓要挣钱给她买她从白人那儿得到的东西。冤家相遇,汤姆用刀刺伤了鲍勃,白人将汤姆私刑烧死。《贝基》中的女主人公和其他五个女人不同,她是个白人,但是她生了两个黑皮肤的儿子。第一个儿子出生后,人们问,谁是那个男人? 白人说:"该死的公黑鬼。"黑人说:"下流的、一点自尊都没有的黑鬼。"①黑人和白人一起给她在铁路和公路之间的一小条空地上盖了间茅屋,把她赶出了社区。"如果有过一个贝基,那个贝基现在已经死了。"②两个儿子长大后,"他们是白人还是黑人? 谁也不知道,他们自己更不知道"。③ 歪斜的烟囱里冒出一丝白烟,人们恐惧地猜测贝基也许还活着。一个星期日,隆隆驶过的列车终于震塌了歪斜的烟囱,如果贝基在棚子里面,她必定是被压在了倒塌的砖下。人们匆匆离开,没有人关心她的死活。在小说的结尾,图默用貌似超然的叙述表现了他对这个如此惩罚一个唯一的"罪过"是爱上了黑人的白人女子的社会的愤怒:"贝基是一个有两个黑皮肤儿子的白人妇女。她死了;他们离开了。松树向基督低诉。《圣经》的书页在埋住她的土堆上无目的地沙沙拍动。"④

在这六篇小说中,图默用的完全是抒情诗的语言,充满了形象化的比喻,给予读者的是声和色合成的图画,这从上面所举的一些例子中已可见一斑。在十首诗中,作者凝练了第一部分的主题,歌颂了南方富饶美丽的土地、黑人的艰苦劳动、用音乐表现自己的苦难、宗教所给予黑人的寄托,等等。诗歌反映了图默对积淀了浓重的黑人文化传统的南方的深情,同时他也意识到在强大的工业文明和城市化进程的影响下,这种传统和生活方式正在消失。

---

① 吉恩·图默:《蔗》,第5页。
② 吉恩·图默:《蔗》,第6页。
③ 吉恩·图默:《蔗》,第6页。
④ 吉恩·图默:《蔗》,第7页。

　　《蔗》的第二部分由一篇散文、五篇小说和五首诗歌构成,背景转到北方华盛顿市和芝加哥的中产阶级黑人社会,中心思想是城市黑人如果接受了白人社会重金钱和财富的价值观、抛弃了黑人丰富的精神和文化传统,在一个种族歧视和种族隔离的社会中,心灵和感情便会扭曲。开篇散文《第七街》中的描写一反第一部分中浓重的诗情画意,没有了地平线上的落日、微风吹过飒飒作响的蔗林和红土地,有的只是大城市黑人区的喧嚣繁忙。"钱在口袋里烧得慌,口袋痛了,/酿造贩卖私酒的穿着丝绸衬衣,/膨胀的、嗡嗡疾驶的卡迪拉克,/横冲直撞,横冲直撞地沿有轨电车道驶去。"①在这篇散文开始和结尾处出现的这同样四行诗,点明了这篇散文,以至整个第二部分的主题。几篇小说的主人公在工业文明和中产阶级财产和价值观的桎梏中心灵日渐枯竭。图默用房屋来象征中产阶级对财产的追求造成的人的思想禁锢,用蔗林、田野象征黑人的文化传统。罗伯特"在头上戴着一所房子,就像巨大而怪异的潜水员的头盔"②,在污泥里越陷越深。在《剧院》里,剧院经理的弟弟约翰来看排练,被多丽斯所吸引,但是华盛顿的白人世界使他思想感情上不能接受多丽斯那充满了黑人风情的歌舞,"她唱的是对蔗林的爱和美洲红树下的欢宴"③。《包厢》反映的也是中产阶级的传统观念对人性的束缚。丹·摩尔说自己"生在蔗田里。耶稣的手曾触摸过我。我是来医治一个病态的世界"④。他到女友穆丽尔的住处去看她,女房东拿着报纸在隔壁房间里监视,丹感到"房屋在他周围收缩",房东太太被"紧紧拴在一排排金属房屋里",他对自己说:"怪不得他对着它们唱不出歌来。"⑤

① 吉恩·图默:《蔗》,第39页。
② 吉恩·图默:《蔗》,第40页。
③ 吉恩·图默:《蔗》,第53页。
④ 吉恩·图默:《蔗》,第56页。
⑤ 吉恩·图默:《蔗》,第57页。

第三部分是长而松散的自传性短剧,作者试图用描写一个城市黑人卡布尼斯在农村的生活把前两部分结合起来。卡布尼斯是个教师,回到佐治亚的乡村学校教书。开始时他对南方充满了恐惧,总感到自己无所归属,想躲进书的世界中,但是现实是无法躲避的:"佐治亚的夜风是漂泊的诗人,喃喃低语。卡布尼斯不情愿地让书从手中滑下,倾听着。他的床的温暖的白色、灯光,都不能保护他不受它们歌声的神秘的寒气的影响:白人的土地。/黑鬼们,歌唱……"①这歌声使他激动得浑身冒汗。"他一下钻到被单下面,以求得解脱。"②在南方他看到了无所不在的种族暴力,看到宗教在黑人生活中的作用,看到了种族间政治和经济上极度的不平等。在一个晚上,他在铁匠哈尔西的地下室里和黑人们在一起的时候,和大家一起重温了作为黑人的痛苦的历史和现实,他也开始在其中找到自己的位置。短剧的结束富有象征性,卡布尼斯在次日从地下室出来,"外面,太阳从森林树尖的摇篮中升起……太阳升起了。这个金光闪烁的孩子走进天空,把生之歌斜送到这南方小镇灰色的泥土路和睡意朦胧的窗户上"③。

就这样,《蔗》完成了从南方到北方又到南方的回归。图默在1922年12月完成《蔗》的创作后,给作家和评论家沃尔多·弗兰克写了一封信,谈到自己构建《蔗》这个环形结构的意图:"在美学角度上,是从简单的形式到复杂再回到简单。在地区角度上,是从南到北再回到南方。或者说,从北到南再回到北方(作者指的是作品的思想发展的轨迹)。"④图默对黑人有深刻的了解,除了上文已经分析过的作品的主题之外,他还坦率而无保留地揭示了过去黑人作家很少触及的深层性意识,怀着黑人作家前所未有的痛苦与美相交织的感情来描写南方,并且有意识地使语

① 吉恩·图默:《蔗》,第81页。
② 吉恩·图默:《蔗》,第81页。
③ 吉恩·图默:《蔗》,第116页。
④ 《图默材料收藏》,第3箱,第6卷。

言脱俗,适应时代的要求。当多数黑人作家仍在现实主义手法上小试锋芒之际,图默运用象征和神话等升华了现实。评论家艾伦·戈尔丁指出:"《蔗》表明,在1923年,图默在思想上是个美国人,在感情上是个黑人。"他认为,图默是第一个运用在白人艺术家中风行的小说形式上的创新试验的黑人作家。"在《蔗》出现之前,黑人小说的代表是……直陈式的现实主义作品……但是《蔗》使用了诸如将连贯叙述分成并列的片段、重心理现实胜于现实主义的叙述、重片段情节的象征意义胜于字面意义,以及将主导的隐喻提高到几乎神秘的地位。"①

对于图默在《蔗》之后未能继续创作出优秀的作品,许多对他期待有加的人一直惋惜不止。而图默老年时也一直在奇怪为什么当年的读者不能意识到,"《蔗》是一曲挽歌"②,他在《蔗》中写出了自己内心里种族问题上的不平。《蔗》帮助他平息了内心的不平。理解了这一点,也许有助于理解他下面的话:"也许我们在这个地球上的命运就是去搜索,去探求。我们时不时会找到一些什么,足以使我们继续探求下去。我现在认为,我们之中不会有人在此生找到所探求的一切,也不会被人们发现他的全部价值。""为什么人们会期待我写出第二、第三、第四本《蔗》这样的作品,这实在是对我的一生的奇怪的误会。"③达尔文·特纳为《蔗》1975年版所写的序是以下面的一段话结束的:"《蔗》不是吉恩·图默生活的全部;也许它只是他在寻求理解过程中的一个插曲。无论《蔗》对他本人有着什么意义,它仍然是在对读者歌唱,不是一个正在逝去的时代的挽歌,而是一个正在开始的文艺复兴的清晨赞歌。"④综观图默一生不停的追求,我们也许能够对他

---

① 艾伦·戈尔丁:《吉恩·图默的〈蔗〉:通过形式探寻本体身份》,《亚利桑那季刊》,1983年秋季刊,第201页。

② 《图默材料收藏》自传提纲,第14箱,第1卷。

③ 《图默材料收藏》自传提纲,第14箱,第1卷。

④ 吉恩·图默:《蔗》序,第25页。

们的话有更好的理解,也能够对图默其人有更深刻的理解。

鲁道尔夫·费希尔

　　鲁道尔夫·费希尔(1897—1934)出生在华盛顿市一个中产阶级黑人家庭中,在布朗大学获学士及硕士学位后进入霍华德大学医学院,毕业后于 1927 年开业行医。费希尔爱好写作,1925 年还在医学院学习时就在《大西洋月刊》上发表了第一篇短篇小说《避难城》,从南方移民的视角生动地刻画了哈莱姆的市井生活,获得好评。到 1934 年因病去世,费希尔写了十余篇短篇小说,如《肤色黄白者》、《南方逗留不去》、《希望之乡》、《辛西小姐》等,还有两部长篇小说《耶利哥之墙》(1928)和《术师死去:黑色哈莱姆的神秘故事》(1932)。

　　在《耶利哥之墙》中,费希尔把哈莱姆生活的各个层面交织在了一起:聚集在酒吧赌场的寻欢作乐者、上层白人家庭中循规蹈矩的黑人仆役、自视为高等黑人的商人和自由职业者、到哈莱姆来寻找“原始风情”的夜生活的白人等。主人公梅里特是个肤色白皙的黑人律师,他利用这一点在哈莱姆仅存的几个白人居住的街区买了房子。梅里特房子被人放火烧毁,人人都以为是白人干的,引起了黑人的普遍气愤,实际上烧房子的是憎恨梅里特的一个黑人,他想利用种族间的不信任把罪责加在白人身上,但喝醉酒后却自己泄露了天机。显然,费希尔试图通过这个细节表明,黑人的问题并不都是白人引起的。他在小说中还描写了黑人间的代沟、哈莱姆中上层黑人和南方新来的黑人及加勒比移民间价值观的不同等等,都是着眼于反映黑人内部的世界。小说出版后,同年的《纽约时报文学副刊》发表了未署名评论者的文章,认为费希尔的这部作品“以同情的笔触出色而感人地表现了黑人的思想和习俗”①。不过,杜波伊斯批评了费希尔作品中的中产阶级黑人的形

---

　　① 转引自杰弗里·亨特编:《黑人文学评论》,第 791 页。

象,说费希尔对上层黑人的描写"蹩脚、缺乏艺术性、虚假"。①

《术师死去》描写了一个医生利用医学知识协助破获了一起谋杀案。这是黑人作家所写的第一部侦探小说。

今天研究黑人文学的学者普遍认为,费希尔以短篇小说见长,1960年代末期以来对费希尔的研究也多集中在他的短篇小说上。1987 年,他的短篇小说第一次汇编成《避难城:鲁道尔夫·费希尔短篇小说集》出版,玛格丽特·佩里在该书的序言中指出:"他通过短篇小说呈现出哈莱姆黑人生活最广阔的景象。"②费希尔自己在广播电台接受记者访问时表示过:"哈莱姆是美国黑人生活的缩影……我打算写使我感兴趣的一切。如果我有幸作为哈莱姆的诠释者而为人所知,我将感到十分高兴。"③实际上,1920 年代的读者就是这样看待费希尔的,佩里引用了一位记者的话说明这一点:"莫泊桑用巴黎作为他的棋盘,而费希尔让他黑色的卒子在黑人的哈莱姆走动,这是一个和'亲爱的巴黎'同样有趣的场所。"④他用幽默而微带尖刻的笔触反映哈莱姆各个阶层黑人的生活,种族之间和黑人内部的歧视问题,特别是在美国出生的黑人对加勒比移民的歧视。他表现了南方黑人传统的价值观和北方城市现代观念间的巨大差别。他的主人公有下层混混、低收入的勉力谋生者,也有自傲的上层黑人。读者在费希尔的小说中看到有名的歌舞酒吧、为凑房租举行的聚会、黑人教堂中忘情的宣泄,也看到从南方或加勒比来的黑人家庭或个人在大都会中的挣扎或沉沦。在同代作家中,只

---

① 转引自杰弗里·亨特编:《黑人文学评论》,第 791 页。

② 玛格丽特·佩里:《黑人生活的捕捞者:鲁道尔夫·费希尔的短篇小说》,见维克多·克莱默编:《再评哈莱姆文艺复兴》,第 254 页。

③ 玛格丽特·佩里:《黑人生活的捕捞者:鲁道尔夫·费希尔的短篇小说》,见维克多·克莱默编:《再评哈莱姆文艺复兴》,第 254 页。

④ 玛格丽特·佩里:《黑人生活的捕捞者:鲁道尔夫·费希尔的短篇小说》,见维克多·克莱默编:《再评哈莱姆文艺复兴》,第 254 页。

有费希尔等少数人在作品中突出了普通黑人的普通生活经历,他的幽默和略带嘲讽的风格在当时的作家中也是不多见的。

华莱士·瑟曼

华莱士·瑟曼(1902—1934)是一个身体力行了1920年代哈莱姆生活方式的人,是"新黑人"中的活跃分子,是对哈莱姆文艺复兴运动持批评态度的少数评论家之一。

瑟曼出生在犹他州的盐湖城,中学毕业后先在犹他州立大学读了一年医学院预科,后转学到南加州大学洛杉矶校区。他在洛杉矶为当地一家黑人报纸写专栏,并开始得知哈莱姆黑人文学受到评论界广泛赞扬的情况。他想在西海岸也倡导一个类似的运动,办了小杂志《宣泄》,但是杂志只出版半年就夭折了。瑟曼在1925年来到哈莱姆,很快就结识了图默、休斯、卡伦等一大批黑人青年作家。他在《信使》杂志做代理总编,登载了不少黑人青年作家的作品。后来瑟曼又到麦考利出版公司,先做审稿人,后来成了总编辑。

瑟曼对当时黑人组织出版的杂志《危机》、《机遇》、《信使》等感到不满,认为在它们的宣传中政治性太强。他感到黑人作家如果总是只关心种族之间的斗争,对自己和整个种族都有危害,因为他们总把自己的人民"看作社会问题而不是人"①。他认为过去黑人作家总在作品中表现黑人好的一面,亦即被白人同化或正在被同化的一面,而将黑人独有的、不易被主流文化同化的特点掩藏起来,这样一来,"许多新鲜、充满生命力的材料就被置于一旁"②。1926年他和一批志同道合的青年黑人作家,如休斯、赫斯顿、艾伦·道格拉斯、约翰·戴维斯等,办起了

---

① 瑟曼:《雷穆斯叔叔的侄子们》,《独立者》,1927年9月23日出版,总第CXIX期,第39页。

② 瑟曼:《黑人艺术家和黑人》,《新共和》,1927年8月31日,总第LII期,第38页。

"新黑人"的喉舌《火》，瑟曼任主编。休斯解释道，取名为"火"，是要"烧掉过去的有关黑人—白人的陈旧的、死气沉沉的观念……"①。瑟曼在《黑人艺术家和黑人》一文中指出，《火》的目的是"……希望能在美国文学中加进真正的黑人特征，杂志的撰稿人，要到无产阶级而不是到中产阶级那里，到仍旧保留了某些种族特征、还没有在除了肤色之外完全是白人的人群中，去寻找人物和材料"②。由于经费困难，该杂志只出了一期，瑟曼也因之背上了沉重的债务。《火》受到杜波伊斯等老一代评论家的指责，也没有得到白人文学界的注意。瑟曼似乎注定难以实现创办自己的杂志的心愿，两年后的《哈莱姆，黑人社会论坛》同样由于经济上的原因，也只出了两期就夭折了。

瑟曼的小说《莓子愈黑》在1929年出版。小说的名字取自一首黑人民谣《莓子愈黑汁愈甜》。作品表现了黑人社会内部的肤色歧视所造成的悲剧。爱玛·卢来自爱达荷州小城博伊西一个中产阶级黑人家庭，外祖母坚信肤色浅的黑人要优于肤色深的黑人，应该受到更多的尊重，得到更多的机会，更大程度上为主流社会所接纳。家人希望"肤色能一代比一代白，直到血统高贵的黑人的孙辈最后能够轻易地融入白色人种，再也不受种族问题的困扰"③。爱玛的母亲"不幸"嫁给了一个肤色较黑的男子，生下了肤色很黑的女儿爱玛。黑皮肤的爱玛为家人所排斥，外祖母看不起她，母亲怪她给自己带来了不幸，继父因她离开了家。在这样的环境中长大的爱玛自己也自惭形秽，她使用各种皮肤增白剂和各种办法想把皮肤的颜色变得浅一些，但是毫无效果。爱玛的家人感到她不可能找到合适的丈夫，于是鼓励她去读师范，好自食其力。同情她的人告诉她，小城市里的黑人肤色歧视思想严重，大城市要

---

① 兰斯顿·休斯：《大海》，克诺夫出版公司，1940年版，第235页。
② 瑟曼：《新共和》，1927年8月31日出版，总第 LII 期，第29页。
③ 瑟曼：《莓子愈黑》，麦克米伦公司，1970年版，第12页。

好得多,于是爱玛离开博伊西到加利福尼亚州去上大学。她思想上其实也看不起皮肤黑的人,所以总想结交浅皮肤的黑人学生,但是大学里的黑人学生中同样也存在着肤色歧视,她的深黑色的皮肤使她不为她想结交的群体所接受,他们的各种活动从来也不邀请她参加。在失望和痛苦中,爱玛中途辍学,离开加利福尼亚,来到"新黑人"的圣地纽约的哈莱姆区,希望能够找到一份白领的工作和一个能够接纳她的浅皮肤的群体。她很快发现,那儿黑人间的肤色歧视更为严重,浅皮肤混血儿社区的房东不肯把房子租给她住,黑人雇主只雇用浅肤色的职员,爱玛最后只能给一个白人女演员干活。爱玛的悲剧在于她不能认同自己的黑皮肤,总想巴结肤色浅的人,找男朋友也要肤色浅的,结果爱上了浅黄皮肤的混血儿阿尔瓦。阿尔瓦对她关注有礼,其实并不爱她。阿尔瓦和爱玛在一起仅仅是为了钱和性。具有讽刺意味的是,正是爱玛在肤色上的过度敏感,总是抱怨说阿尔瓦故意使她处于因肤色而受嘲笑的地位,使得阿尔瓦无法忍受而离开了她。爱玛在痛苦之余,终于意识到逃避自身的现实只会带来不幸,于是决心接受自己皮肤就是黑这个不可更改的事实,重新开始生活,不是为了别人接受自己,而是要自己接受自己。显然作品的中心思想是黑人应有种族自尊感,接受自己的黑皮肤,而不应寄希望于褪色成为假白人,这是黑人获得自我解放的关键。瑟曼是第一个把黑人内部存在的严重的肤色歧视作为小说的主题加以审视的黑人作家,也是当时极少数以黑皮肤的黑人女子作为女主人公的作家。他揭露了黑人生活中一个令人极度不安的矛盾,许多黑人一方面强调黑人传统的独特,同时却又对白皮肤表现出强烈的偏爱。哈莱姆时代的绝大多数作家在作品中揭露的只是黑人受到的种族间的歧视,很少有人触及种族内部严重的肤色歧视的现实。

也是在 1929 年,瑟曼和白人剧作家威廉·拉普合作的剧本《哈莱姆:哈莱姆黑人生活之情节剧》在百老汇上演,获得极大的成功,连演90 场而不衰,是哈莱姆文艺复兴时期黑人创作的剧本中最成功的一部。《哈莱姆》的情节和对话出自瑟曼之手，拉普主要进行修改，以更适合在舞台上演出。它描写了一个南方黑人家庭为摆脱贫困和歧视来到"避难城"纽约，结果发现纽约实际上是个"拒纳城"。瑟曼通过这个家庭在哈莱姆的遭遇表现了哈莱姆生活中一系列现实存在的问题：黑人内部对西印度群岛来的移民的歧视，黑人向北方移民，黑人、白人对哈莱姆贫民区的盘剥，以及黑人社区内的失业和恶劣的居住条件等。

瑟曼活跃的生活使他和哈莱姆时代的名人十分熟悉，在1932年他出版的自传式小说《春之婴》中可以找到这些人的身影。从某种意义上说，这部具有强烈讽刺性的作品是瑟曼对哈莱姆文艺复兴的反思，反映了他对这一文学运动的失望情绪。这从书名《春之婴》中可以看出，从小说的开篇也可以看出。瑟曼引用了莎士比亚《哈姆雷特》中这样的一句话："溃疡总是在花蕾尚未绽开之时/腐蚀着春之婴"，表明了他对内部腐蚀性因素的重视。

评论家丹尼尔·沃尔顿指出，瑟曼在《春之婴》中表现出的对哈莱姆时代黑人作家的最大不满是，他感到"黑人作家不应该是宣传家而应该是作家，也不应该是种族作家"，"瑟曼处于这一运动的中心，但他指责其文学作品的质量，因为这些作品为未来打下的最多也只是一个极不稳固的基础"[1]。

在对瑟曼短促的一生做评价时，《黑人文学评论》是这样说的："虽然瑟曼的作品在处理上常有笨重和肤浅的毛病，但它们（为读者）呈现出了1920年代哈莱姆鲜为人知的内幕的生动描写。"[2]

沃尔特·怀特

沃尔特·怀特（1893—1955）从1918年开始直到去世，在全国有色

---

① 维克多·克莱默编：《再评哈莱姆文艺复兴》，第207页。
② 詹姆斯·德雷珀主编：《黑人文学评论》，第1725页。

人种协进会工作,是活跃的黑人政治活动家和作家。怀特出生在亚特兰大,父亲是邮递员,母亲曾做过小学教师,两人肤色都很浅。怀特生得金发碧眼,从小就发现陌生人对他的态度完全取决于他们是否知道他是黑人。1906 年怀特 13 岁时,亚特兰大发生了种族主义分子暴力袭击黑人的事件,黑人无故被毒打被杀害,暴行延续一周之久。怀特几次目睹白人的暴行,对他后来决心从事黑人的正义和平事业的斗争有很大影响。怀特中学毕业后进了亚特兰大大学,开始参加全国有色人种协进会的工作,并于 1918 年到纽约的协进会总部工作,旋即被派到南方去调查了解对黑人进行私刑的情况,获得大量的第一手资料。他的第一部小说《燧石火》(1924)的主题就是私刑,第二部小说《逃离》(1926)写的是黑人冒充白人的故事。1929 年出版的《绳索和柴捆:私刑法官传》是一部全面分析私刑的著作,是他在法国对私刑进行了两年研究的成果。1931 年,怀特当选为协进会的总书记,积极争取联邦立法反对私刑,并为争取黑人在教育、住房等方面的平等权利而斗争。怀特的杂文记载了从 1920 年代初到 1950 年代中期美国民权运动的成败,文集《风起:欧洲战场黑人士兵状况报告》(1945)审视了二战时期美国军队中的种族歧视,这是他二战时期作为《纽约邮报》的记者在欧洲战场采访时所写的报道编辑而成。怀特的自传《一个叫怀特的人:沃尔特·怀特自传》(1948)及《福地遥遥》(1955)叙述了他在全国有色人种协进会的工作,从中可以看到这个组织在 20 世纪前半叶所起的作用。

　　评论家休·格罗斯特在《美国小说中黑人的声音》一书中,称怀特的小说《燧石火》是"美国小说中揭露私刑最成功的作品之一"①。小说主人公肯尼斯·哈伯在名牌大学医学院毕业后参加了第一次世界大战,从

---

　　① 休·格罗斯特:《美国小说中黑人的声音》,拉赛尔及拉赛尔出版公司,1965 年版,第 147 页。

欧洲战场回国后到佐治亚州故乡小城行医。他认为只要不去招惹白人，他们也不会来找他的麻烦，但是当他和一些黑人农民要组织一个合作社，好让贫苦的农民不受白人店主的盘剥时，引起了白人的仇恨。在他去亚特兰大市给病人做手术期间，他的妹妹被一群白人暴徒强奸，弟弟报仇杀死两个暴徒后自杀。哈伯满腔仇恨，但是当一个白人妇女尤因太太乞求他为自己的女儿看病时，哈伯最后还是同意了。白人种族主义分子尾随他到尤因家，等哈伯看完病出来时枪杀了他。小说充分揭示了1920年代美国南方小城中职业黑人的处境，他们不仅受到来自上层白人的歧视和伤害，而且受到贫苦白人的欺辱，这些人在弥漫于南方的白种优越论的信念支配下，肆无忌惮地在黑人身上发泄自己对生活的全部怨恨。《燧石火》出自一位政治活动家之手，其目的在于揭露美国南方私刑的现实，用评论家爱德华·沃尔德伦的话来说，"《燧石火》的力量在于它说了什么，而不在于它说得有多么好"①。

《逃离》的主题是皮肤白皙的黑人跨越种族线，是哈莱姆时期黑人作家处理同一题材的三部主要作品——《逃离》、《葡萄干面包》、《越过种族线》——之一。小说女主人公咪咪·达坎聪明美丽，主要是克里奥尔人的后代，在新奥尔良生活时一直都没有把自己身上的那点黑人血统当成大事。她到亚特兰大后，那里严格的肤色界限开始使她意识到人从种族和肤色上被区分开了。她亲眼看到无辜的黑人在1906年的种族暴乱中被杀死在亚特兰大的闹市区，使她极为震动。她爱上了黑人青年卡尔，怀了孕，但是卡尔的怯懦使她十分失望，于是她离开亚特兰大来到费城，生下一个男孩，靠做女红维持生活。儿子的病逼得她不得不向姑妈求援。后来姑妈邀请咪咪到纽约和她一起生活，咪咪把儿子送走，到了纽约。她在哈莱姆自在地生活着，但是不久，亚特兰大的普卢默太太来到

---

① 爱德华·沃尔德伦：《沃尔特·怀特和哈莱姆文艺复兴》，肯尼卡特出版公司，1978年版，转引自詹姆斯·德雷珀主编：《黑人文学评论》，第1912页。

哈莱姆,有关咪咪的过去的闲话也开始在哈莱姆流传。咪咪无奈,为了逃避黑人社会中的飞短流长,越过了种族线,进入白人社会,在第五大道一家高档商店找到了工作,后来嫁给了华尔街的经纪人福里斯特。她成了"白人"以后,对两个种族间的文化价值和生活方式的不同分外敏感。有两次,在丈夫离开期间,咪咪回到哈莱姆,感到尽管在白人世界她生活豪华,却空虚沉闷,她想念黑人生活的丰富多彩和勃勃生机。怀特从咪咪的感情和心理着手,分析了中产阶级黑人内部的褊狭和强烈的肤色观念在她心灵上造成的伤害,迫使她跨入白人世界,同时又揭示了在黑人社区中成长的咪咪进入白人世界后内心的痛苦和矛盾。

今天重读怀特的作品,感受到的仍是它们强烈的时代气息。他也许称不上是一个出色的作家,但是他将创作和他毕生的政治斗争结合,作为一种手段揭露美国社会种族歧视之残酷和无所不在,起到了一定的作用。

乔治·斯凯勒

乔治·斯凯勒(1895—1977)是位评论家、记者、讽刺作家。他在罗得岛出生,在纽约州北部的锡拉丘兹市黑白人混居的中产阶级社区长大,17 岁加入陆军,七年后退役。1921 年斯凯勒参加美国社会党,两年后到《信使》杂志做助理编辑,同时成为《匹兹堡信使报》驻纽约州的记者,写了大量专栏和系列调查报告。作为记者,他被派往美国南部、非洲、欧洲、南美、西印度群岛等地,他写的文章和报道出现在《危机》、《机遇》、《国民》、《信使》、《新群众》、《读者文摘》等报刊上。他的政治观是保守的,既反共也反资本主义。在种族问题上,他强调人种之间只有肤色的区别而没有任何其他的不同。

斯凯勒出版了《不黑了》(1931)和《今日奴隶:利比里亚的故事》(1931)等小说,以及自传《保守黑人》(1966)。《不黑了》的全名是《不黑了,公元 1933—1940 年在自由人的国度里科学奇迹的记叙》,是一部强烈讽刺肤色偏见的作品。主人公是在欧洲受过教育的黑人医生克鲁克曼，他发明了可以在三天内把黑人变成白人的方法。克鲁克曼是一个对黑人种族的进步极为关心的人。他订阅黑人杂志，欣赏黑人艺术，了解黑人文化和历史，对黑种人的一切成就备感骄傲。他爱黑人的一切，但是妻子却是个肤色和白人几乎没有区别的黑白混血儿。克鲁克曼的发明可以使美国的黑人不黑了。另一个黑人迈克斯·迪舍对黑人世界不感兴趣，喜欢的也只是肤色白皙的女人。在寻找白皮肤黑人女子的过程中，迈克斯在哈莱姆歌舞酒吧一个新年晚会上遇到了从佐治亚州来的漂亮的白人姑娘海伦·吉文思。他前去邀请她跳舞，海伦说她从来不和黑鬼跳舞。迈克斯的自尊心受到了很大的伤害，幻想自己能够变成皮肤白皙的人，这样就能追求海伦了。他于是去找克鲁克曼。克鲁克曼使用了他发明的方法，把迪舍变成了白人，但是克鲁克曼未能解决这样变成"白人"的男人的后代的肤色。迪舍思念梦中情人，动身去佐治亚寻找海伦。他加入了一个白人种族主义分子的组织"日尔曼骑士"，由于在该组织的"不再有黑人"的运动中做出了成绩，迪舍很快上升为头目之一，并和海伦结了婚。海伦的父亲是"日尔曼骑士"的大头目。"日尔曼骑士"和另一个右翼组织联合后控制了民主党，迪舍帮助岳父竞选，岳父成了民主党总统候选人。共和党为了击败对手，查出民主党总统及副总统候选人身上均有黑人血统。这件事结果帮了迪舍的大忙。海伦生的孩子显出了黑人的特征，但是没有人怀疑到迪舍身上，大家都认为是因为海伦本身的黑人血统所造成的"返祖现象"所致。迪舍"大度"地原谅了妻子，一家人离开美国，到墨西哥生活。由于"不再有黑人"运动使黑人大量消失，引起一切利用种族区别为生的人的恐慌，造成了美国政治、经济和社会的混乱，"日尔曼骑士"受到极大的压力，要求停止"不再有黑人"运动。共和党上台后，克鲁克曼被任命为卫生局医务主任。他公布了一份材料，说通过他的方法变白的黑人要比白人还要白上两三分。这在全国上下造成了新的恐慌，人们争相使自己的皮肤变得稍黑一点,对"比白人还要白"的人另眼相看,惟恐自己皮肤太白,把原来用来对付"黑人问题"的一切措施全都转到了对付皮肤特别白的人身上。斯凯勒用讽刺和挖苦的手法揭示出美国肤色歧视的可悲可笑。小说明确地表明,在白人和黑人中都有教育程度高低的不同,都有穷人和富人,都有政治上的左中右,都有君子和小人,反映了作者认为人种之间没有根本区别的观念。由于美国长期的种族歧视和偏见,小说中有大量黑人利用了克鲁克曼的发明把自己变成了白皮肤的人,说明白人优越论之根深蒂固。

《今日奴隶》是斯凯勒受《纽约晚邮报》的派遣,到利比里亚去调查在利比里亚政要的默许下黑人被贩卖到西班牙属殖民地费尔南多波岛做奴隶的情况后所写,主要揭露了由在美国被解放了的黑奴所建立起的这个黑人共和国中发生的贩卖黑奴的罪行。作为文学作品,《今日奴隶》不能说是成功的,人物缺乏生命,是斯凯勒用以表现主题的傀儡。

在 1933 年到 1939 年期间,斯凯勒用各种笔名写了 54 篇短篇小说和 20 部连载小说。评论界对这些作品一直很少注意,他本人也并不重视。到 1990 年代,斯凯勒的 4 部连载小说分为两册《黑色帝国》(1991)及《埃塞俄比亚故事》(1995)再版。前者是非洲人从欧洲殖民帝国手中夺回非洲的故事,后者讲述的是埃塞俄比亚反抗意大利占领的战争。

使斯凯勒在黑人文学中占有一席之地的是他的《不黑了》,评论家戴维斯称之为"新黑人运动中出现的最优秀的讽刺小说"。[1]《牛津美国黑人文学指南》对他的评论是"总的来说,斯凯勒被认为是 20 世纪前期最突出的美国黑人记者和杂文家"[2]。

---

① 亚瑟·P. 戴维斯:《来自暗塔中:美国黑人作家,1900—1960》,霍华德大学出版社,1974 年版,第 108 页。

② 兰斯顿·休斯:《大海》,希尔和王出版公司,1963 年版,第 218 页。

第四节　活跃在哈莱姆文坛上的女性作家

　　女性是哈莱姆文坛上的一支重要力量，在诗歌、戏剧和小说领域都有相当的成就。进行诗歌创作的主要有被公认为哈莱姆文艺复兴时期最出色的女诗人的乔治娅·道格拉斯·约翰逊（1886—1966），以抒情的风格歌颂黑人之美的格温特林·班乃特（1902—1981），抒发种族自豪感的埃莱娜·约翰逊（1907—1995），反映强烈的女性意识的安妮·斯潘塞（1882—1975）等。主要从事戏剧创作的有安吉利娜·格里姆克（1880—1958），她的剧本《雷切尔》（1916）揭露了私刑的罪恶，被认为是"第一部由黑人写黑人演的成功的剧作"①。玛里特·邦纳（1899—1971）的三部剧作《制锅匠》（1927）、《紫色花》（1928）和《退场：一场幻想》（1929）使她成了小剧院运动的重要人物。她在剧作中探索人物内心的真实，表现了由于种族、性别、阶级而对人产生的固有观念实际上和有血有肉的人是多么不同，她通过揭示人物复杂的主观世界来刻画人物的性格。她的短论、剧作、短篇小说等在 1920 年代都获过大奖。她的短文《论作为青年—女人—黑人》具有强烈的时代意义。从事小说创作的有杰西·福塞特，内拉·拉森，佐拉·尼尔·赫斯顿等。这些女子以她们自己的作品，使哈莱姆多彩的画面色彩更加斑斓绚丽。

杰西·福塞特

　　杰西·福塞特（1882—1961）是哈莱姆文艺复兴中的重要人物，是

---

　　①　转引自小亨利·路易斯·盖茨、耐利·麦凯编：《诺顿美国黑人文学选集》，第 943 页。

作家、编辑和评论家。作为编辑和评论家，她在 1920 年代对黑人文学的发展所起的作用是公认的，但评论界对福塞特作为小说家的成就至今存在着分歧。她出生在新泽西州坎登县，是家里七个孩子中最小的一个。父亲是牧师，母亲去世后父亲再婚，继母带过来三个子女，婚后又生了三个，这个多子女家庭生活清贫。福塞特家是已经好几代生活在北方城市的自由民。她的父亲十分重视教育，主张奉献精神和提高种族素质，福塞特在这一点上深受父亲的影响。她学习优秀，进入了费城女子中学，由于她是班上唯一的黑人，受到白人学生的歧视和疏远。毕业后，她本来想上布林·莫女子学院，因为是黑人遭到校方拒绝，费城的师范学院也拒绝接收她。不料，福塞特因祸得福，进入了名牌大学康奈尔，成了康奈尔第一个黑人女学生。可是，她在费城所受的歧视在她心灵上形成了难以愈合的创伤。她以优异的成绩毕业，成了全美优秀生联谊会第一个黑人女会员，但是她回到费城谋职时，却被认为不够资格在费城任何有白人学生的学校任教，于是只得到巴尔的摩和华盛顿的黑人中学做教师。在任教的同时，福塞特在宾夕法尼亚大学攻读文学硕士，于 1919 年获硕士学位。福塞特在求学和求职中所受到的歧视以及在种族隔离环境中的生活，加强了她的种族意识。她开始参与全国有色人种协进会反对种族歧视的斗争。1919 年，福塞特开始在《危机》杂志社杜波伊斯手下任编辑，次年 10 月开始任文学编辑，直到1926 年。在此期间，她大量发表青年黑人的作品，发现和培养了如麦凯、休斯、拉森、卡伦、图默等许多黑人作家。休斯认为福塞特和阿兰·洛克、查尔斯·约翰逊一起是"所谓新黑人文学的催生婆"①，形象地表明了她在哈莱姆文艺复兴中所起的作用。福塞特还和杜波伊斯一起为黑人儿童编辑出版了月刊《仙童书》。她本人还是哈莱姆时代多产的

---

① 威廉·L. 安德鲁斯等编：《牛津美国黑人文学指南》，牛津大学出版社，1997 年版，第 269 页。

小说家之一,共出版了四部作品:《存在混乱》(1924)、《葡萄干面包》(1929)、《楝树》(1931)和《美国式喜剧》(1933)。在 1980 年代女性主义文学评论对福塞特的作品进行深入分析探讨之前,评论界一般认为,作为编辑的福塞特不遗余力地促进新黑人文学的发展,而对作为作家的福塞特,他们却基本上把她看成是世纪之交黑人文学传统的继承者,在作品中继续塑造高尚的中产阶级黑人的形象,旨在表现这些除肤色外其他方面和白人毫无二致的黑人所受歧视之不公,因而对她的小说重视不够。有的评论家批评福塞特,说她的小说"全都幼稚浅薄、琐碎枯燥"①,"杰西·福塞特对黑人中产阶级的辩护产生了适得其反的效果,成了对她令人厌恶的盲目模仿错误的价值观的控诉"②。1980 年代以来,情况有了很大的改变。卡罗琳·西尔万德尔出版了《美国黑人作家杰西·雷德蒙·福塞特》,对福塞特的作品,特别是小说进行了深入的解读。德博拉·麦克道尔写了《杰西·雷德蒙·福塞特被忽视的方面》(收入玛乔里·普赖斯和霍藤斯·斯皮勒斯合编的《巫术——黑人妇女、小说和文学传统》)。杰奎琳·麦克伦登写了《杰西·福塞特和内拉·拉森小说中的肤色政治》等。这些女性评论家把福塞特的作品放在重构黑人女性传统的角度下分析和评论。

　　福塞特萌生写小说的念头是在读了斯特里布林 1922 年出版的小说《与生而来的权利》之后。她读了这本白人所写的关于黑人的小说,感到其中谬误百出,认为作为真正了解黑人的黑人自己应该把黑人生活的真实情况呈现给读者。于是她着手写小说。福塞特作品中的主要人物是黑人中产阶级和知识阶层,她并不讳言这一点。在《楝树》的前言中,福塞特说:"我描写的是没有遭到惨重的歧视、没有遭到出于无

---

① 罗伯特·博恩:《美国黑人小说》,耶鲁大学出版社,1958 年版,第 101 页。
② 布莱登·杰克逊:《黑人小说的中庸之道》,《大学语言协会会刊》,1959 年 12 月号,第 85 页。

知和经济上的不公正的残酷迫害的黑人的家庭生活……看,他和其他美国人并没有那么大的区别。"①由于她主要从家庭成员的矛盾中展开情节,不少评论家称她的作品是上层黑人社会风俗小说②。威廉·布雷斯韦特甚至称福塞特为"黑人文学中潜在的简·奥斯丁"③。佐藤弘子在将福塞特和奥斯丁进行比较时指出,虽然两位女作家的主题相同,人物也都来自中产阶级上层,但奥斯丁作品中故事情节的发展是依赖于人物所在阶级的道德习俗对人物性格和气质的影响,即由人物内在的性格决定;而福塞特作品中故事情节的发展却取决于外界环境因素对人物命运的决定作用。因此奥斯丁审视的是人物的心理,福塞特审视的是人物所生存的社会,是社会抗议小说。④ 福塞特探索种族歧视和性别歧视对黑人的影响,并表现他们如何在逆境中争取自己生活的权利。综观她的小说,共同的特点是主次情节交错发展,女主人公在经历挫折后感悟社会和人生,最后总能得到如意的婚姻;在次要情节中,作者更多地揭露和抗议种族歧视和性别歧视的种种不公,更带有社会批判的成分。

《存在混乱》中人物众多,家族系统复杂,主要情节围绕女主人公乔安娜和彼得·拜伊的婚恋开展。乔安娜从小就想成就一番事业,不仅为了自己,也是为了种族,因为她坚信"如果有什么能够打破种族歧视的话,那就是黑人在文艺上(和白人)不相上下,甚至高于他们"⑤。这其实是哈莱姆文艺复兴时代一批新黑人知识分子的观点。而且她还

---

① 杰西·福塞特:《栋树》序,纽约黑人大学出版社,1969 年版。

② 如佐藤弘子,见《在哈莱姆的阴影下:杰西·福塞特和内拉·拉森研究》,阿纳·邦当编:《回忆哈莱姆文艺复兴》,多德米德出版公司,1972 年版,第67 页。

③ 威廉·布雷斯:《杰西·福塞特的小说》,《机遇》1934 年 1 月号,第26 页。

④ 阿纳·邦当编:《回忆哈莱姆文艺复兴》,第 71 页。

⑤ 阿纳·邦当编:《回忆哈莱姆文艺复兴》,第 97 页。

天真地认为，白人能做的事，黑人也能做到。她尽管在歌舞上很有天赋，却因为是黑人而始终达不到她希望的辉煌。她的男朋友拜伊想做医生，但总受到歧视和不公正的对待，因此充满愤恨。乔安娜在经历了种种挫折后才领悟到名声和物质上的成就并不是幸福，人生最重要的是爱。在小说的次情节中，福塞特涉及了拜伊的白人祖父留下的白人和混血后代间的关系，暗示奴隶制的阴影仍影响着黑人的生活。玛吉和薇拉虽是两个次要人物，却是有血有肉的女子的形象。玛吉是个穷家女子，和乔安娜的弟弟相好，被乔安娜拆散，后来嫁的人是个赌棍，但玛吉坚强地自立，先是经商，后来到欧洲战场去做战地护士。薇拉在失恋后献身于黑人的民权斗争，到南方各地去了解对黑人犯下的私刑等罪行。小说充分反映了由于种族歧视的存在，中产阶级黑人无法实现自己的理想，同时也在一定程度上表现了其他阶层黑人所受的迫害，是黑人女作家所写的第一部得到全国性公认的小说。

评论界普遍认为《葡萄干面包》是福塞特小说中最成功的一部。小说描写了默里家姐妹俩的遭遇。姐姐安吉拉肤色白皙，希望通过嫁给有钱的白人或越过种族线冒充白人以取得幸福，为此遭遇种种挫折和失望。妹妹弗吉尼亚肤色微黑，到哈莱姆教黑人儿童音乐，和马修结婚，一起过着有意义的生活。从表面看来，这是一个传统的关于跨越种族线和浪漫爱情的故事，在相当长的时间里读者和评论界也是这样看待《葡萄干面包》的。该书在近 60 年后的 1985 年再版时，德博拉·麦克道尔在引言中，精辟地解读了该小说从内容到形式的反叛性。她指出："福塞特使用浪漫爱情故事的形式以批判这种形式，特别是批判它将爱情和婚姻理想化，使传统的性别定式更为固定化，从而有效地限制了妇女实现非传统性别角色目标的可能性。"[①]福塞特使安吉拉在成长

① 杰西·福塞特：《葡萄干面包》引言，弗雷德里克·斯托克斯出版公司，1929 年版，第 x 页。

过程中经历追求婚姻和跨越种族线的失望,揭示了小说深层的主题,即,正是美国社会中不平等的权力关系,促使处于双重不利地位的黑人女子企图通过婚姻或成为"白人"来获得一定的权力,而她们的这种努力往往以挫折告终。安吉拉意识到:"如果我是一个男人,我可能做总统。""权力,伟大,权威,这些对男人是合适的,恰当的……(女人)也能有某种权力……也许最好嫁一个……白人。"①她希望自己能成为童话中的灰姑娘。有钱的白人罗杰进入了她的生活,为了得到这个仇恨黑人的阔少爷,安吉拉甚至和妹妹弗吉尼亚相遇时不相认。在她以为自己已经有把握得到罗杰时,她心里想的是,"……她已经征服了,她是强者。她不仅得到了他,而且得到了一个有保证的未来,财富、保护、影响力,甚至权力。她自己就是权力……"②,但是她没有想到,罗杰只要她做个情人,而并不打算和她结婚。他对她说,历史上一些最美好的爱情就存在于这样的关系之中。当她问他如果他们关系一旦结束她会如何时,他向她保证:"我会永远照顾你,你不用为衣食发愁。"当他感到她仍有顾虑时,他抛出了最后一张王牌,说:"而且,谁知道呢,我们以后可能发展成永久的关系。"③他得到了她以后,就向她明确表示,他从来也没有考虑过和一个在财产及社会地位上与父亲要求相差如此悬殊的女子结婚。不久他便抛弃了她。显然,安吉拉天真地想通过征服男人来取得权力的梦想破灭了。权力在男人手里,他可以在高兴的时候分一点给女人,但随时都可以从她手里收回这一点权力。她在纽约学习绘画时是以白人的身份出现的,她和一个黑人女学生鲍威尔一起获得了到欧洲学习的奖学金,但是当委员会得知鲍威尔是黑人时,就取消了她的奖学金。安吉拉为了抗议委员会的种族歧视,公开宣布自己也

---

① 杰西·福塞特:《葡萄干面包》,第 88 页。
② 杰西·福塞特:《葡萄干面包》,第 151 页。
③ 杰西·福塞特:《葡萄干面包》,第 185 页。

是黑人,拒绝了奖学金。在她即将赴法国学习绘画时,她回到费城自家的旧居前。"要是她能够哪怕再站在那间小后屋里痛哭一场——也许眼泪会冲去一切的悔恨和混乱,以及毫无用处的记忆,她能够以崭新的一页重新开始生活。"①她对对她有好感的白人男友说:"……也许会有很多时候我仍禁不住会'越过种族线'。但是我希望你知道,从今以后,就站在哪一边而言,我在黑人的一边。"②通过安吉拉的经历,福塞特否定了加强妇女无权地位的角色模式,解构了传统的浪漫爱情故事的预期情节,使安吉拉从社会和生活中深刻体会到作为黑人和女人应走的路。因此,麦克道尔认为,早在 1920 年代,福塞特就已经在《葡萄干面包》中开始探索 1980 年代妇女界关心的许多热门问题了。③

小说《楝树》的故事围绕着一棵楝树展开。白人哈罗维上校为莎尔在新泽西州一个叫红溪的小镇买了一所房子,把莎尔和女儿罗伦坦从南方接了过来。莎尔是哈罗维的母亲的女仆,一个黑人,在蓄奴制的阴影下哈罗维无法和她结婚,但是他爱她,因此尽一切可能把她和他们的女儿的生活安排好。哈罗维还为莎尔从南方她的出生地把一棵楝树移植到了红溪家的屋前。虽然白人的歧视和黑人的指责给莎尔带来了痛苦,但是她并不后悔和哈罗维终身不渝的感情,在他死后仍旧十分怀念他。红溪的黑人社区却始终把莎尔和罗伦坦看作低贱堕落的人。罗伦坦受到同龄黑人的排斥,她也把一切不幸都归结于自己的私生女出身。读者在对中产阶级黑人对莎尔母女的态度感到愤然的同时,也从小说中看到这种态度实际是种族歧视和偏见对黑人心灵上产生的巨大扭曲的结果。小说里中产阶级黑人的一言一行都使读者感到,他们仿佛无时无刻不生活在白人社会苛刻挑剔的目光下,无时无刻不在对自

---

① 杰西·福塞特:《葡萄干面包》,363 页。

② 杰西·福塞特:《葡萄干面包》,第 373 页。

③ 杰西·福塞特:《葡萄干面包》引言,第 ix 页。

己说:"咱们可不能让白人拿到指责我们的话柄。"就连男孩子打架,牧师也会对他们说:"嘿,孩子们,孩子们,别打架。不能这样,这里白人太多了。"①这种随时需要证实自己并不低于白人种族的心态的存在,不能不说是种族歧视最直接也是最具蚕食性的结果。

福塞特的最后一部小说《美国式喜剧》中的奥里维亚和福塞特其他作品中的女主人公不同,她完全没有种族自豪或种族认同感。小时候,别的孩子叫奥里维亚"黑鬼",使她意识到自己原来和别人是不一样的。不久全家搬到另一个城市,一个不了解底细的老师把她看成意大利人。奥里维亚感到,这是一个摆脱作为"黑鬼"的屈辱的好机会。成年以后,奥里维亚明白自己皮肤虽然比较白皙,但要完全摆脱种族歧视是不可能的,于是决意要使自己的子女不再受到做个"黑鬼"的屈辱。她嫁给了一个白皮肤的黑人医生。她的大儿子克里斯和女儿特里莎皮肤白皙,奥里维亚强迫他们冒充白人。克里斯不顾母亲的逼迫,和虽然外表和白人一样却忠实于自己黑人血统的菲比结了婚。特里莎屈服于奥里维亚的压力,提出要棕皮肤的男友贝茨冒充墨西哥人。贝茨愤而离开了特里莎。特里莎依从母亲,嫁给了一个法国人,过着没有爱情的生活。最小的儿子奥立弗肤色棕黑,成了奥里维亚的眼中钉,因为"对她来说奥立弗意味着耻辱。他不仅意味着耻辱;他更表明她确实不是真正的白人"②。她想方设法不带奥立弗在人前出现。家中有白人客人时,她告诉客人他是菲律宾听差。当奥立弗明白母亲把他看成全家取得幸福的障碍时便自杀了。像奥里维亚这样肤色崇拜到了泯灭亲情的人物,本该使读者产生极大的厌恶,但是读者却多多少少感到奥里维亚本人也是一个扭曲了的观念的牺牲品,悲剧的责任不能全部由

---

① 杰西·福塞特:《楝树》,纽约黑人大学出版社,1969 年版,第 44 页。
② 杰西·福塞特:《美国式喜剧》,麦格拉斯出版公司,1969 年版,第 205 页。

她来承担。这是因为福塞特在小说里描写了太多的年轻聪明的黑人男女，在方方面面受到歧视，使他们的理想无法实现，事业和爱情受挫，使读者无法不感到，在那样的社会里，肤色实在是太重要了。福塞特给一部描写由肤色意识造成的悲剧的作品用了一个反讽的标题，旨在突出美国"肤色狂"心态的荒唐可笑。

福塞特笔下的世界是有局限的，她的人物和主题也带有局限性，但是她对种族和性别歧视现状的分析讨论是有深度的，她的创作目的也是明确的，她刻画受过良好教育的中产阶级黑人，用他们的遭遇来揭露美国的种族偏见和歧视。

内拉·拉森

哈莱姆时期的另一位女作家内拉·拉森（1891—1964）在 1928 年和 1929 年连续由著名的克诺夫出版公司出版了两部小说《流沙》和《越过种族线》。她在此之前几乎没有发表过什么作品，在此之后也只在 1930 年在《论坛》上发表了短篇小说《避难所》，但是这两部小说都得到了相当高的评价：《流沙》获得了奖给"有突出成就的黑人"的哈蒙基金会 1928 年度的文学二等奖；《越过种族线》出版后，拉森申请并获得了古根海姆基金会创作基金，成为获得这一荣誉的第一位黑人妇女。这位在哈莱姆文坛上一闪而过的女作家为后世留下了两部值得反复思索的作品，在身后得到了比生前更大的、肯定也是更为久长的承认。

拉森的出身和经历在她的作品中打上了很深的印记。她的母亲是丹麦白人，父亲是西印度群岛的黑人。两岁时父亲去世，母亲后来嫁给了丹麦白人，有了一个白种女儿。拉森是这个白人家庭中唯一的黑人成员。拉森 16 岁时进入了菲斯克大学附中，但是一年后即离开，独自去丹麦的姨妈家，并在哥本哈根大学旁听了三年课程。也许和《流沙》中的女主人公黑尔加·克兰一样，拉森在白人世界中始终找不到心灵的归宿，于是回到纽约，进入纽约的林肯护校，1915 年毕业后先在母校工作,随后到亚拉巴马州塔斯基吉学院安德鲁医院做护士长。一年后她回到纽约,在市卫生局工作。1919 年拉森和后来成了菲斯克大学物理系主任的黑人物理学家艾姆斯结婚,开始进入中产阶级黑人的圈子。1921 年拉森离开护理工作,到纽约公共图书馆系统的哈莱姆图书馆工作,一直干到 1925 年年底。在图书馆的工作以及中产阶级黑人的社交生活,使拉森有机会结识在哈莱姆时代开始崭露头角的年轻黑人作家。不久,拉森自己出版了《流沙》和《越过种族线》。1930 年她利用古根海姆创作基金到西班牙和法国进行创作研究,但是未能写出任何作品。这一时期个人生活的不幸也许是拉森创作中断的一个原因。首先是《避难所》被指控为剽窃的打击。虽然在拉森给《论坛》编辑部交出了四次修改的手稿和说明故事构思的经过后,《论坛》郑重宣布《避难所》并非剽窃,但是事件在当时被广为报道,给拉森的心灵投上了难以消除的阴影和伤害。其次是丈夫的不忠导致离婚。由于他们两人都是黑人社会中的名人,离婚情况被报纸大肆报道渲染。在这些打击之下,拉森的种种创作计划无法实现。她为生计重操护士旧业,直到去世。不少后来的评论家认为,个人的不幸只是拉森结束文学生涯的外在原因,她没有能够再写出别的作品,真正原因之一可能在于"她被夹在了对于所谓的黑人经历应该如何加以反映的这场持续进行的辩论中"[1]。她既不像当时许多哈莱姆作家那样描写底层黑人的生活或哈莱姆歌舞酒吧中声色享乐的生活,又没有从提高种族素质、批判种族歧视的角度来描写具有典范性的中产阶级黑人,她要反映的是女主人公所受到的身心压制,要揭露的是一个不允许人们,特别是妇女独立表现自我的社会。

《流沙》的女主人公黑尔加·克兰是个混血姑娘,父亲是黑人,母亲是白人,这在黑人文学中是不多见的。她在一个处处以白人为楷模

---

[1] 杰奎林·麦克伦登:《内拉·拉森》,收入史密斯编:《美国黑人作家》,第204 页。

的南方黑人学校任教,学校中充满了中产阶级拘谨、虚伪、势利和沾沾
自喜的气氛。黑尔加感到一种心灵的窒息和性压抑,突然之间觉得一
刻也无法在这种环境下继续生活下去,便等不到学期结束就离校而去。
她到芝加哥找舅舅,新婚的舅母告诉她,她的出现使这个白人家庭十分
难堪。她找不到任何工作,只得做了一个到各地去宣传种族问题的上
层黑人妇女的随从。到哈莱姆后,这位太太把黑尔加介绍给了侄女
安·格雷,黑尔加住在安的家里,开始进入哈莱姆的社交生活。她起初
很快乐,不久后对安一面嘴里唱着种族问题的高调,一面却又处处模仿
白人妇女的衣着言行、生活方式等的作风感到厌倦。这时,在一次集会
上,她遇到了原来任教的学校的校长,这时已在纽约工作的安德森。她
意识到自己对他的好感,觉得很害怕,就在他来访时借口有别的约会躲
了出去。正在她身心躁动不安的时候,她收到了舅舅的一封信,他给了
她一笔钱,解释说妻子不愿再见到她,建议她到丹麦去找一直很希望她
前去的卡特林娜姨妈。黑尔加到了丹麦,住在姨妈家。姨妈一家人对
她很好,在社交场合中总让她穿着惹眼的衣服,很骄傲有这样一位具有
异国风情的外甥女。起初黑尔加感到兴奋,但是渐渐地,她意识到自己
既是一个被展示的宠物,又是家人巴结上层的工具。她在丹麦仍然找
不到真正属于自己的生活,思乡之感油然而生,但她思念的"不是美
国,而是黑人"①。黑尔加在陌生的白人世界中生活了三年后,又开始
希望能在熟悉的黑人世界里找到自己向往的一切。回到哈莱姆后,黑
尔加又一次在聚会上见到了已和安结婚的安德森。酒酣耳热之际,安
德森吻了黑尔加,她感到"长期掩藏着的、半朦胧的欲望如梦般突然涌
现出来"②,但是安德森拒绝了她希望发展关系的暗示。"一连几天、几

---

① 内拉·拉森:《流沙·越过种族线》,鲁特格尔大学出版社,1988 年版,
第 92 页。

② 内拉·拉森:《流沙·越过种族线》,第 104 页。

个星期,欲望在她肉体中以无法控制的力量燃烧着"①,她真是连死的心都有。一个雨天的傍晚,在经过一个黑人的街边教堂时,她拖着满身泥泞、疲惫不堪的身子走了进去,眼前人们忘情的祈祷和忏悔使她感到十分惊奇,便坐了下来。她逐渐感受到一种内心的平静。她在和布道的格林牧师接触交往后不久就和他结了婚,一同回到他在亚拉巴马州的教区,在贫困的黑人农民间过着年复一年的生儿育女的生活。她漂泊无定地追求自己向往的生活,最后陷在了无法自拔的流沙之中。小说是这样结束的:"她刚能够从床上起来毫无痛苦地行走,孩子们刚从寄养的邻居家中接回来,她就又怀上了第五个孩子。"②

　　黑尔加在黑人和白人中都找不到自己真正的归属感。她感到自己分属于两个世界:给予她身体自由的白人的欧洲和给予她精神自由的黑人的哈莱姆。黑尔加既希望拥有身体的真正自由,也希望拥有精神上的自由。这两种要求在她身上同时存在,而且同样强烈。拉森通过黑尔加的经历反映了在当时的美国,作为一个黑人女子不可能同时在两个方面都获得满足。

　　拉森着重于人物的心理刻画,使用了丰富的象征主义手法和复杂的叙述技巧,获得了较大的成功。杜波伊斯在《危机》上评论此书时,称其为"从切斯纳特以来美国黑人所创作的最好作品"③。罗伯特·博恩认为它是哈莱姆文艺复兴时期除《蔗》以外最好的作品。④ 拉森的同时代人往往从黑白混血儿在种族歧视的美国的悲惨命运的角度出发分析《流沙》的主题。近20年来评论界更着重从中产阶级社会对女性的性压抑来分析黑尔加的悲剧,认为她那永远躁动的心灵和永远得不到满足的追求反映了在种族歧视和性别歧视的社会中,一个中产阶级的

---

① 内拉·拉森:《流沙·越过种族线》,第109页。
② 内拉·拉森:《流沙·越过种族线》,第135页。
③ 杜波伊斯:《两部小说》,《危机》,1928年6月号,第202页。
④ 罗伯特·博恩:《美国黑人小说》,耶鲁大学出版社,1958年版,第97页。

黑人女子既有性的冲动和要求，又怕表现出来会被套入传统的认为黑人女子淫乱纵情的思维定式，因而压抑自己，造成心理混乱。黑尔加最后只能把性要求纳入传统的婚姻范围之内。女权主义的评论家们更进一步，从作者对黑尔加婚后生活的描写中，指出拉森的具有强烈象征意义的标题"流沙"——使黑尔加深陷其中而无法获得自我实现的社会和传统的力量，对女人来说也包括婚姻和生育，女人认为能提高自己社会地位的婚姻实际上是把她们吸住、使她们下陷的危险的流沙。①

《越过种族线》的主人公是两个肤色白皙的混血女子克莱尔·肯德里和艾琳·雷德菲尔德。她们童年和少年时期是朋友。艾琳出身于中产阶级，长大后和哈莱姆一个黑人医生结婚，过着中产阶级家庭主妇的生活。除了有时为了方便到市中心只接待白人的场所去购物或歇脚偶尔冒充白人以外，她生活在黑人社会中，享受着医生丈夫带给她的社会地位和安全感。克莱尔生活在一个破裂的家庭中，在酗酒的父亲死后被白人亲戚收养，她不堪亲戚的歧视，离家冒充白人生活，后来嫁了一个富有的白人丈夫约翰·贝洛，并随着贝洛银行业务的需要经常在欧洲生活。贝洛仇恨"黑鬼"，哪里会想到妻子身上就有着黑人血统。这两个朋友各自过着自己的生活，在 12 年没有见面之后，她们在芝加哥偶遇。克莱尔向艾琳询问老朋友的情况，并且渴望通过恢复和艾琳的交往能够常和黑人社区联系。而艾琳则处于矛盾之中，一方面对克莱尔作为白人的生活感到好奇，另一方面也觉得过多的联系隐藏着相当大的危险，因此对克莱尔的愿望并没有表现出什么热情。两年后，艾琳突然收到克莱尔的来信，说她感到十分孤独，强烈地希望见到艾琳。艾琳没有回信。五天后克莱尔不请自来，在交谈中艾琳被克莱尔描述在白人圈子里所感到的极度孤独打动，因此当克莱尔想要参加一年一

---

① 如德博拉·麦克道尔在 1988 年版的《流沙·越过种族线》的序及杰奎林·麦克伦登在《内拉·拉森》中均有相关的阐述。

度的黑人福利协会举办的舞会,并说由于许多白人也来参加,自己不会受到注意时,艾琳最后同意了她的请求。此后克莱尔便经常到艾琳家中,艾琳逐渐感到克莱尔和自己的丈夫布莱恩之间似乎存在着私情,使她感到自己的婚姻、家庭和社会地位受到了威胁。艾琳警告克莱尔说,如果约翰发现克莱尔是黑人,后果将是不堪设想的,希望克莱尔不要再到她这儿来,不料克莱尔却说她正巴不得约翰发现,这样他们的婚姻就会解体,她便自由了。克莱尔的话更加强了艾琳的不安全感。与此同时,约翰对妻子的行踪产生了怀疑。有一次,当克莱尔和艾琳夫妇一起到朋友家参加聚会时,约翰跟踪而至,闯进门去。正站在窗前的克莱尔转眼就消失了。她坠身楼下,摔死了。作者并没有说明克莱尔到底是怎么掉下去的,但明显暗示是艾琳推下去的。克莱尔消失后,艾琳自问:"别人会怎么想?认为克莱尔是自己摔下去的?她自己故意把身体探出窗外?肯定是其中之一。不是——"①"……要是她能够从记忆中抹去自己的手在克莱尔的胳膊上这个印象就好了!"②

整部小说是通过艾琳的视角描写的,因此拉森能够深入地剖析艾琳的心理活动,从一个皮肤白皙得可以冒充白人的混血女子的角度,全面地反映了是什么因素使一些人选择了越过种族线,而另一些人又是出于什么考虑留在了黑人的群体之中,从经济、社会、传统、种族、家庭等各个复杂而相互作用与影响的方面,审视了跨越种族线这一现象在人的思想感情、心理状态的形成上所起的难以抗拒的作用。

在对这部小说的评论中,拉森的同时代人多从作品反映的跨过种族线造成的悲剧方面着墨,一般认为这部作品不如《流沙》深刻。近20年来,她的作品重新受到重视,评论家发表了不少很有意思的文章。如德博拉·麦克道尔引用了大量小说中的具体描写,指出在艾琳和克莱

① 内拉·拉森:《流沙·越过种族线》,第239页。
② 内拉·拉森:《流沙·越过种族线》,第239页。

尔之间存在着日益发展的性吸引,认为拉森有意识地用克莱尔假冒白人这条主情节来掩盖在当时不能公开描写的女同性恋感情。[①] 克劳迪娅·泰特分析,由于拉森利用艾琳作为叙述人,因而使读者对克莱尔生活的表象和她的言谈举止有所了解,而对艾琳的了解更多的则是通过其心理活动。由于艾琳常常掩盖自己不愿触及的真实思想,所以读者只能从她的浮现出来又压抑下去的复杂内心活动中,从她反映出来的模糊的、模棱两可的情况中解读小说的主题。泰特认为,《越过种族线》"完全不是一本传统的关于混血儿的悲剧的小说。它是一个引人入胜的浪漫故事,艾琳·雷德菲尔德是故事的意识中心——一个难以信赖的中心,小说的主人公是她而不是克莱尔"。[②]

佐拉·尼尔·赫斯顿

佐拉·尼尔·赫斯顿(1891—1960)是美国第一个作品最多的黑人女作家,共写了四部小说:《约拿的葫芦藤》(1934)、《他们眼望上苍》(1937)、《摩西,山的主宰》(1939)和《苏旺尼的六翼天使》(1948);两本黑人民间故事集:《骡与人》(1935),这是第一部由美国黑人收集整理出版的美国黑人民间故事集;《告诉我的马》(1938)收集整理了牙买加和海地黑人的民间风俗和信仰;一部自传《大路上的尘迹》(1942);以及 50 余篇短篇小说等。她出生在南方,在美国第一个黑人小城伊顿维尔度过了童年。她的父亲是小城的市长,曾做过小学教师的母亲总是鼓励孩子们"跳向太阳"——要有远大志向。伊顿维尔没有一个白人,因此赫斯顿的童年是在没有种族歧视的环境下度过的。她从小听到了大量的黑人民间故事,直到 10 岁才知道还有一个歧视黑

① 内拉·拉森:《流沙·越过种族线》,序。
② 克劳迪娅·泰特:《内拉·拉森的〈越过种族线〉:解读的问题》,《美国黑人文学论坛》1980 年冬季号,第 146 页。

人的白人世界。母亲在 1904 年去世后，赫斯顿的童年就结束了，她的无忧无虑的生活也随之结束。她离开了伊顿维尔，寄宿于各家亲戚之间，用她自己的话来说，她从伊顿维尔的佐拉变成了"一个黑人小姑娘"①，开始意识到了种族区别和种族歧视的存在。她靠给别人做家务活挣钱，后来给一个流动剧团的女演员做贴身女仆，1917 年在巴尔的摩离开剧团，重新读书。1918 年至 1924 年，赫斯顿就读于霍华德大学文学系。这期间她结识了许多黑人作家，受到鼓励，开始进行创作。1925 年 1 月，赫斯顿只身来到了 1920 年代黑人文学的中心，哈莱姆黑人文艺复兴的发祥地纽约，"没有工作，没有朋友，只有 1.5 美元和大量的希望"②。来自南方乡村小城的赫斯顿带着黑人妇女中少有的独立不羁的性格进入了哈莱姆的世界。但她的作品先于她来到哈莱姆，这就是 1924 年 12 月发表在《机遇》上的赫斯顿的短篇小说《沐浴在光明中》。1926 年秋，赫斯顿进入伯纳德大学学习人类学，她是这所大学当时唯一的黑人学生。她的论文受到哥伦比亚大学人类学家伯阿兹教授的赏识。在他的帮助和支持下，赫斯顿得到了一笔研究费用，加上白人女子梅森夫人的资助，使她得以到美国南方和西印度群岛从事黑人民间故事和传说的收集整理工作。她认为，如果让黑人民间传说失传，对于黑人和美国都将是极大的损失。赫斯顿在哈莱姆的时间虽然只有三年，却是极其活跃的三年。她和瑟曼、休斯等一起促成了《火》的出版，创作的剧作《色击》获 1926 年《机遇》文学竞赛二等奖，发表了《勇气》、《血汗》、《镀金的七角五分币》等小说。从 1920 年代开始写作起，赫斯顿在自己的作品中反映了独立存在的黑人生活，她习惯于黑人独立治理一切事务的世界，她所看到的黑人是有着强烈的自尊和自信的人。

———————

① 佐拉·尼尔·赫斯顿：《大路上的尘迹》，伊利诺斯大学出版社，1984 年版，第 94 页。

② 佐拉·尼尔·赫斯顿：《大路上的尘迹》，第 168 页。

《约拿的葫芦藤》是赫斯顿的处女作。主人公约翰·皮尔逊是个木匠兼传教士。他出生在奴隶制时代，南北战争后和母亲及继父一起住在亚拉巴马州。由于和继父不和，约翰离家到皮尔逊农场去干活。他给农场的黑人布道，但又喜欢寻花问柳，和露西·波茨结婚后仍不改和女人调情的老毛病。约翰后来因为偷了猪怕被捉，不得不离开家，来到了佛罗里达的伊顿维尔，靠一手漂亮的木工活和布道逐渐得到了人们的尊重。露西死后，约翰娶了海蒂，但当他发现海蒂是利用巫术赢得他的时候，就产生了极大的反感，对她拳脚相加。他的行为引起了伊顿维尔人们的不满，不再雇用他，海蒂也和他离了婚。于是他又一次上路，在普兰特城落脚，和一个有些家底的女人结婚后，逐渐成了一个受尊敬的牧师。他回到伊顿维尔去拜访故旧，也显示一下自己的成就，结果又一次禁不住女色的诱惑，投进了妓女的怀抱。这一罪过使他羞愧万分，痛苦中开车撞上了火车死去。赫斯顿刻画了一个在灵与肉的矛盾中生活、内心具有宣传上帝旨意的愿望但肉体不断受到世俗引诱的人的一生。约翰和《圣经》中的人物约拿有很多相似之处，他身负上帝的使命却逃跑了，被拯救后用布道给教区的老百姓以精神安慰，但是最后为了教区的利益，也必须像约拿的葫芦藤一样死去。

在酝酿创作这部处女作的过程中，赫斯顿心里是有顾虑的。她知道人们要求于一个黑人作家的是反映种族问题为主的作品。她在《大路上的尘迹》中谈到这个问题时说："都认为黑人应该写种族问题。我对此却厌烦透顶。我的兴趣在于，是什么使得男人或女人有这样那样的表现，不管他们的皮肤是什么颜色……但是我对自己说，人们期望我写的不是这个，因此我不敢依照我的想法，更确切地说是依照故事自身的说法来讲述故事。"[1]利平科特出版公司的主动约稿使赫斯顿决定按自己的意愿创作，于是在读者面前就出现了约翰·皮尔逊，一个既讨人

---

[1] 佐拉·尼尔·赫斯顿：《大路上的尘迹》，第 214 页。

喜欢又叫人无奈、既想跟随上帝又控制不住肉欲的普通人。像这种人物是黑人,但是探索的是人性而不强调种族性的作品是赫斯顿作品的特点。小说写成后,赫斯顿在 1934 年 4 月 16 日写给詹姆斯·威尔顿·约翰逊的信中进一步表明了作品的主题不是种族问题:"我努力表现一个既不滑稽可笑又不是一个死板的伪清教徒的黑人传教士。他只是一个普通人、一个诗人,如果想在黑人的布道坛上获得成功,他就必须是这样的人……在他的布道坛以外,我看到他是一个人,就我而言,他应该和别人一样能做自己想做的事。"①赫斯顿同时代的评论家一般认为,该小说的结构和人物塑造有缺点,但是书中织入大量的黑人民间故事,使用了生动丰富的黑人民间语言,表现出了黑人语言独特的风格和美。

　　1937 年,赫斯顿在加勒比地区进行人种史研究时,写出了她最著名的、现已成为经典的小说《他们眼望上苍》。《他们眼望上苍》出版后三年,理查德·赖特的《土生子》轰动美国文坛。《土生子》表现了种族歧视与经济压迫在底层黑人身上造成的心灵扭曲。赖特把主人公痛苦无望的内心世界展露在读者面前,清楚地表明他的言行、态度、价值观和命运都由他在美国社会中的地位所决定,社会对他的歧视造成了他的恐惧和仇恨,使他以个人暴力的方式发泄自己的仇恨。一时间,《土生子》式的抗议文学成了美国黑人文学的典范。在赫斯顿和赖特之间,就黑人小说的人物和主题展开了笔战。在赖特看来,《他们眼望上苍》"没有主题、没有启示性、没有思想"②;赫斯顿则认为《土生子》中的黑人使读者感到他们的生活中只有压迫,是受压迫下形成的畸形儿,是美国社会的"问题"。由于赫斯顿了解独立存在的、伊顿维尔式的黑人生活,了解她父亲那样有独立人格、能够决定自己命运的黑人,由于

①　耶鲁大学图书馆藏詹姆斯·威尔顿·约翰逊资料。
②　《新群众》,1937 年 10 月 5 日。

她从内心深处坚信黑人民间口头文学传统和语言的美,她作品中的黑人迥然不同于赖特的土生子,他们不仇视自己的黑皮肤,是和世界一切人种一样有自己的喜怒哀乐的正常人。赫斯顿相信黑人的生活同样是充实的,因此她在作品中反映了黑人的爱情、忠诚、欢乐、幽默、对生活的肯定态度,也反映了生活中必然会存在的不幸和悲剧。但是,在赖特作品风靡的年代,赫斯顿的作品被认为缺乏种族抗议和种族斗争的观点,受到冷落。实际上,赫斯顿的作品中并不是没有种族关系的反映。和白人接触,受到歧视或迫害,这是黑人生活中的一个现实,也是赫斯顿这样的黑人生活现实的一个部分,必然反映在她的作品中。只不过由于赫斯顿不认为种族关系是黑人生活的全部内容,所以她也不把种族关系作为她作品的中心。在《他们眼望上苍》中,许多细节反映了现实中存在的对黑人的歧视:如珍妮的外祖母在蓄奴制时代所受的迫害;又如通过一个全盘接受白人价值观的肤色白皙的混血女人特纳太太对黑皮肤人的蔑视,折射出种族歧视的现实;还有在暴风雨后,白人的尸体要用棺材装起来埋葬,而黑人的尸体则都堆在大坑里撒上石灰埋掉;等等。小说的核心是对生命价值和幸福的追求,特别是女性为实现生存价值的努力。小说的这一主题直到女权运动高涨的 1970 年代才受到应有的重视。当代著名黑人女作家艾丽斯·沃克说,赫斯顿是"一个伟大的作家。一个有勇气、有令人难以置信的幽默感的作家,所写的每一行里都有诗",并说,"对我来说,再也没有比这本书(《他们眼望上苍》)更为重要的书了"。① 当她终于找到了赫斯顿湮没在荒草中没有墓碑的坟墓时,她为自己这位文学之母立了一块墓碑,碑上刻的是:"南方的天才"。美国黑人文学著名评论家芭芭拉·克里斯琴高度

---

① 艾丽斯·沃克:《佐拉·尼尔·赫斯顿:一个谨慎的故事和偏袒的看法》,《寻找我们母亲的花园》,哈考特-布莱斯-约万诺维奇出版公司,1983 年版,第 80 页。

评价《他们眼望上苍》，指出"（它）是 1960 和 1970 年代黑人文学的先行者"①。《诺顿美国黑人文学选集》将这部作品列为"哈莱姆文艺复兴时期最伟大的作品之一"②。研究赫斯顿的专著和文章有近 150 种，其中只有 4 种是 1970 年以前出版的，这充分反映了她的作品在 1970 年代以来受重视的程度。赫斯顿的《他们眼望上苍》已成为美国大学中美国文学的经典作品之一，是研究黑人文学和妇女文学的必读书。

经过半个多世纪的风风雨雨，今天来重新审视 20 世纪三四十年代的美国黑人文学作品时，比较容易摆脱当时褊狭的文学题材与审美的束缚。特别是从女性文学的角度来分析，可以清楚地看到，今天黑人女作家所致力探寻的黑人女性完整的生命价值问题，早在赫斯顿的作品里已经有了相当强烈的表现。《他们眼望上苍》是黑人文学中第一部充分展示黑人女子内心中女性意识觉醒的作品，在黑人文学中女性形象的创造上具有里程碑式的意义。

小说描写的是反抗传统习俗的束缚、争取自己做人权利的珍妮的一生。她向往幸福的爱情，但外祖母为了使她能够过有保障的生活，强迫 16 岁的珍妮嫁给了一个有 60 英亩田产的中年黑人洛根。洛根对妻子的要求是和他一起耕作，并在他需要时满足他的性要求。珍妮过着没有爱情的死水般的生活。黑人小伙子乔·斯塔克斯吹着口哨从大路上走来。他口袋里装着干活存下的 300 美元钱，要到佛罗里达一个建设中的黑人小城去开创新的生活。他爱上了珍妮，要带她同去。珍妮在乔勾画的新生活的图景中看到了实现自己做一个独立的人的梦想的可能，于是随着他离洛根而去。乔很快发迹，成了这个小城的市长和首富。有钱有势后的乔开始要求珍妮俯首听命于他，言谈衣着必须符合

---

① 芭芭拉·克里斯琴：《美国黑人文学中黑人妇女的形象：从公式化到人物》，《黑人女性评论》，珀加蒙出版公司，1985 年版，第 11 页。

② 小亨利·路易斯·盖茨、耐利·麦凯编：《诺顿美国黑人文学选集》，第 933 页。

市长太太的身份,并限制她和一般黑人的交往。作为洛根的妻子,珍妮
是干活的牛马;作为乔的妻子,她是供乔玩赏的宠物。珍妮感到自己的
生命被窒息了。她无法接受社会传统加在女性身上的桎梏,始终希望
有朝一日能够实现自己的梦想。乔死后,她结识了一个无忧无虑、充满
幻想、既无钱又无地位的叫甜点心的黑人青年,于是毅然抛弃了市长遗
孀的身份和漂亮的家宅,跟着甜点心到佛罗里达州去做农业季节工,白
天一起干活,晚上和其他黑人季节工一起尽情玩乐。她终于实现了从
童年时代起就具有的、按自己渴望的方式生活的心愿,从一个被物质主
义和男人支配下生活的女人发展成为自尊自立的新型女性。珍妮和甜
点心的关系中既没有对物质财富的追求,也没有对社会地位的渴望,他
们享受的是共同劳动的乐趣和黑人季节工群体中丰富的黑人文化传
统。作者以优美的诗一般的语言描写了珍妮和甜点心的这一段生活。
在他们共同生活了两年后,一场暴风雨及洪水威胁着他们的生命。甜
点心问珍妮:"如果你这次死去,你不会因为我把你拉到这儿来而生我
的气吧?"珍妮的回答是:"如果一个人在黎明时看到了曙光,他就不会
在乎是否会在傍晚时死去。有那样多的人根本从来没有看到过曙光。
我那时就是在黑暗中摸索,上帝给我打开了门。"①

　　然而,珍妮理想的最终实现,她的第三阶段的生活,是建立在一个
极不现实的经济结构之上的。他们去做季节工人不是为了谋生,珍妮
的财产使他们的劳作超越了谋生的需要,成了享受生活所提供的多种
可能性的一个方面。小说前两部分都是建立在现实的经济基础之上
的,而这一部分却是发生在一个不现实的社会经济背景之下。也许这
正反映了赫斯顿的现实态度,表明她并不认为在当时的社会经济条件
下,男女之间能够建立真正平等的关系,女子能获得做人的完整权利。

①　佐拉·尼尔·赫斯顿:《他们眼望上苍》,伊利诺斯大学出版社,1978 年
版,第 236 页。

而珍妮与甜点心的幸福生活突然以悲剧结束,也颇耐人寻味。乐天而多情的甜点心在洪水中为救珍妮被疯狗咬伤,得了恐水病。甜点心病重后,医生嘱珍妮独睡,以免甜点心在神志不清时伤害珍妮。甜点心误以为珍妮厌烦了他,加上疾病的折磨,竟然向珍妮开枪,珍妮在惊恐中为自卫开枪命中了甜点心。甜点心在向珍妮开枪前说的最后一句话是:"我为了使你幸福什么罪都受了,现在你却这样对待我,真让我伤心。"[1]对比乔在一病不起后珍妮去看望他时所说的话,真是如出一辙:"我给了你一切,你却当众嘲笑我,一点同情心都没有。"[2]

这两个在其他方面全然不同的男人,最终变得多么相似! 女人的"幸福"是男人赐予的,因此他们期待女人回报以感激和顺从。赫斯顿通过揭示二者死前和珍妮的关系向读者表明,女人是无法通过丈夫来实现自己生命的价值的。无论甜点心曾是一个多么理解珍妮的丈夫,只要他们仍生活在一个男性主宰的社会中,珍妮便不能通过婚姻使自我得到充分的发展。甜点心的死使她最终挣脱了传统加给妇女的以男性为主的生活轨迹。

小说是以珍妮自述的方式展开的。开始和结束都在珍妮家的后廊上。甜点心死后,珍妮回到伊顿维尔家中,跟随着她的是指责和谎言。儿时的好友费奥比来看她,她就在后廊上对她讲述了自己一生追求实现生命意义的经历。在珍妮与费奥比的关系中,赫斯顿为我们展示了一个女性间相互支持的群体的雏形。不少当代黑人女作家在自己的作品中对这种黑人妇女为了获取自身解放而进行相互鼓励和支持的姐妹群体的力量有更多的描写,寄予了更大的希望。费奥比用自己的关切爱护使心力交瘁的珍妮得到了慰藉,而珍妮则以自己对男权社会反叛的经历唤醒了费奥比的自我价值感。在珍妮讲述结束后,费奥比重重

① 佐拉·尼尔·赫斯顿:《他们眼望上苍》,第 272 页。
② 佐拉·尼尔·赫斯顿:《他们眼望上苍》,第 131 页。

地叹了一口气，说："光是听你讲这些就让我长高了十英尺，珍妮。我对自己不再感到满足了。以后我要让山姆（费奥比的丈夫）带着我一起去捕鱼。"①小说的结尾再清楚不过地表明了作者的意图。她希望女子都能像费奥比一样，从珍妮一生的奋斗与追求中看到女性自我价值实现之重要，从而萌生出希望改变现状的要求。正是在表现女性对精神生活的独立追求上，《他们眼望上苍》开了黑人女性文学的先河，因此，说赫斯顿是当代黑人女性文学的先行者，她是受之无愧的。

《摩西，山的主宰》是赫斯顿对《圣经》中带领以色列人出埃及的摩西的传说的再创作。故事从摩西的童年开始，他是埃及法老的外孙，尽管他对名誉和权力不感兴趣，但是法老的儿子塔法却感到摩西对他是个潜在的威胁。法老宠爱摩西，派他领兵打仗，摩西的胜利使埃及的统治扩展到中东地区。塔法妒火中烧，利用摩西同情希伯来人这个尽人皆知的事实，散布传言说摩西是希伯来人，他的希伯来父母不遵守法老杀死男婴的规定，在摩西三个月时将他放在篮子里，放进了尼罗河，被法老的女儿救起养大。摩西厌烦宫廷的政治阴谋，离开了埃及。他来到西奈山下，和当地一个小国国王杰思罗的女儿齐普拉结婚。杰思罗的唯一愿望是找到一个能够把希伯来人带出埃及的领袖。他对摩西进行了宗教教育，并教给了他许多本事。20年后，杰思罗认为摩西已经有了充分的准备去完成这个任务。摩西虽然不很情愿，但上帝向他显现了自己的意愿，于是摩西决定去完成上帝的使命。这时塔法已成了法老，摩西经过艰苦的斗争，战胜了无数艰险，最终把希伯来人带出了埃及。此后，希伯来人虽然在身体上获得了自由，精神却仍在奴隶制的桎梏下，在荒野中流浪40年后，才最后来到迦南福地。赫斯顿在小说中用受奴役的希伯来人象征南北战争前美国的黑奴，他们说的是黑人的口语，吃的是黑人爱吃的食物，对他们在埃及的生活的描写和黑奴的

---

① 佐拉·尼尔·赫斯顿：《他们眼望上苍》，第284页。

生活十分相像：住的是棚子，在鞭子的驱赶下无尽地劳作，生命时刻受到威胁。赫斯顿把黑人的巫术、民间传说、《圣经》故事等交织在一起，使摩西成了一切被奴役的人的领袖。

对于这部小说的评价，赫斯顿的同时代人有的认为"作者创作了一部超越文学俗套的极其优秀的作品"①，有的认为没有达到作者预期的效果，在摩西这个人物身上存在许多不协调的地方②。埃里森批评说："这部作品……对黑人小说毫无贡献。"③今人则更多分析这部小说的讽喻性，指出这是一部讽喻作品，叙述的一个层面讲的是摩西带领希伯来人离开埃及来到迦南福地的故事，另一个层面是美国黑人的故事。布莱登·杰克逊在《摩西，山的主宰》伊利诺斯大学出版社 1984 年版的序言中指出，可以把这部作品看作种族抗议小说，在黑人文化的背景下，摩西的名字和反抗是不可分的。布莱登同时认为，此书的令人惊异之处在于它几乎没有黑人抗议文学一般具有的激烈、辛辣、刻薄等特点，而是充满了幽默。他的结论是："如果《摩西，山的主宰》不是赫斯顿最受赞扬的作品，它也肯定不是应该被忽视的作品。它的抗议因为它所不具有的抗议特点而成了更美、更好的抗议。"

《苏旺尼的六翼天使》写的是白人的故事，小说的背景是 20 世纪初的佛罗里达州。阿维·默塞夫出身于一个穷苦白人家庭。16 岁时她暗恋的男人和姐姐拉雷因结婚，她认为这件事对她是个不吉的预兆，自己不会再有幸福，于是决定去做传教士。她对姐夫的性幻想给了她极大的精神负担，产生了极度的自卑感。她得了抽风病，经常发作，一般男人不敢追求她。直到 21 岁时，吉姆·默塞夫出现在她身边，结婚后把她带到了另一个城市。婚姻并没有使阿维完全摆脱自卑感的折

---

① 珀西·哈奇森：《纽约时报书评》，1939 年 11 月 19 日。

② 见路易斯·昂特迈耶 1939 年 11 月 11 日发表在《星期六评论》上的文章。

③ 《近期的黑人文学》，《新群众》，1941 年 8 月 5 日，第 211 页。

磨,因此影响了家庭生活。只有在阿维彻底从过去的阴影中解脱出来、在生活中找到自己的定位后,他们才开始有了幸福。这是赫斯顿唯一的一部写白人生活的小说。她是有意识这样做的。在写给友人,白人作家卡尔·范维切恩的信中,赫斯顿说明了这一点:"我希望打破黑人不写白人的愚蠢的旧规矩。"①评论家对她的做法褒贬不一:有的评论家强调,小说的白人女主人公和赫斯顿其他小说中的黑人女主人公一样,都在探索生命的意义,寻求实现自身的价值;有的则指出,这是一部同化于主流文学的作品,缺乏赫斯顿其他作品所具有的活力。撇开评论家的褒贬不谈,赫斯顿舍弃了自己真正了解的黑人生活和丰富多彩的黑人民间文化和口语,去描写她并不十分了解的白人生活,至少是舍长取短。

　　1948年9月,赫斯顿被控和一个少年有不道德的关系。赫斯顿虽然证明自己事发时根本不在纽约,完全无辜,却因黑人传媒的轰动性报道受到了极大的伤害,使她从此退出公众场合。她继续在报纸上发表文章,她的保守的政治观点,特别是她反对最高法院1954年取消学校中种族隔离的做法的裁决,使她受到黑人领袖的攻击。赫斯顿认为,最高法院的这个决定意味着黑人儿童只有和白人儿童上同样的学校才能学到知识。她也许感到,这等于否定了她所挚爱的黑人小城伊顿维尔和黑人文化传统的价值。她在孤独中度过了晚年,身无分文,死在福利院中。当美国又一代新的黑人女性作家活跃于文坛之际,她们从赫斯顿的作品中看到的是黑人女性的觉醒,是给予了黑人民族自己独特文化传统的鲜活多彩的黑人民间文化。她们奉她为自己的文学之母,从佛罗里达的萋萋荒草中找到了她的安息之处,也把她的作品重新放到了黑人文学的佳作架上。

_____

　　① 转引自小亨利·路易斯·盖茨、耐利·麦凯编:《诺顿美国黑人文学选集》,第998页。

第四章
经济大萧条至黑人权利运动前的黑人小说

第一节　概论

在经济大萧条至黑人权利运动①高涨的 1960 年代这三十余年的时间中,美国黑人文学密切反映了黑人在战争和社会动荡下的美国的生存状况和心态。当大萧条的阴影笼罩全国的时候,哈莱姆文艺复兴的中心哈莱姆立刻受到了冲击。那里有 60% 的居民靠救济度日,20% 靠联邦项目提供的工作生活。艰难谋生代替了 1920 年代欢乐的歌舞酒吧,黑人文学中对生存意义的探索代替了对哈莱姆亚文化的渲染。1920 年代聚集在哈莱姆的黑人作家散布到全国各地。哈莱姆文艺复兴时代也随之结束。

世界经济危机和国际法西斯势力的抬头对美国社会的各个方面产生了巨大的影响。民主与进步势力和无产阶级思想在美国迅速发展传

---

① 黑人权力(Black Power)和黑人权利(Black Rights),是二十世纪黑人运动中的两个口号,前者是激进的,后者是民权运动时期黑人大众的主要诉求。本书根据不同时期、不同作家或作品中人物的态度选用这两个词语。

播,马克思主义和美国共产党影响不断扩大,左翼政治运动蓬勃发展。有组织的反饥饿游行和要求增加救济金的示威等争取社会公正的群众斗争此起彼伏。工会组织壮大,工人的组织发展,工人的阶级觉悟迅速提高。

由于黑人在美国一直处于"最先被解雇、最后被雇用"的地位,所以经济危机对黑人的冲击更甚于白人。在经济恶化的情况下,黑人更加受到歧视,加深了种族矛盾和种族关系的紧张。1935年3月,哈莱姆的黑人忍无可忍,以暴乱对他们绝望的生存状态做出了抗议。即使在第二次世界大战爆发后,在经济回升、工厂需要大量劳动力、开始大量雇用黑人的情况下,黑人的处境仍大大不如白人。黑人工人在工会中开始和白人工人一起为争取提高工资、改善劳动条件、提高失业救济等而斗争。因此,在1930年代,在黑人中既有反对种族歧视的斗争,也有作为无产阶级的一分子和白人无产阶级一起进行的政治和社会斗争。黑人知识分子也积极地参加到社会政治斗争和工会斗争中去。

在1930年代经济大萧条时上台的罗斯福总统实行了新政,设立了联邦救援机构,其中的工作项目署下设联邦作家项目,一些有成就的黑人作家,如克劳德·麦凯、阿纳·邦当,以及许多年轻的黑人作家,如理查德·赖特、拉尔夫·埃里森、威廉·阿特维、切斯特·海姆斯等,都先后在这个项目中工作过,使黑人作家不仅能够在一片失业声中维持温饱,而且扩大了他们的活动天地,提供了从事创作的机会。他们收集黑人民间传说,从事黑人文化历史的研究。在该项目众多的出版物中,《弗吉尼亚的黑人》和《放下我的重担:蓄奴制民间历史》是了解黑人历史的两部重要作品。后者是一部黑奴自述集,由几十位联邦作家项目的人员在17个州中访问了2万多个原黑奴后,从10万页手稿中精选编辑而成。

美国社会中左翼思想的发展使美国共产党和其他进步力量在黑人作家中也产生了很大的影响。特别是美国共产党,在1930年代极其活跃,在作家和黑人中积极开展工作,通过刊物《新群众》和《现代季刊》传播马克思主义思想,发表进步作家的作品。他们积极参加了为拯救亚拉巴马州斯科茨伯勒九个黑人少年被诬控强奸两个白人妇女案的斗争,在 1932 年和 1936 年的总统竞选中,提名黑人詹姆斯·福特为副总统的候选人,帮助组织全国黑人大会,等等。通过这些工作,美国共产党在黑人知识阶层中取得了相当的影响。不少黑人作家的作品中都反映了 1930 年代美国共产党的思想和政策。

　　1930 年代的许多黑人作家由于思想的剧烈变化,认为哈莱姆文艺复兴时期的一些杂志如《危机》、《机遇》等不再适应他们的需要,开始创办能够反映 1930 年代黑人作家的思想和心态的杂志。1934 年《挑战》出版,主编是多萝西·威斯特,既发表在 1920 年代已经崭露头角的作家,如阿纳·邦当、兰斯顿·休斯、佐拉·尼尔·赫斯顿等人的作品,也发表新人,如威廉·阿特维、弗兰克·耶比等的作品。威斯特显然认为,政治性强的作品缺乏艺术性,是“宣传品”,所以在刊登作品时更重其艺术水平。为此,《挑战》受到了理查德·赖特和玛格丽特·沃克等青年作家的批评,他们认为杂志过于重艺术轻政治,没有很好反映时代的脉搏。于是,威斯特在 1937 年对杂志进行了整顿,改名《新挑战》出版,理查德·赖特任副主编。在创刊号上,编辑部向“一切认识到强调社会意识、对生活进行现实描写是当前的需要的作家”发出宣言,在强调社会现实主义的同时,向黑人作家提出,“我们感到,黑人文艺运动首先应该建立在作家从黑人群众的生活出发对待自己的素材的基础上”[①],突出了黑人作家应反映黑人群众的现实生活。在这一期上,赖特发表了《黑人创作的蓝图》一文,指出黑人作家应遵循马克思主义思想和黑人工人阶级休戚相关。这一时期黑人小说的特点是,以现实社会中黑人生活为题材,用新的社会意识和觉悟来分析黑人传统和黑人

────────────

① 《新挑战》第 1 期,1937 年秋季。

在美国的生存处境，从而对当时的社会和黑人问题的了解有了新的深度和广度。

从 1930 年代中期到 1940 年代末，芝加哥代替哈莱姆，成为黑人文学的中心，在黑人文学史上被称作芝加哥文艺复兴时代。在芝加哥一批有影响的黑人报刊，如《黑人文摘》、《黑人故事》、《诗刊》、《芝加哥卫报》等，为新老黑人作家提供了创作园地。总部在芝加哥、旨在改善黑人教育状况的罗森沃德基金会在这一时期给不少黑人作家提供了经济资助，使他们不必为生活奔波，能够有更多的时间从事创作。也是在这个时期，芝加哥大学的社会学系在一批有影响的黑人校友的支持和鼓励下，对美国城市黑人贫民区和种族关系进行研究，他们在这些问题上的观点在相当一段时期中对黑人文化具有很大的影响。他们认为黑人文学应该反映底层黑人的不满和抗议，以使白人意识到黑人生活中的问题。在以上各种经济社会文化力量总和作用和影响之下，以赖特为首的相当一批黑人作家写出了具有鲜明时代气息的充满抗议精神的作品。

当第二次世界大战在欧亚战场打响，美国作为"民主世界的兵工厂"开始大量生产武器弹药、北方的工厂急剧扩大生产之时，南方黑人又一次涌入北方，先后共有约 550 万黑人离开了南方贫困的农村成了北方产业大军中的一员。美国尽管在反法西斯战争中标榜自己为民主而战，在国内却仍然实行着有形和无形的种族隔离的政策。因此，在整个战争期间，美国黑人始终没有停止过争取自己权利的斗争。由于工厂中存在严重的种族歧视，工人领袖准备于 1941 年组织黑人工人向首都华盛顿进军。为了避免冲突，罗斯福总统发布了 8802 号总统令，禁止国防工业中的种族歧视。1942 年成立了种族平等大会，提出废除种族隔离，要求实现种族平等。黑人大学生在实行种族隔离的饭店举行静坐示威，提出了一针见血的口号："我们在一起牺牲，为什么不能在一起进餐？"1944 年，亚拉巴马州蒙哥马利市 750 个黑人公民到法院要求选举权,迫使最高法院在史密斯诉奥尔赖特案中裁决"白人至上"违反宪法。

战争期间,伴随着大量黑人进入城市从事工业生产,城市黑人贫民区中的拥挤和贫苦、黑人所受的种族和阶级的压迫、黑人改变自身生活的希望的破灭,都由于黑人的集中而显得更为突出。大城市中种族暴力事件层出不穷,仅1943年,在47个城市中就爆发了242次暴力冲突。战争结束后,经历了反法西斯战争的黑人士兵回到了种族歧视依然猖獗的美国。成为了工人阶级一员的黑人和用生命保卫过民主的黑人更加不能接受任人宰割的命运了。另一方面,处于冷战中的美国政治上更为窒息保守,种族抗议的直接行动被认为是"非美活动",一些激进的黑人组织几乎无法进行活动。然而,黑非洲殖民地国家的纷纷独立鼓舞了美国的黑人,战后黑人失业率的不断增长和南方农业佃租制的衰落加剧了美国的种族问题。全国有色人种协进会为消灭种族歧视,发起了一系列呼吁修改种族歧视的法律的行动,如向最高法院提交布朗诉教育部案件,使最高法院在1954年做出了废除学校种族隔离的决议。1957年美国国会通过了1875年以来的第一个民权法案,不久成立了民权委员会。白人种族主义势力在南方疯狂反扑,更加嚣张,用暴力手段抵制各项民权法案的实施,甚至到1957年需要总统艾森豪威尔派遣联邦军队到阿肯色州的小石城去保护黑人小学生不受白人暴力袭击的地步。针对黑人在各个领域和公共场所受到的变本加厉的歧视和隔离的现实,美国南方从1950年代中期开始了非暴力民权运动。种族平等大会、学生非暴力协调委员会、南方基督教领导大会、全国有色人种协进会等组织都积极领导并参加了这场运动。民权运动最重要的领导人马丁·路德·金运用了黑人教会在黑人群众中的传统力量,号召黑人进行"非暴力直接行动",使运动声势迅速发展壮大。1963年8月向首都华盛顿的大进军,将运动推到了高潮,迫使美国国会在1964年通过又一个民权法案,明令禁止在公共设施和公共场所中的种族歧视和隔离现象。1950 年代民权运动的种子在 1960 年代发展成为黑人国家主义和黑人权利运动，是黑人从政治、经济和文化上进行斗争的重要阶段。

1950 年代在非洲黑人国家独立浪潮及黑人国家在世界舞台上的影响不断增加的情况下，美国黑人对自身在美国和世界的地位的思索深化了。1956 年 9 月，在巴黎召开了黑非洲作家和艺术家大会，各国黑人作家聚集一堂，评价黑人对世界文化的贡献。大会后，美国黑人成立了非洲文化学会，并于 1959 年召开了第一次黑人作家大会，主题是"黑人作家和他们的根"。这个主题反映了美国黑人作家对自己的文化传统和与主流文化传统关系的长期思考和困惑。1950 年代最有代表性的三位黑人作家的态度概括了这一代作家在自身的"根"的问题上的不同意识。

赖特在《白人，听着！》中说，自己"和西方白人并肩、说着他的语言，分享他的文化，参与西方社会所做的共同努力。我对那个白人说：'我是西方人，和你一样属于西方，也许比你还更要西方一些。'"①

鲍德温说："……我自身发展最关键的时刻是我被迫意识到我是西方的某种私生子；当我追溯我的过去的时候，我不是在欧洲而是在非洲找到了自己……（欧洲白人文化）不是我继承的传统。可同时我又没有别的可以希望加以利用的传统……我不得不挪用白人世界的这些传统。"②

埃里森则认为："我自己人民的价值观既不是'白色'的，也不是'黑色'的，而是美国的。"③

他们无论怎样看待黑人和西方白人世界的关系，都需要进行自我

---

① 理查德·赖特：《白人，听着！》，第 50 页。

② 詹姆斯·亚瑟·鲍德温：《土生子札记》，矮脚鸡丛书，1972 年版，第 6—7 页。

③ 拉尔夫·埃里森：《影子和行动》，第 261 页。

地位的界定,这个事实本身就说明了主流社会并没有把他们看作自身传统中的一员。而作为黑人作家,尽管对自己和主流文化及价值观的关系看法不尽相同,但都意识到西方白人价值观和西方白人文明中的问题,在自己的作品中表述从自己独特的历史和现实地位所认识到的生存现实。

在这一时期发表作品的作家,一部分在哈莱姆文艺复兴时代就已发表大量作品,他们在 1920 年代以后的作品已在上一章中介绍过了。本章讨论的是在此后涌现的、在这 30 年中叱咤文坛的黑人作家。在整个 1940 年代,可以说,以赖特的《土生子》为代表的抗议文学在黑人文坛上独领风骚,这些作品以城市黑人贫民区为背景,以种族歧视为中心情节,主要以自然主义的手法对黑人在美国的遭遇进行强烈的抗议。到了 1940 年代后期,逐渐出现了一批新人新作,这些作品从人物到主题到创作风格上都和赖特式的作品不同。1950 年代出现的作家中,最重要的当数拉尔夫·埃里森和詹姆斯·鲍德温。他们感到赖特式的抗议文学不能充分反映美国黑人复杂的生存状态和心态。埃里森认为,《土生子》中的比格只是在某种单一的思想驱使下行动的人物,缺乏性格的丰满和复杂性。鲍德温也认为,赖特为了在政治上达到揭露种族歧视和社会对黑人的不公正,牺牲了对人物复杂的内心世界的表现。新出现的作品把审视的焦点放在了黑人内部的矛盾和问题上,放在了只要活着人就会经历的喜怒哀乐上。由于多数作品的主人公是黑人,就不可能不反映他(她)们作为黑人特有的遭遇,因此在这些作品中,种族歧视和黑人所受到的不平等的对待仍然无所不在,但是作家的关注点不是单一的种族关系。如果说赖特式的作品使读者感受到的是示威游行的轰轰烈烈,那么 1950 年代的作品使读者面对的是常人的艰辛之外黑人那一份独有的艰辛。它可能会导致又一次的轰轰烈烈,也可能会在无论是黑人还是白人还是其他人种中引发更为深刻的改变。

第二节　理查德·赖特和赖特式的抗议作家

理查德·赖特

理查德·赖特（1908—1960）是 20 世纪美国最有影响的作家之一。他创作的主要作品有《汤姆叔叔的儿女》（1938）、《土生子》（1940）、《黑孩子：童年和少年时代之记录》（1945）、《局外人》（1953）、《野蛮的假日》（1954）、《漫长的梦》（1958）等。此外他还发表了大量的评论和杂评，还有演讲集《白人，听着！》（1957）。他最为著名的小说《土生子》对第二次世界大战后美国黑人文学的发展产生了巨大的影响，使《土生子》式的抗议小说在美国黑人文学中独占鳌头十余年，广为流行。

赖特的童年是困苦的。早年的生活对他日后创作中表现的思想观念及强烈的政治社会意识有着决定性的意义。他出生在密西西比州纳齐兹市附近的一个农场上，父亲在赖特六岁时弃家而去，母亲独力抚养赖特和他的弟弟艾伦，赖特和弟弟住过孤儿院，也和外祖母一起生活过。在母亲重病后，赖特被送到在密西西比格林伍德的舅舅家，弟弟到了底特律的姨妈家。他读完了九年级，感到在学校中学不到他需要的知识，便离开学校，开始打工。在残酷的种族歧视和种族隔离的南方度过的童年在赖特心灵上打下了深深的烙印。九岁时他目睹了 5 000 个白人暴徒将一个黑人私刑处死，活活烧死后肢解了尸体，头和一条腿就架放在赖特住的街上。打工时他只能做粗活，学不到技术。一次在杰克逊美国光学公司做工时，老板教了他一些技术，但是白人熟练工人觉得受到了威胁，把赖特排挤出了公司。

赖特酷爱读书，有着广泛的阅读兴趣。在孟菲斯时，为了能从只为白人使用的公共图书馆中借到他喜爱的记者和评论家门肯的作品，赖特假装给白人主人借书，自己写了个条子给管理员："亲爱的女士，请给这个黑小子几本门肯的作品。"①门肯激起了赖特的文学雄心。他从门肯的《序言集》中感到一个把文字用做武器的人的力量。他读德莱塞、安德森、辛克莱·刘易斯,和他们一样对中产阶级的市侩气深恶痛绝。后来他又读了萨特和普鲁斯特、詹姆斯等现代派作家的作品。广泛大量的阅读对赖特日后的创作思想和写作风格有着潜移默化的影响。

为了摆脱贫困和南方的种族迫害,为了能够作为一个人生活,19岁的赖特来到了芝加哥。他边工作边学习,在1928年通过了公务员考试,成了一名邮局职员。一年后,经济危机一开始,赖特就被解雇了,靠救济生活。个人的遭遇和北方黑人贫民窟的现实使赖特的希望幻灭了,他开始转向左翼政治思潮,并在1932年参加了美国共产党。马克思主义使他对黑人,特别是生活在贫民窟中的黑人以及自己作为黑人在美国的生存状况的认识提升到理论高度,对他的文艺观点也有很大的影响。赖特在伊利诺斯州作家项目中做宣传工作,不久开始在《新群众》、《左翼阵线》等左派杂志上发表作品。1937年赖特到纽约,在美国共产党机关报《工人日报》担任哈莱姆地区的编辑。也就是这时,他担任了《新挑战》的副主编,并在创刊号上发表了《黑人创作之蓝图》一文。这是黑人文学的新宣言,他在文章中批评说,过去许多黑人作家在作品中企图表明黑人并不低人一等,以此乞求白人的公正对待;他们很少面对黑人自身的需求、苦难和愿望。他认为黑人作家的社会意识和责任是确立黑人应为之奋斗、为之生、为之死的价值观,应全面地、多层次地、深刻地反映黑人生活的一切方面。他强调黑人民间传说、黑人民族主义、马克思主义和文学艺术作为改变社会的武器所具有的价值和作用。他认为黑人作家必须具有马克思主义的世界观,因为"黑人作

---

① 詹姆斯·德雷伯编:《黑人文学评论》,盖尔研究公司出版,1992年版,第1994页。

家可以从中获得最大限度的思想感情的自由"①。虽然几年后赖特与美国共产党决裂，但他对黑人文学所持的观点并没有因此而改变。

赖特在开始发表小说前曾先以诗歌在左翼知识界小有名气。他受马克思主义思想的影响，感到终于在世界工人阶级所遭受到的资本剥削的经历中，"在革命所表现的领域中，黑人的经历能够找到一个归宿，一个能够起作用的价值和角色"②。从 1934 年到 1936 年，他在左派杂志上发表了 14 首诗，如歌颂黑人劳动人民力量的《我看到了黑色的手》，黑人和白人团结起来进行阶级斗争的《红色书籍的红色书页》，描写一个黑人被私刑烧死的《在世界和我之间》等。这些诗无一不反映了赖特以马克思主义看待生活的观点。1930 年代以后赖特基本停止了诗歌的创作。也许他感到小说更能充分表达他的感情，传达他要向人们表述的思想。

在 1938 年，著名的哈珀兄弟出版公司出版了赖特的中篇小说集《汤姆叔叔的儿女》，它包括四部作品：《大孩离家》、《河边》、《黑色长歌》和《火与云》。它 1940 年再版时加入了《明亮的晨星》和自传性序言《种族隔离和歧视下生活的道德标准》。这些小说的主题都是反映黑人如何在南方白人的暴力下被迫以暴力自卫，每一篇都充满辛酸和愤怒。如在《大孩离家》中，黑人少年大孩和三个朋友在一个晴朗美丽的日子逃学到树林里玩耍。虽然他们知道到小溪去游泳是侵入了白人的地盘，但是少年们毕竟挡不住溪水的诱惑，脱下衣服光着身子痛快地游了一阵。他们游完上岸，在溪边晒太阳，看蝴蝶飞舞，蜜蜂采蜜。突然一个白种女人出现在林中，四个少年惊恐地抓起衣服，希望女人没有注意到他们。可是那个女人看到了他们，尖叫起来。她的男友拿着枪

---

① 理查德·赖特：《黑人创作之蓝图》，转引自小亨利·路易斯·盖茨、耐利·麦凯编：《诺顿美国黑人文学选集》，第 1384 页。

② 理查德·克罗斯曼编：《失败的上帝》，第 118 页。

闻声而来,问也不问就开枪,两个少年被打死。大孩绝望中去夺他手中的枪,枪走火,白种男人被打死。吓得半死的大孩和幸存的名叫波波的伙伴逃回家中。大孩向父母说明情况后,躲到一个山洞里,再搭黑人开的大货车逃走。他在山洞躲藏时,听到一群白人在寻找他们的狂呼乱叫,看到他们把波波私刑烧死的惨状。他还不得不把一只进洞里来的狗掐死,以免暴露自己。他最后被威尔救上货车,向北方逃去。在这本中篇小说集中,最明显反映赖特受到美国共产党影响的是《火与云》和《明亮的晨星》,传统的黑人宗教成了斗争的武器。在《明亮的晨星》中,苏大妈的一个儿子被关进了监狱,剩下的儿子约翰尼献身于共产主义的事业,相信在共产党内没有因肤色而生的歧视,黑人和白人应该互相信任。苏大妈却不信任白人。当有叛徒向警察告密,说共产党正在组织一次大会时,苏大妈本能地认为告密者是白人。约翰尼为了避免损失,冒着大雨通知人们不要去开会。警察拷问苏大妈,但是她拒绝说出共产党人的名字。这时来了一个新参加的白人党员布克,说警察已经抓住了约翰尼,为了救他,他要苏大妈告诉他党员的名字。尽管她对布克心存怀疑,苏大妈还是把名字告诉了他。她说出来后感到事情十分蹊跷,放心不下,就把儿子的手枪藏在身上,去警察在拷问约翰尼的山坡上,要阻拦布克向警察说出名单。她眼看着儿子的腿被打断,但一直藏着没有暴露,直等到布克出现。苏大妈开枪打死了布克,保护了其他共产党员,自己和儿子却被警察打死了。赖特写这篇小说是有意识地要为当时美国共产党所进行的斗争服务,他在1941年写给打算以单行本出版这篇小说的国际出版公司的一封信中清楚地表明了这一点。在这封后来做了单行本的前言的信中,他说:"这不是我的小说;它属于工人们。如果不是因为我感到我有工人读者的话,我是不会写的。"

　　《汤姆叔叔的儿女》出版后虽然获得了好评,但赖特自己却并不满意,认为这是一本"伤感小说","连银行家的女儿也能阅读欣赏、为之流泪"的作品。他发誓自己的下一部小说要写得"冷酷、深刻到(读者)

无法从眼泪中求得安慰,而必须直面(一切)"①。赖特需要的不是同情,他要在作品中控诉把黑人的生活变得凄惨,使黑人生活在暴力、凶残、缺乏爱和温情之中的美国社会。这就是使赖特一举成名、轰动美国文坛的《土生子》。小说出版后仅一个多月,就销售25万册,赖特获得了奖给有突出贡献的黑人的斯平加恩奖。小说表现了种族歧视与经济压迫在底层黑人身上造成的心灵扭曲。赖特把主人公痛苦无望的内心世界展露在读者面前,清楚地表明他的言行、态度、价值观和命运都由他在美国社会中的地位所决定,社会对他的歧视造成了他的恐惧和仇恨,使他以个人暴力的方式发泄自己的仇恨。评论家亚瑟·戴维斯在评论这部作品时明确地指出了它的社会作用:"(《土生子》)向全国表明,美国如此对待黑人群众造成了(黑人的)怨恨、无助感、暴力和革命的可能性……(作者)能够用艺术传达出两个信息:在美国做个黑人意味着什么,以及创造了这样一个异类土生子对美国来说意味着什么。"②一时间,《土生子》式的抗议文学成了美国黑人文学的典范。

《土生子》的主人公是一个生活在芝加哥黑人贫民窟中的青年比格·托马斯。他和母亲及弟弟妹妹一起从密西西比州来到北方,希望能够摆脱南方黑人贫苦悲惨的命运,但是生活并没有好转。20岁的比格仍和母亲、弟弟妹妹住在同一个房间里。小说共分三个部分:恐惧,逃跑,命运。故事开始时,他被刺耳的闹钟声惊醒,一只硕鼠在拥挤的房间里窜来窜去,妹妹吓得尖叫,比格和弟弟围歼硕鼠,比格带着仇恨、恐惧和厌恶用铁锅砸死了它。赖特具体细致地描绘了托马斯一家以杀鼠开始的一天,使读者预感到贫民窟中的黑人实际就像这只被困的老鼠,永远只能进行无可奈何的挣扎,只有在暴力下获得摆脱的必然命

① 理查德·赖特:《土生子》代序,哈珀和罗出版公司,1987年版,第27页。
② 亚瑟·戴维斯:《来自暗塔中:美国黑人作家,1900—1960》,霍华德大学出版社,1974年版,第147页。

运。比格被介绍到富有的白人多尔顿家去做司机兼锅炉工。他第一天的任务就是送多尔顿的独生女儿玛丽到大学去,但是玛丽却让比格送她去见男朋友简。这对青年在酒吧喝酒,玛丽喝得醉醺醺的。在简离开后,比格不得不把她抱进卧室放在床上。正在这时,玛丽双目失明的母亲听见声音来到了玛丽的卧室,比格惊恐地想到,他,一个黑人男子,如果被发现和白人女子在她的卧室里,定会被私刑处死,这使他感到万分恐惧。他怕玛丽的声音会把老太太引到床边,就用枕头压住玛丽的头。玛丽的母亲走后,比格发现玛丽已经窒息而死。随后比格将玛丽的尸体放在箱子里扛到地下室,想塞进锅炉焚尸灭迹,但是炉膛不够大,头垂在外面,比格砍下玛丽的头,扔进了炉子。在第二部分中,玛丽的家人不知她的去向,就询问比格,比格讲出前晚玛丽和简在一起,并谎称简一直把玛丽送到家。比格为了使自己不受到怀疑,把人们的注意力引向简,假装玛丽被简或共产党绑架,写信向多尔顿家索要一万美元赎金,并威逼女友贝西帮助他。报纸上充满了赤色分子绑架富家女的报道,简被捕。一切似乎都在按比格的计划发展,但是他的恐惧暴露了他。由于玛丽的尸体是放在锅炉膛里烧掉的,比格怕没有完全烧尽,不敢清理炉灰,因此火烧不旺。宅子里很冷,女仆下来叫比格清炉灰,结果一个记者在炉灰中发现了烧焦的人骨和一只耳环。比格惊慌失措,仓皇离开,和贝西一起躲进了芝加哥南区贫民窟一幢废弃的破楼里。比格怕贝西告发他,趁贝西熟睡,残忍地杀死了贝西。在警察的追捕下,比格终究未能逃出白雪覆盖的芝加哥。第三部分写的是比格在监狱中等待审判、庭审、被判死刑和等待处决的一段时期。比格被捕后,他的母亲所属教堂的牧师来探监,给他念《创世记》,但是"他早已在杀死玛丽前就在心中杀死了牧师勾画的那盘桓不去的生命的图景;那是他的第一次谋杀"。[①]生活的现实使比格对上帝的信念早已幻灭

---

① 理查德·赖特:《土生子》,哈珀和罗出版公司,1987 年版,第 264 页。

了。"为了活下去，他为自己创造了一个新的世界，为此他必须去死。"[①]他始终没有答应牧师的请求，要他哪怕试着"在一段时间内停止仇恨，让上帝的爱能进入你的心中"[②]。简来探监，他原谅了比格对他的诬陷，甚至不计较女友的被杀，要和他一起斗争。比格感到"一生中第一次白人成了一个人"[③]，不再是高耸的白色仇恨大山的一个部分，而是可以交流理解的人。简请自己的朋友，美国共产党党员，律师马克思为比格进行辩护。比格向马克思说出了整个事件的经过，倾诉了自己处于被剥夺地位而生的仇恨白人的心态和他的恐惧、他对所有人的不信任感。马克思走后，比格发现自己"一生中还从来没有对任何人像对马克思这样说过话，甚至对自己也没有过。他的倾诉卸去了他心头的重担"[④]。尽管在法庭上马克思极力为比格辩护，指出了种族歧视和极端贫困造成的扭曲是使比格犯罪的社会因素，强调了社会负有不可推卸的责任，比格还是被判死刑。

赖特以大量的篇幅描写了比格的恐惧和他残酷的谋杀，但这一部作品并不是惊险小说。《土生子》的真正主题是谋杀后面揭示出的比格生命的潜在意义。他强烈地感到被剥夺了过真正的人的生活的权利："我们是黑人，他们是白人。他们拥有，我们没有。他们什么都可以干，我们不行。就像生活在监牢里。"[⑤]为了填补生活中这难以忍受的空虚，他总想干上一件"大事"，挣脱牢狱般的禁锢，使自己的生命具有意义。在杀死玛丽后，他感到为自己创造了一种新的生活。他在用暴力表达了对压迫他的社会的道德和法制的叛逆后，获得了一种自己的生命价值得到了实现的感觉。在一段时间里，他玩弄白人于股掌之

---

① 理查德·赖特：《土生子》，第 264 页。
② 理查德·赖特：《土生子》，第 265 页。
③ 理查德·赖特：《土生子》，第 268 页。
④ 理查德·赖特：《土生子》，第 333 页。
⑤ 理查德·赖特：《土生子》，第 23 页。

上,感到了自由和力量。在受到警察的追捕时,他心中出现的想法是:
"这逃跑,太熟悉了。他一向知道,这种事情早晚会发生在他身上。"①
比格杀死的并不是一个凶残地迫害他的白人,而是一个对黑人很友好
和善的白人姑娘,赖特之用意在于向读者揭示,应该对这场悲剧负责的
不是个人,而是迫害黑人的种族歧视的社会,要改变比格们的生存状况
和扭曲的心灵,靠个别白人的好心和善行是没有用的。不少评论者认
为,小说的第三部分过于说教,作者急切地通过律师马克思之口阐述社
会对比格犯罪应该负责任,认为这是败笔。看来在这一点上,赖特确实
是感受良深,不吐不快。他不仅利用律师辩护之机直陈自己的观点,而
且意犹未尽,几个月后又写了《比格是如何诞生的》一文,刊登在《星期
六文学评论》上,其中,赖特历数自己亲见的"比格·托马斯们",说"如
果我只认识一个比格·托马斯,我是不会写《土生子》的",强调"比格
是美国的产品,这片土地上的土生子"②。

　　《土生子》出版后,多年来被黑人作家及评论家视为楷模,认为它
开辟了黑人意识发展的新方向,用评论家埃尔德里奇·克里夫的话来
说,《土生子》表明,"在所有的黑人作家中,实际上在一切不同肤色的
美国作家中,理查德·赖特因其涉及政治、经济和社会之深而占有主宰
地位"③。不过也有人对它持批评的态度,他们主要认为,小说表现了
过多的暴力,宣传性太强,比格这个人物形象不能全面反映黑人。黑人
作家鲍德温的批评在这方面很有代表性,他说小说"……未能表现任
何作为具有延续性的、复杂的黑人生活的群体现实"④。在另一篇文章
中,鲍德温进一步批评抗议性文学作品,说"其失败在于它拒绝生活和
人,在坚持只有这种类别才是真实的、不可逾越的时候,否认了人的美、

---

① 理查德·赖特:《土生子》,第 207 页。
② 《土生子》代序,第 xxiv 页。
③ 克里夫:《一个土生子的笔记》,见《灵魂在冰上》,第 105 页。
④ 詹姆斯·鲍德温:《千万已经消失》,见《土生子札记》,第 27 页。

恐惧和力量"①。然而，为什么总是要求一个黑人作家的一部作品必须全面反映黑人的现实呢？比格的生存状态和心态是他在特定环境下的生活和他的性格的产物，而他的生存状态反映了美国种族歧视的现实及其对黑人（至少是一部分黑人）所产生的一种影响。赖特的创作观决定了他不会回避任何令人不快的现实，而是要将它暴露在光天化日之下，唤起人们改变现实的愿望。正是因为赖特对生活的肯定，他才控诉黑人非人的生活，才在作品中告诉人们，比格是人，他也有权利过真正的人的生活。

中篇小说《在地下生活的人》发表于 1942 年。其中的黑人主人公并没有犯谋杀罪，但受到警察的怀疑和追捕，情急之下他躲进了下水道，在一段废弃不用的下水道的管穴里生活下来。他发现在这个管穴的一侧有一片砖墙，他用一根铁管把墙一点点挖开，墙那面是几个地下室，分别通向极具象征性的三个地方：一家殡仪馆、一个电影院和一座教堂。他看到黑人在教堂里祈祷、唱赞美诗，"他的第一个冲动是想大笑"，"他们吸着下水道的气味唱着……他感到自己在看着令人极其厌恶的一幕"②。他晚上到地面上去偷吃的和用的东西。他看见公司里有一个人在偷保险柜里的钱，他也去偷，但"他觉得他偷钱和那人偷钱完全是两码事。他根本不想花偷来的一分钱，但他知道现在正在偷的那人会把钱花掉，也许花在寻欢作乐上"③。他拿偷来的宝石和百元钞票装饰管穴的"墙壁"，还拉上了电灯，听偷来的收音机。狭小的空间使他窒息，他便爬进地下室，听见电器店的老板逼问一个年轻店员把收音机偷到什么地方去了，并伴以殴打声。他在公司窗外时，听见警察在

---

① 詹姆斯·鲍德温：《大家的抗议小说》，《土生子札记》，第 17 页。

② 小亨利·路易斯·盖茨、耐利·麦凯编：《诺顿美国黑人文学选集》，第 1417 页。

③ 小亨利·路易斯·盖茨、耐利·麦凯编：《诺顿美国黑人文学选集》，第 1428 页。

逼守夜人承认偷了保险柜里的钱,"就像他们曾逼他承认一桩他并没有犯的罪一样"①。而殴打守夜人的正是那些打过他的警察。守夜人被打昏过去,醒来趁警察不备,开枪自杀了。这使得警察更加相信他们的怀疑是对的。他在地下生活以来从暗中看到的人间世界中,所有的人都在思想、动机或行动上存在着本能的犯罪因素,因此才如此热衷于祈祷。他感到自己虽然没有犯下警察所怀疑的谋杀罪,却也和别人一样有罪过。他回到自己的地下世界,心中充满了恐惧。"然而这不是对警察或人的恐惧,而是想到如果他走出去进入那残酷的阳光中时他知道自己必定会干的事情,使他不寒而栗。他的理智说不行,而他的肉体说可以;他的理智无法了解他的感情。"②他决定浮出地面,向人们说出自己的这个新感受。他走进教堂,但人们以为他不是个醉鬼就是个疯子,不给他说话的机会就把他推出了大门。他到原来逼他认罪的警察所在的警察局去,把自己的新感受告诉警察,说自己偷东西,犯了罪。警察全都认为他有神经病。于是他提出带他们到他的地下世界去,"他们一旦看见了他所干的事,就再也不会怀疑他的话了"③。当他爬进下水道叫警察跟他下来时,一个警察开枪打死了他,说"你就得打死这种人。他们会破坏一切的"④。主人公的姓名在故事中只出现过一次。赖特通过这个细节暗示主人公的命运不是美国某个具体的黑人的命运,而是具有普遍意义的。他所受到的欺凌和所看到的现实,他悟到的社会罪恶的本质和他的结局都是对美国社会的批判。

---

① 小亨利·路易斯·盖茨、耐利·麦凯编:《诺顿美国黑人文学选集》,第1437页。

② 小亨利·路易斯·盖茨、耐利·麦凯编:《诺顿美国黑人文学选集》,第1439页。

③ 小亨利·路易斯·盖茨、耐利·麦凯编:《诺顿美国黑人文学选集》,第1449页。

④ 小亨利·路易斯·盖茨、耐利·麦凯编:《诺顿美国黑人文学选集》,第1450页。

《黑孩子》(1945)是作者写自己南方生活的自传，以成年人的视角回顾了他经历的痛苦和恐惧、欢乐和希望、从天真到熟悉种族歧视的现实的成长过程，以及面临的未卜的未来。赖特叙述了他从童年起就从家庭、教会和白人三个方面受到压力，要他按社会给他规定的方式和范围生活。他企图反抗，但毫无用处。他到了12岁就感到生活没有意义，相信只有努力从毫无意义的苦难中榨挤出一丝意义时，生活才具有意义。他一直在寻求如何能在一个个人的理智和感觉一文不值、权威和传统主宰一切的世界上生活。他找到了写作。他说，在他成长的年代中，他得到的唯一鼓励来自刊登他第一篇小说的编辑。

赖特于1944年退出美国共产党，1947年移居法国。对于赖特离开祖国，戴维·巴基什在赖特传中指出，一方面是因为赖特意识到"如果不离开他生长的令人压抑的土地，他就不能扩展他的艺术和个人自由。为了有效地利用他的根源，他不得不用肉体的距离来补充心理的距离"；同时也因为他的妻子是白人，在美国，他的妻女无法摆脱歧视所带来的伤害①。移居法国后，赖特结识了萨特、波伏瓦、加缪等法国存在主义学者和作家。评论家们一般认为，他在法国发表的《局外人》、《野蛮的假日》和《漫长的梦》都不如以前的作品，认为赖特已失去了以前作品中表现出的力量。脱离了黑人群体的生活，他就像大树没有了根，只剩下了记忆。

也有评论家从存在主义的角度对《局外人》进行分析，认为这部作品"表明了在法国生活了好几年之后的赖特先生所受欧洲世俗型存在主义思想影响的程度"②。和《土生子》中比格杀死玛丽相比，《局外

---

① 戴维·巴基什：《理查德·赖特》，弗雷德里克·昂加尔出版公司，1973年版，第53页。

② 小内森·斯科特：《理查德·赖特的黑暗和幽灵出没之塔》，收入罗伯特·海明威编：《黑人小说家》，查尔斯·梅里尔出版公司，1970年版，第74页。

人》中的主人公戴蒙一连串的谋杀带有很大的随意性。小说开始时，在芝加哥邮局做小职员的戴蒙正处于个人生活的危机之中。他已经不和妻子格莱蒂丝生活在一起，但仍要养活她和三个子女。他的不到16岁的情人多萝西怀了孕。格莱蒂丝拒绝和戴蒙离婚，而多萝西又非要和他结婚不可。格莱蒂丝得知这一情况后，要求戴蒙把房子和汽车都划归她的名下，否则就要和多萝西一起去控告他强奸未成年人。他很想摆脱这一切，给自己一个重新生活的机会。这时，发生了一场地铁事故，戴蒙抓住人们以为他在事故中死去的机会，准备从此在亲人中消失，改名换姓，到纽约开始新的生活。就在他离开之前，被一个同事发现。为了保证自己的秘密不被泄露，他杀死了这个同事。到纽约后，他认识了一个白人共产党人基尔，并搬到基尔在格林威治村的家中。一次，当房东兰利和基尔激烈争吵之时，戴蒙站在基尔一边，但最后把两个人都杀了。当律师杰克怀疑戴蒙并掌握了一些证据时，戴蒙又把杰克杀害了。小内森·斯科特把戴蒙的这种心态置于存在主义的思想体系之中，指出，对于戴蒙来说，"上帝死了……他已经不再对任何东西怀有忠诚；他孤身一人，了无牵挂，他的赞成票既不投给家庭或传统，也不投给教堂和国家；他也不投给种族"①。罗纳德·桑德斯在评论《局外人》时也指出："这是一部充满了从法国存在主义中借来的语言和概念的小说……从法国哲学感受的角度来观察戴蒙，他是比格·托马斯的新变体，他所犯下的一系列杀人罪读起来像是赖特在自己生活中所拒绝了的一系列事物的具有仪式意义的隐喻。"②

　　赖特在1950年代写了大量的政论性作品，他关注的视野扩展到世界被压迫的人民。1954年出版的《黑人权力》是有关他加纳之行的印

---

　　①　小内森·斯科特：《理查德·赖特的黑暗和幽灵出没之塔》，见罗伯特·海明威编：《黑人小说家》，第82页。

　　②　罗纳德·桑德斯：《理查德·赖特和60年代》，转引自杰弗里·亨特主编：《黑人文学评论》，第3卷，第2005页。

象。他认为非洲要想发展,必须彻底改变部落制度。酋长是寄生虫,他们长期压榨和错误领导了朴实幼稚的民族。如果允许他们继续存在下去,非洲就不可能得到现代化的发展,也不可能彻底摆脱外部力量对他们的控制。1955 年赖特参加了具有历史意义的万隆会议,写了《肤色之幕隔:万隆会议报告》(1956),加上他的报告集《白人,听着!》,这三部作品总体反映了赖特的认识:种族斗争仅仅是世界被压迫民族共同斗争的一个部分。

赖特的短篇小说集《八个人》(1961)在他死后不久出版。随着对赖特研究的不断深入,《土生子》中初版时被认为过于直露因而删去的部分恢复了;《局外人》初版时被编辑大量砍掉的部分也得到了恢复;1945 年他的自传只出版了关于南方生活的部分(《黑孩子》),反映他在芝加哥的生活的第二部分在 1977 年以《美国的饥饿》为名出版。这些都为深入研究赖特的思想观念、作品主题和创作风格等提供了更多的资料。

赖特的作品结合了自然主义和城市现实主义的创作风格,并伴以相当的象征和表达手法。他常常使用光亮与黑暗、梦境与恍惚、火与雪、真实和虚幻的逃亡等等,来象征和表达人物的处境和心态。他的主人公多是对美国社会,特别是种族歧视充满愤怒、仇恨,以不同方式进行反抗、寻求生命意义的黑人。几十年来,无论人们对他的作品从社会、政治角度分析,还是从技巧、风格角度分析,是赞扬还是批评,赖特对美国黑人文学发展所产生的巨大影响是无人能够否认的。评论家欧文·豪宣称"《土生子》的出版永远改变了美国文化"[1]。威廉·佩登认为,赖特的作品标志着黑人文学一个新时代的开始。1997 年出版的《牛津美国黑人文学指南》指出:"理查德·赖特改变了美国黑人作家

---

[1] 欧文·豪:《黑人青年及土生子们》,《地平线》,1963 年版,第 98—122 页。

创作可能性的前景。"他拒绝迎合读者的口味,坚持展现美国黑人自己的声音,"使后来的黑人作家,诸如托妮·莫里森,可以按自己的愿望写作……"①埃里森总结说,赖特在作品中"把美国黑人自我湮灭和'转入地下'的冲动转变为直面世界、老老实实地评估自己的经历并将结果泰然地掷向美国负罪的良心"②。

切斯特·海姆斯

　　切斯特·海姆斯(1909—1984)是位多产的作家。他写了五部小说,八部侦探小说,还有短篇小说和自传。他的人生经历也颇不寻常。海姆斯出生在密苏里州的杰弗逊市,父亲是职业专科学校的教师,皮肤很黑,母亲则是浅肤色的黑人,她为自己身上有白人血统而感到骄傲。海姆斯在父母不和以及经常搬家中度过了童年。父亲一度在密西西比州一所学院任教,是当地唯一拥有汽车的黑人。在一个许多白人尚未拥有汽车的地方,海姆斯的父亲遭到了白人的嫉恨。白人农场主声称汽车吓着了他们的牲口,海姆斯的父亲因此被解雇,全家不得不又一次搬家。1921年在阿肯色州的松崖城,海姆斯的哥哥在学校的化学表演中炸伤了眼睛,附近的白人医院将他拒之门外,再送到黑人医院,眼睛已经因为延误了时间而不治。海姆斯的父亲每一次被解雇后再找工作,每搬一次家,家庭的经济和地位就受到一次影响。到1922年搬到圣路易斯后,他只能找到在啤酒厅里做侍者的活。而海姆斯也因不断换学校,没有朋友,总被欺负。再一次搬家到克利夫兰后,父亲找到了木匠的工作,这才安定下来。海姆斯于1926年高中毕业后,计划进入俄亥俄州立大学学习。他利用假期到饭店打工。没多久,他在干活时跌落进电梯井,受了重伤。五年前发生在哥哥身上的悲剧在海姆斯身

---

① 威廉·L.安德鲁斯等编:《牛津美国黑人文学指南》,第793页。
② 转引自杰弗里·亨特编:《黑人文学评论》第3卷,第1996页。

上重演,附近的白人医院拒绝接收重伤的海姆斯。

在黑人医院治好了伤,海姆斯按计划进了大学,但是这次遭遇影响了他的健康和情绪,使他感到十分压抑。一次,他把几个同学带到一家兼卖私酒的妓院,在那儿发生了争吵和斗殴,海姆斯被学校开除。他回到克利夫兰家中,终日无所事事,在赌场鬼混,结交了黑道人物,开始偷窃、吸毒。他在芝加哥参与武装抢劫时被捕,被判在俄亥俄州监狱服20 至 25 年劳役。

海姆斯在监狱中开始了他的创作生涯。1934 年他在《绅士》杂志上发表了《到什么样的红色地狱》,这篇小说反映的是 1930 年烧死三百三十余名犯人的俄亥俄州监狱大火。《骚动中的疯狂》、《探监时间》、《每一个机会》、《夜是哭泣的时候》等小说写出了在监狱中的痛苦、愤怒、暴力、恐惧和孤独感。在监狱度过了七年零五个月后,海姆斯于 1936 年获得假释。他回到克利夫兰,结了婚,在俄亥俄作家项目里工作。美国参加第二次世界大战以后,该项目停止,海姆斯也失去了工作。不久,他和妻子一同到洛杉矶。在自传《特级伤害》(1972)中,海姆斯回忆了在洛杉矶的生活,认为黑人在那儿受到的歧视更超过南方。他在造船厂工作,多数时间干的是非技术性的体力活。他的受排斥感使他愤怒、失望,和童年及少年时代的遭遇留下的心灵创伤以及监狱的经历结合在一起,海姆斯写出了第一部小说《他要是抱怨就让他走》(1945)。

《他要是抱怨就让他走》以二战期间洛杉矶一个造船厂为背景,主人公鲍勃·琼斯是阿特拉斯造船厂的黑人工人,受过两年大学教育,领着一个黑人焊工小组干活。他们的工作场所又挤又窄,白人工头凯里处处和他作对。他的小组需要一个摁平头钉的帮手,几经提出,才派来了一个叫玛吉的白人女工。鲍勃对她说明了要干的活,玛吉说她才不给黑鬼打下手呢。鲍勃急了,骂了她一句,最后被带到部门主管迈克杜格尔的办公室里。迈克杜格尔对他说,让他当组长就是为了防止黑白工人之间的纠纷,他既然做不到,那么下个星期就去当机械工。迈克杜格尔还取消了他缓征入伍的资格。午休时,鲍勃和一个白人工人斯托达特掷骰子,两人争执起来,被打昏过去。鲍勃又气又恨,决定找机会先让这个白人感到恐惧,然后再杀了他。"我要他和我一样感觉到我在每个该死的早上醒来时感到的恐惧、无能为力和无援无助。"①当天下班后,鲍勃开车尾随斯托达特到家,拿着手枪下了车,斯托达特吓得钻进了家门。鲍勃感到无比舒畅,带着肤色白皙的女友艾丽斯去一家实行种族隔离的高级饭店吃饭,结账时饭店警告他以后不许再来。第二天他旷了工,泡在一家黑人开的酒吧里,看到两个黑人讨好一个白人女子,几乎引起与和她同来的白人士兵间的冲突。种族间的仇视和不信任无处不在,鲍勃感到绝望和恐惧。他想,仅仅杀死一个斯托达特有什么用? 他能把白人都杀光吗? 然而他看不到别的办法,认为要想消除种族间的紧张关系,必须让白人尊重黑人,而只有暴力才能使白人尊重黑人。他去上工后,想污辱玛吉一番,但是站到了她的面前之后却又连一句话也说不出来。在白人女子面前,他更加意识到自己的黑皮肤。一气之下,他拾起一根棍子去找斯托达特,斯托达特脸上的惊恐表情使鲍勃得到了满足。当晚他到玛吉家中,打算强奸她,玛吉说你要是这样干了会被私刑处死的。一听到"私刑"这个词,鲍勃拔腿就跑。艾丽斯劝鲍勃接受美国社会的现实,像她的父母那样,适应白人社会对他们的限制,这样也可以过一种不错的日子。鲍勃对自己近来的心态感到害怕,他要艾丽斯嫁给他,也许他就能够面对眼前的局面,能够恢复平静。他回到船厂,发现迈克杜格尔给他的全部由黑人工人组成的小组派来了一个新的白人组长,而且给小组分派轻松省力的活计,使组里的工人不再希望鲍勃回来。鲍勃在往新的工作地点走去时,发现在一扇门下

_____

①　切斯特·海姆斯:《他要是抱怨就让他走》,新美国文库,1971 年版,第 37 页。

露出了一根电线。鲍勃推开门，看见玛吉躲在里面睡觉。玛吉看见鲍勃，叫他进去。鲍勃一进去玛吉就锁上了门。门外有别的人也看见了电线，要里面的人开门，玛吉把鲍勃推倒在地，大喊有人要强奸她。鲍勃冲出门外，设法逃走了。当他在白人区一个路口停在红灯前时，巡警见他是黑人，要他下车检查，见他有枪，就把他抓进了警察局。在传讯时，厂长说他已经和玛吉谈了，为了不要加剧船厂已经很紧张的种族关系，玛吉决定不起诉。法官说，如果他保证今后不再接近白人女子，法官决定给他一个机会，让他参军打仗去。

海姆斯写了鲍勃五天的生活。他的每一天都是以梦开始，而梦又折射了他的现实和他的思想。他一身冷汗地从梦中醒来，进入的是同样可怕的噩梦般的现实。白人社会对黑人的暴行使他充满了恐惧，他所受到的歧视和迫害又使他对白人社会和白人充满了愤怒和仇恨。他的仇恨使他想杀掉欺侮他的白人男子，强奸欺侮他的白人女子，但是他的恐惧使他既不敢杀男白人，又不敢对女白人施暴。最后他因为并没有犯的罪被抓了起来。鲍勃的遭遇凸现了美国白人社会对待黑人的荒唐扭曲的态度，也反映了黑人在美国无法得到公正与自由。海姆斯揭露了美国社会的双重标准，一方面宣传自由、民主、幸福、美国梦，一方面又用种族歧视为黑色皮肤的公民设置实现这些目标的重重障碍。如果黑人接受白人社会对他们的限制，只追求白人社会允许他们达到的目标，那么他们可以得到一点甜头；但是如果黑人硬要认为自己有权享有和白人同等的标准，那么，"他要是抱怨就让他走"。鲍勃可以成为一个"成功"的黑人，但是他无法接受的是，他仍然不能爱住在哪儿就住在哪儿，爱上哪儿吃饭就上哪儿吃饭。他的结论是："谁要愿意就都能够成为富有的黑鬼，重要的黑鬼，拥有他们被隔离的宗教，进黑鬼天堂。"①

① 斯特·海姆斯：《他要是抱怨就让他走》，第 144 页。

　　小说出版后，有肯定的评价，也颇多批评。一般认为作品反映了第二次世界大战时期的气氛和黑人产业工人的处境，控诉了种族歧视和种族迫害的现实以及这个现实对黑人人格成长上的恶劣影响。许多评论家将这部作品和赖特的《土生子》作比较，有的认为它深度不如《土生子》，也不如《土生子》有力。有的则认为它结构紧凑，用梦和现实相互交织，深化了主题。海姆斯在这部作品中表现出的创作特点一直贯穿在他所有作品之中：暴烈的语言、暴力的场景、激烈怨恨的口气、情节的突变、人物（特别是主人公）行为的大起大落，等等。

　　海姆斯两年后出版了《孤独征战》（1947）。小说的背景仍然是战时的洛杉矶。其主人公李·戈登是一个学社会学的大学毕业生，但只能去干餐馆的杂活、做搬运工，好不容易才被邮局雇用了，也参加了工会，却又因为把找他麻烦的头儿叫"希特勒"而被炒了鱿鱼，靠妻子鲁丝的收入过日子。小说开始时，工会招聘戈登做组织工作。他是工会雇用的第一个专职做组织工作的黑人。第一天，工会的秘书斯米提开车和他一起到科姆斯多克工厂去组织工人，一路上斯米提对戈登说，他们的工作是多么重要，关系到世界工人阶级的命运。戈登听了觉得很可笑。当他在工厂大门外给愿意加入工会的夜班工人登完记后，上级派来帮助工作的乔向戈登介绍了科姆斯多克工厂的情况，说工人大都来自南方，老板福塞特为了避免被指责有种族歧视的观念，雇用了10%的黑人工人。这3 000个黑人工人干的几乎全是最苦最累的活。乔告诉戈登，他的任务是组织这些黑人工人，但是告诫他小心不要激怒白人。他还说，老板为了阻碍工会的发展，给了工人较好的待遇。乔还警告戈登，美国共产党也许会派人来做他的工作，工会愿意和美国共产党一起发展工会，但是不愿和他们一起搞革命。工厂老板福塞特也可能会给他提供一份好的工作，以此来收买他。第二天，一个叫卢瑟的黑人带着戈登对黑人工人进行家庭访问，戈登结识了莱斯特。莱斯特一心想要杀死福塞特，计划利用戈登的信任，给工会做志愿工作，在福塞特巡视车间时散发传单，挑动福塞特打他，然后用锤子把福塞特砸死。戈登在卢瑟家结识了美国共产党党员，白人女子杰基，当晚在杰基家过了夜。不久，福塞特邀请戈登和鲁丝吃饭，饭后提出请戈登在他工厂的人事部门工作，待遇丰厚。戈登拒绝了。次日他和卢瑟开车外出，被福塞特控制的四个警察拦下。戈登发现卢瑟被老板收买了，但是他仍拒绝被收买，挨了警察一顿打。第二天戈登、斯米提和律师到警察局去，警长为每一个警察提供了不在打人现场的证明。斯米提不愿发生冲突，劝戈登不要再提此事。美国共产党派来的人想要平息有人被收买的风言风语，决定为了避免引起种族之间的冲突，用白人女子杰基做黑人男子卢瑟的替罪羊。戈登十分愤怒，搬去和杰基同住。鲁丝找到杰基家后，杰基不再让戈登上门。戈登四面楚歌，决定接受福塞特给他的工作，但是福塞特破坏工会的目的已经达到，用不着再收买他了，当然不会给他任何工作。因此当卢瑟来找他一起去挣钱时，他就跟他走了。卢瑟杀死了白人警官，拿走了钱。戈登到杰基家要求她为他做不在场证明，但是杰基报了警。戈登被捕，卢瑟拒捕被打死。斯米提说，如果戈登能够赢得黑人的选票，工会准备为他辩护。戈登被保释，到科姆斯多克工厂去，发现警察正和工会的工人对峙。乔举着工会的旗帜，后面跟着一队工人，想要冲过警察的封锁。警察用警棍把工人赶了回去，乔不肯后退，被警察打倒在地。戈登冲上前去，举起旗子前进。

海姆斯在《孤独征战》中呈现出了一幅相当纷繁的画面，反映了第二次世界大战期间美国各种政治力量的活动和种族关系的变化，以及这样一种社会环境对黑人思想行为及自我认识的影响。不可否认，海姆斯在这部小说中对美国共产党的反映表现了他本人的政治观念和政治偏见，以及他对一切服从政治需要的做法的反感。在1930年代，不少黑人从美国共产党看到了希望，但是到了1940年代，由于美国共产党在种族政策上的变化，使很多黑人感到失望，感到被利用了。海姆斯在戈登身上具体地反映了当时黑人中实际存在的怀疑和恐惧：他们最怕被白人利用来做与争取黑人的自由平等无关的事情。

海姆斯的《扔出第一块石头》(1952)的主人公吉姆·蒙罗是个白人,这是海姆斯唯一一本以白人为主人公的小说。小说取材于海姆斯的监狱生活,最初的名字是"败类",主人公是黑人,但是在长长的十年中,没有一家出版社愿意出版这本书。最后,一个出版商对海姆斯说,反映受压迫的年轻黑人的故事已经没有多少市场了。于是,海姆斯把主人公和一些次要角色改成了白人,作品才得以出版,但是故事情节基本未动。小说的第一部分描写了一个应该关押1 800个囚犯的监狱关了4 000人时囚犯的生活状况,第二部分反映吉姆和一个叫狄多的男子在监狱中产生的同性恋关系。小说《第三代》(1954)有相当的自传成分,取材于作者自己感情成长的历程。书中写到一个黑人家庭的瓦解,展现在读者眼前的是黑人内部因对肤色深浅的态度和价值观的不同所造成的矛盾和冲突。作者通过主人公查尔斯·泰勒从童年到青年的种种使他心灵受到巨大创伤的经历,使读者看到形成查尔斯在种族问题上具有暴力倾向的态度的社会心理原因。《未开化者》(1955)是海姆斯最后一本以个人的种族情结为素材创作的小说。在海姆斯心中,白人女子只会给黑人男子带来灾难和不幸,《他要是抱怨就让他走》中的玛吉,《孤独征战》中的杰基都是如此。在《未开化者》中,作者描写了黑人作家杰西·罗宾逊和白人情妇克里丝·卡明斯之间的关系。克里丝表面上是个很有成绩的管理人员,内心却有强烈的自卑感。她找黑人情人是为了摆脱自己在白人世界里所感到的自卑,因为无论怎样,她在黑人面前仍是优越的,和杰西在一起时她怀有的优越感使她心灵上获得了一种平衡。杰西的作品得不到出版,婚姻又充满了问题,因此他觉得自己是个失败者。他想,如果搞上一个白种女人,也许能使他重新成为一个男子汉。两个各自为了从对方身上寻找平衡的人凑在一起,借酒作乐。杰西意识到克里丝对黑人的根深蒂固的蔑视时,在大醉之下杀掉了克里丝。有评论家指出,杰西之杀克里丝和比格之杀玛丽是完全不同的两件事。比格是出于恐惧，是美国社会中的种族关系使然；杰西是出于愤怒和嫉妒，是人性因素使然。[①] 对于书名"未开化者"，读者不禁要问，究竟谁是"未开化者"？白人社会自然认为是黑人，是杰西这样的黑人；而在杰西的心目中，充满种族歧视和偏见的美国社会才是未开化的，白人不承认他是人并具有人的尊严，才是真正未开化的表现；他在杀死克里丝后自嘲地想道，这下子他终于真正成了一个未开化者，从而加入到了"人"的行列中了。海姆斯对白人文明的讽刺由此可见一斑。

《未开化者》是海姆斯有强烈自传色彩的小说的最后一部。

和赖特一样，为了追求更大的自由和出版机会，海姆斯也离开了美国到法国生活。在一位编辑的建议下，海姆斯开始写侦探小说。1957年出版的《为了伊玛贝勒的爱》一炮打响。到 1969 年为止，海姆斯共创作了八部侦探小说，主人公都是外号叫棺材艾德和掘墓人的两个黑人警探，他们在纽约的哈莱姆黑人区活动，用自己的判断决定何时以暴力对付暴力，何时以自己的方式为受害者讨还公正。他们和许多著名的侦探小说中的侦探不同，不做推理性思考，生活在充满暴力的世界中，常常被迫不得不采取暴力行动以维护正义。他们的枪法准，拳头狠，做了 12 年警探，从未接受过贿赂。他们受上级的气，挨罪犯的打，得不到提升，却始终和哈莱姆的暴力犯罪进行不懈的斗争。

海姆斯晚年出版了两卷自传：《特级伤害》和《我的荒谬生活》（1976）。海姆斯对美国社会不抱任何希望，认为它是个无可救药的社会。这个社会不可能给黑人正常成长和发展的机会。他的作品反映了黑人，特别是黑人知识分子对这个病态、扭曲的社会的极度愤怒和不满。尽管海姆斯的作品具有强烈的社会批判性，但是他的辛辣愤怒的

① 詹姆斯·伦德奎斯特：《切斯特·海姆斯》，弗雷德里克·昂格尔出版公司，1976 年版，第 104 页。

笔触,和对无论黑人还是白人那冷酷无情的揭示,使得与他同时代的许多美国人感到难以接受,因此他在法国的声望要远远高于他在美国的声望。不过,他的国人今天正在重新认识海姆斯的充满社会抗议的作品。

威廉·阿特维

威廉·阿特维(1911—1986)写小说、舞台和电影剧本、杂文,创作歌曲,但是,使他在美国黑人文学中占有一席之地的是他的小说《锻炉血》(1941)。

阿特维出生在密西西比州的格林维尔城,父亲是医生,母亲是教师。阿特维五岁时,父母为了使孩子们能在一个较为宽松的种族环境下成长,加入了第一次世界大战时期美国黑人从南方向北方的大迁移,举家北上,来到芝加哥。阿特维先在技校读书,准备做个汽车机修工。在接触到兰斯顿·休斯的诗歌后,他决定要当作家,便转入伊利诺斯大学学习。两年后父亲去世,阿特维离开学校,过了两年流浪生活,一面干些零活,一面写作。他在1933年回到芝加哥继续学习,1936年获学士学位。

1935年,阿特维写的剧本《狂欢节》在伊利诺斯大学上演。他还参加了联邦作家项目的活动。次年,短篇小说《黑皮肤人的故事》在《挑战》上发表。

大学毕业后,阿特维搬到纽约居住。他的姐姐露丝是个演员,在她的帮助下,阿特维到一个剧团做了演员。在此期间,他创作并出版了第一部小说《让我发出雷霆之声》(1939)。小说的主人公是两个白种农业流动工人。一些评论家注意到,阿特维没有写黑人;另一些评论家则指出,他们的皮肤虽然是白色,但是他们处于边缘的生存状态和黑人有共同之处。小说出版后,阿特维得到了一个基金会的一笔资助,开始创作《锻炉血》。

　　《锻炉血》反映第一次世界大战期间从南方移居北方的黑人在工业文明支配下的生活经历。小说的第一部分描写莫斯家三兄弟在南方的生活。他们在肯塔基州租种着一块贫瘠的土地，食不果腹，债务缠身。三兄弟中老大迈特五大三粗，老二妙乐用吉他排解心头的不快，老三唐人街懒散，爱开玩笑，得过且过。当迈特压抑不住多年受迫害和屈辱引起的愤怒而将白人工头打了一顿之后，他们在家乡没有了容身之处，为了逃避被私刑处死的命运，三兄弟匆匆逃离家乡。他们遇到从北方的一个钢铁厂来招工的白人，便跟着他北上。小说的第二部分叙述了三兄弟的北上之路。他们和无数被带到北方工厂做工的黑人一起，挤塞在无窗的货车车厢中，和他们的祖先被装在拥挤的贩奴船中贩运到美洲时一样。经历了充满恶臭、震耳欲聋的嘈杂声的噩梦般的旅途后，他们来到了宾夕法尼亚州的一家炼钢厂。对炼钢的恐惧，加上白人工人的敌对态度，使他们生活在惊恐不安之中。他们终于逐渐习惯了单调的、每天12个小时的工厂生活，晚上也开始不光是睡觉。他们开始在宿舍里掷骰子，喝劣质酒，到小镇去玩女人，看斗狗。他们失去了各自具有的特性。大个儿迈特的力气在工厂中派上了用场，最先适应了钢铁厂的生活；唐人街则最不适应。他不习惯工厂的压力和紧张，想念土地、阳光和大自然。妙乐也感到失落，因为他找不到和钢铁厂的生活及工业环境协调的音乐。小说活生生地表现出三个农民在机器这个庞然大物面前为寻找自己生命的价值所做的徒劳挣扎。最后，妙乐弹吉他的手在一场事故中受了重伤；迈特因企图杀人在匹兹堡被捕，女友安娜离开了他，妙乐把他保了出来；唐人街在钢厂爆炸中被炸瞎了眼睛。三兄弟全都被剥夺了各自的生活意义：迈特失去了能够证明他男子汉气概的女人，妙乐失去了音乐，唐人街失去了大自然。在钢铁厂罢工的那天，为了让唐人街开开心，妙乐把他带到了妓院，无意中得知安娜晚上在那里卖春。想通过暴力表现自己是个男子汉的迈特将安娜毒打了一顿，又回到镇上按警长吩咐向罢工的白人挑衅，混乱中迈特打死打伤了人,自己也被打死。小说结束时,妙乐和唐人街坐在开往匹兹堡的火车上,打算到那儿去重新开始生活。读者感受到的是一种无望的悲哀。这两兄弟像当初离开南方时希望北方会带给他们新的生活那样,希望匹兹堡会给他们以新生活的机会,但是他们的未来很可能仍是钢铁厂生活的另一个翻版。

小说反映了在工业发展的进程中黑人传统文化的解体过程。机器、工厂是地狱和死亡的象征,但阿特维对农业的南方也并未加以理想化。他笔下的南方对黑人同样无情。莫斯家三兄弟就是在南方无法生存才不得不背井离乡的。此外,小说还表现了有组织的工人斗争、不同种族的移民在政治和经济压迫下的不同心态和作出的反应、种族与阶级矛盾的交错等。从主题的复杂、人物的多样和反映社会之广度以及在黑人民间口头语言的使用上,《锻炉血》都堪称黑人文学中的佳作,"是社会分析方面的杰作"①。

此后,阿特维没有再写小说。他写歌词,写电影剧本,就是没有写小说。1960 年代阿特维参加了民权运动的一些活动,后来全家在巴巴多斯生活了 11 年。在那儿,他实现了自己"毕生的愿望:生活在一个有黑人政府、黑人执法、黑人专业人员的国家中"②。他在洛杉矶度过了晚年。

《锻炉血》比《土生子》晚一年出版。在《土生子》所取得的巨大成就面前,《锻炉血》相形失色,对这部作品的研究也受到了影响。近年来,学者和评论界对《锻炉血》进行重新评价时,一致认为这是一部完美的无产阶级小说,是美国文学中表现黑人大迁移的最重要的作品,成功地刻画了两次世界大战之间美国黑人工人的生存困境。

---

① 辛西娅·汉密尔顿:《作品和文化:威廉·阿特维和彼得·亚伯拉罕斯小说中城市工业社会意识的演变》,转引自《黑人文学评论》第 1 卷,第 69 页。

② 转引自《黑人文学评论》第 1 卷,第 57 页。

安·佩特里

女作家中写出赖特式抗议作品的是安·佩特里(1908—1997)。她的处女作《大街》(1946)出版后立即畅销,到1992年销售了近200万册,被公认为"美国黑人小说的'杰作',美国文学中城市现实主义的'经典'"①。佩特里出生在康涅狄格州一个小城,父亲开药店。她23岁获康涅狄格大学博士学位后,在父亲的店里做药剂师,开始试笔创作短篇小说。她1938年结婚,后和丈夫移居纽约哈莱姆区。她开始时在《人民之声》杂志做记者和妇女栏目的编辑,同时参加哥伦比亚大学的写作实习班并教授一门创作课。她1943年发表在《危机》上的短篇小说《警报器在星期六晚上响起》引起了霍顿-米夫林出版公司一位编辑的兴趣,他鼓励佩特里申请公司的创作基金。佩特里获得资助后于1946年写出了《大街》,同年霍顿-米夫林出版公司出版了这部小说。此后,佩特里相继出版了小说《乡村地方》(1947)和《狭处》(1953),短篇小说集《穆丽尔小姐及其他小说》(1971),儿童故事《药店的猫》(1949)以及几种青少年读物。佩特里还是个关心黑人发展的社会活动家。她为哈莱姆贫困区的儿童和父母设计活动项目,为洗衣女工的子女写滑稽剧、组织活动。她获得过许多荣誉称号,但是她最重要的贡献还是在小说上。

《大街》的主要背景是纽约的哈莱姆区。女主人公卢蒂·约翰逊的丈夫吉姆失业在家,找不到工作。卢蒂为了多挣钱,住到一个有钱的白人家里去做女仆。不料丈夫移情,卢蒂和吉姆离了婚,带着儿子回到了父亲家中生活。卢蒂不甘心做一辈子女仆,她一面在洗衣房做熨衣工,一面上夜校学习打字,终于通过了考试,得到了一个职员的工作。她决定搬出父亲的家,单独和八岁的儿子巴布一起生活。小说开始时,

---

① 威廉·L.安德鲁斯等编:《牛津美国黑人文学指南》,第571页。

她正在设法租一套公寓。她走在纽约哈莱姆区的第 116 街上。作者描写了在 116 街肆虐的 11 月的彻骨寒风,预示了卢蒂将要在这里经历的人世寒风。她的收入只够她在这个地区租房子住,但是她总是对自己说,为了儿子,她要努力,最终一定要搬到一个好的社区去。楼房管理员琼斯从第一天看到卢蒂起就心怀不轨,对她调戏骚扰,都被卢蒂设法躲过。琼斯怀恨在心,为了报复,就引诱不懂事的巴布偷楼房信箱中的信件。卢蒂虽然工作努力,但是加薪提升的希望屡屡落空,在抑郁之下的一个晚上到街角酒吧去消遣,和着自动电唱机唱起了黑人歌曲。她动听的歌声引起了乐队头头史密斯的兴趣,他邀请她到他的乐队唱歌。卢蒂想到这可以挣很多钱,她和儿子可以搬离这个地方,便欣然同意了。在一次深夜唱完歌回家时,卢蒂几乎被琼斯强奸,因住在同楼的赫奇斯太太的出现而幸免于难。但是卢蒂有所不知,赫奇斯太太是白人楼主江托在楼里的一层开设的妓院的老鸨,史密斯的乐队和街角的酒吧也是江托所有。赫奇斯太太不断暗示卢蒂,想要赚钱可以去找她。江托在酒吧中见到卢蒂,想得到她,便告诉史密斯不要给卢蒂工资,由他来送礼物给她,好让卢蒂服服帖帖地跟从自己。当卢蒂最后问史密斯什么时候开始给她发工资时,史密斯说老板江托认为她还需练习,不能付给她钱,卢蒂于是决定不再去唱歌。她怪自己太轻信,想得太天真了,以为很容易就可以挣钱。她还是应该把时间放在进修上,以便找得到一份工资高一点的工作。公寓楼恶劣的环境,对巴布和自己的安全的担心,使她越想越恨江托。她必须很快挣到钱搬走。她到夜总会去找演唱的工作,但人们感兴趣的是她的姿色。有人公开地对她说:"像你这么漂亮的姑娘根本不该为钱发愁。"①就在卢蒂的一切挣扎似乎都无望的时候,她走在哈莱姆自己居住的街道上,心中涌动的思绪道出了小说的主题:

---

① 安·佩特里:《大街》,灯塔出版社,1985 年版,第 323 页。

类似她居住的这样的街道的存在不是偶然的。它们是北方的私刑暴徒,她气愤地想道,是大城市用来迫使黑人不得越雷池一步的方法。她开始想起爸爸找不到工作,吉姆也因为找不到工作而慢慢崩溃下来;想起由此导致的婚姻破裂;想起巴布放学以后无人照管。从她一出生,她就被禁闭在一个日益缩小的空间之中,到现在她差不多已经完全被围在墙里,而这墙是由白人急切的手用砖一块一块垒起来的。①

巴布偷邮件事发,被警察带走。绝望的卢蒂去找律师。律师一面告诉她,只要付给他 200 美元,他可以保证巴布没事,一面心里在想,她居然不知道这种情况根本用不着请律师! 为了儿子不至于被送进儿童教养院,她无论如何也要弄到这笔钱! 万般无奈之下,卢蒂想到了史密斯。史密斯要她第二天去拿钱。她回到公寓,赫奇斯太太对她说,她遇到这种事肯定需要钱,自己有个有钱的白人朋友江托愿意帮助她。卢蒂突然明白,在背后控制着一切的正是这个江托! 晚上她到史密斯那儿去取钱时,果然江托也在场。史密斯劝她,只要和江托睡觉,她再也不用为钱发愁。她尖叫起来,史密斯要江托晚些时候再来。江托走后史密斯无耻地要卢蒂先和他在一起,再让白人吃他这个黑人剩下的。他逼近卢蒂,卢蒂的仇恨和愤怒一齐涌上心头,她拿起铁烛台朝史密斯的头猛烈打去。作者是这样描写卢蒂的心情:"毕生聚集起的怨恨全部注入到了一记记的猛击之中……首先她向肮脏、拥挤的街道发泄自己的怒气……最后一记记地打得越来越重、越来越快,这时她是在猛击把黑人推进无法逃脱的封闭的围墙中去的白人世界……"②

卢蒂发现史密斯被自己打死,知道大祸临头,她已经不可能顾及巴

---

① 安·佩特里:《大街》,第 324 页。
② 安·佩特里:《大街》,第 430 页。

布了,只得买了一张到芝加哥去的单程票,离开了大雪纷飞的大街。读者不可能期望卢蒂会有一个好于比格的未来,但是也许是佩特里不忍让她的女主人公再去经受炼狱的苦难,把她的命运交给了读者的想象。

《大街》的独特之处,在于从生活在城市底层的黑人妇女的角度,揭示了在种族迫害之上雪上加霜的性别迫害。卢蒂所追求的只是一个做母亲的女人的最基本的权利,那就是通过自己的坚持和努力为孩子提供一个较好的成长空间。她认为是可以依靠自己的力量来掌握命运、改变生存处境的。作者注意展示人物的内心世界,因而在人物的刻画上具有相当的深度。在对卢蒂生活的黑人区的这条大街和她居住的房子的描绘上,佩特里象征整个美国社会对黑人的禁锢,无论如何挣扎,只要不按白人的意志行事,黑人的天地只会越来越小。一个黑人女子,特别是有几分姿色的黑人女子,想要在男性世界保持做人的尊严,付出的代价就更大。读者眼看一个善良的女人被一步步逼上绝路,最后只能以暴力为自己和儿子出一口心中的恶气。

佩特里的第二部作品《乡村地方》远离了喧嚣的大城市,来到新英格兰一个保守的小镇列诺克司。作者刻画了小镇人的排外和宗教上的褊狭心态,侧重在白人对于各种偏见的态度。

《狭处》的故事也发生在新英格兰,在小城蒙茅斯。主人公,黑人青年林克·威廉姆斯英俊而有才能。他幼年失去双亲,先被姨妈艾比收养,住在名为狭处的黑人区。艾比是个排除一切黑人传统的道貌岸然的黑人女子,生活的唯一目的是保持个人和家庭的体面。林克八岁时艾比失去了丈夫,他被黑人酒吧老板比尔收养。比尔和艾比截然不同,他现实,充满自信。他教育林克要尊重美国黑人文化,尊重作为黑人的自己。林克以优异的成绩在著名的达特茅斯大学毕业后回到蒙茅斯,打算从黑人的角度撰写美国历史,同时在比尔的酒吧做服务生,以赚钱维持生活。一天晚上,富家女卡米洛为排遣烦闷,到狭处来消磨时光,在街头遭到抢劫,遇林克相救。卡米洛告诉林克,她是个时装摄影师。两人开始热恋。林克发现卡米洛是小城首富家的已婚女儿时，便断绝了和卡米洛的关系，这使卡米洛的自尊心受到极大的伤害。她恼羞成怒，控告林克强奸了她。林克被捕后，卡米洛因超速行车撞伤了一个黑人儿童。新闻媒体对这两件事大肆宣扬，卡米洛的母亲和丈夫难以忍受这种屈辱，杀死了林克。故事的主要情节发生在三个月之内，但是通过倒叙和人物的回忆，作者反映了黑人二十几年中生活质量的下降、社区的日益拥挤和生存条件日益恶化等现象。佩特里在这部作品中描写了许多各式各样的人物，他们有着各式各样的人生态度，在对待种族问题上也各有不同。白人对黑人的态度有的极度蔑视、仇恨，也有人对黑人的遭遇表示同情；对待种族歧视的现实，黑人中有的人愤怒仇恨，有的人蔑视白人，为自己的种族感到自豪，有的人无奈地接受现实，以求能过平静的生活。作者在突出林克的悲剧的同时，反映了 1940 年代美国小城社区的人生百态，和以种族抗议为主的《大街》有很大的不同。

约翰·奥列弗·基林斯

约翰·奥列弗·基林斯（1916—1987）出生在佐治亚州的梅肯城，从小爱听曾祖母讲过去的故事，也酷爱读书。他在亚特兰大大学、霍华德大学学习后到哥伦比亚大学学法律，结果却成了作家。他和几个年轻的志在写作的黑人一起，成立了哈莱姆作家协会。从 1954 年到 1971 年，基林斯共发表了五部小说：《扬布拉德一家》（1954）、《于是我们听到雷声》（1962）、《西比》（1967）、《黑奴》和《大舞会》（1971）。1930 年代美国的政治经济和社会状况对他思想的形成有很大的作用。在经济大萧条时代，一些激进组织号召工人阶级不分种族团结一致进行斗争，但是种族歧视现象的存在使黑人无法忽视争取种族平等的斗争。基林斯作品中的主人公在美国种族矛盾的现实世界中，在亲身经受的种种暴力和不公正的对待以及人格和人身侮辱中成长和成熟起来，抛弃了认为个人可以为自己在白人社会中寻找一席之地的幻想，看到在白人主宰的社会中，只有种族团结寻求整个黑人群体的出路，才会有个人的出路。

《扬布拉德一家》的故事发生在 1950 年代的佐治亚州。虽然美国国会已经通过了反种族隔离法案，但是南方一些州拒绝执行，致使种族矛盾更加尖锐化。扬布拉德一家人留恋自己生长的南方土地，不愿移居北方去寻找较好的生活。他们在动荡的年代中为生存而奋斗。对于他们来说，生存环境十分残酷，无论在经济、政治还是社会和教育上，都充满了对黑人的迫害和不公正待遇。罗布·扬布拉德参加了南方黑人青年改善就业状况的斗争。黑人工人做出了艰苦的努力，建立了工会的支部和全国有色人种协进会的支部。他们相信，南方黑人和正派的白人之间的联合是可能的，但是罗布的父亲乔的事件打碎了他们的美好希望。乔多年辛苦工作，但总是被老板欺骗，无理克扣工资，终于忍无可忍，决定和老板理论，要求发给他应得的全部工资。在白人眼里，敢于冒犯白人是不可饶恕的大罪，他们向乔开枪，由此引发了小城中黑人和白人的暴力冲突。乔伤重不治，离开了人世。黑人牧师在葬礼上公开向白人宣战，他对乔的妻子说："你看看周围的兄弟姐妹吧，成千的人，上帝啊，他们愤怒了，我们不久就要让那些应该对此负责的人付出代价的！"[1]作品所反映的黑人的思想情绪，特别是青年黑人的战斗性，捕捉到了民权运动和黑人权利运动即将到来前的山雨欲来的气势，也预告了激烈的暴力斗争的不可避免。

《于是我们听到雷声》反映的是美国军队中种族歧视的猖獗。主人公所罗门·桑德斯是个中产阶级出身的黑人青年，他一心想在白人世界里取得成就，也认为自己有可能做到这一点。第二次世界大战期

---

① 约翰·奥列弗·基林斯：《扬布拉德一家》，三叉戟出版社，1966 年版，第 475 页。

间，他应征入伍，被编入 913 水陆两栖部队，开始在佐治亚州的新兵训练基地受训。基地中种族主义嚣张，军官都是白人，黑人士兵受到打骂侮辱。部队开到了太平洋战场，黑人士兵英勇作战，却在号称反法西斯的美国军队中受到白人士官的法西斯式的迫害。在菲律宾和日军的一次战斗后，桑德斯所在的部队损失惨重，幸存下来的伤兵被送到澳大利亚的本布雷治城疗养。美国军方为防止黑人士兵和白人女子交往，关闭了黑人士兵去的酒吧，其余的酒吧或禁止黑人士兵入内，或实行隔离。当黑人士兵企图开设一家酒吧时，宪兵打了桑德斯的一个战友后逮捕了他，这一事件激起了黑人士兵久压在心的怒火，黑人和白人士兵各自动用了枪支和坦克，在本布雷治的闹市区相互开火。这一仗使桑德斯对白人世界的幻想彻底破灭了。当初他参加军队，虽然是为了反对法西斯，但同时也抱着幻想，认为自己是为美国而战，通过忠实地在军中服役会得到提升，相信在这场反法西斯战争胜利后，黑人能够得到白人的尊重。他自己受过高等教育，起初还有点看不起其他的黑人士兵，觉得他们过于陷在种族问题之中。黑人士兵在部队所受到的种种歧视已经使桑德斯开始觉醒，本布雷治之战完成了桑德斯黑人意识的成长过程。用他自己的话来说，美国所谓的民主军队用他们的大炮永远地轰掉了他对白人世界的幻想，过去以为能够通过自己的努力得到白人世界的接受，现在看来完全是个大幻觉，只有认识并接受黑人群体的力量，和黑人群体一起才能创造一个新世界。

《西比》的书名是作者借用了民权运动中广为流传的一个笑话，说一个黑人告诉他的东家，以后在称呼他和他的太太时不再加"先生"和"太太"，而是直呼他们的名字，就连密西西比州，以后他也只叫成"西比"了（"密西西比"一词中的"密西"和"太太"同音），喜剧性地浓缩了1950 年代在美国南部密西西比州黑人选民登记期间黑人的逐步觉醒和战斗精神的日益发展。主人公查尔斯的父亲在威克菲尔德上校的棉花种植园干活。威克菲尔德自认为是个开明的南方绅士，把查尔斯送到黑人大学去学习。查尔斯由此结识了民权运动的积极分子,包括主张非暴力斗争的伍德森牧师,他对查尔斯有很大的影响,使查尔斯对非暴力斗争的理论发生了兴趣。假期查尔斯回家,发现民权运动已经发展到了自己的家乡,他的朋友们都参加了登记选民的活动,连三K党的威胁恐吓也阻止不了他们的斗争,而且他们还成立了一个组织,和三K党分子进行针锋相对的斗争。开始时查尔斯没有加入这个组织,他对非暴力斗争还存有幻想。在伍德森牧师被白人杀害后,查尔斯改变了非暴力的主张,转到激进的立场。就在这个时期,查尔斯发现威克菲尔德实际上支持三K党,这使得查尔斯看清了这位所谓开明绅士的真面目,毅然断绝了和他的一切关系,拒绝了他的经济资助,离开大学自立谋生。威克菲尔德的女儿嘉丽-卢和查尔斯一起长大。进入少年时期后,南方的传统要求她不再和黑人少年交往,但是她的叛逆性格使她继续和查尔斯来往,并且参加了民权运动。对查尔斯的爱和在运动中对黑人青年的了解使她看到白人优越论早已过时,她彻底和南方的旧传统决裂,从某种程度上表现了民权运动对年轻一代白人的影响。作者通过对密西西比州种族关系的反映,向读者表明,黑人斗争的激进化是必然的。在马丁·路德·金牧师和马尔科姆·埃克斯这两个黑人领袖之间,时代决定他们选择了后者。

《黑奴》是关于黑奴耶利哥在一个白人女子的帮助下逃往自由的故事,在当时出现的相当数量的有关黑奴的历史故事中显得平平,没有引起太大的注意。作者其后出版的《大舞会》从种族矛盾转向了对黑人内部不同阶级的价值观的剖析,否定了中产阶级黑人中一切模仿白人、以白人为行为标准的观念。故事围绕洛夫乔伊一家展开。母亲达芙尼是西印度群岛一个白人种植园主和黑人情妇所生的女儿,总是感到自己出身高贵,看不起普通的黑人,模仿白人的衣着言行,而且按自己的想法教育女儿约鲁芭,一切学习白人,希望她成为一个高雅的淑女。由于怕皮肤变黑,她不许女儿喝咖啡,不让去海滩,不许晒太阳,最重要的是不让她受到父亲马修的影响,说马修长得黑,却还为黑皮肤感到骄傲。约鲁芭夹在父亲所代表的黑人的现实和母亲所代表的幻想世界之间。她很想告诉母亲,自己并不想做一个淑女,她只想做一个黑姑娘。在当地的中产阶级白人中流行一年一度为初次进入社交场合的女孩子举行大舞会,某些黑人会被邀请参加。约鲁芭接到邀请,她本人、父亲和男友卢蒙巴都认为这是白人虚伪的装腔作势,但是达芙尼却十分高兴。在她眼里,得到邀请是十分光荣的事,表示白人看得起他们家。为了不使母亲生气,约鲁芭在卢蒙巴和母亲的陪伴下去参加了大舞会。令大家始料不及的是,大舞会成了达芙尼的清醒剂。她从来都只是在远处幻想白人的生活,从表面看到他们的气派。这次她亲眼目睹了自己崇拜和尊敬的白人的种种不文明行为,一个醉酒的白人男子甚至对约鲁芭动手动脚,使达芙尼对白人的幻想破灭了,开始产生反感。后来卢蒙巴和朋友一起组织一场完全不同的黑人大舞会,参加者都穿非洲服装而不穿白人式的晚礼服,留非洲发式,以突出黑人传统。约鲁芭认为这种公开的反传统做法意味着自己走出旧我进入一个新的境界。卢蒙巴也感到,约鲁芭积极参与黑人大舞会的组织,标志着她作为黑人开始成熟了。动摇在新与旧、现实与幻觉间的达芙尼最终选择了女儿和卢蒙巴的立场。

基林斯作品中贯穿了黑人意识觉醒这个主题,他们逐渐认识自己的文化传统,意识到自己作为黑人的力量,从仅仅对个人出路的关切发展到对种族命运的关切,从而直面现实世界,用斗争来改变黑人的处境。有的评论家对基林斯评价很高,伯纳德·贝尔说:"如果理查德·赖特是批判现实主义的精神之父,约翰·基林斯便是批判现实主义在当代的推动力量。"[1]有的文学史却连基林斯的名字都不提。这可能和

---

① 伯纳德·贝尔:《美国黑人文学及其传统》,马萨诸塞州立大学出版社,1987年版,第247页。

他作品中宣教性太强,以及在情节发展的节奏和人物及细节的处理上比较粗放有关。但是,作为一个特定时代的反映,基林斯的作品还是具有它的意义的。

第三节　异彩纷呈的 1950 年代

1940 年代黑人文学的主流是以城市底层黑人生活的现实及其暴力的或具有强烈暴力倾向的抗议为题材、以现实主义和自然主义的手法来表现这一题材的作品。和任何一个文学潮流一样,这种赖特式的抗议文学也不可能长期独领风骚。到了 1940 年代末,不同题材、不同创作手法的作品开始出现,黑人作家或评论家也开始对赖特式抗议文学对黑人文学发展的局限作用提出了看法。鲍德温在 1949 年发表的《大家的抗议小说》一文中就明确指出《土生子》在思想上的局限性,而埃里森的《看不见的人》的出版更为老一代和新一代的黑人作家展现出了广阔的天地。不过,赖特式抗议小说的衰落并不意味着黑人文学中没有了抗议种族歧视的内容。对于黑人在美国的生存状况的揭露本身就是一种抗议,而几乎所有黑人作家的作品中都能看到美国对自己黑皮肤公民的不平等的对待,以及这种歧视给黑人身心造成的伤害。

文学领域内题材和创作风格的变化与文学本身及政治社会经济的发展是密切相关的。有的研究者认为,1950 年代抗议文学衰落的根源是美国通过了在全国禁止种族隔离的法律,这造成了种族平等指日可待的幻想;有的认为,在十年集中于同一题材之后,已经很难再有新意,因而也很难再抓住读者,需要探索新的题材和新的表现方法。实际上,解决美国种族问题的方式,长期以来在黑人群体中就有不同的主张,从激进的暴力反抗到改变黑人的一切以求融入主流社会,而这一切在黑人文学中都有反映。不同的社会政治经济状况会造就持不同政治主张的黑人政治领袖,产生反映不同题材和具有突出风格的作家,他们以自己的活动影响一代人的思想和行动。在 1940 年代后期,一些黑人作家开始发表不同于赖特式抗议文学的作品。1950 年代的黑人文学在埃里森打破了抗议文学主宰的局面后,出现了异彩纷呈的局面。

拉尔夫·埃里森

拉尔夫·埃里森(1914—1994)一生中写下了大量的有关文学、音乐和美国黑人的政治社会生活的评论文章,却只写了一本小说。正是这本小说确立了他在美国黑人文学界和美国文学界的地位。这本小说就是《看不见的人》(又译《无形人》,1952)。

埃里森的祖父母和外祖父母都是黑奴。父亲当兵到海外打过仗,退役后到俄克拉何马城做建筑工头,埃里森就在该城出生长大。20 世纪初的俄克拉何马仍充满了边疆的开拓精神。埃里森生活在相对自由开放的环境中,从小形成的信念是"你必须决定自己的命运,而且你有着实现的机会"[1]。父亲以 19 世纪美国著名作家和诗人拉尔夫·沃尔多·爱默生的名字给儿子命名,希望他成为一个诗人。由于三岁丧父,家境贫苦,埃里森从小打工挣钱,一面上学一面给商店送货、卖报、开电梯。在学校里,埃里森的才能得到了发挥。他就读的弗雷德里克·道格拉斯中学是给学生以学识而非职业教育的学校。在教师的指引下,他在这里读到了 1920 年代哈莱姆文艺复兴时期黑人作家的作品,了解到黑人文学的辉煌。他醉心音乐,在学校乐队吹短号。音乐教师教他高级乐理和对各种音乐的欣赏。他还得到俄克拉何马市乐团的指挥在古典音乐和作曲方面的定期指导。少年时代的埃里森踌躇满志,对美国的民主具有强烈的信念。1933 年中学毕业后,他获得俄克拉何马州奖学金,决

---

[1]　拉尔夫·埃里森:《走向领地》,转引自马克·巴斯比:《拉尔夫·埃里森》,特温尼出版公司,1991 年版,第 2 页。

定到亚拉巴马州塔斯基吉学院去学习音乐。

埃里森没有钱买火车票,只得扒铁路货车前往亚拉巴马。在亚拉巴马州的迪凯特,他和四十几个扒车的人被铁路警卫抓下车,被命令沿铁轨站成一排。当时亚拉巴马州因为斯科茨伯勒九名黑人少年被诬告强奸两名白人妇女的案件,种族关系十分紧张。埃里森设法逃脱,他第一次感到了作为黑人的恐惧和无助。

塔斯基吉学院虽是按布克·华盛顿的给黑人以职业教育的理念建立起来的大学,但到1930年代,课程设置已经有了极大的变化,注重学术和文科教育。有趣的是,进入音乐系的埃里森在这里奠定了他文学生涯的基础。他在英语系主任的指点下研读了艾略特的《荒原》。多年后埃里森回忆说:"那确实是我文学教育的开始,实际上,是使我从一个未来的作曲人向某种小说家转变(或许说是质变)的开始。"①在大学图书馆打工时,他读了大量19世纪欧美作家和20世纪现代派作家的作品。通过钢琴系主任,他认识了哈莱姆文艺复兴的重要人物之一阿兰·洛克。读完大学三年级后,由于奖学金的问题,埃里森去纽约,打算挣点钱继续学业,结果却在这个城市生活了下来。在洛克的介绍下,他认识了兰斯顿·休斯,通过休斯他又结识了理查德·赖特。赖特当时在《工人日报》工作,同时编辑《新挑战》杂志。赖特约埃里森为《新挑战》写书评,埃里森的第一篇文章在《新挑战》1937年秋季号上发表,从此开始了文学生涯。在1938年至1942年间,埃里森在联邦作家项目工作,到黑人社区收集整理民间传说和歌谣等。1940年代初期,他还为《纽约邮报》撰稿,报道了1943年的哈莱姆暴乱等重大事件。纽约的生活经历在埃里森《看不见的人》的创作中具有十分重要的作用。1943年,埃里森既想为第二次世界大战做出自己的贡献但又

① 拉尔夫·埃里森:《影子和行动》,转引自马克·巴斯比:《拉尔夫·埃里森》,第8—9页。

不愿在实行种族隔离的军队中服役，就加入了国家商船队，向欧洲运送战争物资。他1945年因肾脏疾患离开商船队，开始《看不见的人》的创作，于七年后出版。

除了小说《看不见的人》外，埃里森还发表了近20篇短篇小说。他大量的书评、文章、讲演和访谈多数收集在两个文集中。《影子和行动》(1964)收入的是1942年到1964年间的文章，《走向领地》(1986)收集的是1964年到1985年间的文章。埃里森写于1937年到1944年之间的发表在《新群众》、《方向》、《黑人季刊》等杂志上的书评和政论大多比较激进，支持美国共产党的许多观点。他在这个时期的文学评论中强调，黑人文学应该服务于提高黑人的革命觉悟，不仅给读者灌输种族意识，而且要灌输阶级意识。黑人应和不同种族的工人团结起来反对不同种族的资产阶级。后来由于对美国共产党种族政策的失望，埃里森不再支持该党的观点，他本人的文学和种族观念也产生了变化。埃里森没有把这一时期的文章收集成册。收集在《影子和行动》及《走向领地》中的文章主要是对文学、音乐和美国黑人政治社会生活方面的论述，其中一些文章反映了埃里森的生活经历，有着强烈的自传色彩。巴斯比在他所写的埃里森传中，通过对埃里森这些文章的分析，清楚地勾勒出埃里森在文学和种族问题上的基本观点。在文学上，埃里森重视小说所应达到的目的。他认为："当代文学应该重新恢复19世纪美国优秀作家——赫尔曼·梅尔维尔、马克·吐温、亨利·詹姆斯——在他们的优秀作品中表现的坚定的道德观。"在种族问题上，他"尖锐地意识到在美国的理想及机遇和强加在黑人头上的局限——先是通过奴隶制，然后是种族隔离的法律，并且一贯地通过种族主义——之间的巨大鸿沟"。同时，埃里森拒绝接受社会学家的下述看法：由于强加在黑人身上的这些重负，黑人的生活是呆板的，黑人的生活质量是低劣的。埃里森坚持认为，虽然现实的美国社会是一个种族主义社会，但是仍存在着生气勃勃的黑人文化，正是通过美国黑人文化——民间故事、艺术、音乐、舞蹈——年轻的黑人男女找到了作为美国黑人、美国人和人的内在的价值。埃里森认为,美国文化包含了各种文化的交融,因此他不同意黑人民族主义和回归非洲运动的主张。[1]

埃里森在短篇小说中凸现的主题是,一个人越是意识到自己个人和种族及种族文化的历史,就越能得到真正的自由。他笔下的人物不是那种被无情的环境吞噬的人,而是以自己的性格和意志的力量在逆境中生存下来的人。从1939年到1944年,在他创作《看不见的人》之前,埃里森发表了八个短篇。《机灵鬼会吸取教训》是关于一个南方黑人机灵鬼因误打了一个白人警察被抓,白人法官因为不愿意让到当地来采访罢工消息的外来记者们抓到种族冲突的事例,放走了机灵鬼。可白人警察把他弄到警车上毒打了一顿以后扔在路边。机灵鬼没有想到竟然是一个白人工会会员开车经过的时候让他搭了车。《胎记》写的是一个年轻黑人威利被私刑处死后,警察告诉他的兄妹威利死于交通事故,要他们去确认尸体。妹妹在找威利下腹部的胎记时发现威利被割去了生殖器,显然是私刑处死的。埃里森说他写这最早的两篇小说时是"写了可以称为宣传品的东西——和黑人斗争有关的……"[2]。他在1940—1941年发表的三个短篇《午后》、《图森先生》和《要是我有翅膀》写了生活在俄克拉何马州的两个黑人少年巴斯特和莱利的生活片段。他们在午后沿街闲荡,谈着感兴趣的小事,想象可能的未来,打算做像杰克·约翰逊一样有名的拳击手。他们遐想如果自己有了翅膀,要飞到北方的芝加哥、纽约去。他们敬佩"痛打了拿破仑的一个叫图森的非洲人"[3]。作品反映了黑人在种族歧视的现实社会中所受到的局限和心中怀有的理想。1944年埃里森又写出了《在陌生的国度

①　马克·巴斯比:《拉尔夫·埃里森》,特温尼出版公司,1991年版,第120—121页。

②　拉尔夫·埃里森:《走向领地》,第294页。

③　指领导海地农奴反抗法军的图森-路维杜尔(1743—1803)。

里》、《飞回家》和《宾戈游戏王》。这些写于第二次世界大战后期的小说反映了作者既有作为美国人所具有的爱国主义情愫，又有作为受到种族歧视的美国黑人所具有的异化感，这两种感情的同时存在使作者在思想感情上产生了极大的痛苦和矛盾，他力图找到"我是谁"的答案。在《看不见的人》中大量使用的结合了现实主义、民间神话和超现实主义的创作手法在这些短篇中开始出现。《在陌生的国度里》写的是一个美国黑人商船队的水手帕克在威尔士被一群美国白人士兵围打。当地的威尔士人救出了他，把他带到一个俱乐部去，里面的歌手唱了威尔士国歌、英国国歌、国际歌和美国国歌。听到这些代表了国民的骄傲和自豪的国歌，帕克在被打后第一次一扫对自己存在的否定和异化感，意识到自己是个美国人，是他们所称的黑美国佬。《飞回家》是埃里森当时构思和创作的长篇小说的一部分。小说没有写成，最后发表的只有《飞回家》这部分，描写一个北方黑人青年托德在军队飞行学校接受训练时，飞机撞上一只鹭鸟，被迫降落在亚拉巴马州一个白人种族主义农场主的农场上，托德伤了脚。一个老黑人杰弗逊在托德等医生的时候，给他讲了两个黑人民间故事，其中一个是讲一个黑人飞上天堂，大闹天宫，把白肤色天使吓得魂不附体，因而被圣彼德发回亚拉巴马。埃里森通过杰弗逊之口，用这个流行在民间的故事影射讽刺当时美国空军由于种族歧视，长期不让黑人飞行员执行战斗任务的做法。托德的飞机是撞上在亚拉巴马被称为"种族隔离鸟"的鹭鸟而迫降的，寓意尽在其中。托德却认为杰弗逊只不过是个无知的老黑人而已，自己和他根本不同。白人农场主格雷夫斯来到后，让人给托德穿上给精神病人穿的拘束衣，并且猛踢他的胸口，说让黑鬼飞那么高他不可能不发疯。托德开始明白自己在白人眼中只不过是又一个黑鬼而已，他想把自己和杰弗逊区别开来的企图是多么可笑。对格雷夫斯深有了解的杰弗逊意识到这位凶残的白人可能会搞死托德，便把格雷夫斯的注意力转移到飞机身上，然后和儿子一起救出了托德。托德被杰弗逊父子抬走时觉得"自己仿佛被抬离了孤立,回到人的世界之中。在自己和那个人与他的儿子之间涌动着新的相互交流的浪潮"①。在北方相对宽松的种族气氛中长大的托德觉得自己是一个"美国人",埃里森表明,和帕克一样,托德认同的既不应该是美国人,也不应该是黑人,而应该是"黑美国佬"。

在《看不见的人》出版后,埃里森又写了11个短篇。《出了医院钻到酒吧下》(1963)原是《看不见的人》的一章,因太长而删减,讲的是玛丽如何帮助看不见的人从医院逃出,最后到玛丽家;有8篇是他创作中的名叫《希克曼回来了·希克曼到了》的新小说的片段,总共有150页左右。埃里森从1958年开始创作第二部作品,1960年刊登了第一个片段《希克曼到了》,到1977年刊登了第8篇。这8个短篇中的主人公是福音会派黑人巡回传教士希克曼和希克曼抚养的白皮肤孤儿布里斯。在一次布道将结束时,一个白人女子说布里斯是她的儿子,把他抢走。后来布里斯成了歧视黑人的参议员森雷德。希克曼得知有人要暗杀森雷德,就到华盛顿去警告他,但是没有来得及,森雷德被击伤。希克曼到医院去看望森雷德。埃里森运用回忆和现实穿插的手段,反映了希克曼和布里斯-森雷德的生活经历和所作所为。埃里森曾说,他对人的过去对当前生活的影响很感兴趣,他在新小说中要探索的是"人物意识到过去是如何对他们今天的生活产生影响的"这个主题。他在1970年对黑人作家麦克弗森说,这部作品将会是"扩展到现实主义以外的现实主义"②。直到埃里森去世,读者读到的仍只是这8个短篇。

和《看不见的人》英语书名 Invisible Man 相同的小说还有一部,那就是著名的英国小说家威尔斯于1897年推出的一本科幻小说。英文

---

① 转引自瓦莱里·史密斯编:《美国黑人作家》,麦克米伦出版公司,1993年版,第92页。

② 马克·巴斯比:《拉尔夫·埃里森》,第102页。

书名虽然一样,译成汉语时就颇费踌躇了。威尔斯小说的主人公是一个找到了能够使自己全身色素消失的化学药品的科学家,他常常服用这种药品以隐去自己的外形,达到使别人看不见自己的目的,因此书名译为《隐身人》。埃里森的主人公是一个黑人,他在美国社会中的生存经历使他感到,在白人主宰的社会中,作为一个黑人,他被忽视,没有任何地位,对于他的遭遇,白人社会视而不见,仿佛看不见他作为一个人的存在,他是个看不见的人。《看不见的人》这个名字一语道破美国黑人的生存境遇,正是埃里森小说所要表现的主题。这是一个古老而永恒的主题:人从混沌状态到自我意识的觉醒;在确立自我的过程中探索个人与历史、个人与社会的关系、个人的责任、外因对于自我形成之作用等等一系列不可回避的问题。

除序曲和尾声外,小说从内容上可分为三个部分:主人公在南方的大学生活、在纽约自由油漆工厂的遭遇和在哈莱姆区的经历。在序曲和尾声中,主人公都蛰居在纽约黑人和白人区交界处一所白人居住的大楼的地下室中,象征他的边缘的、地下的生存状态。他在这里回顾了自己近 20 年的生活,第一句话就称自己是个看不见的人。他是如何落到这个境地的? 他急切地要讲述自己的故事。这位自始至终没有姓名的主人公时而幽默、时而调侃、时而嘲讽、时而天真、时而世故地为读者讲述了他从南方到北方、从无知到觉醒的过程。

他的故事开始于南方,这是美国黑人的祖先离开非洲故土后最初生息的地方。他正在一步步遵照他所信赖的黑人教育家的教导,按白人的价值观塑造自己。他以优异的成绩进入了黑人大学。正在春风得意之时,主人公犯下了改变他一生命运的大错。

大学的白人理事诺顿来校视察,主人公被他所尊敬的黑人校长布莱索派去带诺顿参观校园。应诺顿的要求,主人公开车带他到黑人分租农特鲁布拉德的家中。这是一个穷苦的黑人家庭,而且特鲁布拉德和女儿的乱伦关系尽人皆知。随后他们又到了下层黑人和附近一个精神病院中黑人病人常去喝酒的黄金岁月酒吧。布莱索因为看不见的人带尊贵的白人理事去看了黑人社区中不光彩的一面而指责他,看不见的人满腹委屈地分辩说,他只不过是执行了诺顿的命令。布莱索冷冷地说:"命令你? ……他命令了你? 见鬼,白人永远都在下命令,这是他们的习惯。你为什么不找个借口……天哪,小伙子,你是黑人,生活在南方——难道你忘了怎样撒谎了吗?"①其实,主人公的祖父的遗言就是这样教导他的,要他以表面的顺从来解构白人的权力,但此时主人公并不理解这一点,他认为应该原原本本地按白人的吩咐去做,结果犯了让布莱索无法原谅的错误,被开除出了学校。布莱索建议他到北方去,给了他几封写给纽约有影响的白人的"推荐信"。就这样,天真的主人公满怀希望地踏上了他的黑人祖先为追求摆脱奴隶命运、争取自由的北上之路。

　　到了纽约后,看不见的人提着中学毕业时得的奖品公文包和放在里面的"推荐信"开始了谋职的尝试。一次又一次的失败后,他把最后一封信交给了一个白人资本家的儿子。从这个年轻人口里,主人公才知道布莱索在"推荐信"上写的竟是"让这个黑小子疲于奔命去吧"。到了这时看不见的人才开始认识了他一贯尊敬的这个自命为黑人教育家的人的真正嘴脸。他希望在北方找份好工作、继续受教育、做个布莱索那样"有成就"的黑人的梦想破灭了。他在自由油漆工厂找到了一份工作,开始了他第二阶段的生活。

　　他正在庆幸自己有了工作的时候,却发现加入了工会的工人怀疑他是破坏工会的工贼,而未加入工会的黑人老锅炉工又怀疑他是被厂方雇来替代自己的。他故意给主人公以错误的指导,造成锅炉爆炸,主人公受伤进了医院。

　　医院的医生在先进的技术设备的武装下,为主人公做了不开颅的

---

① 　拉尔夫·埃里森:《看不见的人》,兰登书屋,1972 年版,第 136 页。

前额脑叶切除，说这样他就不会经受"大的动机冲突，更妙的是，社会也不会因为他而在精神方面受到任何伤害"。① 作者的寓意不点自明。白人在科技武装下，企图把黑人的过去和黑人的自我统统抹去，使他们做白人统治下的顺民，按白人的意志生活。这时的主人公既记不起自己的名字，也记不起母亲的名字，表明他失去了种族的根和自己的独立存在。看不见的人虽在自我意识上被白人社会整治得一片糊涂，黑人文化历史在他身上的影响却并没有被完全抹杀，他仍依稀记得黑人民间传说中大胆的兔子大哥。通过半意识状态下听到的白人医生的谈话，他对白人的认识有了巨大的变化，他开始成熟了："我不再害怕了。不怕大人物了，不怕理事之类的人了，因为现在我知道我从他们那儿不可能指望得到任何东西，就没有害怕他们的理由了……"②

离开医院后，看不见的人来到了哈莱姆——美国黑人之都。黑人女子玛丽收留了他。玛丽的家、玛丽的言行都使看不见的人想起南方。她虽身在纽约，却保留了黑人大众淳朴的天性。她家的食物是南方黑人喜爱的红薯、猪下水、猪耳朵、浓浓的糖浆……她既忧郁也有欢乐，她温柔而善解人意。在这样的氛围中，主人公一改过去对黑人喜爱的一切感到羞愧、一心模仿白人生活喜好的态度，在纽约大街上众目睽睽之下买了一块烤红薯吃。这时他心里想的是："让对你喜爱的东西感到羞愧见鬼去吧。我再也不会这样了。我就是我。"他狼吞虎咽地吃下了这块红薯，又跑回老黑人那儿，递给他 25 美分，"再给我两块……"③

在哈莱姆生活于普通黑人之中，对于主人公来说是对种族文化传统的象征性的回归。当他生活在南方时，他一心只想通过受教育摆脱自己的种族文化传统，奋力按白人的价值观念生活和塑造自己；当生活

---

① 拉尔夫·埃里森：《看不见的人》，第 231 页。
② 拉尔夫·埃里森：《看不见的人》，第 243 页。
③ 拉尔夫·埃里森：《看不见的人》，第 259 页。

教育了他,使他认识到自己作为一个黑人在白人社会中不会被白人真正接受时,在哈莱姆对黑人文化价值的象征性回归在他自我意识的确立上就具有了十分重要的意义,表明他从对自身作为黑人而排斥黑人价值传统、因而实际上否定和丧失了自我,到他开始与黑人的价值观和传统认同,从而进一步走上了找回自我的路。

在此期间,主人公在哈莱姆街头目睹一对老年黑人夫妻因交不起房租而被逐出家门,市政官员把这对可怜的老夫妻寒酸的家当扔在人行道上。这时在主人公眼前幻现的是久远的南方家中的景象,他感到被驱逐的仿佛是自己,眼前老人那些"破旧的椅子、沉重的老式烙铁、底部撞得坑坑洼洼的白铁皮洗衣盆,都以其更为丰富的意义引起我内心的悸动"[1]。他站立在哈莱姆街头的人群中,看到的却是母亲在寒冬时晾衣服,凛冽的寒风吹着她粗糙的双手。这是主人公千里之外、20年之后对自己黑人的过去的迟到的认同。他冲动地站出来讲话,指出与其说这对老人被剥夺了一切逐出家门,不如说他们劳作一生而从未拥有过。愤怒的人群和白人官员及警察冲突了起来。看不见的人的讲演才能受到革命组织兄弟会的注意,该会把他招募去做兄弟会哈莱姆区的宣传鼓动员,兄弟会的主席,白人杰克让他搬出了玛丽的家,又给他取了个新的名字,命他只许用这个新名字。显然,在兄弟会中,主人公必须割断与过去的一切联系,这意味着他不得不背弃刚刚开始意识到的真正自我,去做兄弟会的代言人。他需要生存、需要工作,他不能靠贫穷的玛丽为生,他接受了这份工作。就这样,看不见的人开始了他第三阶段的生活。

在兄弟会青年组的组长,黑人托德·克里夫顿的帮助下,主人公很快在哈莱姆扩展了兄弟会的组织和影响,提高了兄弟会在黑人中的威信。这就不可避免地引起了和主张黑人民族主义的黑人领袖劝导者拉

---

[1]　拉尔夫·埃里森:《看不见的人》,第267页。

斯及他的信徒之间的冲突。他们冲击了兄弟会的会场，造成混乱和斗殴。拉斯力图开导看不见的人和克里夫顿，希望他们和他一起为黑人创造一个美好的哈莱姆。他告诉这两个年轻人，兄弟会的白人头头们一旦感到黑人对他们不再有用时就会抛弃他们的。埃里森笔下的兄弟会是一个要求绝对服从的组织，看不见的人的所作所为，讲话内容，都必须按白人领导规定的去做，完全不能有自己的任何独立主见。看不见的人和克里夫顿只是他们的工具，但此时的主人公并没有意识到这一点。

主人公在哈莱姆的工作很有成绩，黑人群众对他十分信任，但是他却受到了兄弟会领导的无端指责，说他是个个人主义者、机会主义者、阴谋家，说他树立个人威信，等等。总之，他们认为他对哈莱姆的群众是个危险的威胁，于是停止了他在哈莱姆区的工作，把他分配到纽约市中心区去专门按照杰克写的《论美国妇女问题》的小册子就妇女问题发表讲话。时隔不久，杰克又派他立即回哈莱姆，因为克里夫顿失踪，劝导者拉斯乘机加强活动，兄弟会在哈莱姆的工作大受影响。主人公重回哈莱姆，组织群众寻找克里夫顿。原来克里夫顿在看不见的人离开哈莱姆后不久，由于不愿再做白人手中的木偶，就脱离了兄弟会。他深感自己事事受兄弟会控制的屈辱，在街头卖起了黑木偶娃娃，是自嘲，也为警醒别人。主人公目睹克里夫顿被一个白人警察在街头开枪打死。克里夫顿的无端被杀害激起了哈莱姆黑人群众的愤怒，主人公组织了一场盛大的葬礼游行，一则抗议警察对黑人的暴行，二来也是为了挽回兄弟会在哈莱姆的威信。兄弟会的领导对此却大为不满，认为他为叛徒送葬是个大错误。杰克对主人公说，"雇你不是要你思考……是要你去讲演"，并且进一步指出兄弟会的任务不是去问普通群众是怎么想的，而是告诉他们应该怎么想。主人公这时看清了杰克的嘴脸，终于忍无可忍，问他："你是谁，是伟大的白人爸爸吗?""要他们叫你杰克老爷不是更好吗？"①就在主人公觉醒的关键时刻，埃里森又加入了象征性的一笔：看不见的人发现杰克的一只眼珠是假的！难怪他对现实视而不见！

葬礼并未给克里夫顿之死画上句号。劝导者拉斯号召哈莱姆的黑人行动起来，他说自己已不再是劝导者拉斯，而是毁灭者拉斯了。在大混乱中，主人公在哈莱姆区穿街走巷，企图躲避拉斯的追随者，却被人们误认为是莱因哈特，一个无所不在、无所不是的人。在这个几近超现实的荒诞情景中，主人公失足落入马路上开着盖子的入口中，跌进了读者在序曲中看到他的那间地下室。他在这里回忆和反思了自己的生活，烧掉了公文包和放置其中的白人赋予他的各种身份材料。他意识到自己一直在追求的是白人强加给黑人的生活价值观。他痛定思痛，做出了准备脱离冬眠状态、离开地下室、开始自己真正的生活的决定。

以上对小说情节的概述，使人感到这似乎是一部按主人公生活经历顺时记叙、易读易懂的作品，实际并非如此。埃里森的主人公在讲述自己故事的过程中把过去和现在、现实和荒诞、黑人民间传说和现代音乐、梦境和意象等交糅在了一起。埃里森在创作时把现实主义、自然主义、表现主义和超现实主义的写作手法结合使用，形成了一部故事似乎清楚但含义却极难摸透、可以从许多不同层次上理解和欣赏的独特作品。

以象征手法为例。《看不见的人》中的许多故事情节除了反映其表层意义外，还在象征层次上有更深的含义。如小说开始时主人公参加的那场为白人头面人物娱乐而进行的混战，作者巧妙地以此场景向读者揭示出了黑人在美国社会中最基本的生存状态：眼前是白人社会中成功后的最高奖赏——美女（那个金发碧眼的裸体女人）和金钱，但它们对黑人来说却是可望而不可得的。美女，这些黑人少年是看也危

---

① 拉尔夫·埃里森：《看不见的人》，第462页。

险不看也危险；闪光的金钱，被白人放在通了电的地毯上，抓到手才发现是一文不值的假钱。而要求他们、允许他们去做的只是被蒙上眼睛后互相恶斗——如果结合小说结束时在哈莱姆发生的黑人之间相互斗争的情景——可以说这短短的黑人少年间大混战的描写具有深刻的象征意义。至于在自由油漆工厂中，在生产用来重新油漆全国的纪念碑的特殊白漆时，要往大桶白色底漆中加入十滴黑色物质使白漆更白，而主人公在添料时出了错，因而使白漆中的黑色显现出来、不再看不见时，其中的象征意义可以说是跃然纸上，不点自明了。

　　和许多现代派作家一样，埃里森意识到，梦境、幻觉、半意识状态比有意识的思维更能揭露人物的行为和现实的内涵，因此在这部作品中他大量运用了这些手法，在更深的层次上揭示主人公的内心世界。在序曲中，看不见的人边吸大麻边听爵士乐，渐渐进入了幻觉状态。他先在一个山洞中看到一个唱黑人圣歌的黑人老妇，然后又看到一个黑人女子被拍卖，最后听到一个黑人传教士在布道。他感觉到了他们的存在，但他并不明白他们实际上是黑人历史经历的典型体现。作者以此暗示，正是主人公追求白人世界的价值观、丧失了作为黑人的自我，才使他处于这种混沌状态，从而强化了寻找真正自我的主题。

　　《看不见的人》于1952年在美国问世后获得了极大的成功，获1953年全国图书奖。1965年在《纽约先驱论坛报》的书刊评论所做的民意测验中，这部作品被公认为1945—1965年间出版的最佳小说。但是，《看不见的人》的出版也在美国文坛上引起了一场激烈的论争，赞扬与抨击泾渭分明。赞扬者从作品的主题、写作技巧、对西方文艺思想的继承和发扬等方面分析，称这部作品标志着黑人作家已经以成熟的姿态走上了美国文坛。批评者则主要对其内容不满。左翼知识分子对作品中对美国共产党（兄弟会）的隐射讽刺反感，黑人民族主义者则批评作者对毁灭者拉斯的描写，以及从中流露出来的作者反对使用暴力反抗种族压迫的态度。还有一些黑人知识分子认为，小说中没有对种族歧视与压迫的激烈抗议,缺乏黑人作家应有的种族使命感。直到 1960 年代,评论家欧文·豪仍批评埃里森逃避黑人知识分子的使命,没有在文学中突出对黑人所受的迫害与歧视的揭露和抗议。①

　　黑人作家的使命是否只能局限在种族抗议上? 从 1930 年代后期佐拉·尼尔·赫斯顿出版《他们眼望上苍》(1937)引起和理查德·赖特就这一问题的争论,到 1980 年代艾丽丝·沃克《紫色》出版再度引起争论,半个多世纪以来这个问题始终困扰着黑人文学界。赫斯顿当年被指责只描写黑人之间的关系而不反映白人对黑人的种族压迫,在赖特的《土生子》式抗议文学风靡的年代,她的作品几遭湮没。沃克则被指责为把黑人内部两性间冲突凌驾于种族压迫之上。但是在女权运动后的美国,要想压下女作家的声音已经不容易,而且在几十年的论争中人们也逐渐认识到,一个作家有权利就自己感兴趣的题材进行创作,不能因为是黑人就只能局限在写种族问题上,正如白人作家不必一提笔就非反映白人对黑人的歧视不可。何况《看不见的人》有其特有的艺术魅力,不是按模式化的眼光反映种族关系的现实,而是从一个黑人青年的感受出发反映真正存在的现实。这个黑人青年对生活于其中的现实有自己的看法,有自己的幻想,因而他一旦感觉到社会的冷酷时,便幻想破灭,陷入了迷惘和痛苦之中。《看不见的人》实际上坚实地植根于美国种族社会的现实之中,这个无名无姓的黑人青年在这样的现实中逐渐抛弃了他对白人社会的幻想,认识到自己作为一个人在白人眼中是不存在的,是个看不见的人。他对一个黑人大学校长的信赖、对一个白人慈善家的尊敬、他希望通过自身的努力在社会上取得成功的雄心壮志以及他对激进的政治组织的无条件信任……统统都在无情的种族社会的现实中被击碎了。主人公从对自我的无知到觉醒,正是他

---

　　①　小亨利·路易斯·盖茨、耐利·麦凯编:《诺顿美国黑人文学选集》,第 1517 页。

从看不见到看得见的转变过程，而在这个转变过程中，处处表现了对种族歧视社会的揭露和控诉。

《看不见的人》的力量在于，从主题思想上，埃里森向读者提出了一个超越种族的、具有普遍意义的问题：一个非人道到了使其黑皮肤的公民成为看不见的人的社会，究竟是否能真正意识到任何一个男人或女人的存在和他们的生命价值。从创作思想和手法上，他博采欧洲、美国主流文学和黑人文学的精华，从典故、意象、观念、语言、手法上都有继承和创新。哈莱姆文艺复兴时代图默的《蔗》是美国黑人文学中现代主义表现手法的初次尝试，《看不见的人》进一步拓宽了黑人文学中传统的表现手法。评论家基思·拜尔曼在《抚摸粗糙的颗粒：近年黑人小说中的传统和形式》中的这段话很好地总结了埃里森对黑人文学的贡献："（他）创造了文学的空间，使具有现代（特别是现代主义）文学意识，看到在不公正的社会制度下存在着极权主义的潜在可能和赏识种族经历的价值的小说家能够成功从事活动。"①

詹姆斯·亚瑟·鲍德温

詹姆斯·亚瑟·鲍德温（1924—1987）是 20 世纪美国最重要的黑人作家之一。从 1947 年在《民族》杂志发表第一篇评论《作为艺术家的马克西姆·高尔基》起，到 1985 年在《新政治家》上发表最后一篇文章《致主教的一封信》，鲍德温共出版了六部小说：《向苍天呼吁》（1953）、《乔万尼之室》（1956）、《另一个国度》（1962）、《告诉我火车开走多久了》（1968）、《如果比尔街会说话》（1974）、《正在我头上》（1979）；七部文集：《土生子札记》（1955）、《没有人知道我的名字：土生子札记补遗》（1961）、《下一次将是烈火》（1963）、《街头无名》

---

① 基思·拜尔曼：《抚摸粗糙的颗粒：近年黑人小说中的传统和形式》，第9—10 页。

(1972)、《魔鬼有了工作》(1976)、《不为人所见之事的证据》(1985)和
《票价》(1985)；一部短篇小说集《去见那个男人》(1965)；一部诗集
《吉米的忧伤》(1983)；三个剧本《教堂前座》(1955)、《给查理先生的
布鲁斯》(1964)和《有一天当我迷路的时候》(1972)；以及一部儿童故
事《小人儿，小人儿：童年的故事》(1976)。他利用一切文学形式，特
别是小说和杂文随笔，反映了造成美国黑人生存现状的政治和社会因
素以及在美国所谓民主下人们为保持种族特性和个人的性取向所遇到
的困难甚至迫害。

　　鲍德温出生在纽约的哈莱姆区。母亲爱玛·琼斯随着黑人向北方
的移民潮来到纽约，生鲍德温的时候还不到 20 岁。鲍德温两岁多的时
候，爱玛和比她大 40 岁左右的戴维·鲍德温结婚。戴维是个工人、虔
诚的宗教信徒和浸礼会巡回传教士。他仇恨白人，但无力改变现实；他
收入微薄，却和爱玛生了八个孩子；他养活不了他们，但看到年幼的孩
子去擦皮鞋，妻子去给白人洗衣、打扫又感到羞耻。他把一肚子的恶气
撒到家人头上，成了鲍德温童年时代痛苦的根源。加上众多的弟妹，使
鲍德温从小就要帮助母亲照顾他们，常常是一只手抱孩子一只手拿着
书看。也许这就是为什么他在 1974 年对采访他的一个法国人说"我从
来没有过童年"的原因。①

　　鲍德温从小学起就酷爱读书。他先从哈莱姆的两个公共图书馆借
书看，后来到纽约市图书馆去借书。他中学时读了理查德·赖特的作
品后，赖特成了他心目中的偶像和文学之父。虽然后来他对赖特的
《土生子》有看法，但是他在回顾赖特对他的影响时说：

　　　　在《汤姆叔叔的儿女》、《土生子》，尤其是在《黑孩子》中，我平

---

　　① 詹姆斯·坎贝尔：引自《在门口谈论——鲍德温生平》，海盗出版社，
1991 年版，第 3 页。

生第一次感到这些作品说出了因自己的生活和我周围人的生活被
吞噬而生的悲哀、狂怒和强烈的怨恨之情……他的作品对我是极大
的解放和启示。他成了我的同盟者和见证人，并且，啊！他成了我
的父亲。①

　　在初中读书时，鲍德温有幸成为哈莱姆文艺复兴时代著名诗人康
蒂·卡伦的学生。他当了校刊的编辑，同时开始试笔。他在诗歌、戏剧
和短篇小说中抒发自己的仇恨、恐惧和孤独感，在阅读中寻找对家庭和
贫民窟的现实的逃避。由于继父是个传教士，鲍德温从小就跟着他去
教堂，14 岁时成了菲尔赛德圣灵降临会兴奋派小教堂的传教士，用课
余时间布道。他在布道坛上发现了自己具有能够鼓动人群的演讲才
能。在哈莱姆长大的鲍德温也清楚地意识到贫民窟街头毒品和犯罪对
他的引诱。他虽生活在贫民窟但不愿沉沦，便有意识地远离各种享乐。
他不吸烟，不喝酒，不追女孩子，不看电影，不跳舞。他逐渐开始对宗教
在黑人中的作用产生了怀疑，认为宗教是用来奴役黑人的。意识到这
一点后，鲍德温失去了传教的热情，17 岁时离开了教堂，但是宗教对他
的一生和他的创作仍然有着不可低估的影响。

　　在教堂布道的三年正是鲍德温在高中学习的三年。在此期间，他
的文学才华在参加校刊《喜鹊》的编辑工作中进一步显露出来。他开
始在校刊上发表诗歌、短剧和短篇小说，这些初期的作品已经反映了鲍
德温毕生关切的主题：黑人对社会不公的抗议和宗教思想对黑人产生
的影响。高中毕业时，鲍德温本想进入免费的纽约城市大学继续学习，
但是为了帮助养活年幼的弟妹，他不得不去工作。他在新泽西州找到
了一份在军队中修铁路的工作。这是他第一次离开黑人占绝大多数的

------

　　①　詹姆斯·亚瑟·鲍德温：《啊，可怜的理查德》，见《没有人知道我的名字：
土生子札记补遗》，戴尔出版社，1962 年版，第 191 页。

社区,直接生活在种族歧视和种族隔离的环境之中,这极大地影响了敏感而易激动的鲍德温。他自己在《土生子札记》一文中回顾这段生活时说,这一年"极大地改变了我的人生"①。无论是在酒吧、保龄球馆,还是在饭馆、旅店,他不是被迫默默离开,就是在忍无可忍的情况下大吵一场而去。"很快我就臭名远扬了,我走过的时候小孩子在我背后笑,大人或窃窃私语或高声喊叫——他们真的以为我是个疯子。"②现实的遭遇使他开始考虑自己在美国的生存地位。如果美国把他禁锢在贫民窟里,不能自由地发挥自己的才能,实现自己的希望,心中怀有的只是种族歧视所造成的仇恨,他会成为什么样的人呢? 他意识到:"我的生活,我真正的生活,处于危险之中,不是由于别人会做些什么,而是由于我自己心中怀有的仇恨。"③他被解雇后回到纽约,在一家肉类加工厂干活,工资从修铁路时的每周 80 美元降到 29 美元。继父患精神病住进了医院,而母亲竟然又怀孕了。鲍德温苦涩的意识到,他再努力也没有办法给家庭什么真正的帮助,家庭只能拖累得自己也一事无成。继父死后,鲍德温决心以写作为业,搬到文人聚居的格林威治村。他开始创作十年后才得以出版的小说《向苍天呼吁》。在此期间,他一面创作,一面打零工维持生活,并且仍然尽可能地接济母亲。

在 1944 年末,鲍德温遇见了已经成名的理查德·赖特。在赖特的推荐下,鲍德温获得了 1945 年的尤金·萨克斯顿创作资助金。他没能在当年完成《向苍天呼吁》这部小说,但是不久,他开始在《民族》和《新领导》等杂志上发表书评和评论文章,特别是发表在 1948 年 2 月份的《评论》上的《哈莱姆贫民窟》一文使他逐渐受到注意。同年 10 月,《评论》又发表了鲍德温的第一篇短篇小说《以前的状况》,并称它预示着

①　詹姆斯·亚瑟·鲍德温:《土生子札记》,灯塔出版社,1955 年版,第77 页。

②　詹姆斯·亚瑟·鲍德温:《土生子札记》,第 78 页。

③　詹姆斯·亚瑟·鲍德温:《土生子札记》,第 81 页。

一位重要的文学新人的诞生。但是他写成《向苍天呼吁》后，却找不到出版社愿意出版这本书。另一个创作计划虽然得到了罗森沃德基金会的资助，但仍然找不到感兴趣的出版商。在种族歧视下生活的压抑感，个人感情生活中同性和异性恋之间的矛盾等诸种因素，促使鲍德温在1948 年底离开美国去法国。

法国给了鲍德温较为冷静地思考自我的机会。他曾对《纽约时报》的一位记者说："我一到了大洋的彼岸，就能够很清楚地看到自己来自何处，我能够看到我是随身带着我自己，也就是我的家，来到此地的。你永远也无法逃避这一点。我是奴隶的孙子，我也是个作家。这两个方面我都必须很好对待。"①鲍德温在《发现做一个美国人意味着什么》一文中谈到，法国以及欧洲使自己了解作为一个美国人和美国黑人的意义，接受了自己的传统，从而将自己从对美国的仇恨中解脱出来。作为一个作家，多了一份冷静的思考，就多了一份深刻。他涌动的才思变成了一篇又一篇文章和一部又一部小说。在欧洲的第一个十年，除《大家的抗议小说》、《土生子札记》等名篇外，鲍德温写出了剧本《教堂前座》，出版了《向苍天呼吁》及《乔万尼之室》两部小说，从此被公认为继赖特和埃里森之后又一个重要的美国黑人作家。

鲍德温一直想回美国南方自己黑奴祖先生活过的地方去访问。在黑人民权运动兴起的 1957 年，他到阿肯色和亚拉巴马等州了解种族隔离的情况和黑人的斗争，见到了民权运动领袖马丁·路德·金。他的所见所闻使他成了民权运动的积极分子。他在各种杂志上发表的大量充满尖锐的社会批判的文章，后来收集在《没有人知道我的名字：土生子札记补遗》和《下一次将是烈火》中。除了这两本文集外，鲍德温1960 年代和 1970 年代的许多作品也都反映了这一历史性运动对他的影

① 转引自杰弗里·亨特主编：《黑人文学评论》，盖尔研究公司，1992 年版，第 1 卷，第 75 页。

响,如文集《街头无名》和小说《告诉我火车开走多久了》、《如果比尔街会说话》、《正在我头上》等。从 1970 年代后期到在法国去世,鲍德温经常接受邀请到美国大学讲课,因此不断往返于法国和美国之间。他同时还出版了文集《不为人所见之事的证据》和《票价》。

《诺顿美国黑人文学选集》在评论鲍德温时有这样一段话:

> 詹姆斯·鲍德温断言,"一切艺术都是一种表白",所有的艺术家,如果要生存下去,都会最终被迫讲出一切,"吐出苦水"。鲍德温所有的作品或多或少都打上了他这一看法的印记。但是在他的作品中,这种表白不止是自我放纵式的个人精神宣泄。他以优美的艺术性,通过将自己个人经历中最隐秘的部分和国家及世界命运中最广泛的问题结合起来,刺透了美国种族意识中的历史性障碍。①

鲍德温作品中强烈的自传色彩和对美国社会及黑人状态的犀利剖析,对宗教在黑人社会的作用、家庭关系在人心灵成长中的影响的审视,以及他布道式的雄辩的文风,都反映了他特有的人生经历。

鲍德温的第一部小说从构思动笔到出版经历了十年,出版时他早已因杂文随笔而闻名。他的随笔反映了他的文学思想、他对种族问题及人生的态度和对当代美国社会的批判。他在民权运动时代所发表的杂文使人们把他看作这一运动主要的文学代言人。民权运动对鲍德温的思想和文学观具有历史性的影响。对于美国的种族问题,他在民权运动以前所写的杂文中表露出,由于他相信人类之爱,他对黑人成为美国社会中平等一员多少怀有一些乐观的希望;随着他对美国种族歧视

---

① 小亨利·路易斯·盖茨、耐利·麦凯编:《诺顿美国黑人文学选集》,第1650—1651 页。

现状更深入的了解,他的希望变成了失望和绝望,他在后期的杂文中预言美国种族问题解决的过程中将会有更多的流血和暴力。在文学观点上,他在 1949 年所写的经典性宣言《大家的抗议小说》一文中,在批评了斯陀夫人的《汤姆叔叔的小屋》后又提到了赖特的《土生子》。鲍德温说,他感到主人公比格只不过是汤姆叔叔的子孙。如果把两本书放在一起,两位作者便"同时卷入一场生死攸关的、永恒的斗争之中;一个声嘶力竭地发出无情的规劝告诫,另一个高声咒骂"。鲍德温认为,黑人和白人互相攻击、反击,都希望对方死掉,结果"只能一起坠入深渊"。他说:

> 比格的悲剧不在于他冷漠、是黑人或吃不饱肚子,甚至也不是因为他是美国的黑人,而是他接受了一种无视生命的僵化了的理论,承认自己是低等人的可能……抗议小说之失败正在于它坚信只有人的类别才是真实的,不可逾越的,因而无视生命,拒绝相信人类,否定人的美好、恐惧和力量。①

鲍德温感到黑人抗议文学中的暴力化倾向实际上强化了对黑人的成见和公式化的黑人人物。在《几千已经消失》一文中,他进一步指出赖特笔下的比格是个非人化、公式化的人物。鲍德温对抗议文学的批评和他对文学的使命的了解是分不开的。在投身民权运动之前,鲍德温认为,作家的任务是探索支配人们行为并导致变革的内在规律,把观察所得转化为艺术。他后期的作品却具有他批评的"抗议文学"的特点。在他去世前不久接受昆西·特洛普访问时说的一段话,可以说是对他自己种族和文学观念的最终总结:

① 本段落中引文均转引自小亨利·路易斯·盖茨、耐利·麦凯编:《诺顿美国黑人文学选集》,第 1659 页。

美国的语汇无法反映、无法包含对真正的黑人生活的表述。因此,唯一的对付办法是以暴力来摧毁这一语汇赖以存在的设定观念。我试图去做的,或者说我试图去解释说明的是,没有哪个社会能够打碎了社会契约而不承受其后果的,而那后果就是社会上所有的人无一能够幸免的大混乱。①

鲍德温的许多随笔和小说都取材于他的个人生活经历,特别是青少年时代的生活和感情的烙印在他的作品中时时反映出来。随笔可以帮助了解他的小说,小说又帮助加深对他随笔的理解。如自传性的随笔《土生子札记》中反映的鲍德温的家庭状况和他思想感情的成长历程,对于了解他的小说有很大的帮助。他在文章一开始写道,1943 年 7 月 29 日:继父去世,最小的妹妹出生;8 月 2 日:继父的葬礼,他自己的 19 岁生日,哈莱姆发生暴乱。"当他的生命结束时,我开始琢磨他的一生,并对自己的一生产生一种新的忧虑。"②鲍德温由此回忆了他所知道的继父的过去,他们两人间艰难的相处,他自己在贫困的哈莱姆度过的童年和少年时代,继父狂热的宗教思想对自己的影响,他强烈的写作欲望,等等。葬礼后鲍德温到市中心庆祝自己的生日,一个黑人士兵和一个白人警察间的械斗引发了哈莱姆的大暴乱。事隔十余年后,到了大洋彼岸的法国,鲍德温才有了足够的平静写出这篇引起强烈感情波澜的随笔,并总结了代表他前半生的人生态度。他说,人在心中永远应该有两个似乎对立的观念并存,一个是"完全不带任何怨恨地接受现实中的生活以及实际存在的人",另一个是"人在一生中永远也不应该把不公正视做当然,而要尽全力与之斗争。然而这一个斗争应该从

①　小亨利·路易斯·盖茨、耐利·麦凯编:《诺顿美国黑人文学选集》,第 1653 页。

②　小亨利·路易斯·盖茨、耐利·麦凯编:《诺顿美国黑人文学选集》,第 1679 页。

自己心中开始,现在,我的责任是使我心中没有仇恨和绝望"①。

《向苍天呼吁》以半自传性小说的形式演绎了这篇随笔所记述的历史和感悟。多数评论家认为这是鲍德温最重要也是最成功的一部作品。

约翰是一个敏感的 14 岁的黑人少年,和母亲伊丽莎白、继父加布里埃尔·格莱姆斯、弟弟罗伊及妹妹们生活在哈莱姆黑人区。他长得难看,一双青蛙眼,一张大嘴巴,但极有天赋。加布里埃尔原来是南方的一个传教士,出于宗教信念和并无感情的德博拉结了婚,又和埃斯特发生私情。埃斯特怀孕后他拒绝和她一起离家出走,只偷了妻子存下的一点钱供埃斯特去北方。埃斯特在生加布里埃尔的儿子罗伊尔时死去。埃斯特的父母埋葬了女儿,把罗伊尔养大。加布里埃尔虽然受到内心的谴责,但始终没有承认这个就在他眼皮底下长大的儿子。直到罗伊尔在芝加哥赌博时被杀死,德博拉将消息告诉加布里埃尔时,他才在德博拉的询问下向早已知情的德博拉承认罗伊尔是自己的儿子。约翰的母亲伊丽莎白幼年丧母,随严厉的姨母长大。她爱上约翰的生父理查德后跟随他到了纽约。一次,理查德和伊丽莎白幽会后于午夜回家时,在地铁站遇到警察追捕三个抢劫商店的黑人青年,理查德受到怀疑,被一同带到了警察局。虽然最后查清了真相,理查德被释放,但是生活中本来就没有多少欢乐的理查德不堪这种侮辱,回家后当晚即割腕自杀而死。此时伊丽莎白已经怀上了约翰。约翰出生后,她在晚上做办公楼的清洁工,苦苦挣钱养活自己和孩子。在工作中,她结识了一同做清洁工的弗罗伦斯。弗罗伦斯是加布里埃尔的姐姐,原来一直在南方和母亲及弟弟一起生活,给一个白人家庭做工。她 26 岁时,男主人要她做自己的情妇,弗罗伦斯拒绝了他,只身来到了纽约。弗罗伦斯

① 小亨利·路易斯·盖茨、耐利·麦凯编:《诺顿美国黑人文学选集》,第 1694 页。

和弗兰克结婚十年后,弗兰克离开她和另一个女人同居。为了养活自己,弗罗伦斯做了清洁工。德博拉死后,加布里埃尔到纽约来找弗罗伦斯,遇到了伊丽莎白。

小说共分三个部分,以约翰14岁生日一天中发生的事情为主线,通过人物的回忆,展现了近60年岁月中黑人的生活:物质上在贫困中挣扎,灵魂上在宗教宣传的罪孽和赎罪中挣扎。受煎熬最深的是黑人妇女。小说以约翰在生日早晨醒来开始,以他当天深夜在教堂受到上帝的感召被拯救结束。在第一部分"第七日"中,约翰醒来后想到,人们一直认为他长大后会成为传教士,搞得他自己也这样想了。他"最早的——从某种意义上来说也是仅有的记忆"是星期日全家一起上教堂的情景。① 他想到对他凶狠严厉的父亲,父亲偏爱罗伊,使约翰产生自卑感,但同时也强烈地希望能向父亲和世人证明自己的价值。他对加布里埃尔的怨恨使他甚至不愿跪拜上帝,"因为父亲是上帝的传教士,不先跪倒在父亲面前就不能跪倒在上帝面前"。想到教堂和上帝,使他联想到自己犯下的"难以被宽恕的罪过"——手淫。② 他很怕大家,特别是母亲,忘记了今天是自己的生日。约翰还没有起床,作者通过他的内心活动使读者瞥见了格莱姆斯一家的状况,感受到约翰生活在其中的家庭里压抑的宗教气氛以及他和父亲间缺乏亲情和关爱的关系。

约翰起床后,母亲给了他一点钱,让他在生日时买点自己喜欢的东西。约翰高兴地出门到了中央公园的小山顶上。他看到脚下灯红酒绿的大都会,既受到它的引诱,又怕末日审判时灵魂下地狱。这个在传教士和继父关于地狱的警告下长大的少年在山顶上思索着究竟自己是要

---

　　① 　詹姆斯·亚瑟·鲍德温:《向苍天呼吁》,戴尔出版社,1985年版,第11页。

　　② 　詹姆斯·亚瑟·鲍德温:《向苍天呼吁》,第21页。

世上的名、利和享受，还是要死后永恒的天堂。浮华世界是魔鬼的陷阱，但做传教士就意味着重复父亲一生走过的狭窄的路。他下山向电影院走去，被广告牌上的半裸女人和男人吵架的画面吸引，走进了电影院。他在祈求上帝的宽恕后才敢睁开眼睛看银幕。生活放荡的女主人公死去，约翰感到是上帝引导他来此看看罪恶生活的代价。约翰看完电影回到家中，发现弟弟罗伊在和白人打群架时被刀扎伤。加布里埃尔把火气撒在妻子身上，罗伊挺身保护母亲，被加布里埃尔用皮带抽打。约翰离开了充满敌意和火药味的家，到教堂去帮助做布道的准备工作。在教堂布道的 17 岁的伊来沙对约翰说，一旦被上帝拯救，就再也不会去想电影啦、女孩子啦什么的；说上帝会给他新的思想和追求。对一个 14 岁的少年，这种宗教思想和需要做出的选择实在是一个过于沉重的负担。当晚在教堂里，当伊来沙问他"你愿意被拯救吗?"时，约翰的回答只能是"我不知道"①。就在教徒为约翰祈祷的时候，作者通过约翰和家人的祈祷追述了他们的过去。

第二部分"教徒的祈祷"由弗罗伦斯的祈祷、加布里埃尔的祈祷和伊丽莎白的祈祷三章构成。在"祈祷"中，三个人分别回忆了自己的生活道路，回忆有时被教堂中发生的事情打断，形成了过去和现实的交错。读者从加布里埃尔的回忆和内省中了解到，这是一个既怕灵魂下炼狱又控制不住自己的七情六欲的人。道貌岸然的外表掩盖着一颗受到恐惧和罪孽折磨的灵魂。他在虔诚的母亲的影响下，渴望通过宗教获得梦想的权力，便做了传教士。在宗教信念的驱使下，他和德博拉缔结了毫无爱情的婚姻，在肉欲的驱使下和同在一个白人家里干活的埃斯特发生了关系。罪孽感折磨着他，"九天后上帝给了他力量对他说他们不能这样下去了"②。他为了拯救自己的灵魂，在得知埃斯特怀孕

---

① 詹姆斯·亚瑟·鲍德温：《向苍天呼吁》，第 55 页。
② 詹姆斯·亚瑟·鲍德温：《向苍天呼吁》，第 127 页。

后要她马上去嫁个人。埃斯特拒绝后，他偷了妻子的钱打发了她。加布里埃尔始终拒绝承认这个儿子。他虽然一直生活在罪孽感之中，感到"哪儿也得不到平静，得不到愈合，得不到忘却"[1]，布道时总觉得信徒的眼中充满了无声的谴责，但他从来没有任何赎罪的行动。其实他所怕的是被揭露，不能再从事圣职。作为传教士，"拯救世人"满足了他的权力欲。为了保持既有的权力，他不惜承受灵魂的煎熬，始终不近情理、极端严厉地对待周围所有的人，扼杀继子的欢乐和生活的信心。

　　小说的第三部分"打谷场"回到了伊来沙布道的教堂。经历了圣坛前的觉悟，约翰皈依宗教。从某种意义上来说，小说的结局象征着约翰，实际也是鲍德温本人对他生活于其中的环境的第一次超越。

　　童年和少年时代家庭物质生活的贫困和继父的冷酷，作为黑人在身心上受到的歧视和迫害，宗教思想的影响，自身的同性恋倾向，这一切交错作用在鲍德温敏感的心灵上，需要他去梳理、正视，他的小说几乎都反映了人物在种族、宗教和性取向问题影响下的苦苦挣扎和寻求出路的努力，反映了他内心超越自我的希望。《另一个国度》就很能说明这一点。

　　《另一个国度》的故事在一对黑人兄妹鲁弗斯·斯科特和艾达·斯科特，以及他们的同性恋或异性恋的白人朋友维瓦尔多·摩尔、利昂娜、艾利克·琼斯、斯蒂夫·埃利司以及理查德·西伦斯基和妻子凯斯之间展开。作者通过这些人物做出了种族、文化、社会阶级和人类情爱上各种可能的组合，以此探索这些因素的相互作用对人物深藏的、心灵中最隐秘的思想感情，特别是有关种族和性取向上极度敏感的感情所造成的影响。

　　鲁弗斯是个在哈莱姆长大的爵士乐鼓手，英俊有才，虽然在小说第一章结尾时，鲁弗斯就从华盛顿大桥上跳入河中结束了自己的生命，但

---

　① 　詹姆斯·亚瑟·鲍德温：《向苍天呼吁》，第 136 页。

是通过他在这一章中对自己经历的回忆,通过他生命中和其他人物在肉体和感情上千丝万缕的联系,他仍然是小说中的重要人物。在一次爵士乐演奏会上,鲁弗斯遇见了南方来的白人女子利昂娜。她离了婚,失去了对儿子的监护权,只身到纽约打算开始新的生活。他们相遇的时候正是鲁弗斯的同性恋情人,出身南方富有白人家庭的艾利克离开他只身去巴黎后不久。独自生活的鲁弗斯很快和利昂娜同居。在1950年代的纽约,黑人男子和白人女子一起生活能否长久取决于太多的外部因素。就连日常的二人出行,对鲁弗斯也充满了考验。他必须承受白人和黑人、男人和女人的仇恨、愤怒、蔑视、挑衅的眼光。"他没有考虑到和利昂娜的未来,因为他从来没有想到他们会有一个未来。"①鲁弗斯工作的酒吧关闭后,他没有能够找到新的工作,常常在喝酒后在利昂娜身上出气。利昂娜也开始酗酒、去餐馆上班经常迟到。一次,半醉的鲁弗斯到餐馆去接下班的利昂娜,被老板看见,利昂娜便被辞退了。他们之间的关系很快从爱变成爱恨交织,鲁弗斯对利昂娜拳脚相加,利昂娜精神崩溃,被家人接回南方。

鲁弗斯的好友,一心想成为作家的白人男子维瓦尔多摆脱不了对鲁弗斯自杀的内疚感。他觉得,如果他能够拥抱他,给他肉体上的爱和安慰,鲁弗斯也许不会绝望自杀。鲁弗斯死后,维瓦尔多爱上鲁弗斯的妹妹艾达。白人男子和黑人女子一起同样也招来异样的目光,使得艾达的眼睛会立刻"充满轻蔑而变得乌黑无光……她总是在等待那掩饰着的侮辱的到来……她这样做是有道理的……世界就是这样对待名声不好的女孩的,而黑人女孩一出生就带上了坏名声"②。艾达以"充满敌意的自豪对待他们充满敌意的注视"③。异样的目光使鲁弗斯的愤

① 詹姆斯·亚瑟·鲍德温:《另一个国度》,戴尔出版社,1965年版,第29页。

② 詹姆斯·亚瑟·鲍德温:《另一个国度》,第125页。

③ 詹姆斯·亚瑟·鲍德温:《另一个国度》,第125页。

怒内化成暴烈冲动,而使艾达的愤怒内化成对白人世界的蔑视和强烈的出人头地的愿望。她鼓励维瓦尔多的创作,自己也想成为歌手。她知道作为声音并不出众的黑人女子,能否成名需要依靠别人的提拔。她不能听凭白人世界的摆布,她要利用白人世界。她虽然爱维瓦尔多,但是为了得到电视制片人埃利司的帮助,做了他的情妇。"艾达更喜欢维瓦尔多,但是埃利司能够给她更多。当一切结束以后,她能够展示出更多的东西。"①维瓦尔多和艾达爱情中的风暴除了婚外情之外,还有种族间的隔阂。在任何事情上产生了争吵,往往最后会归结到种族问题上。维瓦尔多的母亲要他回家参加弟弟的生日纪念,他对母亲说不出口自己的女友是黑人。他要艾达和他一起回家,说这对家人会有好处。"他们不是坏人。他们只是比较狭隘而已。"②艾达说,她对教育他的家人不感兴趣,对于"仍然搞不清我是不是人类一员的(白人小丑)……我希望他们在巨大的痛苦中一点点死去"③。维瓦尔多故作轻松地说这可不够基督精神。艾达说:"我只能如此。我的一切基督精神都是从白人那儿学来的。"维瓦尔多听后说:"啊,见鬼,又是这一套。"④艾达生气吵起来后,维瓦尔多要她住嘴,说房东、邻居、街角站的警察对艾达住在他这里已经够反感的了,别再找事了。艾达拿起杯子就摔,说:"我想我得给他们来点抱怨的理由。"⑤在小说结束时,他们之间有一次思想和情感上都比较深入的交流,显示了种族经历的不同形成的不同内心感情。维瓦尔多对艾达说:"你总指责我把你的肤色当回事,来惩罚你。但是你也是如此,你总让我觉得我是个白人。难道你不知道这使我痛苦吗? 你把我锁在你的心灵之外。而我所希望的是你

---

① 詹姆斯·亚瑟·鲍德温:《另一个国度》,第352页。
② 詹姆斯·亚瑟·鲍德温:《另一个国度》,第236页。
③ 詹姆斯·亚瑟·鲍德温:《另一个国度》,第236页。
④ 詹姆斯·亚瑟·鲍德温:《另一个国度》,第237页。
⑤ 詹姆斯·亚瑟·鲍德温:《另一个国度》,第237页。

成为我的一部分,我成为你的一部分。就是你的皮肤像斑马那样一道一道的我也不在乎。"①艾达始终无法摆脱自己的希望被白人剥夺了的感觉。维瓦尔多说痛苦是不分肤色的,愿意尽一切努力将他们两人从中解脱出来。艾达说她不愿听凭白人摆布,她要白人被她摆布。当她在埃利司的帮助下得到唱歌的机会后,鲁弗斯的朋友,黑人乐手们对她满怀蔑视,说为了鲁弗斯要痛打她一顿,而鲁弗斯地下有知会感激他们的。这话震动了艾达,使她对维瓦尔多说出了郁积心中的痛苦,开始了对自己的严肃审视。维瓦尔多和艾达都意识到他们是相爱的,但是,在经历了一切之后,他们是否能够战胜种族和感情的创伤而一起很好地生活下去,鲍德温在小说中没有明确的表示。

　　生活一直平稳的中产阶级白人夫妇理查德和凯斯,在理查德的小说出版后开始出现危机。凯斯感到理查德的小说以凶杀故事吸引了出版商,实际上艺术平平。而理查德此后却孜孜于此,让凯斯感到好生失落。凯斯到刚从巴黎回来的老友,演员艾利克那里述说,在艾利克同性恋情人伊夫尚未从法国到来之时成了艾利克的情人。在美国南方富有家庭中长大的艾利克和鲁弗斯有过一段狂热的关系,到法国后和伊夫同居,回到纽约和凯斯上床。在艾达独自去哈莱姆和埃利司幽会的那个晚上,艾利克用同性爱唤醒了维瓦尔多潜在的同性恋意识,给了维瓦尔多以安慰,也帮助他更好地了解了鲁弗斯。艾利克明确告诉凯斯,他在等待伊夫,和凯斯只能是短暂的关系。维瓦尔多告诉艾利克,他们的一夜是美好的,但不会再有第二次。在鲍德温的笔下,凯斯和维瓦尔多都从艾利克那儿得到了性的满足和感情的抚慰。鲍德温相当诗意地描绘了同性性生活的愉悦,通过艾利克把在《向苍天呼吁》中萌动的、在《乔万尼之室》中被戴维排斥的作者自身的同性恋性取向淋漓尽致地表现了出来。

---

① 詹姆斯・亚瑟・鲍德温:《另一个国度》,第 348 页。

可以想象,这样一部小说的出版,一个黑人作家在 1960 年代出版这样一部小说,会在文坛上和读者中引起什么样的争议。有读者抗议说它是"色情作品",引起联邦调查局的一番调查。文学评论家博恩说,这部小说是"大规模的失败"①。戴维·利特尔约翰认为。小说中描写的种族斗争令人难以理解,鲍德温"几乎完全排除了'普通'的人","剩下来进行种族战争的是几个反叛的黑人和极度解放的白人。在这种情况下战争失去了其社会意义,而带上了私人间决斗的味道"②。基思·克拉克则在《牛津美国黑人文学指南》中称赞这部作品"既是宣言也是文化史,是动荡的 1960 年代的记录"③。更多的评论家从鲍德温的这部作品中看到作者内心的呼唤,他认为在美国,由于种族、阶级和性取向而对人的歧视都是人性的桎梏,都需要与之斗争。他在小说中对同性恋热情坦诚的表现是他正视自己性取向的结果,而作家只有摆脱了思想和精神的束缚才能够创作出反映现实的佳作来。

《告诉我火车开走多久了》依然继续了这三个主题。其主人公利奥是个极有名气的黑人演员,在旧金山演出时心脏病发作住院。小说基本上是利奥对自己在哈莱姆的童年及后来在纽约生活的回忆:一条线索是利奥和哥哥凯莱布的关系,如何从弟弟敬佩哥哥、到凯莱布出狱后对利奥的依恋而生的同性恋关系、到凯莱布从第二次世界大战战场回来转向宗教后兄弟间产生隔阂,其中反映了黑人受到的歧视、家庭的贫困、宗教的影响和哈莱姆的街头暴力;另一条线索是利奥和白人情人芭芭拉的关系,反映两人如何通过在一个演员工作室中的努力工作在

---

① 博恩:《詹姆斯·鲍德温的小说》,《三一季刊》,第 5 期,1965 年冬,第 12 页。

② 利特尔约翰:《黑人论白人:美国黑人作品概评》,格罗斯曼出版公司,1966 年版,第 126 页。

③ 威廉·L. 安德鲁斯等编:《牛津美国黑人文学指南》,第 21 页。

艺术上逐渐得到承认；还有一条线索是利奥和年轻的黑人激进分子克里斯托弗的关系，他支持克里斯托弗的激进民权活动，他们也是同性恋情人。这部小说在主题的发展上和前几部有着不同，一是在利奥和芭芭拉的关系中出现了真正的相互理解和支持，而在鲍德温以前的作品中，不同种族的男女几乎无法克服各自存在的种族偏见的障碍而真诚相待。另一个不同是利奥拒绝了凯莱布所代表的黑人从宗教中寻求解脱的思想，接受了斗争的出路。小说最后，当克里斯托弗对利奥说"我们需要枪"时，利奥虽感到白人势力强大，暴力斗争结果难卜，但仍做出了肯定的回答。小说出版于 1968 年，也许是马丁·路德·金的被暗杀向黑人大众宣告了非暴力抗议的失败，民权运动的日益激烈发展使鲍德温意识到斗争中的这个需要，使他在这部作品中首次提出了这一思考。不过，克里斯托弗的主张并没有使利奥的生活产生什么改变。他病好后回到纽约继续演出，后来又去欧洲，仍然过着名演员的生活。也许这正是书名的寓意所在？火车已经载着新一代的旅客驶向了远方，只有没有赶上列车的人在空问"火车开走多久了"①？

　　七年后出版的《如果比尔街会说话》是鲍德温唯一的一部没有同性恋情节的作品。有的评论家认为鲍德温这样做是为了平息黑人评论家对他着迷于同性恋关系的批评，有的则认为这反映了鲍德温已经不再需要为同性恋行为辩护，也不再为自己的性取向所困扰，是作者能够坦然面对自我的结果。这部小说中除了一个白人律师外，人物全是黑人，居住在哈莱姆。作者集中揭示了在种族歧视的社会中，莫须有的罪名可以在一夜之间毁掉一个黑人家庭本来就不多的幸福和平静。故事的中心是范尼因白人警察的嫉恨被诬犯了强奸罪入狱

---

　　① 卡罗琳·韦丁·西尔万德尔在《詹姆斯·鲍德温》（海盗出版社，1991 年版，第 81 页）一书中对书名是这样评论的：利奥和读者可能意识到"什么东西已经把这个演员落在了后面，他在车站上等待得太久了……"

后,他刚刚怀孕的未婚女友蒂希和家人合力,为了保护尚未出世的小生命所做出的为他清洗罪名的努力。蒂希与她的父母和姐姐构成了鲍德温笔下第一个充满了爱和爱的凝聚力的黑人家庭。范尼的家则是另一种典型,母亲在宗教上狂热,对不上教堂的儿子和蒂希极其不满,加上看不起皮肤颜色比自己深的蒂希,不仅对儿子的蒙冤入狱无动于衷,在得知蒂希怀孕后甚至恶毒地诅咒并希望胎儿烂死腹中。范尼的父亲和蒂希家的人一起尽力营救儿子,但妻子和女儿的冷漠和营救中的重重障碍使他的精神崩溃,最后自杀身亡。小说以新生命即将诞生结束。

《如果比尔街会说话》和《向苍天呼吁》一样,通过第一人称叙述开展情节。《向苍天呼吁》中约翰叙述的只是自己的思想和经历,加布里埃尔、伊丽莎白等人的故事是通过他们在祈祷时的回忆表现出来的。在《如果比尔街会说话》中,通过蒂希之口不仅要叙述她本人的思想和行动,还要叙述她不可能直接了解的如父亲约瑟夫和范尼的父亲弗兰克的想法、做法,以及他们之间的谈话,她的母亲只身去波多黎各寻找为警方指证范尼的"受害者",向她了解情况的经过等,使作者或不经意地,或无可奈何地使用了这个不知情的叙述者,这种做法未免失之牵强。

鲍德温在美国文坛上活跃了近 35 年,经历了 20 世纪美国种族关系史上具有划时代意义的黑人民权运动,创作了大量紧密结合时代的作品。他的散文犀利有力,他的小说反映了在充满令人窒息的宗教重压和种族歧视的黑人贫民窟中长大的黑人的心灵的呼唤。对他作品中表现出的思想和艺术成就,在他生前是有褒有贬,褒多于贬,在他死后也依然如此。没有人能够否认,他的作品是时代的产物,他是第二次世界大战后最重要的美国黑人作家之一,对当代美国的思想文化具有很大的影响,为美国人民留下了宝贵的精神遗产。黑人女作家托妮·莫里森在鲍德温的追悼会上感谢鲍德温留给了黑人作家三件珍贵的礼物：能够表达黑人的真实感情、思想和处境的新语言、"识别罪恶但从不惧怕"的勇气和他对人类的爱。① 胡安·威廉姆斯在《华盛顿邮报》上的文章极好地总结了鲍德温的成就：

> 鲍德温作为（时代的）见证人的努力所取得的成就为所有的人——黑人和白人，同性恋和异性恋者，知名和无名人士——这些他在作品中揭示出了他们的人性所在的人们一再证实。由于他的见证，美国和美国文学界都更加丰富多彩了。②

第四节　耀眼光环外的闪光点

耀眼光环外的几许闪光常常不为人所见，或不为人注意，特别是当这几许闪光不能增加光环的耀眼度的时候，当发出这几许闪光的是受到种族和性别双重歧视的黑人女子的时候。在哈莱姆文艺复兴时期就开始发表作品的赫斯顿在1940年代出版的作品没有受到重视；在这一时期，格温德林·布鲁克斯在诗歌上取得了巨大的成就，她的小说《莫德·玛莎》却遭到了冷遇；多萝西·威斯特的《日子好过》也没有得到应有的注意。这些没有被纳入"抗议文学"作家行列的女作家，注定了只有在黑人女作家群体以自己耀眼的光环迫使人们不得不注意到她们的时候，才能够得到应有的评价，并在群星闪烁的黑人文坛中获得应有的地位。

---

① 托妮·莫里森：《他语言中的生命》，《纽约时报书评》，1987年12月20日，第27页。

② 见杰弗里·亨特主编：《黑人文学评论》，第1卷，第77页。

格温德林·布鲁克斯

格温德林·布鲁克斯（1917—2000）以诗歌闻名。她在 1949 年出版的诗集《安妮·艾伦》获得了 1950 年的普利策奖。她是第一个获得这一大奖的黑人。作为诗人，布鲁克斯获得了极大的荣誉。1962 年肯尼迪总统邀请她在国会图书馆的诗歌节上朗诵诗歌。1968 年布鲁克斯成为伊利诺斯州的桂冠诗人。迄今为止她的诗集共出版了近 20 部。她出生在堪萨斯州，在芝加哥长大，13 岁时在《美国儿童》杂志上发表了第一首诗歌，中学毕业时已经在《芝加哥保卫者报》上发表了一百多首诗作。在 1930 年代布鲁克斯认识了哈莱姆文艺复兴时代著名作家詹姆斯·威尔顿·约翰逊和兰斯顿·休斯，他们鼓励她阅读现代派诗人如庞德和艾略特的作品。在 1940 年代早期，布鲁克斯参加了诗歌研讨班，更加开阔了眼界。她在 1940 和 1950 年代创作的诗歌反映了普通黑人的日常生活。1967 年，布鲁克斯参加了在菲斯克大学召开的第二届黑人作家大会，接触到黑人文艺运动中的积极分子，在政治意识和艺术创作上都受到了很大的影响。她在此后的作品中审视了 1960 年代因种族矛盾引起的社会动荡，表现了对黑人民族主义运动和种族团结的强烈关注。她主张黑人应该挣脱白人社会的压制，如果必要的话应该使用暴力手段。除了进行诗歌创作之外，从 1963 年开始，布鲁克斯先在芝加哥的哥伦比亚学院、后来在其他许多大学担任诗歌研讨班或创作课的教学工作。

布鲁克斯只写了一本小说《莫德·玛莎》（1953），和鲍德温的《向苍天呼吁》同年出版。当鲍德温反映约翰成长的故事被公认为黑人文学的杰作之时，布鲁克斯反映玛莎成长的故事在当时却没有受到多少注意。在 1970 年代人们开始对美国黑人女作家进行深入研究以后，才给予这部作品应有的评价，认为它和赫斯顿的《他们眼望上苍》一起，是黑人文学中开创了新型女性形象的力作。

这部不长的、散文诗般的小说表现了生活在芝加哥黑人区的莫德·玛莎从 7 岁开始的近 20 年的生活,分别在每章都基本上不超过一两页长的 34 章中点到为止。读者能够感受到经济大萧条和第二次世界大战在莫德生活上产生的影响,感觉到周围的白人世界的强大存在。作者着力刻画的是莫德的内心世界。只有 7 岁的莫德就已经有了杜波伊斯所分析的、存在于美国黑人心灵中的双重意识。她的父母偏爱肤色浅的姐姐海伦,她并不嫉恨,她内化了白人世界的审美观,觉得自己肤色深、一头典型的黑人的卷毛发,因此她不是个漂亮的人。她有丰富的想象,热爱大自然,渴望得到关爱。布鲁克斯在小说一开始就用诗化的语言和意象点出了莫德的品格。7 岁的她从家里后廊的台阶上看到的只有蒲公英。她也很想能看见荷花、翠菊,但是眼前只有蒲公英。"她爱蒲公英庄重的美,更爱它那平凡的美,因为从蒲公英平凡的美上她觉得看到了自己。平凡的东西也能够是一朵花,这令人感到欣慰。"①这种平凡却拥有自己独特的美的感觉一直伴随着她成长。16 岁时她到剧院去听歌星演唱。曲尽人散,莫德想不明白"人怎么能够在舞台上这样炫耀自己,展示他们珍贵的个人特性……"她对自己说,"她将把自己留给自己。她不要名声。她不想成为一个'明星'。"她来到世界上"想要做的是献给世界一个好的莫德·玛莎。这是不可能来自任何别的人的那份奉献,那一点艺术品"。②

莫德总是意识到白人和周围的黑人怎么看她,但是在她内心深处对自身的价值是肯定的。譬如高中时,一个白人男同学查尔斯要到她家里来,她收拾屋子,用旁观者的眼光看到家中家具破旧,然后她打开窗子通风,心里想:"人们常说黑人的家里有一股很重的难闻的气味。

---

① 小亨利·路易斯·盖茨、耐利·麦凯编:《诺顿美国黑人文学选集》,第 1602 页。

② 小亨利·路易斯·盖茨、耐利·麦凯编:《诺顿美国黑人文学选集》,第 1607 页。

那是胡说。恶毒——而且是胡说。但是她打开了每一扇窗户。"①莫德的丈夫保罗有浅黄色的皮肤,莫德知道"我肯定不是他认为漂亮的那种人……"②当保罗在舞会上和一个"皮肤白得和白人女子一样"的女人跳舞时,莫德想:"是我的肤色让他生气……我的内心,真正的我,他是喜欢的。"③在一个由肤色来决定人的价值的社会里,莫德以自己具有的内在品质肯定自己存在的价值。这样的一个黑人女子不同于过去文学作品中多数黑人妇女的形象,没有充满戏剧性的大悲大愤,只在自己一天天的生活中感受作为普通黑人女子的那份快乐和辛酸。

莫德生活中的辛酸大多和种族歧视无所不在的社会现实密切相关。因为肤色黑而被看作丑陋,11 岁时在放学回家的路上,黑人伊曼纽尔赶着马车经过,让姐姐海伦搭车,却甩下了莫德。"即使现在,她已经 17 岁了——高中毕业,自己命运的主人……这个记忆仍使她痛苦。"④作者用凝固在莫德记忆中的几个刹那突现了存在于人们深层意识和潜意识中对黑人的歧视。莫德和丈夫唯一一次到白人区的高级影院世界剧院去看电影,发现电影院里一共只有两个黑人。影片很好看,灯光重新亮起后,他们看着四周的白人:

> (他们)希望不会遇见残酷的目光。他们希望没有人会感到受到了侵犯。他们是这样喜欢这部电影,他们是这样的快乐,他们想笑,想对别的看电影的人说一声:"真好,是吧? 太棒了,不是

---

① 　小亨利·路易斯·盖茨、耐利·麦凯编:《诺顿美国黑人文学选集》,第1606 页。

② 　小亨利·路易斯·盖茨、耐利·麦凯编:《诺顿美国黑人文学选集》,第1615 页。

③ 　小亨利·路易斯·盖茨、耐利·麦凯编:《诺顿美国黑人文学选集》,第1625 页。

④ 　小亨利·路易斯·盖茨、耐利·麦凯编:《诺顿美国黑人文学选集》,第1610—1611 页。

吗?"当然他们不可能这样做。但是要是没有人露出受到了侵犯的样子就好了……①

丈夫失业后,莫德到一个白人家庭中去做女仆,女主人要她后门进出,跪着擦地,处处挑剔她,她开始理解丈夫每天需要忍受的是什么样的屈辱。虽然工资不算少,莫德决定第二天不再来这家干活。她想,怎样来解释自己的行为呢?"怎么着,我们是个人呀。"②莫德有自己作为一个人的尊严,而且也努力维护这种尊严。就这样一个自然而然出现在她心中的理由,使读者对这个平凡、贫苦的黑人女子不禁油然起敬。作为母亲,最痛苦的莫过于自己年幼的儿女受到伤害。女儿保莱特在对商场门口的圣诞老人说自己的心愿时,感到圣诞老人连看都不看她,也没有和她握手,便问母亲:"圣诞老人为什么不喜欢我?"这时,她心中产生了一种"徒劳的仇恨,没有眼泪,没有笑容……没有多少声音的仇恨"。看着女儿的脸,"莫德·玛莎真想哭"③。

这是一部以诗人的敏感心灵感受社会,用诗一般的语言精练地反映从心灵深处流淌出的真情的作品。这也可以说是一粒似乎并不夺目却越看越美的宝石,一朵并不耀眼却精美绝伦的花朵。

多萝西·威斯特

多萝西·威斯特(1907—1998)在哈莱姆文艺复兴时期就已经开始发表短篇小说,但她对哈莱姆文艺复兴的影响主要表现在编辑工作

---

① 小亨利·路易斯·盖茨、耐利·麦凯编:《诺顿美国黑人文学选集》,第1622页。

② 小亨利·路易斯·盖茨、耐利·麦凯编:《诺顿美国黑人文学选集》,第1646页。

③ 小亨利·路易斯·盖茨、耐利·麦凯编:《诺顿美国黑人文学选集》,第1649页。

上。威斯特诞生在波士顿一个中产阶级黑人家庭中,毕业于波士顿大学的哥伦比亚新闻学院。她中学时代开始发表短篇小说,其中《打字机》获得了《机遇》杂志文学竞赛二等奖。1926 年威斯特来到纽约,结识了赫斯顿、休斯、瑟曼等哈莱姆文艺复兴中的活跃人物,并于 1932 年和休斯一起为拍摄电影到了莫斯科。项目夭折后,威斯特回到纽约,创办《挑战》杂志,宗旨是使杂志成为更为年轻的新黑人作家的喉舌。该杂志由于强调艺术性,发表的多是成名黑人作家的优秀作品,出版两期后受到了包括赖特在内的年轻作者的批评,他们认为《挑战》过于注重艺术性而政治性不足。威斯特在 1937 年将《挑战》改组,邀请赖特做副主编,杂志改名为《新挑战》,声言要通过杂志提供能够清楚认识并解决当代作家面临的问题的基础。杂志发表了新涌现的黑人作家,如埃里森等人的作品,刊登了赖特著名的宣言性文章《黑人创作之蓝图》。但是杂志只出了一期,就因为资金问题和编辑思想不统一而停刊。

　　1948 年,威斯特的小说《日子好过》出版。该小说虽然是由兰登书屋这样的大出版公司出版的,也没有逃脱很快被湮灭的命运,在 1982 年由女性主义出版社重版后才受到了应有的重视。在近九十高龄时,威斯特出版了第二部小说《婚礼》(1995)。

　　《日子好过》从波士顿一个中产阶级黑人家庭的解体,揭露了全盘接受白人世界物质至上的世界观在黑人身上造成的悲剧,讽刺了蔑视黑皮肤、崇拜模仿白人的生活方式的黑人,间接地谴责了白人世界。小说的女主人公克里奥是个肤色白皙的黑人,出生在南方一个贫困的家庭中,从小羡慕的就是金钱和白人。同学,白人姑娘约丝家很有钱,住在大宅子里,克里奥希望自己将来也能有这样的大宅子。她争强好胜,爱骑烈马,因为这使她"感到自身内部的力量"。① 她工于心计,从小就能够设法把三个妹妹的零花钱弄到自己手里。克里奥 14 岁时在白人

―――――――――

　　① 　多萝西·威斯特,《日子好过》,女性主义出版社,1982 年版,第 14 页。

家帮厨,遇见了一个白人老姑娘彼得森,她愿意把克里奥带到北方去。克里奥在彼得森家中刻意学习白人的礼节举止,有了女儿后也管教她,要她言谈举止"像个波士顿的小淑女"①。她的丈夫巴特是做进口香蕉生意的"黑人香蕉王"。婚后,克里奥生活在中产阶级黑人圈子里。她并不爱巴特,嫁给他是为了他的钱,她要的是他提供给她的经济上的安全保障。自己的生活有了保障后,她开始设法使妹妹们摆脱她认为的穷日子。为了把妹妹们接来和她一起生活,她千方百计从巴特手里骗钱,撒谎时从来不脸红。她的信条是:"你撒的谎越大,就越能让大家相信你。"②妹妹们都已经结了婚,有了孩子。克里奥对她们依恋穷困的丈夫很是不满,便利用每个人的特点或弱点使莉莉、查里蒂和塞利娜带着孩子来到了波士顿。从此,克里奥按照自己的价值观改造她们,不让她们离开波士顿,并进而离间她们和各自丈夫的关系,如查里蒂想念丈夫本,克里奥骂本像狗一样,说查里蒂"失去的只是一个黑鬼,嫁给他的时候连一分钱也没有、现在也仍然一文莫名的黑鬼……他从来就配不上你"③。妹妹们离开了自己的家,在克里奥这里过圣诞节,心情并不舒畅,克里奥却心满意足。在圣诞节清晨,她"感到极端的满足。在圣诞她已经没有别的企求了。楼下是她的妹妹们,她的幸福的一个部分,而在这里,在这个可爱的圈子(指她们四姐妹的四个孩子)里是她希望的一部分"④。她用自己的亲身体会教育四个孩子:"你们只是四个孩子,但是如果你觉得自己和别人不一样,你就会表现得不一样,别人就会不一样地对待你。你只要记住大脑是唯一起作用的东西,而大脑是不分黑白的。"⑤如果克里奥是要以此教育孩子们不要因为自

---

① 多萝西·威斯特:《日子好过》,第 39 页。
② 多萝西·威斯特:《日子好过》,第 153 页。
③ 多萝西·威斯特:《日子好过》,第 177 页。
④ 多萝西·威斯特:《日子好过》,第 219 页。
⑤ 多萝西·威斯特:《日子好过》,第 221 页。

己是黑人而感到自卑,黑人和白人是平等的人,这话是具有积极意义
的。然而克里奥却是要孩子们以白人为榜样生活,要不同于一般的黑
人。她对任何不依照中产阶级白人的准则生活的黑人都极端反感,认
为他们丢了黑人的脸,即使是自己的家人也不例外。例如,妹妹塞利娜
的丈夫琼斯因为杀死了一个三 K 党人被追捕,克里奥的父亲在帮助他
逃过河时淹死。琼斯被白人捉住,即将在南方一个完全由白人组成的
陪审团面前受审,当地的黑人愤而准备进行斗争。在克里奥家的晚会
上,当南方来的一位客人希望波士顿的黑人报纸能够刊登此事,以支持
他们的斗争时,克里奥坚决反对,认为这样一来,白人会把所有的黑人
都看成是琼斯这样的危险分子。"黑人报纸把版面的大部分用来揭露
种族中最恶劣的因素,将令人多么难堪。"①如果登了这样的报道,她将
永远不许这份报纸进家门。为了保持自己在波士顿中产阶级黑人中的
地位,克里奥彻底背叛了黑人大众。

克里奥竭力经营自己在波士顿黑人中产阶级中的地位。威斯特以
嘲讽的笔触勾勒了这群人的面貌。一个黑人教师"是那样满足于自己
的白人学生,她不想做一个有色孩子的母亲"②。克里奥本人因为女儿
肤色深,决意不再要孩子。裁缝店老板宾尼的儿子西蒙肤色深,受白人
孩子欺负。他告诉父亲他恨白人,父亲说,他给了西蒙比一般白人孩子
还要好的受教育的机会,因此要儿子至少要回报以"像白人那样思
考"③。成年后的西蒙为了不影响妹妹的社会地位,不在自己主编的黑
人报纸上刊登支持黑人斗争的文章。黑人法官的女儿不愿嫁给黑人,
白人又不愿娶她,她错把肤色白皙的克里奥的妹妹们当做白人来巴结。
这些鄙视自己的黑皮肤、一切以白人为自己生活榜样的黑人生活中并

---

① 多萝西·威斯特:《日子好过》,第 265 页。
② 多萝西·威斯特:《日子好过》,第 245 页。
③ 多萝西·威斯特:《日子好过》,第 128 页。

没有真正的欢乐,他们在自卑和自大的扭曲心态下过着在扭曲的价值观支配下的扭曲的生活。在另一方面,作者也不无同情地指出,这些所谓的中产阶级黑人其实在经济上是多么脆弱,在强大的白人社会的政治经济力量的挤压下随时处于风雨飘摇之中,破产往往是他们共同的命运。大制衣厂的成衣流行,宾尼的裁缝店维持不下去,气急之下自己中风死亡。拥有马车行的科尔被汽车夺去了生路,自杀身亡。第一次世界大战给了巴特的香蕉批发业极大的打击,连锁销售的兴起加深了香蕉王的危机。他要妻子克里奥节约过日子,克里奥认为丈夫想要卡她,不仅不节约,反而变本加厉地从巴特手里搞钱。由于巴特的生意越来越难做,收入越来越少,妹妹们要出去做工挣钱,克里奥却觉得这很丢脸,不让她们这样做。塞利娜不顾克里奥的反对,到一个白人老太太家做女佣,搬出了克里奥的家。查里蒂毅然到白人餐馆去做厨师。最后,巴特货场所在的街区整个被开发商买下,他没有了立足之处,对克里奥也彻底失望,便把剩下的钱全部拿回家中交给妻子,只求她好好照顾女儿,留下了家门钥匙,只身离去。

克里奥对物质的追求毁掉了自己的家庭和妹妹们的婚姻。和赖特式的作品不同的是,威斯特把视点集中在黑人社会内部,剖析了黑人中的阶级和肤色政治的种种表现。白人世界仍然是个强大的存在,种族歧视是他们生活中令人不快的现实,他们在这样的现实中以各自的方式努力实现各自的人生目标。他们盲目接受了幸福取决于金钱和地位的价值观,因而不顾一切地拼命要获得金钱和地位,从而亲手毁灭了自己和家人的幸福。在11年后出版的《褐姑娘,褐砖房》中,波勒·马歇尔进一步发展了这个主题。

这一时期黑人小说中反映的美国种族矛盾的现实是美国社会的定时炸弹,1960年代民权运动和黑人权利运动的大爆发是必然结果。全国性的斗争在美国社会引起巨大的震荡,改变了黑人大众的思想和生活,给予了黑人作家更为广阔的驰骋天地。

第五章
黑人文艺运动

第一节　概论

1960 年代可以说是第二次世界大战以后美国社会最为动荡的十年。由于仍然严重存在的对黑人的歧视、剥削和压迫，以及南方种族隔离的现实，黑人争取民权的斗争从南方的非暴力抗议发展到北方城市黑人区的暴乱，激进的黑人组织黑人穆斯林、黑豹党等提出要为争取黑人权利而斗争。美国在越南的战争不断升级，美军伤亡人数日增，国内人民的反战情绪高涨。青年学生思想左倾，1962 年成立的大学生争取民主社会组织宣称自己是新左派，他们是校园起义和反战的重要力量。妇女运动迅速发展，涌现出一大批主张女权的积极分子，在 1966 年成立了妇女全国组织。在国际上，非洲前殖民地纷纷独立和古巴革命的成功等都极大地鼓舞了美国黑人的斗争。社会学学者哈罗德·克鲁斯在指出美国黑人在美国处于半殖民地的生存状态后评论道："那么，（美国）黑人的半殖民地地位导致了黑人国家主义运动的兴起，就是毫不足怪的了。如果不是这样，倒是令人惊奇的。"①冷战的加剧使美国国内和国际矛盾尖锐化，暴力和暗杀事件一再出现，总统肯尼迪、民权运动的杰出领袖马丁·路德·金牧师、黑人权力运动的领导人之一马尔柯姆·X 等相继被暗杀。

　　1960 年代美国黑人的斗争是 20 世纪美国种族斗争史上最为激烈的一个时期。从 1950 年代中期在南方开始的黑人的以非暴力直接抗议行动为特征的民权运动，由于白人暴力的升级而发展得更为激烈。1960 年 2 月 1 日，4 名黑人大学生在北卡罗来纳州格林斯博罗城一家实行种族隔离的餐馆内开始了静坐示威，这一行动立即在 9 个州的 54 个城市中得到响应，成立了大学生非暴力协调委员会，学生开始积极参加到民权运动的斗争行列中来。南方基督教领导大会于 1963 年在白人种族主义的顽固堡垒伯明翰市发动了数千黑人学生反对种族隔离游行，马丁·路德·金牧师写了著名的《写自伯明翰监狱的信》，剖析了美国的种族隔离状况，阐述了自己的斗争策略。当警察用警犬和水龙头驱赶游行示威的学生时，白人的暴力通过传媒立即传遍世界。为防止黑人运动和暴力冲突的进一步发展，在肯尼迪总统的干预下，伯明翰市的白人最终同意在公共设施中废除种族隔离。在此后南方黑人示威游行的高潮的压力下，肯尼迪批准了联邦民权法案。尔后，美国国会在 1964 年和 1968 年相继通过了民权法案，但是各级政府并不严格加以执行。在整个 1960 年代中，黑人，特别是民权运动的积极分子受到种族主义分子的袭击、爆炸、暗杀等事件层出不穷。如 1963 年在伯明翰市的一座教堂中，4 名黑人儿童被枪杀；仅 1964 年一年中，南方就发生了针对黑人的 35 次枪击事件，有 35 座黑人教堂和 30 个黑人住所被炸或纵火烧毁。南方各州的政府更是动用军警来对付游行的黑人。白人的暴力必然引起黑人的暴力反抗，黑人

---

　　① 哈罗德·克鲁斯：《反抗还是革命？》，威廉·莫罗出版公司，1969 年版，第 77 页。

从争取民权发展到争取黑人权利。

当美国南方的黑人为了争取自由平等开展非暴力的民权运动斗争的时候,在北方城市的中下层黑人群众中也在酝酿着风暴。从 1964 年夏到 1968 年夏,在北方大城市的黑人贫民区发生了大规模的暴乱。城市底层黑人用暴力向全国宣布,黑人再也不愿在歧视和压迫下苟活,拼死也要做个平等自由的人。暴乱如燎原大火,从东部纽约市的哈莱姆区开始,横扫美国大地,直达西岸洛杉矶的瓦茨区。各种黑人组织十分活跃,黑人穆斯林在伊来贾·穆罕默德的领导下,1960 年代初成员发展到 10 万人,他们最有力的代言人是马尔柯姆·X。黑人穆斯林鼓吹黑人国家主义,主张黑人自己争取经济、社会、政治、宗教和道德的新生,建立黑人的"国中国"。他们的目标是改变黑人在美国的地位和人们对黑人的界定,确立黑人的文化传统和价值观念,而不是作为和白人平等的一员去融入主流社会,接受主流文化的价值观。到 1960 年代中期,白人暴力的横行使大量黑人,特别是黑人青年,要求采取富于战斗性的、激进的反抗行动,原来一些主张非暴力的组织,如种族平等大会、学生非暴力协调委员会等,几乎一夜之间就转变成了主张黑人权力的组织。从这一时期黑人组织的名称也可以感受到强烈的战斗气息:黑豹党、革命行动运动、新非洲共和国、黑人革命工人联盟等等。1966 年建立的黑豹党的斗争目标很有代表性,该党宣称,其宗旨是要以一切必要的手段,包括武装斗争在内,把权利带给黑人大众。

争取黑人权利是口号,也是斗争目标,它号召黑人团结起来,承认自己的传统,建立集体意识。它号召黑人确立自己的目标,黑人自己领导并支持自己的组织,拒绝美国社会的种族主义制度和价值观。

在争取黑人权利的如火如荼的斗争中,黑人文艺运动是黑人权利运动的重要喉舌。黑人文艺运动中的文学艺术家们要改变美国黑人在文学艺术中的形象,创造出适应黑人时代精神的富于政治意义的作品来。被公认为黑人文艺运动理论家之一的文学评论家拉里·尼尔

（1937—1981）在《黑人文艺运动》一文中对运动的性质作了如下的阐述：

> 黑人文艺运动强烈反对将文艺家和自己的群体脱离的任何观念。黑人文艺是黑人权利观念的美学上和精神上的姐妹。它要求直接表现黑人需要和渴望的文艺。为了完成这一任务，黑人文艺运动倡导对西方文化美学观进行根本的重构，提出独立的象征体系、神话、评论和偶像观。黑人文艺和黑人权利的观念都是和美国黑人自决并建立民族国家的愿望相联系的。两种观念都是民族主义的，一个是文艺和政治的关系，另一个是政治的艺术。①

尼尔进一步指出，黑人美学的基础是黑人文化传统，而且还包括了第三世界的许多文化因素。黑人美学的目标是摧毁白人的观念和白人看待世界的方式，提出黑人文学应该反映被压迫者而不是压迫者的真理观。

黑人文艺运动不主张创作抗议文学，认为不必诉诸白人的道德观和良心，希望白人听到黑人的苦难和不满后改变自己，使黑人的状况得到改善。黑人文艺运动要求作家直接对黑人说话，以黑人大众为自己的读者，从黑人大众中获得创作灵感，创作出能够作为战斗武器的作品来，用作品参与到黑人权利运动的斗争中去。1960 年代黑人作家组织很是活跃，初期有青年黑人作家的创作集体"本影"②，出版了《本影杂志》。这是民权运动高潮中第一个激进的黑人文学集体，以诗歌和剧作为主，伊什梅尔·里德是其重要成员。也是在那个时期，另一批以小

---

① 小亨利·路易斯·盖茨、耐利·麦凯编：《诺顿美国黑人文学选集》，第 1960 页。

② Umbra，成立于 1962 年。

说创作为主的年轻黑人作家建立了哈莱姆作家协会，约翰·基林斯、玛雅·安吉洛是其中的活跃分子。1965 年，由于对艺术和政治内容关系上的看法不一致，"本影"分裂，一部分人到哈莱姆，与哈莱姆的黑人诗人和尼尔等人在一起进行配乐诗歌朗诵，在黑人中开展宣传教育。不久，他们和阿米里·巴拉卡一起创建了黑人艺术剧院及艺术学校。在黑人文艺运动成为黑人文坛主流的十年中，诗歌和戏剧有了极大的发展。由于相对于小说而言，诗歌和戏剧不需要太长的创作时间，因此能够更好地反映时代的脉搏，适应斗争的需要，成为宣传鼓动的工具；而且为了宣传群众，也需要短小精悍、适合于表演的文艺形式。这一时期的作品具有上口、易懂的特点。突出的剧作家有阿米里·巴拉卡、埃德·布林斯、阿德里安娜·肯尼迪等，诗人有阿米里·巴拉卡、索尼娅·桑切斯、尼基·乔万尼、玛丽·埃文思、埃瑟里奇·奈特等。诗人们将黑人牧师的布道文、民间音乐和群众口头语言结合进自己的诗歌中，剧作家则在作品中反映基层黑人的生活现状和要求。剧中人物根本不想在白人社会中占有一席之地，作品反映的是他们的意志、力量、洞识和觉悟，是他们要求从压迫下解放出来的决心。

这一时期从事长篇小说和短篇小说创作的作家有阿米里·巴拉卡、约翰·A.威廉姆斯、詹姆斯·麦克弗森等人。此外，民权运动和黑人权利运动中的两位领袖金牧师和马尔柯姆的自传也是重要作品。

在黑人作家中，对黑人文艺运动不可避免地会有不同的看法。在前辈知名作家中，埃里森对运动的艺术观多有批评，认为艺术是超越人的日常经历的，黑人作家没有责任也没有义务去直接参与黑人大众的解放斗争。而赖特和休斯则比较同情和支持黑人文艺运动。从美国文学发展的历史角度来评价黑人文艺运动，它的主要成就在于，它以自己着眼于黑人群众和黑人文化传统的黑人美学观念，对其他少数族裔，如印第安裔、亚裔作家等的文学创作有相当的启发和影响，大大丰富了美国的文学园地。

第二节　黑人文艺运动中的文艺战士

阿米里·巴拉卡

巴拉卡原名勒洛伊·琼斯，于1934年出生在新泽西州纽瓦克的一个下层中产阶级家庭中。在1960和1970年代，他由于积极参加当时的政治活动，同时又创作了剧作和诗歌，成为当时最受瞩目的黑人民权运动的代言人之一。

巴拉卡在纽瓦克的黑人区长大，中学毕业后获奖学金进入拉特格斯大学学习。在这所主要是白人学生的学校中，他强烈地感到一种文化上的孤立，觉得自己是个局外人。这种孤立感引发了他对一个种族和谐共存、文化上给人以激励的环境的渴望。一年后，他转学到了霍华德大学。这所致力于使黑人在白人价值观主宰的世界中获取成功的大学弥漫着浓郁的中产阶级黑人的氛围，也不能满足他的追求。四年大学生活形成的在白人世界中的孤立感和对黑人中产阶级处处追随模仿白人的厌恶，对他有着深远的影响，反映在他后来的作品中。霍华德大学也给了巴拉卡接触黑人民间文化和音乐的机会，他对爵士乐及其历史产生了浓厚的兴趣，后来成了一个相当有分量的爵士音乐评论家。

大学毕业后，巴拉卡进入空军服役，部队多数时间驻扎在波多黎各。军队生活进一步强化了他种族和文化的孤立感，使之发展成为对整个美国社会的异化感。他愤怒不满，怀有叛逆心理，但是没有明确的目标，也没有看到出路。从空军退役后，巴拉卡和其他许多受过高等教育或退役的黑人青年一样，找工作十分困难，加以对黑人中产阶级生活和职业的反感，到了纽约的格林威治村，加入到"垮掉的一代"的生活之中。这些白人和黑人青年是中产阶级白人社会的叛逆者，思想自由化，在他们之间有着一定的种族交融和宽容的气氛。他在格林威治村从 1958 年生活到 1965 年。

到格林威治村后几个月,巴拉卡和白人女子,编辑赫蒂·柯恩结婚。在此后的七年间,巴拉卡在文化界十分活跃。他参加黑人文学杂志的编辑工作,在图腾出版社做编辑,参与成立一个名为"美国诗人舞台"的实验性诗歌创作和朗诵工作室。当时正在发展势头上的民权运动为年轻的黑人叛逆者打开了机遇之门。1960 年巴拉卡作为黑人作家团的一员访问了革命后的古巴,所见所闻使他意识到自己的愤怒和不满有很大的局限性。他第一次看到存在着和美国社会不同的出路,加深了他对美国在海外所扮演的角色的不满。回到美国后,他在作品中抨击种族主义、美国社会的不公正和美国的海外政策。巴拉卡作为激进的青年作家声名鹊起,出版了两部诗集、三个剧本、一本关于音乐历史和评论的作品以及他迄今为止创作的唯一的小说《但丁地狱之体系》。

随着民权运动转向暴力斗争,巴拉卡的思想更加激进。他支持黑人权利运动,要求黑人拥有更大的政治权利,强调黑人历史和种族的特性,逐渐发展成为黑人国家主义者。思想的变化导致了个人生活的变化。1965 年,他和白人妻子七年的婚姻解体,远离了"垮掉的一代"和格林威治村,搬到纽约黑人的心脏哈莱姆区,不久回到故乡纽瓦克。1966 年巴拉卡和一个黑人女子结合,并和许多其他黑人国家主义者一样,皈依了穆斯林信仰,改用意为"神圣王子"的穆斯林名字"阿米里·巴拉卡"。1960 年代其余的时间里,巴拉卡成了黑人国家主义社区活动的积极组织者,主张通过组织黑人社区文化和政治机构,动员广大黑人群众支持黑人国家主义事业的斗争,利用现有的政治制度和选举机构在自己社区取得政治权利。他这个时期的创作以剧本为主,为他的政治主张服务。1967 年,他唯一的短篇小说集《故事》出版。1970 年,巴拉卡组织了亚特兰大非洲人大会。大会虽然未能达到团结黑人各派政治力量的目的,但是巴拉卡作为政治领袖和组织者的名气更大了。

　　进入 1970 年代，黑人国家主义运动很快失势，越南战争、经济恶化、能源危机成了美国人关注的焦点。几十年来黑人争取民权的斗争使黑人的生存状况有了一定改善，年轻一代黑人比父辈有了较多的机会，不少成了主流社会中的成功者。但是，巴拉卡从这一现象中看到的是，黑人中产阶级的口袋更鼓了，政治地位提高了，而广大的黑人群众所面临的歧视和贫困却并未得到改善。他逐渐意识到，美国的种族和其他社会问题不能从种族政治的角度而需从阶级的角度来求得解决。这一认识促使他从黑人国家主义的观点转变到马克思主义的阶级斗争的观点上来。

　　巴拉卡政治信念的改变实际上是他寻求改变美国社会的努力的反映，但是导致他认为美国社会必须改变的原因却是始终如一的，那就是对美国白人主宰的社会的强烈不满。他认为，这个社会的社会结构、种族等级制度和社会经济价值观都存在着巨大的问题，他在诗歌、剧本和仅有的小说中进行了鞭挞，在行动中进行了始终不渝的斗争。

　　巴拉卡是一个将创作作为武器的作家。他认为理想的黑人作家应该是一个政治活动家，他和黑人文艺运动时期对黑人艺术家的看法一样，认为他们的作用是"促进现存的美国毁灭"[1]。他偏爱诗歌和戏剧，主要集中在剧作的创作上，认为戏剧是革命的力量，适合作为政治工具，既利于动员群众，又和黑人文化的口头传统紧密相连。他不无偏激地认为，小说这一文学形式源自白人文化，是欧洲的进口物，为受过教育的中产阶级所偏爱。美国小说是对欧洲小说的模仿，代表的是美国文化中的殖民地传统，因而黑人小说更是模仿的模仿。[2] 了解了巴拉卡的这一观点，就不难明白为什么他只出版了一部小说和一部短篇小说集，而且都是在他形成了自己的黑人美学观之前创作的。

---

[1] 《家园：社会评论》，威廉·莫洛出版公司，1966 年版，第 251 页。
[2] 《家园：社会评论》，第 105—115 页。

对于《但丁地狱之体系》这部小说，评论界看法不一。英国作家和评论家伯纳德·贝尔贡齐认为"（它）从根本上是政治运作而不是想象或创造性的运作。而且我认为效果不那么好"①。而威廉·哈里斯在1991年出版的《勒洛伊·琼斯/阿米里·巴拉卡文选》的引言中，则称巴拉卡为"黑人实验小说的先行者，可能是吉恩·图默以来最重要的一位实验作家"。《牛津美国黑人文学指南》在介绍这部作品的时候称它是一部"结构松散、高度暗示和具有强烈自传性的小说，是巴拉卡生活中关键时期的场景和人物的生动的混合画"②。

巴拉卡的"地狱"的含义是什么？在小说的后记中，作者是这样说的："我现在是、过去是、将来也仍然会是一个社会性动物。地狱只能在这个意义上界定……地狱是我心灰意冷状态中的阴曹地府。但是现在对我来说，世界要清楚一些了，它的许多特点界定起来要容易多了。"他在后记中总结说，小说的主题是他"对自己早年生活的诠释"。

作者确实是通过主人公洛伊回顾了自己成长的时代和认识发展的过程。洛伊和巴拉卡的生活背景十分相像：同样是从纽瓦克的黑人聚居区开始生命的历程，同样参加了空军，同样有着当作家的梦想。小说一半以上的篇幅反映的是洛伊在纽瓦克的生活，几乎没有什么传统意义上的情节，而是使用了多形象化描写的手法，表现了构成洛伊生活的有声、有形和情绪世界的特性，给予读者洛伊身在其中的环境一个总体的印象，让读者看到这是一个充满了活力然而也有着暴力的世界，让读者看到洛伊既想摆脱这个世界又被其吸引的矛盾心态。洛伊进入空军的经历和他所受的学校教育使他逐渐远离了他成长的黑人世界，走近了白人的社会文化氛围，结果是，一方面他摆脱了黑人聚居区这个社会

---

① 《超越我们的方式》，《纽约书评》，第5卷第12期，1966年1月20日出版，第23页。

② 《超越我们的方式》，第708页。

经济层次上的"地狱"，而另一方面他却在企图逃避自我、逃避自己的种族本性和文化根基的同时跌入了一个敌意的白人世界的价值观的"地狱"之中。

在小说的后半部，洛伊从受到吸引走近白人社会但不被真正接受，脱离了黑人世界却又感到自己被它的文化和价值观影响的灵魂在煎熬中逐渐成长，开始拒绝白人世界和它的价值观，在这个过程中逐渐确立了他的种族认同感。在叙述上，作者也加大了对事件的描写而不仅是对氛围的烘托。他驻扎在路易斯安那空军基地的时候，跟着别人到了市里的红灯区，结识了黑人妓女桃子。桃子生活在名叫"底层"的黑人区，原是洛伊极力要摆脱的地方。重回这样的地方，他既感受到对他的吸引力，也有着几分厌恶。桃子是一个有强烈的种族感的女子，对白人世界不存在什么幻想。洛伊最终接受她，并受到她的启示，在回到空军基地前开始懂得领略这个真实的"具有血肉、气味、协调、柔和及色彩"①的世界。他今后的问题是如何面对作为美国黑人所具有的双重传统：认识美国主流社会价值观的影响以及与黑人文化和价值观念的认同。

小说出版于 1965 年，是巴拉卡对自己早年生活的反思时期以后的作品，是他对于黑人和西方文化传统及美国黑人的前途的看法开始向黑人国家主义和黑人文艺运动转化的时期。他的"地狱"就是在白人种族主义和美国政治结构下的异化了黑人价值观、扭曲了黑人心灵、毁灭了黑人希望的社会制度。他一生出版的大量诗歌、剧作和评论都针对黑人读者、旨在提高黑人的觉悟。他在作品中使用黑人的市井语言和实验性的创作手法，表现丰富多彩的黑人文化传统。他的作品和政治活动反映了动荡的 1960 和 1970 年代，在黑人文艺运动中起了十分

---

① 阿米里·巴拉卡：《但丁地狱之体系》，格罗夫出版公司，1965 年版，第148 页。

重要的作用。

约翰·A.威廉姆斯

　　威廉姆斯(1925—　　)公认的传世之作是《疾呼我是人者》(1967)，以其激进的对社会历史的分析和观察成为美国1960年代最重要的政治小说之一。实际上，在1967年出版《疾呼我是人者》之前，威廉姆斯已经写了许多文章，出版了三部小说：《愤怒的人们》(1960)、《夜歌》(1961)和《西西》(1963)，以后又创作了《黑暗之子，光明之子》(1969)、《布莱克曼上尉》(1972)、《马瑟西尔和狐狸》(1975)、《年轻单身汉协会》(1976)、《！嗒嗒歌》(1982)、《贝尔哈马记述》(1985)及《天梯》(1987)。他还出版了六部文集和非文艺性作品，也可以算得上是个多产作家了，但是他在相当长的时间里并没有得到应有的重视。在充满了艰辛的文学道路上，他付出了巨大的努力。

　　威廉姆斯于1925年出生在密西西比州，在纽约州的锡拉丘兹市长大。他生活的社区是一个种族混居的地方，黑人和来自欧洲各地的移民在这儿一起度过大萧条的艰难岁月。由于家境贫寒，威廉姆斯从少年时期起就需要干活帮助养家，晚上去上课补习。1943年，不到18岁、中学还没有毕业的威廉姆斯参加了海军，1944年初被派往太平洋战区。在种族关系相对平和的社区长大的威廉姆斯在海军中切身感受到了无处不在的种族歧视，这对他的思想和后来的创作有着重大的影响。《布莱克曼上尉》就是一部反映在美国所有战争中军队里种族歧视状况的小说。

　　复员后，威廉姆斯回到锡拉丘兹，完成了中学的学业，进入锡拉丘兹大学新闻系。他一面在医院打工，一面给黑人报纸投稿。1950年大学毕业后，他上了研究生院，但是由于经济原因很快就停学了。他找不到出版或广播新闻方面的专业工作，虽不断写稿，但无法维持生活，不得不干各种营生：他做过铸工，后因腰伤离开了工厂，在一家超市蔬菜部做店员。1952 年他到县福利部做社工,做贫困母亲和儿童工作。与此同时,威廉姆斯的创作欲望日益强烈,他想到一家黑人广播电台去工作,但是妻子不愿他放弃县福利部稳定的收入。1954 年,威廉姆斯离家去洛杉矶,在保险公司、电视台都呆过。多种生活经历在他日后创作中起了重要作用。

威廉姆斯只在洛杉矶生活一年就回到东部,在纽约市格林威治村住了下来,希望纽约的气氛有利于他的创作。他在出版社工作,后来作为黑人杂志《乌木》和《黑色大理石》的记者到欧洲采访,开阔了眼界,丰富了日后创作的题材。他在 1956 年完成了《愤怒的人们》,经过三次修改后于 1960 年出版。这部小说出版后没有受到注意,但是次年发表的、部分以黑人音乐家查理·帕克传奇般事业为依据的小说《夜歌》获得了好评。进入 1960 年代后,美国社会种族矛盾的尖锐化使威廉姆斯更加关注社会政治问题。他在国内和国外的活动,使他能够从内外两个方面观察美国。他痛恨剥削和压迫,思想很是激进。在民权运动中,他参加了向华盛顿进军的活动,积极协助创建美国黑人文学艺术院,目的是消灭存在于白人和黑人作家之间的不平等状态。整个 1960 年代,威廉姆斯几乎是一年出版一部作品。埃利克·穆恩在评论《黑暗之子,光明之子》的文章中认为,威廉姆斯这十年的作品"是美国文学中反映黑人心态的最佳晴雨表"[1]。随着动荡的 1960 年代结束、威廉姆斯步入中年和他在文坛得到承认、在大学地位的确立,他的心态开始平和下来,以后作品中的人物多了对于个人而不是政治的关怀。1973 年纽约城市大学授予威廉姆斯杰出教授的荣誉,他开始全职从事教学工作,先后在多个大学任教。1980 年代,威廉姆斯出版了三部小说《！嗒嗒歌》(1982)、《贝尔哈马记述》(1985)和《天梯》(1987)。

---

① 埃利克·穆恩:《评〈黑暗之子,光明之子〉》,《图书馆杂志》,1969 年 6 月 15 日号,第 2455 页。

威廉姆斯的小说创作可以分为三个时期。前三部作品属于第一个时期，从1956年到1963年。这时的作者尚怀着一定的梦想，小说中有着谨慎的乐观，认为黑人在美国有可能主动积极地生活。从1960年代中期到1972年，威廉姆斯有所节制的美国梦还是破灭了，作品中出现对种族暴力及美国历史上和现实中对黑人的政治迫害和文化否定的强烈谴责。第三阶段的作品中政治力量减弱，反思和审视加强，在经历了人生的斗争后对生活又具有了一定程度的肯定。

在《愤怒的人们》、《夜歌》和《西西》中，威廉姆斯的主人公们是有才能的顽强的人，他们反对美国社会中的种族压迫，但是不采取暴烈的手段，最后都或多或少地取得一些成功。《愤怒的人们》的主人公史蒂夫·希尔是一个三十几岁的时事评论员，黑奴的后代，家庭中第一个大学毕业生。小说开始时，他从加州来到纽约找工作。他的要求并不高，只希望有一份自己喜欢的工作，过上一般中产阶级的生活。他相信自己的能力，认为经过坚持不懈的努力，自己的愿望总能获得实现。他拿着介绍信到美国全国广播公司去谋职，感到自己完全能够胜任这份工作，因此满怀信心，但是他没有被聘用。此后他在房地产公司、出版界、人才公司求职的遭遇都是相同的。制度化了的种族歧视在对待一个黑人知识分子时可能有着一副温文尔雅的面孔，但歧视的实质是一样的。希尔在不断碰壁之后，意识到他对自己的看法和白人世界对他的看法是不同的，这种双重意识迫使他以双重目光看待自己，调整自己的期望，接受了唯一能够得到的工作。在这家作者自费出书的出版社里，希尔积极投入到各种工作中去。这时的他仍旧认为，无论做什么工作都意味着自己的生活有了一定的目的性，而失业则意味着沮丧和恐惧。希尔逐渐地看到了自费出版的性质。作者由于自己在自费出版社工作过，对这种出版社的了解入木三分。他通过希尔之口抨击了无情地利用人们的梦想谋取私利的自费出版商罗利，也刻画了希尔惧怕失业而违心地留在罗利手下的心态。读者看到了希尔的内心斗争，看到他最终摒弃了这份没有价值的工作,走上寻找有意义的工作和生活之路。威廉姆斯反映的是黑人在美国社会中期望和现实之间的矛盾,但是他和希尔一样,对美国社会仍有着一份信心。在小说结束时希尔说:"我从来没有想过我的梦想会得不到实现。也许需要很长的时间,也许有的时候眼前会完全是一片黑暗,但是梦想总会实现的。"①威廉姆斯的这部处女作以第一人称顺时叙述,人物众多但缺乏深度,就连希尔也不够鲜活,内心的思想感情没有得到充分的反映。该小说出版后在读者和评论界都没有引起什么反响。

《夜歌》的主人公伊格尔生活中的原型是黑人爵士音乐家查理·帕克。威廉姆斯在1959年就想写一部有关帕克生活的纪实作品,未能如愿。他在收入文集《回顾》中的一篇文章中谈到自己要表现帕克,是因为"他代表了一个杰出黑人的逐渐销蚀,象征了美国社会协调又不协调的本质"②。小说的背景是纽约的格林威治村。作者在这部作品中描写了一个夜间世界,在这里,音乐人和与他们有着千丝万缕关系的人们在寻找生活的意义。失业、酗酒的白人教授希拉里和伊格尔在当铺相遇,一个在当结婚戒指,一个在当萨克斯管,从此开始了他们在格林威治村的闯荡。希拉里被咖啡厅的黑人老板基尔·罗宾逊收留。罗宾逊曾是哈佛神学院的学生,做过传教士,但是他感到需要真正去帮助心灵和生活上受到创伤的人们。他在咖啡馆里设立了一个音乐家室,为黑人爵士乐手提供休养生息之所。他给落魄的希拉里工作,以帮助他走出生活打击的阴影。而才华出众的伊格尔早已意识到,作为一个黑人,他在美国无法充分发挥自己的才能。他愤怒、悲伤,于是暴饮、吸毒,用自己的音乐和反常规的行为表示对社会的反抗。作者通过这三个主要人物的遭遇和他们相互间的关系及各自的感情纠葛,深刻地反

① 约翰·威廉姆斯:《愤怒的人们》,袖珍丛书,1970年版,第143页。
② 约翰·威廉姆斯:《回顾》,道布尔迪出版公司,1970年版,第222页。

映了美国种族问题对于生活在这个社会中的人无所不在的影响。由于威廉姆斯对爵士乐、对它的历史和许多音乐人都很了解熟悉，小说的氛围和人物描写极为生动，有评论家认为威廉姆斯在《夜歌》中"比任何其他美国作家都更好地反映了一个由爵士音乐家构成的以黑人为主的世界"①。

威廉姆斯的第三部作品《西西》是对黑人家庭的一曲颂歌，描写乔普林一家从 1920 年代到 1960 年代经历了贫困和生离死别而仍能保持坚强的生命意志。从叙述方式上，《西西》使用了多视角的手法，四个部分用四个不同的视角来表现。故事的时间上有两个层次：一个是当前，即 1960 年代初一个 12 月末的两天；另一个是在这两天里从人物意识中反映出来的过去，跨度近半个世纪。西西病危住院，儿子小拉尔夫和女儿艾丽丝从纽约回到洛杉矶来看望她。第一部的叙述者是艾丽丝，第二部是小拉尔夫，第三部先是西西，后是西西的丈夫老拉尔夫，第四部是聚集在西西临终的病床前的众人。西西是主要人物，但在小说过半时才出场，因此读者对她的了解首先是通过她的成年儿女获得的，她的性格也是通过对儿女的影响表现的。她在白人家做女佣，两个女儿夭折，一个儿子死在朝鲜战场。她对子女十分严厉，教育他们要有战胜逆境取得成功的毅力。威廉姆斯审视社会经济文化和历史潮流对人的生存发展的影响，把人物放在其中观察。西西年轻时独自来到纽约，只能找到在白人家做女佣的工作，结识了歌手拉尔夫并和他结婚后，她对未来的生活充满了希望，感到通过两人的努力，一定能够离开所生活的贫民区，过上像样一点的生活。但是他们需要面对的似乎是无尽的寒冬，厄运不时降临到这个家庭。到全国陷入经济大萧条之中时，拉尔夫失去了歌手的工作。为了养家，他什么活都干，包括打扫厕所。在又

① 吉尔伯特·穆勒：《约翰·A.威廉姆斯》，特温尼出版公司，1984 年版，第 59 页。

一个孩子患肺炎死去后,他精神崩溃了,离开了家庭。西西独力支撑着这个家,养育艾丽丝和小拉尔夫。无尽的贫困、在白人歧视下生活和精神上的巨大压力,使西西变得粗暴,她打骂子女,造成了关系的紧张,而小拉尔夫和艾丽丝也在严酷的气氛中变得独立和坚强。他们离开了家。艾丽丝在欧洲成了小有名气的歌手,但由于母亲的影响,她始终不能建立亲密无间的人际关系。直到母亲去世,她都没有完全原谅母亲。小拉尔夫因母亲打他而始终记恨,但是在他成为剧作家、对生活和美国社会都有了更为深切的认识以后,他体会到母亲的暴烈很大程度上可能和社会对她的挤压有关。读者看到乔普林一家在美国社会历经劫难而坚强地生活下来,并且取得了自己的成功,不得不为美国黑人的生存意志所感动;美国白人应为美国社会中存在的制度性的种族歧视感到羞愧。

威廉姆斯第一阶段的作品中的主人公都对自己作为黑人在美国的遭遇感到愤怒,但是他们也都对未来怀有一定程度的希望。随着1960年代种族矛盾的日益激化和黑人激进思想的发展,以及威廉姆斯本人更多地参加到政治斗争中去,他的作品更为直接地反映了这段时期的斗争。他1967年出版的《疾呼我是人者》被认为是黑人文艺运动时期的代表作。

这位大声疾呼"我是人"的麦克斯·瑞迪克是个49岁的黑人作家和记者。他患了直肠癌,在人世的时间已经不长了。小说分为四个部分,记叙了麦克斯生命的最后24个小时,但是从他的回忆中读者看到了他和哈里·埃姆斯(以理查德·赖特为原型)的关系以及美国黑人作家的普遍遭遇,看到作为平民和军人,他亲身经历了什么样的种族不公,使他发出了"我是人"的呼声。在第一部分中,麦克斯在阿姆斯特丹一家露天咖啡馆等待会见生活在那儿的妻子,白人玛格丽特。这时,旅居巴黎的哈里去世不久,麦克斯刚刚参加了他的葬礼,因此脑子里充满了对哈里的回忆,从他24岁时在纽约第一次见到哈里,到给哈里的第二次婚礼做傧相,到二战期间休假回纽约时参加庆祝哈里第四部小说出版的宴会,以及夜里哈里的白人妻子夏洛特到他房间述说哈里的不忠。他想到当他要去监狱采访一个杀死白人并且吃了他的心脏、名字叫摩西的哈佛大学毕业的黑人时,哈里对他说这是写书的好材料,是《土生子》的另一面。"良好的教育,聪明,绝顶聪明,但是是个黑人。新的压力。新的失望、挫折。希望。可是毕竟又没有希望,对不对,麦克斯?"[1]他想到了二战期间自己在意大利战场的一次战斗中,大量美军坦克被德军击中,战后军事法庭审问为什么美军坦克不能自我保护,不少黑人军官被一个完全由白人军官组成的陪审团定为畏惧敌人罪。从此"他不再谈军队,他要谈黑人"[2]。他想到了要哈里为自己所爱的女人丽莲找做人工流产的医生。丽莲最强烈的愿望是经济上能够有安全感。她坚持要麦克斯找工作,说没有谁听说过赚钱的黑人作家。哈里算是有名气的了,可是家里家具不配套,餐具都有磕碰的伤痕。她说她的麦克斯"是个有梦想的人,可是他得看到眼前残酷的现实。人不能把梦想当饭吃"[3]。他尽了一切努力,但是仍旧没有找到工作。他大喊:"给我我的那一份。我是个人。不要让我这样愤怒地对待一切!"[4]丽莲不愿在没有经济保障的情况下生孩子,便独自去做人工流产,结果大出血而死。他回忆起自己当时是多么痛苦,而哈里是如何天天打电话安慰他。

　　小说的第二部分开始时,麦克斯从阿姆斯特丹开车到莱登当年哈里和情妇米歇尔幽会的处所去拜访米歇尔。一路上病痛折磨着他,他想到了一个个女友、自己出版的小说,想到在民权运动高涨时期,过去他去求职时连申请表都不让他填的一家白人杂志社现在高薪雇用他,

---

①　约翰·威廉姆斯:《疾呼我是人者》,雷之口出版社,1985 年版,第61 页。
②　约翰·威廉姆斯:《疾呼我是人者》,第82 页。
③　约翰·威廉姆斯:《疾呼我是人者》,第103 页。
④　约翰·威廉姆斯:《疾呼我是人者》,第114 页。

想到他报道过的许许多多种族斗争和暴力事件,他和黑人领袖 Q 牧师的结识。在米歇尔家他读了哈里死前留给他的信,信中说,哈里得知欧洲有一个国际性的组织叫白色联盟,专门对付独立了的非洲国家,美国也是其成员。在第三部分中,麦克斯回忆自己被杂志社派去西非时所看到的种族间的不团结,他们和美国黑人间的隔阂。他从非洲回纽约,在阿姆斯特丹停留时邂逅玛格丽特。他回到纽约后,杂志社告诉他,总统要他进写作班子,写有关民权运动的讲话稿。他答应试干五个月。在具体工作中,他看到政府并无解决种族问题的诚意,对总统和政府不再信任。“我相信过。我想要相信。我不得不相信,可现在⋯⋯”①他对一些黑人领袖也失去了信任,认为他们被政府控制,政府利用他们来控制黑人。麦克斯离开白宫,回到杂志社,重回非洲去当记者。在随安哥拉起义军和葡萄牙军队打仗时,麦克斯传染上了血液寄生虫病,决定到阿姆斯特丹去治疗,并和玛格丽特结婚。

　　小说的最后一部分以玛格丽特的回忆开始。她和麦克斯在纽约生活了三年。她看到美国的种族暴力,感到无法忍受,离开麦克斯回到了荷兰。当玛格丽特独自沉浸在回忆中的时候,麦克斯正在读哈里留下的信,说尼日利亚一个叫贾贾的部长发现白色联盟中还有一个名为阿尔弗雷德王的子计划,详尽地制订出了一旦发生紧急情况如何消灭美国黑人的方案。贾贾在去瑞士时途经巴黎,把存放这份资料的巴黎的一个寄存箱的钥匙交给哈里,交代哈里如果自己去了瑞士没有回来,哈里就去取出资料。中央情报局的特工暗杀了贾贾。哈里取出资料后得知了一切,在去世前把资料通过米歇尔留给麦克斯,由他自己决定如何处理。麦克斯意识到米歇尔处于危险之中,要她销毁一切和哈里有关的东西,马上离开。麦克斯知道自己无法把资料带回美国,而他必须揭露美国政府的这个阴谋,就在电话中把阿尔弗雷德王计划读给远在美

---

① 　约翰・威廉姆斯:《疾呼我是人者》,第 312 页。

国的 Q 牧师听,然后将材料付之一炬。但是电话被中央情报局监听,麦克斯被暗杀。小说结束时,玛格丽特还在阿姆斯特丹苦苦等待着麦克斯从莱登归来。

这是一部人物和情节十分复杂的作品,上面的简介挂一漏万。小说在时间上跨越 30 年,地域上跨三个洲,反映了这一时期黑人作家的状况,美国和世界发生的历史性事件——第二次世界大战、华莱士的竞选、麦卡锡主义、朝鲜战争、非洲国家的独立、民权运动以及种族暴力的发展,等等,是名副其实的历史小说。作者在麦克斯生命的最后一天,在阿姆斯特丹和莱登两个地方,演绎了他整个的一生,并通过他丰富的人生经历,反映了发达的资本主义白人世界企图保持对全球的统治,美国白人企图继续其种族歧视政策,以及非洲国家和美国黑人的斗争,对许多当时发生的真实历史事件都有详细的描述。从个人的层面上,作者反映了麦克斯强烈的成功欲,他作为黑人所遭到的不公正对待,他的作品虽然最终得到接受,但是备尝作为黑人要成为作家的艰辛。他看透了美国社会,愤怒地喊出"我是人",尖锐地表明,即使是他这样"成功"的黑人,也还没有受到真正的人的对待。作为一个黑人,无论怎样抗争,都无法根本改变美国的现实。小说里许多黑人英年早逝,而且不少死于非命,整部作品流露出了难以抑制的悲愤,同时也揭示出造成社会、经济、政治和种族矛盾的多种相互作用的因素。小说有相当的自传色彩,威廉姆斯在麦克斯身上放进了他自己的经历和感受,表达了作者对历史的悲观态度。

威廉姆斯在一次访谈中对厄尔·凯什说,他的下一部小说《黑暗之子,光明之子》是为谋生而作,因为他本以为《疾呼我是人者》

　　能够赚来些钱,好资助正在上大学的两个儿子。评论界反映很好,可是我还是和原来一样穷……于是我坐下来写了这本书。我认为这是我最糟糕的小说之一,但是它比《疾呼我是人者》平装本赚的钱多。美国的事情就是这样。①

《黑暗之子，光明之子》于1969年出版，其故事却发生在1973年夏季。在充满暗杀和黑人区暴乱的1960年代即将过去之际，威廉姆斯悲观地预示美国的未来将充满暴力。他使用了可读性很强的通俗小说的形式。主人公尤金·勃朗宁（勃朗为棕色之意）原来是大学的政治学教授，由于厌倦了在教室里讨论美国社会和政治制度，到纽约种族公正协会做了负责人，直接参加到政治斗争中去。他为该组织筹措经费，跑遍美国各地。威廉姆斯利用勃朗宁需要接触上层黑人，在小说中讽刺和揭露了这些上层人物的嘴脸。他描写了为得到政府资助不惜出卖黑人事业的黑人机会主义分子和听命于白人资本方、对黑人残酷剥削的黑人富豪；他们和机会主义的黑人领袖联手，在主流政治内部控制黑人的政治力量。要求改变生存状况的黑人大众只有诉诸暴力行动。小说中两个激进分子在向政府提出一系列要求的同时，策划在劳动节炸毁纽约市的桥梁和涵洞，引发城市暴动。勃朗宁本人得知白人警察柯里根杀死了一个手无寸铁的黑人青年时，便找黑手党教父帮助暗杀柯里根，为黑人青年报仇，同时以这一行动向当局表明，杀害黑人要抵命，黑人再也不愿容忍对他们的暴行。他希望有一个美好的世界，但是看不到任何和平解决种族问题的前景，认同主张用暴力改变现存世界的政治力量。黑手党教父找到了新近移民到美国来的波兰犹太人霍德，他杀死柯里根后才知道他是一个警察，开始对美国的种族关系发生了兴趣。他对黑人的生存状况充满了同情。他从报纸上读到一个南方白人杀害了三个黑人学生而逍遥法外的时候，就处死了这个白人。在黑人的暴力面前，白人进行暴力的反扑，暴力升级。在暴烈的城市革命后会

---

① 厄尔·凯什：《约翰·威廉姆斯：一个黑人作家的发展》，第三出版社，1975年版，第138页。

出现什么样的局面？威廉姆斯看不到制度上的后果。小说的结局似乎在向读者表明，浩劫后活下来的善良的人们会重建这个世界。勃朗宁离开种族公正协会，打算重执教鞭，但目的是揭露和批判美国的社会制度。教父退隐山林，霍德带着新婚的妻子回到以色列去建设这个新国家。小说是作者在1960年代末对1970年代美国的预言：在不公正的社会制度下，当人们没有了其他选择的时候，必然使用暴力进行反抗，政治权力机构必然进行暴力的镇压。小说名为《黑暗之子，光明之子》，寓意是否在于对暴力的历史和社会作用的界定？暴力是镇压反抗不公正社会的人民的"黑暗之子"，也是改变不公正社会的"光明之子"。

威廉姆斯在种族问题上的历史感和他本人二战期间在海军中受到的歧视，使他意识到美国军队中制度性的种族歧视问题的严重性。越南战争期间黑人士兵的遭遇使得威廉姆斯决意从黑人的角度反映军队中的种族问题。他本意是要到越南前线去进行调查，但是未能得到五角大楼的批准，只得在历史文献的基础上，创作了反映包括美国所有重大战争中黑人的贡献和遭遇的作品《布莱克曼上尉》。这位上尉姓布莱克曼，意为"黑人"，显然他既是一个个体的黑人军官，也是所有黑人军人的象征，通过他的军旅生涯，反映近200年来种族歧视肆虐美国军队的状况。

布莱克曼上尉是个40岁左右的职业军人，深谙美国的战争历史，在越南打仗时还给手下士兵办黑人军事史研讨班。在第一部分，小说一开始，布莱克曼在一次巡逻中为保护士兵，把敌人的火力引向自己，因此受了重伤。他感到自己在梦中参加了1812年的独立战争和美国南北战争，为黑人士兵的勇敢表现和战绩欢欣鼓舞，但是黑人师团在关键的彼得斯堡战役中的英勇表现没有得到承认。第二部分中的布莱克曼已是骑兵上士，和印第安人打仗，保护向西部开发的拓荒者，后来又参加了美国和西班牙之间的战争，最后离开骑兵部队在步兵部队里当了一名机枪手。第三部分主要表现第一次世界大战，描写了黑人士兵的战绩，布莱克曼作为胜利者进入德国。布莱克曼在第四部分中是林肯旅里一个年轻的黑人士兵，到西班牙参加反对法西斯、支持西班牙共和派的革命战争。开始时革命军队中的国际主义精神和融洽的种族关系给了他信心，但很快他就失望了。在以第二次世界大战为主的第五部分中，布莱克曼因为参加了军事基地的一场种族骚乱而没有能够晋升成军官，在一次战斗中受了伤。最后一个部分包括了朝鲜战争、越南战争，以及想象中未来的一场核战争。小说中的现实时间是 1971 年，地点是越南战场。这是布莱克曼的现实，但是作者通过他的梦境、幻想，通过历史文献的直接引用等手法，串联起了美国军事史和军队中的种族歧视史。在这近 200 年的岁月中，布莱克曼在不同的时代以不同的形象出现，共同的是他的黑皮肤和在军队中服役。小说中其他主要人物也和布莱克曼一起度过这漫长的岁月，如他心爱的女人米默莎，她在小说开始时的 1970 年代是一个忠于布莱克曼、给了他巨大支持的职业妇女。在内战时期，她是一个黑奴，第一次世界大战期间成了个健壮的小城姑娘，二战时又是个背弃丈夫布莱克曼的女子。布莱克曼的主要敌人是惠特曼，惠特曼由英语"白"和"人"两个单词连缀变异而成。作者反复强调他的金发碧眼，意在突出他人种的特征。这是一个满脑子种族优越感的种族主义者，实际上布莱克曼比他能干，但是因为他是白人，他永远是布莱克曼的上级。小说中布莱克曼所受到的种族歧视和迫害从个人层面上几乎都和惠特曼有直接或间接的关系。小说开始时他受重伤，正是惠特曼明知敌军设有埋伏而派他前去的结果。他失去了半条腿，一叶肺，但是强烈的报仇愿望支持他活了下来。在他最后的梦境中，时间跳到了 21 世纪的第一年，布莱克曼在非洲密林某秘密基地策划推翻美国的白人统治。他们派肤色白皙的黑人打入惠特曼将军领导下的一个美国核军事设施去进行破坏活动，使设施完全瘫痪，黑人控制了美国军队和核力量，从而彻底结束了美国社会和军队中种族歧视和种族压迫的历史。

小说绝大部分的篇幅表现的是过去,时间跨度超越了个人的生命极限,当然无法通过主人公的回忆来表现,因此威廉姆斯利用了梦境。尽管布莱克曼谙熟历史,也不可能全知全能,因此作者还使用了一系列的结构手段,以充分表达主题,即美国黑人在美国历史上的各场战争中所起的作用,还历史的本来面目,以及美国军队中贯穿始终的种族歧视,揭露在标榜为自由民主而战的口号下所掩盖的种族迫害的实质。黑人士兵既要和外部的敌人战斗,在炮火中生存,又要在所谓的同胞的强烈的种族仇恨的环境中生存。作者使用的手段之一,是在每一部分的开始引用该部分所反映的时代的历史材料,引文不长,犹如文章的主题概述,引起读者对内容深层含义的注意。另外,作者在小说中穿插成页的斜体字段落,反映一些军事、政治、经济、社会领域的要人有关的幕后策划。这些并非史料,却是符合历史的合理虚构,提供了军事以外的更为广阔的时代背景。还有被称为"鼓点"的段落,主要引用在美国各场战争中亲身战斗过的人对历史事件的口述或书面文字记载,为布莱克曼的故事做补充或旁证。这是威廉姆斯创作手法最为复杂的一部作品,还没有任何别的作品如此集中地反映黑人在美国军队和战争中的经历和贡献。对于从独立战争以来在美国军队中服过役的两百多万黑人士兵,威廉姆斯的努力多多少少将被扭曲的历史做了一些集体的还原。

在一个激烈动荡的时代过去以后,人们常常会进行反思,威廉姆斯第三阶段作品中的人物不再生活于历史和现实的风浪中,而是力图追寻自身的平和及生活中的自我肯定。

在《马瑟西尔和狐狸》中,马瑟西尔从年轻时起就从和女人的性交往中获得自我满足,全然不顾这些女人的结局。这时已到 1960 年代末,他也已年过四十,正打算和一个年轻姑娘结婚。姑娘的母亲开枪打伤了他,他这才知道姑娘是自己的女儿。这当头一棒似乎使他猛醒,他一改过去，到农村去娶妻生子，好好过日子。在《疾呼我是人者》和《布莱克曼上尉》之后，马瑟西尔是个败笔。

《年轻单身汉协会》写了当年同在中学运动队里打橄榄球的九个人，带着妻子回到故乡来参加老教练戴维斯 70 岁生日的庆祝会。他们中的许多人已有三十几年没见面了，组织这次活动的是铸工巴布斯。他们的共同记忆是当年赛场上的风光场面，年少时的他们如何希望以竞技体育上的成就使自己摆脱贫民窟的生活，作为跳板，在歧视他们的黑皮肤的社会里找到成功的可能；还有戴维斯教练在他们身上灌注的信念：作为黑人，他们的生存是一场斗争，必须具有获得成功的决心和信心。当年坚强的团队精神使他们取得了个人无法达到的成就。但是，在此后的人生道路上，他们只能作为个人去奋斗，经历各不相同。他们有的是教授，有的是政府官员、记者、剧作家、歌手，还有一个与黑社会颇多瓜葛、在洛杉矶打死了一个恶警探而被通缉的皮条客"月亮"。作者使用了多视角的叙述手法，每个人的意识都是一个中心，向读者展现岁月和时代在这些已过人生巅峰状态的人的身心上所留下的伤痕。他们下意识中希望这次和戴维斯的重聚能够在他们身上重新唤起激情，摆脱生存遭遇在他们身上产生的惰性。小说中他们最后团结一致的行动是，当收取贿赂的黑人警察斯沃普到聚会上来逮捕"月亮"时，他们集体起来保护"月亮"。创作《年轻单身汉协会》时的威廉姆斯已经年近五十，他在人物身上糅合了自己的人生经历和感受，因此比起以前的作品来，这部小说中许多人物的内心都要丰富得多，刻画也深刻得多。社会和时代与他们的关系主要在谋生的难易，他们对政治并不十分关切，他们想得多的是工作、爱情、婚姻、家庭、人际关系和健康中出现的烦恼和问题。从忧国忧民的麦克斯，到马瑟西尔，再到后中年时代的前运动队员们，明显地反映了作者本人关注中心的转移。

如果说《年轻单身汉协会》中的一些人物片段地反映了作者的生活，那么威廉姆斯在下一部作品《！嗒嗒歌》里就全面认真地审视了自己的一生。他用七年的时间,在主人公凯托·考德威尔·道格拉斯身上再现了多层次的自我。凯托和作者有着一样的人生轨迹,是个不得不对付出版界种族歧视的黑人作家,1960 和 1970 年代积极投入政治运动,后来在大学任教。但是《！嗒嗒歌》毕竟不是自传,凯托是黑人作家的化身,凯托的遭遇是黑人作家在美国遭遇的体现,这正是威廉姆斯所要表现的主题,从书名上也可以看出作者的用心。"嗒嗒"是非洲一些语言中特有的倒吸气声,穆勒在《约翰·威廉姆斯》中引用了杰拉尔德·梅西《起源之书》中的话,称这"是语言中最早出现的声音之一"①,威廉姆斯显然以此象征黑人作家应有的黑人的文化历史之根。小说由一个五页长的序言"会切点"加上"开端"、"中期"、"结局"三个部分构成。纽约作家凯托已经出版了多部小说,妻子艾丽丝是白人,因此他的生活圈子包括黑白两个世界,而且更多的是在白人世界。在序言中,55 岁的凯托于 1970 年代末的一天和他小说的责任编辑莫林共进午餐,从莫林口中得知老友,犹太裔作家保尔·凯明斯自杀身亡。这引起了他对生与死、对自己生命和走过的道路的思考,并寻找人生的价值和意义。

　　"开端"部分的时间跨度是四分之一个世纪,从第二次世界大战到 1964 年凯托的小说出版。凯托和凯明斯二战后相遇在大学写作班,他俩都从 1950 年代开始写作。从才能上,凯托要高于凯明斯,但是毕竟凯明斯是个白人,因此事业上比凯托顺利。凯托感到白人的文化壁垒像紧紧包围着他的四堵墙,他只有苦斗才能保持独立的自我意识,才可能获得应有的地位。1960 年代,凯托卷入外部世界的政治风云,民权运动的激烈斗争和到非洲拍摄纪录片时的感受加强了他的政治意识。他在艺术上也成熟了。"中期"从 1964 年到 1971 年,这期间凯明斯写的有关黑人的小说《以赛亚之历程》获得全国图书奖,他在动荡的 1960 年代利用热门的种族关系题材进一步确立了自己的地位后,凯托再也

---

①　穆勒:《约翰·威廉姆斯》,特温尼出版公司,1984 年版,第 139 页。

没有和他见面。凯托作品的政治性更突出了，他每一部作品的出版都要经过和种族歧视猖狂的出版界斗争。在个人生活上，民权运动的发展在他家庭内部也引发了冲突。他的白人岳父始终不接受他，他和黑人前妻所生的儿子，激进的18岁的格伦对白人继母艾丽丝和白人世界十分仇视。威廉姆斯描写了1960年代社会政治文化的大碰撞中，种族歧视的历史重负在一个种族混合的家庭中对种族情、亲情的考验。在这一部分中，作者还通过凯托的出版经历着力揭露了出版界制度性的种族歧视的现实。内外压力使得凯托噩梦不断，梦见自己是个迷失在黑暗的丛林里的士兵，拼命奔向不可及的一丝光明。显然，这象征了凯托作为生活在美国的黑人的生存困惑。"结局"部分的凯托和1970年代的许多黑人作家一样，经历了一个文化低潮。对主流文化来说，黑人文化不再时髦，大学当局更多地是把它当成一个摆设。黑人历史文化被篡改，被忽视。凯托感到，对黑人民族文化历史的忽视和否定就是从精神上对黑人的灭绝。凯托作为一个黑人作家的斗争就是要肯定自我的存在，张扬自身生活的价值，不断奋斗以改变现存的世界。

威廉姆斯通过他创作的一系列主人公在美国的生活经历和内心感受，反映了20世纪下半叶美国种族关系极度紧张的20年的政治和社会现实，揭示了受过教育的、才能出众的黑人，特别是作家，生存和取得成就的艰辛。他的作品打上了强烈的要求历史公正和社会公正的印记。他在创作上使用了围绕按时间顺序发展的结构，交织进过去和未来的事件、经历和预言的手法，拓展了作品的时空，深化了主题。

詹姆斯·艾伦·麦克弗森

麦克弗森（1943— ）主要写评论性的文章，只出版了两部短篇小说集《喧嚷》（1969）和《回旋余地》（1978），后者获得了当年的普利策小说奖。麦克弗森于1943年出生于佐治亚州萨凡纳市，1965年进入哈佛法学院，同年，他的短篇小说《黄金海岸》获得了《大西洋月刊》创作竞赛一等奖。在大学学习期间,麦克弗森在火车的餐车上打工,这段经历在他的小说中有生动的反映。从法学院毕业后,麦克弗森到衣阿华大学创作研习班学习一年。此后,除写作外,他先后在多所大学教美国黑人文学,指导创作。

麦克弗森通过作品表现了对美国黑人和白人的两种交错而又不同的文化之间的关系的关注。他认为,美国不同肤色的人之间的区别不是由于人种的不同。美国人是大熔炉熔化后形成的产物。他们的特性,他们的多样化,是由各种因素造成的。同是黑人,思想感情上也会存在巨大的区别,正如《我为什么喜欢乡村音乐》中的男主人公想到妻子时所感叹的那样:"我们俩都是黑人,可我们之间的距离有时和伊博人及约鲁巴人之间的距离一样远。"[1]麦克弗森在作品中探讨在一个多元化国家中,在后民权运动时代,影响人的价值观和自我意识形成的力量。在对人起影响作用的各种复杂因素中,种族只是其中的一个因素。大众文化,特别是电视等传媒,在塑造美国人的思维、行动和价值观上,有非同小可的作用。他也审视地域的作用,主要在于其特有的文化传统和价值取向对人的潜移默化的影响。他在小说中也反映种族歧视的残酷和不公正,但是他更注重种族迫害对人思想的禁锢,它既影响了黑人、同时也影响了白人作为人的价值的真正实现。

麦克弗森的作品大多有一个叙述者,向故事中别的人或读者叙述自己或主人公的生活经历。他们大多是黑人,叙述者往往活动在黑人和白人两个世界之中。许多人物从小城市来到大都会,通过受教育或工作上升到中产阶级,主流文化在他们身上有很大的影响,从思想到行为上都和老一辈的、几代居住在城市的中产阶级黑人有所不同,也和仍旧生活在下层的黑人大众有了不同。他们离开了传统生活的土壤,急

---

① 麦克弗森:《回旋余地》,福塞特·克雷斯特出版公司,1979 年版,第10 页。

需在新的生活中植根。他们努力巩固在现实社会中的地位,不愿面对过去的痛苦,可是对他们来说,过去又是无法回避的。麦克弗森的叙述者和主人公往往有不同的价值取向,因此对事件和经历有不同的视角,给读者留下很大的解读空间。

《独唱：献给博士》的叙述者是一个年老的餐车黑人侍者。他讲述的是一个绰号叫做"技术博士"的老一辈黑人餐车侍者的故事,讲述的对象是一个来餐车服务不久的年轻人。年轻人抱着公司制订的一本服务规则在看,叙述者则告诉他,如果以为只要看了规则就可以成为最出色的侍者,那就大错特错了。一个出色侍者的工作是充满了规则中找不到的创造性的。通过小说,读者知道了公司白人制订的规则实际上要求黑人成为一架毕恭毕敬的机器,而"技术博士"和他的同伴们所做的是将这份服务做成了艺术,从而表现出了自己的尊严。当然,铁路公司最终还是利用"技术博士"没有注意到的不断修改的规则中的一个细节,迫使他退了休并在几个月后郁郁而死。从十几岁到 73 岁,他以带有自己人情特性的服务艺术解构了白人制订的、使黑人侍者非人化的规则。叙述者对年轻人讲述这一切,是因为他担心年轻一代会把规则奉为圣经,成为公司所希望的机器人。年轻的黑人侍者并不能理解他的用心,对过去的故事也没有太大的兴趣。作者多次通过叙述者打断故事而直接对叙述对象讲话,把这份担心传递给了读者。他刚开始讲述"技术博士"的故事时,就对年轻人说:"(你)把规则放在了一边,可是看看你还把手指头夹在书页里,好像这本规则比我要对你讲的东西更重要。"①故事讲完后,他又说:"你已经厌烦了。我从你眼睛里和你老在玩弄你那本规则的书页能够看得出来。"②叙述者对叙述对象的

① 小亨利·路易斯·盖茨、耐利·麦凯编：《诺顿美国黑人文学选集》,第1987 页。
② 小亨利·路易斯·盖茨、耐利·麦凯编：《诺顿美国黑人文学选集》,第2002 页。

肢体语言做了解读,但是叙述对象并没有自己的话语,新的一代会以什么态度来对待非人化的规则,作者让读者自己去思考。

在《回旋余地》中,黑人女子弗吉尼亚·瓦伦丁和白人男子保罗·弗洛斯特结婚。他们都是积极参与社会改革的青年,共同的理想使他们结合。对于他们来说,种族的不同根本不是个问题,但是保罗的父母不能接受他们。只要一打电话,父子间就是无休止的争吵,父亲要儿子离开黑人妻子。保罗和弗吉尼亚一起外出,几次被人骂他是"黑鬼"。传统习俗对保罗行为的评判使他迷茫,他极力想界定自我,问出了"我是谁?"①的问题。由于在美国和平队工作时到过世界各地,弗吉尼亚的头脑中具有"回旋余地",也就是说,她了解存在着各种不同的传统、习俗、价值观,能够从狭隘的传统观念中为自己留出生存空间,能够接受人和人之间的不同。《死人的故事》的主人公,叙述者威廉·任弗罗是南方生长的黑人,和表弟比利一起长大。比利 10 岁时父亲开始酗酒,不久母亲中风。缺少管教的比利从此开始惹是生非,17 岁时在掷骰子赌博中用刀刺人致死,被判无期徒刑。而威廉则读完高中,获得教会的奖学金上了大学,毕业后来到北方,在芝加哥一家大百货公司信贷部工作,改掉了南方口音,5 年后感到"我很满意,没有人能够错把我当成南方来的难民了"②。比利服刑 13 年后得到假释,被一家公司雇用,专门向黑人追讨拖欠的分期付款的购车钱。他来探望威廉,但是已经进入中产阶级的威廉很怕比利的身份被未婚妻切尔西和她的家人识破,便用自己的衣物将他装扮一番后才把他带进这个中产阶级黑人的家中。威廉极力为比利掩饰,说他是汽车推销员。切尔西的父亲感慨地说,他很高兴看到现在年轻的黑人得到各种机会,"我当年有两个学

---

① 麦克弗森:《回旋余地》,第 279 页。
② 麦克弗森:《回旋余地》,第 42 页。

位,仍只能到火车站去做红帽子搬运工"。① 他居然向客人说起这"不
光彩"的过去,使切尔西和母亲十分尴尬,但比利和他却有了共同语
言,两人谈得越来越投机。最后比利酒后忘形,脱去身上穿的威廉的衣
服,露出身上的伤疤,得意地讲述如何到市中心贫民区去,从付不起款
的人手里追回汽车。切尔西骂他是"街头黑鬼混混",威廉求他"说实
话"——其实是说假话——以挽回面子。这种一心想要摆脱贫寒出
身,进入中产阶级,并且表现得比中产阶级还要中产阶级的心态,哪里
是只有黑人才有的呢?《技术问题》中黑人女子法拉格特太太拒绝一
个黑人警察要她走直线以证明她不是酒后驾车,被警察起诉为酒后驾
车。她坚持要由一个白人律师在听证的时候代表她,听证的法官是个
白人女子,为法拉格特太太作证的是个黑人男子。一个简单的事件表
现出了美国社会不同种族、不同性别的人之间无法割裂的关系。法拉
格特太太打赢了官司,因为她在一个白人家打工,明白重要的是事实,
而不是对事实的有声有色的叙述,她知道自己唯一的证人"是南方来
的,喜欢绕着弯儿扯"。② 证人有声有色地对律师绕着弯儿扯经过,使
律师相信法拉格特太太没有喝酒。他利用黑人警察事发时没有按法律
要求让法拉格特太太在几种测试方法中进行选择这样一个法律上的技
术细节,毫不费劲地为法拉格特太太拿回了驾照。

在《忠实者》中,作者描写了约翰·巴特勒这样一个老黑人。他是
个理发师,星期日还是个传教士。他顽固地拒绝给黑人理流行的称作
"阿弗罗"的蓬松发型,看不到这种新发式所包含的文化内涵,因此来
理发的人越来越少。有一次,他不顾一个少年理阿弗罗发型的要求,给
他理了一个传统的学生头。少年的父亲气愤地来找他,说这是种植园
黑人式的头发,从此连仅有的几个忠实的顾客也不再光顾他的理发店,

---

① 麦克弗森:《回旋余地》,第 48 页。
② 麦克弗森:《回旋余地》,第 109 页。

他只好关门。麦克弗森认为这种固守传统不能与时俱进的人是禁锢黑人社区、使之不能创新发展的阻力，而决定巴特勒的态度的，是他一切和白人对立的僵硬的思维方式。他认为黑人青年留长发是在模仿白人，因此坚决反对，而事实上阿弗罗是一种非洲黑人的自然发式，美国黑人用这种发式来突出自己文化之根和种族自豪感。作者通过巴特勒对发式的误读，指出这种不管什么事情都和白人对着干的思想方法的褊狭有害。

大众文化对黑人价值观形成的影响在《寡妇和孤儿》里有突出的反映。从表面上看，故事讲的是路易斯·克莱顿在大瓦茨进步协会举办的宴会上重见旧情人克莱尔时的心情。故事开始于宴会，于宴会结束时结束。在整个过程中，路易斯除了和同桌的克莱尔的母亲及另一对母女偶尔几句闲谈之外，就是看着台上主持活动的克莱尔，回忆他们的过去。路易斯来自南方，现在在芝加哥一所大学教书。"他出生在一种世界里，现在生活在另一种世界里，但是在这个新世界里，老的世界中所有的规则都变了。"①当克莱尔在五年前走进他的课堂时，从她身上散发出的第二代洛杉矶黑人的气质对他产生了一种神秘感。为了破译她，他决意一直追溯到加利福尼亚。代替老的世界中的规则的，是耳濡目染的大众文化传递的信息。故事开始的一段心理描写很有象征意义。路易斯一面吃沙拉一面观察别的桌子上的人，一个人使他想起了格雷戈里·派克，另一个人的神情像贝蒂·戴维斯，一会儿他又觉得看见了马龙·白兰度②。路易斯是宴会的来宾中唯一的圈外人，除了克莱尔的母亲外，他一个人也不认识。虽然一屋子的黑人，他却本能地用电影人物来排除陌生感，拉近和其他人的距离。

麦克弗森的作品没有突出种族冲突，他关心的是在变动的社会中黑

① 麦克弗森：《回旋余地》，第170页。
② 均系好莱坞明星。

人如何找到自己的生活价值。他认为在民权运动和黑人权利运动以后，需要一种创造性的结合，基于黑人和白人的经历来界定共同的价值观，从这个高度来认识美国黑人所具有的独特性问题。现实并非如此。他的短篇小说犹如摄影机的镜头，读者通过麦克弗森提供的视角，观察到黑人在新形势下确立自己的地位和价值观过程中的困惑。

第六章
黑人文学大发展的最后 30 年
——多姿多彩的女作家群体

第一节　概论

在 1970 年代至世纪末这一阶段,美国文坛上多有建树的黑人作家大多出生于 1930 年代前后,成长在急剧变化、充满了动荡的时代。他们在第二次世界大战的风云中度过了童年和少年,20 世纪五六十年代的民权运动、黑人权力运动、妇女运动、反对越南战争的运动等对他们的思想和感情产生了决定性的影响,塑造了他们的生命和价值观。1960 年代以后,黑人全国性的激烈的政治斗争逐渐失去势头,除了一些突出的事件之外,更多转入局部斗争。反战运动随着越南战争的结束也沉寂下来。美国黑人近 20 年的斗争成果从 1960 年代后期开始产生了影响。1964 年通过的民权法案,使黑人进入传统的白人名牌高等学府成为可能,并逐渐在这些白人的文化堡垒中建立起黑人学研究的学科,使得人们能够深入系统地从历史和现实的各个方面研究和思考美国黑人问题。这对黑人作家的影响是巨大的。他们对美国的社会经济和种族问题的认识深化了,不仅对美国的政治经济制度,对种族歧

视、性别歧视、战争、贫困和腐败提出了自己的抗议,而且对黑人的历史
文化着手进行系统的发掘和研究,探索黑人民间文艺的形式和传统,并
且开始承认黑人自身所具有的多样性,承认黑人有着不同的背景、愿望
和追求。黑人女作家对于黑人权力运动中单一的男性声音不满。新黑
人移民作家提醒读者,美国黑人文化并不是唯一的黑人文化。具有阶
级意识的作家审视黑人中的阶级分化以及由此产生的矛盾。这一时期
作品中对不同的黑人群体的生活现实的反映,打破了黑人文学作品中
人物的单一和定式化倾向。同时,有的作家进入通俗小说的创作领域,
取得了很大的成就,如奥克塔维尔·巴特勒和塞缪尔·德兰尼的科幻
小说,沃特·莫斯利的侦探小说,特里·麦克米伦的浪漫小说,露西
尔·克里夫顿、弗吉尼亚·汉密尔顿和琼·乔丹的青少年读物等。这
一时期的黑人作家中的绝大多数都受过高等教育,西方文学传统对他
们有着一定的影响,熟悉从现实主义、自然主义到现代主义的各种创作
手法。他们不拘泥于单一的表现形式,而是自由地将各种叙述方式混
合使用。他们选择自己的主题、形式和风格,将黑人民间寓言、神话、传
说、语言在自己的创作中加以利用。他们中一大批人在创作技巧上不
断进行创新试验,并大量使用戏仿、幻想、反讽、暗讽、黑色幽默等手法
表现主题。过去虽也有个别的黑人作家进行过创作手法上的创新尝
试,但是黑人文学中占主导地位的一直是现实主义的表现手法。1970
年代以后后现代作家的大量出现,是黑人文学的一个重要发展。

　　黑人后现代作家和白人后现代作家仍有很大的不同。他们是在制
度性的种族歧视氛围下生活的黑人,受歧视受压迫状态形成了他们思
想感情和意识的基础。他们仍如杜波伊斯所说的具有双重意识,虽然
受到了西方正规高等教育所传承的价值观的影响,但是黑人在美国的
生存状态使他们仍然要为种族自由进行斗争。因此和其他一切时代的
黑人作家一样,他们的作品反映了美国的社会现实,特别是种族歧视的
现实,并且通过作品肯定黑人民间传统、黑人的力量和智慧、黑人的价

值观和丰富的黑人文化。

　　当然,也有许多黑人作家仍然使用现实主义的手法来反映黑人的生存状况和面临的问题。他们和过去的黑人作家一样,认为人是社会的产物,人的社会历史环境决定了他的意识,人是在自己特定的社会历史环境中实现个人价值的,但是和早期黑人作家不同的是,他们寻求的是从社会经济和文化传统上颠覆现存的种族歧视和性别歧视的制度。

　　这一阶段黑人文学中另一个极其重要的现象是黑人女作家群体的出现。在性别和种族双重歧视下生活的黑人妇女,必然会在民权和女权运动中双重觉醒起来。她们一方面看到了民权运动中男性主导的问题和黑人内部存在的性别歧视,但是也意识到黑人女子的解放不能和种族解放分割开来,因此在争取种族平等上和黑人男子团结一致,但是同时也要和黑人群体内部的性别歧视斗争。仿佛是迎接新的十年的礼炮,在 1970 年一年中,民权运动的活跃分子,诗人和表演艺术家玛雅·安吉洛出版了她系列自传的第一部《我知道笼中鸟为何歌唱》,该自传立刻畅销;托妮·凯德·邦芭拉编辑出版了文选《黑人妇女》,对黑人权力运动中的男性中心和女权运动中的白人女性中心进行了批评;托妮·莫里森和艾丽斯·沃克的处女作出版,开始了她们辉煌的文学事业。许多黑人女作家在作品中反映了种族歧视、性别歧视和阶级压迫对黑人家庭和社区的影响,主题多反映在这三种压迫交织作用下黑人女子的生存状态,反映黑人女主人公摆脱压迫、实现自我价值的精神历程。她们塑造真实鲜活的黑人女性形象,取代了过去作品中模式化的女性形象。她们审视女性团结、相互支持在这一历程中的作用,在情感和人际关系的探索上一般比较深入细腻。一些女作家反映了存在于部分黑人男性身上的男权思想、暴力倾向,包括性虐待等行为,引起了许多黑人男作家和评论家的抨击,指责她们把"家丑"外扬,损害了黑人男子的形象,给了种族主义分子攻击黑人的口实,不利于争取种族平等的斗争。这并没有能够阻止黑人女作家在反映种族迫害的同时反映黑人妇女所受到的性别迫害。她们的作品题材多样，创作手法多元化，在文学上达到了很高的成就，可以说在这 30 年的黑人文坛上出尽风头。

　　概括这一大批女作家只能用"多姿多彩"这样的词汇。从年龄上看，最大的出生在 1915 年，比最小的大 35 岁。她们最早的作品发表在 1956 年，多数从 1970 年代开始创作，直到今天仍新作不断。她们作品的主题也是多姿多彩的。她们演绎了接受白人物质至上的世界观的黑人的故事，他们或道德沦丧，或在追逐金钱的过程中成为失去灵魂的行尸走肉。她们揭露了种族歧视和白人价值观造成的黑人精神的扭曲、心灵的痛苦和家庭的悲剧。她们反映了民权运动积极分子如火如荼的斗争。她们塑造了从黑人民间文化传统中吸取丰富的滋养、继承民族优秀精神财富的人物形象，也描写了脱离了黑人的价值观和群体的人的失落。她们从女性的视角再现蓄奴制的罪恶，将话语权给予了女奴。她们打破了黑人女性在性别歧视上传统的沉默，道出了压迫自己的妇女的民族不可能得到真正彻底的自由和解放这样一个真理。她们歌颂了女性相互支持和友谊的力量。总之，她们反映了黑人在一个白人主宰的社会中寻找自己生活价值过程中或迷惘失落，或被虚假的价值引向沉沦，或摒弃白人的价值观念，找到真正的精神家园。在艺术上，她们也是集创作手法之大全，一切从有利于表现主题出发。她们采用了现实主义、魔幻现实主义、现代主义、后现代主义的各种表达方式，从顺时叙述到时空切换跳跃，从第一、第三人称叙述到多角度多叙述者叙述，从意象、梦境、幻觉到作祟的鬼魂。她们的作品有的易读，有的难懂，有的貌似易读，但真正的含义难懂。将她们放在一起，是因为她们都是具有强烈女性意识的作家，她们特有的种族意识和女性意识是1950 年代以来黑人民权运动和女权运动思想影响的产物。她们作品题材和艺术的多样性也是这个时代的产物。她们有各自关注的主题和喜爱的创作方法，但是也有着许多共同的特点。本章将对这一时期的黑人女作家进行介绍分析，在第七章中再介绍分析男作家，目的是希望能够较好地勾画出 20 世纪黑人文学这最为繁荣的 30 年的概貌。

第二节　只有一部小说的两位作家

玛格丽特·沃克和雪莉·威廉姆斯都是毕生在大学执教的教授、学者，又是评论家和诗人、作家。作为教授，她们开设黑人文化和黑人文学的课程；作为学者，她们研究黑人民间文化传统与历史。作为诗人，沃克出版了《为了我的人民》（1942）、《新的一天的预言者》（1970）、《十月行程》（1973）、《这是我的世纪：新诗诗集》（1989）等，威廉姆斯则出版了《孔雀诗集》（1975）、《可爱的甜孩儿》（1982）等。她们各自创作了一部小说：沃克的《禧年》（1966），威廉姆斯的《德萨·罗斯》（1986）。两者都反映了蓄奴制下黑奴的生活和斗争，都以女奴为主人公，从女性的视角表现了黑人历史中的这个重要时期，给予了被种族主义和性别主义剥夺了话语权的女奴讲出自己故事的权利，改变了公式化的黑奴，特别是女奴的形象，是后民权运动和黑人权利运动时期黑人重新审视自己历史的努力的一个组成部分。

玛格丽特·沃克

有着五十余年的文学生涯、出版了多部诗集的玛格丽特·沃克（1915—1998）似乎不应属于 1970 年代以后的作家群体，但是她的多数作品出版于 20 世纪七八十年代，唯一的小说《禧年》出版于 1966 年，是黑人权力运动以后黑人作家重新审视美国黑人历史的产物，因此放在这一章中讨论。

沃克出生在南方亚拉巴马州的伯明翰市，父亲是牧师，母亲是音乐教师。这是一个中产阶级家庭，十分重视教育和知识的价值，家庭中充满了音乐和读书的气氛，培养了她对文学，特别是诗歌的兴趣。她从

12 岁开始就自己写起诗来。中产阶级的家庭虽然使儿时的沃克没有受到种族歧视造成的心灵伤害，但是她从童年时代起就从外祖母口里熟知曾为黑奴的曾外祖父母的故事，这些故事伴随着她长大，最后定格在《禧年》之中。

沃克 10 岁时全家搬到新奥尔良市，4 年后中学毕业，进入新奥尔良大学。虽然哈莱姆文艺复兴运动所掀起的黑人文学高潮已经开始退去，但是哈莱姆文艺复兴中的重要诗人和作家仍很活跃。1931 年兰斯顿·休斯到新奥尔良，沃克有幸认识了他。和休斯 35 年的友谊对沃克的一生具有重大影响。休斯看了她写的诗歌后，鼓励她继续努力，并且建议她离开南方去读完大学。1934 年，杜波伊斯在《危机》杂志上发表了沃克的诗《遐想》，19 岁的沃克在诗中表明："我要写/我要写我的人民的歌……我要用文字表述他们的梦；用音符表述他们的心灵。"[①]

沃克于 1932 年进入芝加哥西北大学，毕业后参加了联邦作家计划的工作，编写《伊利诺斯州指南》。这份工作使她有机会了解城市黑人的生活，也锻炼了写作技巧。在联邦作家计划项目的工作中，沃克结识了许多黑人作家。1936 年在一次会议上，她认识了赖特。赖特变革社会的热忱给了沃克很深的印象，他的文学应该为政治服务的观点给予她启示，影响了她此后的创作。两人的友谊由于误解在 1939 年突然中断，沃克也结束了在联邦作家计划的工作，进入衣阿华大学学习，获得了硕士学位。1942 年她的第一部诗集《为了我的人民》出版，获得了耶鲁青年诗人系列奖。她开始在大学任教，结了婚，养育了四个子女。她的脑子里始终孕育着要写一本有关曾外祖父母的生活、蓄奴制和南北战争的历史小说，也曾在 1944 年和 1953—1954 年期间，在罗森沃德和福特研究基金的资助下进行过所需的资料收集和历史研究，但终因家庭经济需要她继续教学，加上繁忙的家务，未能成书。直到 1962 年，她

---

① 转引自杰弗里·亨特编：《黑人文学评论》，第 3 卷，第 1830 页。

才有了时间回到衣阿华大学读博士,论文就是《禧年》。在回顾《禧年》的创作过程时,沃克对访问她的黑人评论家克劳迪娅·泰特说,她从19岁起就开始了《禧年》的创作,由于30年的酝酿,"《禧年》是一个成熟的人的作品。当我开始酝酿这本书的时候,我对生活的了解连现在的一半都不到"①。

　　《禧年》的女主人公薇瑞是白人农场主约翰·达顿和女奴赫塔的女儿。1837年薇瑞2岁的时候,母亲赫塔在29岁生第15个孩子时死去。薇瑞7岁时开始在主人的宅子里干活,因为她和女主人赛利娜的女儿莉莲同龄,而且长得十分相像,赛利娜便把对丈夫的不满变成了对薇瑞的虐待。在约翰的干预下,薇瑞被派到厨房给女奴萨利打下手,并且和萨利一起住在黑奴生活区。萨利告诉她,约翰是她的生父,让她尽量躲着赛利娜。10岁时,约翰的农场所在的李县黑奴计划起义,但是走漏了风声,农场主开会决定加强对黑奴的控制。不久,传说三个在厨房干活的女奴毒死了主人,引起农场主极大的恐慌,因此,萨利被卖掉,薇瑞成了厨娘。17岁时,一个做铁匠的自由黑人伦多尔·韦尔受雇到达顿农场来钉马掌,爱上了薇瑞。韦尔协助主张解放黑奴的白人伦多尔·惠尔赖特从"地下铁路"把逃亡的黑奴送到安全地带,伦多尔去世后把自己的202.5英亩土地留给了韦尔。薇瑞怀孕后请求达顿允许她和韦尔结婚,达顿拒绝,说他会在遗嘱中给她自由。南北战争爆发后,韦尔为黑人的自由参加了战争。达顿的儿子小约翰则参加了南方军队。他离家前嘱咐农奴,如果忠实于农场,好好干活,他得胜归来后就给他们自由和土地。他不久就在战争中受伤,子弹打穿了他的肺,回到家中不久死去。莉莲的丈夫凯文在岳母赛利娜的一再敦促下当了兵,也在受伤后死在家里。一连串的打击使赛利娜心脏病发作死去,莉莲

---

　　① 克劳迪娅·泰特编:《创作中的黑人女作家》,连续统一体出版公司,1983年版,第191页。

精神失常。这时农场里的黑奴基本上全离开了，整座农场只剩下了薇瑞、莉莲和她们各自的两个孩子，以及随得胜的北军北上并获得解放的黑奴因尼斯·布朗。他因为爱上薇瑞，决定留下来。而薇瑞之所以没有离开，一方面是因为她难以扔下一同长大的莉莲，也因为她要等待韦尔回来找她。她觉得，如果自己离开了，那么韦尔就永远也不可能找到她们了。不久，莉莲和孩子被姑妈接走，但薇瑞仍留在农场，等待韦尔。南北战争结束一年后，韦尔仍然没有回来，薇瑞这才相信了人们说韦尔病重、恐怕已经不在人世的传说答应和布朗结婚。他们一家人离开农场，希望能够得到一份土地，靠自己的劳动，过安定的生活。内战后的南方种族主义横行，白人对他们极端仇视，欺压、纵火，无所不用其极，直到薇瑞救了一个白人产妇和婴儿的命，产妇的父母感激之下帮助他们，他们才在社区站住了脚。

韦尔在内战结束后没有直接去寻找薇瑞和孩子们。他参加了佐治亚州有色人种第一次代表大会，成了佐治亚州平等权利协会的创始成员。到他腾出时间去找家人的时候，已是人去楼空，并且得知薇瑞已经结婚。他去找莉莲的姑父，打听到了薇瑞的下落，终于找到了家人，但是薇瑞和他在观念上已经有了很大的不同。韦尔在种族问题上很激进，他仇视白人，薇瑞却认为白人有好有坏。她相信上帝，不赞成人类间相互仇恨。作者在小说中多次直接表达自己的看法，在结尾时更表述了她对这个生为奴隶、历经磨难、以她的曾外祖母为原型的女子的赞美：

> 她显然具有爱的能力，那救赎的、宽容的爱的能力，这使她生气勃勃，站在她的时代和人性的最高峰。她是个农民、奴隶，不识字，没有人教导，却是她民族母性的最好典范，是民族永恒的保证，因为没有什么能够毁灭一个由她生养的男子汉构成的民族。[1]

---

[1] 玛格丽特·沃克：《禧年》，矮脚鸡丛书，1967 年版，第 407 页。

　　薇瑞决定留下继续和布朗一起生活,韦尔送儿子吉姆去读书,希望他成为教师。读者最后看见的是体内又孕育着新生命的薇瑞,在苍茫的暮色中召唤自家的鸡群回窝。

　　小说出版的初期,对作品持批评态度的人不喜欢薇瑞浓厚的宗教意识,以及她不能认同韦尔革命的政治观点。有人甚至认为小说中反映的薇瑞和白人,特别是和莉莲之间的关系带有理想化成分。1970 年代以后,当人们把《禧年》放在后来出现的一系列女作家重述黑奴经历的作品中考虑时,看法有了深化。这是一部从黑奴及女性的视角撰写的作品,反映的不仅是黑奴的生活,而且是整个文化。作者在长期认真研究考证的基础上,充满感情地反映了黑奴生活中的习俗、使用的语言、吟唱的歌曲、喜爱的食物、医疗的方法以及他们为了生存所必需的具有双重意义的行为。小说中有残酷的白人工头,也有倾心帮助黑奴逃向自由的白人;有被追捕回来身上烫上了烙印仍要逃跑的女奴,也有渴望自由但不敢冒生命之险的人。这是复杂世界的现实,作者反映了世界的复杂。正是由于对黑人历史的研究和外祖母所讲述的曾外祖母故事的感染,沃克对所写的时代和生活于其中的人充满了理解与同情。薇瑞虽然最终没有支持韦尔激进的政治观点,选择了和布朗生活在一起,但是她在为家人能够生存下去所做的斗争中表现出了极大的勇气。保护儿女们能够在逆境和危难中活下来,对薇瑞来说是头等大事,是最重要的现实目的。她的环境和遭遇使黑奴生存所必需的谨慎及理智成了她的第二天性,她在战争和南方重建时期所面临的新考验面前小心翼翼地选择生存之路。薇瑞的形象是千千万万普通女奴的生动写照。

雪莉·安·威廉姆斯

　　威廉姆斯(1944—1999)出生在加利福尼亚州贝克斯菲尔德城,8岁时父亲死于肺结核,16 岁时母亲病故。她在读了理查德·赖特的

《黑孩子》等黑人作家的自传后才对生活有了信心，没有和她的大多数朋友那样连中学都没有读完，而是上了大学，在 1966 年从弗雷斯诺的加州大学毕业后又继续攻读，并于 1972 年获得硕士学位后开始在大学任教。她教授黑人文学，研究黑人文化，写文学评论，发表诗歌。1986年威廉姆斯出版了小说《德萨·罗斯》。

威廉姆斯在《德萨·罗斯》中借用了赫伯特·阿普特克在《美国黑奴起义》一书中提到的两个历史事件：一件是 1829 年在肯塔基，一个怀孕的女奴领导了锁成一串被驱赶到奴隶市场去拍卖的一队黑奴起义逃跑，被抓住后判了绞刑，等她生下孩子后执行；另一件是 1830 年，一个白人妇女在北卡罗来那州自己偏僻的农场上庇护逃亡的黑奴。威廉姆斯在小说的"作者记"中写道，"多么可惜……这两个女人从未相遇"，于是在自己的作品中把两个本来互不关联的女人的命运联系在了一起。

小说开始时怀孕的德萨被关在监狱里，回想自己在种植园和丈夫凯恩一起的生活。主人砸坏了凯恩的班卓琴，凯恩在气愤之下和主人冲突起来，被主人杀死。德萨袭击女主人，被毒打后卖给了奴隶贩子威尔逊。威尔逊把她用铁链和别的黑奴锁在一起，驱赶到奴隶市场去卖。在威尔逊的黑人车夫内森的带领下，德萨和大家一起杀死了威尔逊雇来看管他们的五个白人，在打伤威尔逊后逃跑，被追捕回来后判了死刑，等她生完孩子后执行。这时，一个白人作家尼赫迈亚为了自己出名，想披露德萨"犯罪"的细节，来找德萨谈话，但是德萨并不合作，使尼赫迈亚无法弄清事件的真实情况。在内森和另一个黑人哈克及警长的黑奴的帮助下，德萨越狱，到了白人女子鲁斯·萨顿（爱称鲁菲尔）在亚拉巴马州北部的萨顿谷农场。鲁菲尔原本是查尔斯顿市一个殷实人家的小姐，出嫁后才发现丈夫是专门在行驶于江河中的船上赌博的赌徒，他的 500 英亩农场土地很贫瘠。她的黑人保姆是她唯一的朋友和可以倾心交谈的人。黑人保姆协助在这个偏远的农场上收留逃亡的黑奴,鲁菲尔隐约知道这个情况,并默许了此事。当德萨来到萨顿谷的时候,黑人保姆已经去世,鲁菲尔带着两个孩子独自生活。德萨在农场生下一个儿子,产后醒来,发现鲁菲尔在给自己的儿子喂奶。此后,两个女人逐渐从各自对对方的传统偏见中摆脱出来,共同完成了她们肉体和精神上的解放。

内森和哈克策划把逃奴带到西部的自由州去。哈克原来的白人主人是一个职业骗子,哈克仿效他的伎俩,设计了一个搞钱使大家能够去西部的骗局。鲁菲尔假装被卖黑奴的主人,德萨充当她的贴身女奴,内森当车夫,哈克等是被卖的黑奴。她们卖掉黑奴,帮助他们逃跑,然后聚集起来,再把他们卖掉,再逃跑,用得来的钱逃到了西部。在这个过程中发生了两件事,使这两个不同种族、不同经历的女子之间最终产生了深厚的姐妹情谊。有一次她们在途中过夜的时候,一个喝得醉醺醺的白人男子企图强奸鲁斯,德萨和鲁斯一起奋力反抗,赶走了他。这使德萨看到,白人女子和黑人女子一样,也受到男人的性暴力的迫害。另一件事是尼赫迈亚发现了德萨。自从德萨越狱后,尼赫迈亚发誓要把她追回来,一定要她开口说出实情。他遇到了德萨,岂能放过,便把她带到当地的警长面前,让警方检查她身上的伤疤,以证明她是他们追捕的逃犯。在检查她的黑人女子的帮助和鲁斯的干预下,德萨被放。德萨对鲁斯的保留彻底消除,接受了鲁斯的友谊,最终大家胜利地到了西部。德萨和哈克结婚,鲁斯也不愿再回到蓄奴制统治的南方,到东北部去生活了。

威廉姆斯在这部仿黑奴叙述的小说中颠覆了许多传统的观念。她的女主人公德萨是个在地里干活的女奴,而一般有关蓄奴制的作品中虽然也出现在地里干苦活的女奴,但是主人公往往是在主人宅子里干活的女奴。德萨充满了暴力反抗的精神,成了白人眼里的"魔鬼女人"。德萨和鲁菲尔从传统的主和奴、白人和黑人的互不信任的关系,发展成为相互依靠相互帮助共同获得解放的关系,而且鲁菲尔还给德萨的婴儿喂奶，这更是颠倒了传统的黑人为白人抚养子女的角色关系。小说的第一部主要是尼赫迈亚获取德萨的故事的努力。他带着所有对黑奴的传统歧视，认为可以轻而易举地让她讲出自己的经历，然后由他来解读她的故事，名利双收，但是除了时间和地点之外，他什么也没有搞清楚。他想要控制话语权的努力失败了，想要抓住德萨报仇的目的也未能达到。威廉姆斯有意识地表现了德萨对尼赫迈亚的不信任，和在回答他的问题时的保留。她在"作者记"中坦率地说出了自己读了白人作家威廉·斯蒂伦所写的 19 世纪黑奴起义的领袖奈特·特纳的故事后所感到的气愤，《德萨·罗斯》是在气愤之余还历史本来面目的一种努力。在小说的第三部，作者由德萨本人讲述自己的故事，标志着她自我意识的确立和对自己命运的掌握。作者把话语权交给在历史上被压制了声音的女奴，也是有意识地要黑人掌握自己的历史和文学的思想的表现。由于小说的上述特点，作品发表后受到了一致的好评。

第三节　作品不多、各有特色的作家

艾丽斯·恰尔德里斯

艾丽斯·恰尔德里斯（1916—1994）主要以剧作闻名。她出生在南卡罗来纳州，5 岁时由外祖母带到纽约市，在那里长大。高中毕业前，母亲和外祖母相继去世，恰尔德里斯离开了学校。她一面打工，一面在哈莱姆黑人剧社参加演出。在剧社，她感到自己没有发展的天地。要演黑人角色，她肤色不够黑，不符合观众脑子里对黑人视觉上的要求，而剧社又不让一个皮肤白皙的黑人去演白人的角色。恰尔德里斯决定寻找能够使自己得到发展的机会，开始创作剧本。为了生活，她同时去打零工。她做过机修工的助手、相片修版工、售货员、保险公司推销员等等。这些工作使她生活在劳动者之中，了解他们的生活和感情。

她作品中那些"小人物"个个栩栩如生，就得益于这个阶段的生活。她还做过几个月的家务女工。她因受不了歧视，把钥匙往白人雇主身上一扔便不再当家务女工了。这段经历为她日后创作《就像一家人》提供了宝贵的素材。

恰尔德里斯的第一个剧本《弗洛伦斯》于 1949 年在哈莱姆上演，1950 年发表在《群众与主流》杂志上。这个剧本在人物刻画、语言运用和冲突发展等方面都得到了好评。此后她共发表了 14 个剧本，成为在美国剧坛上首位取得巨大成就的黑人女性。60 年代后期，她受聘于哈佛大学，成为拉德克里夫独立研究学院的驻院剧作家。

恰尔德里斯以剧作闻名，她创作的小说不多，有《就像一家人》(1956)、《英雄不过是个三明治》(1973)、《短促的行程》(1979)、《彩虹·乔丹》(1981) 和《另类人》(1989)。其中《英雄不过是三明治》和《彩虹·乔丹》是专为青少年创作的。前者的主人公是一个生活在哈莱姆的 13 岁的、染上了毒瘾的少年班吉·约翰逊，揭示出在这样一个大城市的黑人聚居区内的罪恶现象对少年心灵的毒害和导致的家庭悲剧。后者的主人公则是一个被母亲遗弃的女孩彩虹，小说反映了她在社区黑人妇女的关怀下成长的故事。这两部作品表现出了作者的这样一种思想：在黑人青少年成长的过程中，成年人具有重大的、不可推卸的责任。

从严格意义上来说，《就像一家人》不能说是一本小说，而是由 62 个独白构成的作品，但是叙述者都是 32 岁的家务女工米尔德里德，每一个独白都是米尔德里德向同是家务女工的好友玛吉讲述自己工作时遇到的人或事，以及她本人对发生在周围的事物的看法和态度。主题、人物和叙述手法的连贯使《就像一家人》具有小说的一些特点。米尔德里德是一个与过去文学作品中出现过的黑人家务女工完全不同的形象。她不是那种公式化的包着头巾、安分守己、在白人面前唯唯诺诺的黑女佣。她有自己做人的尊严，认为自己是和白人平等的人，而且敢于

维护自己的权利。如果主人不尊重她的人格,她就炒主人的鱿鱼。她
在白人家庭中的经历反映了为白人做家务的广大黑人妇女的遭遇。

　　米尔德里德的原型是作者的姨妈萝林,而作品中描写的一些情节
是作者本人做家务女工时的亲身经历,所以写来栩栩如生。在 62 篇故
事中,直接有关主仆关系的共 11 篇,其他都是米尔德里德对种族关系、
种族歧视的现象、社会状况、黑人心态、宗教、政治、教育等的看法和评
论。恰尔德里斯把一个黑人家务女工塑造成有自己独立的观点、敢于
发表自己的看法、自食其力、决不无声地忍受任何对自己人格的不尊重
的女子,在当时具有很大的意义,给读者耳目一新的感觉。C 太太总在
客人面前说她对待米尔德里德就像一家人一样,从来不把她当成仆人。
米尔德里德终于忍无可忍。一次在一个客人走后,她往客厅沙发里一
坐,向女主人历数自己如何从来没有受到过一家人般的对待,如何干着
所有女仆干的活,所以主人最好还是别把她当成一家人,给她涨点工
资。M 太太总觉得自己比黑人高一等,却又想让米尔德里德觉得受到
了平等的对待,以便能够较好相处,就故作亲热,没话找话,问长问短,
什么个人私事全问。米尔德里德对她的屈尊俯就的态度十分反感,于
是问她,如果她这个女仆也问太太同样的问题,太太能否和她相处。E
太太怕米尔德里德偷她钱包里的钱,只要米尔德里德在她家干活,她就
总攥着钱包。米尔德里德寻找机会想给她个教训。一天,太太让她下
楼去找工人来修水龙头。米尔德里德故意出门后冲回来,紧张地说自
己忘了拿钱包。当天下工时,E 太太说希望她不要误会,以为自己不信
任她。米尔德里德不客气地打断她的话说:“我理解。因为如果我给
别人的工资也像你给我的那么少,我也会攥着钱包不放手的。”①有一
次,米尔德里德到一个人家去应聘,女主人向她要健康证明,说她需要
照顾孩子大人什么的,希望米尔德里德能够理解她提出的这个要求。

---

　　① 　艾丽斯·恰尔德里斯:《就像一家人》,灯塔出版社,1986 年版,第27 页。

米尔德里德当即回答说："我正愁怎么向你提出看看你们的健康证明呢。你的、你丈夫和三个孩子的……要知道,因为我得洗你们的脏衣服,给你们铺床什么的。"①女主人窘极了。米尔德里德从来不容忍不平等的对待,为了自己的尊严不惜丢掉饭碗。这是作者所熟悉的黑人妇女,她要以这样的形象来改变人们头脑中从过去的文学作品里得到的黑女佣的形象。这一点具有很大的意义,因为"在这个国家中,谁想要找一个历史上从来没有成员做过家务女工的黑人家庭是很困难的事"。"黑人获得自由后,是家务女工使我们没有饿死路旁"。② 对于承受了如此重负的女子,理应还她们一个本来面目。

上面已经提到,这部作品由米尔德里德的 62 篇独白构成,听她讲述的玛吉从来不说话,但是读者却随时感觉到她的存在。作者用省略号来表示玛吉说了话,读者从米尔德里德的话中可以猜到玛吉说了什么或在干些什么。在米尔德里德叙述的过程中,常常会夹杂着这样的话,"我对去野餐不那么积极……是,我知道是我的主意"③。读到此处,读者能够想象,玛吉肯定说了"你怎么又不那么积极了,这原来不是你的主意吗?"之类的话,因此对读者来说,这实际上是对话,只不过是一方有声一方无声而已。出自一个剧作家之手,这种表现方式不仅不枯燥,反而常常是妙趣横生,令人忍俊不禁。

在对诸多社会现象进行评论的篇章中,恰尔德里斯实际是通过米尔德里德之口抒发自己的感想,反映了作者对美国现实,特别是有关黑人地位的不满,更接近于随笔性的杂文。

《短促的行程》是一个黑人女子柯拉一生的故事。作者在小说的第 100 页上点出了书名的含义:"人生只不过是一个从摇篮到坟墓的短

---

① 艾丽斯·恰尔德里斯:《就像一家人》,第 43 页。
② 艾丽斯·恰尔德里斯:《就像一家人》,第 37 页。
③ 艾丽斯·恰尔德里斯:《就像一家人》,第 24 页。

促的行程——在路途中我们无疑应该相互善待。"小说反映了柯拉从
出生到死亡的短促的人生旅程。她一生梦想得到的是生活的善待、爱
的善待，但总是失望多于满足。她做女佣的母亲 16 岁时和白人家的少
爷发生关系后怀上了她，少爷的父母发现此事后把她送往他乡。母亲
产后死去，柯拉被一对黑人夫妻比尔和艾塔收养。她的第一个梦想在
5 岁生日时破灭。比尔答应她，在她生日的这一天，她可以去做她想做
的任何事情。那天，比尔带着她出去玩。在他们经过一个漂亮的公园
时，柯拉要进去，比尔说黑人是不许进去的，但是不懂事的柯拉径自跑
进大门，被警察赶了出来。比尔沉重地对她说："5 岁是个小小的年纪，
可是已经是你懂得法律在白人一边的时候了。他们能够，实际上也确
实把黑人关进监狱，他们甚至能够把我们私刑处死。"①这是柯拉上的
美国种族现实的第一课，她在这一残酷的现实下，在和这一现实的斗争
中走完自己短促的人生行程。

在 20 世纪初的南卡罗来纳州，种族歧视和种族隔离被制度化了，
黑人稍有"越轨"，就会招来杀身之祸。在小学里，柯拉问老师书上说
的有小灰马和红马车的叫内德的孩子是不是白人，就被罚站；在中学
里，学生要演的历史剧由于白人要来看而改成了《我的决心》节目，参
加"表演"的每个黑人学生上台先背一段《圣经》，然后说，"我是上帝的
孩子，我的决心是终身为他服务，做一个厨师（护士……），来帮助教育
和提高黑人民族"。② 柯拉气愤地说，他们不应该让白人左右自己的生
活，应该斗争。艾塔对柯拉说，这样做会被白人私刑处死。在艾塔的一
再劝说下，"柯拉给自己的嘴安了一把锁"③。她规规矩矩地按书本回
答问题，不再多说话。她只有在和男同学塞西尔一起时，才任凭希望展

---

① 艾丽斯·恰尔德里斯：《短促的行程》，阿冯丛书，1981 年版，第 29 页。
② 艾丽斯·恰尔德里斯：《短促的行程》，第 70 页。
③ 艾丽斯·恰尔德里斯：《短促的行程》，第 71 页。

翅。空闲之时,他们总是来到码头,望着大海尽头的地平线,数着码头上停靠的船只,梦想到船上去工作,让船把自己载向自由的天地。

柯拉和塞西尔在田间约会,被三个白人青年撞见。塞西尔保护柯拉跑走,自己被他们围攻。其中一个用鱼钩拉豁了他的嘴唇。塞西尔的姨妈责备他们竟然跑到陌生的白人社区去幽会,简直是疯了。塞西尔唇伤痊愈后去了纽约,柯拉的初恋就这样残酷地结束了。

比尔去世后,家里生活更困难了。柯拉不愿跟随艾塔到一个小岛上去过乡村生活,就嫁给了克杰。克杰丧妻,有一份在监狱做杂活的稳定工作,还有妻子遗留给他的一笔财产。婚后,柯拉发现克杰是一个势利的、自己是黑人却蔑视黑人的家伙。新婚之夜,他带着柯拉在家里转了一遍,告诉她每件家具的质量、价格,吩咐她一日三餐给他做什么吃的,说家里不会常有客人,"因为黑鬼多了让我心烦"[1]。她意识到自己违背了比尔临终前对她的教诲,感到很痛苦。比尔叫她一定要自立谋生,不要做任何人的奴隶,告诉她她属于自己。克杰得知她给了在外面修路的黑人犯人一些食物和水就打了她一顿。这时,她决定离开克杰,到纽约去投奔比尔的表亲埃斯特尔。她在埃斯特尔开的供在铁路上跑车的黑人服务员食宿娱乐的家庭俱乐部里做事,从打杂到在赌桌上做发牌的庄家都干。她和黑人小伙子卷毛成了好朋友。她不甘心就这样在牌桌旁过一辈子,总是出去找工作,可总是受不了虽不明显却无处不在的种族歧视,一次次地回到埃斯特尔家。卷毛劝她,黑人总得先找到工作,活下去,才谈得上解决种族问题,但柯拉总是感到自己在毫无意义地浪费生命,无法摆脱心头的苦恼。正在此时,她在哈莱姆遇见了塞西尔。塞西尔追随黑人回归非洲运动的领导人加维,在全球黑人促进协会工作,协会的宗旨是促进全世界黑人的团结,在非洲建立由黑人治理的黑人国家;他还在街头讲演宣传加维的主张,为加维主办的报纸

---

① 艾丽斯·恰尔德里斯:《短促的行程》,第 131 页。

《黑人世界》撰文。柯拉跟随塞西尔去见了加维，又随塞西尔乘加维的商船"道格拉斯"号首航加勒比海国家。她逐渐对加维的激进观点产生了不同的看法。她并不认为在非洲建立黑人国家能够解决美国黑人的问题。到了非洲后，她感到"美国如果在种族和肤色问题上不那么恶劣、没有私刑的话，就会是一个生活的好地方，我永远不会想到要离开它"①。当她和塞西尔意见不一致的时候，塞西尔从来不好好考虑她的想法，总是轻蔑的用一句"你懂什么"来堵她的嘴。柯拉感到自己虽然处身在黑人运动之中，却仍然不能有独立的自我。无论看法上谁是谁非，她不能靠做塞西尔的应声虫过日子。她告诉塞西尔自己怀上了他的孩子，塞西尔竟然好像没有听见一样。她失望了。她原以为他们彼此相爱，而塞西尔认为："在这个由种族歧视造成的地狱被摧毁之前，爱没有存在的空间，种族问题不解决，我们就只能一直受苦。"②柯拉虽然也对种族歧视的现状深恶痛绝，但她仍追求生活中人和人之间的爱，不认为黑人男女之间只有和种族歧视的斗争而没有相互的关爱。柯拉离开了塞西尔。直到去世前，柯拉也没有得到她所爱的塞西尔的爱。她对一个好友说："我一辈子都希望得到真正的爱，很可能到死都不知道被爱的感觉。那个狗杂种塞西尔从来没有爱过我。"③

在柯拉最困难的时候，卷毛帮助了她，使柯拉能够平安地生下女儿德尔塔。为了养大女儿，为了给德尔塔受教育的机会，柯拉真正走上了独立谋生之路。她组织剧团巡回演出，以此为生。她不断面临歧视，但她从不妥协，以自己的方式维护自己的权利和黑人的尊严。当剧院经理让她的演员在地下室化妆，而把化妆室留给白人使用时，柯拉告诉这个经理，不为他们打开明星化妆室的门、不预付一半演出费，就不上场。

---

① 艾丽斯·恰尔德里斯：《短促的行程》，第 211 页。
② 艾丽斯·恰尔德里斯：《短促的行程》，第 240 页。
③ 艾丽斯·恰尔德里斯：《短促的行程》，第 330 页。

经济大萧条时期,她得知自己在制衣厂找到的工作是罢工工人的空缺时,便毅然离去。

柯拉的一生是辛苦劳作的一生,用她自己的话来说,和所有只有自己可以依靠的黑人妇女一样,她是做了一辈子牛马。当德尔塔在第二次世界大战期间要参加海军时,柯拉不同意,她认为二战是一场白人的战争。德尔塔问母亲她年轻时可曾有过梦想,可曾想要做别人不让她做的事情。种族主义的社会幻灭了她的航海梦,如今女儿想要去做海军,也许在黑人从未停息过的斗争中,新一代黑人有了实现梦想的可能? 当柯拉跌倒在地,被送去医院,行将结束人生旅程的时候,"她又一次听到了轮船响亮的汽笛声。穿着白上衣的船长俯身向着她,将她朝跳板抬去——'啊,多么快活'!"①柯拉带走了自己的梦。

一个黑人女子对理想和爱情的追求竟然会是一种奢侈! 恰尔德里斯在作品中充分展示了 20 世纪上半叶美国的政治、社会和种族现实,并将人物的命运与之紧密结合,在柯拉这个普通妇女的身上浓缩了一个时代黑人妇女的命运,她身上所反映出的坚忍和做人的尊严正是作者着力歌颂的黑人妇女的品质。

在《另类人》中,恰尔德里斯审视了美国社会中人们对待不同于常规的中产阶级白人的所谓"另类人"的态度。小说中这些"另类人"包括了黑人、同性恋者、具有不同于中产阶级期待的言行的女性等等。小说的故事发生在东部一个叫迷你城的地方,围绕着对当地中学里 39 岁的体育教师哈代猥亵 14 岁的女学生西奥多拉事件的处理展开。17 岁的主人公乔纳森·巴内特是该校的电脑课老师,他和黑人学生泰龙是事件的目击者。西奥多拉指控了哈代,学校董事会要调查。这时,乔纳森不断接到恐吓电话,说他如果作证对哈代不利,就要公开他是同性恋,有艾滋病,和泰龙有一手,让他在迷你城待不下去。乔纳森早已意

---

① 　艾丽斯·恰尔德里斯:《短促的行程》,第 333 页。

识到自己有同性恋倾向，但是不愿公开，因为他不愿伤害父母。现在他一旦承认自己是同性恋者，就会被看作另类人，那么对他的其他一切恶意攻击和中伤就会被别人当成事实加以接受。西奥多拉的亲友和学校的校长劝告她不要起诉，说人们好容易才开始对她9岁时被叔叔猥亵的事情淡忘，如果起诉，会进一步影响她的名誉，让她难以做人。再说，她能肯定在黑屋子里猥亵她的那个人确实是哈代吗？是一般拍拍她还是真的猥亵了她？她跑到那间放清洁用品的黑屋子里去干什么？她的父亲说，两个证人一个是同性恋，一个是黑鬼，谁会相信他们？哈代满心委屈，说自己是个"夹在一个轻佻的女孩、一个同性恋和一个自大的黑人之间"①的小卒子，为了保护妻儿，他顾不得别人了。泰龙的父亲麦克斯不让他回答警方的问题。作为迷你城里唯一的黑人家庭，麦克斯关心的是自己能否为白人的主流文化所接受，连泰龙和姐姐听黑人歌手的歌时，他也要他们把音响开小点，"别让周围的白人认为我们很粗俗"②。麦克斯觉得没有必要搀和到白人之间的纠纷中去，更没有必要让人家骂你是黑鬼。结果只有乔纳森一个人不愿为了自己的利益不去作证或在作证时讲假话。威胁和恐吓反而使他决心讲出自己是同性恋的隐私，那样"我就再也不会感到被人威胁了"③。他到校董事会去回答问题，说自己是同性恋，说西奥多拉指控哈代的话是实情。就在他回答完问题之后，西奥多拉和家长撤诉了。表面看来，乔纳森白白地暴露了自己性取向上的隐私，但是他却有了一种获得了解放的感觉。他走出董事会场，感到"自由太好了。公开身份就像笔直地飞离这个世界"④。从高中时起就感到自己具有同性恋要求的乔纳森一直生活在

---

① 艾丽斯·恰尔德里斯：《另类人》，帕特南之子出版公司，1989年版，第86页。

② 艾丽斯·恰尔德里斯：《另类人》，第150页。

③ 艾丽斯·恰尔德里斯：《另类人》，第165页。

④ 艾丽斯·恰尔德里斯：《另类人》，第184页。

迷惘和痛苦之中。他既不能违背自己的天性生活,又不愿伤害父母和女友的感情。同性恋的朋友要他公开身份,异性恋的人知道他的性取向后不是惋惜纳闷,就是怀疑他的一举一动,甚至利用这个来威胁他。他不明白为什么没有人愿意去理解他,连一个肯听他倾诉的人也找不到。作者通过迷你城中人们对待西奥多拉事件的态度,反映了自以为是的卫道士们对一切和他们不同的“另类人”的根深蒂固的偏见和歧视。恰尔德里斯运用了 10 个不同人物的视角进行叙述,深刻地揭示了从这个事件中反映出来的各种人对待黑人和同性恋者的心态,和造成各自的心态的家庭、社会以及个人经历方面的原因。迷你城是美国的缩影,城中的各种观点也是美国社会在这些问题上的缩影。

也许因为恰尔德里斯以剧作步入文坛,她的小说也有着语言生动简练、观察问题深刻犀利、人物内心世界丰富的特点。

露易丝·梅里韦瑟

露易丝·梅里韦瑟(1923—　)关注的中心是重新审视被白人扭曲了的黑人历史。她发表、出版了一些短篇小说和重要黑人的生平事迹简介、三部反映黑人历史的青少年读物和两部小说之一的《方舟碎片》,都是从历史人物或事件出发,反映美国黑人在困难和压迫下取得的成就。她出生在纽约州,在哈莱姆长大。父亲是砖瓦匠。经济大萧条时期,父亲失业,无法养活五个子女,靠做彩票赌博的兜揽人赚点外快以及社会救济度日。梅里韦瑟从纽约大学英语系毕业后,到加利福尼亚州,一面为报纸做自由撰稿人,一面在洛杉矶大学攻读新闻学硕士学位,于 1965 年毕业。她是一个积极的政治活动家,1960 年代中期开始参加种族平等大会组织和武装保卫社区防止三 K 党袭击的组织的工作。1967 年,20 世纪福克斯公司打算将威廉·斯蒂伦的《耐特·特纳自白书》搬上银幕,梅里韦瑟和洛杉矶表演艺术协会创始人威特菲尔德一起组织了黑人反诽谤协会,反对把这部诋毁 1831 年弗吉尼亚黑奴起义首领耐特·特纳的作品拍成电影。1994 年出版的《方舟碎片》以真实的历史人物,黑奴罗伯特·斯摩尔司的经历为基础,描写了黑奴彼得·曼戈在南北战争时期逃出虎口、获得自由、参加北方联军作战的故事。梅里韦瑟以自己的作品和斗争,毕生为还黑人在美国历史和现实中的真面目而努力。

她的小说《爸爸是个彩票赌博的兜揽人》(1970)相当程度上取材于作者家庭在大萧条时期的经历。故事发生在1934 年,梅里韦瑟以 13 岁的黑人小姑娘弗朗西·科芬的视角,反映了底层黑人为了生存而苦苦挣扎的充满辛酸的生活。弗朗西的父亲是油漆工,半年前失业后,帮助黑道上的彩票赌大庄家兜揽彩票,赚点小钱,母亲每天下午到白人家里做家务,勉强使一家人不致饿肚子。小说反映了黑人青少年失落和绝望的心情。男孩子或被黑社会组织吸引走上犯罪的道路,或早早辍学,走上社会。如弗朗西 15 岁的大哥的组织里三个十几岁的少年杀了一个白人老头,等待他们的不是电刑也是无期徒刑,而她的大哥不过是因为当时在看电影才没有参与。14 岁的二哥是一个好学生,酷爱化学,但是他突然决定停学,因为即使再学七年,大学毕了业,也不会有人雇用黑人化学师的,不如马上干活挣钱,结果在殡仪馆找到了活。女孩子小小年纪就受到各种骚扰。如因家里没有钱,母亲让弗朗西去食品商店赊一些食物,老板总要摸她才肯赊账。肉铺老板摸了她就会多给她一块煮汤的骨头。想到母亲等米下锅的窘境,她所能做的只有忍受,对方太过分时就踢上一脚。年岁稍长的女孩就会教弗朗西怎样既使自己不吃大亏,又让老色鬼多拿出点东西来。一些女子走投无路去做了妓女,小说里描写了皮条客对她们的经济剥削和肉体摧残,以致弗朗西的朋友苏基的姐姐"中国娃娃"在忍无可忍的情况下杀死了她的皮条客。在警黑勾结和黑吃黑的社会中,像弗朗西的父亲这样最底层的彩票兜揽人在出事后往往是被牺牲的替罪羊。一年中家人和自己的遭遇,加上目睹周围人们的经历,13 岁的弗朗西对生活在哈莱姆的黑人女孩的前途有了和年龄不相称的悲观看法。在讲述了自己和别人的故事后,她说道:"没有什么别的可说的了。你要不就像'中国娃娃'那样做个妓女,要不就在洗衣店里干活,或者做家务女工,或者鼓捣扑克牌赌,要不就年年生个孩子。"①在小说的结尾处,作者进一步突出了贫民窟中黑人的这种绝望的感觉:

> 太阳下山了……满街黑人。简直太令人沮丧了。哥哥没有像他答应的那样回来看妈妈,看来还是没有工作,至少没有正经的工作。瓦里和另外两个人将被处以电刑,即使上诉成功也是无期徒刑,有什么区别? 爸爸不再回家。②

作者成功地描绘了在经济大萧条时代一个黑人家庭的挣扎和解体,反映了贫穷和种族歧视给底层黑人造成的身心伤害。黑人少年男女小小年纪就面临如此残酷的现实,读后使人感到难以摆脱的沉重。

托妮·凯德·邦芭拉

邦芭拉(1939—1995)以短篇小说集《大猩猩,我的爱》(1972)、《海鸟仍然活着》(1977)和小说《食盐者》(1980)闻名。这位出生在纽约的女作家也是个积极的社区政治文化活动者。她于 1959 年从女王学院毕业,获戏剧学学士学位。毕业后她一面在纽约市福利部从事家庭和青年工作,一面在纽约城市大学攻读美国文学,1965 年获硕士学位后在该校任教,参与黑人戏剧小组的活动,并不断在杂志上发表短篇小说。邦芭拉在许多大学教过美国黑人研究、创作等课程,对黑人民权运

---

① 露易丝·梅里韦瑟:《爸爸是个彩票赌博的兜揽人》,普伦蒂斯-霍尔出版公司,1970 年版,第 187 页。

② 露易丝·梅里韦瑟:《爸爸是个彩票赌博的兜揽人》,第 188 页。

动和妇女运动的关心促使她编辑出版了《黑人妇女》(1970)。该书中
收入了许多著名黑人女作家的作品,也收进了她创作课上一些学生的
作品,突出表现黑人妇女的生活和经历。1971年邦芭拉又编选出版了
《黑人故事与传说》,在序言中表明她编辑此书的目的在于告诉年轻黑
人"我们伟大的厨房传统"——邦芭拉是这样称黑人民间口述故事的
传统的。1972年,邦芭拉把她早期写的十五篇小说汇集在一起,出版
了《大猩猩,我的爱》。在1973年和1975年,邦芭拉先后访问了古巴和
越南,访问两国的妇女组织,和妇女工作者进行交流。邦芭拉回国后更
加关注社区性组织,进一步意识到世界人民团结组织起来并相互保持
精神联系的重要性。这些都反映在她的短篇小说集《海鸟仍然活着》
和小说《食盐者》中。1980年代以后,邦芭拉重新表现出早年对戏剧艺
术的关爱,参加纪录片的制作。

　　《大猩猩,我的爱》表现了底层黑人社区的生活,充满生活气息
和时代气氛。作品虽然没有直接反映1960年代的黑人权力运动
和政治及种族间的问题,但是黑人权力运动在黑人身上的影响却
无处不在。黑人权力运动所宣传的思想、所使用的语言已经交织
在底层黑人的生活之中。该书中多数小说的叙述者是一个十二三
岁的黑人小姑娘黑兹尔,她生长在这个社区中,说的是社区黑人使
用的语言。她桀骜不驯,在体育比赛中总是得胜,敢于出头露面,
能够保护自己,必要时口出市井脏话,随时准备打架。她认为一个
人要说话算话,对欺骗行为特别反感。在《大猩猩,我的爱》这篇小
说中,一群孩子被电影院上演《大猩猩,我的爱》的广告吸引,买票
去看这部电影,结果发现上了当,演的根本不是大猩猩。黑兹尔挺
身去和电影院老板理论,要求退还票钱,老板拒绝。无比气愤的黑
兹尔在电影院的糖果摊下放了一把火,使电影院一个星期开不了
门。在同一篇小说里,一个原来叫杰弗逊·文德森·威尔的男子
改叫非洲名字汉查·布巴,他要结婚的时候又改回原来的名字。

在黑兹尔小的时候,汉查·布巴曾经照看过她,说她漂亮,等她长大了他要娶她,可是现在他要和别人结婚了。黑兹尔对大人的言而无信十分恼火,就去质问他。他说那是说着玩的。黑兹尔生气了,不说话,这时布巴的爷爷说:"宝贝,说那些话的是汉查·布巴,这儿的这个人是杰弗逊·文德森·威尔。"布巴接口道:"就是嘛,那是另外一个人。我现在是另一个新的人了。"①这个细节不仅反映了黑兹尔性格里较真的一面,同时也反映出黑人权力运动思潮对普通黑人的影响。当时,不少黑人把自己的名字改成非洲式的,其中不乏赶时髦的人。黑兹尔之所以用强硬的态度处世,是因为在她所生活的底层社会中,需要她能够自我保护。不仅如此,她还有一个智残的哥哥雷蒙,照顾和保护这个哥哥不受欺负是她的任务。一次,他们在街上行走时迎面遇到黑兹尔的两个对头。她先想和雷蒙一起进糖果店去躲过她们,但是转念一想:"那是胆小鬼,我得注意自己的名声。"对方准备拿雷蒙寻开心,黑兹尔说:"你们要是有话对我哥哥说,就冲我说。"对方挑衅地问:"你是什么人,他妈妈吗?"黑兹尔说:"就是,肥猪,谁要再说一个字,我还会是他的妈妈呢。"②邦芭拉塑造的这个人物完全不同于一般黑人作品中的年轻女性形象。通过黑兹尔,邦芭拉解构了社会和黑人社区对女性角色行为的定式思维。邦芭拉还通过一些小说反映了黑人社区中的两性关系。女性,包括少女所受的歧视和侵害,使人们理解了社区中年长妇女和青少年女子间感情纽带所起的保护作用,感到审视和解构传统的角色定式的重要,明白了叛逆传统的女子出现的必然性。

---

①　托妮·凯德·邦芭拉:《大猩猩,我的爱》,兰登书屋,1981 年版,第 20 页。

②　托妮·凯德·邦芭拉:《大猩猩,我的爱》,第 27 页。

在《大猩猩，我的爱》里，白人社会对于生活在黑人社区的少年来说是个陌生的存在，但是如果不把黑人和白人在美国的生存处境进行对比，就无法看到种族歧视的恶果。在《上课》这篇小说中，西尔维亚告诉读者，社区新搬来了一个叫摩尔小姐的人，她与众不同之处是"说话正经，脸上不化妆"①。她把街上的孩子集中起来教育他们，使这些在街上玩惯了的孩子"恨死了她那见鬼的大学文凭"②。有一天，她把一群少年带到了纽约最繁华的第五大道的商店和玩具店里。这些家里连书桌也没有的孩子第一次看见了售价 480 美元一个的镇纸，1 195 美元一个的玩具帆船。在坐地铁回家的路上，西尔维亚的脑子里不断出现那个会翻跟斗的 35 美元一个的玩具小丑，想象着自己问妈妈要这个小丑做生日礼物时妈妈的反应："'你想要多少钱的什么？'她会问，一面把头歪到一边好看清楚我脑袋上的窟窿。"西尔维亚想起摩尔小姐常说穷人应该要求得到他们应得的一份，可是她以前根本不知道她指的应得的一份是什么意思。当摩尔小姐问孩子们的感想时，一个孩子说，"白人是疯子"，另一个说，"我们在这儿的所有的人一年也吃不掉那艘玩具帆船的钱"。西尔维亚则要独自去"把今天好好想一想"③。

邦芭拉没有正面反映黑人权力运动，但是该运动触及小说中许多人物的生活。作者在反映社区中一个个人的生活时，必然会反映出该运动对不同的人产生的不同影响，同时也善意地讽刺了其中一些以赶时髦的态度对待该运动的人。如在第一篇小说《我的男人鲍万》中，叙述者，一个也叫黑兹尔的老妇，是从她的儿女和周围的年轻人身上感觉到黑人权力运动的。鲍万是社区的一个老盲人。过去他

---

① 托妮·凯德·邦芭拉：《大猩猩，我的爱》，第 87 页。
② 托妮·凯德·邦芭拉：《大猩猩，我的爱》，第 88 页。
③ 托妮·凯德·邦芭拉：《大猩猩，我的爱》，第 95—96 页。

给小孩或年轻人修理冰鞋、滑板等,"年轻人都喜欢他。或者说在黑人权力(运动)控制和搞乱了他们的思想、使他们不再有礼貌地对待老人以前曾经喜欢他"。在一次为竞选筹措经费的聚会上,她和鲍万、理发师等也被邀请了,因为黑人权力运动需要表现对基层草根群众的关心。她也知道"我们在那儿是因为我们是草根(群众)"①,但是他们看不惯她,嫌她跳舞时和鲍万贴得太近,嫌她的裙子太短。她的儿女说:"你觉得你这个年纪这个样子像话吗?"黑兹尔想到女儿和她曾经非常亲密,不明白为什么女儿成了运动的积极分子以后就不再温柔亲切。"事情是如何发展到这一步的呢,她都不能……说妈妈我们爱你关心你,你应该玩得开心因为你是个好女人?"②平时他们要她"把那土里土气的包头巾解下来,酷一点。而现在(在黑人权力运动的集会上)我怎么黑也不能让他们满意"。③ 在年轻的黑人权力运动积极分子的眼里,一个本真的黑人老妇竟然没有足够的黑人特色了。在《耍弄潘贾布》中,作者反映了没有黑人群众真正支持的外来的济贫和选举的可悲可笑。白人鲁比小姐"大老远地来到布鲁克林,来整顿我们、处理老鼠、给我们工作啦什么的",街区的黑人对鲁比小姐实现她的项目所能够出的力只是"阻止小孩子接近她的汽车、拿砖头砸她的脑袋和玻璃窗"④。

邦芭拉的这个短篇小说集生动地反映了纽约黑人区底层黑人生活的方方面面,主要人物都是女性。评论家巴特勒-伊文思指出,《大猩猩,我的爱》中突出表现了女权思想,同时也弥漫着黑人权力运动的气息。他认为邦芭拉"拿过了黑人民族主义话语的符号,利用它们作为提高妇女意识的手段。结果是……(作品中)民族主义和女权主义两

---

① 托妮·凯德·邦芭拉:《大猩猩,我的爱》,第 4 页。
② 托妮·凯德·邦芭拉:《大猩猩,我的爱》,第 8 页。
③ 托妮·凯德·邦芭拉:《大猩猩,我的爱》,第 4 页。
④ 托妮·凯德·邦芭拉:《大猩猩,我的爱》,第 70 页。

个主题间的关系处于紧张状态,她试图加以调和"①。五年后出版的《海鸟仍然活着》反映了古巴和越南之行对邦芭拉思想的影响。其中的故事更集中于社区生活而不是个人,背景也从一个街区扩展到不同地方,表现了作者对世界人民团结组织起来和保持精神联系的重要性的关注。

《食盐者》是一本十分晦涩难懂的小说。民权运动的积极分子威尔玛·亨利和黑人巫术疗法的大师米妮·兰塞姆坐在西南社区医院大厅中间没有靠背的凳子上,米妮要为威尔玛施行巫术治疗。在米妮对威尔玛提出的问题"亲爱的,你能肯定你希望恢复健康吗"②的回响声中,展开了这部近300页的作品。巫术疗法延续两个小时左右,但是这个问题就像扔进池塘里的一块石头,所激起的一圈圈水波一直延伸到池塘的尽头。围绕着这两个人的是12个和米妮一起祈祷的人,外面是医院的医护人员、看病和探视病人的人以及看热闹的闲人。这些人来自医院所在的佐治亚州的小城克莱波恩。这是1977年春天,小城正在欢度春季狂欢节。在离社区医院不远的地方是七科人文科学研究所,威尔玛和丈夫奥比在这儿开展在民权运动后发展起来的许多项目,是社区活动的中心。因为是狂欢节,街上、公园里、餐馆里到处是人。随着主人公威尔玛和其他人物的内心活动和回忆联想,以及在威尔玛接受治疗的两个小时中,在医院、人文科学所、街头和餐馆以及一辆将外面的人运送来参加狂欢节的汽车上的人们的言行,将一批主要人物和有关他们的故事逐渐突现出来。他们之中有关心威尔玛的心灵和精神世界的老祖母、和威尔玛共同斗争、工作的男女活动家、具有不同信念的当地黑人政治领袖、相信和不相信巫术疗法的医生、将要做父母的一

---

① 艾略特·巴特勒-伊文思:《种族、性别和欲望》,坦帕大学出版社,1989年版,第108页。

② 托妮·凯德·邦芭拉:《食盐者》,兰登书屋,1981年版,第3页。

对少年男女、公共汽车司机、记者、街头演说家、街头歌手……在组成小说的 12 章中,每章有一个人物的声音较为主要,但是其他人的声音会毫无警告地闯入,而且没有时空的顺序。在如蛛网般交织的不同人物的回忆、内心独白、梦境、幻觉、场合和事件中,一个似乎随意实际上环环相扣的美国 1970 年代黑人的政治、文化、思想、人际关系的现实在读者面前呈现出来。从黑人民权运动积极分子威尔玛的回忆中,读者看到她如何发展到精神崩溃的状态,企图用割腕和煤气自杀,被救后来进行巫术治疗。她回忆和奥比一起在人文科学所的工作,从开始时的欣欣向荣到意见分歧,最后导致分裂,给奥比很大的打击,甚至影响了两个人的婚姻。她回忆起画家姐姐帕尔玛的七姐妹艺术组织中的歌、舞、绘画、小说所反映的团结、合作、独立、自决的思想。她回忆起她有一次离开示威者营地去寻求帮助,在一个高档饭店撞见了对她说去华盛顿见马丁·路德·金的丈夫和另一个女人,当时她极为气愤和尴尬。在她 22 年为争取民权、社区权力、女权,为反对战争、提高黑人生活质量的斗争中,她参加过游行,坐牢时被毒打;男友在反战游行中被警察打伤。读者从威尔玛梦境般的意识中看到黑人权力运动内部的分裂,各种政治团体的不同主张,妇女在政治斗争中做一切细致、烦琐、辛苦的组织工作,男子出头露面。有一次威尔玛走肿了脚,走掉了鞋,来到了示威大会的集合地点,集中在那儿的老人揉着腿,带来的小孩累得哭闹不止。讲演的人却姗姗来迟,在两个肤色纯黑的男子的保护下走下轿车,皮鞋锃亮,裤缝笔直。妇女积极分子反映男人"根本不注意需要和实现、要求和得到之间(的区别)"[1]。他们提出需要,实现则由女人去完成;他们提出要求,好像自然就能够得到。她们反对这些男人的"自我中心的决策方法"[2]。为此妇女另行成立了妇女争取行动组织,独立

---

① 托妮·凯德·邦芭拉:《食盐者》,第 31 页。
② 托妮·凯德·邦芭拉:《食盐者》,第 32 页。

地解决"毒品、监牢、酗酒、学校、强奸、被殴打的妇女、被虐待的儿童……核能等问题"①。奥比在地下室里穿鞋子时想起当年如何和妻子一起白天开书店，晚上利用书店进行各种俱乐部的活动：周一是卢蒙巴俱乐部，周二是社区黑豹党活动，周三是青年男子俱乐部，周四是威尔玛的外祖母的索菲学习组活动，红红火火。威尔玛总能把大家团结在一起。后来，黑人运动分裂了，有的主张街头青年和工人阶级应该是运动的先锋，有的认为应由精英分子领导，有的主张排除一切温和分子，有的主张不搞种族和阶级斗争而强调精神和文化，有的主张建立独立的黑人政党，并最终和全国其他反对主流力量的政党和势力联合。他回想起妻子如何在精神上逐渐崩溃。第三章是以年近 60 岁的黑人司机弗雷德的思绪为主线展开的，初看让人摸不着头脑。弗雷德拉着一汽车到克莱波恩狂欢节进行政治性演出的七姐妹巡回剧团的人，一面听着车内人们谈到卡特总统、三 K 党、国际妇女节等具有强烈政治内容的谈话，一面拼命压下胃里翻腾上涌的食物，一面想着自己的心事。他的结发妻子为伊斯兰的事业弃他而去，现任妻子是个白人，成天拿背对着他。他唯一的知己好友波特被一个女人杀死。他回想起和波特之间从核污染到经济萧条到各自的老婆的谈话。他担心自己等不到退休就会被解雇。他的回忆不断被车上乘客的问题打断，所以有着跳跃性。巡回剧团人们的谈话中提到威尔玛、帕尔玛，以及克莱波恩的其他活跃人物，加上弗雷德不时担心自己不能及时赶到医院去接巫术疗法的人，等等，使得这初看起来颇为独立的一章不仅和全书有着有机的联系，而且也把全书有机地联系在一起。

邦芭拉构建了如此纷繁复杂的图景，运用了巫术疗法作为支点，究竟要表现什么样的主题呢？从这多方面、多层次的黑人现实生活的描述中，作者用艺术的手法传达了她所关切的主要问题。在《究竟我认

---

① 托妮·凯德·邦芭拉：《食盐者》，第 198 页。

为自己在做什么》一文中,邦芭拉谈到:"在我的社区里存在着精神、心理和政治力量之间的分裂……小说产生于我试图将各个阵营看来不同的观点融合起来的努力,产生于对识别沟通的桥梁的兴趣,产生于想理解这一时期的干劲将怎样在下一个十年中表现出来的强烈愿望。"①威尔玛的精神崩溃就是生活失去了协调和完整、只重政治忽视了精神的结果。她的本职工作是电脑程序设计,在政治组织中她负责办公室的事务:财务开支、发挥工作人员各自的长处、起草重要的计划和建议、承担主要的经费筹措工作。她离开后她的这一摊工作需要八个人分担。邦芭拉用泥土、水火、血和盐、虫和鸟等象征人的精神和灵魂,用镜子象征人的自我审视。在巫术疗法刚开始时,威尔玛眼前出现了她自杀时的景象:她感到"无法逃避那呼叫、那山洞、泥土母亲和其他的一切。无法逃避"。她寻求"密封起来——声音、味道、空气、什么也渗透不进来,完全无法触及到她,密封起来,把世界的嘈杂、垃圾锁在了外面"②。治疗开始见效的迹象是威尔玛意识到她曾经看到过答案,却不敢正视它。她想道:

在这个政治/经济/社会/文化/审美/军事/社会心理/性心理的混合物中缺少了什么至关重要的东西。那可能是什么呢?她应该怎么办呢?一天早晨她在梳头的时候大声问到这一点,回答几乎赤裸裸地从镜子里翻腾而出,带着锯齿形的牙齿和鲜活的头发,小鸟和昆虫从古老的母亲的一缕缕充满泥土的头发中向她窥探。而她却激动不安地逃出了房间……③

---

① 简妮特·斯特恩伯格编:《女作家论作品》,诺顿出版公司,1980年版,第165页。

② 托妮·凯德·邦芭拉:《食盐者》,第19页。

③ 托妮·凯德·邦芭拉:《食盐者》,第259页。

她害怕镜子中的本我,那个被压抑的以泥土母亲和虫鸟所象征的精神世界,她逃出了房间,但是逃避不了精神世界对她的呼唤,终于只能以自杀来逃离一切。

在米妮进行巫术疗法的过程中,她把手放在威尔玛的肩上,反复问威尔玛是否能够肯定自己希望恢复健康,如果不想恢复,"亲爱的,就不必浪费彼此的时间了"①。要恢复健康,只有把分裂的精神和肉体世界合为一体,而且"当你健康的时候会有很重的担子"②。威尔玛坐在那张凳子上,一生的经历涌上脑际,需要她重新为自己的生命找到价值,重获一个完整的自我,再来面对作为一个黑人女性活动家的使命。邦芭拉通过威尔玛的经历回顾和总结了 1960 年代以来黑人权力运动的发展、他们关心的问题、他们追求的未来、他们的斗争方式和存在的问题及弱点。小说结束于威尔玛的新生时刻:

> 米妮·兰塞姆瞪大了眼睛。她的手从肩头的丝巾上滑下。病人在凳子上平稳地转过身来,仰起头正要呼喊、大笑、歌唱。现在不再需要米妮的手了。这一点很清楚……现在不再需要米妮的手了,因此医治者拿开了手,放在自己膝头。这时威尔玛摇晃着站了起来,甩掉丝巾,丝巾落在凳子上,像爆裂开来的茧。③

邦芭拉在创作这部小说时曾经考虑过三个书名:"最后的四分之一个世纪"、"七姐妹"和"食盐者"。最后使用的是"食盐者"。在《究竟我认为自己在做什么》一文中,邦芭拉解释了书名的寓意:

---

① 托妮·凯德·邦芭拉:《食盐者》,第 4 页。
② 托妮·凯德·邦芭拉:《食盐者》,第 10 页。
③ 托妮·凯德·邦芭拉:《食盐者》,第 295 页。

盐是毒蛇咬伤的部分解毒剂……要斗争、要发展,就需要掌握抵消毒害的方法。"盐"还使罗得之妻的寓言①在现实中继续是个活生生的存在。不相信转化的可能,人就会僵化。②

从这段话可以看出,小说的中心在于寻求能够抵消现代社会中对个人和群体产生毒害的因素。邦芭拉作品使用的是生动的黑人口头语言,这使得她能够为读者呈现出栩栩如生的黑人生活,刻画出呼之即出的各种人物。邦芭拉去世后,《纽约时报》在悼文中指出她对美国文学的突出贡献,特别提到她在创作中使黑人口语成为作品的有机整体,创造了一种复杂独特的语言表现方式。邦芭拉认为自己是一个"泛非主义社会主义女权主义者"。她的作品反映了她一生的斗争,她也把创作看成参与斗争的方式中的一种。

恩吐扎基·香格

以剧本《为考虑自杀的黑人女子/在彩虹已经够了的时候》(1974)在 26 岁一炮走红的恩吐扎基·香格(1948—)原名波莱特·威廉姆斯。她在 1971 年改用了这个祖鲁族人的名字。"恩吐扎基",意思是"带着自己的东西来的女人","香格"意为"和狮子一起行走的人"。她认为人的名字非常重要,代表了你是什么样的人。"我不愿有任何盎格鲁-撒克逊的名字,因为欧洲文化与我无关。我也不愿要波莱特这个名字,因为这是依父亲取名——我不要男人的名字(波莱特是男性名

---

① 《圣经·旧约·创世记》故事,上帝派先知通知罗得自己要毁灭所多玛城,让罗得带妻女逃离,逃离时不得回头看。罗得的妻子回头看了一眼,立刻变成一根盐柱。

② 简妮特·斯特恩伯格编:《女作家论作品》,第 166 页。

字保罗的女性化变体）。我对保持黑奴的姓非常反感"。① 这段话表明香格通过改变名字，有意识地和自己的非洲本源及非洲的历史和现实认同，决意用笔来反映自己作为黑人女权主义者的声音。

香格出生在新泽西州特伦顿市一个中产阶级家庭中，父亲是个外科医生，母亲是做心理咨询的社会工作者。她的家庭温馨舒适，充满了音乐和文学的气氛。香格8岁时全家搬到密苏里州圣路易斯市。当时公立学校刚刚开始取消种族隔离制度，香格是首批入校的黑人学生。种族歧视的现实世界激起了她的气愤和反抗心理，加深了她的独立感。13岁时她家又搬回新泽西州。香格喜爱诗歌，在中学时开始在学校的杂志上发表自己写的诗，但是因为诗歌的主题是关于黑人生活的，遭到了非议，她便没有再写下去。她于1966年进入伯纳德学院后，个人感情生活的挫折和社会对有才能的女性的不公正对待使她感到不满又心灰意冷，数度自杀未遂。尽管如此，她还是以优异的成绩毕了业，后来到南加州大学读美国研究的硕士学位，生活在作家、音乐家和从事舞蹈的人群之中。1973年获得硕士学位后，香格到旧金山地区的一些大学教授人文科学和妇女学的课程，同时开始创作。

在《为考虑自杀的黑人女子/在彩虹已经够了的时候》这部剧作中，香格糅合了诗歌、散文、歌曲、舞蹈及音乐，因为她认为这种形式反映了美国黑人的文化传统，能在观众中引起感情的共鸣。她写了许多剧本和诗歌，出版的小说有三部：《黄樟、黑柏和蓝槐》（1982年）、《贝特西·布朗》（1985年）和《莉莲》（1994年）。

黄樟、黑柏和蓝槐是小说中三个姐妹的名字，她们的祖上是做纺织工的黑奴，父亲已经去世，母亲希尔达希望女儿们按照她的愿望成长。她常常会对已故的丈夫絮叨，告诉他，她很好地抚养大了女儿们。黄樟在母亲

---

① 亨利·布莱克威尔：《恩吐扎基·香格访谈录》，《美国黑人文学论坛》，第13期，1979年版，第136页。

为之干活的白人女主人的资助下在一所白人富家子女的学校学习。黑柏在纽约学古典芭蕾,12 岁的蓝槐将被送到附近岛上的姨母家中,以避免学校废除种族隔离后黑人子女上学面临的暴力问题。她希望看到三个女儿都找到"好丈夫,有大住宅,生儿育女,到巴黎、伦敦去旅游"①。

　　黄樟和黑柏初离家庭时的经历和遭遇与母亲想象的大不相同。黄樟到洛杉矶后和假释犯米其同居,经常挨米其打,但是她盼望黑人革命运动发展,盼望有一天能和米其一起搬到新奥尔良的黑人艺术家公社生活。后来她发现米其吸毒,便毅然决然地离开了他,到旧金山黑柏家。黑柏生活很放纵,跳舞,和不同的男人上床,需要钱就去卖毒品。米其找到工作后,要求黄樟回家。黑柏知道姐姐一心想到艺术家公社去,就给了她一些可卡因,让她回洛杉矶后卖掉,用卖得的钱去公社。米其却拿这笔钱还了债,黄樟未能成行。她对黑人艺术家公社所象征的黑人民族主义运动的向往并没有很强烈的政治性,更多的是从表面上模仿他们的生活方式。她进入公社生活不久,发现自己怀了孕,就回到了母亲身边。母亲认为女儿没有实现她的希望,走上了歧途,全都是因为"正变得疯狂的世界拼命要把我的孩子也带上疯狂之路"。②

　　黑柏参加了一个黑人舞蹈团,这个团体旨在发掘被遗忘了的黑人舞蹈动作。他们在全国巡回,为民权运动和为黑人争取平等机会运动的积极分子,为南方的工人、农民演出。黑柏跳黑人的民间舞蹈,她的舞蹈中"表现出美国黑人在奴役下斗争、生存下来的精髓"③。在当年追求芭蕾舞的黑柏和这时热爱黑人民间舞蹈的黑柏之间,发生了深刻的变化。在她跳黑人舞蹈的时候,"她充满了活力,她得到了自由"。④但是团长和男演员对女性的歧视使黑柏难以忍受,她只得遗憾地离开

---

① 恩吐扎基·香格:《黄樟、黑柏和蓝槐》,圣马丁出版社,1982 年版,第 72 页。
② 恩吐扎基·香格:《黄樟、黑柏和蓝槐》,第 220 页。
③ 恩吐扎基·香格:《黄樟、黑柏和蓝槐》,第 136 页。
④ 恩吐扎基·香格:《黄樟、黑柏和蓝槐》,第 136 页。

了舞蹈团。她到纽约，参加了一个女子舞蹈集合体，发展了一段同性恋情。她曲曲折折地在社会上闯荡了多年，最后还是和决意发展黑人文化的萨克斯管乐手一起，为民权运动筹措资金而演出。

两个姐姐离家时，蓝槐只有12岁，但是她和姐姐们不同，仿佛天生就生根于南方黑人的文化传统之中。到了岛上的姨母家以后，她学习黑人民间巫术，收集黑人民间药方，为岛上妇女接生，为黑人治病。

小说结束时，三个姐妹都回到了南卡罗来纳州母亲的家中，共同帮助黄樟把婴儿带到世界上来。这是新的一代，会比母亲们有一个好一点的未来吗？

小说采用多角度叙述的手法，三姐妹各自叙述自己的故事，母亲从南方寄给女儿们的信是联系她们的纽带。作品反映的虽然似乎只是四个女人的不同追求和力图实现各自的追求时的思想和生活，但充斥其间的强烈的时代气息反映了当时的民权运动、女权运动、黑人文化和黑人民族主义等各种运动和思潮的表现及对人物命运的影响。香格并没有对任何人物或生活方式做出任何道德的评价，只是通过母女四人的生活，表现当时的美国社会中黑人女性可能具有的各种经历的一个部分。

《贝特西·布朗》的女主人公是13岁的黑人少女贝特西。小说反映了一个生活在中产阶级黑人家庭、受到黑人文化熏陶和白人社会歧视，以及受到家庭内部不同的价值观念影响的少女，在阶级、种族和社会问题上认识逐渐加深的过程。贝特西的父亲格雷尔是个医生，在黑人医院工作。他全心全意为黑人社区进行医疗保健服务，有时忙得根本无法照顾家庭。他对妻子珍妮说，如果他不为黑人治病，他们就可能得不到治疗，因为在1959年的圣路易斯市，医院仍旧实行种族隔离。从古巴来到美国的格雷尔对黑人文化有着一份挚爱，对非洲传统执着维护，只要有可能，每天早上都要问孩子们有关非洲的历史文化方面的问题。贝特西的母亲珍妮来自南方一个黑人家庭，家人对肤色特别看重,一贯认为女儿应该和肤色浅的黑人结婚,好使后代的肤色变得越来越浅,但是珍妮偏偏嫁给了皮肤很黑的格雷尔。珍妮的母亲维达对女儿的选择非常不满,尤其对格雷尔对非洲的执着感情反感。13 岁的贝特西在家庭中感觉到了外祖母和父亲间的紧张关系,也感觉到父母对待种族问题的不同态度。在学校,她接触到不同阶级的同学,在她对世界的认知上也有很大的启发。她自己的家庭生活优裕,家里雇有黑人女佣。有一次,贝特西得意地告诉同班好友维杰和夏洛特,她如何和弟妹们一起捉弄女佣伯尼斯,使得她被解雇。维杰听后非常生气,她说自己的母亲在白人家做女佣受气,说贝特西的行为和那些白人一样。她告诉贝特西,伯尼斯也许和她的妈妈一样需要挣钱养活女儿。这件事使贝特西受到极大的震动,她跑回家去向母亲说明自己故意和伯尼斯捣乱的情况,要妈妈留下伯尼斯,但是伯尼斯已经离去,这使得贝特西对自己的行为更加悔恨不已。

贝特西的母亲总希望自己的女儿与众不同,但贝特西偏喜欢和普通黑人在一起。她受父亲的影响,喜欢黑人艺术,可是母亲认为那都是低级的东西。在学校里,多数白人老师和同学似乎都看不见她的存在,上课的老师居然不知道著名的黑人诗人顿巴是美国人。这些使她近距离地面对白人社会对黑人和黑人文化的漠视和歧视。她幻想做个女英雄,撕掉所有的"仅供黑人使用"和"黑人不得入内"的标志。父亲要她尽量参加争取种族平等的斗争,而母亲则反对,她承认黑人的境遇需要改善,但是她不愿意让自己的儿女去做出牺牲。当格雷尔不顾珍妮的反对,径自带着孩子们到仍然实行种族隔离的地方去示威时,珍妮离开了家。她要独自思考和丈夫之间在对待黑人文化和社会问题上的不同态度。只有在这一点上有了共识,这个在其他方面都相当美好的黑人家庭才能够维持下去。成长中的贝特西也必然会在种族和阶级问题上经受更多的考验。

《莉莲》中的女主人公已经成年,是个画家,但无法摆脱种族问题

引起的心理阴影。小说以交叉式构架展开，共 24 章，其中"暗室 1"到
"暗室 12"的 12 章是莉莲和心理医生的 12 次谈话，每次一个小时。在
每次谈话后的一章是莉莲朋友中的一个对莉莲过去的回忆。表面上，
莉莲和心理医生的谈话或朋友的回忆都显得支离破碎，但是前后连贯
起来，可以看出在禁止种族隔离法颁布的前后美国南方的社会状况和
黑人社区中不同阶级和阶层的人之间的矛盾。和贝特西一样，莉莲生
活在中产阶级黑人家庭之中，父亲是密西西比州刑事法庭唯一的黑人
法官，具有强烈的种族意识。母亲在莉莲幼年时爱上了一个白人男子，
被丈夫赶出家门。父亲并没有把真相告诉莉莲，而是说母亲已经去世。
莉莲长大后发现了真相，心里想，当年母亲爱上的若是个锡金人、泰米
尔人或巴西人，父亲定然不会做出这样的处理。她对于在美国一言一
行总是要考虑人的肤色十分反感。她自己曾经有过一个名叫乔埃尔的
白人男友，但是她不敢告诉父亲乔埃尔是白人，打算说他是个肤色非常
非常浅的黑人，还在寄相片给父亲时把乔埃尔的脸和胳膊的颜色涂深，
因为她"不愿引起和爸爸之间的麻烦"①。乔埃尔得知此事后对莉莲大
喊大叫，说"谁也没有权利为我感到羞耻。你没有权利把我变黑或变
白或变得那么白"②。莉莲赶走了他。她虽感到乔埃尔对她温柔体
贴，可是她"无法忍受一个白人在我家里对我大喊大叫，即使是他也不
行。我做不到"③。

　　小说从各个方面反映出了种族之间的鸿沟和歧视所造成的黑人群
体中愤怒的心态。莉莲在对精神分析医生述说自己的感情时，总结道，
自己"最生气的是这个该死的国家，它无视我们的存在，我们没有至亲
至爱的人，没有历史，没有对子女的梦想。我生气的是看着我们每天的

---

① 　恩吐扎基·香格：《莉莲》，圣马丁出版社，1994 年版，第 139 页。
② 　恩吐扎基·香格：《莉莲》，第 140 页。
③ 　恩吐扎基·香格：《莉莲》，第 140 页。

生活像萤火虫一样被扑灭"①。

　　书中在回忆里展现莉莲这个人物的女子都是她小时候的同学好友,有莉莲姨妈的女儿洛莉、同学伯纳迪特、后来精神失常了的海辛斯和从小就对种族问题感兴趣的萝西等。从她们的叙述中读者看到,在一些中产阶级黑人子弟中存在着既要表现自己是黑人又要表现自己和下层黑人的区别的心态,看到下层黑人,如伯纳迪特,在应邀参加像莉莲等有钱的黑人家的晚会时,受到黑人侍者的歧视时的心情。晚会上一个黑人富家女因为男孩子送给她的戒指不是真宝石的,觉得自尊心受到伤害而哭泣,这时,伯纳迪特对另一个底层黑人家的男孩说:"他们不要这枚戒指,因为它不够真;他们不要我们,因为我们太真了。"②尽管许多中产阶级的黑人总是自认为高于底层黑人群众,他们照样受到白人的歧视。如在莉莲 16 岁的生日时,她邀请朋友们参加她在家中举行的过夜的生日聚会,被邀请的白人姑娘一个也没有来,因为虽然白人可以参加黑人的晚会,却"不愿在黑人的床上过夜"③。从友人的回忆中,人们能够感觉到造成莉莲心理压力和阴影的是社会,因此不是在黑屋子里和精神分析医生谈谈就可以缓解或解决的。

　　香格的作品强调黑人妇女不应依靠男人而应依靠自己获得完整充实的生活。她在《生为女子不那么好》④一文中讨论了妨碍美国黑人妇女获得充实和满足的生活的各种不利因素,认为妇女只有依靠内在的力量才能为自己的生活找到价值和幸福。在创作手法上,香格作品具有强烈的现代主义特征。她在拼法、大小写、标点符号上不顾常规,使用黑人民间口头语言,在一部作品中使用不同的文学体裁的表现形式,

①　恩吐扎基·香格:《莉莲》,第 252 页。
②　恩吐扎基·香格:《莉莲》,第 169 页。
③　恩吐扎基·香格:《莉莲》,第 234 页。
④　恩吐扎基·香格:《生为女子不那么好》,收入葆拉·罗森伯格编《种族歧视和性别歧视》。

反映出黑人权利和黑人艺术运动时代青年黑人的心态和不同阶级黑人的表现。通过作品和其中许多人物,读者感受到作者作为黑人和女子对美国社会中无处不在的种族和性别歧视的愤怒。

盖尔·琼斯

琼斯(1949—)于 1949 年出生在肯塔基州的莱辛顿市,直到中学毕业都是在种族隔离的学校学习。她在布朗大学读研究生时出版了第一部作品《柯雷治多拉》(1975),1976 年又出版《伊娃的男人》。两部作品中都表现了黑人妇女受到性别和种族歧视的残酷现实。《柯雷治多拉》反映了女主人公家中从曾外祖母、外祖母到母亲三代女人在蓄奴制、被迫卖淫和乱伦中生活的悲剧。《伊娃的男人》审视了一个对男友进行性伤害的女子的内心世界。从 1975 年到 1983 年,琼斯在密执安大学任教,同时进行创作,1977 年出版了短篇小说集《白鼠》,和先前出版的小说有着同样的主题。琼斯还写了不少诗歌,收在三部诗集中。琼斯作品中的世界充满了暴力,女性在这个世界中极易受到伤害。1991 年琼斯出版了一部讨论民间口头传统对黑人文学的影响的文学评论《具有解放力量的声音:美国黑人文学的口头传统》,1998 年出版了小说《信仰治疗》,1999 年出版了《蚊》。

《柯雷治多拉》描写了一个布鲁斯女歌手尔萨·柯雷治多拉的生活。小说开始时,25 岁的尔萨在肯塔基州一个小城的幸福酒吧唱歌。新婚不久的丈夫穆特·托玛斯嫉妒男人那一双双贪婪地盯着尔萨的眼睛,不愿她继续演唱,但是尔萨热爱唱歌,不肯回家做家庭主妇。穆特开始酗酒。一次,尔萨深夜下班回家,争吵中被穆特推搡滚下台阶,不仅造成流产,失去了怀孕不久的胎儿,而且还必须切除子宫,这给尔萨造成了极大的精神创伤。她不再能够生育,但是她无法忘记外祖母从小告诫她的话,她一定要有后代,好把柯雷治多拉家几代女人的苦难史传下去。外祖母告诉她,老柯雷治多拉是巴西的一个葡萄牙籍种植园

主,尔萨的曾外祖母是他的奴隶。他不仅自己奸污女奴,还让女奴做妓
女接客,为他赚钱。曾外祖母逃到美国,把和柯雷治多拉所生的女儿留
在了种植园。她十几年后回巴西去接女儿的时候,发现女儿已被柯雷
治多拉奸污,生下了尔萨的母亲。尔萨听了曾外祖母所说的一切,感到
难以相信,就问她讲的是不是事实。曾外祖母生气地打了尔萨一记耳
光,对她说:

> 他不愿留下他们所作所为的证据,因此没有可以拿来反对他
> 们的东西。但是我在留下证据。你也要留下证据。你的子女也要
> 留下证据。等到该拿出证据的时候我们得有证据。而他们把一切
> 材料都烧掉了,就希望没有可以用来反对他们的证据。①

如今尔萨失去了生育能力,这件事对她的打击远胜于一般女人失
去了生育能力时所受的打击。她对穆特充满了愤怒和仇恨,立即和他
离了婚。尔萨出院后,幸福酒吧的老板,一直钟情于她的麦克柯米克把
她接到家中,给她以精心的照料。出于感激,尔萨康复后和他结了婚,
并继续在酒吧唱歌。起初,麦克柯米克尚能接受尔萨对他缺乏激情的
关系,但是时间长了之后,感情上的空虚使他和周末到酒吧来顶替尔萨
唱歌的年轻女子有了私情。尔萨和他离婚,到另一家酒吧去演唱。

小说以尔萨的第一人称叙述开始,使读者能够较为深入地看到她
内心痛苦的根源,理解她在失去生育能力后为何会感到一种无边的空
虚,觉得自己失去的不止是子宫。读者也看到了她对穆特又爱又恨的
心情。穆特是她真正爱上的男人,婚前只要他在酒吧里听她唱歌,她的
每一首歌就都是为他而唱的。而使两人关系破裂的是穆特的大男子主
义和对女人的占有欲。他情愿做工养着尔萨,也不愿她在别的男人的

---

① 盖尔·琼斯:《柯雷治多拉》,兰登书屋,1975 年版,第 14 页。

眼光下唱歌。他不能理解尔萨对黑人音乐布鲁斯的热爱，而正是对黑人这种民间音乐的深爱使尔萨能够从无边的空虚感中走出来，重新获得心理上的平衡，找到继续生活下去的勇气。尔萨在愤怒中离开了穆特，但他终究曾经是尔萨的至爱，他的音容在尔萨的记忆、回忆和梦境中反复出现。因此在 22 年后，当两人都经历了人世的沧桑，再度相逢时，便很自然地重新进入了彼此的生活。

在尔萨的心理活动中，现实和母辈的遭遇交织。她对现实的感觉、对两性关系的处理，都和母辈的经历刻在她心头的烙印分不开。小说情节基本上是顺时发展，以尔萨滚下台阶开始，22 年后和穆特重逢结束。柯雷治多拉家几代女人的经历是通过尔萨的回忆反映出来的，而这些痛苦的记忆在尔萨脑海里的出现是片断的，逐渐才形成完整的故事。导致尔萨和穆特分手的一系列事件在小说将近结束时才完整交代出来。

琼斯笔下的尔萨生活在美国，但是她的故事植根于巴西的奴隶制中，体现在她的姓氏柯雷治多拉上。四代女人都沿袭了奴隶主柯雷治多拉的姓，她们的历史和遭遇通过母女间代代相传而保留下来。作者给予被男性白人史学家遗忘了的女奴以话语权，并且将她们的声音交织在生活于 20 世纪下半叶、她们在美国的后代的声音之中，形成了跨世纪、跨洲的黑人女性的集体话语。琼斯表明了奴隶制下的种种压迫和多少个世纪以来的性别压迫实际上出自同一个根源：把黑奴或女性当做物来占有和控制的欲望。尔萨自身的遭遇总能引起她对母辈在奴隶制下的遭遇的共鸣。当她们的存在、思想和感情都被历史遗忘了的时候，琼斯通过几代黑人妇女的经历，记录了高度浓缩了的黑人女性的苦难史。

琼斯的第二部小说《伊娃的男人》反映的是伊娃·麦迪娜·坎南达受到的性迫害对她一生的影响。43 岁的她杀死了情人戴维斯·卡特后咬下了他的阴茎，然后打电话自首。她被关押在精神病院中。小说在精神病院的心理医生和与伊娃关押在同一房间的另一个女杀人犯埃尔薇拉对伊娃的不断询问下展开。他们想知道伊娃为什么会犯下这令人发指的罪行,戴维斯究竟对伊娃干了什么使她在杀死他以后还要咬下他的阴茎。伊娃对他们的询问几乎总是沉默以对,但是在她的脑海中却不断浮现出过去的一切,差不多都是有关性的。她想起从小看到的母亲和情人,爵士乐手泰龙的交往;泰龙对 12 岁的伊娃的猥亵的暗示;经常打老婆的她的表哥阿尔方索对她的调戏;在酒吧中男人对她的污言秽语;她 17 岁时一个男人对她动手动脚,她刺了他一刀,被关押了半年,出来后和经常到监狱去探望她的 52 岁的詹姆斯·亨特结了婚。这场婚姻只延续了两年,因为詹姆斯除了上课之外,不许她离开家,放学总是去接她,连家里的电话也被他拆掉,使她无法和任何人联系。伊娃实在无法忍受,离开了他,开始流浪,做些临时性的工作。她38 岁时在纽约州北部一家小餐馆吃饭时遇见了戴维斯。伊娃随戴维斯到他住的旅馆的房间。整整一个星期他把食物买回房间来给她吃,不许她离开一步。一星期后她杀死了戴维斯。

　　小说由长度极不相称的四个部分构成。第一部分 110 页,其余三个部分总共 62 页。第一部分是伊娃对过去的断续回忆,第二部分是伊娃头脑中杀死戴维斯的经过,在第三、第四部分中伊娃思索自己杀死戴维斯的原因。穿插始终的是心理医生和埃尔薇拉对伊娃提出的问题,最主要的问题是戴维斯究竟做了什么,以及咬下阴茎时是什么感觉。伊娃并不能说出是什么具体事件使她起了杀机,在心理医生的一再追问下,她说"是他的整个态度"①。在伊娃心中,戴维斯是男性的代表,是造成她一切不幸的力量的体现。她不像柯雷治多拉,可以用黑人音乐来排遣悲哀,找回生活的力量,她只会用暴力来发泄郁积心中的痛苦。

---

① 盖尔·琼斯:《伊娃的男人》,兰登书屋,1976 年版,第 172 页。

琼斯笔下的社会现实是极端压抑的,作品中的女性人物,特别是主要人物,都企图在一个种族和性别歧视的社会中确认自己的存在。她们仅仅被当做男人的性对象和私有财产的时候,就用不同的方式表示出自己是一个人,有自己的独立存在的权利。由于她笔下的黑人男性所表现出来的残暴,琼斯受到了抨击,但是她认为种族主义和性别歧视是相互助长的,对男人和女子都造成肉体和心灵的伤害,必须加以揭露。

在中断了 20 年之后,琼斯连续出版了两部作品,《信仰治疗》(1998)和《蚊》(1999)。这两部作品和琼斯过去的小说从内容到创作风格上都有很大的不同。《信仰治疗》的女主人公哈兰是个"诚则灵"式的黑人精神治疗师,和目击她第一次治疗成功的尼古拉斯一起坐公共汽车到小城镇去进行旅行信仰治疗。治疗一般都有朋友接待,相信的和怀疑的人集中在一起,由尼古拉斯先讲有一次哈兰如何被刀子扎,结果刀子弯了,从哈兰身上掉落下来,哈兰用手抚摩伤口,血止伤口平。尼古拉斯说那是哈兰第一次发现自己有这样的能力,他是见证人。然后哈兰就开始给在场的人治疗。小说的开始其实是故事的结束,哈兰从结尾开始叙述,把现实和过去交杂反映,读者逐渐了解她曾做过美容师,后来给一个摇滚歌手琼做经纪人。她的丈夫诺韦尔是个医学人类学者,长年在非洲收集民间治疗药方和治疗方法,后来一直跟随一个部落女医师。哈兰无奈之下只身回到美国。在哈兰、诺韦尔、琼和琼的前夫詹姆斯以及德裔黑人约瑟夫错综交叉的关系中,逐渐浮现出琼利用自己的农场帮助藏匿非法居留在美国的一些友人的故事。最后,一个海地诗人和一批哥伦比亚人用她的钱买枪带回哥伦比亚,结果除诗人被捕以外,其他全部遇害。琼要哈兰求约瑟夫帮助救出诗人,哈兰说他们已经没有了联系。她又问哈兰认识的帮助非法移民的人能否帮忙,哈兰说这些人是诺韦尔的朋友。琼一气之下用刀子向哈兰刺去,从而使哈兰发现了自己信仰治疗的能力。这个发现帮助哈兰从纠缠自己的感情恩怨中摆脱出来。她的回忆与其说表现了她成为精神治疗师的始末，不如说更多地反映了她如何逐渐挣脱情和爱对她心灵的伤害，在精神上自我治疗的过程。由于小说是通过回忆展开的，顺应回忆无序的特点，小说在叙述的时空上也几乎是无序的。有许多章都以琼演出后和哈兰一起回到旅馆开始，但是读者既不知道旅馆在什么地方，也弄不清是在什么时候。旅馆只不过是一个所在，她们或因看的电视，或因听的歌曲，或因谈天的内容，引发出大段的回忆，章与章之间没有关联，隔了许多章之后也许重拾话题。就在一章之中，叙述也不是连续的，如第 20 章一开始是："我现在要到大宅子里去了，他妹妹说。"①一页半以后："什么大宅子，我问道。大王的，诺韦尔的父亲说。"半页后："什么大王？我问。孟菲斯唯一的大王，艾尔维斯·普雷斯里。"在这三句简短的问答之间插进了对诺韦尔的母亲的描写，说她像某个女演员，而该女演员演某某戏不如另一个女演员，又插进了关于摇滚乐巨星普雷斯里，即"猫王"的情况，和诺韦尔的妹妹对普雷斯里痴迷的程度，等等。这类断裂叙述比比皆是，需要读者自己拼凑出连贯的情节来。

　　一年后出版的《蚊》在叙述上也有同样的特点，如从绰号叫做"蚊"的女主人公见到牧师，说没想到牧师是个黑人，旋即以 46 页的篇幅讲述了蚊的好友德尔格蒂娜的事情，然后不无调侃地说，"我用了这么多时间告诉你们大家德尔格蒂娜的事，大概你们都把牧师给忘了"②，然后才向牧师说明来意。不过《蚊》基本是顺时叙述，将《信仰治疗》中帮助非法移民的次主题做了集中突出的表现。

　　蚊的名字叫苏简纳·纳丁·简·约翰逊，一个五大三粗的年轻黑人女子，是得克萨斯州南部边境小城中运送工业用洗涤粉的长途大货

---

① 盖尔·琼斯：《信仰治疗》，灯塔出版社，1998 年版，第 165 页。
② 盖尔·琼斯：《蚊》，灯塔出版社，1999 年版，第 121 页。

车司机。蚊一次在墨西哥边境附近发现有个怀孕的墨西哥女子躲在她的车厢里。蚊发现她以后，她不断说"庇护"一词。蚊生怕边境巡逻人员截车检查，又怕她在车厢里生孩子，情急之下把车开到一个天主教修女开办的学校，去向修女求助。修女让她去找一个牧师。雷蒙牧师是给非法入境者以帮助的庇护运动的负责人之一。蚊找到他，讲述了经过后，雷蒙用西班牙语向女人了解情况后把她领进教堂藏匿起来，然后出来告诉蚊，这个叫玛利亚的女子说她是个好人，并且给了蚊一个电话号码，说如有需要可以联系。蚊说自己对庇护运动不感兴趣，但是以后可能想知道玛利亚和婴儿的情况。后来雷蒙邀请蚊共进午餐，动员她参加庇护运动的工作，说他们有一条新地下铁路，和当年帮助黑奴逃往北方的一样，现在是帮助把各种难民从庇护站转运到其他安全的地方。雷蒙开导她，说他们庇护的难民多为拉丁美洲人，因为在本国搞革命，受到迫害流亡到美国，美国的移民当局要遣送他们。庇护运动和新地下铁路运动是和有组织的迫害做斗争。蚊在此前遇到了已经在美国居住下来、靠做布娃娃为生的玛利亚，看见了她生下的儿子，为了感谢蚊，她给儿子取名苏简纳。雷蒙向蚊指出："富人根本没有边界，所有的边界对他们都是开放的。"[1]蚊在雷蒙的教育下开始了解非法移民和难民的经历及其追求新人生的要求，帮助庇护运动把这些人运送到指定的地方。在此过程中，她和雷蒙之间逐渐萌生了爱情，蚊也得以进一步了解了雷蒙。他认为法律是维护白人和富人的。他告诉蚊，小时候和白人同学一起玩，白人同学多次从一个白人女子家的草坪上穿行，有一次他也跟着穿行了，结果女人叫来警察，说他非法侵入，犯了法。"就在那时，我明白了什么叫法律，抽象意义上的和实际执行中的法律是什么。"[2]他总是去最需要他的地方，从不设法出名，认为"最纯粹的革命

---

① 盖尔·琼斯：《蚊》，第 297 页。
② 盖尔·琼斯：《蚊》，第 532 页。

者是那些不为人知的革命者",说他不是领导,"我不领导人,我帮助人们获得知识以领导自己"①。这些都使蚊对他敬爱有加。在小说的最后,玛利亚回到墨西哥去和丈夫一起做革命工作,雷蒙转入地下,蚊只能通过一个信箱号和他联系,但是他在信中对她说:"我将重新出现,并找到你,苏简纳。"②

除了这条主线之外,小说还描写了蚊和女友德尔格蒂娜和猴面包的友谊,以及她们对社会上种族歧视的不满和反感。在酒吧工作的德尔格蒂娜接触到各色人物,一有空闲就学写作,她导演的戏剧所表现的中心思想是关于人的"自我界定和自我确认的,关于在一个多元文化和多种族的社会中不需要去害怕你自己是什么样的人"③。在整部作品中,除了庇护运动之外,人们谈得最多的是,在美国这样一个种族混杂的国家中,根本没有什么纯种人,因此强调种族是十分荒谬可笑的。作者使用了"宇宙人种"这一词汇来形容各种肤色的人。在描述一个人物的外貌时,琼斯总要使用"有点"这个词,比如说有点像墨西哥人,又有点像黑人,还有点像中国人。小说中有个情节,在一个工业用洗涤粉的货场上,货主向来提货的人们喊叫说:"美国人站一排,外国人站一排。"一个亚裔美国人站在美国人的那一排,货主申斥他,他说自己是美国人,货主更怒。蚊叹道:"还是有人搞不清美国是什么。"④蚊在尾声中讲到自己家庭的历史"从非洲一直传到美国,是由我的具有同等非洲和墨西哥血统的爸爸,还有我的有着外貌和白人米古丽塔一模一样的外婆的妈妈讲给我听的"⑤。

《蚊》以对非法入境者和难民的庇护为题材,对一个种族高度混杂

---

① 盖尔·琼斯:《蚊》,第 521 页。

② 盖尔·琼斯:《蚊》,第 598 页。

③ 盖尔·琼斯:《蚊》,第 343 页。

④ 盖尔·琼斯:《蚊》,第 562 页。

⑤ 盖尔·琼斯:《蚊》,第 613 页。

的美国存在的种族迫害状态叮上了一口。

特里·麦克米伦

在本书讨论的黑人女作家中，麦克米伦是最年轻的一位，也是黑人作家中少有的畅销书作家。1951 年，麦克米伦出生在密执安州的休伦港。父母离婚后，他们五个子女由做家务女工和汽车厂工人的母亲一手抚养长大。1979 年，麦克米伦从加利福尼亚州立大学伯克利分校新闻系毕业，旋即到纽约哥伦比亚大学艺术研究生院电影专业进修，获硕士学位。1987 年她的第一部作品《妈妈》出版，两年后出版了《遁形记》。1992 年出版的《等待呼气》三年中销售了 300 万册，1995 年被搬上了银幕。1996 年出版的《斯特拉如何恢复活力》（中译本名《如意郎君》）也被拍成了电影。她的作品受到读者的喜爱，真实地反映黑人女子在当代美国社会的生活现实，对她们充满了洞察和理解。她的作品集中了生动风趣的日常语言、快节奏的故事发展、出其不意的情节变化、幽默或令人忍俊不禁的戏剧化场景以及个性鲜明的人物，具有极强的可读性。

《妈妈》[①]反映了一个黑人家庭在 1960 年到 1980 年代激烈变化的世界中生存发展的故事。米尔德里德 17 岁怀孕后和孩子的父亲克鲁克结了婚，在十年无爱而受虐的生活后，她和这个男人离了婚，独力抚养五个子女。这个连中学都没有毕业的单亲妈妈只要能养活孩子，什么活都干，最困难的时候甚至做过妓女，最后没有办法只得申请政府救济。在艰苦的生活中，她仍然希望能够找到爱她的男人，又尝试过两次婚姻，它们都以离婚告终。她的大女儿弗里达帮助她做家务，但看到母亲的窘境，发誓要摆脱这种朝不保夕的生活。她课后去打工，最后离开了黑文港的家，去了洛杉矶。她找到工作，得到

---

① 特里·麦克米伦：《妈妈》，西蒙和舒斯特出版公司，1987 年版。

奖学金上了斯坦福大学，1970 年代初参加了黑人权利运动和女权运动。米尔德里德带着其余的子女也搬到了洛杉矶，在政府住房项目的帮助下买了房子，女儿们都上了大学，只有儿子吸毒，回到黑文港。子女都长大后，米尔德里德回顾自己的生活，感到作为母亲她完成了自己的任务，但是生活并没有结束，既然她能够在如此艰难的情况下养大了儿女，她也必定能够在今后给自己一种更有意义的生活。她决定去社区大学学习，好有一份自己的事业。通过米尔德里德的一生，作者反映了一种积极肯定的生活态度，她认为只要努力，黑人的生活是可以改善的。麦克米伦并没有美化美国社会。孩子们不挨饿，有个栖身之处，这在富有的美国本来应该是不成问题的事情，但是作者描写了贫困的黑人女子米尔德里德为了做到这一点所遇到的困难，所付出的代价。她的挣扎和痛苦，反映了后民权运动时代美国城市底层黑人生活的现实。

在以后的三部作品中，麦克米伦的女主人公都是黑人职业妇女，主要审视这些中产阶级女性在婚姻和感情世界中痛苦多于欢乐的心态和生活。《遁形记》中的女主人公，30 岁的佐拉·班克斯受过高等教育，是中学教师。小说开始时，她说自己正处于和男人关系的休止期，因为她在男女关系上实在犯了太多的错误了。男主人公富兰克林·斯威夫特是个工作不稳定的建筑工人，已和妻子分居。他在自我介绍时告诉读者的第一件事是，他已经厌倦了女人。麦克米伦让这两个人各自叙述自己的故事，奇数章的叙述者是佐拉，偶数章的叙述者是富兰克林。在两人分别表明一时不想找异性朋友后，两个人在佐拉看房子的时候碰上了。富兰克林帮她搬家，安置家具，由此开始了曲折的关系。麦克米伦的交叉叙述手法将男性世界和女性世界并置于读者面前。富兰克林需要稳定的工作，需要钱支付两个孩子的生活费，但是他经常失业，即使找到工作，也害怕又被解雇。佐拉的女友对富兰克林不以为然，告诫佐拉："亲爱的，他要是没有至少两张大公司的信用卡、一辆新式汽车、一个一居室的公寓和大学毕业证书，我说你就别去理他。"①两人同居后，他们关系中最大的阴影就是富兰克林不断失业，佐拉怀孕后两人更是争吵不断，发展到对打，摔东西。生下儿子后，佐拉又要上班，回家又要照顾孩子，而富兰克林失业在家，也不帮一把。最后佐拉忍无可忍，要他在感恩节前找到工作，否则就搬走，她对他说："我只生了一个孩子，我不想照顾两个（娃娃）。"②

佐拉感到的只是富兰克林越来越暴躁，却并不了解他的自卑心理。长期失业使他认为自己处处低佐拉一等，扭曲的心灵导致了暴力倾向。他威胁佐拉，佐拉到法院申请了对富兰克林的限制令，富兰克林得到通知后大怒，离开了佐拉。

莫里森在《沥青娃娃》中同样探讨了受过高等教育的女主人公和男主人公之间的爱情关系，但是莫里森笔下的恋人因对黑人文化和黑人在美国应该怎样发展有着根本不同的观念，所以最后以分手告终；而麦克米伦的主人公们由于经济和兴趣的不同产生了矛盾，打打闹闹后分了手，最后却以大团圆的结局告终。富兰克林离开三个月后回来看望儿子，告诉佐拉他找到了工作，重新去学习，而且也和原来的妻子离了婚。看来他会和佐拉一起搬到托来多去结婚过日子。这种典型的爱情畅销书的套路并不能给读者以太多的启示。

《等待呼气》是麦克米伦作品中最好的一部，故事发生在凤凰城，作者通过四个性格和经历都不相同、三十多岁仍有吸引力的黑人职业妇女在 1990 年代一年中的遭遇，全面反映了中产阶级黑人女性的生活现实，以及支持她们勇敢面对精神和感情起落的友谊。小说每一章围绕一个中心人物叙述，她们的故事本身没有什么交叉，但是由于这四个

---

① 特里·麦克米伦：《遁形记》，西蒙和舒斯特出版公司，1989 年版，第 54 页。

② 特里·麦克米伦：《遁形记》，第 330 页。

女人是知心朋友,无话不谈,有了快乐会分享,一起庆祝,有了痛苦要找人述说,相互安慰,所以整部小说是一个有机的整体。

萨凡娜在电视台工作,几年前和一个黑人医生肯尼斯很好,由于对方总没有明确的表示,她便决定在难以自拔前抽身,但是后来始终没有称心的男友,"担心自己什么时候或者是否能够找到合适的男人"[1],认为"可能是因为他,我对男人的希望才这么高"[2]。她的母亲需要她在经济上的帮助,每次打电话都要问她有没有男朋友,抱怨她不该放弃肯尼斯。分手四年后,已经结了婚有了一个女儿的肯尼斯在到凤凰城开会时从萨凡娜母亲那儿得到了她的电话号码,相约见面。萨凡娜心中旧情未断,答应见面,肯尼斯说婚姻不大如意,说仍然爱萨凡娜,两人重新恢复了性关系。到小说结束时,萨凡娜拒绝了在肯尼斯出差时再去见他,意识到男人总以可能离婚的话骗得情人死心塌地的等待,实际是两头都想占着。她说自己"只希望心情的平静,有个可以称作家的地方,有个珍惜自己的人,尽量过一种有意义的、有价值的、积极的生活"[3]。这是一个并不奢侈的愿望,但是直到小说结束她仍在不断的失败后继续努力。

贝纳丁结婚十年,有了一儿一女,丈夫约翰是软件公司的老板,是个一心赚钱的人。他和公司里 24 岁的白人簿记员搞上了,突然通知贝纳丁要和她离婚。最使贝纳丁无法接受的是约翰有了钱后投进的是一个白人女子的怀抱。她把约翰所有的西服、皮鞋扔进了他的新宝马汽车,放火烧掉。打离婚官司时律师告诉她,为了少给她钱,约翰早就开始在财产上做手脚。她悲愤之余,也意识到"这当然是你自己的错……你放弃了自己的生活蓝图,一下子跌进了他的蓝图中……你搁

---

① 　特里·麦克米伦:《等待呼气》,企鹅出版集团,1992 年版,第 14 页。
② 　特里·麦克米伦:《等待呼气》,第 206 页。
③ 　特里·麦克米伦:《等待呼气》,第 4 页。

置起了自己的梦想,学会了布置房间"①。她是四个女人中唯一结了婚
的,但经历了婚变后,她对想找丈夫的女友说,一切都很不值得。她找
了一份工作,又要上班又要接送孩子上学。当离婚生效后,女友都各有
约会,她便独自到五星级大饭店去喝酒,自己祝贺自己,这时遇见了从
东部来开会的民权律师詹姆斯。一个刚离婚,一个刚从丧妻之痛中恢
复,贝纳丁感受到了詹姆斯的体贴和同情,两人之间的关系最后发展到
詹姆斯在凤凰城租下寓所,并计划把事务所从东部迁来。经过律师对
约翰财产的多方调查后,法院判决财产分割中约翰应支付她近100万
美元。小说结束时她邀请女友一起过圣诞节,琢磨着要向哪些对黑人
真正有帮助的事业捐款。

35岁的罗宾在一家保险公司工作。因为她的父亲得了老年痴呆
症,她常常需要回家去给母亲以支持。她总对高个子男人情有独钟,看
上了就和人家上床,因此不断受欺骗,被利用,但是她又耐不得寂寞,还
是老和不该上床的人上床,而且怀了孕。她最后接受了教训,说一再的
失败"教会了我珍惜生命,重视自己",看到"一切问题的答案就在我自
己身上"②。她决意留下腹中的胎儿,以便有一个她可以全心全意去爱
也会全心全意爱她的孩子。

格罗里亚在大学最后一年和校田径健将戴维有了儿子塔里克,她
唯一的要求是戴维将来无论到什么地方生活都要把地址告诉她,以便
需要时儿子可以找得到他。她独自抚养着儿子,父母去世后她卖掉了
父母遗留给她的房产,搬到凤凰城开了一家黑人美发店。她始终不能
忘情于戴维,但是最后戴维告诉她,他已是同性恋,她才死了心。她把
全部心血放在了儿子和美发店上,然而儿子即将离家,她必须考虑今后
的生活。使她高兴的是,新邻居,丧妻的玛文对她很好。不过,她生意

---

① 特里·麦克米伦:《等待呼气》,第29页。
② 特里·麦克米伦:《等待呼气》,第400页。

不错的美发店缺人手了，因为一个美发师患艾滋病不能来工作了，另一个也离开了，她一时很难找到能替代他们的人，为此很着急。她只能自己不停手地干，结果累得心血管病发作。她苏醒后看到儿子、三个好朋友和玛文都围在病床旁，十分感动和满足，因为"她所爱的人全都在她身边"①。这个心地十分善良的女子在儿子离家后是不会孤独了。

四个女子都在"等待呼气"，呼出一口放心的长气，等待有个体贴爱恋的好男人来分担生活中的千百件大大小小的事情，从对青春期儿子的性教育，到如何应付老年父母的病痛和经济开支，到工作得不到赏识时该不该换地方。与此同时，她们也意识到自己的社会责任，她们参加黑人妇女在行动组织的活动，虽然作者对其中一些成员不无调侃，但是她们看到的黑人社区的问题，如吸毒、单亲、贫困、妇女身上的压力等，以及她们所从事的工作项目，如建立奖学金资助黑人青年上大学等，都反映了 1990 年代城市黑人的生存状态和需求，从某种意义上也反映了美国中下层人民普遍的生存状态。四个主人公作为职业女性面对的生存竞争问题也是所有职业妇女都会遇到的问题。在作者创造的小说世界中，女主人公们年终盘点，都有收获，贝纳丁和格罗里亚看来找到了好男人，萨凡娜得到了电视台制片人的工作，罗宾的老板终于承认了她的工作成绩，给她涨了工资，还给了她一个大红包。

在《斯特拉如何恢复活力》中，生活在 1990 年代的 42 岁的斯特拉，是一家大投资公司年薪 20 万美元以上的高级分析师，开着宝马跑车。她已经离婚，因为"他要我和他一样，而我则要他尊重我们之间的不同"②。他们共同生活 8 年仍旧不能协调，只得分手，11 岁的儿子昆西和她一起生活。她在忙碌的生活中感到精神很空虚，而婚姻生活又太

---

① 特里·麦克米伦：《等待呼气》，第 389 页。
② 特里·麦克米伦：《斯特拉如何恢复活力》，企鹅出版集团，1996 年版，第 24 页。

累,她只想有个伴。小说开始时儿子要到父亲家去过暑假,她把昆西送
上了飞机,回到空落落的宅子里,感到烦躁,回想自己的生活,感到工作
没有意思,日子千篇一律,生活天地是狭窄的直线,整个一个死气沉沉,
了无意趣。她很想使自己的生活重新焕发出活力。电视上正在播放旅
游广告:"到牙买加来!"她一跃而起,为什么不去玩一趟? 她参加旅游
团去牙买加,第一天就在饭店遇见了 21 岁的、假期来找工作的牙买加
大学生温斯顿,"一个又高又帅、性感的、枫糖浆肤色的男孩"①。温斯
顿让她心跳,这证明"毕竟我内心仍然充满活力,没有死去"②。此后这
个新版本的假日纵情故事就在斯特拉感觉自己年龄比温斯顿大出一
倍、温斯顿不可能真喜欢她和温斯顿一再表现和表示对她的真情中发
展。斯特拉在牙买加 9 天,只和温斯顿有半夜情。作者让温斯顿立刻
在另一个度假地找到了工作,只能在斯特拉离开的前夕来和她匆匆告
别。回到美国,斯特拉的老板通知她公司改组,她出局了。失业不仅没
有让她担心,反而使她感到 17 年来第一次真正自由了,是"向另外一个
方向进行试探的机会"③。不久,斯特拉带着儿子和外甥女又去牙买
加,但是因为电话故障,也只和温斯顿过了一夜。再回美国,她给温斯
顿寄去了飞机票,温斯顿来到她家住了三周后,两人决定结婚。斯特拉
比温斯顿大了 21 岁,这是她处理这种关系时心理障碍的焦点。两个妹
妹,一个死命反对,一个坚决支持。好朋友也支持她,说男女关系中男
比女大,甚至七八十岁的老头找一个二十来岁的姑娘都是常见的事,为
什么女的大了,她就有这份不安和担心? 连 11 岁的昆西都说:"妈,年
龄只不过是个数字而已。"④就这样,斯特拉恢复了活力。麦克米伦传
递的信息是,一个有钱的中年女子要为自己活一回,随心所欲地寻找能

---

① 特里·麦克米伦:《斯特拉如何恢复活力》,第 72 页。
② 特里·麦克米伦:《斯特拉如何恢复活力》,第 78 页。
③ 特里·麦克米伦:《斯特拉如何恢复活力》,第 234 页。
④ 特里·麦克米伦:《斯特拉如何恢复活力》,第 282 页。

使自己快乐的感觉,过把瘾再说。这种恢复活力的方法,只有在浪漫小说中才能实现。比起《等待呼气》,《斯特拉如何恢复活力》从主题到创作上都是个退步。不过,黑人妇女在美国畅销书市场上争得了一席之地,让更多的美国人对黑人,特别是黑人女子的生活有所了解,也是一件令人高兴的事。

第四节　第一代加勒比地区移民作家

杰梅卡·金凯德

金凯德(1949—　)出生在加勒比海西印度群岛中的安提瓜岛,原名艾琳·波特·理查逊。16 岁时她感到无法像家庭和社会期望她的那样做个听话的好孩子和大英帝国的忠诚子民,便离开故乡来到美国做家务女工,希望有机会学习,以后能够从事医疗护理工作。没有想到的是,她对摄影发生了浓厚的兴趣,于是进入纽约社会研究学院学习摄影。1973 年 24 岁时,她成为自由撰稿人,在《纽约客》杂志上发表了不少短篇小说,并于 1976 年到该杂志社工作。在此期间,她将自己的名字改为杰梅卡·金凯德①,作为自己出生地域的象征。她的第一部作品《在河底》(1983)是一个由十篇作品构成的短篇小说集,以其抒情的笔触和对细节的注意而受到称道,获得了美国文学艺术院和学会奖。后来她又出版了小说《安妮·约翰》(1985)、《露西》(1990)和《我母亲的自传》(1996)。她作品的题材多取自自己在安提瓜的生活,具有很强的自传性。其主题往往是母女关系,反映了女儿既想挣脱母亲的影响成长为独立的自我、又和母亲间有着无法斩断的感情联系的矛盾

---

① 杰梅卡原文 Jamaica,和牙买加的拼写完全一样,金凯德认为自己取这个名字能象征她出生的那个地区。

心态。

收集在《在河底》的小说中有七篇在《纽约客》上发表过,所涉及的主题贯穿在金凯德后来所有的作品中,即少女在性成熟过程中所感受到的社会传统的束缚和对现实的不满,集中体现在对母亲的仇恨上。其中第一篇《女孩》很有代表性。故事只有三页长,是女孩脑子里出现的母亲无休止的絮叨:怎样洗白色的衣服,怎样洗有色的衣服,怎样做某种食物,走路如何要像个淑女,对不同的人怎么个笑法,在男人面前的举止应该是什么样子,等等。这些充分反映了传统社会对女子的期待,而这种期待又完全是建立在遵从代代相传的习俗的基础上的。这些清规戒律完全束缚了女子的自由发展。由于这些传统习俗都是通过母女代代相传,所以女儿对母亲的反叛和母亲对女儿的不满就成了矛盾的核心。

在《安妮·约翰》中,这一主题得到了充分的发展。小说反映了主人公,小姑娘安妮的生活,反映她如何摆脱独断而企图把持自己的母亲的影响、表现出自己独立的个性的经过。小说开始时,安妮只有 10 岁。她聪明可爱,和父母生活在一起。父亲是个木匠,家中所有的木器家具都是他亲手所制。母亲操持家务,女儿的衣服都由她一手缝制。母亲16 岁离开多米尼加老家,只身带着一只木箱来到安提瓜岛。后来她在这只木箱中存放了安妮从婴儿时代起一切有纪念意义的物品:出生后穿的第一件衣服,一岁生日时穿的衣服,用过的奶瓶,等等。母亲常常在翻晒这些东西时给安妮讲述她儿时的故事。但是在她满 12 岁后再要求母亲讲时,母亲却说她不再有时间讲这些东西了。她把安妮送去学习礼貌举止,学钢琴,也不再常常亲吻她,不再总是对她微笑了。她说,安妮要学习做个淑女,以后需要离开父母自己生活。安妮心里很是难过。当她在主日学校得了学习《圣经》最佳成绩奖时,她兴奋地奔回家中,认为定能讨得妈妈的欢心,妈妈又会对她微笑了。结果,她发现父母在做爱,母亲的手不断抚摩父亲。安妮从此和母亲产生了心理隔阁。上中学后,她和同班女孩格温成了好友,她"过去总怕妈妈死去,遇到格温后觉得这件事没有什么关系了"①。她只盼望很快长大,以便离家和格温同住。安妮后来认识了一个脏兮兮、不梳头、不穿鞋、爱爬树、爱玩弹球的红头发女孩。她使安妮着迷,因为她的一切和安妮正相反:母亲要安妮天天洗澡,头发要梳得整整齐齐,不许赤脚,不许玩男孩子的游戏,等等。安妮知道母亲决不会允许自己和红发女孩交往,就编出各种谎话骗母亲,以便放学后可以到废弃了的灯塔去找她玩耍。为了能够送礼物给她,安妮偷父母的钱。安妮在学校功课很好,可是放学后却带头干被老师和家长禁止的事情,说脏话,和女孩子一起展示各自的身体,被老师撞见,老师告诉了母亲。母亲骂她像个荡妇,她回以"有其母必有其女"②。两人之间的鸿沟到了几乎无法跨越的地步。

安妮意识到母亲对自己的控制,不愿成为母亲的影子,总是反母亲之道而行。这种要想成为独立的自己的努力反映在对母亲的反叛之中,也反映在她急于离开安提瓜的愿望之中:"我是多么渴望能够去一个人们对我一无所知、而且因为对我一无所知而喜欢我的地方。我出生于其中的整个世界成了一个多么巨大的、无法忍受的负担啊!"③当她17岁终于要离开家到英国去上护士学校时,她对母亲的眷念和怨恨之情同时涌上心头。对母亲的怨恨存在于表层意识中,因此几乎占满心头,但是深层意识中对母亲的爱也一直存在,这种又爱又恨的感情常常会折磨她。如看到母亲放她成长纪念物的箱子时,她说:"那一刻我从来没有这样思念过母亲,只希望单独和她在一个宁静美丽的地方一起生活;而同时我又希望看到她死去,干瘪地躺

---

① 杰梅卡·金凯德:《安妮·约翰》,法勒-斯特劳斯-吉鲁特出版公司,1983年版,第51页。

② 杰梅卡·金凯德:《安妮·约翰》,第102页。

③ 杰梅卡·金凯德:《安妮·约翰》,第127—128页。

在我脚旁的棺材里。"①她开始和父母一起走向码头，即将乘船离家去英国的时候，已下决心不再回来，她自己也不明白为什么对熟悉的一切如此反感，为什么只想远远地离开；可是当她走过每一条街、每一家店铺时，心里浮现的是过去十几年的生活，而一切都是和母亲联系在一起的。"当我经过所有这些地方时，仿佛是在梦中……"②她和母亲告别时，母亲哭，她也哭了。可是当她听见母亲说"不管你做什么，到什么地方去，我永远都是你的妈妈，这里永远都是你的家"③，感到母亲紧抱自己的手臂时，她的眼泪立刻就干了，只觉得透不过气来。通过类似的细节，作者表明，安妮对母亲所代表的熟悉的一切的反感，其根源在于这是一种束缚，是使她透不过气来、无法自由呼吸的束缚。但是安妮究竟在多大程度上能够摆脱母亲的影响呢？船开了，安妮看见母亲在搜寻她，便"从包里拿出她专门为此目的给我的一条红色棉布手帕，拼命摇动起来"。④ 她离开故乡和父母时所做的最后一个动作，仍然是依照母亲的要求做的。

离开故乡和亲人的安妮将独自在陌生的土地、陌生的人群中求生存。迎接她的将是什么样的命运呢？ 从《露西》中，读者可以窥见一斑。

《露西》中的女主人公，19 岁的年轻女子露西的故事几乎是安妮故事的续集。这个出生在加勒比海一个小岛上的黑人姑娘对自己的出生地和家庭也是充满了愤怒和怨恨。母亲爱她，但是她认为母亲想使自己成为她的影子，"我宁愿死也不愿仅仅做别人的应声虫"⑤。她觉得

---

① 杰梅卡·金凯德：《安妮·约翰》，第 106 页。
② 杰梅卡·金凯德：《安妮·约翰》，第 143 页。
③ 杰梅卡·金凯德：《安妮·约翰》，第 143 页。
④ 杰梅卡·金凯德：《安妮·约翰》，第 147 页。
⑤ 杰梅卡·金凯德：《露西》，企鹅出版公司，1991 年版，第 36 页。

母亲从来看不到有的时候"我的需求比她的愿望更重要"①。在她 9 岁前,她独享母亲的关怀和爱护,但是后来母亲接连生了三个弟弟。每个弟弟出世后,父母都说要送他到英国去读书,将来好当医生、律师,母亲一想到儿子们将来可能取得的成就就十分骄傲,眼睛里会涌出泪水。露西不在乎父亲把她排除在外,但是母亲也从来没有为露西设想过这样的未来,这使她觉得"有把利剑刺穿了我的心"②。母亲寄希望于女儿的仅仅是:做个护士,听父母的话,遵守传统的礼仪,不做犯法的事。露西终于在 18 岁时离开家乡到了美国。她离家时说:"我怀有的是记忆、愤怒和绝望。"③

　　到美国后,露西在纽约做家务女工。她的男主人路易斯是个律师,和妻子玛利亚有四个女儿。露西的任务是接送孩子上学,下午陪她们玩。上午孩子们在学校时,露西自己学习,晚上去上夜校。露西对女主人玛利亚的感情很复杂:她喜欢她,因为她像自己的母亲;她不喜欢她,也正是因为她像自己的母亲。她独自在美国,周围的一切都是陌生的,很想家,却从来不读母亲的来信,母亲寄来的十几封信全都原封不动地放在那里,直到有一天回安提瓜探亲的女友莫德来告诉露西,她的父亲一个月前去世了,同时带来了母亲给她的又一封信。露西读了这封信,得知母亲盼望她回去,并告诉她父亲死后一分钱也没有留下。露西把积存的所有的钱都寄给了母亲,但在写给母亲的信中告诉母亲,她永远不会回家,说母亲"一直表现得像个圣女,但是我生活在一个现实的世界里,我真正需要的是个妈妈"。她说妈妈对她的全部教育是"防止她成为一个荡妇",但是妈妈失败了,因为露西感到,"像荡妇那样生活是很愉快的事"④。在路易斯和玛利亚的婚姻破裂后,露西离开了他

<hr>

① 杰梅卡·金凯德:《露西》,第 64 页。
② 杰梅卡·金凯德:《露西》,第 130 页。
③ 杰梅卡·金凯德:《露西》,第 134 页。
④ 杰梅卡·金凯德:《露西》,第 127—128 页。

们家,去给一个摄影师做秘书。她没有把自己的新地址告诉母亲,从此斩断了和家的一切联系。她在美国随心所欲地生活,通过斩断与过去的一切联系,露西获得了过独立和自由的生活的权利。她站在两种文化、两种生活习惯的交叉点上,而象征和代表过去的一切的就是母亲。她回顾离家一年以来自己的变化。"人们对我这个女孩曾经有以下这样的不坏的期望:例如,以护士为职业,对父母具有责任心,守法,重传统。但是离家一年,这个女孩子已不再存在。"①

《安妮·约翰》和《露西》中反映的母女矛盾,在女儿摈弃母亲所代表的价值观念的基础上开始获得新的自我而得到暂时的解决。但是母亲的影响无所不在。露西来到美国,把和母亲间的矛盾冲突留在了大海另一边的小岛上。但是对这一切的记忆却萦绕心头,挥之不去,影响甚至左右了她在美国的思想感情。年轻的女主人公们还没有体会到,和母亲所象征的本族文化和传统是无法割裂的,也许甚至是不该割裂的。金凯德的第三部小说《我母亲的自传》反映了她在这个问题上的进一步的思索。

《我母亲的自传》是一部耐人寻味的作品。书中的这位母亲在叙述者,女儿雪拉出生时死去,全书实际上是雪拉的生活记叙,但书名却是《我母亲的自传》而不是《我母亲的传记》或《我的自传》。在小说的最后,金凯德通过雪拉之口,道出了她的用心:

> 我生活的这个记录也是我母亲生活的记录,并且更是她生活的记录,同时也是我未曾有过的子女的记录,也是他们为我写的记录。给了我生命的那个人在我身上存在着,但我从来没有听到过她的声音,从来没有看到过她的面容。在我身上有着我应该给予生命的人的声音和面容,但是我不允许他存在,不允许自己看到和

① 杰梅卡·金凯德:《露西》,第 133 页。

我一样的眼睛。这个记载是那从来没有被允许存在的人的记载，也是我不允许自己成为的那个人的记载。①

这部"自传"是被西方殖民者制服的多米尼加的土著人和黑人的自传。雪拉的母亲是土著人，她的部落只有少数人幸存了下来；父亲是苏格兰人和黑人的后裔。妻子死后，他把襁褓中的女儿交给给他洗衣服、已有六个子女的女人尤妮丝抚养。雪拉只有在父亲每次取送衣服时才能见到他。父亲再婚后不再需要尤妮丝洗衣，雪拉也就长期看不见他了。她在缺乏爱的环境中长大，7 岁时开始梦见母亲，但每一次都是母亲从梯子上下来，她能够看见的只是她的脚跟和裙子的下摆。做警察的父亲不断聚敛钱财，渐渐富有起来，便把雪拉送去读书。学校老师教写信的时候，开始她每天给父亲写一封信，说"大家都恨我，只有你爱我……我爱你，只有你能够救我"②，写完后把信放在一块石头下面。一个男同学发现了，把信交给老师，老师将信寄给了她的父亲。不久父亲来把她从尤妮丝家接回自己家中，告诉她有了新妈妈，她会爱新妈妈和新家。父亲和她谈话时一连用了七个"爱"字，雪拉说："这使我7 岁的心和 7 岁的头脑意识到爱这个东西并不存在。"③但她不再感到无助，因为她已经意识到："通过使用文字我改变了自己的处境，甚至也许救了自己的命。"④

在无爱的气氛中生活的雪拉一见到继母就知道继母不爱她，她也"立刻就迎接了这个挑战"⑤。她已经能够在这种无爱的环境下过得很

---

① 杰梅卡·金凯德：《我母亲的自传》，法勒-斯特劳斯-吉鲁特出版公司，1996 年版，第228 页。

② 杰梅卡·金凯德：《我母亲的自传》，第 19 页。

③ 杰梅卡·金凯德：《我母亲的自传》，第 24 页。

④ 杰梅卡·金凯德：《我母亲的自传》，第 22 页。

⑤ 杰梅卡·金凯德：《我母亲的自传》，第 28 页。

好，为自己创造一种生活。而且经验告诉她，你对别人的爱可能使自己
处于不利的地位，所以她总是冷眼观察周围的人和世界。她看出父亲
的外表并不是真实的他，他自以为是个自由、诚实和勇敢的人，而雪拉
看到的却是一个利用权势占有弱者财产的小偷，谎话连篇的懦夫。从
学校的历史课上讲到的受人敬佩的所谓历史名人的身上，雪拉看到的
是对别的民族的征服，她只感到他们可耻、渺小、卑微。

雪拉 15 岁时到首都上中学，借住在父亲的朋友杰克的家里，和杰
克的妻子成了朋友。这是雪拉第一个真正的朋友，但是她也对这个用
计谋使杰克和她结婚、现在已被耗干了精力、脸上只剩下被击败的表情
的女人感到厌恶。直到后来雪拉才明白："拼命想嫁个男人不是女人
的错，因为否则她们有什么别的选择呢？"①不过她决定，"永远不能让
这种情况发生在我的身上……我不允许自己成为一个卒子，听凭岁月
流逝，被欲望所驱使"②。

和杰克发生了性关系怀孕后，她找人做了流产，遭受了极大的痛苦。
她决意要把命运掌握在自己的手中，她的信念是，"我不愿属于任何人，
也不愿任何人属于我"③，因此她不做母亲。她和杰克一起享受性爱，但
是她并不爱他，没有杰克，她自己也可以满足自己。她把一切看透了。
当继母的女儿不顾一切去和情人幽会时，雪拉心里想："她以为只有和他
在一起的时候才会有这种性快感；她不知道和任何人都能得到这种快
感，包括和她自己。"④她的这种冷漠来自对自己和种族命运的悲观。她
看着美丽的大自然，心里却充满了绝望的想法。她想，一个白人男子在
这种时刻内心中出现的问题会是："是什么使世界运作、转动？"因为他知
道他拥有一切，而她自己不仅一无所有，又不是个男人。她的问题会是：

---

① 杰梅卡·金凯德：《我母亲的自传》，第 64 页。
② 杰梅卡·金凯德：《我母亲的自传》，第 65 页。
③ 杰梅卡·金凯德：《我母亲的自传》，第 104 页。
④ 杰梅卡·金凯德：《我母亲的自传》，第 120 页。

"是什么使世界转动,并且反对我和一切与我相像的人?"①她知道,多米尼加的黑人"早就是个影子了;永远是异类,永远处于边缘,早就和我们自己创造的完整的内心世界无缘了"②。她看到总督的卫队,心里想:"谁会去伤害总督? 我会。砍下他的头很容易。可是他们会再派一个总督来。即使是我,老是砍总督的头也会砍烦了的。"③这种思想所反映的作为被征服的民族的生活中产生的无望和绝望使她的生活"比空虚还要空虚"④。从小没有母亲、渴望母爱的雪拉却一再拒绝做母亲,正是这种比空虚还要空虚的人生的象征。

雪拉在回顾一生时,说自己"从来没有见过母亲,然而对她的爱追随着她进入了永恒。她在生我时死去,不能在一个残酷得一般人无法想象的世界中保护自己、保护我"⑤。孤独地在人生道路上挣扎的雪拉相信自己"一生都没有过这个东西: 爱。那种让你死去或使你永生的爱"⑥。她拒绝属于任何种族,拒绝接受任何国家,因为她感到自己没有勇气承受这些身份所带有的罪恶,她选择拥有自己。对她来说,"一切道路都通向一个终点,一切终点都是相同的: 伸向空无;就连回声最终也会消失"⑦。

在雪拉的身上,金凯德写出了一个黑人女子在被征服被奴役的土地上的生存感悟,最深刻的就是"这个世界没有爱",因此她不敢爱,扼杀自己的爱。由于金凯德在雪拉身上融进了自己作为一个成熟作家的思考,不免使读者感到这个人物在童年时就承载了太多与年龄不相称

①　杰梅卡·金凯德:《我母亲的自传》,第 132 页。
②　杰梅卡·金凯德:《我母亲的自传》,第 133 页。
③　杰梅卡·金凯德:《我母亲的自传》,第 149 页。
④　杰梅卡·金凯德:《我母亲的自传》,第 96 页。
⑤　杰梅卡·金凯德:《我母亲的自传》,第 211 页。
⑥　杰梅卡·金凯德:《我母亲的自传》,第 217 页。
⑦　杰梅卡·金凯德:《我母亲的自传》,第 215 页。

的沉重。她的性格也似乎自幼天成，没有明显的发展。尽管有这样的
不足，作品仍具有感人的力量。她用诗一般的语言对雪拉的生存环境、
氛围和心情的形象烘托，使人读后久久不能忘却那一片美丽而苦难的
土地，以及在那儿生息的绝望而仍在奋争的人民。

米歇尔·克里夫

米歇尔·克里夫（1946—　）出生在牙买加，3 岁时到美国，和母亲
及姐妹居住在纽约市，10 岁时回牙买加，就读于一所私立女子学校。
虽然她本人的肤色和白人几乎没有什么区别，在牙买加并没有受到过
多的歧视，但是牙买加人对肤色的敏感仍使她十分吃惊。1960 年代中
期克里夫到伦敦学习，1969 年获文学学士学位，1974 年获比较文学硕
士学位。克里夫在美国、英国和牙买加的生活使她不断对这三种文化
进行审视和对比，但是她的小说反映的中心问题是牙买加的历史和现
实、牙买加人在牙买加和美国的生活状况。从 20 世纪 70 年代末期克
里夫开始发表作品以来，她出版了诗集、短篇小说集和三部长篇小说：
《海螺壳》（1984）、《天堂不通电话》（1987）和《自由企业》（1993）。

克里夫小说中的主人公都是女性。她在描述这些女子在个人成长
的过程中开始了解种族、肤色、性别、殖民主义以及生存环境对于个人
意识的影响，做出自己人生选择的时候，总是把牙买加和牙买加的历史
与个人的命运有机地联系在一起，因此她的人物都是牙买加特定的历
史和地理条件的产物，她们的爱憎与牙买加是不可分的。

《海螺壳》的故事开始于 1958 年。女主人公克莱尔·塞维奇的祖
上老詹姆斯是英国王室派到牙买加岛的大法官。他在牙买加岛利用黑
奴的劳动建立起庞大的甘蔗种植园。妻子在英国去世后，他把儿子小
詹姆斯带到牙买加生活。老詹姆斯对待黑奴十分残酷，他任意蹂躏女
奴，把和女奴生的子女卖掉，因为他认为"这些不是他的继承人，而是

他的财产"①。在黑奴解放前夕,被他奸污后做了他的情妇的女奴英内兹,趁老詹姆斯到首都去游说反对解放黑奴的法案时逃回了老家。老詹姆斯回来后,由于黑奴不肯告诉他英内兹的去向,残酷地杀死了大多数黑奴。黑奴解放后,种植园经济败落,塞维奇家依靠出卖土地生活。等到小詹姆斯从剑桥大学读完古典文学回到牙买加的时候,七座农场已经卖掉了四座。开始时他仍旧能够依靠祖产生活。到他的儿子,也是最小的孩子杰克出生时,家产卖得只剩下祖宅。为了养家,小詹姆斯到巴拿马运河工地做监工,得黄热病死去。

克莱尔的祖母卡萝林是杰克和混血女郎伊莎贝尔的女儿。卡萝林在1921年离开牙买加到纽约去寻求发展。她本意是当个演员,但是一直没有机会,只能生活在演艺界的边缘。她和一个意大利卖冰人相好,怀了孕,却又嫌他身份太低,不肯和他结婚,对家中则谎称他在婚礼前夕死于车祸,生下的儿子跟自己姓塞维奇,送回牙买加由姐姐抚养。塞维奇在牙买加长大,和牙买加本地人凯蒂结婚。他的大女儿克莱尔继承了父亲的白皮肤蓝眼睛,二女儿简妮则一眼就能看出有黑人血统。父亲告诉克莱尔她是白人,但是12岁的克莱尔已经知道母亲不是白人,种族问题已经开始使她感到困惑,使她不知道应该在哪儿找到自己的位置。"如果让她选择,她会选择谁? ……如果她需要帮助时,她会去找谁? ……父亲还是母亲?"②她也清楚地意识到,选择父亲还是母亲实际上意味着是选择白人一方还是黑人一方的问题。

小说开始时,金斯敦的居民到教堂做礼拜。作者从去做礼拜的各种肤色和行业的人,以及民间传说中和英国殖民者斗争的女英雄的故事,引出牙买加沦为殖民地的历史,然后把焦点集中到去做礼拜的塞维奇一家人身上,从这个家族祖上作为殖民者来牙买加后几代人的经历,

---

① 米歇尔·克里夫:《海螺壳》,渡口出版社,1984年版,第38页。
② 米歇尔·克里夫:《海螺壳》,第36页。

勾画出这个加勒比岛国在殖民主义统治下的悲惨状况,以及今天被西方开发商开发成外国富人的度假地后当地人民仍然十分贫困的生活。

接着,作者把注意力集中到了克莱尔身上。三月的一个下午,克莱尔逃学去看电影《安妮·弗兰克日记》。犹太小姑娘安妮·弗兰克的生死给了克莱尔极大的震动,使她开始思考。她在课堂上问老师关于第二次世界大战中犹太人被屠杀的历史。叙述者感慨道:

> 这个12岁的混血基督教女孩一直按别人所说的生活——对自己的过去都知之甚少——比如说,她不知道自己的太曾祖父曾一次放火烧死100个非洲人……而这个女孩子现在对安妮·弗兰克的生死发生了极大的兴趣。她不自觉地在追求对自己生命的诠释。①

她知道自己"生活在一个世界里,在这儿最糟糕的事情——特别是当你是个女孩子的时候——莫过于有一张黑皮肤"②。她得出结论:"正如犹太人在基督教世界中该当受难一样,黑人在白人世界中也该当受难。"③

每年暑假时,克莱尔都被送到外祖母居住的乡下,她和那儿的一个黑人小姑娘佐伊成了好朋友。佐伊的家里很穷,和母亲、弟弟一起住在克莱尔外祖母的土地上。她们虽是同龄,但佐伊对自己的处境比克莱尔要清楚得多。有一次,克莱尔偷了外祖母的枪,要佐伊和她一起去打野猪。佐伊不肯去,怕别人说她们干只有白人和男人才能干的事情。暑假一完,克莱尔回金斯敦去,什么事也没有,可是她佐伊得在这儿生

---

① 米歇尔·克里夫:《海螺壳》,第72页。
② 米歇尔·克里夫:《海螺壳》,第77页。
③ 米歇尔·克里夫:《海螺壳》,第77页。

活下去,将来也得在这儿生活。克莱尔不理解佐伊的顾虑,仍然坚持要去,佐伊说她"根本不明白贫穷意味着什么,黑皮肤意味着什么"①。当克莱尔在慌乱中打死了外祖母的公牛时,佐伊知道开枪的虽然是克莱尔,但受惩罚的肯定是自己。克莱尔得知佐伊的顾虑后,向外祖母隐瞒了佐伊在场的事实。外祖母认为,这件事反映出克莱尔身上存在的父亲家族的影响,"似乎认为自己是个男孩,或者是个白人"②。失望之下,她叫克莱尔的父母立刻来把她接走。父母无奈,把她送到 87 岁的白人老太太菲利普斯家中。母亲认为皮肤白皙的大女儿需要向菲利普斯太太学习上流社会的礼仪,她告诉克莱尔:"将来有机会离开牙买加,做医生、教师,要学会利用自己的优势。"③菲利普斯仇恨黑人,把家里养的 13 条狗训练得见黑人就咬,而且吝啬得"把一便士挤捏得生出一个先令来才算完"。④ 克莱尔在她家中很不快活,晚上梦见和佐伊打架,打伤了佐伊,自己也流了血。她醒来发现自己月经初潮来临,已经不再是个小姑娘了,但她仍然没有找到自己的归属。作者用这样一句话意味深长地结束了这部作品:"她(克莱尔)尚不能理解她的梦。她不知道我们就是自己梦见的人。"⑤

从某种意义上来说,《天堂不通电话》是《海螺壳》的续集,克莱尔的故事在这儿有了发展。在这部作品中,克莱尔已经 36 岁,作为牙买加革命的同情者回到外祖母凯蒂早已荒废了的旧居。她同意让革命者使用这片土地和房屋作为根据地。他们在地里种植毒品,卖给一个在安哥拉做过雇佣军的白人,换回枪支弹药;他们种植粮食出卖,换回其他生活必需品,或救济穷人。克莱尔在一次埋伏时被袭击他们的直升

---

① 米歇尔·克里夫:《海螺壳》,第 119 页。
② 米歇尔·克里夫:《海螺壳》,第 134 页。
③ 米歇尔·克里夫:《海螺壳》,第 150 页。
④ 米歇尔·克里夫:《海螺壳》,第 143 页。
⑤ 米歇尔·克里夫:《海螺壳》,第 166 页。

机开火打死。小说始于克莱尔和革命者一起用卡车拉弹药回根据地，结束于她在埋伏中被打死，其间几乎全是倒叙：回顾了克莱尔如何在 14 岁时和妹妹一起随父母移居纽约市，后来如何走上了支持革命者的路。由于回忆和叙述穿插，故事在时空上跳跃极大。

作者先叙述了 1970 年代牙买加局势动荡时，许多有钱的白人被杀，一时造成极大的恐慌。当时克莱尔在英国伦敦上大学，假期回到牙买加，圣诞节前夕参加一个舞会，和保尔·H. 有了一夜情。但是她对即将离开保尔回英国感到高兴，因为保尔的世界是牙买加，他"没有意识到，或不愿承认这儿是世界上最悲惨的地方之一"①。谁知就在他们寻欢的时候，保尔全家其余的人在金斯敦郊外的豪宅中被杀死。这个无头案引起了人们的惊恐和猜测，有的人认为是孤立的事件，有的人则认为是种族暴力。实际上，那是在他们家做零工的黑人克利斯托弗所为。克利斯托弗总觉得抚养他长大、死去 13 年的外祖母的鬼魂不断出没，想重新好好安葬她使她的灵魂得到安息，便在圣诞节凌晨借着酒胆到主人家中，叫醒了主人，向他要一块地安葬外祖母。他想，外祖母和自己一家人为主人干活多年，要一小块地安葬她也不算过分。被叫醒的主人生气地拒绝了他，说他的外祖母早已烂掉，根本找不到了，还说他是个傻瓜。克利斯托弗一怒之下杀死了主人全家，要他们的鬼魂也永远不得安宁。这个凶杀案使得有钱的白人惊恐万状，纷纷从乡间搬到首都去居住。

作者通过克莱尔这次回乡度假，把故事推回到距《海螺壳》结束只有两年的 1960 年。当时塞维奇债台高筑，为逃债把全家带到了美国。从迈阿密驱车去纽约的路上，母亲凯蒂体会到了美国严重的种族歧视。由于她和二女儿简妮肤色较黑，每晚住旅馆时她们都躲在车子里，由塞

---

① 米歇尔·克里夫：《天堂不通电话》，E. P. 达顿出版公司，1987 年版，第 89 页。

维奇冒充白人去登记,也不能全家一起进饭店吃饭,而由塞维奇买来在车子里吃。到了纽约凯蒂的表姐家,表姐劝他们:"要是能够冒充白人就冒充。这儿不是我们生活的国家。"①她说在美国出生的黑人看不起从加勒比地区来的黑人,因此他们受到的歧视更深。经过努力,塞维奇夫妇在白夫人卫生洗衣店找到了工作,塞维奇开车取送衣服,凯蒂做杂活,包括往洗干净折叠好的衣服中放洗一送一的广告单。塞维奇后来找到了修理电视机的工作,而凯蒂却因为她的口音和肤色,求职一再被拒,只得待在洗衣店。她感到十分孤单,受到歧视又无力改变自己的状况,更加思念故乡牙买加。她想要发泄日积月累的愤怒,于是就在一张洗一送一的广告上写上了这样一句话:"曾企图清洗掉你心里的仇恨吗?考虑考虑吧。"②她把广告折好后塞在一件衬衣的口袋里。几天过去了,没有任何反应。以后她就经常在广告单上写些东西来发泄。"我们能够洗干净你们的衬衫,但是清洗不了你们的心灵","美国很残酷。改变一下,考虑放仁慈一些吧","白人可能有黑心肠"③,等等。塞维奇偶然在她的手提包中发现了写好未塞出去的广告单,警告她这样做会惹来麻烦,于是她决定再写最后一次就罢手。次日她写了"白夫人死了。我的名字是黑太太。我杀死了她"④,塞进一件衬衣。可是这最后一次却闯下了大祸。顾客告上门来,老板把折衣服的两个黑人女工开除。凯蒂向老板承认是自己干的,但老板不信,说两个黑人女工矢口否认,这证明就是她们干的。凯蒂没有办法把她们找回来,为自己断了她们的生路而万分后悔,觉得自己"犯了个犯不起的错误"⑤。她辞去工作,带着黑皮肤的二女儿简妮回到了牙买加。母亲的离去给了克

---

①　米歇尔·克里夫:《天堂不通电话》,第 61 页。
②　米歇尔·克里夫:《天堂不通电话》,第 78 页。
③　米歇尔·克里夫:《天堂不通电话》,第 81 页。
④　米歇尔·克里夫:《天堂不通电话》,第 83 页。
⑤　米歇尔·克里夫:《天堂不通电话》,第 84 页。

莱尔巨大的心理打击,使她"对什么都没有了感觉,只有一种朦胧的无所归属的恐怖感"。①

大学毕业后,克莱尔去英国。她在牙买加的好友哈里给她写信,鼓励她在英国学成后回牙买加,说"牙买加的儿女必须努力改变牙买加。相信我,这将是值得去做的事情"②。在英国发生的反黑人游行使克莱尔产生了切肤之痛。同学对她说,游行不是针对她这样的人的,但是克莱尔说,从血统上自己是他们排斥的对象。这一事件使她想在白人世界中求得一席之地的幻想彻底破灭了,加以在越南战争中受到精神创伤的男友离开了她,使克莱尔十分痛苦,于是她回到了牙买加。这时的牙买加已经到了崩溃的边缘,物资匮乏,通货膨胀,老百姓营养不良,儿童中疾病流行。白人统治者打算建立赌场来解决牙买加的经济问题,但是当地人只能在里面做服务员。克莱尔目睹这一切,在回牙买加两年后参加了革命组织。

《天堂不通电话》反映了贫穷落后的殖民地的政治经济现实,反映了在英美等国家中种族歧视的状况,以及殖民地人民的反抗和斗争。克莱尔是殖民地一个有良知的知识分子。她曾经希望在研究欧洲古典艺术中忘却自己的现实,但是现实却总是闯入她的生活,使她不能不做出选择。她无法依靠自己白皙的皮肤和受到的高等教育走为自己营造一个安乐窝的道路,她只能和自己苦难的国家牙买加及自己善良正直的母系族人认同。她选择了为创造一个没有种族歧视和迫害、使人民能够摆脱贫困的牙买加而斗争的生活。她的悲剧性的结局反映了作者的现实主义态度。

克里夫六年后出版的《自由企业》,以主张废除蓄奴制的约翰·布朗在 1859 年 10 月 16、17 两日,带领 21 个追随者占领了政府在弗吉尼

---

① 米歇尔·克里夫:《天堂不通电话》,第 91 页。
② 米歇尔·克里夫:《天堂不通电话》,第 127 页。

亚州哈珀斯渡口的军火库,以期发动黑奴起义这一历史事件为背景,讲述了参与这一事件的两个黑人女性的故事。作者在这部作品中给予被主流历史文本所压制而沉默的女性以自己的声音。布朗和反对蓄奴制的男女们在查塔姆大会上决定建立独立的收容逃奴的根据地,后来在1859 年 10 月开始了自己的武装斗争。但是当硝烟散尽后,正式的历史文本中和这一事件有关的人只剩下了约翰·布朗。呈现在后世人们面前的是正式文本,正式文本也是电影、小说、歌曲、电视创作的依据。作者问:"谁曾听说过安妮·克里斯马司、玛丽·沙德·凯瑞和玛丽·艾伦·普莱森特?"①她告诉我们,"真正的故事很快就没有人知道了",因此她以"事情的经过是这样的"②开始,写出了流传在民间的、这一事件中鲜为人知的一面。

　　故事的中心是两个黑人女子玛丽·艾伦·普莱森特和安妮·克里斯马司。玛丽的父母都是废奴主义者,父亲利用自己的船只把逃奴运送到安全地带,母亲从小跟一个铁匠学徒学做武器。1825 年母亲在一次袭击中被打死,当时只有 14 岁的玛丽从此就继承了母亲的手枪和事业。安妮来自牙买加,在美国度过了大半生,但是直到故事叙述的1920 年,已经 80 岁的安妮仍对美国没有家的感觉。她每一天都在思念她的小岛。1858 年,18 岁的安妮在听著名的黑人女作家,废奴主义者弗朗西斯·哈珀所作的题为《黑人教育与黑人提高》的演讲时,因为对哈珀演讲中提到的黑人中"有才能的十分之一"的提法提出质疑,引起玛丽的注意,两人间开始了友谊。玛丽在解放黑奴的观点上和布朗有分歧,她不主张建立独立的黑人根据地,也不同意黑人应该回归非洲。她认为黑人应该在美国成为这个国家的真正主人,平等地享有一切。在为准备 1859 年哈珀斯渡口的起义中,安妮化装成黑人男子和运

---

① 米歇尔·克里夫:《自由企业》,E. P. 达顿出版社,1993 年,第 16 页。

② 米歇尔·克里夫:《自由企业》,第 17 页。

送枪支弹药的马车一起到南方去；玛丽一直用金钱支持黑奴的斗争，并且化装成女仆或男佣从旧金山到查塔姆参加大会，然后化装成铁匠去南方。两人去南方的目的都是武装黑奴支持起义。这时，传来了布朗起义失败的消息，她们便各自设法逃生。布朗被处绞刑后，当局在他的衣袋中发现了一张署名 MEP 的条子，上写"斧子在树根处。出击后将会有更多的资助"①。由于签名字迹潦草，当局一直在寻找叫 WEP 的人，玛丽得以逃过。不久，南北战争爆发，安妮再度女扮男装企图逃出，被南军捉住，女性身份暴露后被强奸，身心备受摧残。被北军救出后，安妮开始向南方牙买加的方向走去，但是她没有走到底，而是在密西西比河岸一处荒无人烟的山坡上住了下来，唯一的邻居是附近一个麻风村的居民。她脱离一切，离群索居，是因为她感到自己在美国是在为别人斗争，只有在牙买加，"在我的岛上，烧掉豪宅"②才是她自己的斗争。

布朗的起义失败后，玛丽回到旧金山，继续用钱财帮助南方逃出来的黑奴和提高黑人地位的事业。她在旧金山成为传奇式的人物，虽然死后她的墓碑上只刻上了"她是约翰·布朗的朋友"这样一行字，但是在旧金山，人们一直传诵着她的威力：如果不是她从死亡的国度里回来向白人进行报复，1906 年的旧金山大火怎么会烧毁了一切而独有她家门前她亲手种植的桉树活了下来？"人们说那场大地震的震中就在她老宅的下面，她种的每一棵树上都留下了她姓名的缩写 MEP 的烧痕，而那个 M 看来就像 W"③。

克里夫主要通过有关人物的书信和回忆，把 1859 年的这一段历史放在 1920 年的背景下叙述，因此这不是一个连贯的故事，不同人物的信件和回忆都是从各自的视角、依据各自的经历来叙述的，也还有着各

①　米歇尔·克里夫：《自由企业》，第 197 页。
②　米歇尔·克里夫：《自由企业》，第 199 页。
③　米歇尔·克里夫：《自由企业》，第 204 页。

自不愿回顾和叙述的空白,因此读者真正看到的与其说是约翰·布朗起义的历史事件的另一种诠释,不如说是围绕着从 19 世纪 50 年代到 20 世纪初两个黑人女子在黑奴解放斗争和黑人争取做人的权利的斗争中的个人经历,使读者能够对一个重要的历史时期复杂的社会氛围有所感受。作为黑人和女人,作者显然对官方正式的有关黑人的历史记载抱怀疑态度,玛丽的一段回忆反映了作者的这种思想。当玛丽在 1874 年重回出生地玛莎葡萄园岛,再访自己当年上过的黑人小学时,她记起了她的老师,参加过布朗起义的凯瑞小姐当时坚持要黑人小学生背诵非洲和美国黑人历史中的片段,她说:"书是十分脆弱的东西,书中的内容很容易被丢失。我们必须像非洲人那样成为会说话的书,不断说下去。孩子们,不断说下去!"[1]被压迫人民的历史必须由自己传递给后代,而克里夫还会补充说,女性的历史也必需由女性自己来传递下去。

托妮·莫里森称赞克里夫的作品时,评论说:"她把优美和具有威严的文字和深邃的洞察结合了起来。"[2]

第五节　三位重要作家

波勒·马歇尔

波勒·马歇尔(1929—　)是巴巴多斯移民的后代,父母都是生活在美国的第二代移民。她出生在纽约,在布鲁克林区长大。从少年时代起,马歇尔就酷爱阅读,最初接触的是英国维多利亚时代作家的作品,直到读了顿巴的诗歌后才感受到一种共鸣,意识到这种完全不同的

---

①　米歇尔·克里夫:《自由企业》,第 211 页。
②　米歇尔·克里夫:《自由企业》,书内页引文。

黑人文学作品的存在，意识到自己也可能成为这种文学的创作者。1953 年，马歇尔以优异的成绩从布鲁克林学院毕业，此后为了谋生做过许多工作，最后在纽约市图书馆做了一名管理员。1955 年，她到黑人杂志《我们的世界》做记者，有机会到加勒比海和南美洲一些国家进行采访，这段经历对她以后的创作有很大的意义。结婚和生育使马歇尔离开了杂志社的工作，但是此时她的头脑中已开始孕育着一部小说的雏形，而家务和孩子几乎占去了她全部的时间。为了创作，她不顾丈夫的反对，找人照顾儿子，自己租了一间屋子，用两年的时间写出了她的第一部作品《褐姑娘，褐砖房》。在此后的几十年里，马歇尔一直认真地从事创作。她被公认是 20 世纪下半叶美国杰出的作家之一。

马歇尔的创作生涯开始于 1950 年代末期，当时的黑人文坛上正是鲍德温和埃里森的作品风行的年代，他们的作品主要表现黑人男子在白人主宰、敌视黑人的社会中寻求作为人的自我实现的努力；同时，也正是以抨击美国社会、抗议种族歧视为主的具有强烈政治、社会性的作品再度兴起之时。初看起来，马歇尔的作品与当时黑人文学的主流似乎没有多少共同之处，可实际上，她对种族主义的危害做了更深层的剖析，使读者看到种族歧视妨碍黑人自我意识的建立，危及黑人男女的价值观和信念。她在作品中突出表现黑人妇女作为个人与作为黑人群体中一分子之间的关系，她笔下人物的性格与文化传统紧密相关，个人命运与民族历史不可分割。她通过作品探索黑人文化传统与黑人群体在个人成长中的作用，反映黑人女性自我意识觉醒的过程，塑造新型黑人妇女的形象。这是当代黑人女作家的共同兴趣所在。在这方面，马歇尔堪称当代女性作家的先行者之一。

马歇尔的第一部长篇小说《褐姑娘，褐砖房》出版于 1959 年。此后，她又创作了《上帝的选地，永恒的人民》(1969)、《寡妇礼赞》(1983) 和《女儿们》(1991) 三部长篇、四部中篇和三部短篇小说集。《褐姑娘，褐砖房》在美国黑人文学中具有很重要的意义，它和赫斯顿的《他们眼望上苍》、布鲁克斯的《莫德·玛莎》一起被誉为黑人文学中率先成功地塑造了新型女性形象的杰作。这三部作品展示了黑人妇女在特定的黑人群体中探索自我、逐步成长的过程,集中表现了群体对个人觉醒的影响。它们肯定了丰富的黑人文化传统的存在和影响,并在女主人公寻求自我实现的过程中,既肯定同时又谴责了传统的价值观。

《褐姑娘,褐砖房》描写 20 世纪四五十年代生活在纽约市布鲁克林区一个从巴巴多斯移居美国的黑人家庭的遭遇。黑人少女塞利娜·波伊斯深爱充满了幻想、表面上无忧无虑的父亲德顿。德顿一心希望有朝一日能重回故土巴巴多斯,在一个远亲逝世,遗留给他一小块故乡的土地后,这种愿望就更加强烈了。塞利娜的母亲西拉则一心希望能够在布鲁克林区买下一所褐砖房,好在美国站住脚跟。就在这个巴巴多斯移民聚居区里,在这些黑人移民力图既保存自己的传统又适应美国社会的背景下,演出了一幕家庭悲剧。而塞利娜也在社会的力量、传统的影响和父母不同的理想与性格的不断斗争中寻找着自己生命的价值,成长了起来。

这些西印度群岛的黑人移居美国之初并不是为了追求不同的文化和价值观,而是为了改善自身的处境与生活。他们不堪岛上封建殖民主义、种族主义的压迫和半饥饿的处境,来到富足的美国。但是很快,他们就意识到,仅靠卖力气不能过上好日子。为了改变经济地位,还必须适应白人的社会价值观念。小说揭示了他们需要付出怎样的精神代价才能生存下来并改善自己的处境,集中剖析了为挣钱不顾一切的物质主义对人的灵魂的蚀化,不能或不愿这样做的人如果找不到自己的人生价值就只有毁灭。书中的褐砖房不仅是栖身之所,甚至也不只是个家之所在,而是社会地位的象征,是黑人移民克服一切障碍在美国获得立足之地的决心和意志的体现。对于他们来说,千方百计买下一所褐砖房,有了财产,便在白人社会中有了免遭穷困、免受迫害、不致潦倒的保证。

小说分为四个部分："漫长的昼夜"、"田园曲"、"恶斗"和"塞利娜"。引起各种矛盾总爆发的主要事件是德顿继承了巴巴多斯老家的一小块土地。这加强了德顿有朝一日重回故里的梦想；这使西拉喜出望外，指望这笔飞来之财能帮助她支付在美国买房子所需的首付款；而塞利娜则力图阻止母亲违背父亲的意志出卖这块土地。在"恶斗"中，矛盾发展到高潮，西拉背着丈夫卖掉了土地，拿到寄来的支票后得意地向德顿炫耀自己的成功。在极度愤怒和痛苦中，德顿在取出现金的当天把钱全部花光，给西拉和两个女儿各买了一套华贵的衣服，给自己买了一把吉他。这一行为当然得不到西拉的理解，而且也不为这个移民群体所容，只有女儿塞利娜理解并同情他。德顿的行为使他在自己的社会中被孤立了起来。他在工厂的一次事故中受伤后，遁入宗教寻求温暖与安慰。狂怒的西拉向移民局告发了丈夫多年前非法入境，德顿被强行送回巴巴多斯。当船驶近巴巴多斯时，他跳海自杀。至此，斗争似乎以西拉及黑人移民社会的价值观的胜利而告终。但实际上，在小说的第四部分中，进入青年时期的塞利娜在寻求独立的自我价值的过程中，将父亲和西拉所代表的价值观的斗争继续了下去。

小说的情节并不复杂，作者着力于对人物的塑造。她不仅透过波伊斯家庭内部的关系，而且通过各人在家庭以外的世界及内心活动深化人物的性格。小说自始至终贯穿塞利娜成长的过程，表现了西拉和德顿间的爱与冲突，反映了巴巴多斯文化和群体独特的信仰与传统礼教无所不在的影响，以及在这个小小的黑人社会以外广大的、充满了敌意的白人世界。这四个方面相互交错作用于人物的命运，使小说具有相当的深度和广度。

西拉是个十分现实的女人。她冷漠、易怒，为了买一所褐砖房可以不顾一切。她拼命干活挣钱，毫不顾惜自己，也决不怜惜家人。当她下工回家穿过阳光明媚绿草如茵的公园时，"她穿着那身黑衣服出现在满园绿色和身穿色彩鲜艳的衣裙在长凳上闲坐的女人之间，把冬的气氛带进了公园……公园、女人,甚至太阳都在她那黑色的力量前让步了;在她经过时,光彩照人的夏色逃之夭夭,消失殆尽"①。但西拉并非生来就是这种充满肃杀之气的女人。她年轻时"腼腆而美丽,在她的微笑中有着少女天真的期待"②。马歇尔通过小说要展示的,正是这个腼腆天真的少女如何变成严冬般肃杀的女人,变成一个无情地毁掉任何妨碍她得到一所褐砖房的人和事的女人。故乡巴巴多斯给她的只有穷困和屈辱,"知道自己无论怎么干都将终身穷困,这是极其可怕的,一段时间后你就放弃努力了,而人家看到后就说你懒。可这不是懒,是你灰心了。确实,就像你的心死了"③。到了美国以后,西拉意识到这个世界对黑人仍然是充满敌意的,是极不安全的。她为了逃避贫困与心灵的死亡来到美国,在这里她有可能摆脱终生贫困的命运,在她的周围就有巴巴多斯的移民得益于战争期间就业状况和工资的改善,加上苦心经营而购置了褐砖房,从而使自己和家人有了一个安全岛。西拉认为自己的朋友能够做到的事,她当然没有理由做不到;但她也明白要做到也并非易事,必须铁了心去拼,在追求个人及家庭经济得到保障的道路上不惜伤害他人,扼杀自己的天性。最后房子到手了,但丈夫死去,女儿离家出走。

西拉的这一下场当然和德顿的生活态度密切相关。与西拉相反,德顿对巴巴多斯充满了怀念。在母亲的保护下,他在那儿度过的童年是快活的、无忧无虑的。成年后他不得不工作,但是由于他是个黑人,无论他怎样努力,得到的只是白人不屑一顾的卑微的活计。到了美国后,他可以挣到钱,但必须甘当工具而不能做一个人。白人世界不给他人的尊严和他所希望实现的社会价值,他不可能成为成就事业的男子

①　波勒·马歇尔:《褐姑娘,褐砖房》,女性出版社,1981年版,第16页。
②　波勒·马歇尔:《褐姑娘,褐砖房》,第8页。
③　波勒·马歇尔:《褐姑娘,褐砖房》,第60页。

汉,只能永远仰白人之鼻息活着。在他满不在乎的神情的背后是恐惧,怕失去做人的尊严,怕保不住支持他活下去的自尊心。在希望一再落空的情况下,只有巴巴多斯那块连结着童年的回忆和梦想的土地支持着他,给他以寄托,使他幻想将来能在属于自己的那块土地上过人的生活。他对自己作为黑人在美国受到歧视、无法施展抱负的不满,表现在对西拉及周围的人们为追求有保障的物质生活所做的努力的冷漠上。西拉只能孤身奋斗,当然对丈夫就更加不满。这样,不同的人生信念和追求,对于黑人在美国社会中受歧视状态的不同反映,使夫妻间的矛盾日益激化,使他们相互伤害。

在父母的不和、矛盾与争吵中长大的塞利娜在感情上选择了父亲,她热爱曾经开朗、随和、富于生活情趣的父亲。在德顿被强行押解出境后,她怒骂母亲是出卖了父亲的希特勒。在她眼中,西拉卖掉了德顿在巴巴多斯的那一小块土地,就意味着背叛了父亲的希望和梦想、父亲的灵魂,而向移民局告密就意味着出卖了他的生命。德顿死后,她需要做出自己生活的选择,进入社会使她开始直接受到作用于她父母身上、形成他们各自不同的人生态度的多种力量的影响,这使她成熟起来,不再用天真的直觉而是用自己具有的社会人生的知识去评价父母的生活。小说的第四部分反映的正是受到复杂影响的塞利娜是如何面对不同的生活价值观进而选择自己做人的标准的。读者从这一部分可以清楚地感到,在塞利娜内心进行着的斗争,实际上是西拉与德顿之间斗争的继续。巴巴多斯移民社会执著地要她成为自己的一员,把获取财产以提高自己在美国的地位这一奋斗目标和伴随这一目标的价值观接过去,与其他巴巴多斯移民的第二代一起来实现父辈的“美国梦”。在塞利娜进入社会以后,她在父母之间进行的选择,就成了超出纯感情天地的社会性抉择了。

集中表现了塞利娜价值观形成过程中诸多因素作用与影响的是她和克莱夫的爱情关系。克莱夫和德顿一样,具有艺术家的敏感与想象,但缺乏采取果断行动的热情和决心。他喜爱艺术,但是对于为巩固自己的生存地位而苦斗着的黑人移民来说,艺术是他们无法负担的奢侈品。他们毕生奋斗得到了立足之地,正需要第二代继续自己的事业,因此克莱夫的愿望得不到中产阶级的母亲和移民社会的理解。但是由于他看到母亲苦苦挣扎了一生,望子成龙,因而总是下不了决心断然挣脱母亲的价值观的支配去寻找自己的生活。

就这样,他既不能强迫自己做实现母亲要求的人,又无法和母亲决裂,便只能在两种不同的价值观的夹缝中生活,牢骚满腹但无所作为。加之他意识到自己作为黑人在美国不会有什么前途,更使他玩世不恭。他对塞利娜说:"我们生错了肤色。我们未有机会先已气馁。"①通过克莱夫,塞利娜对周围的世界有了更深入的了解,对克莱夫的——实际也是她父亲的——性格形成及其消极的人生态度也有了进一步的认识。但是,她只有在第一次直接面对白人社会的种族偏见后,才完成了自己的成长过程。

学校舞蹈队中一个富有的白人姑娘邀请参加表演的同学到她家去吃茶点,塞利娜是唯一的黑人。同学的母亲,一个白人阔太太的种族偏见深深刺伤了她,使她意识到尽管自己以为是一个独立的人,追求着自我的价值,但在白人面前,她只是他们脑子里固有的黑人形象中又一个没有面孔的影子。她的理想,她的努力,甚至她的成功,在白人眼中都是不存在的。意识到这一点对她的打击太大了,她冲出同学家来到克莱夫的住处,希望恋人能够抚慰她滴血的心灵,但克莱夫的态度却使她大大失望了。她痛感克莱夫和父亲身上共同的致命弱点是,只有幻想而没有行动的勇气,被动地接受现实,在幻想中求得寄托。白人女子给塞利娜的伤害使她开始懂得为什么西拉和巴巴多斯的移民社会需要如此不顾一切地获取财产以建立安全感。她领悟到自己不甘逆来顺受、

---

① 波勒·马歇尔:《褐姑娘,褐砖房》,第 219 页。

要争得理想的实现的性格从根本上来说是母亲性格的体现，所不同的只是具体的目标而已。她的成长过程就是理解母亲的价值观同时又与之挑战的过程。她不能像德顿和克莱夫那样消极忍受，但也不能接受中产阶级一切都是为了金钱与物质而奋斗的价值观。她要有父亲的实现独立自我的梦想，也要有母亲的为实现理想而不懈奋斗的意志。经历了种族偏见的伤害、与克莱夫的既甜蜜又无望的爱情的痛苦以及公开和自己生长其中的移民群体的价值观决裂以后，塞利娜才真正了解了母亲，了解了连父母本人也没有了解的东西，那就是，是什么毁了他们的爱情和生活。由于塞利娜的自我认识和对上一辈人经历的剖析，她也许能实现母亲无法实现的愿望，保持自己作为一个人的独立与完整而不成为群体价值观的奴隶，同时也能理解具有与自己不同价值观的人而避免重演父辈的悲剧。小说结束时，塞利娜将象征自己西印度群岛祖先的银手镯抛在纽约市布鲁克林区后动身回父辈的故土。这表示她决心在美国扎根，但她必须先回到巴巴多斯去探寻形成她独特个体意识的源头。

物质生活的富足并不能给人带来有价值的生活，这一思想在马歇尔的中篇小说集《心灵，拍手歌唱》（1961）中得到了集中的表现。作者将叶芝名诗《驶向拜占庭》中的一句作为小说集的名字，表明作品和叶芝的这首诗一样，歌颂的不是过眼云烟的物质世界的价值，而是人内心永恒的精神价值。

从这部中篇小说开始，马歇尔更多地以加勒比地区作为自己作品的背景，以更加广阔的角度反映黑人的历史文化与价值观。她的第二部长篇小说《上帝的选地，永恒的人民》中惊心动魄的斗争就是在加勒比海一个极小的岛国中展开的。作者在1973年《我的艺术世界的形成》一文中总结她创作这部小说的意图时是这样说的："经过一段时间的斗争以后，我终于在最近出版的小说中将我认为自己作品中两个核心的主题结合了起来：即从个人及历史角度真正面对过去的重要性和彻底改变目前制度的必要性。"①

《上帝的选地,永恒的人民》描写由美国应用社会学研究中心派出的一个调查组到布恩岛去制定开发这个岛国的计划。小组成员是人类学家,美籍犹太人索尔和妻子哈里特,及索尔的助手艾伦。他们到小岛最穷困的布恩山区去了解情况。他们认为自己和中心都是为了帮助这一极度不发达的国家进入文明世界的行列,当地的老百姓理应对他们的到来感到欢欣鼓舞。他们看到曾有众多的大公司来此试行过各种"现代化"的规划,从改良土壤到送来彩色电视机,但无一得到过成功。通过和当地人民的接触,索尔最后意识到,任何治标不治本的开发计划都无法改变几个世纪以来发达国家在这个地区倒行逆施所造成的日益加剧的贫困状态。

从表面看来,小说描写的是"中心"派来的人员与当地居民之间错综复杂的关系,实际上,人际关系所揭示的是不同文化、历史和价值观之间的相互影响和斗争。这一"中心"是由美国几家大公司资助成立的,马歇尔在追溯它的成立和历史的过程中,明确指出了这类机构的殖民主义性质。他们以掠夺不发达地区起家,然后又以不发达地区的施主自居,实际上是为了控制落后国家。布恩山区的历史及其人民的遭遇在加勒比海地区具有代表性。这儿的居民是被从西非贩卖到此的黑奴的后代,在被榨干了血汗以后,连同被因单一作物经营而榨干了的土地一起被殖民主义者抛弃,被遗忘在这茫茫大海包围下的小岛的一个角落里。然而他们坚忍地活了下来,牢牢地记住了奴隶主的一切罪行,年复一年地在狂欢节表演黑奴领袖卡非起义的事迹,抵制以施主面貌出现的各种机构的种种发展规划,幻想卡非的再生。在这个背景下解读"中心"与布恩山区人民间发生的一切矛盾与斗争,就具有了普遍的意义。任何"慈善"性机构、公司、基金会等等,拿着榨取的财富来"帮

① 《新文学》,第40期,1973年秋季号,第97—112页。

助"被榨取对象的发展,都会面临类似的局面,尽管具体参加这类发展项目的个人可能完全出自善意、同情,甚至赎罪感。如小说中的索尔,他本人是个饱受歧视的犹太人,决心将自己的专长与生命献给被压迫的人民,在世界许多不发达地区主持过开发项目,并和当地人民过同样的生活。马歇尔的成功就在于,她在小说中通过大量活生生的人物的交错的命运,令人信服地证实了为什么善意、金钱、现代化的规划、妥协的姿态等等统统都不能改变历史的扭曲,而必须进行根本的变革。

作者在小说的第一部分"继承人与后代"中,将主要人物的经历、社会文化背景、人生态度介绍给了读者。小说中人物大体分为三类:"中心"派来的三个外来人,在布恩山区出生但到过其他国家最后又回到小岛的麦尔等人,以及土生土长从来没有离开过布恩岛的劳动者史丁哲、格温等人。第二部分"布恩山区"描写了小岛,特别是它最贫困的山区的历史与现状,岛民难以置信的繁重劳动和挣扎在饥饿线上的生活,他们的文化传统和各阶层人的心态。其中得到最突出表现的是卡非在山区的起义,他成功地赶走了奴隶主,在整整半年中使山区人民过上了自由人的生活。这个表现了人民的力量和意志的起义成了布恩山区文化传统中最重要的一个部分。同时,在小说的这部分中,上述三类人物开始接触交往,孕育着一场不可避免的悲剧。第三部分"狂欢节"几乎全部描写岛上传统的两天狂欢节的情况,不仅考验了外来者对布恩岛传统文化的态度,也明确地反映了岛上不同阶级的人所持的不同态度,以及由此而生的对小岛未来的不同设想。在这后一个问题上,作者所反映的问题同样具有典型意义,小岛是世界的缩影。

布恩岛平原及城市中的中产阶级和统治阶层的人物,将发达国家以往在布恩山区进行开发计划的失败统统归罪于山区人的落后守旧上。他们一心希望能吸引外资,发展旅游,认为这能为布恩岛带来繁荣。而山区居民则认为这类也许会带来表面繁荣的规划,实际上只会给他们招引来本质上与岛上现有的糖厂老板,那位英国老爷一样的美国老爷或别的什么老爷。他们宁可忍受贫困,把希望寄托在卡非的再现上,好做小岛的真正主人。他们的决心与意志集中表现在他们狂欢节的表演中,索尔、哈里特和艾伦看后受到了强烈的震动,使他们在真正认识了布恩山区人民的同时开始真正认识自己,重新做出人生道路的选择。故事由此迅速发展,到第四部分"降灵节"中达到高潮。

哈里特是为了帮助丈夫成就一番事业而到布恩岛去的。这个来自费城的世家小姐看到小岛人民的贫困,搞了些救济活动,得到了救世主式的自我满足。但是她对当地居民的疾苦在思想感情上是冷漠超脱的,一旦调查结束,她就会回到费城自己的世界中去。因此当索尔越来越深地卷入小岛的生活之中,在感情上也开始与当地的贫苦人民苦乐与共的时候,哈里特感到孤独痛苦,无法理解丈夫为何不能像自己一样超脱。在狂欢节上,她看到普通黑人爆发出巨大的力量,当她被裹入黑色人流时感到了身不由己的恐惧,突然意识到自己远不是救世主,无法支配小岛的发展,从此便把自己完全隔绝了起来,一心只等索尔工作结束,好马上离开这个地方。她得知索尔和麦尔在狂欢节之夜的私情后,潜伏的种族优越感爆发了出来。她最无法忍受的是,丈夫居然会和一个黑人的肉体接触。她当面给麦尔钱,企图收买她,要她离开自己的丈夫,离开小岛。她遭到拒绝后,又利用家族的权势使研究中心费城总部下令招回索尔。索尔决心不顾一切留在小岛。哈里特在自己依仗的金钱和权势统统失灵后,感到自己再也无法左右生活,便步入大海,再也没有回来。

索尔怀着开发布恩岛的善良愿望而来,当他进行了深入的调查,看到过去的一切规划失败的症结所在以后,就开始寻找能够真正解决问题的途径。他对麦尔说:"所有过去的项目,无论出自多大的雄心壮志,都只是为了在旧制度的结构内求得缓慢的变化。"他认为:"只有卡非式的行动才能拯救布恩山区……在这一情况出现前,布恩山区会坚持抵制一切治标的措施和努力,其中包括索尔本人的努力在内;它会拒绝除了当年卡非要求的解决方法之外的一切其他解决方法。"①他帮助麦尔正视个人的不幸遭遇，使她从只有诅咒没有行动的状态下走出来，决心用余生去唤起布恩山区的贫苦农民，以行动来争取愿望的实现。

小说结束时，布恩岛上的雨季来临，大自然开始了生命的新周期。生活在加勒比贫穷的小岛上的黑人也能有一个新的开始吗？读完这部具有非凡的感人力量的作品，读者也陷入了沉思。书中人物错综复杂的经历和命运都是历史与时代的产物，只有这样的认识才能从历史中得出时代性的结论，从种族关系的一切复杂因素中找出根本的解决途径。这恐怕是读完这部作品后读者不能不思考的问题。

在相隔 14 年后出版的《寡妇礼赞》中，马歇尔回到了她在《褐姑娘，褐砖房》中所审视的主题，再次强调了文化历史传统在个人价值观的形成中的作用，以及同时认同非洲文化和黑人在美国的历史文化对于美国黑人的重要性。小说中的女主人公，64 岁的黑人妇女艾维·约翰逊在加勒比海的豪华游船上，连续梦见早已去世的姨外祖母召唤她回到南卡罗来纳州她度过童年的小城塔土木去。这些梦搅得她心神不定，于是她中断了旅游，在格林纳达上岸，打算乘飞机回到纽约舒适安全的家中去，但是她误了班机，被偶遇的一个黑人老者说服，参加了出生在卡瑞可岛的格林纳达居民一年一度的回乡祭祖的活动。对于这些人来说，这是一次返回故乡进行传统的文化祭奠、为已故的家人扫墓、加强与本族人民精神联系的盛典；对艾维来说这是在非洲文化历史传统下对自己的一生进行重新审视的过程。她看到自己和死去的丈夫大半生消耗在对物质的追求上，开始意识到为此而失去了的精神财富之可贵。她决定回美国后卖掉在纽约市的住宅，回到塔土木老家，修复姨外祖母留给她的小舍，带着儿孙亲友到姨外祖母领着童年的自己多次去过的那个码头，向他们讲

---

① 波勒·马歇尔：《上帝的选地，永恒的人民》，兰登书屋，1984 年版，第402 页。

述自己从老人那儿听来的故事,讲述他们的祖先怎样被贩卖到美洲,"就在我们站立的这个地方被带下船来……"①

　　这部小说也是由四个部分组成。第一部分的标题"逃亡者"取自海顿②的一首同名诗歌,诗中反映黑奴在美洲的生活及为了自由逃向北方的努力,小说的女主人公艾维这时也正处于精神上奔向自由的关头。这位黑皮肤的老妇人决意中途离开所乘的豪华游船"白色骄傲"号后,已经历了从心安理得地接受"白色骄傲"的理念,到希望彻底摆脱"白色骄傲"的影响的过程。离船时刻,她的目的还只是回到家的安全庇护中去。在意识深处,在困扰她的梦中,她挣扎着抗拒姨外祖母拉她回祖先的老家塔土木的努力。她怕在故乡的泥土地上脏了鞋子,在梦里连一步也不肯再迈。艾维几十年为金钱奋斗,为取得金钱所能给她的安全感奋斗,早已逐渐忘记了童年和故乡的一切,如今这一切突然在梦中出现了。她恐惧,她不安,于是决定回家,希望能以此摆脱象征黑人文化传统的姨外祖母的影响。但是事实上,她已经从"白色骄傲"号船上下来了,正在开始她价值观上的回归之旅。

　　第二部分的标题是"沉睡者之苏醒",此英语标题一语双关,既是为逝去的过去守灵,也是从过去中觉醒。这一部分几乎全是艾维的内心活动。当她筋疲力尽地瘫倒在格林纳达一家旅馆的床上时,她的意识却分外活跃,跨越时空,一生的重要经历一幕幕展现在脑际。

　　她回想起和丈夫杰罗姆的共同生活。当年他是一个英俊、能干、精力充沛的小伙子,是她的杰。有了家以后,他一心想摆脱贫困,使家庭有可靠的经济保障。于是他白天做工,除了必需的睡眠以外的任何时间,包括夜晚、休息日、节假日,都用在苦读大学课程上。"那些年他就像一个在一场折磨人的漫长的马拉松赛中激烈角逐的运动员,每一块

───────────────

①　波勒·马歇尔:《寡妇礼赞》,帕特南出版公司,1983 年版,第 256 页。
②　罗伯特·海顿(1913—1980),美国黑人诗人。

肌肉都紧张地绷到了极限,身体也被推到了能够忍受的极限,脸上是一副咬紧牙关的固执神情。在他以后的生活中,这几乎成了他脸上的唯一表情。"①他终于拿到了学位,逐渐经营起了自己的会计公司,但当年快乐的杰却不复存在了,艾维甚至无法用这个亲昵的名字叫他,他成了严厉的杰罗姆。他和《褐姑娘,褐砖房》里的西拉一样,为了舒适的生活背叛了自己的天性。在接受"美国梦"这个价值观的时候,他们同时也成了物质的奴隶。他们在努力挣脱贫困的同时,牺牲了对自己民族文化的追求,压抑了感情上的渴望,把黑人自己精神上的独立自我完全扼杀了。马歇尔在描述这一发展过程时并未把一切完全归咎于杰罗姆或艾维本身的弱点,而是指出,黑人需要在美国社会中生存发展,更需要自己民族的精神文化传统,但是由于种族歧视的存在,下层黑人不牺牲一切就无法立足,杰的死亡才使杰罗姆能够生存下来,这是一个社会的悲剧。在小说第二部分结束时,艾维自己扯下了梦中姨外祖母要替她扯下而她拼命保护的手套、帽子、紧身内衣等中产阶级的服饰,一面扯一面愤怒地连声大喊代价太大了。

第三部分标题"升华",指的是海地的一种使人洁净的巫术仪式,象征艾维在回忆和重新评价自己的一生后得到了净化,她的心灵"像一块擦净了的石板,可以在上面写下全新的历史"。② 她和老黑人约瑟夫一同回到卡瑞可岛,作者在这一部分中大量使用了穿插手法,现实的祭奠触发了艾维对儿时的记忆,童年时在南方黑人社会的生活、参加过的宗教仪式和黑人传统的活动、听到过的黑人传奇故事等等重又栩栩如生地出现在脑海中。她在度海时晕船,上吐下泻,体内污秽全除,象征她以摆脱了物欲的洁净之躯来到黑人心目中神圣的小岛。她只有在经历了身心的净化后,才有可能与自己的民族一起体会到历史的重负;

---

① 波勒·马歇尔:《寡妇礼赞》,第 115 页。
② 波勒·马歇尔:《寡妇礼赞》,第 151 页。

她也只有在面对了民族的历史后,才有可能作为一个个人意识到自身追求的目标,而不是昏昏然地把自我失落在对物质的追求中。

在第四部分"祈求宽恕"中,艾维参加了"大鼓"庆典,意识到卡瑞可和塔土木虽然远隔千里,两地黑人的舞蹈、音乐、仪式等都极其相似。作者突出渲染了艾维的这一感受,向读者指出黑人历史文化根源之深长,以及世界各地黑人间存在着的共同的文化渊源。庄重欢乐的庆典实际上是美洲黑人历史和文化的象征性体现,艾维从黑人民间音乐中听到了"千百支悲伤歌曲"的结晶,"曲调中流露的哀伤……的源泉不可能不是心灵,不可能不是那受伤仍在流血的集体心灵的最深处"①。艾维完全融入了民族的旋律之中。当仪式结束,一位黑人老妇问她"你是谁"的时候,艾维突然记起了在久已遗忘的儿时,姨外祖母坚持要她告诉别人她的全名艾瓦塔拉,因为在非洲文化中,只有在有了恰当的名字之后,人或物才获得了真正的存在。艾维找到了遗忘的自我,寻回了丢失的自我价值。

马歇尔在这部小说中谱写的是一首尊重自我价值、在民族文化传统中寻求精神上回归的赞歌。她认为,在美国,黑人应当保持和发扬自己的精神财富,不能在追求物质生活改善的时候接受物质至上的价值观。从黑人作为一个民族在美国受歧视的角度出发,强调种族的历史传统,共同面对充满敌意的世界,这自然有它一定的道理,但即使在黑人内部也无法避免阶级的分化。马歇尔在小说中鞭挞了已经上升到中产阶级或正在向中产阶级上升的黑人中所存在的自私、冷酷、势利等表现。艾维通过和黑人历史及传统的接触回到了普通黑人之中,但在现实中有多少中产阶级黑人会这样做呢?超越阶级结构而以种族为集合点,在今天的美国社会中恐怕只能是一种幻想。

马歇尔在 1991 年出版的《女儿们》又回到了加勒比,故事发生在

---

① 波勒·马歇尔:《寡妇礼赞》,第 245 页。

一个小小的独立岛国三联国，和《上帝的选地，永恒的人民》一样，围绕着如何开发这个穷国展开，但是加进了强烈的女性主义色彩。小说中最突出的象征是岛上的一座纪念碑。花岗岩的基石上耸立着四座雕像，左边是一位吹螺号的老者，右侧是一位年轻的战士，手握从西班牙征服者那儿夺来的利剑，中间是共同领导黑奴起义的刚果·珍妮和威尔·卡德乔，两人都是一手拿弯刀，一手持从敌人手中夺来的长枪。珍妮和威尔是夫妻、情人和战友，共同策划和领导了岛上的黑奴起义。女主人公尔萨就诞生在有这样一座纪念碑的独立不久的岛国上，这座纪念碑在尔萨的一生中具有极为重要的意义。

尔萨的父母是受过高等教育的黑人，父亲派姆斯·麦肯齐是三联国的议员，母亲爱丝特拉原来是美国的一个中学教师，和派姆斯结婚后迁居三联国。尔萨一生中的第一个记忆是三岁时站在母亲的肩上触摸雕像的脚趾。在美国写大学毕业论文时，她准备以珍妮和威尔这一对革命夫妻为切入点，研究黑奴群体社会生活中性别角色和两性关系的特点，"旨在审视在黑奴男女间存在的较为平等、相互支持的关系，以及这种两性关系在美国和加勒比地区反抗蓄奴制的斗争中的作用及意义"[①]。然而她的论文提要却没有得到白人论文导师的通过。三联国独立以来，尔萨父母的选区每次竞选的最后一次大会，即宣布选举结果的会，都在这座雕像前的空地上举行。派姆斯连选连任，每次都登上雕像基石座，在选民的欢呼声中继续试图把他振兴三联国的梦想变成现实，尔萨和母亲也必定在他的身边。雕像也是派姆斯最后在大选中惨败的见证。

在小说发展的过程中，珍妮和威尔的故事一再在尔萨的回忆中出现。随着她年龄的增长，母亲讲述的故事也愈加完整，但是保存在尔萨记忆中的基调永远没有变：他们两人是夫妻、情人和战友，黑奴起义的

---

① 波勒·马歇尔:《女儿们》，企鹅出版集团，1991 年版，第 11 页。

共同策划者和领导者,珍妮和威尔的名字不可分。

现实却完全不同于尔萨向往的这种两性相互支持、两情相互依恋的关系。黑奴的女儿们面对的是一个两性关系异化了的社会,小说中无论在美国还是在三联国生活的女性都没有和谐完整的人生。

尔萨的母亲当年被派姆斯建立独立富强的三联国的理想和热情所感染,爱上了这个学法律的小伙子。婚后连蜜月都是在为派姆斯和他的国家进步党竞选中度过的。女儿三岁时,爱丝特拉发现了丈夫和女秘书阿斯塔的私情,气愤之下带着女儿把汽车停到了机场的跑道上,被派姆斯追了回去。后来,她尽管知道丈夫安排阿斯塔做了他开的度假宾馆的总管,尽管对丈夫想通过发展旅游来促进小岛繁荣的计划不满,却仍一直没有离开派姆斯,没有离开三联国。她仍执著于帮助丈夫建设小岛的初衷。对丈夫事业和三联国未来的关心,使她战胜了女人的嫉妒和自尊。派姆斯支持把选区内一个当地渔民使用的海滩建造成招徕国外富商大贾的高级旅游区,爱丝特拉则反对这种开发,但是派姆斯一意孤行。最后他遭到选民的反对,在再次竞选时败下阵来。

比起珍妮和威尔来,尔萨的父母并不是始终两情相悦的夫妻和并肩战斗的战友,他们不是情人,不是共同事业的策划者和领导人。到了物欲横流的 20 世纪七八十年代,致力于开发、建设的男人们希望的是更多的金钱流入自己贫穷的国家。他们尾追着金融财团,希望得到投资或援助,因此也不得不依照财团的意志去搞好基础设施、修建一流的饭店和高尔夫球场、在关税上给他们以优惠,期望这样阔佬们就会争相投资。《女儿们》中当了发展部头头的派姆斯走的就是这条路,为此他不惜把故乡父老唯一生产娱乐的海滩发展成只供外国富豪享乐的旅游区。而女人们希望的发展似乎更多考虑到生活在贫困中的人,希望发展能真正造福于普通人、穷人,有利于社会和人与人之间的和谐。爱丝特拉和派姆斯在争取贫苦出身的派姆斯当选上目标是一致的,但当选后在如何发展和建设这个贫穷落后的岛国的问题上却产生了分歧。

作者并未停留在对贫困的三联国的开发所存在的分歧上。她在这部小说中还反映了在美国一个贫困的黑人区的开发问题上的分歧，这比她的第二部作品《上帝的选地，永恒的人民》在主题上拓宽了一步。一个基金会在离纽约不远的米德兰市的黑人市长桑迪上任四年后搞了一次政绩调查，尔萨得到了这份调查员的工作。四年前桑迪当选全靠一个黑人贫民区的支持。桑迪竞选时，尔萨就去做过调查，这次是轻车熟路。她重访了桑迪和他当年竞选班子里的重要人物梅。使尔萨惊奇的是，桑迪和梅已经分道扬镳。桑迪上任后没有采取任何措施来改善贫困黑人的生存状况。他热衷的是修建高速公路和现代化的会议中心，用以吸引投资人的兴趣。计划中的高速公路横穿这个黑人贫民区，将使大量黑人无家可归。为此梅大怒，酝酿在即将到来的选举中推出另一个黑人候选人。在《上帝的选地，永恒的人民》中，针对发达国家的发展规划产生冲突的一方是布恩岛平原地区城市中的中产阶级和统治阶层，另一方是贫穷的山民。《女儿们》中这对立的双方则似乎以性别划线。这虽失之绝对，但并非出于偶然，反映了当今国际上的部分现实。小说中的美国黑人区和三联国是今天世界贫困地区和国家的缩影，作品中国际金融资本及发展中国家和地区的统治阶级所热衷的发展规划正反映了当今国际金融财团的指导思想。由于文化的落后、家务的牵累、传统观念的束缚等因素的作用，妇女往往成为这种单从经济上进行开发的规划的非受益者，有可能经济发展了而妇女相对贫困更甚，造成贫困的妇女化。这也就是为什么今天第三世界的许多妇女组织反对这种只见经济不见人和自然的开发规划的原因。马歇尔对黑人女子命运的关注使她能够看清金融资本家的行为的利己实质，看到贫困地区和国家中规划者无可奈何的处境，用自己的作品表明人民有权选择自己发展经济的道路。

比起爱丝特拉来，女儿尔萨的境遇甚至还不如母亲，她连一个可以共同战斗的男子也找不到，更不用说像珍妮和威尔那样相依相助了。

小说一开始,读者看到麻木的尔萨独自去做人工流产,独自回到家里,既不接男友洛埃尔打来的电话,也不给焦急万分的要好女友维尼回电话。她像只受伤的动物,蜷缩在窝里用回忆舔抚着精神的创伤。她和洛埃尔之间已经没有多少情和爱了,由于生活目的的不同,甚至连沟通也十分困难,最后只能分手。做到了一个大保险公司副总裁的维尼却劝尔萨再做一次努力来协调和洛埃尔的关系。维尼是个单身母亲,在经济上完全有能力独自抚养儿子,但是她深感需要有一个人和自己一起合力面对外面的社会,那是个仍然充满了种族偏见和性别歧视的社会,是一个会伤害她们的社会。像珍妮和威尔曾经共同奋斗过那样,今天的社会仍需要两性合作,才能发挥两性不同视角的交融与互补,这在今天的世界仍然是极为重要的。本应该提到珍妮就一定有个威尔,现实却偏偏没有了生命本应该具有的和谐。失去了和谐的自我会是完整的自我吗? 小说结束时,尔萨决定回纽约去把那篇关于珍妮和威尔的论文写出来,以此向世人证明,在黑人历史传统中存在着支持黑人斗争、促进黑人社会发展的较为平等、相互支持的两性关系,她要在黑人的文化传统中去寻回失落了的和谐。

马歇尔不是一位多产作家,几乎近十年才完成一部作品,但每一部作品都称得上是力作。她的作品反映了民权运动以来黑人对自身命运的不断探索,对恢复黑人文化传统、保持黑人民族文化特性的共同关注。

艾丽斯·沃克

沃克(1944—　)也是 20 世纪六七十年代崭露锋芒的黑人女作家中的佼佼者。她从 1968 年出版诗集《曾经》开始,迄今共出版六部小说:《格兰治·柯普兰的第三生》(1970)、《梅瑞狄安》(1976)、《紫色》(又译《紫颜色》,1982)、《神话宠物的圣殿》(1989)、《拥有欢乐的秘密》(1992)和《父亲的微笑之光下》(1998);短篇小说集《爱情与烦恼》

(1973)、《好女人压不住》(1981)和文集《寻找我们母亲的花园》
(1983)。她的作品反映了她对黑人妇女遭遇的关切,着重表现她们受
到的迫害、她们精神上的重负、她们的坚定忠贞和战胜逆境的勇气。

沃克出生在美国南方的佐治亚州,父母是分租农,家境相当贫困。
不过,她生活在一个重视教育、把教育看作获得较好未来的手段的家庭
和社区里,4 岁开始上学,8 岁起在自己的小笔记本中写诗。1961 年中
学毕业后,她获得了亚特兰大市斯佩尔曼学院的奖学金,但是所需的
75 美元的路费是她生活其中的社区的人们为她凑集起来的。她对黑
人社区和黑人群众有着深厚的感情,这种感情反映在她所有的作品中。
沃克进入斯佩尔曼学院时,南方的民权运动已经轰轰烈烈地开展,她参
加了许多活动,难以接受斯佩尔曼学院强调培养淑女型女子的教育方
针,感到学院拒绝变革,拒绝新鲜事物,因此待了两年以后就转学到纽
约市的莎拉·劳伦斯学院。在大学四年级沃克写了大量诗歌,后来收
集在诗集《曾经》中。毕业后她到密西西比州工作。她一面在大学任
教,一面创作《格兰治·柯普兰的第三生》,一面积极参加社会活动,在
良好开端项目中工作。1969 年,她承担了给州里参加这一项目的黑人
教师讲授黑人历史的任务。

沃克的丈夫梅尔文·利文撒尔是一个白人民权律师。当时在密西
西比州,黑人和白人结婚是不合法的,这样的夫妻很可能遭到白人种族
主义分子的暴力伤害,随时要担心自己的人身安全。更使沃克气愤的
是,一些黑人评论家在评论她的作品的时候,往往认为她的婚姻是对黑
人群体的一种背叛,更多地讨论她的婚姻而不是她的作品本身。她指
出,黑人男作家或评论家中有人也娶了白人女子,或者有白人情人,却
对敢于行使同样权利的黑人女子说三道四。

对沃克的文学创作来说,最重要的莫过于发现了佐拉·尼尔·赫
斯顿的作品。在大学的四年学习,课程规定的所有作家中没有一个是
黑人,因此起初她对黑人文学,特别是黑人女性作家的作品了解得很

少。当她在 1970 年代开始接触赫斯顿的作品时,她震动了。赫斯顿作品中表现出的"种族的健康;一种黑人是完整的、复杂的、未被毁损的人的意识,这种意识在这样多黑人的创作和黑人文学中是没有的"①。沃克自己也是在寻求表现这种完整的、健康的黑人形象,并且探究是什么使得一些黑人变成了不完整、不健康的人。

短篇小说集《爱情与烦恼》中收集了 13 篇小说,是沃克从 1967 年以来发表在杂志上的作品,反映了黑人,特别是黑人女子的生活,所表现的主题在后来的长篇小说中都有进一步的发展。该书获得了 1974 年全国文学艺术学院罗森塔尔奖。其中的小说都很短小,但是都抓住了人物生命中关键的一刻,揭示出主人公生活中矛盾的核心。《罗斯丽丽》描写的是罗斯丽丽在自己再婚婚礼上,当牧师在说"亲爱的朋友们,我们聚集在这儿,在上帝的面前把这个男人和这个女人在神圣的婚姻中结合起来,如果在场的诸位有人知晓这两个人不应结合的原因,请现在说出来,否则永远免开尊口"这一段例行话语的时候,她脑子里所出现的想法。作者把这段话分成了十一个短语,每一个短语后面是一段罗斯丽丽的内心活动,包括了她对在密西西比州抚养四个孩子的辛苦生活的回忆。她为了给孩子一个好一些的机会,决定和一个黑人穆斯林教徒结婚,并跟他到芝加哥去生活。在婚礼上,她感到的不是幸福,而是"想到了绳子、铁链、手铐、他的宗教",但是"她的儿女终于有机会从沉重的车轮下解脱出来。有机会到上面去。"②而她自己,不用再出去干活挣钱,为生活奔波了,只要待在家里,丈夫保证她能得到"她祈祷希望能够得到的休息"。现在他们结婚了,"她心里在琢磨,当她休息够了,她将做什么呢? ……她的手会忙个不停。不停地忙些什

① 艾丽斯·沃克:《寻找我们母亲的花园》,哈考特-布莱斯-约万诺维奇出版公司,1983 年版,第 85 页。
② 艾丽斯·沃克:《爱情与烦恼》,哈考特-布莱斯-约万诺维奇出版公司,1973 年版,第 4 页。

么？忙(他们的)小宝宝。她没有感到安慰"①。婚礼中新娘脑子里出现这样的想法，她生活的苦涩可想而知。在《真的，难道犯罪不会得到报应吗？》这篇小说中，女主人公喜欢写小说，但是丈夫不支持她，说不如生个孩子，要不就去购物消遣。一个从北方来体验生活、打算写关于南方的故事的叫做莫迪凯的黑人男子花言巧语地哄得她把自己所写的一切都给他看了，后来却把她的故事据为己有，到北方改头换面发表了。《日常使用》中通过年轻的黑人女子迪和母亲对一床拼花被的不同态度，反映了应该如何对待黑人文化传统的问题。在迪刚上大学时，她不愿要母亲给她的由外祖母、母亲和姨妈用几代人的旧衣服拼缝而成的拼花被，认为这种被子过时了。在大学里接触了黑人民族主义运动以后，她改叫非洲式的名字，穿非洲服饰，回到家中向母亲索要拼花被，好拿到城里去当装饰品。而当母亲告诉她，她打算把被子给小女儿玛吉时，迪竟说："玛吉不会珍视这些被子的！说不定她会土得当日常用品来使用它们！"而实际上，正是玛吉继承了代表黑人文化传统的缝制拼花被的技术，母亲和玛吉生活在黑人文化之中，热爱黑人的文化传统，而不是像迪那样，只重形式和外表上的追求。《浓马茶》和《汉娜·肯赫夫报仇》表现了黑人的民间巫术，一个是儿子重病、白人医生不来、万般无奈下去收集"浓马茶"——马尿——给孩子治病的贫苦无告的黑人母亲；而汉娜报仇的对象是一个白人女子莎拉。在大萧条时期，汉娜和孩子们去申请食物补助，她没有让自己和四个孩子穿得破破烂烂的，莎拉为此拒绝发给她食物，而且还笑话她。孩子们先后饿死了。20年后汉娜自知不久于人世，想要在死前报当年之仇，便去找巫师罗西大婶。莎拉虽然口口声声说自己根本不相信黑人愚蠢的巫术，但是当她听说巫师让汉娜去搞来她的指甲屑、碎头发、一点大小便等好施行巫术时，吓得几个月就一命呜呼，汉娜就这样报了仇。

---

① 艾丽斯·沃克：《爱情与烦恼》，第 7 页。

沃克的第一部小说《格兰治·柯普兰的第三生》描写了从 20 世纪初到 1960 年代一个南方黑人分租农家庭三代人的生活。格兰治租种白人的田地，穷困潦倒，仰白人的鼻息生活。他感到不能堂堂正正做人，把一腔怨气全部发泄到妻子玛格丽特和儿子褐土身上。他残忍地打骂妻子，从来不给儿子一点温存，因为他认为是家庭拖累了他，使他不得不过这种牛马般的生活。同时，他内心深处也因不能保护妻子并给家人像样的生活而自责。这种矛盾痛苦的心情使他酗酒，并和妓女乔西姘居。玛格丽特开始自暴自弃。在她生下一个私生子后不久，格兰治离家出走，去了北方。玛格丽特毒死婴儿后自杀。16 岁的褐土开始独立谋生。

在多日流浪乞讨后，褐土来到一个小城，到露珠旅店找活干。店主乔西得知褐土是自己旧情人的儿子后收留了他。渐渐地，褐土顶替了格兰治在乔西生活中的位置。几年后他爱上了乔西做教师的外甥女梅姆，两人便离开乔西，到乡下租种白人的土地为生。两个青年人以为凭他们的努力，可以建立一个像样的家庭，过上像样的生活。实际上，他们只是在重复着世世代代黑人分租农的命运，走上了格兰治和玛格丽特的老路。梅姆决心把自己和三个女儿从越陷越深的贫穷不幸的泥坑中拔出，便到城里去给一家白人做女佣，但是她的一切努力最后被褐土摧毁了。和父亲一样，褐土重又回到乔西那儿去寻找忘却。

几年后格兰治重回南方，与乔西结婚后拿她的钱买了一个小农场。褐土生计无着，把一腔仇恨倾注在妻儿和父亲身上。他冻死了刚出生的儿子，并在酒后开枪打死了妻子，自己也进了监牢。三个女儿中的两个被住在北方的外祖父带走，最小的女儿鲁斯则由祖父格兰治收养。格兰治尽心尽力抚养教育鲁斯，引起了乔西的不满。在褐土出狱后，乔西鼓动褐土起诉夺回尚未成年的鲁斯的监护权。格兰治当场开枪打死褐土，逃回自己的农场后被追捕他的警察打死。

黑人男女之间如此残酷相待，根源何在？沃克要探索的正是造成人与人之间这种扭曲了的关系的原因，剖析在南方时时处处存在于黑人生活之中、已成为黑人生存的一个不可分割部分的种族歧视如何吞噬黑人的灵魂。

沃克认为，种族歧视最大的危害在于剥夺了黑人的自尊心与自信心。她认为黑人和"黑鬼"间的区别就在于后者接受并相信了这样一个流行的观点：黑人是低等人，无法对自己的行为负责，自己的一切所作所为全应由白人负责。沃克利用柯普兰家三代的经历，在小说前半部分描写了在这种思想支配下柯普兰家人自暴自弃的生活，后半部分则表现了格兰治抛弃这一观念，努力做一个自尊自信的人的尝试。小说就在黑人要争取掌握自己的命运与现实生活中黑人难以掌握自己的命运的矛盾中一步步深入展开。

在南方分租制下生活的许多黑人都把到北方去看作摆脱白人控制、改善生存条件的途径。格兰治年年交租却年年欠债，被白人农场主捏在手心里。褐土在童年时就注意到，只要这个农场主一在场，"就可以把他的父亲变成一块石头或一根木杆或一块脏土"。① 格兰治在忍无可忍时就往北方一走了之。褐土长大后，天真地以为只要拼命干活，就不会步父母的后尘。他租了一块地，新婚之日充满信心地对妻子说："亲爱的，你不用担心，我们不会总是窝在这里的。"②但几年过去，"年复一年债越欠越多……他永远不可能有积蓄，永远不可能有自己的土地，永远不可能让自己的女人过得体体面面的"③。他被践踏的自尊心、他对自己无能的愤怒、他对生活和周围世界的痛恨，使得他向唯一可以发泄的对象——妻子——发泄一切怨恨。梅姆在城里找到工作后，决定不顾褐土的反对和女儿们搬到城里去住，褐土企图用暴力阻拦

---

① 艾丽斯·沃克：《格兰治·柯普兰的第三生》，哈考特-布雷斯-约万诺维奇出版公司，1977 年版，第 9 页。

② 艾丽斯·沃克：《格兰治·柯普兰的第三生》，第 49 页。

③ 艾丽斯·沃克：《格兰治·柯普兰的第三生》，第 55 页。

梅姆。忍无可忍的梅姆拿起了猎枪,褐土吓成了一摊泥,屈服了,退了租搬到了城里。此后褐土的发展充分揭示了一个被扭曲了的灵魂的可悲和可憎。他将社会给他的伤害、他丧失了的男子的自尊从虐待妻子和玩女人中寻求心理上的平衡。到城里后,他在一家工厂找到了活干,家庭生活有了好转,但是他感到的只是屈辱和对梅姆的恨。"如果是他自己干的,如果是他坚持搬到城里来的,他也许不会对这舒适的生活、对日益景气的家庭产生这样的对抗心理。像现在这样,他似乎无法排除对比自己能干、有办法的妻子的怨恨。"①他一心只想伺机对她进行报复,而所用的手段则是他作为一个男子的唯一本事:迫使她一再怀孕流产,使她身体完全垮掉,失去了工作。当房东因他们拖欠房租送来勒令搬家的通知后,他以胜利者的心情把通知给了梅姆。他仍有工作,却不付房租,因为"是你租的房子,付房租是你的事"②。当梅姆表示无处可去时,褐土抑制不住自己的得意心情,告诉她全家将搬到地主小戴维斯的农场去,"我等你栽跟头可等得够久的了……我只有力量住这种房子,你只好将就了"③。在自己人面前变态的狂妄和在白人面前自轻自贱的褐土,把自己的一切不幸全归结到少年时遭父亲遗弃,归结到种族歧视形成的机会不均等,而不去审视自身的弱点,这正是作者无法同意的。

　　褐土这个形象诞生后,沃克遭到不少非议。人们认为这个人物太卑劣自私了,谁也不可能卑劣自私到这个地步。沃克在和黑人女评论家克劳迪娅·泰特谈到这一点时说:"我的答复是,我认识许多褐土,而我居然会认识这么多这样的人,实在是太遗憾了。"她又说:"我决不忽视褐土这样的人。我要你们知道,这样的人是存在的。我要向你们

---

① 艾丽斯·沃克:《格兰治·柯普兰的第三生》,第 103 页。
② 艾丽斯·沃克:《格兰治·柯普兰的第三生》,第 105 页。
③ 艾丽斯·沃克:《格兰治·柯普兰的第三生》,第 107 页。

讲述他的事,让你们无法避开他。你们得去对付他,我希望人们去对付这样的人,而不是对我说不应该给黑人这样的形象。"①沃克就是要鞭挞黑人性格中的各种弱点,她认为这和改变黑人的处境是密切相关的。

《格兰治·科普兰的第三生》中格兰治的新生表明,作者认为种族歧视造成的对黑人心灵的伤害需要黑人自己去战胜、超越,而不能逆来顺受。只有黑人民族从自卑自贱、自我仇恨中解放出来,才能最终战胜种族歧视制度。小说中反映的格兰治的生命的三个阶段很有代表性。

第一个阶段是格兰治从结婚到出走,是他认为"不能掌握自己的命运"、自我仇恨的阶段。留在他记忆中的是南方的骄阳、无边的棉田、分租农的艰辛,妻子从快活动人的姑娘变成绝望自杀的女人,他们的爱情变成了无休止的争吵和他对她的打骂,他们的生活变成了一个酗酒—打架—各自寻找忘却—绝望的劳动的无尽循环。

格兰治在纽约市的生活是他生命的第二个阶段,是他认为"只要能搞掉它十几个白人,自己丢了命也无所谓"的对迫害自己的白人极度仇恨的阶段。他在纽约这个南方黑人梦想中的"天堂"里找不到工作,只好靠乞讨、卖私酒、贩毒、偷窃、给黑人妓女拉皮条等谋生。使他感到比在南方白人歧视的目光下生活更为痛苦的是,在纽约,"对于他每天碰见的、擦肩而过的人来说,他根本就不存在"。在喧闹的大都会中,属于他的只有沉寂,"人们为什么装作他根本不存在的样子? 每天他都不得不一遍又一遍地叫着自己的名字来打破这沉寂"②。在纽约三年多的生活使他懂得,只有把心底积压着的对白人的仇恨公开表现出来,黑人才能摆脱对白人的恐惧感,才能爱自己的民族,才能团结起来。他要黑人把仇恨对准白人,"他的怒气过去只往妻子、儿子、好友身上发作,现在却对准了现实的充满敌意的世界……他打烂的每一张

---

① 克劳迪娅·泰特编:《创作中的黑人女作家》,第 177 页。
② 艾丽斯·沃克:《格兰治·柯普兰的第三生》,第 145 页。

白色的面孔都是为了可爱的妻子"①。但是不久他就意识到,自己无法包打天下,每个人都必须通过自己的努力挣脱精神上的枷锁。他厌恶白人世界,回到南方老家,买下一个小农场,过不必与白人打交道的日子。如果必要,他会用枪和生命保护这种生活。

孙女鲁斯来到农场后,格兰治开始了他生命的第三个阶段。他回到南方后,采取了种种措施以求得儿子褐土的宽恕,但是褐土认定父亲是造成自己不幸的罪魁之一,不肯原谅他。鲁斯来到格兰治身边,使老人的生活有了意义。他教育鲁斯要做一个有骨气的人,要她敢于站起来保卫自己生活的权利,"能活下来并不是一切,他自己就活了下来。他要鲁斯有完整的生活"②。褐土出狱后,格兰治对他说,他不能把家破人亡的责任一股脑儿地推在别人身上,如果认为自己生活中的一切不幸都是白人造成的,这实际上是白人主宰论的翻版,是白人对黑人精神上的销蚀的表现。"因为当他们使你认为不论什么事情责任都在他们身上时,他们已经使你把他们看成神了……狗屁,谁也不可能像我们想象的那样有那么大的力量。我们难道没有自己的灵魂吗?"③

格兰治在他生命的第三阶段把种族歧视造成的自我仇恨转变成了对白人的公开仇恨和对黑人的爱。他用生命保护了鲁斯,希望她能不再走上祖母与母亲的道路。但是,16岁的鲁斯能摆脱世代黑人妇女的命运吗?她母亲的悲惨下场很大程度上是褐土男权思想造成的。褐土不仅不能把家庭悲剧完全归罪于种族歧视,而且应有自责。鲁斯能战胜褐土这样浸透在由种族歧视造成的自我仇恨中的男人吗?进而言之,个人能在多大程度上战胜社会强加在他们身上的重负而对自己的行为负起责任来?沃克审视了社会环境对个人成长的影响,强调即使

---

① 艾丽斯·沃克:《格兰治·柯普兰的第三生》,第155页。
② 艾丽斯·沃克:《格兰治·柯普兰的第三生》,第214页。
③ 艾丽斯·沃克:《格兰治·柯普兰的第三生》,第207页。

在不利的社会因素作用之下，一个人也只有采取对自己生活负责的态度，才能谈得到进一步改变社会环境。因自己受到迫害又不敢反抗，却去迫害比自己更弱小的人——妻子和未成年的子女——并把自己的恶行归咎于自己所受的迫害，这是一部分黑人男子的心态，沃克通过这部小说鞭挞的正是黑人社会内部的这种劣根性，揭示的正是这种劣根性给黑人本身造成的悲剧。

沃克在第二部小说《梅瑞狄安》中继续探索了社会与个人成长的关系，但重点放在了在一个改变社会的运动中投身运动的人们的个人成长过程，及个人与运动之间的关系。小说以 1960 年代美国南方黑人民权运动为背景，把《格兰治·柯普兰的第三生》的主题深化了。在《寻找我们母亲的花园》①一文中，沃克曾指出，从历史发展上看，黑人妇女不外三种命运：一是受苦受累、生儿育女的牛马命运；二是某种机遇使少数人得以施展聪明才智；第三种是当代黑人妇女才有的继承黑人文化传统、改变所生活的世界的命运。在《梅瑞狄安》中，在这位生长于南方又经历了如火如荼的民权运动的女主人公梅瑞狄安的身上，沃克糅合了上述三种命运。

梅瑞狄安在南方一个小城长大，中学尚未毕业就结婚生下一个孩子，不久离婚。为了能够获得奖学金上大学，她不顾家人反对，将孩子送了人。在大学里，她成了民权运动中的活跃分子，并且爱上了北方来的黑人画家，民权主义者杜鲁门·赫尔德。杜鲁门又和民权运动的活跃分子，白人姑娘林交好。民权运动把三个青年人的命运错综交织在一起。当黑人领袖马丁·路德·金被暗杀、运动转向暴力斗争时，梅瑞狄安处于矛盾之中。她感到自己即使是为了革命也无法去杀人，她想要找到暴力与社会变革之间的关系的答案。

小说主要情节发生在 1960 年代，但第一章写的是民权运动高潮已

---

① 艾丽斯·沃克：《寻找我们母亲的花园》，第 231—243 页。

过,非暴力反抗的思潮已不再流行的 1970 年代。梅瑞狄安仍旧在南方
一个叫齐柯克马的小城中继续从事非暴力反对种族歧视的斗争。杜鲁
门到南方来寻找梅瑞狄安,在小城找到她时,她正在领着一群黑人儿
童,不顾只许黑人在星期四参观木乃伊的规定去看了展出,从而在小城
引起一场小小的风波。

接着,故事回到十年前的纽约,一群黑人青年学生讨论着暴力革命
的问题,对非暴力斗争在现实中能够取得多大成果表示怀疑。面对
"为了革命你愿意去杀人吗"这样一个问题,梅瑞狄安无法做出肯定的
回答。于是她回到南方,希望能够通过实践来得出自己的答案。她在
南方和穷苦黑人生活在一起,在尚未找到更有力的措施以前,继续进行
非暴力的为黑人争取民权的斗争。小说的发展逐步将读者引向梅瑞狄
安寻找中的答案。

她在一座小教堂里听到一个黑人牧师模仿马丁·路德·金的声音
抨击美国政治,劝阻在座的黑人青年参加越南战争,号召人们抛弃旁观
态度投身于改变黑人地位的斗争。她感到"……牧师的声音——完全
不是他本人的声音,而是千百万再也不能说话了的人的声音……"她
突然意识到连人们说"阿门"的声音也不同了,"不是无可奈何的低语,
也不是绝望的呼叫……只有'阿门'声带着坚决的'我们受够了'的口
气,清晰地、毫无伤感之情地升起"[1]。这时,她看到金的父亲站了起
来,这位因儿子被害而精神失常、眼睛红肿的父亲只说出了"我的儿子
死了"几个字。一向对宗教反感的梅瑞狄安这时仿佛看到神龛中的基
督被一手拿吉他、一手持滴血利剑的黑人所替代。她看着金的相片,心
里想:"她将永远热爱这个她尚未有机会结识就死去了的年轻人。但
她心想,她怎样才能向一个已经死去的人表示自己的爱呢?"想到这一

---

① 艾丽斯·沃克:《梅瑞狄安》,哈考特-布莱斯-约万诺维奇出版公司,
1976 年版,第 200 页。

点，她才开始意识到，刚才教堂中的全部仪式都是人们在向老人表示："他的儿子没有白死，而如果他的儿子再来到他们之中，他们将以自己的生命去保卫他的生命。"①梅瑞狄安通过斗争认识到，她可以不必像过去的黑人女子那样过受双重歧视、做牛做马的生活，可以去实现自己生命的价值和做人的尊严，这是需要拼死去保卫的权利，必须和与她共命运的人们一起去拼死保卫。她在教堂外面"向那双眼红肿的老人保证，是的，她愿意去杀人，她决不允许任何人再一次杀害他的儿子"。②

梅瑞狄安找到的答案并不是作者要强调的重点，尽管它具有很重要的意义。作者着力表现的是一个生活在南方的中产阶级下层黑人女子如何从传统的生活圈子和价值观下解脱出来找到自己的生活价值。在她自我成长的过程中，1960年代民权运动的发展起了极大的作用，她和杜鲁门及林的关系也是一个关键因素。

初看起来，小说中三个主要人物间的关系似乎是文学作品中传统的三角恋爱关系，但实际上作者力图反映的是三人如何通过他们间的关系和纠葛各自进一步认识了自己。

杜鲁门是位黑人画家，受过高等教育。在他身上存在着许多矛盾。他并不羡慕白人，为自己是黑人而自豪。他参加民权运动，要解救自己的同胞，却不愿成为普通黑人群众中的一员。他和相当一部分黑人知识分子一样，感到下层黑人太平凡、太狭隘、太无知。他可以和各种女人交往，但能做他妻子的女人必须纯洁、有知识、了解人生但又不能阅历过深。总之，必须是一个在世人眼中完美无缺的女人、能反映出他的身份的女人。像梅瑞狄安这样在南方小城长大的黑人妇女恐怕很少能够满足这些标准。杜鲁门结识了北方来的白人姑娘林，和她结了婚。他始料未及的是，从此他就陷入了由社会上根深蒂固的种族和性别歧视的压力所造

---

① 艾丽斯·沃克：《梅瑞狄安》，第204页。
② 艾丽斯·沃克：《梅瑞狄安》，第204页。

成的痛苦之中。沃克通过这一对不同人种的夫妻的经历,出色地、深刻地剖析了社会偏见的可怕和变革的必要性。

　　杜鲁门意识深处的不安感在他的一个朋友,黑人托米在一次示威活动中被打伤失去一只胳膊后表面化了。杜鲁门在看望托米时也代替林向他问候,不料托米的回答是,"别提那个白人婊子"。惊异中杜鲁门脱口说道:"林和这事无关。"托米说:"所有的白人全是混蛋。"①林的罪过仅仅在于她是白人,但这是她的罪过吗? 杜鲁门心中明白,仅仅因为林是白人就有罪,这同样是种族主义思想,和白人认为黑人应该受歧视同样荒谬。但事实是,他的朋友们、民权运动者们开始不再信任林了。杜鲁门越来越意识到,使他长期不安和苦恼的,实际上并不在于林有没有罪过,而是他自己竟然爱上一个白人是不是罪过。然而,如果他因为肤色而拒绝和林结婚,就能表明他比现在对自己的民族爱得更深吗? 他需要像有的黑人那样,和白人妻子离婚,娶一个黑人,以此向朋友和同志表明自己的黑人立场之坚定吗? 他发现自己和林的关系已经在不知不觉中发生了变化,原因来自黑人群体对他精神上的压力,也来自他自己的内疚感和疑虑。他感到,也许这确实反映了他对黑人爱得不深。他之所以没有选择和梅瑞狄安结婚,不就是因为她身上有着黑人妇女传统的烙印吗?

　　实际上,林背负的枷锁更为沉重。她与杜鲁门的结合使她失去了家人和亲友,成了被驱逐到白人世界之外的孤魂。对她来说,不存在任何退路。她投身黑人民权运动,和杜鲁门结了婚,希望能够成为这个世界中的一分子,但是黑人世界对白人妇女有着传统的对立和隔阂。梅瑞狄安从童年时代起就从祖母和母亲处得到了对白人妇女的固定看法,在她和林结识的初期,脑子里的白人妇女的形象仍是祖母留给她的,因此当她得知杜鲁门与林的关系后,根本无法理解他竟然会爱上这

---

　　① 　艾丽斯·沃克:《梅瑞狄安》,第 132 页。

种毫无用处的轻浮女子。虽然在逐渐了解了林以后,她脑中的模式被
具体的林所取代,但黑人社会作为一个整体对白人女子的看法并未改
变。林个人选择了黑人的事业,投身其中,也并不能改变种族歧视所造
成的鸿沟,特别是,因为她是一个女人,人们更忽略了她这一选择的政
治因素,而把她的行动解释为择偶上对黑人男子的偏爱。

　　林做出了极大的努力企图进入黑人社会。当她初次在黑人活动中
心出现时,没有一个男子肯单独和她谈话,即使一群男子和她谈话时也
都隔着一定的距离。在连主动帮助一个陌生白人妇女拿东西也会给黑
人男子带来杀身之祸的南方,对黑人来说,白人女子意味着祸根。林坚
持参加中心的一切活动,可是就在她和黑人之间开始建立起互相信任
关系的时候,“运动本身发生了变化。什么会也不欢迎林参加,不让她
去游行,也不准许她为报纸写文章”。① 杜鲁门也因和她的关系而受到
压力,虽然他仍能参加活动,却不得把活动内容告诉妻子。林困惑了。
她似乎也感到自己作为一个白人对黑人是有罪的。在托米强行和她发
生性关系时,她明知受到了强迫,但“她一声也没有呼救,甚至也没有
过多的挣扎……因为她感到当时的情况不允许她叫喊”②。她怕喊叫
会伤害他的感情、他的自尊心。她想到他的艰难生活、他失去的那条胳
膊。事后她也没有去告发他,“因为警察会不分青红皂白地袭击黑人
区里的青年男子,这样一来,她最希望保护的这些人就会遭殃”③。林
对这一事件的处理充分反映她对黑人命运的关切,她的选择完全是政
治的选择。沃克在参加民权运动时曾结识了一位和林有同样遭遇的白
人姑娘。作为女人,沃克非常明白被强奸而不呼救这一决定的背后所
凝结的沉重的美国种族史的悲剧。但是像托米这样有着对白人盲目仇

---

① 艾丽斯·沃克:《梅瑞狄安》,第 136 页。
② 艾丽斯·沃克:《梅瑞狄安》,第 159 页。
③ 艾丽斯·沃克:《梅瑞狄安》,第 163 页。

恨的人,只会从肤色上认敌友,而且只会软弱地把仇恨发泄在一个女人身上。种族间的积怨在民权运动中以各种形式爆发出来,鸿沟也日益加深。托米的这种由于自己受到歧视、受到伤害,便采取不负责任的报复行为的做法,正是作者在《格兰治·柯普兰的第三生》中谴责的行为。沃克展示给读者的,不仅是民权运动中人们的惊人业绩,也有着民权主义分子的自我认识和自我改造,以及在此过程中的痛苦和所付出的代价。

　　林和杜鲁门六岁的女儿被暴徒打死后,梅瑞狄安来到他们家照顾他们的生活,帮助他们从悲痛中解脱出来。这是他们三个人第一次也是唯一的一次在一起生活。不幸把他们联结了起来,使他们最终能够彼此以诚相待、相互谅解,使他们能够超越人种的界限,意识到他们同样都是人,都有痛苦,都做过错事,都在挣扎中逐渐认识了自我与别人,抛开传统意识造成的偏见,达到平等地相互了解的境地。林在南方民权运动的年代中与杜鲁门、梅瑞狄安和其他黑人共同生活的经历,使她亲身感受到美国社会中对黑人及妇女的传统态度多么残酷地禁锢了他们的身心,她自己过去既是迫害黑人的社会力量的一个部分,同时本身又是一个受迫害者。她和梅瑞狄安都在现实中深化了自己的认识,省悟到她们曾寄希望的黑人参加选举、选举黑人的做法并不能从根本上解决问题,"现在他可以选举了……可是他上哪儿去弄钱来买食物呢?看来,整个争取选举权以及平等地住进汽车旅馆的运动,只是为了使他们明白,这个国家的一切,从选举到汽车旅馆,都得来个改变。事实上,他们需要的是枪"。[①] 她们看到,需要改变的是造成种族歧视、性别歧视的社会。

　　沃克在作品中大量反映黑人妇女的处境,揭示黑人内部严重的性别歧视问题。她强调自己从母亲、祖母和周围黑人妇女那儿接受的黑

---

　　① 艾丽斯·沃克:《梅瑞狄安》,第 176 页。

人传统文化对她创作的重大影响。和她的长篇小说一样，她的两部短篇小说集里的女主人公也多是反抗传统社会对女子的禁锢、力求争取过独立的人的生活的女人。为达此目的，黑人女子必须既反抗白人社会对黑人的歧视，又反抗黑人社会对妇女的歧视。沃克个人在南方成长的经历使她切身感到，束缚黑人妇女的，并不像1960年代末人们认为的那样仅仅是种族歧视，她在作品中表现了种族和性别歧视间的内在联系：二者都建立在人为的等级区分的基础上，都出自统治支配他人的欲望。她感到人们往往或讨论黑人问题，或讨论妇女问题，却很少讨论黑人妇女的问题。特别是不少黑人妇女认为应当忠于黑人争取平等权利的事业，不愿把黑人社会内部的问题暴露于众，而沃克则认为，如果黑人妇女不为自身的权利斗争，不但无益于黑人的事业，也无益于妇女解放的事业。她在作品中强调了黑人妇女双重受压的境况。如果说在《爱情与烦恼》中的女主人公们对命运的反抗尚处于下意识状态的话，《好女人压不住》中的女主人公们则已自觉地、有意识地与束缚她们的社会力量抗争，坚持自己的权利。这两部相隔八年出版的短篇小说集的书名也反映了这一变化。前者强调作为一个黑人妇女的烦恼，后者突出了她们顽强地表现自身价值的努力。沃克揭示了这些女子生活的动力，反映了她们在现代社会中的遭遇，表现了事物发生或人物思想发展的过程，写出女主人公们如何经历了思想的混乱、对传统观念的反叛和寻找自己生活价值的过程而成熟起来。

沃克获1983年普利策奖的小说《紫色》是她最成功的一部作品。在这部作品中，作者在黑人妇女摆脱她们的父兄、丈夫或情人所加给她们的伤害、依靠自身的力量和女性间的相互支持求得自我解放上，做了迄今为止最为大胆的探索。主人公西丽的不幸始于14岁时被继父奸污，生下两个孩子又都被他夺走送人；她稍长后又被迫嫁给死去了妻子、已有四个孩子的阿尔伯特，成了为他干活的奴隶和他泄欲的工具，动辄受到拳脚相加的对待。唯一爱西丽的亲人，妹妹纳蒂因为逃避不怀好意的继父而来到西丽家,却又因拒绝阿尔伯特的纠缠被赶出家门。
为了对纳蒂的拒绝进行报复,也为了进一步折磨西丽,阿尔伯特私藏了
纳蒂给西丽的全部来信,使西丽在十几年漫长的岁月中为纳蒂的命运
担忧、为失去这唯一的亲人而痛苦。沃克笔下孤苦无告的西丽只能给
上帝写信,倾诉自己的不幸,但是上帝并没有能够改变西丽的命运。作
者通过西丽的遭遇表明,因袭了既是黑人又是女子这双重不幸的重负
的西丽,要想实现自己作为一个人的价值,首先需要从自身对妇女地位
的错误观念中解放出来,从对上帝的迷信中解放出来,通过自己的奋斗
实现自己的解放,而在这一过程中,女性间的相互支持与爱是极为重
要的。

西丽的继子哈坡之妻索非亚是个敢于维护自己平等权利的女人,
当婚后哈坡企图把她打得俯首听命时,她把哈坡打了个鼻青脸肿。哈
坡仍想以男权制服她,索非亚最后不堪终日争斗的生活,毅然离哈坡而
去。她宁愿没有丈夫,也决不做男人的附属品和出气筒。从索非亚身
上,西丽看到女子不必甘受男人虐待,看到了反抗精神的力量。稍后,
夏柯闯进了她的生活。这位黑人女歌星,阿尔伯特始终钟情的女子,和
男人一样有事业,有家庭以外的生活。她逐渐唤醒了西丽身上追求自
己独立的、有意义的生活的愿望,她给了西丽关怀和爱,帮助她从女性
地位的传统观念下解放出来,最后带西丽离开了阿尔伯特,使西丽有可
能找到能发挥自己才能的职业,成了完全独立的人。被阿尔伯特私藏
了十几年的纳蒂的信也是在夏柯帮助下才发现的。纳蒂的非洲来信大
大扩展了西丽的视野,在西丽摆脱黑人妇女传统命运的斗争中起了重
要作用。索非亚、夏柯和纳蒂所代表的女性群体,帮助被传统观念及男
性群体深深伤害的西丽实现了自我解放。

纳蒂的非洲来鸿在深化小说主题上还有一个作用:信中所反映的
非洲黑人中存在的对女性的严重歧视,表现了沃克的这样一个观点:
性别歧视并不是种族歧视的产物,解决了种族歧视并不等于性别歧视

会随之自然消失,因此黑人妇女除了争取种族平等以外,还有着争取男女平等的斗争任务,前者决不能代替后者。正是认清了这一点,沃克以及当代众多的黑人女作家才甘冒把妇女解放凌驾于种族解放之上的指责,在文学作品中大胆反映出黑人女子双重受压的处境,为她们做人的权利呐喊。沃克通过《紫色》还表现出,黑人女子的自我解放不仅改变妇女的命运,同时也是黑人男子能真正得到幸福的重要因素。且不说争取种族的彻底解放需要妇女的积极参加,单就个人及家庭关系上的幸福而言,男子若不能从歧视妇女的精神状态下解脱出来,也不能得到真正的爱情。阿尔伯特从痛苦的、敌视他的西丽身上能够得到温暖、关怀、两情相悦的爱吗? 西丽离他而去后,他只能像猪一样地混日子。后来他常去看望西丽,和西丽平等相处。他告诉她,自己在世界上活了这么久,到了这把年纪才第一次感到是个自在的人,这是一种全新的感觉。他提出要和西丽重新结合。对比当年他骑在马上像买牲口一样打量西丽的情景,阿尔伯特用了整整一生的时间才懂得,只有平等对待别人才能获得真正的人的生活和感情,自己也才能成为一个"自在的人"。

《紫色》中描写了夏柯和西丽间的一段同性恋情,"紫色"本身就是同性恋的象征。作者不是为写同性恋而写同性恋。她通过小说清楚地告诉我们,在西丽那从未得到过人间的爱的心田上滋长出来的对夏柯的爱,是支持她生活和斗争的力量,而夏柯把这爱发展到同性恋,是由于她从西丽的倾诉中了解到,西丽只是男人泄欲的工具,对这种两性关系西丽只是厌恶地忍受。夏柯想使西丽明白,平等的人之间的性关系是美好的。她第一次使西丽体会了性爱的美好。

小说着力刻画西丽作为一个女人的遭遇和争取做人权利的斗争,便不可避免地会反映出黑人社会内部的不公正现象。正是由于小说毫不掩饰地描写了存在于一些黑人男女之间充满敌意的关系,《紫色》出版后在黑人评论界引起了相当激烈的争论。其实,从1960年代以来,相当一批黑人女作家在自己的作品中描写黑人男女间存在的这种敌意。《紫色》出版后,特别是在这部小说被改编成电影因而大大扩大了它的影响之后,积存已久的不同看法爆发成了激烈的争论。

不满这部作品的人主要从黑人文学的传统出发进行抨击。他们认为,形成黑人文学传统的主要因素之一是黑人作家要创造正面的黑人形象的共同愿望。白人文学中传统的黑人形象多是被歪曲了的,黑人作家要改变文学中的这种黑人形象。如果说有的黑人作家的作品中出现过反面的黑人形象的话,作家所强调表现的也是产生这种个别人物的社会及心理因素,如赖特的《土生子》中的比格。而《紫色》却把矛头指向了黑人内部存在的暴力与仇恨,使"家丑外扬",从而肯定了白人种族主义者对黑人形象的歪曲。他们指责沃克把妇女解放凌驾在种族解放之上,背离了黑人作家的社会责任。

赞扬这部作品的人则认为,如果黑人作家只能表现正面的黑人形象,黑人社会内部的"家丑"不得在文艺作品中有所反映,这并不能帮助黑人社会发展进步。他们认为,黑人文学的真正传统在于作品中反映出黑人挣脱强加在他们身上的种种枷锁的愿望和斗争。而杰出的黑人女作家正是表现了黑人妇女的这种愿望和斗争,她们在作品中深刻地反映了既是黑人又是女人这双重受压者的处境,这些妇女不仅受到种族迫害,而且还是遭受种族迫害的男人的迫害对象。她们有权利为自己说话,使自己忍无可忍的处境在文学作品中得到反映。

其实,"家丑不可外扬"之说是站不住脚的。沃克笔下的黑人男子并不只是黑人社会的产物,而是黑人在美国社会中长期遭受歧视的产物,他们性格的形成具有社会、历史、经济、政治上的种种原因。作家通过一些令人发指的事实揭示出某些人被扭曲了的灵魂,其实是对种族歧视的有力控诉和谴责。如果不去正视种族歧视造成的黑人精神上的创伤的各种最深刻的表现,黑人又如何能够得到真正的精神上的解放呢？况且，争取种族的彻底解放，需要黑人妇女的积极参加，把种族解放和妇女解放对立起来是十分错误的。沃克认为，对黑人来说，肉体的自由和精神的解放是不可分的。她在《紫色》中将黑人真正获取精神上的自由的斗争过程通过西丽的成长表现出来，既包含了同时也超越了妇女解放的范畴，有着广泛的现实意义。

在《神话宠物的圣殿》中，沃克继续了她一贯关心的主题。在 1988 年的一次访谈中，沃克谈到她刚刚完成的这部作品，说这是一本"关于过去 50 万年的书"①。确实，小说中一个叫丽齐的黑人老妇可以永远转世，向读者讲述 50 万年以来人类社会的发展，如何从母系社会变成了男权社会。这个可以自由转世的人物给了作者无限的自由，上下 50 万年，纵横三大洲，沃克可以随心所欲地对种族歧视、性别歧视、古往今来的不公正进行抨击。

小说的主要人物是在大学教妇女学的卡洛塔和她的丈夫、摇滚歌手阿维达，还有离开大学的工作开了一家按摩室的范妮和她在大学教美国史的丈夫苏维洛。当年卡洛塔的母亲齐德在非洲教书，当局认为她是共产党员，将她逮捕并关押在农场做苦工。她和一个叫赫苏斯的印第安人相爱，被看守发现，赫苏斯被杀。印第安部落的人抢出了他的尸体，救出了齐德。齐德在印第安人部落中生下卡洛塔后逃到美国。在旧金山，齐德为阿维达做用羽毛装饰的演出服，卡洛塔把做好的衣服给阿维达送去，结识了阿维达，后来结了婚，有了两个孩子。阿维达又和岳母上床，不久两人离家到非洲旅行。数月后，齐德留在非洲为美国去拍电影的人做翻译，同时寻找自己下落不明的母亲，在寻找母亲的过程中受到反革命分子的伏击，逃出后到墨西哥定居。阿维达独自回到家中，用自己创作的歌曲向卡洛塔叙述了齐德的身世，使卡洛塔了解了

① 《吉恩·罗斯访问艾丽斯·沃克》，收入哈尔·梅、詹姆斯·莱斯尼亚克编：《当代作家》新修订系列，盖尔研究公司，1988 年版，第 27 卷，第 474 页。

母亲不寻常的经历,两人和解。但是在阿维达离家期间,卡洛塔和同事,离了婚的苏维洛之间有了恋情。苏维洛并不愿意和范妮离婚,范妮和苏维洛之间仍然有感情,但是她觉得离了婚以后没有了束缚,再生活在一起会更加自由融洽。范妮的母亲是《紫色》中的主人公西丽的女儿奥列维亚,奥列维亚在她生活长大的那个非洲国家独立后,带着范妮回去见范妮的父亲奥拉。做了文化部长的奥拉过着舒适的生活,但是在政治上不很如意,他创作的反映普通人的生活的剧本也不受领导的欢迎。他向范妮讲了许多政府和政策上的问题。苏维洛在叔祖去世后到巴尔的摩去处理遗产,结识了一对老黑人丽齐和霍尔,听丽齐讲她无数次转世的生活经历。在这交错纷杂的故事中,作者又岔出了一个白人富家女的故事。她到英国老家和图书馆中研究了祖上两个到非洲去生活过的女子的日记和记叙后,到非洲奥拉的国家办了个弃残儿艺术学校。岂知独立后的当政者因她是白人要关闭她的学校,她找到文化部长奥拉。为了保住她的学校,奥拉和她形式上结婚,使她成了该国公民,政府就不能没收她的学校赶她出境了。人们在相互讲述经历和心声以及对父母亲人经历的了解和理解的过程中,找到了自我和真正的自由。看来似乎难以理解的小说的名字,象征了人们对自由的追求。在第 118 页①,丽齐对苏维洛说,在她以前的某个生命中有一个familiar,"现在你们可能叫做'宠物'的——是一个小小的、漂亮得令人难以置信的动物,部分是鸟,因为它有羽毛,部分是鱼,因为它能够在水里游,并且有着类似鱼和鸟的形状,部分是爬行动物,因为它能像壁虎一样很快爬来爬去"。丽齐说,有一次在她和别人说话的时候,这个宠物钻来钻去,她便将它扣了起来,它逃脱,被抓住再扣了起来,它又逃脱。于是丽齐将它扣在金属澡盆之下,而这个只有人的手掌那么大的

---

　　① 艾丽斯·沃克:《神话宠物的圣殿》,哈考特-布莱斯-约万诺维奇出版公司,1989 年精装版。

东西居然冲破了金属盆，"用怜悯的眼光看了我一眼"以后展翅高飞，
再也没有回来。

　　小说在大的方面反映了作者强烈的女权思想，作者称之为自己的
妇女主义思想，以及对非洲的文化和传统遭受殖民主义的破坏的极大
愤怒，同时还表现了她对美国教育中对黑人在美国的发展中所起的历
史作用的忽视的不满。在个人的层面上，小说反映的是现代社会中人
自身的矛盾和痛苦，以及在面对自身矛盾和痛苦的过程中寻求和谐的
人际关系。

　　对沃克的《神话宠物的圣殿》评论界褒贬不一，但比较一致的是，
认为她过多地说教。尼柯尔逊指出，小说的"主要问题在于，这与其说
是一部小说，不如说是一本不恰当的演讲集……《神话宠物的圣殿》没
有传统意义上的情节，只有一系列串在一起的故事，其中事物的发生既
杂乱又缺乏意义"，认为作者通过叙述而不是活生生的人物来展开
主题。

　　　　她（沃克）把自己的意识强加在了人物身上。许多故事都是
　　以第一人称进行叙述的，但奇怪的是，没有一个人物像是自己在说
　　话，所有的人……听起来都一样。不久读者就意识到这是西海岸
　　一个知识分子的声音，也许甚至就是沃克本人的声音。①

　　也许，沃克过于急切地想表达自己的想法，忽略了小说作为艺术的
特点，致使这部作品缺乏艺术感染力。

　　《拥有欢乐的秘密》的主人公是《紫色》中西丽的儿子，在非洲长大
的亚当的女友塔希。她为了表示对奥林卡部落的认同，参加了部落传

---

　　① 戴维·尼柯尔逊：《艾丽斯·沃克绊倒》，《华盛顿邮报·图书世界》，
1989 年 5 月 7 日，第 5 页。

统的少女成年仪式：纹面和割礼。沃克对这个想象中的非洲少女的命运始终不能忘怀，在《神话宠物的圣殿》中她又出现了，但是她的经历仍未得到充分的展现。然而她的故事呼之欲出，终于在《拥有欢乐的秘密》中，塔希得以畅快地一诉衷肠。

小说围绕纹面和割礼，特别是割礼——即用最原始的方法割去女孩子的大小阴唇——对塔希身心的摧残展开故事。她刚懂人事时，姐姐就在施行割礼后死去，直到几十年后回到奥林卡部落找到为自己和姐姐施割礼的老术师姆丽莎，塔希才得知姐姐死于流血不止，而母亲和老术师明知她有出血难止的病，却仍给她进切割，使她丧命。为了姆丽莎几十年来给奥林卡少女造成的悲剧，为了死去的姐姐和自己被摧毁了的生活，塔希决意将她杀死。垂死的姆丽莎向她诉说了自己作为部落女术师，无可奈何地被利用了的一生，这时，塔希不再有报仇的愿望。姆丽莎告诉塔希，一个术师是否受人尊重，要看她是否被她施行过割礼的女子杀死并焚尸。为了了却姆丽莎成为受尊重的术师的心愿，塔希将她窒息后烧死。为此，她因杀人罪被捕、受审，最后被枪决。

从这个故事梗概看来，小说的情节似乎颇耸人听闻，但实际上，事件的变化发展过程并不是作者刻意着墨之处；描写塔希——这个从非洲部落的天真少女变成法律上的杀人凶手的女子的内心世界，揭示落后愚昧的社会习俗给妇女带来的摧残，这才是作者真正的创作意图。

塔希最初认为自己并没有杀死姆丽莎，只是代替她实现了最终的愿望。在法庭上，她又承认自己是凶手，原因是她厌倦了审讯，不愿日复一日地在一个"自鸣得意的律师身边闻他身上的香水气味"[1]。对她来说，死是个解脱，自己早已被姆丽莎杀死了，死亡已经不能吓倒她了。她在临刑前夜写给丈夫的法国情人，早已死去的丽塞特的信中，述说了

---

① 艾丽斯·沃克：《拥有欢乐的秘密》，哈考特-布莱斯-约万诺维奇出版公司，1992 年精装版，第 264 页。

自己决定要求在枪决前不蒙上眼睛，"以便能看到远处的各个方向。我将把注意力集中在远方一座蓝色山峰之巅。对我而言，那一刻将是永恒"。信末的署名是"得到新生、即将死去的'塔希·伊芙林·约翰逊'"。①

　这个署名浓缩了女主人公悲剧性的一生。天真的奥林卡族少女塔希爱上了来自美国的黑人传教士的养子亚当，接触到外来文化，受到了影响，成了伊芙林。亚当千里迢迢地回到奥林卡，找到备受摧残的塔希，和她结了婚，把她带到美国，使她生活在一个与本部族文化背景完全不同的社会中。在这里，她审视自己噩梦般的经历，倍觉其残酷可憎。她感到自己虽生犹死，无法正常地生活。她寻求从这种状态下解脱出来，接受了一个又一个精神分析专家的治疗，但始终无法摆脱绝望和麻木感，只有后来在丈夫同丽塞特的儿子，学习人类学的皮埃尔的帮助下，她才透过个人的痛苦与不幸看到了作为女人的不幸。她摆脱了几十年的麻木状态，爆发出无法遏制的愤怒，回到非洲故土去清算姆丽莎的罪行。姆丽莎的经历使塔希的认识进一步升华，看到恶习并非始于这一老妇，而是男性主宰的社会的必然产物。塔希以自己一生的痛苦和最后被社会处死——枪决——向读者控诉了至今仍摧残着居住在非洲和中近东一些国家中 9 000 万至 1 亿妇女的陋习。塔希为争取做女人的权利付出了高昂的代价，然而她也发现，"欢乐的秘密就是反抗"。②

　为了展现割礼对受害者精神的摧残，沃克使用了多叙述角度的意识流手法。叙述者都是书中的人物，小说每一节都以一位人物的名字为标题，该节即为该人物的内心独白。在塔希的各节中，标题有多种变化：塔希、塔希—伊芙林、伊芙林、伊芙林—塔希或塔希—伊芙林—约

---

① 艾丽斯·沃克:《拥有欢乐的秘密》,第 277 页。
② 艾丽斯·沃克:《拥有欢乐的秘密》,第 279 页。

翰逊夫人。显然,作者的意图是为读者提供脉络,使读者明白叙述人是谁、是什么身份。塔希是回忆非洲生活时的叙述人,伊芙林则突出她接受美国文化后的意识活动,约翰逊夫人又是突出她作为亚当之妻时的思维活动。这种多角度的叙述方式有助于从多个角度展开情节,揭示主题,但由于缺乏人物间思想观念的直接碰撞,便会如多条小河各自涓涓流淌,掀不起大浪。作者展示的是经每个人物意识折射后的事物,在许多事情上都是众说纷纭,喜欢弄清究竟的读者只能透过人物复杂的意识潜流去捕捉事件可能的原委。

毫无疑问,小说成功地传达了作者的创作意图:她要向读者指明,什么才是真正的黑人文化,什么才是黑人的崇高事业。也许正因为沃克对残害妇女的割礼深恶痛绝,必欲揭露其起源和兴起的社会、人文、哲学背景而后快,便借助于皮埃尔这个人物向塔希大段大段地朗读有关专著来达此目的,其说教意味破坏了小说的文学性。

沃克在 20 世纪出版的最后一本小说是《父亲的微笑之光下》,用她自己的话说:"这部小说和《拥有欢乐的秘密》是相联系的,因为在写了对女性性欲望的贬低和仇恨后,在精神上我需要写欢乐、愉悦、可能性和成长。我想表现女子怎样能够在同性恋的关系中成长起来。"①从这个意义上看,这部作品和《紫色》也有着内在联系。小说开始于 1940 年代,结束于 1980 年代末。黑人人类学家罗宾逊夫妇想到墨西哥山区去研究黑人和印第安人的混血后代蒙度人,但是得不到资助,于是便接受了教会的资助,作为传教士,带着两个小女儿玛格德丽娜和苏珊娜到蒙度人的居住地,生活了近十年。玛格德丽娜和蒙度少年曼努艾里多成了好朋友,15 岁时两人发生了性关系。在举家返回美国之前不久,玛格德丽娜在山洞中和曼努艾里多交好,被父亲发觉了两人的关系。

①　艾丽斯·沃克:《和沃克的谈话》,见《父亲的微笑之光下》附录,巴伦坦出版公司,1998 年版。

父亲用曼努艾里多亲手做了送给她的皮带抽打了她。妹妹苏珊娜在钥匙孔中看到了姐姐挨打的情景，从此姐妹二人便封闭对父亲的感情，压抑自己的性欲望。玛格德丽娜转向过度吃喝来寄托感情，苏珊娜在成年后则走上了性试验的道路，先嫁给希腊男子佩特罗，又和艾琳成了同性恋人。在玛格德丽娜和家人一起回美国后，曼努艾里多只身来到美国寻找她，后来生计无着，就当了兵，被送到越南打仗，受了重伤后回到美国。多年后，两人在飞机上偶遇。不久曼努艾里多到玛格德丽娜家来找她，说他们蒙度人相信世界上只有一个灵魂和自己的灵魂匹配，而他终于找到了和他灵魂匹配的她。在两人做爱后，曼努艾里多离开玛格德丽娜家的时候被汽车撞伤，嘴里唱着蒙度成人仪式歌死去，蒙度人相信，这样灵魂就可以永生。在他死后不久，玛格德丽娜也离开了人世。

小说使用了八个叙述者，其中父亲、玛格德丽娜以及曼努艾里多本人和死后的幽灵都是叙述者。叙述得最多的是父亲的幽灵，他守望着女儿们并评论她们的性生活和性觉醒。最后当父亲和曼努艾里多的幽灵对话时，曼努艾里多告诉他，蒙度恋人在新月下做爱，新月是黑暗天空中的一张微笑的脸，是快乐地向下看着你的父亲。恋人相聚时总要咏唱"父亲的微笑之光下"。这时父亲才明白，自己把女儿带到了自己声称尊重的一种文化和一个民族之中，而当女儿爱上了他们，要求父亲祝福她的所爱时，他却背叛了她，毁掉了她的一生。

和沃克所有的作品一样，该小说强调了女性从父权制下争取感情、精神和性解放的必要，同时沃克还批判了西方文明对不同文明的精神信仰的压制和欺凌。但是有时她在通过人物表达自己的观点和看法时，会使读者感到作者在进行说教，有的人物的作用仿佛也是为了达到表达作者的某些观点的目的，如侏儒艾琳，而不是小说的有机构成部分。

沃克作品的主题始终如一，但是在艺术上最成功的是《紫色》。

格罗丽亚·内勒

格罗丽亚·内勒(1950—　)出生在纽约。她父亲罗斯福·内勒和母亲阿尔伯塔的家庭都是密西西比州的佃农。在他们结婚前,阿尔伯塔向罗斯福提出要求,他们如果有孩子,不能生在密西西比州,因为她感到黑人在密西西比州没有任何发展的机会。因此,在阿尔伯塔怀孕后,他们来到纽约,三个女儿都在此出生。他们最初住在哈莱姆区,在内勒 13 岁时搬到皇后区,这是个中产阶级的社区。父母希望女儿们能够上好学校,但是正是在这里,内勒开始对种族歧视有了日益深刻的感受。动荡的外部世界和青春期的躁动使内勒转向日记,日记是她"梳理内在的混乱、找出事物的意义"的途径,"我在用文字表达自己的时候才感到自己是最完整的"①。也是在这一年,内勒的母亲加入了基督教的一个叫"耶和华见证人"的教派。内勒受到母亲的影响,1968 年中学毕业后没有上大学,而是加入耶和华见证人,做了传教士。这个教派认为,世界充满了邪恶,末日即将降临,鼓励成员与这个罪恶的世界隔绝,只读教派自己的出版物,生活在自己的圈子里。耶和华见证人预言世界末日的善恶大决战将发生在 1972 年,后又推到 1975 年 9 月。内勒在对波内提谈到马丁·路德·金被暗杀一事对自己的影响时说:"我感到这个社会已经没有任何真正变革的希望了……我想,如果他们连这样温和的一个声音也要毁掉,那么希望在哪儿?"②七年之后,内勒在 1975 年脱离了耶和华见证人,首先是因为预言的世界末日并未出现,同时也因为她天性好问,求知欲极强,而在耶和华见证人教派中,提问是对上帝的不敬,对宗教以外的任何知识的渴求都是不允许的。由

---

① 凯·波内提:《格罗丽亚·内勒访谈录》(录音带),美国散文图书馆,1988 年。

② 凯·波内提:《格罗丽亚·内勒访谈录》(录音带)。

于七年来生活在与世隔绝的教派中，一旦脱离，内勒需要重新建立自己的价值观念，这不是一件容易的事情。她决定上大学。她一面做电话接线员，一面在纽约城市大学布鲁克林学院英语语言文学系学习，一面创作。大学的六年彻底改变了内勒的生活。她接触到女权主义和美国黑人文学，真正懂得作为黑人妇女意味着什么。大学二年级时，已经27 岁的内勒第一次读到美国黑人女作家的作品，那是莫里森的《最蓝的眼睛》。这部作品震动了她，使她开始大量阅读黑人文学作品。后来在谈到这段时期的生活时，内勒说，黑人文学"使我了解自己的现实"①并使她"获得了讲述自己故事的勇气"②。她开始写作。1981 年大学毕业时，她拿到了学位，并写出了处女作《布鲁斯特街的女人们》（1982）。此后陆续出版了《林顿山》（1985）、《戴妈妈》（1988）、《贝利小餐馆》（1992）和《布鲁斯特街的男人们》（1998）。

《布鲁斯特街的女人们》出版后获美国图书奖最佳处女作奖，被拍成电视剧，由著名黑人女演员和节目主持人奥普拉·温弗瑞主演，内勒一举成名。正如小说的次标题所示，这是一部由六个故事组成的小说，每一个故事各有自己的主人公，但是这些人都居住在一条短短的死胡同布鲁斯特街上，是邻居，有的还是朋友。前言"黎明"叙述了布鲁斯特街的历史，它如何因交通管理之需，通大街的一头被砌上一堵墙堵死而成了死胡同，如何逐渐贫穷败落下来。内勒在卷首引用了黑人诗人兰斯顿·休斯的名诗《延迟之梦的蒙太奇》：

> 一个梦的实现被延迟时会发生什么呢？
> 它会干瘪吗？

---

① 安吉尔斯·卡拉比：《格罗丽亚·内勒访谈录》，《纯文学》，1992 年春季号，第36—42 页。

② 马特奥·贝里内里：《和格罗丽亚·内勒交谈》（录像带），1992 年。

就像太阳下的葡萄干?

还是会像创口般化脓——

然后流淌?

它会像腐肉般发臭吗?

还是会像蜜糖般

结上糖皮?

也许它会

像沉重的负载般垂下

还是会爆炸?

　　小说中的每一个故事都反映了女人的延迟了的梦,但是,用内勒自己的话来说,"女人们仍旧继续梦想着"①。在后记"黄昏"中,内勒告诉读者,布鲁斯特街被宣告为不宜居住,居民被勒令搬出,但是,

　　　　它正在死去,死亡……正在死去但尚未死亡的它只能看着它的"非洲裔"儿女打点起他们剩余的梦离去……布鲁斯特街的黑色的女儿们散布在时间的幕布上,醒来时打着哈欠,她们的梦依稀犹存。她们起床将这些梦别在晾晒的湿衣服上,混和在一撮盐中放进汤里,和尿布一起裹在婴儿身上。梦像潮水般涨起落下,涨起落下,但是永不消失。因此布鲁斯特街仍然没有死去。②

　　这一线希望对读者来说是非常重要的,因为小说中的故事实在是太残酷了。马蒂·迈克尔其实是一个非常听话的姑娘,唯一一次出轨

---

　　① 弗吉尼亚·福勒:《和格罗丽亚·内勒交谈》,1993 年,见弗吉尼亚·福勒:《格罗丽亚·内勒——寻求庇护处》,特温尼出版公司,1996 年版,第147 页。

　　② 格罗丽亚·内勒:《布鲁斯特街的女人们》,企鹅出版公司,1983 年版,第 191—192 页。

行为是在 31 年前的一个夏天，在田纳西州乡间的蔗田里一次幽会后怀了孕。她被父亲赶出家门。儿子巴西尔出世后，她把全部的关爱和注意力集中在他的身上。一次巴西尔晚上被老鼠咬伤，马蒂不顾一切抱着儿子离开，另找住处。碰了许多钉子后，她被老妇人伊娃·特纳收留。马蒂做工挣钱，独自抚养儿子。伊娃去世后，她的子女把房子卖给了马蒂。巴西尔在马蒂的溺爱和娇纵下长大，没有责任感，学习不好是别人找他的岔，被老板辞退是别人不讲理。每次他都在母亲的羽翼下渡过难关，直到他在酒吧斗殴打死了人，又拒捕打伤了警察，被关押起来。审判定在两周以后，连律师都劝马蒂不必付高额的保释金，因为只不过十几天的时间就开庭了。马蒂却决意用房子做抵押保释了儿子，而巴西尔在开庭前逃走，马蒂的房子被法院充公。她搬到布鲁斯特街，当她打开门走进又黑又脏的门厅时，"一片雪花落进她的衣领，融化了，像一滴冰冷的泪珠沿着她的背流下"①。

第二个故事的女主人公是艾塔·梅·约翰逊，她是马蒂·迈克尔童年时的好友。这是两个从各方面都很不相同的人，但是结果都来到了布鲁斯特街。艾塔一直依靠男人生活，一个八月的下午，她开了最近一个男友的汽车来到马蒂在布鲁斯特街的家。艾塔自知以她的年龄，这种生活维持不了几年了，很想好好嫁个男人以便老年有靠。马蒂把她带到教堂去做晚祷，说可以认识几个老鳏夫。艾塔穿上色彩艳丽的衣服，在教堂里被布道的伍兹牧师所吸引。伍兹的钻戒告诉她，这是个有钱的牧师。她坐在教堂里琢磨着如何把这个人搞到手。而台上的伍兹在艾塔一进门时就注意到了她，这个满脸仁义道德的牧师心里想的是："她像只鲜红的鸟儿突显于其他女教徒之中，枯燥的道德使她们的乳房干瘪，腰身滚圆。"②他想着的是怎样在她离开之前和她搭上话。

---

① 格罗丽亚·内勒：《布鲁斯特街的女人们》，第 54 页。
② 格罗丽亚·内勒：《布鲁斯特街的女人们》，第 67 页。

布道结束后,在艾塔的要求下,马蒂介绍艾塔认识了伍兹。艾塔赞扬伍兹布道感人,表示自己常常在茫然时需要求助。伍兹一眼看穿了艾塔的动机,两腿之间开始发热。结果和艾塔过去无数次经历过的一样,伍兹要的仅是泄欲。一个几近绝望的艾塔拖着沉重的身体回家。她看到马蒂深夜等待她归来的灯光,"走上台阶,向着等待她灯光、关爱和安慰走去时,暗自轻轻地笑了"[1]。作者通过这个故事明确地表明,只有女人间的支持和关爱才使女人有了在逆境中生存下去的勇气。

和马蒂及艾塔不同,年轻的基斯瓦纳·布朗是为了接近人民才从父母在林顿山的中产阶级住宅中搬到布鲁斯特街来的。她为了突出自己的根在非洲,把美国式的名字梅兰妮改成非洲式的名字基斯瓦纳。她不再上学,因为"那些资产阶级的学校是反革命的,我的位置是在街头和我的人民一起,为建立平等和像样的社区奋斗"[2]。她偏激地认为,父母所在的全国有色人种协进会里都是些逆来顺受的人。母亲到她的新家来看她,告诉她梅兰妮也是她的曾祖母的名字,这个黑人妇女生了九个孩子,使他们个个都受了教育,当六个白人因为她的一个儿子"不识相"要把他抓走时,她拿着枪进行抵抗。母亲认为这就是女儿应该继承并感到自豪的传统,用不着到一本非洲词典中去找一个值得骄傲的名字。充满理想却不很实际的基斯瓦纳通过组织布鲁斯特街房客协会等活动,开始逐渐进行脚踏实地的斗争。这个故事从侧面反映了1960 年代黑人运动中的思潮,以及作者对美国黑人长期斗争传统的肯定。

卢西丽亚·路易丝·特纳(也叫西尔)是伊娃的孙女,在伊娃去世前一直和伊娃及马蒂生活在一起。现在她和丈夫尤金及小女儿塞利娜一起住在布鲁斯特街上。尤金经常在家庭中对西尔施暴,而且常常长

---

① 格罗丽亚·内勒:《布鲁斯特街的女人们》,第 74 页。
② 格罗丽亚·内勒:《布鲁斯特街的女人们》,第 83 页。

时间离家。他把自己一事无成的状态归罪于妻子。他每次重新回来时,西尔都接受了他,说因为女儿需要有爸爸。在西尔一次怀孕以后,尤金逼她去堕胎。西尔为了讨好他,同意了。当她堕胎后,尤金又要离家,夫妻间发生了激烈的争吵。西尔绝望了,"强烈地感到需要在爱她的人身边。我去抱上塞利娜,我们去找马蒂……"[1]正在这时,她听到了塞利娜的惨叫声,在父母争吵的时候,独自玩耍的孩子触电死去。万念俱灰的西尔只求速死,马蒂把她抱在怀里轻轻摇动。在具有象征意义的呕吐清除了西尔内心的痛苦和积秽,马蒂又为西尔进行了仪式般的沐浴后,"她领着她新近湿润过的、发亮的、现在已经受过洗礼的身体来到床前",在女性的关怀和爱护下,西尔有可能会愈合自己心灵的创伤。"西尔躺下,哭了出来。马蒂知道眼泪会停止。她会入睡。黎明会来到的。"[2]

女性间的关怀和爱护使布鲁斯特街上大多数的妇女能够在艰难痛苦、歧视和贫困中生活下去,作者通过小说强调了女性间的相互支持并共同承受生活的重负,但是她们并不能改变这种生活。柯拉·李从爱玩偶到爱婴儿,读中学时生了第一个孩子。在孩子完全依赖她的时候,她对他们关爱照料,无微不至,但当他们会走路、离开她的怀抱以后,她就对他们失去了兴趣,把全部的爱集中在新生的又一个婴儿身上。她完全被母亲的角色禁锢了起来。基斯瓦纳来动员她去参加房客协会的活动,让她在周末带着孩子到公园去看莎士比亚的《仲夏夜之梦》的演出。基斯瓦纳打乱了她的生活。在她离去后,柯拉突然看到了自己的家是那样凌乱,孩子们是那样肮脏。她一时心血来潮,把家收拾干净,带孩子去看戏前给他们洗得干干净净,换上补好的衣服。她幻想着要好好检查他们的功课,不许他们再逃学,要让他们上中学、大学、做医

---

① 格罗丽亚·内勒:《布鲁斯特街的女人们》,第 100—101 页。
② 格罗丽亚·内勒:《布鲁斯特街的女人们》,第 105 页。

生、律师。艺术给予她的激情能够持久吗？晚上回到家中，幽灵似的男人已经上了她的床，"……她长长地叹了一口气，然后转过身子，把这个如金色和淡紫色罗纱般的夜晚用力地折叠在她的梦痕中，任脱下的衣服落在地上"[1]。在故事的结尾，读者无法知道柯拉今后将沿着什么样的轨迹生活。在小说最后一章"街区聚会"中马蒂的梦里，柯拉和别的女人一起奋力拆除堵死布鲁斯特街的那堵墙，这使人意识到，也许她终究会走出这种封闭的女性角色，找到女人作为母亲以外的价值所在。

　　社区和女性间相互支持的作用在"她俩"的故事中几乎不存在了，主要是由于主人公萝林和特丽莎是一对女同性恋人。布鲁斯特街的许多女人接受不了这种关系。人物尚未出现，有关她们的流言已经使读者颇为她们担起心来。她们天黑后拉上窗帘成了劣行的证据。她们的水龙头裂了时，人们在背后嘀咕"她们为什么需要用这么多的水"。她们扔出来的垃圾有人翻，翻出很多装巧克力饼干的空盒子，便使人产生"她们用这么多巧克力饼干干什么"的疑问。不久，萝林发现人们躲着她，感到很丧气。教小学生的萝林渴望被别的女人接受，而做人事部门工作的特丽莎对此却毫不在意。唯一以友善的态度对待这两个女人的，是替房东看管房产的黑人老头子本。萝林去参加基斯瓦纳召开的房客协会的会议，讨论有关组织街区聚会来筹款为居民请律师的事。她的出现使有的女人开始当面攻击她和特丽莎的生活方式，她十分痛苦，不愿马上回家让特丽莎看到自己的状态，就跟着本到了他的住处。萝林使本想起了被白人农场主凌辱而自己却无法保护的女儿。在女儿出走、妻子跟了别人以后，本离开南方老家，落脚于布鲁斯特街。本的宽厚友爱使萝林重新得到了勇气。而特丽莎一次在家门口给摔倒的小女孩擦伤口时，女孩的母亲冲出来把孩子拉回家中，使特丽莎极其悲愤。街面上的一伙以贝克为首的小混混也从流言中得知她们是同性恋，常对她们说些

---

[1]　格罗丽亚·内勒：《布鲁斯特街的女人们》，第 127 页。

污言秽语。有一次,基斯瓦纳听到贝克对萝林的侮辱,当着萝林和其他小混混的面奚落了贝克。贝克知道基斯瓦纳的男朋友是社区中心的负责人,不敢把基斯瓦纳怎么样,就寻机报复萝林,在萝林夜晚独自回家时,在堵死布鲁斯特街的那堵墙旁边和他那一伙人一起强奸了萝林。凌晨,精神失常的萝林用砖头砸向了眼前唯一移动着的物体——本。早起的马蒂从窗口看见满身是血的萝林爬向本,赶到时本已被砸死。在别的故事中,用自己的关怀和爱心抚慰受到伤害的女人的心灵的马蒂,虽然对一些女人对萝林和特丽莎的攻击也听不惯,而且觉得“我也爱女人”,“我爱有的女人比爱我的男人更深,有的女人比任何男人都更爱我,为我做得更多”①,但是也没有主动去关心过她们。

萝林的悲剧使布鲁斯特街上的女人们最终团结在一起。小说的最后一章“街区聚会”其实不是真正的聚会,而是马蒂梦里的街区聚会。在马蒂的梦中,布鲁斯特街的女人合力推倒了把布鲁斯特街变成死胡同、萝林在那儿被强奸并杀死本的那堵墙。内勒在小说的前言“黎明”中简述了墙的由来:为了交通管理的需要,要封闭一些小街通到大马路的出口。在市议会里有代表的小街的居民进行了激烈的斗争,“因为他们知道他们在为自己社区的生命线而斗争。没有人为布鲁斯特街斗争。这个社区现在住的是没有政治影响的人,黑头发深肤色的人……”②于是一堵墙把布鲁斯特街变成了死胡同。这堵墙是种族压迫的产物。从居住在这儿的女人的不同故事中,这堵墙也象征了性别迫害。女人们合力推倒这堵墙,则象征她们对种族歧视和性别歧视的反抗。其结局反映了作者的乐观态度,但是墙是在马蒂的梦中被推倒的,因此可以说这只是一种谨慎的乐观。黑人妇女将继续为自己和后代梦想一个美好的未来,也会为此而团结努力。

---

① 格罗丽亚·内勒:《布鲁斯特街的女人们》,第141页。
② 格罗丽亚·内勒:《布鲁斯特街的女人们》,第2页。

这部作品看似由六个故事组成的短篇小说集,但是它不同于一般的短篇小说集,作者用一个共同的地点和几个在不同的故事中都出现的人物把这些故事贯穿在了一起。内勒说,她的目的是向读者呈现出一个黑人女性经历的缩影,而"一个人物,一个女主人公,根本无法反映黑人女性经历的丰富和多样性"①。内勒的第二部小说《林顿山》也是以一个黑人社区作为背景,通过两个年轻人威利和莱斯特在圣诞节前在称作林顿山的这个社区打工的六天中的所见所闻,揭露了抛弃黑人文化传统、一心追求物质成就、拼命希望得到白人承认的中产阶级黑人物质上貌似"天堂"而精神上实为地狱的生活。

林顿山是《布鲁斯特街的女人们》中基斯瓦纳父母居住的社区,从基斯瓦纳在布鲁斯特街的房间的窗子里可以看到林顿山上的树木。在这个绝大多数黑人渴望能够进入的物质天堂里,生活着韦恩县最富有的黑人,其中的首富是尼地德家。在小说故事发生的 1980 年代,统治林顿山的是卢瑟·尼地德第四。卢瑟第一在 1820 年代离开了密西西比州的图佩洛来到韦恩县,用在老家卖掉有四分之一黑人血统的妻子和六个孩子所得的钱,在韦恩县买下了林顿山整整一面北坡,在山坡上盖了一些简陋的房子,在山脚下开了家殡仪馆。人活着要有地方住,死了要有人埋,卢瑟第一就在黑人的一生一死间建立起了自己的经济王国。他娶了一个年轻的八分之一黑人血统的妻子,有了个和他长得一模一样的儿子——黑皮肤、矮墩墩的个子、罗圈腿、突眼睛——卢瑟第二。斗转星移,尼地德家的殡仪馆传了四代,他们的图佩洛房地产公司财产不断增值。卢瑟第四和他的父辈一样,是林顿山这个富有的黑人社区说一不二的统治者。通过长期的筛选,没有发财致富理想和干劲的黑人被淘汰出社区,激进的特纳和加维式的黑人被拒之门外。卢瑟

---

①　凯·波内提:《格罗丽亚·内勒访谈录》(录音带)。

第四只有一件事不如意，那就是他的儿子，虽然也是罗圈腿、突眼睛，却有着雪白的皮肤。只有八分之一黑人血统的母亲最终生下个白皮肤的后代本是意料中的事，却破坏了卢瑟黑皮肤的人统治林顿山的愿望。他认为这个孩子决不可能是自己的，肯定是妻子薇拉不忠的结果，于是把她和白皮肤的儿子一起关在了当年用做停尸房的地下室中。卢瑟告诉人们，妻子外出旅游了，旅游后在亲戚家休息，圣诞节不在家里过。

交代了林顿山和它的统治者的历史后，作者开始带着我们进入这个世界。威利·梅森和莱斯特·蒂尔森是两个20岁左右的黑人青年。他们是同窗好友，都喜欢诗歌，不同的是威利家不住在林顿山。威利初中毕业后没有上高中，莱斯特高中毕业后不肯再上大学，和寡母及妹妹一起生活。莱斯特的父亲生前为了能挣更多的钱去做两份工作，结果心脏病发作而亡。威利和莱斯特都没有什么固定的收入，决定在圣诞节前在林顿山干点零活，挣点钱好买礼物。他们在12月19日做出了这个决定，从20日起开始干活，到24日结束。作者通过他们在各家干活，把读者也带进了在这个貌似天堂实为地狱的地方的人们的生活之中。他们从山顶一环路起，开始往山下走，逐渐来到山脚尼地德和最富有的黑人居住的图佩洛路，也就是下到了地狱的最深处。小说以一天为一章，把威利和莱斯特从山顶到山脚的历程、他们遇到的林顿山的居民的故事和威利对所见所闻的想法及梦境，以及薇拉在地下室中发现的尼地德家三代女人所留下的自己遭遇的记录，和卢瑟的计划及打算交织在一起，呈现出一幅可怕的图景：黑人在美国梦的引诱下，在获取金钱、地位和权力的过程中，怎样逐渐背叛了黑人的传统和价值观，背叛了祖先和黑人的历史，丧失了灵魂。在小说中，作者将追求物质上的成功看作美国白人文化的核心，而不顾一切地追求物质上的成功导致灵魂的毁灭。作者着意表现的是，追求白人的获取物质成功的美国梦对美国黑人心灵的扼杀。

第一天，他们在二环路的阿尔柯特家给准备婚礼宴会的厨房工人打下手。阿尔柯特是个同性恋的律师,为了有利于事业,也因为"没有一个稳定的生活和家庭,谁也别想最后能住到图佩洛路去",①他决定结婚。就在阿尔柯特的婚礼上,卢瑟宣布图佩洛房地产公司决定给他抵押贷款在图佩洛路上购置房产。和阿尔柯特相处了八年的男友戴维朗读了惠特曼的一首诀别诗。威利看到,阿尔柯特终于拿起酒杯回敬戴维的祝酒时,阿尔柯特脸上那"贴上去的笑容变成了一张样子看上去像是将要喝毒药的嘴"②。威利不明白,如果阿尔柯特和戴维之间有着这样深的感情,阿尔柯特究竟为什么要娶个他不可能真正爱的女人呢?

　　第二天,两个年轻人在三环路泽维尔·唐奈家清理打扫车库。泽维尔已经爬到了通用汽车公司上层管理的职位,但仍做着两份工作,无论是晚上回家、外出休假或在健身房锻炼……从来都随身带着要办的事务。31 岁的他现在有麻烦了,他爱上了黑皮肤的、住在一环路上的罗克珊·蒂尔森。为此,他把比他职位稍高一点的黑人同事麦克斯维尔请到家中,想听听他的意见。麦克斯维尔认为,黑人妇女不是靠救济生活、生一大堆别人的孩子让你来养,就是觉得你配不上她;受过高等教育的不是想嫁白人,就是一些自视甚高、男人永难满足的人。正在此时,莱斯特和威利打扫完车库来要劳务费。麦克斯维尔说年轻人很勤劳;莱斯特说是为贫困所迫。麦克斯维尔说,勤劳就能摆脱贫困;威利说,如果是黑人,贫困只能导致更大的贫困。争论中,麦克斯维尔不仅以自己的成功来说明黑人都能取得成功,甚至拿出色情杂志《阁楼》中八页黑人女子的裸体照片来证明,黑人"今天征服了《阁楼》,朋友,明天将征服世界"③。离开时,麦克斯维尔对泽维尔说:"原来那(指莱斯特)就是罗克珊的弟弟……那个家庭一只脚在贫民窟,另一只脚在西

---

① 格罗丽亚·内勒:《林顿山》,企鹅出版公司,1986 年版,第 75 页。
② 格罗丽亚·内勒:《林顿山》,第 90 页。
③ 格罗丽亚·内勒:《林顿山》,第 116 页。

瓜皮上①。毫无疑问，你要是和这样的人家结亲——就会像落入地狱的雪球一样，一点机会都没有了。"②

当天黄昏，两个年轻人被四环路另一家人雇去干活。主人切斯特·帕克的妻子刚去世，家里满是来吊唁或守灵的亲友。帕克把威利和莱斯特从后门领进了家，要他们在晚上把尸骨未寒的妻子的卧室的墙皮用蒸汽熏掉，以便装修工第二天可以重新装修墙壁，为他的新娘布置好房间。客厅里，宾客谈论着如何阻止在林顿山附近建立一个"肮脏的黑鬼"社区的计划的实施，卢瑟说自己将运用政治上的力量在韦恩县公民联盟中投票反对。两个干活的青年人看到帕克迫不及待地要娶新人进门，莱斯特说，"不知道他会不会让牧师在葬礼后马上给他们结婚。没必要浪费（葬礼用的）那些花"，威利则学着帕克引用故去的妻子的口气说，"一起办了还可以让牧师给打点折扣"。③

22 日早晨，威利在一夜噩梦后醒来，按莱斯特条子上的地址找到了林顿山五环路贺理斯牧师的家，帮助牧师往为帕克夫人举行葬礼的教堂送东西。威利小的时候，母亲一直带着他去贺理斯牧师的西奈山教堂参加圣诞节庆祝。他告诉贺理斯牧师，能够帮他干活觉得非常荣幸。当他坐在牧师的汽车里和牧师一起到教堂去的时候，他从牧师身上清早就散发出的微微酒气中意识到，这是一个酗酒者。贺理斯对他说，现在他们并不真正关心人的灵魂，"现在是能够捞就捞，因为你不知道另一个世界会带来什么，甚至也不知道有没有另一个世界"④。接近贺理斯后看到的真实的贺理斯，使一直很尊敬他的威利大失所望。

---

① 表示尚未摆脱黑人的习俗。黑人特别爱吃西瓜。许多中产阶级的黑人为了表示自己已经摆脱了黑人在奴隶制下养成的习惯，不再吃西瓜，至少不在公众场合吃。

② 格罗丽亚·内勒：《林顿山》，第 116 页。

③ 格罗丽亚·内勒：《林顿山》，第 129 页。

④ 格罗丽亚·内勒：《林顿山》，第 170 页。

贺理斯的妻子离开了他。威利想到自己酗酒的父亲和他对母亲的施暴，得出结论："离开这样好的房子和一个有这样的职业的男人，肯定得是因为什么别的更为恶劣的事情——至少对她来说是恶劣的事情。"①葬礼结束后，威利看到卢瑟独自俯身向着棺材里面欣赏他自己整过容的死者、然后慢慢盖上棺盖时的猥亵神情，不等莱斯特就独自离开了。

把运东西的车子开回贺理斯家以后，两人慢慢往图佩洛路走去，希望还能找到一些活干。正当两人在图佩洛路上边走边说话的时候，一辆警车在他们身后停下，两个警察说他们闯入了属于私家所有的道路，要把他们带到警察局去。尽管莱斯特一再解释他本人就住在林顿山，但是如果他们说不出到图佩洛路谁家去还是不行。正在此时，诺曼·安德森坐着出租车经过，因为是诺曼的妻子露斯建议两个年轻人在林顿山干零活的，她担心他们到图佩洛路去会遇上麻烦，就让诺曼去看一看，结果正碰上此事。诺曼对警察谎称这两个人是到地方检察官杜蒙家去干活的，接着他抢先警察一步到了杜蒙家，向杜蒙太太说明了情况。杜蒙太太是露斯的朋友，知道情况后就向警察证实诺曼的话，解了威利和莱斯特的围，但是她要他们第二天来免费给她院子铲雪作为回报。

威利和莱斯特在铲雪的时候，卢瑟走到他们面前，要雇他们在圣诞夜用两个小时为他装饰圣诞树。威利因为看到过卢瑟在帕克太太棺材前的神情，不愿去卢瑟家。卢瑟许诺，他们这一周在林顿山挣了多少钱，他就付给他们和这个数目一样的钱。威利虽然最后同意去，但是总感到一丝莫名的不安。突然，他们听到一个老妇人的声音一再呼叫"劳雷尔"。他们循声找去，看见在放干了水的游泳池底面朝下躺着一个穿银白泳装的女人：劳雷尔·杜蒙。这个曾经梦想参加奥林匹克运

---

① 格罗丽亚·内勒：《林顿山》，第 173 页。

动会游泳比赛的女人在世人的眼中是个成功者,伯克利大学管理系的
优秀毕业生、IBM 的高层管理人员。她丈夫霍华德·杜蒙是地方检察
官,他们在林顿山图佩洛路有一所大房子。她和丈夫间的感情距离却
越来越远。"他们直到各自到达事业的顶点、有时间稍事停顿的时候,
才发现他们虽然都在前进,却是背道而驰,两人越离越远。"家不像家,
没有家的感觉。劳雷尔在住所为自己所爱的音乐和游泳装备了一个音
乐室、修了个能跳水的游泳池,"但是它们没有使图佩洛路 722 号变成
家,只给了她回到那儿去的一个借口"①。丈夫和她分居后,劳雷尔情
绪低落,几乎到了崩溃的边缘。12 月中旬,她把祖母接来过圣诞节。
她死去的那天早上,卢瑟来找她,通知她,她的丈夫已经提出离婚,并且
不再准备住在图佩洛路,卢瑟希望知道她什么时候搬出去。她和他理
论,威胁要到法庭去告他,但是卢瑟说房子是租给她丈夫的,即使她再
婚,也要看她的新丈夫够不够资格住在图佩洛路。"在自己的客厅里,
这个人直直地看着我的脸对我说我不存在,我不住在这所房子里。"②
悲愤和长期的痛苦使她产生了幻觉,她穿上游泳衣爬上积雪的跳台,要
跳进水中,"只要她跳下去,她就会得到自由了"③。威利冲到她身边,
将她翻过来,看到她的面孔已经不见了。威利从足迹判断,卢瑟看到了
劳雷尔自杀的全过程,却没有去阻止她。住在下面一条路上的历史教
授布雷斯韦特认为,劳雷尔·杜蒙缺乏一般黑人具有的黑人历史感和
自身价值感,因此才会失去了生活的目标而自杀。他说:"卢瑟看到的
从跳台上跳下去的是一个已经粉碎了的梦。"④

在林顿山的所见所闻使威利夜间噩梦不断。这一周的梦都是关于
林顿山的。劳雷尔自杀那天的晚上,威利久久不能入睡。唯一还没有

① 格罗丽亚·内勒:《林顿山》,第 232 页。
② 格罗丽亚·内勒:《林顿山》,第 245 页。
③ 格罗丽亚·内勒:《林顿山》,第 248 页。
④ 格罗丽亚·内勒:《林顿山》,第 261 页。

梦见过的就是尼地德了。威利感到奇怪，他们在林顿山已经干了一个星期的活了，却从来没有听人提到过尼地德太太的名字。他入睡前脑子里反复想到的是："在山脚下的一所房子里住着一个男人。他的妻子没有名字。"①24 日晚上 9 点，威利和莱斯特如约来到尼地德那所旁边不远就是公墓的宅子里，帮他用祖传几代的饰物来装饰圣诞树。最后尼地德把许多点燃的小蜡烛放在圣诞树上。正当尼地德让威利和莱斯特和他一起欣赏流光溢彩的圣诞树时，薇拉抱着死去的儿子出现了。卢瑟打发走两个年轻人后企图阻止薇拉离开，薇拉将他死死抱住，在争斗中她用来包裹儿子的旧婚纱扫过壁炉，顷刻间大火就烧了起来。威利和莱斯特在离开的路上看见尼地德家房子起了火，就敲邻居的门要他们打电话报火警，但是邻居袖手旁观。等救火车终于来到的时候，房子已被大火吞噬，人也烧成了焦炭。

　　和威利及莱斯特五天的经历平行发展的另一条主线是薇拉在地下室中寻找自我的历程。故事发展的这两条线索在小说的最后一章圣诞夜交织在了一起，薇拉向残酷迫害自己的男人抗争，使迫害了四代尼地德家女人的地狱消失在熊熊大火之中。在叙述手法上，内勒把地下室中薇拉从 20 日到 24 日每一天的活动和威利及莱斯特同一天的活动放在同一章中叙述，因此两条线基本上是平行发展的，但是却从女性的角度反映了尼地德家族和林顿山的历史，深化了物欲使人灵魂堕落的主题。

　　儿子在地下室生病死去后，薇拉在墙角的旧箱子里找东西把儿子包起来。她心里想，等卢瑟看到她给儿子做好了入葬的准备，就会知道"尽管她忍受了他的所作所为，至少她找到了悲悼（儿子）的勇气"②。在翻箱倒柜的过程中，薇拉发现了前面三代尼地德太太的一些遗留物，

---

① 　格罗丽亚·内勒：《林顿山》，第 277 页。
② 　格罗丽亚·内勒：《林顿山》，第 92 页。

从而得知了她们的姓名、故事,并且在和她们的经历认同的过程中认识到了自己的命运,做出了生命最后的反抗。第一代尼地德太太鲁瓦纳留下的是一本页边角写满了她生活状态的《圣经》。她记下了她本人的经历: 她是丈夫买来的奴隶,两岁的儿子成为自由人后她的身份仍然是奴隶;她记下了丈夫给她在管理家务和准备什么食物方面所下的命令。当丈夫读到报纸上黑奴在汤里下毒毒死主人的消息后禁止她为丈夫和儿子做饭……难耐的孤独使她给自己写信。鲁瓦纳还在这本《圣经》的第一页上写下了最后的话:"不可能有上帝。"①薇拉想到自己无爱的婚姻,意识到尼地德为了得到儿子而结婚,她则是为了得到婚姻所能够给予她的社会地位而嫁给他的。她的悲剧是她对男人的依赖造成的。第二代尼地德太太伊芙林留下的是菜谱和烹调手册。从她的菜谱中,薇拉发现伊芙林使用了春药,想必是为了使丈夫对自己重新产生兴趣。最后她自己吃放了毒药的冰淇淋自杀。薇拉想到自己也是在儿子出生后,由于丈夫对她冷淡,她采用了一切现代化的手段,目的是想使卢瑟回到自己的身边,总觉得过错在自己。即使在看到丈夫为女尸整容时猥亵的动作,也力图把它当噩梦忘却。第三代尼地德太太普里西拉留下的是相册。薇拉发现,随着普里西拉的儿子逐渐长大,相片中儿子的脸越来越遮挡住普里西拉的脸,直到她的脸成了"在身旁一边一个大老爷们的影子下一片模糊的米黄色"②。最后薇拉看到的是用各种方法抹掉了普里西拉的脸的相片,在最后一张相片抹去了普里西拉的脸的地方写上了一个"我"字。作者用视觉意象传达了男权社会对女性的价值和社会作用的抹杀。

薇拉从其他女性的生命史反思自己的生活,使自我意识逐渐觉醒。为了突出物欲和男权统治对女性心灵的扭曲,内勒把地下室中薇拉所

① 格罗丽亚·内勒:《林顿山》,第 125 页。
② 格罗丽亚·内勒:《林顿山》,第 249 页。

发掘的历史和威利及莱斯特在地面上的见闻和威利的噩梦穿插组合，这种表现手法产生了强大的组合效应。如劳雷尔的故事和普里西拉的相册的故事是穿插叙述的，而在劳雷尔自杀的前一刻和薇拉刚刚发现普里西拉相册时，作者叙述了威利买照相机的梦。他去买照相机，女售货员对他说："你不能用我的照相机，因为你没有脸。"①作者把劳雷尔没有脸的尸体、普里西拉没有脸的相片和威利没有脸的梦结合叙述，使脸的象征意义得到了突出强调。

　　几乎所有的评论家都指出，内勒在创作《林顿山》时有意识地借鉴了 13—14 世纪意大利诗人但丁的《神曲》第一部《地狱篇》，和但丁笔下的层层环形下降的地狱一样，林顿山也是个由 8 条环形路构成的、越往下越恐怖的地狱，到山脚卢瑟的巨宅图佩洛路 999 号是地狱的最深处，地狱的统治者卢瑟·尼地德居住于此。尼地德这个姓由"伊甸园"一词从后往前拼写而成，内勒认为这个姓"非常合适，因为尼地德是这个虚假的天堂中撒旦式的统治者"②。威利和莱斯特的地狱之行就像但丁和维吉尔的地狱之行那样，但丁在地狱之行中遇到罪孽深重的灵魂，而威利和莱斯特在林顿山看到的是空虚和虽生如死的灵魂。内勒用地狱来象征由追求物质成就、将灵魂出卖给出价最高的人构成的、充满了阶级和性别压迫的中产阶级黑人社区林顿山，最终以撒旦尼地德的毁灭结束。弗吉尼亚·福勒在评论小说的结局时指出，这"似乎反映了曾长期做过耶和华见证人教派成员一事对内勒的影响。因为她在小说中所创造的这个世界是彻头彻尾邪恶的，只能消灭，永远无法拯救"③。从林顿山的居民没有一个人去救火，从大火只烧毁了林顿山的统治者尼地德的家、烧死了撒旦尼地德，作者似乎也给了人们一线希

①　格罗丽亚·内勒：《林顿山》，第 211 页。

②　凯瑟琳·沃德：《格罗丽亚·内勒的〈林顿山〉：一个现代地狱》，《当代文学》总第 28 期（1987 年）。

③　弗吉尼亚·福勒：《格罗丽亚·内勒：寻求庇护处》，第 88 页。

望：人们渴望摆脱魔鬼尼地德的控制，他的灭亡也许会给林顿山带来转机？

内勒的第三部作品《戴妈妈》在结构、创作手法和心态上与《布鲁斯特街的女人们》和《林顿山》都有很大的不同。前两部作品基本上是由不同的人物各自独立的故事组成，这些人物的共同之处是他们恰巧居住在同一个社区，其中有的人物在不同的故事中出现，但是明显地只是起一种结构上关联的作用。《戴妈妈》是内勒唯一的一部几个主要人物贯穿始终、人物的性格得到充分发展和展现的作品。作者创作时的心态也有很大的不同。用内勒自己在卡拉比的访谈中的话来说，她的头两部作品是为了驱赶掉心中郁积的愤怒和不平，而在《戴妈妈》中她的愿望是"平静下来写我相信的东西。我相信爱的力量和魔力的力量——有时我认为这两者是同一的、相同的。《戴妈妈》表现的是这样一个事实：真正的、基本的魔力是人的潜力的发挥，只要我们依靠并发挥自身的力量，就能够创造奇迹"①。因此《戴妈妈》是一部充满积极乐观精神的作品，虽然主人公奥菲丽亚（爱称可可）和乔治的爱情和婚姻的结局是悲剧性的。

可可和乔治在纽约相识，很快就热烈相爱，结了婚。可可每年夏天都要回到她出生的柳溪岛去看望把她抚养成人的八十多岁的姥姥阿比盖尔·戴和人人都称她为戴妈妈的姨姥姥米兰达·戴。乔治是个棒球迷，夏天正是赛季，他总是跟着他支持的球队到各地去看比赛，从来没有和可可一起回过柳溪岛。结婚四年后，他们想要孩子，于是乔治决定和可可一起回她的老家。乔治是个私生子，三个月时被抛弃在贝利小餐馆门外，母亲投河自杀。他在孤儿院长大。他在大学机械系毕业后，逐渐和朋友合伙开了家工程公司。在孤儿院受到的教育，使他认为只

---

① 安吉尔特·卡拉比：《格罗丽亚·内勒访谈录》，《纯文学》，1992 年春季号，第 36—42 页。

有靠自己的力量和奋斗才能够在世界上立足，并且学会了不动感情从而避免心灵受到伤害。他凭自己的努力得到了物质生活上的保障，但是在精神和感情上却没有能够摆脱孤儿院生活所造成的空虚和自卑。他用不变的生活规律和感情上的吝啬保护自己和自己有心脏病的身体，但是可可进入了他的生活，打乱了他的一切。他对可可强烈的爱不仅使他走出了多年不变的生活规律，而且彻底打破了他的认知观，来到了柳溪岛。该岛在最详尽的地图上都找不到，在南卡罗来纳州和佐治亚州交界处以外的海上，靠一座桥和这两州交界处相连，既不属于南卡罗来纳也不属于佐治亚。在为去柳溪岛做准备时，乔治的心情充分反映了他把握不住可感知的现实时的失落和恼怒。他决定和可可共同生活后，感到自己需要了解女人，于是他"就和通常对待一个新问题时的做法一样：买书"[1]，想从书本上了解一个活生生的女人。他读了各种各样的书，仍不能了解可可，觉得只有靠自己了，于是决定用已经"掌握"的有关女性生理的知识来了解可可。例如他发现可可爱生气的时候就问她是不是要来月经了，"为此打了不少架"[2]。乔治只相信可感知的事物和经验，一切均用理性分析来究其根源后才决定接受与否，这样的认知观是建立在重物质轻精神的世界观之上的。即使在人际关系的处理上，他也和处理工作中有关机械方面的问题一样，客观、理性而不带感情色彩。结婚后在可可搬来和他同住前，他用一把计算尺和一张图标纸量算好他们各自能够在衣柜中挂多少衣服，为此可可经常气愤地数落他："当你那该死的计算不灵的时候，你那份嚷嚷劲就好像我多挂了一件亚麻布运动夹克衫，是为了故意破坏我们的婚姻似的。"[3]

　　一踏上柳溪岛，乔治感到他"进入了另一个世界"[4]。这确实是另

---

①　格罗丽亚·内勒：《戴妈妈》，兰登书屋，1993 年版，第 141 页。

②　格罗丽亚·内勒：《戴妈妈》，第 142 页。

③　格罗丽亚·内勒：《戴妈妈》，第 145 页。

④　格罗丽亚·内勒：《戴妈妈》，第 175 页。

一个世界,是一个和乔治从白人教育中得到的重物质现实的男性世界完全不同的重精神、和自然一体的女性世界。小说正文前有三个附件:一张柳溪岛地图,一份戴家的家谱图,一份 1819 年柳溪岛的巴斯科姆·韦德先生购买女黑奴萨菲拉的契约。戴家的家谱始于 1799 年出生的萨菲拉。她生了七个儿子。在第七个儿子乔纳的名字后面有一个注:"上帝在第七日休息,她也要休息了。因此这家人姓戴(英语'日'的意思)。"从一开始,柳溪岛上这个主要家族就是依母姓而传。乔纳也有七个儿子,最小的叫约翰-保罗,他有三个女儿:米兰达(戴妈妈)、阿比盖尔和早亡的皮斯。米兰达终生未育,阿比盖尔有三个女儿:小皮斯(早亡),可可的母亲格雷丝,还有就是嫁给林顿山的尼地德、被关在地下室、死于大火的薇拉的母亲霍普。柳溪岛上有各种关于萨菲拉的传说,核心是这个充满了反叛精神的女奴在 1823 年使韦德把地分给了黑奴,留下了七个儿子。在不同的叙述者讲述小说中故事的 1999 年8 月,几十年来一直是柳溪岛的灵魂的戴妈妈已经 104 岁。当年她拒绝了白人开发商金钱的引诱,拒绝出卖哪怕是一寸土地,保护了这个保存了非洲文化传统和女性精神传统的小岛。她具有用大自然的赐予和黑人传统巫术除病去灾的能力。小说结束时,经历了人生巨大不幸的可可从纽约搬到附近的查尔斯顿市,和戴妈妈以及柳溪岛和柳溪岛所代表的黑人文化传统保持着密切的联系,具有了听到充斥在"另一个所在(戴家的祖宅)"周围的低语声——历史的声音的能力。

14 年前当可可和乔治踏上柳溪岛的时候,可可有的只是对戴妈妈和阿比盖尔的本能的爱及信任,而乔治虽然明显地感到来到了另一个世界,却仍旧用自己固有的方式来思考,来认知这个完全不同的世界。当可可被嫉妒她的鲁比施巫术而生病、而飓风又摧毁了柳溪岛通向大陆的唯一桥梁时,乔治一心想的是找船把可可渡过海峡就医。戴妈妈告诉他,岛上的小船根本不可能在风暴中航行,他就把全部精力放在修桥上。他不相信自己能够通过和可可及戴妈妈在精神上的联合,共同帮助可可战胜病魔。即使在眼看可可已经等不及桥修好的时候，他虽然无奈地按戴妈妈所说到鸡窝中找一只孵蛋的老母鸡后面的东西，好拿给戴妈妈为可可祛病，但是他没有找到任何东西，一怒之下砸烂了鸡窝，看着自己被老母鸡啄得流血的手说，"这是我的手，我决不让你（可可）离开我"。① 暴怒使乔治心脏病发作，他挣扎到可可躺着的床旁，倒在了她的身边。小说通过发生在纽约和柳溪岛这两个代表着白人和黑人不同的世界观的地方、一对挚爱的但对黑人传统文化态度完全不同的黑人男女间的悲剧，批判了单纯依靠个人努力、一心向往物质成就、摈弃文化传统和精神财富的观念，突出了历史对于人类的精神哺育作用，赞颂人类和大自然以及人类之间的相互帮助、相互依存的女性和非洲传统。

《戴妈妈》在叙述手法上很有特色。小说有四个叙述者：作为集体的柳溪岛、表现戴妈妈的意识和思想的第三人称叙述以及可可和乔治的第一人称交谈。小说的叙述以柳溪岛集体的声音开始，交代了小岛的历史、地理、传说、人物和发生过的重要事件。在故事发展过程中，这个声音向读者介绍人物、交代在其他三个叙述者意识和经历以外的有关情节。乔治和可可间的交谈发生在乔治去世 14 年后，可可回到柳溪岛，在乔治的墓前和他进行的无声的对话：关于他们从 1981 年相逢到相知、相爱、结婚，1985 年回柳溪岛探亲，到乔治如何永远留在了这块土地上。戴妈妈的思想叙述的是有关可可和乔治以及他们之间的悲剧。读者的感情完全被这不同的喃喃低语声所感染、左右。作为一个人，乔治是善良的好人，他艰难的童年、他对生活的执着、他对可可的爱，都使得读者为他的死感到遗憾与惋惜。可可对他的抹不去的思念使她给自己的小儿子取名乔治，并且告诉他"给他取这个名字是为了

---

① 格罗丽亚·内勒：《戴妈妈》，第 301 页。

纪念一个样子就像爱的化身的人"①。但是他遵循的白人世界的观念和价值，又使得他难以作为真正的黑人生活下去。作者只能以乔治的死表明白人的物质至上、个人奋斗的价值观是没有未来的。

内勒在写《布鲁斯特街的女人们》时曾设想要写"四部相互联系的小说作为我创作事业的基础"②，《贝利小餐馆》就是其中最后一部。这部作品从结构上和头两部一样，由六个女人的故事构成，她们的共同点是最后都住在了伊娃的房子里。小说表面上是纽约市河滨路贝利小餐馆的主人对1948年夏到1949年夏发生在他周围的事件的叙述，实际上的时间跨度要长得多。贝利实际上不叫贝利。第二次世界大战期间，他经历了在太平洋的瓜达尔康纳岛上惨烈的战斗，回到美国以后，看到这家关了门的小餐馆，便开始和妻子一起经营起来，他觉得没有必要改动写在餐馆门上的名字，人们因餐馆的名字而叫他贝利的时候，他也不觉得有必要去纠正，于是他就成了贝利。小餐馆和它周围的环境颇有超现实的魔幻色彩。离它不远的一侧有一家当铺，老板叫加布里埃尔，他的当铺从来不开门。门外画着一个钟，旁边写着"外出，×点钟回来"，但他总是不断把指针移到所说的要回来时间的一个小时以后。在钟的下面有一个红黄两色的箭头指向贝利小餐馆。离小餐馆不远的另一侧是伊娃的出租楼，小餐馆后门外是一条小河。贝利告诉读者他的小餐馆是一个中转站，是地狱的边缘地带。时间在这儿停顿了，梦想幻灭了的人们到这儿来喘一口气，决定是继续还是结束他们的生活。决定结束生活的只要从后门出去就可以走上不归路。决定继续活下去的女人，有的在伊娃那儿找到了归宿。小说中的女人在世人的眼中都是妓女。内勒通过对她们如何走到这一步的经历指出，男权社会把女人当作物，

① 格罗丽亚·内勒：《戴妈妈》，第310页。
② 内奥米·埃佩尔编：《作家的梦想》，卡罗尔·骚森图书公司，1993年版，第170页。

男人注意的只是女人的身体,他们想从女人身上得到的仅是性愉悦;而当女人内化了男权社会的这种价值观后,就会按这种价值观生活,使自己或别的女人成为男权社会的牺牲品。

　　该小说第一个故事的女主人公是莎蒂,这是小说中唯一没有住在伊娃的房子里的女人,也是唯一由贝利来讲述她的故事的女人。这个六十来岁的老妇曾是贝利小餐馆的常客,一个谈吐举止文雅的酒鬼,一个廉价的妓女。她出生在芝加哥,父母不要孩子,但是母亲没能把她流产掉,父亲在她出生前离家出走,从此杳无音信。她一直受到母亲的虐待,从小就知道要听话,要讨好母亲,希望母亲能爱她。母亲靠卖淫为生。莎蒂 13 岁时,母亲就让她接客。从此莎蒂就用梦想来忘却自己的现实。她 14 岁时,母亲死去,她到一家妓院给妓女做女佣。三年后第一次世界大战爆发,政府封了妓院,无家可归的莎蒂跟着给妓院送木柴的老头丹尼尔回到他在铁路边棚户区的家中,做了他的妻子。她感谢丹尼尔,努力做一个好主妇。她整天和无孔不入的蒸汽机车的煤灰斗争,居然还养活了几盆花,多少实现了几分从童年时代起就憧憬的、能够住在由开花的篱笆围着的小屋里的梦想。25 年后丹尼尔去世,他的两个女儿要赶走莎蒂,在莎蒂苦苦哀求下,答应以 200 美元的价格把棚屋卖给她,她 30 天内不能交款就滚蛋。莎蒂每天要挣 5.79 美元才能凑够这笔钱。她到处给人干活。有一天还少 2.04 美元,她只好去拉客,但是她只收 2.04 美元。她因卖淫被抓,关押 15 天被放出来以后,无法再凑够所需的 200 美元。她可怜的梦在现实生活中被击碎了,于是开始在酒精中继续自己的梦想,保护她的由开花的篱笆围着的小屋。她靠老兵丹尼尔的遗孀身份所得的赡养费生活,当天缺多少酒钱就靠卖淫补足,一分钱也不多要。内勒使读者看到,莎蒂的卖淫是现实所迫,她之所以能够活下来,完全靠她用梦想把自己和痛苦的现实生活隔绝开来。卖冰人琼斯偶然看到了莎蒂的眼神,"他看到一个 4 岁孩子梦想活下来的眼睛",他"无法、也不愿想象,是什么样的生活会把那样的

眼神凝固在一个成年女人的眼睛里"①。琼斯提出和她结婚，但是莎蒂
拒绝了。她不愿梦醒，不愿再一次回到现实中，只有在自己的幻想中她
才可能保护她的梦。这个故事奠定了小说中其他女人的故事的基调。
内勒从男权社会对女性的迫害这个基点出发解读妓女现象。她对莎蒂
的描写主要表现她善良的内心，她受到过多的伤害后形成的永远的自
责。莎蒂小时候如此，到了老年仍旧如此。贝利叙述说，有一次琼斯讲
的故事使莎蒂笑了起来，"她的笑声像音乐。整个小餐馆一片寂静。
在如此美好而少有的事物前，你连动一下都不敢，甚至连呼吸都不
敢"。但是莎蒂意识到了周围的寂静，"寂静在她心里意味着人们的非
难，她低下头对着茶杯喃喃道，对不起，我只不过觉得故事很好笑"②。
连极其少有的一笑也要慌忙道歉自责，她真是恨不得使自己变成无形
人以逃避这个残酷的世界了。在这个故事中，内勒还反映出许多女人
也在迫害女人，这和她过去的作品有很大的不同。她过去故事中女主
人公的悲惨命运基本上是男性迫害的结果，男性人物反面的居多。在
莎蒂和《贝利小餐馆》中其他女人的遭遇中，不少男性人物如贝利、伊
娃出租楼的管家，外号叫梅普尔小姐的斯坦利，莎蒂的丈夫丹尼尔、琼
斯等都能够善待这些可怜的女人，而造成她们悲惨命运的往往是如莎
蒂的母亲、丹尼尔的女儿等女人。这反映了内勒从简单的以性别歧视
看待事物，发展到对性别歧视的根源，以及这种歧视在男人和女人身上
造成的精神影响的分析和深刻的认识。

　　伊娃买了一幢楼，专租给单身女人住。伊娃成了小餐馆人们谈话
的资料。"她开的是妓院。不折不扣的妓院。""不是所有拉皮条的都
是穿裤子的(男人)。""为了一毛钱，她连自己的妈妈也会卖掉的。"③

① 格罗丽亚·内勒：《贝利小餐馆》，兰登书屋，1993 年版，第 70 页。
② 格罗丽亚·内勒：《贝利小餐馆》，第 73 页。
③ 格罗丽亚·内勒：《贝利小餐馆》，第 81 页。

而贝利所看到的向他打听伊娃的地址的女人,只有一点是相同的,就是
她们需要找地方住。伊娃到底是什么人呢? 她是个弃儿,由一个当牧
师的教父养大。教父发现青春期的伊娃和男孩子玩"下流"游戏时把
她赶出了家门。一文不名的伊娃步行到新奥尔良,10 年后带着57 641
美元离开,在纽约买了这幢楼房,在花园里种满了花。伊娃收留的女人
都有悲惨的经历,都希望能够愈合心灵的创伤,而且具有一定的韧性。
她曾对贝利说,她的房子和贝利小餐馆一样,"是个中转站"①,给痛苦
中的妇女一个喘息机会的地方。她不去强迫她们改变原来的生活方
式,但是她给她们以保护。她只允许男人在傍晚 6 点钟左右到午夜期
间来拜访住在这里的女人,不许喝烈酒,并且要求他们必须带给女人她
们各自喜爱的鲜花。她帮助女人们树立自信,关爱自己。内勒讲述了
里面四个女人的故事。住在地下室里的爱丝特 12 岁时,哥哥把她给了
一个有钱的黑人,从此她整整 12 年在地下室被这个性肆虐狂玩弄。哥
哥的工资因此不断增加。"哥哥在他的胖太太反对的尖叫声中照顾我
的每一个年头,我用待在地下室的一年来偿还。"②到伊娃那儿以后,她
仍旧要求住在地下室,客人来时从不开灯。住在楼上的玛丽是家中七
个孩子里最小的,而且是唯一的女儿,长得十分漂亮。父亲给她买了无
数的镜子。她 9 岁时,父亲的朋友们把她抱在腿上夸她,说她前途无
量,父亲总是又高兴又骄傲。她从青春期开始就意识到男人对自己有
特殊的兴趣,别的女人对自己有无限的羡慕。她开始用别人的眼睛看
待自己,但是她不愿只是男人眼中的性对象,她希望自己还有别的价
值。她慢慢把自己分成了镜子里的"她"和内在的"我"。她看到镜子
里的自己时,觉得"她是个娼妓,而我是爸爸的小宝贝"③。恐惧使她砸

---

① 格罗丽亚·内勒:《贝利小餐馆》,第 159 页。
② 格罗丽亚·内勒:《贝利小餐馆》,第 98 页。
③ 格罗丽亚·内勒:《贝利小餐馆》,第 104 页。

碎了眼前的镜子,但是她并没有能够赶走这另一个自己。最后她只能把自己的外壳给予每一个要她的男人,"只有他们才能赶走镜子里的那个魔鬼。他们一次次地成了把我从'她'手里救出来的救星"①。对自己外壳的仇恨使她最后在镜子前毁掉了自己的右脸。杰丝的故事不同于其他女人。她是个码头工人的女儿,嫁进了一个姓金的中产阶级家庭。她和丈夫真心相爱,有过许多快乐的时光。但是丈夫的叔叔埃里和家人总是嫌弃她出身贫寒。杰丝后来回忆道:"如果我们做到了不让埃里叔叔干涉我们的事情,我们的家庭就还会是完整的。"②她生下儿子后,埃里插手孩子的教育,但都是让杰丝的丈夫出面,说一切都是为了孩子的前途。保姆由他们挑选,家庭教师也由他们挑选。在这种教育下,儿子看不起外公的家,16 岁时拒绝去为外婆 90 岁过生日,"因为他和那些人没有任何共同之处"。而事关儿子时,她的丈夫"是个彻头彻尾的金家人"。③ 杰丝知道自己永远失去了儿子,开始喝酒。她的娘家人不听她的劝告,到埃里叔叔家参加欢送儿子上哈佛大学的烧烤宴却当众受辱,此后,她进而吸毒寻找忘却。警察搜查毒窟,杰丝被捕。埃里利用关系使她的名字在报纸上出现,终于达到了把杰丝赶出金家家门的目的。19 年的婚姻、丈夫、儿子都从她的生命中消失了。她找到了伊娃,在伊娃的帮助下戒了毒。怀了孕的 14 岁女孩,来自埃塞俄比亚山区的玛丽是当铺老板加布里埃尔亲自送到伊娃手里的。她反复只说一句话:"从来没有男人碰过我。"④她从小反应较慢,母亲怕她找不到丈夫,就给她施行割礼,并且把阴道口缝小,以增加她在婚姻市场上的价值。母亲发现她怀孕后,无论怎么问,她都说从来没有男人碰过她。她被赶出村子。玛丽在伊娃的这条从来没有孩子出生过的街

① 格罗丽亚·内勒:《贝利小餐馆》,第 105 页。

② 格罗丽亚·内勒:《贝利小餐馆》,第 124 页。

③ 格罗丽亚·内勒:《贝利小餐馆》,第 128 页。

④ 格罗丽亚·内勒:《贝利小餐馆》,第 143 页。

上生下了一个儿子，她自己却溺水自杀了。

不难看出，这些女人所遭遇的不幸完全因为她们是女人，因为世界更多注意的是她们的性别，人们更多地用她们的性行为来界定她们是好人还是"娼妇"。一旦被认定是后者，连她们自己也看不到自己的价值，鄙视自己，失去了生活的力量和信心。她们也曾有过梦，但是当她们找到伊娃的时候，梦已经破碎了。小说结束时，贝利很为玛丽的儿子的未来担心，因为这儿"只不过是个中转站，选择一直是很明确的：你总归要出去继续你的生活——希望比你找到这里来的时候好一些——或者你到小餐馆的后门外了结一切"①。这儿不是一个适合新生命健康成长的地方。

《贝利小餐馆》中男性人物的形象也比较丰满完整。伊娃的管家斯坦利的父亲是加州的大农场主，但是只要一离开农场，总会受到歧视。1942 年第二次世界大战时，斯坦利主动献血，但是因为他是黑人被拒绝。为此他拒绝当兵打仗，情愿坐三年牢。他认为一个黑人不能享受民主权利的国家不可能把民主带给世界。他抗议监狱的种族隔离，组织了绝食斗争。监狱当局为了惩罚他，把他和一个杀人犯关在一起，他遭受性强暴，但是活了下来。出狱后，他继续到斯坦福大学读完了博士，但是没有一个大公司肯雇用一个黑人市场分析家，在被一百多家公司拒绝后，在贝利小餐馆里遇见了伊娃。伊娃听了他的身世，让他给她做管家。他的皮肤在天气热的时候很容易起疹子，为此他常常穿宽大的裙衣，得了个梅普尔小姐的绰号。他的理想是挣得足够的钱开自己的公司。他的遭遇可以说完全是因为他是个黑人，而女人的痛苦则主要因为她们的性别。

在《布鲁斯特街的女人们》发表 18 年之后的 1998 年，内勒用笔重访了这条死胡同。父亲的去世，促使她用新的眼光去审视使布鲁斯特

---

① 格罗丽亚·内勒：《贝利小餐馆》，第 221 页。

街七个令人难忘的女人或伤心、或绝望、或悲愤、或激励的男人们。在这部"献给我的父亲……以及你们的父亲"的名为《布鲁斯特街的男人们》的作品中,作者对男人的看法和《布鲁斯特街的女人们》中有了很大的不同。她给予那些在女人们的故事中无声的男子自己述说倾吐的机会,反映出他们内心世界的矛盾和痛苦,使读者看到了他们的心灵,了解是什么使他们做出了在《布鲁斯特街的女人们》中所做的一切,对他们的一些似乎非人性的言行掩盖下的痛苦和人性有所了解。其结果是,当人们看到这些本性善良的人伤害女人时,会更多地从社会根源中去理解这些人间悲剧,而不是简单地将男女作为对立面来看待问题。内勒在卷首又一次引用了休斯的诗句,点出了这些黑人男子内心的呼唤和作品的主题:

> 为什么应该是**我的**孤独,
> 为什么应该是**我的**歌,
> 为什么应该是**我的**梦
> 过久地
> 被延迟?①

> 上帝在小胡同里睡着了
> 手里拿着酒瓶。
> 喂,上帝,起来战斗,
> 像个男人那样。②

---

① 兰斯顿·休斯:《告诉我》,转引自格罗丽亚·内勒:《布鲁斯特街的男人们》卷首语,海泼伦出版公司,1998年版。
② 兰斯顿·休斯:《基督的国度》,转引自格罗丽亚·内勒:《布鲁斯特街的男人们》卷首语,海泼伦出版公司,1998年版。

　　小说大部分的叙述者是看门人本。他开宗明义地说,他不想争论谁的处境更糟,是"口袋里一文不名、害怕开门进家的他,还是在门里等待着,需要又一次用那一文不名对付出一顿晚饭来的她"①。本说自己了解这条街上的男人,"多数人自尊心很强,有些很可怜——但是他们全都很努力……他们每个人的故事里都有一个她"②。

　　给人印象最深的,是作者对因失手打死人的巴西尔的描写。在《布鲁斯特街的女人们》中,巴西尔似乎是个极端自私的人。读者读到的是对巴西尔的母亲马蒂的故事的叙述,读者对巴西尔在保释时逃走、使得马蒂失去了房子而只得搬到布鲁斯特街来住的行为,感到十分气愤。在《布鲁斯特街的男人们》中,内勒告诉我们,巴西尔为了报答母亲对他的信任,出走后一天干两份活,周末又干一份,最后积下了 4.7 万美元,终于可以把母亲从布鲁斯特街接出来时,母亲已经去世。他悔恨不已,到母亲的墓地去,向她保证要使自己未来的妻子幸福。他从来没有过父亲,由单亲妈妈抚养长大。他见到太多的单亲黑人妈妈和他们的子女,既没有经济上的保障,又不能受到良好的教育,从一开始就失去了改变自己命运的机会。他发誓要做个称职的父亲,因此在遇见只有 20 岁、独自抚养 6 岁和 4 岁的两个儿子的基莎后,决定和她结婚,负责养育这两个男孩杰森和埃迪。他要改变他们的生活,打破年轻妈妈靠社会救助过贫困的生活、子女成为问题儿童的这个怪圈。杰森亲热地叫他爸爸,可是小小的埃迪不愿他是爸爸,而愿他是个好朋友,因为"爸爸们会离开"③。两年后,基莎的情人从监狱出来,基莎要巴西尔离开,巴西尔要带走孩子,基莎便告发他保释期逃走,巴西尔被抓走。他向两个孩子保证他一定会回来。6 年刑满后他去看孩子,15 岁的杰

①　格罗丽亚·内勒:《布鲁斯特街的男人们》,第 8 页。

②　格罗丽亚·内勒:《布鲁斯特街的男人们》,第 8 页。

③　格罗丽亚·内勒:《布鲁斯特街的男人们》,第 59 页。

森已因偷汽车被少年劳教,而埃迪孤独内向,说他不认识巴西尔,也不想认识巴西尔。从表象上看,似乎使巴西尔的希望破灭的是基莎,毁掉两个孩子的也是基莎,但是作者通过巴西尔向自己提出的问题"我有可能改变他们的命运吗?"①审视了布鲁斯特街上男男女女的命运,它们有多少是社会造成的,又有多少是个人因素决定的。而看上去属于个人的因素中,许多实际上也是人们成长过程中社会影响作用的结果。

在《布鲁斯特街的女人们》中,小姑娘塞利娜触电死亡时的惨叫声在人们的记忆中挥之不去,读者扼腕叹息之余,不免对她的父亲尤金生出许多气愤来。从西尔口中,人们仅仅知道尤金总是一次次离家,一次次回来。令人感到不解的是,如果他无法和妻子共同生活下去,为什么要一再回来,而妻子为什么也一再接纳他呢? 从尤金口中,我们得知了他的故事。无论我们是否能够理解他的感情,但是对尤金自己来说,正是他对西尔的爱使他几度去了又来。他和西尔相爱结婚。他努力干活,甚至打两份工,希望能够搬出布鲁斯特街。后来他发现,自己实际上是个具有同性恋倾向的人。他觉得对不起妻子,可又无法向她说出实情,因此一次次离家。女儿出生后,他给她取名塞利娜(宁静之意),希望能给他带来平静和安宁。他每次出走后,都因为对妻子和女儿的爱又回到家中,但妻子并不明白他出走的真正原因,因此总是和他争吵。他看到自己给妻女带来的痛苦,决心彻底割断,不再回来,好让她们开始新的生活。最后一次离家前的争吵导致了女儿的死亡。从《布鲁斯特街的女人们》中两个同性恋女子的下场,到《布鲁斯特街的男人们》中尤金的悲剧,作者也许是在告诉我们,人们如果接受了性取向上的传统观念而歧视不同性取向的人,这种歧视同样会给别人的生活带来巨大的危害。

即使是强奸萝林的小混混的头子贝克,作者也从他身上揭示了青少年犯罪的社会原因。他的父亲是越战伤兵,但是得到的伤残费不足养

---

① 格罗丽亚·内勒:《布鲁斯特街的男人们》,第64页。

家。在六个子女中的老大哈基姆做了波多黎各帮的毒贩后，父母对贝克
严加管束，但是贝克不满于家庭的贫穷，认为"街上有着他感到父亲生活
里缺少的一切：金钱、权力和尊敬"[1]。他先是小偷小摸，为妓女跑腿，为
底层毒贩给瘾君子送货。可是他有自己的梦想，"他不想一辈子做个小
流氓。而摆脱贫民窟的出路在于被黑人帮贩毒头子罗伊尔接纳"[2]。为
了得到罗伊尔的信任，贝克遵命枪杀了和罗伊尔争地盘的自己的亲哥哥
哈基姆。他认为要想在街面上站住脚，就要什么都不怕，什么都敢干。
而只有在街面上站住了脚，才能得到自己希望的生活，不再受穷。这个
从 12 岁起辍学并混迹街头、被贫民窟中的犯罪集团的价值观扭曲了的青
年，生活在一个"不需要超过 50 个单词的世界里，而且这 50 个单词的一
半是'操'这个词的变体，名词、形容词、副词和动词"[3]。

　　贝克杀死哥哥被捕时 19 岁。这个社会给了他怎样的人生，又将会
给他怎样的未来？

　　在《布鲁斯特街的女人们》中只被提到、并未出现的基斯瓦纳的男
朋友阿布舒在《布鲁斯特街的男人们》中得到了充分的表现。他和基
斯瓦纳一样，也是黑人权力运动中的积极分子，也把名字改成了非洲式
的。照管房子的本说，阿布舒是在布鲁斯特街长大的孩子中最有出息
的一个。他的父亲经常在家中施暴，母亲无奈地把四个孩子寄养在别
人家中。阿布舒的养父母对他很严格，九年后他获奖学金上了大学，毕
业后在布鲁斯特街附近的社区中心工作，把一片爱心献给了贫苦少年。
伍兹牧师利用布鲁斯特街选民的支持当选为市议会的成员后，立刻就
背叛了穷苦黑人的利益，投票支持拆除布鲁斯特街区，盖中产阶级的住
房。这将导致布鲁斯特街一部分居民无家可归。阿布舒盘算着暗杀伍

---

① 格罗丽亚·内勒：《布鲁斯特街的男人们》，第 123 页。
② 格罗丽亚·内勒：《布鲁斯特街的男人们》，第 123 页。
③ 格罗丽亚·内勒：《布鲁斯特街的男人们》，第 121—122 页。

兹,他的好友黑人律师雷告诉他,只要设法把伍兹赶出市议会就行。于是他们设计运用了马克·吐温《竞选州长》中的办法,利用伍兹爱玩女人这一点,让 50 个"怀孕"的女人在市议会开会时拥进去,声称伍兹是孩子的父亲。结果伍兹被迫辞职,但接替他的是一个观点和伍兹一样的白人。连阿布舒也茫然了：究竟是要一个不和穷人站在一起的黑人议员好,还是一个白人议员好？有的人认为不该把伍兹赶走,因为不论他的政见如何,有一个黑人议员,今后就会有第二个,总比没有黑人议员强。不过有一点阿布舒是明确的,他们不会轻易放弃,会继续斗争下去。小说的最后一章名为"黎明",布鲁斯特街将被拆除,多数居民已经搬走,但是内勒并没有把社区居民斗争的失败表现成一个绝望的结局。布鲁斯特街这样的贫民窟是不应该存在的,"即使是 100 万个人、100 万个战士的声音也无法阻止黎明的出现"。因此阿布舒"将离开这条街,向初升的太阳走去。这个人坚信这是一场战斗的结束,但不是战争的结束。这个劳累的斗士是布鲁斯特街献给世界的最优秀的礼物"[1]。在思想和艺术上都更加成熟的内勒因美国黑人处境的不公所生的愤怒依然存在,但是她对社会、阶级、种族和性别间的关系有了更为深入的认识,对于黑人在美国的前途多了一分希望。内勒在主要反映了黑人妇女在美国这样一个种族歧视和性别歧视的社会中的生存状态、反映了白人物质至上的价值观对中产阶级黑人的精神毒害后,在 20 世纪行将结束之际使读者看到了希望：年轻的黑人仍在继续着前人的斗争。不彻底改变黑人在美国社会的地位,他们就会一直斗争下去。

　　1980 年内勒的处女作《布鲁斯特街的女人们》以"黎明"开始,叙述这条街如何从意大利移民聚居区变成了黑人聚居区；1998 年的《布鲁斯特街的男人们》以"黎明"结束,作者在这一章中告诉读者,这个聚居区将从地图上消失。内勒迄今为止所出版的作品,以同一条街的两

---

　　①　格罗丽亚·内勒：《布鲁斯特街的男人们》,第 172—173 页。

个"黎明"完成了一个循环。聚居区的形成是一个梦、一个希望的开始,这个梦在美国种族歧视的社会中破灭了,但是社会毕竟在发展,美国黑人也决不会允许自己永远处于社会底层。这第二个"黎明"会给美国黑人带来一个美好的艳阳天吗?

第六节　诺贝尔文学奖得主托妮·莫里森

1993 年诺贝尔文学奖得主托妮·莫里森(1931—　　),是 20 世纪获得诺贝尔文学奖的唯一一位美国黑人作家。作为 20 世纪第一位获得此奖的美国黑人女作家和第八位获得此奖的女作家,莫里森克服了性别和种族的双重障碍,成就来之不易。她的双亲曾是美国南方亚拉巴马州的佃农,为了摆脱贫困,来到俄亥俄州的钢铁工业小城雷恩。莫里森是四个孩子中的老二,出生于大萧条时期的 1931 年。父亲靠做零工维持一家人的生活。为了在经济上帮助家庭,她 12 岁就开始打工挣钱,同时顽强地坚持学习,以优异的成绩读完高中,进入华盛顿市只收黑人的霍华德大学,1953 年获得了英美文学学士学位,后来深造于康奈尔大学,对福克纳和伍尔夫等作家颇有研究,于 1955 年获文学硕士学位。毕业后她开始了教书生涯,先在南得克萨斯大学,后回母校霍华德大学执教。在霍华德大学任教期间,莫里森开始试笔,并常和一批诗人及作家聚会,尤其在她婚姻出现裂痕后,更以写作来求得精神之寄托。莫里森 1964 年离婚后离开了霍华德大学,受雇于兰登书屋做教科书编辑,三年后到总部任编辑。也是在此时,她认真地开始了自己的创作活动。她从 1970 年第一部作品出版并蜚声美国文坛起,迄今已创作了七部小说:《最蓝的眼睛》(1970)、《苏拉》(1974)、《所罗门之歌》(1977)、《沥青娃娃》(1981)、《宠儿》(1987)、《爵士乐》(1992)和《天堂》(1998)。除写小说外,莫里森还发表了不少文学评论,收入文集

《在黑暗中表演：白色性和文学想象》（1992），并且编辑了《黑人之书》
（1974）。莫里森的作品具有很高的艺术造诣和深刻的政治意义。瑞
典学院在授予她诺贝尔文学奖的授奖决定中，称赞莫里森"在她的以
具有丰富想象力和充满诗意为特征的小说中生动地再现了美国现实中
一个极为重要的方面"。笔者认为这"极为重要的方面"，指的就是美
国黑人的生存境遇，以及在逆境中生存而仍不屈不挠地维护自己文化
传统的尊严和独立存在的自我，这也正是莫里森作品的政治意义所在。
她的作品反映了黑人在美国社会中，在他们各自生活的环境和集体中，
在被种族歧视扭曲了的价值观的影响下，对自己生存价值及意义的探
索。莫里森通过人物的命运表明，黑人只有保持自己的文化传统和价
值观念，才能有真正属于自己的生活。

《最蓝的眼睛》描写一个黑人小姑娘毕可拉的不幸命运。她一心
希望家人及同学能给她爱和温暖，但是得到的只有蔑视。看到肤色白
皙的同学受到宠爱，她便认为自己的一切不幸都是因为自己的皮肤太
黑，没有一双人见人爱的秀兰·邓波儿娃娃那样的蓝眼睛。毕可拉想
得到人们的关怀与爱的愿望，使她渴望自己有一双最蓝最蓝的眼睛。
她经受不住自惭形秽所造成的心理重压，逐渐精神失常，生活在一个虚
幻的世界中，在那儿她拥有了一双最蓝的蓝眼睛，成了最可爱的姑娘。

这是一部令人心碎的小说。在这个 11 岁的黑人小姑娘的心目中，
白皮肤蓝眼睛意味着美，意味着幸福和善良，而自己是丑陋的。"她一
连几个小时坐在镜子前，拼命想发现自己丑陋的秘密，那使自己在学校
中没人搭理、被老师和同学看不起的丑陋的秘密。"[1]"毕可拉不久前突
然想到，如果她的眼睛……不是现在这样，也就是说，如果她的眼睛长
得漂亮，她自己也就会不同了……也许却利（父亲）就是另一种表现，

---

[1] 托妮·莫里森：《最蓝的眼睛》，华盛顿广场印刷出版公司，1970 年版，
第 39 页。

布里德拉夫太太(母亲)也会是另一种表现。"①因此,"每天晚上,她都祈祷上帝赐给她一双蓝眼睛。她已经恳切地祈祷了一年了。尽管有时她感到失望,但仍未失去信心。想要这样美妙的事情发生,是需要很长很长的时间的"②。她觉得只要自己有了蓝眼睛,父母就不再打架,父亲就不再酗酒,哥哥就不再出逃,家庭就会有幸福。

从表面上看来,这是一个黑人小姑娘天真无知的愿望,但实际上反映的是两种不同文化传统的不同审美观与价值观,和它对生活于其中的人们的心理结构的影响。莫里森捕捉到了美国白人和黑人文化之间在审美与社会价值观上的冲突,而这一冲突又因美国社会中白人文化对黑人文化心理及政治上的统治而变得更为复杂和尖锐。这是一部反映种族间仇恨的小说,也是一部反映黑人社会内部男女间矛盾与冲突的小说,更是一部反映白人社会从传统、文化及政治上对黑人传统的价值观念进行肢解的小说。毕可拉为什么如此渴望得到一双蓝眼睛,真正的答案仅仅从她 11 年的生命中是找不到的。与现代一切表现狂人的作品一样,作者揭露的是这个扭曲疯狂的世界。毕可拉之所以不能作为一个人得到承认,从根本上说是美国黑人三百多年历史的必然。莫里森的成就在于,在这部只有 160 页的作品中,她使读者为活生生的毕可拉的毁灭而心碎,同时又超越了这一具体人物的悲剧,使人了解这是历史造成的种族悲剧的一个部分。

小说分为四个主要部分:"秋"、"冬"、"春"、"夏"。这不仅表明小说故事发生在一年的时间之内,即 1940 年秋到 1941 年夏末,而且由于作者把毕可拉被父奸污,一步步走向精神失常放在自然界万物复苏的春天,从而使周而复始的大自然的规律反衬出毕可拉的悲剧是反常的社会价值观念的产物。

---

① 托妮·莫里森:《最蓝的眼睛》,第 40 页。
② 托妮·莫里森:《最蓝的眼睛》,第 40 页。

翻开小说的第一页，读者看到的是美国流行的识字课本中的一课，描写了一幅美国中产阶级的"美满家庭"图：小猫、小狗、珍妮穿着漂亮的红衣服，爸爸、妈妈、小猫、小狗、小朋友都来和珍妮玩。读完全书，读者才领悟到这简单的课文向儿童所灌输的价值观，正是导致毕可拉精神失常的元凶。

接下去是同样的这段文字。没有大小写和标点符号，但词与词之间仍有间隔，因此仍能读懂其内容。紧接着莫里森再度重复这段文字，但是取消了词与词之间的间隔，仿佛是字母的杂乱排列，因此完全失去了意义。不仅如此，除了第一章以外，小说其余各章都以这美满家庭的课文中的有关句子、以词与词之间没有间隔的形式作为开始，明显地暗示扭曲了的白人世界的价值观，以及黑人生活的现实对这"美满"景象的嘲弄。

在这段以不同形式出现在读者面前的课文之后，是小说第一人称的叙述者，毕可拉的女友克劳迪娅的一段回忆。她简单地回顾了1941年那个奇怪的秋天，她和姐姐种下的金盏花没有发芽开花，小毕可拉的婴儿早产死去。最后她说："没有什么别的可说的了——除了这一切为什么会发生以外。但是，既然'为什么'是个不容易对付的问题，那么我们只能叙述事情的经过来躲开'为什么'了。"①

克劳迪娅是小说四部分中各自的第一章的叙述者，都是以回忆的方式向读者讲述她和姐姐在那个季节中听到、看到、与毕可拉接触时了解到的有关毕可拉的故事。其余各章则都是以第三人称描写导致毕可拉悲剧的一切社会、政治、经济及心理因素。克劳迪娅的第一人称叙述不仅使读者感到亲切，而且作者通过这个黑人小姑娘对毕克拉悲剧的似懂非懂的解释，通过她自己生活中遇到的类似经历，表明发生在毕可拉身上的事件决不是孤立和偶然的。这种把从个人角度出发的第一人

① 托妮·莫里森：《最蓝的眼睛》，第9页。

称叙述与客观的第三人称叙述结合于一本书中的做法,使这部篇幅不长的作品具有既感人又发人深省的力量。

毕可拉的命运反映了世代黑人在种族歧视的社会中寻找自我价值、希望过人的生活的努力的失败。毕可拉的母亲波林和却利结婚后,为了却利能在工厂找到工作,一起离开南方农村的老家到了俄亥俄州的这个小城。波林离开了自己所熟悉的黑人社会来到一个完全陌生的地方,开始产生了对移民心理上具有极大负面影响的异化感。她是"乡下人",没有朋友,丈夫又整天不在家。她孤独、失落、痛苦,开始到电影院去消磨时间。

> 在电影院的黑暗中,记忆复苏了,她听任早年的梦想摆布自己。随着浪漫的爱情,她又得到了另一个概念——外貌美……在把美貌与美德等同起来的时候,她便剥夺了自己的理智,束缚了自己的心灵,获得的是强烈的自我蔑视。①

就这样,白人世界的价值观通过银幕逐渐排挤了她在南方黑人社会中形成的价值观,使她在陌生的世界中找到了部分的心理平衡。童年时大自然的色彩与美给予这个内向的姑娘的满足感,在她穷苦的北方小城生活中不复存在了。她觉得自己的丈夫又黑又丑,生下的女儿毕可拉也是又黑又丑。她的家又脏又破。最后她在白人雇主家里找到了满足。那里的厨房窗明几净,炊具排列整齐,她把这个天地与童年的梦扭曲地结合了起来,在这儿找到"美、秩序、洁净和赞扬"②。主人的小女儿有一双漂亮的蓝眼睛,她服侍她、爱她。她的生活价值就体现在为这个白人家庭的服务之中。回到自己的家,只有酗酒的丈夫和夫妻

---

①　托妮·莫里森:《最蓝的眼睛》,第 97 页。
②　托妮·莫里森:《最蓝的眼睛》,第 101 页。

间的争吵打架。对自己"丑陋"的女儿,她丝毫也不关心。

连母亲都因为自己"丑陋"而抛弃自己,这使年仅11岁的毕可拉更加自惭形秽,也更加孤僻,因而更加渴望得到爱的温暖。小小的毕可拉忍受了过多的屈辱和伤害,因此我们才会听到她那撕裂人心的祈祷:"上帝啊,求求你,求求你让我消失吧!"①

母亲不能给她爱和温暖,那么毕可拉从父亲却利那里能够得到温暖吗?却利是一个饱经痛苦、从心理和感情上完全被扭曲了的人,出生不久即被父母遗弃,由姑姑养大。和波林结婚后不久,夫妻间就由经济上的龃龉开始,发展到争吵而疏远。繁重的劳动,单调的生活,没有欢乐的家庭,使他日益借酒浇愁。"现在没有任何东西、没有任何东西能够激起他的兴趣了。只有在酒中才有一些变化,才有一线光明,而在这之后便是忘却。"②

就是这样一个却利,在一个春天的周末醉醺醺地回到家里,看见了正在厨房里洗碗的女儿。却利看见毕可拉那拱肩缩背的背影,好像随时准备承受落在身上的打击。"她为什么要有这样一副挨打的样子?……她为什么不幸福?这种明显地表示出她的不幸的姿势是对他的控诉。"③"自责和无能为力的感情狂躁地交织上升。他究竟能为她做些什么?对她说些什么?一个精力已经耗尽的黑人对着自己11岁的女儿那缩起的双肩能够说些什么?"④就在这时,毕可拉抬起一条腿,用脚趾蹭另一条腿的小腿部分。这正是却利第一次见到波林时波林的动作。他像当年那样,低下头去吻那只小腿。接着发生的一切是丑恶的。

却利是黑人在受压迫、受歧视状态下产生的一个怪胎。莫里森揭

---

① 托妮·莫里森:《最蓝的眼睛》,第39页。
② 托妮·莫里森:《最蓝的眼睛》,第126页。
③ 托妮·莫里森:《最蓝的眼睛》,第127页。
④ 托妮·莫里森:《最蓝的眼睛》,第127页。

示了形成这种怪胎的种种社会、经济、心理因素,使读者看到一个痛苦的、扭曲了的灵魂。她在和评论家克劳迪娅·泰特的谈话中提到这部小说时是这样说的:

> 我在《最蓝的眼睛》的第一页上就已经告诉读者发生的事情了,但是我现在想要你们和我一起去看看是怎么回事,因此当你们读到父亲奸污女儿的一幕时,当然,这种事是极其可怕的,但当你们读到这儿时,事情本身几乎已经无关紧要了。因为我要你们仔细观察他,看到他对女儿的爱以及他无力解除她的痛苦时的心态。到那时,他的拥抱、奸污本身,只是他仅剩的能够给予她的一切了。[①]

在这个小小的黑人家庭中演出的悲剧说明,在美国主宰一切的中产阶级白人的传统价值观念能在不少黑人心目中造成自己民族价值观的混乱甚至颠倒。在人性异化的社会中,黑人要实现自己生存的价值是多么困难。

莫里森认为,美国黑人只有保持自己的传统才能有真正属于自己的生活。而贯穿在她全部作品中的主线就是从黑人的民族传统、价值观念这一角度出发反映人物的生活。这种在黑人社会群体中继承保留下来的传统,对于生活在其中的黑人有着潜移默化的影响,反映在他们的希望、梦想、甚至潜意识之中。这是黑人在一个敌视他们的社会中能够生存下来的精神支柱。莫里森在强调这一文化传统的丰富性的同时,也看到了它贫乏的一面,看到群体中的传统意识在个人自我发展过程中的积极影响和消极作用,特别是对女性自我意识发展上的消极作

---

① 克劳迪娅·泰特编:《创作中的黑人女作家》,连续统一体出版公司,1983年版,第125页。

用。这一点在她的第二部作品《苏拉》中得到了突出的反映。

《苏拉》描写两个黑人姑娘苏拉和内尔的友谊和成长。她们的世界是20世纪二三十年代一个极为贫穷的称作"谷底"的黑人聚居区。内尔·赖特的父母按中产阶级的观念生活,并"成功地把她(内尔)有过的任何飞溅的火花全部窒息成了暗淡的微光"①。内尔不越传统习俗之雷池,过着平淡的日子。苏拉·皮斯则有意识地反抗家庭和群体社会的束缚,反抗男性主宰的世界,力图按自己的愿望生活。在这部时间跨度为46年的小说中,莫里森探索了社会群体对个人追求自我实现的影响,表现了黑人妇女如何应付种族及性别双重歧视下的生活。作者通过内尔和苏拉两个主要人物相互交织的命运,反映出黑人妇女中两种不同的生活观:是因袭还是突破,是单纯生存还是去创造不同的生活。由于社会对妇女的传统偏见,因袭生存的内尔活了下来,苏拉的生命则在一闪后熄灭。

小说主要分为两个部分。第一部分从1919年至1927年,以苏拉离开谷底结束;第二部分主要叙述十年后苏拉重返谷底到1941年死去。最后一章是内尔在24年后对苏拉死后自己生活的回顾。实际上,全书的第一和最后一章带有序言和尾声的性质。

短短三页半的第一章在揭示小说的主题上有着极为重要的作用。它告诉人们,俄亥俄州梅达林城的一个黑人区谷底已不复存在。在原是谷底的地方正在建设一座高尔夫球场。苏拉和内尔成长的社区已经死亡。这一死亡的基调贯穿在小说的始终,几乎每一章都围绕某一死亡事件发展。死亡既包括肉体上的,也包括肉体虽存而精神或信念彻底崩溃后心灵的死亡。继而作者写到近在咫尺的梅达林市的白人对这个黑人区的冷漠态度,以及对生活在那里的黑人的极端不了解。莫里森在小说中揭示给读者的,正是几百年来美国社会中黑人的痛苦和他

---

① 托妮·莫里森:《苏拉》,克诺夫出版公司,1974年版,第83页。

们在战胜命运过程中的痛苦的笑。在这序言式的第一章结束时,作者指出了地处荒瘠的山坡上的这个黑人区竟然被称作"谷底"的缘由。原来这是因为当年一个白人农场主答应他的一个黑奴,如果能为他完成一项极端困难的任务,他就给他自由,而且还要给他一片肥沃的在谷底的土地。黑奴完成了任务,主人给了他自由,但是舍不得给他肥沃的谷地,便对这个黑奴说:"你看见那片小山了吗? 那就是谷底,肥沃的谷底。"黑奴问,那不明明是在山坡上吗? 怎么会是谷底呢? 主人答道,不错,对人来说是在山上,"可是当上帝往下看的时候,那就是谷底了,所以我们把那儿叫做谷底,那是天堂的谷底——最好的地方"①。小说在这样一个被白人社会颠倒了的地方开展,寓意不点自明。

　　除了第一章及最后一章外,小说的其余各章都以年代为标题,这似乎表示小说故事是顺时展开的,但实际上每章中表现的不只是有关年份里发生的事件,而是利用发生在该年的某个关键事件,通过揭示事件的背景、有关的人物及前因后果,把过去、现在和未来超越时空结合在一起,凝聚在当前事件这一个点上,从而深化其意义。这些具体的事件都发生在谷底,以苏拉和内尔的生活经历为核心开展。作者利用她们两人在其中生活的两个极其不同的家庭,表现谷底的黑人群体中不同的价值观及其对苏拉和内尔成长的影响。

　　内尔的母亲出生在新奥尔良一家妓院里,由外祖母抚养长大。她唯一的生活目的就是以自己无懈可击的行为表明和生母之间的界限。她跟随在湖上做水手的丈夫来到谷底,严格按中产阶级的习俗生活,赢得了周围人们的尊敬。女儿内尔出生后,她把精力集中在教育女儿上,要她听话,懂礼貌。"小内尔表现出的任何一点热情都被母亲压了下去,终于把她的想象的活力全部赶入了地下。"②

---

①　托妮·莫里森:《苏拉》,第 5 页。
②　托妮·莫里森:《苏拉》,第 18 页。

苏拉父亲已死，家里只有母亲汉娜和外祖母伊娃，靠招几个房客为生。伊娃婚后五年，丈夫不辞而别，留下三个幼儿、不到两美元现金、五个鸡蛋、三个甜菜头。伊娃是个坚强、独立、不向命运低头的女人。她把自己的一条腿伸进飞驰而来的火车轮下，用得到的赔偿金盖起一座房子出租，养大了子女。她承受着生活给予一个黑人，特别是一个黑人女子的一切不公正的对待，不屈不挠地活了下来。她痛恨在生活面前屈服的人。外祖母的这种人生态度对小苏拉产生了极大的影响。

促使在绝然不同的这样两个家庭中长大的苏拉和内尔成为亲密的小姐妹的，是"由于她们几年前各自发现自己既非白人又非男人，因而一切自由和成功都与她们无缘，她们便开始创造另一种存在。她们的相逢是件幸运的事情，因为这使她们可以相互依靠着长大成人"①。

小说的第一部分以内尔和裘德的婚礼结束。作者使人们看到，在这个热闹的婚礼背后有着多少黑人男女的辛酸和他们破灭了的希望。内尔结婚后，苏拉离开了谷底，十年后才重返故里。小说随着她回到谷底开始了第二部。这一部分展示了一个被贫困、恶劣的自然条件及种族歧视折磨得奄奄一息的群体和苏拉与内尔所体现的两种不同的对待生活的态度。

苏拉回家后不久，就把外祖母送进了养老院，和内尔的丈夫裘德发生了关系后又把他抛在一边，使他离家出走。不久，在谷底又流传开了苏拉在外时曾经和白人同居过的传言。这一切使得她难以在谷底这个封闭静止的小社会待下去。在外十年，她到过南北方许多大城市，不缺金钱，不缺男人，但她"一直在寻找的是一个朋友，而她在相当一段时间以后才明白，对于一个女人来说，情人不是同志，而且永远也不会成为同志"②。男人要求于女人的，不是贤妻良母，就是她的肉体。回到

---

① 托妮·莫里森：《苏拉》，第 52 页。
② 托妮·莫里森：《苏拉》，第 121 页。

谷底,女友们的命运使她更怕走上这条以丈夫儿女为圆心、贫困操劳、未老先衰、没有任何自己的生活的道路。但她十年闯荡,哪儿也找不到归宿,如今故乡人又视自己为异端,"假如她能想得出一个可以去的地方,她也许就离开这儿了"。①

苏拉病后,谷底没有一个人来看她,只有内尔捐弃前嫌去探病,并在苏拉死后安排料理她的后事,也是唯一送葬的人。经过了曲折,这一对多年的挚友在苏拉临终前各自道出了对生活的态度。内尔劝苏拉:"你不可能什么事都干。你是个女人,而且还是个黑人,你不能像个男人那样行动,你不可能用一副独立不羁的神气出现,想干什么就干什么,想要什么就取什么,不要的就扔在一边。"②苏拉则向内尔一针见血地指出,在美国,所有的黑人妇女其实只干着同一件事,死亡。"她们像一段椿树那样死去,而我,我则像一棵红杉那样倒下。我在这个世界上真正地生活过了。"③内尔当然无法理解,像苏拉这样孤零零地一个人,身无分文,又没有子女,"有什么能显示出你真正生活过了呢?"苏拉的回答是:"显示? 对谁显示? 姑娘,我有自己的心灵,以及发生在心灵中的一切。也就是说,我有我自己。"④

在此,莫里森提出了一个难以回答的问题,它体现在苏拉临终前对内尔说的最后一句话中:"你怎么知道是你好呢? ……也许是我好呢。"⑤

了解了她们生活的具体环境,看到了她们各自的以及相互交错的命运和她们周围的黑人无望的生活,究竟是内尔所代表的这一黑人群体的现实的、一切为求生存的哲学,还是苏拉那抛弃固有的价值观去探

---

① 托妮·莫里森:《苏拉》,第 127 页。
② 托妮·莫里森:《苏拉》,第 142 页。
③ 托妮·莫里森:《苏拉》,第 143 页。
④ 托妮·莫里森:《苏拉》,第 143 页。
⑤ 托妮·莫里森:《苏拉》,第 146 页。

求实现个人的可能性的哲学，使生活更有意义？或许这是一个不可能有简单答案的问题？内尔被磨去了一切想象和抱负，是一个好妻子，含辛茹苦抚养子女的好母亲，她没有任何自己的世界。苏拉追求自我的发展，但除了要挣脱社会对女子的传统束缚外，她并没有自己真正明确的理想，其结果只能是失望彷徨，而她不顾世俗规范的生活方式和社会及群体的价值观发生了根本的冲突，成了孤立于社会及群体之外的人。苏拉死去，谷底也在一次事故中失去了十几条生命，最后，这个黑人群体也在白人世界的开发规划中解体消失。看来，人们不应只要求能在恶劣的条件下生存下去，而应对生活有更多的要求，否则最后便可能连生存也不可能。对于现存的价值观念不应遵循，而应突破其陈旧部分，勇于探索新的价值。在尾声——1965年一章中，内尔，这个谷底唯一了解苏拉的人，在对生活有了更多的体验后，终于明白自己内心深处真正怀念的不是自己和裘德的生活，而是与苏拉所共有的一切。只有和苏拉在一起时，她才不必压抑自己的激情，才有机会超越谷底那狭隘的生存哲学。小说结束时，她到苏拉的墓前，对她倾诉道："在所有这些时间里，所有这些时间里，我都以为我在想念裘德。"这里，一阵失落感压向她胸口，涌到她喉头。"我们从小姑娘的时候起就在一起……啊，上帝，苏拉，"她喊道，"小姑娘，小姑娘，小姑娘。"接着莫里森意味深长地这样结束了全书："这是一声动听的呼喊——声音响亮而久长——但是它既没有底也没有顶点，只是一圈又一圈环绕着的悲哀。"①

也许，如果苏拉的价值观能真正为黑人，特别是妇女所理解，她就不会有这样一个悲剧性的结局，内尔们的生活也就不会这样空虚悲哀？也许这正是莫里森希望传递给读者的一点信息？

莫里森的第三本小说《所罗门之歌》在内容和所反映的现实方面比前两部作品都更为深广，人物也更为复杂。小说描写了麦肯·戴德

---

① 托妮·莫里森：《苏拉》，第174页。

第三自我认识发展的过程。他离家去找寻父亲和姑姑早年发现、但后来不知去向的黄金,结果寻到了自己的根,了解了有关自己祖先的传奇般的历史。麦肯的经历象征了黑人从自己的历史文化传统中吸取精神力量,充分肯定自己存在的价值。莫里森在谈到自己的写作意图时指出:"我的作品就是要说明,这(即保持与祖先传统的联系——笔者注)正是我们的任务。一个人要是扼杀了祖先,就是扼杀了自己。我想指出这样做的危险性,表明那些完全依靠自身、不去自觉地与历史传统接触的人不一定有好下场。"①

　　小说在几个不同的叙述层次上交叉展开,表现出影响麦肯成长的多种社会因素,其中主要的,也是作者着力表现的,是麦肯所生活的黑人社区的历史、特性及该社区在所在城市中的地位,麦肯的家庭背景,他的好友吉他的家庭背景及秘密黑人组织"七月社"的情况,以及有关麦肯的曾祖父的传奇般的历史。莫里森利用从黑奴时代起就在美国黑人中广为流传的、关于不甘心做奴隶的黑人独力飞回非洲去的神话,作为贯穿小说始终的、主人公挣脱束缚得到精神上解放的象征。小说开始的第一个场面,就是一个保险公司的小职员,黑人史密斯宣告自己将从医院楼顶用翅膀飞到湖的对岸,结果摔死,导致目睹这一景象的露斯在惊吓中生下主人公麦肯。小说结束时,麦肯回到南方故乡,听到了自己曾祖父所罗门飞回非洲的传说。小说就在黑人成功或失败的飞向理想世界的斗争的气氛中,在麦肯的父亲麦肯·戴德第二和姑姑派莱特所代表的两种不同的价值观在麦肯身上的影响与冲突中发展到高潮。小说第一部分以麦肯出生成长的北方城市中一个黑人聚居区为舞台,展现了这一基本冲突的各个方面;第二部分则描写了麦肯回到南方,沿着派莱特年轻时的足迹去寻找失去的黄金,最后回到故土,找到了生命

① 玛丽·伊文思编:《黑人女作家:1950—1980》,铁锚出版公司,1983 年版,第 244 页。

的真正价值。

如同《苏拉》中谷底的得名一样,主人公的姓戴德也是种族歧视的历史见证。麦肯的祖父姓所罗门,是个黑奴,南北战争结束后黑奴获得了解放,在对黑人进行登记时,喝得醉醺醺的白人登记官把应登在“父亲”栏下的“死亡”一字错写在了“姓名”栏下。祖父因为不识字,多年后才得知自己登记表上正式的姓竟然是“戴德”——死亡(Dead)。他得到自由后,整整花了 16 年时间,把一小片荒地开垦成了农场。白人骗他,让他“在什么纸上画了押。我不知道是什么,他们就对他说,他的财产归他们了”①。被欺骗的老麦肯·戴德怒火冲天,拿着枪坐在农场的围墙上保护自己的财产,被白人打死。这时,他的儿子麦肯第二只有 16 岁,怕被白人斩草除根,就带着 12 岁的妹妹派莱特逃离家园。在一个山洞中躲藏的时候,麦肯第二打死了一个也在山洞里躲藏的白人老头,发现老头身下一块绿油布遮住的洞里有三袋黄金。这时,他感到“生命、安全、阔气的生活像孔雀开屏一样在他面前展现”,②但是派莱特眼前出现的却是父亲的身影。她在洞中拼命高喊爸爸,追寻这个身影。她的哥哥此时只顾用绿油布把黄金包起来,要带着黄金和派莱特一起离开山洞。派莱特不肯拿走黄金,兄妹两人争打了起来,派莱特拿起了麦肯第二杀死老头用的刀子,逼得麦肯第二只能只身逃出洞去。三天后,他回到山洞,发现妹妹和黄金都已不知去向。他来到北方,拼命挣钱,因为他坚信“钱就是自由,唯一真正的自由”③。他逐渐挣下了两处房产,然后手里攥着这两所房子的钥匙去向黑人区中唯一一个黑人医生的独生女露斯求婚。当麦肯第三出生时,他已是拥有一大串房门钥匙的房产主了。

---

① 托妮·莫里森:《所罗门之歌》,克诺夫出版公司,1977 年版,第 53 页。
② 托妮·莫里森:《所罗门之歌》,第 171 页。
③ 托妮·莫里森:《所罗门之歌》,第 163 页。

主人公麦肯出生的这个黑人社区，是在白人世界不予承认的状态下生存下来的。他的家在"不是医生街"上。作者告诉我们，这条街正式名称是"主街"，在 19 世纪末，该城唯一的黑人医生在这条街上住下、开业，从此黑人便称之为"医生街"。但是市政官员们正式规定，这条街名是"'主街'而不是医生街"。从此，黑人们就称之为"不是医生街"了。莫里森在小说中一再用黑人居住地的名称或黑人姓名的由来反映黑人的存在得不到白人社会承认的现实，读者从这可笑而荒谬的现实中，也可略见美国黑人辛酸史之一斑。

对待这个不公正的社会，《所罗门之歌》中的黑人做出了不同的反应。麦肯第三之父和白人有杀父之仇，为报此仇，他杀死了一个偶遇的白人老头。此后，他对白人世界的报复全部反映在他不断聚集财富的努力上，而且千方百计要儿子也和他同心合力地赚钱。这种认为只有通过物质财富的积累才能保证黑人得到真正自由的信念，使麦肯第二逐渐丧失了天良。他甚至用枪逼着贫苦的黑人房客交房租。他的妻子露斯更是中产阶级价值观念的牺牲品。作为一个有钱的黑人医生的独生女，母亲又很早去世，她孤零零地长大。她对儿子说："我住在一所把我压成了一个小包的漂亮的大宅子里。我没有朋友，只有想摸摸我的衣服和白丝袜的同学。"[1]父亲把她当做一个可爱的洋娃娃，她也把全部的感情寄托在父亲身上。丈夫怀疑她和死去的父亲之间关系亲密得不正常，因而再也不和她亲近。此后，她只能把一切感情的需要都寄托在儿子身上，直到麦肯四五岁了还让他吃自己的奶，使儿子得了个"奶人"的绰号。作者在露斯身上表现了把自己作为男人的财富和地位的象征、没有自己独立的生活的女人的可悲可怖的命运。

在这样一个家庭中生活的麦肯，只有和姑姑及好友，一个名叫吉他的穷苦黑人在一起时才有欢乐。对现实的不同认识逐渐使这两个朋友

---

[1]　托妮·莫里森：《所罗门之歌》，第 12 页。

之间出现了不和。麦肯不愿正视黑人在美国社会受歧视的现状。他反正有钱，可以自由地到美国的任何地方，去寻找一个金钱可以买到的"黑人天堂"。吉他在亚拉巴马州度过童年，父亲死在锯木厂电锯下。他到北方后在汽车厂做工，住在黑人贫民窟，对黑人的处境强烈不满。特别到 1950 年代末、1960 年代初，不断传来各地都有黑人被种族主义分子杀害的消息，吉他的变化更为明显，最后他参加了"七日社"，这个组织专门对付残杀黑人的白人。此后，两人间的共同语言越来越少。

麦肯和姑姑之间感情很深，受到姑姑很大的影响。他从姑姑嘴里第一次听到了《所罗门之歌》这首歌曲，它最终帮助他和黑人文化认同。姑姑和麦肯的父亲完全不同，莫里森在她身上集中表现了不受物质社会腐蚀而注重人本身的价值的观念，是所罗门家庭传统的继承者。她完全生活在资本主义物欲生活之外，颇具几分神秘色彩：她没有肚脐，会施行黑人民间流传的巫术魔法，左耳上吊着的一只铜制匣式耳坠里装着一张写有自己姓名的纸条，住房里挂着一个沉甸甸的绿色油布包。她的生活经历也颇具传奇色彩。在哥哥杀死白人老者三年以后，她重返山洞，把死者的白骨拾在原来包黄金的绿油布中，一直带在身边。她的父亲被白人杀死，而这个白人老头又被哥哥杀死，包中的尸骨是派莱特继承下来的美国种族关系的历史重负。一心只想通过聚敛物质财富摆脱受歧视地位的麦肯第二始终认为妹妹拿走了黄金，丝毫也没有想到这包中包的根本不是当年那不知去向的黄金。

小说第一部分结束时，麦肯生活中的矛盾已经到了总爆发的关口。他在父亲的鼓动下，去找吉他帮助偷出派莱特家里挂着的绿油布包。吉他此时正需要一笔钱以执行自己在"七日社"的任务，便同意了。他们偷出绿油布包后，发现预期的黄金竟然只是一堆枯骨。麦肯要过自己的生活，再也不想当父亲的小听差了。他认为要做到这一点的关键是要有钱，既然姑姑没有从山洞中带走黄金，那么这黄金必然还在故乡的山洞中，于是他动身回故乡，去寻找他以为会带给他有意义生活的黄金。

　　麦肯寻找失落的黄金之路也是痛苦的自我认识之路。他带着皮箱,穿着都市阔人穿的三件套西服和时髦的皮鞋上了路,但越是向南走,离故乡越近,这些行头就越是累赘,越显得可笑和无用。等他到了在弗吉尼亚州穷乡僻壤的老家时,他意识到:

> 　　在这里,什么也帮不了他的忙——他的金钱、汽车、他父亲的名位、他的套装或皮鞋,全帮不了他。事实上,这一切都是他的累赘。除了他那只摔坏了的表和装着 200 美元钱的皮夹子以外,他出发时所带的其他东西全都不在了。[①]

　　在漆黑的树林里听着黑人猎手活动的声音,他明白了吉他为什么对童年时南方的生活如此不能忘情,感到自己在这时才真正了解了吉他。他从故乡流传的童谣和老人口中得知曾祖父"飞"离奴隶命运的经过,弄清了派莱特的绿油布包中包的其实是她自己父亲的遗骨。他从岁月中残留下来的传说和歌谣、地名中串起了自己家庭的历史,跳出了金钱和物质的禁锢,认识了人的价值,也认识到自己三十多年利己生活的自私和可耻。作者通过麦肯的经历表明,对自己民族历史传统的背叛及对中产阶级白人生活价值的追求,使他成了个自私自利、生活空虚的人,只有从民族历史的角度出发全面认识个人的地位和使命,才能真正认识自我并获得真正的自由。

　　如果说莫里森通过对主要人物麦肯的刻画成功地表现了这一主题,那么她对吉他的处理却有令人费解之处。吉他从来没有脱离过民族的传统,也痛恨中产阶级价值观和生活方式。在麦肯自我认识的过程中,吉他起了重要的作用。然而,吉他后来一再企图杀死麦肯,仅仅

[①]　托妮·莫里森:《所罗门之歌》,第 281 页。

因为他误以为麦肯一个人到山洞去找黄金是企图独吞,这样一来"七日社"的任务就会因为没有经费而落空。麦肯虽然一再解释,吉他却始终不相信,最后竟向麦肯开枪,误伤了在麦肯身边的派莱特。也许作者是想用这一结局表明,她自己不赞成吉他和"七日社"用以牙还牙的方式来解决种族矛盾,用派莱特的鲜血来证明种族矛盾不可能通过一对一的杀害来解决。这一处理确实损害了吉他的形象,因为他的行为使人感到难以理解和接受。

生活在美国社会中的黑人和黑人群体不可能不随着整个社会的发展变化而发展变化,特别是在 20 世纪 60 年代以后,大量黑人离开半封闭的黑人社区,受教育机会的增加使相当一部分黑人青年进入父辈们不敢想象的行业。这一切会给黑人民族、黑人群体和个人的未来带来什么样的后果呢? 莫里森在《沥青娃娃》中探索了这个主题。作者以1970 年代加勒比海一个小岛和纽约市为背景,展开了白人与黑人之间、不同阶级的黑人之间、按传统方式思维与生活的黑人和受过现代化高等教育的黑人之间的纷繁交错的关系,而处在这些关系中心的是一对不同经历的年轻黑人恋人森和杰汀。他们清楚地意识到自己生活在现代社会中,但是对于黑人和自己的未来,他们有着不同的希望和追求。小说中描写的他们之间的矛盾和因此引发的痛苦,实际上是黑人在当代美国社会中矛盾和痛苦的写照,而小说结束时他们各自难以预卜的前途,也反映了作者在黑人未来问题上的矛盾心情。

一个糖业帝国的大亨瓦勒里恩年老退休后,到他早年购置的加勒比海一个小岛上的住宅中去安度晚年。小岛上黑人生产的糖和可可积累起了他的巨富,而岛上居民却仍然穷得一无所有。他的妻子玛格丽特当年曾是缅因州的州花。比她大二十多岁的瓦勒里恩当时正离婚后独居,对她一见倾心,两人结了婚。从此,玛格丽特像只关在金丝笼中的小鸟,孤单、寂寞。她只能和家中的黑人女厨工奥汀谈心,但是丈夫不允许她和做佣工的黑人交往,使她失去了这仅有的安慰。来到小岛后,瓦勒里恩整天在温室里摆花弄草、听音乐,而玛格丽特则一心放在保护姿色和梦想有朝一日能够和儿子迈可一起生活上。服侍他们的是在糖王家干了几十年的一对黑人夫妻西德尼和奥汀。有长期安定的职业,又住在有钱的白人家里,他们便自视高出黑人芸芸众生一等。西德尼的侄女杰汀自幼失去父母,在他身边长大,并在主人瓦勒里恩的资助下,在纽约、巴黎受到了高等教育。

小说开始时,杰汀正在小岛上。她已经拿到了艺术史的学位,是巴黎一个小有名气的模特儿,被一个富有的法国白人里克苦苦追求着。在杰汀意识深处存在着的因为和白人男子恋爱而产生的内疚感,在遭到一个非洲妇女的鄙视后被唤到了表层。她需要心理上的平衡,需要自己的群体理解和支持她的行为。而对杰汀来说,唯一和自己民族群体联系的纽带只有早已和黑人世界脱离了的西德尼和奥汀。她回到了小岛,想要在决定自己的未来之前对过去进行反思,但是小岛的现实使她不可能做到这一点。她和糖业大亨夫妇一起住在二楼,和他们一起在餐室进餐,有叔叔西德尼在一旁伺候。她心安理得地过着和白人主子同样的生活,而西德尼和奥汀也心甘情愿地服侍她,并为她能和白人同起同坐而由衷地感到骄傲。

作者在详述杰汀初回小岛的这段生活时,也细致地刻画了这五个人各自的心态,使读者意识到这是与世隔绝的小岛巨宅中暂时的平静,外部世界的闯入将会引起剧烈的风暴。一切迹象表明,回家过圣诞节的迈可的到来,将使目前只撞出火星的各种矛盾白热化。

在聚光灯光束下出现的,不是人们期待的白皮肤的迈可,而是黑皮肤的森,一个地地道道的不速之客。

森有着和杰汀完全不同的经历。他是在佛罗里达州一个黑人村庄里长大的,在一次闯下大祸后,逃离美国,在海船上干了八年。他怀念故乡,"那个由穿着雪白衣服的壮实的黑女人支配的地方,那个永远干燥、翠绿和宁静的地方"①，于是便在船驶近海岸时跳船游到岸上。黑夜里山上巨宅的灯光把他吸引到了糖王家里。他摸到楼上，进了杰汀的卧室，看到美丽的、熟睡中的杰汀，爱上了她。他虽对她一无所知，但是从她的生活环境，他预感到他们肯定有着不同的人生之梦，因此他做的第一件事就是"守在她床旁，专心致志地要操纵她的梦，把他自己的梦想注入到她的身上……（使她）做他希望她做的事，梦见……肥胖的黑女人穿着白衣服在教堂的地下室里料理点心桌子……"②他最害怕她醒来后，"会把她自己的关于黄金、珐琅、蜜色丝绸的梦加到他的身上，那时候谁来料理教堂地下室里的点心桌子呢"③。作者明显地暗示，两个人之间未来矛盾的焦点将是由谁来设计他们的前途。

森被发现后，糖王为了寻开心，叫森一起喝上一杯，引起轩然大波。杰汀被森粗犷而又温存的男子汉的魅力迷住了，但是她知道叔叔和婶婶决不会赞成她和森的关系，就和森相约先后离开小岛到了纽约。

莫里森描写了这对年轻人之间火一样的恋情，但是，爱并没有能够使他们超越不同的人生价值观。他们彼此都为爱情做出了让步。杰汀跟随森回到他朝思暮想的故乡，那儿的妇女和森梦境中的女人一样，仍是守在家中，生儿育女，厨房就是她们的天地。黑人小村中封闭窒息的气氛使杰汀开始做噩梦，梦见各种年龄的黑人妇女把她包围了起来，嘲笑她叛离了世代黑人女子的职责，要她回到贤妻良母的队伍中来。读者不安地看到，在受过高等教育的杰汀和南方小村中普通黑人妇女之间，几乎没有任何的共同语言，相互之间难以沟通理解。杰汀决定独自先回纽约去，她感到"这（小村）是一个耗干了的地方，没有生命力。它也许有过过去，但是肯定不会有未来。还那样漠然。那一切有关南方

---

① 托妮·莫里森：《沥青娃娃》，克诺夫出版公司，1981 年版，第 168 页。

② 托妮·莫里森：《沥青娃娃》，第 119 页。

③ 托妮·莫里森：《沥青娃娃》，第 120 页。

小乡镇的浪漫情调全是谎言,是个玩笑,被那些在别的地方无法生存的人保存了下来"①。

与杰汀相反,森回到故乡,生活在从小一起长大的朋友之中,乐不思返。他既未如约于次日飞回纽约,而且连电话也没有打一个。待到他终于回到纽约时,矛盾爆发了。杰汀要他考虑前途。她认为他"需要一份工作,一个学位"。森认为学校教育是"狗屎",杰汀则认为受教育,找份正正经经的工作,是为了使自己生活过得有意义。她对森说:"我在学习如何在这个世界上取得成功,这个我们生活于其中的世界,不是你脑子里的那个世界,不是你故乡埃洛那个垃圾堆,是这个世界。"②

在《沥青娃娃》中表现的森和杰汀的分歧,体现了美国黑人中对于应该争取什么样的未来的两种思潮的斗争:一种是要追求黑人的传统文化,在寻根的过程中找到个人和民族存在的价值;另一种则认为黑人应该在白人世界中与他们角逐竞争,取得成就,进入主流社会。作者在小说中总结这对男女的分歧时写道:"他们各自都知道世界应该是怎样的。一个有着过去,另一个有着未来,各自在手中握有能够拯救民族的文化。给母亲惯坏了的男人,你愿和我一同成熟起来吗?掌握了文化的女子,你掌握的是谁的文化?"③杰汀要利用白人世界的条件,努力争取成为美国社会中的成功者,从而改善黑人的状况,这种思想和体现这种思想的人物在现实的黑人社会和虚构的黑人文学作品中不乏先例,并且是主流思潮。而森则不同,他对白人社会及一切制度的反感,根源在于他感到一切都是"他们"的,除了在自己的故乡,那个黑人小村埃洛以外,他在美国是个局外人,受不到保护,只能自己保护自己。

---

① 托妮·莫里森:《沥青娃娃》,第 223 页。
② 托妮·莫里森:《沥青娃娃》,第 227 页。
③ 托妮·莫里森:《沥青娃娃》,第 232 页。

他的生活态度也是许多黑人世代以来所持的态度：在美国社会中没有归属感，在一个地方待不下去了就走，不愿在文化和观念上被白人同化，生活在边缘状态之中。

森和杰汀在价值观上的矛盾最终导致两人分手。森指责杰汀一心想把"黑人婴儿变成白人婴儿，黑人弟兄变成白人弟兄，把你的男人变成白人"，并对她说："你以为我不去公司干那劳什子的活是因为我不会干，是吗？我什么都会干，什么都会！可是我要肯去干才见鬼呢！"[1]杰汀盛怒之下把他赶走，森在走前给杰汀讲了有关沥青娃娃的黑人民间故事：一个白人农夫做了一个沥青娃娃来黏捉偷菜吃的小兔子。作者在此点出了小说名字的寓意。此时在森的心目中，杰汀就是白人世界用来黏捉他的沥青娃娃。他不愿被捉住，于是离杰汀而去。而杰汀同样也不愿被森捉住，去为他料理教堂地下室的点心桌子。她再也不可能按照传统的黑人女子的角色生活了。埃洛之行使她看到这种生活的狭窄与可悲，她决定离开森。森的悲剧在于他深爱杰汀，离家的第二天就回去寻找她，但是此时已是人去楼空，只留下一串钥匙和杰汀在埃洛照的一大叠相片。面对这些纪实的相片，森从对故乡的浪漫幻想中清醒过来，看到了这个黑人村的落后与破败，那儿黑人生活的贫穷和困苦。他赶回小岛去找杰汀，而杰汀已经去了巴黎，并且嘱咐叔婶不要告诉森自己的去向。小说以森思乡而跳船开始，以特里莎用小船将他送到小岛背面的礁石上告终，为读者留下了一连串的问题。森和杰汀能够找到他们各自希望的有价值的生活吗？

莫里森似乎也未能做出回答。关键的问题在于，在今天的美国社会中，究竟是否存在一种能真正指导黑人生活的黑人文化，一个能在现代社会条件下给黑人以归属感的黑人群体。贫穷落后的埃洛不应该是黑人的圣地，黑人应作为美国社会的平等一员享受应有的物质生活，黑

---

① 托妮·莫里森：《沥青娃娃》，第 232 页。

人社区不应是贫民窟。满足于在偏僻地区过穷困的生活,保留世代相传的习俗,不随社会的发展而发展,这似乎不应该是美国黑人的未来。那么黑人是否应该利用现有的一切可能来争取经济文化上的翻身呢?要做到这一点,又必须去熟悉了解白人社会制定的法律、经济、管理等等制度和体系,按照主流社会的游戏规则运作。

杰汀和森所反映的两种态度具有代表性,但他们所寻求的未来却不是一般黑人能够希求得到的。有多少黑人妇女能往巴黎一飞了之,又有多少黑人男子能只身走遍天涯去寻找失落的一切? 黑人在美国社会中面临的种种问题既是每一个黑人个人的问题,也是种族歧视所造成的群体的问题,要真正解决问题,需要个人的努力,但决不可能只靠个人的努力。

在一个真实的故事①触动下创作的《宠儿》中,莫里森离开了当代美国,以 1873 年为轴心展开小说的情节。在美国历史上,这是南北战争结束后的南方重建时期,黑奴得到了解放,但是蓄奴制的恶果仍压在黑人的身心之上。三十几岁的女主人公塞斯和女儿丹佛住在俄亥俄州辛辛那提市蓝石街 124 号。作者一开始就告诉读者,这所房子里闹鬼,丹佛的两个哥哥已经不堪忍受,离家出走了。奶奶贝贝·萨格斯也已去世。小说在两个层面上逐渐展开:一个是 124 号的现实,一个是生活在人物记忆中的蓄奴制下的快乐农场的过去。塞斯在餐馆做工,丹佛独自在家,她没有朋友,谁也不愿到这个闹鬼的房子里来,因此只有寂寞的她欢迎这个鬼魂。这是一个怒气冲冲的小小的怨鬼,砸镜子,在蛋糕的糖霜上按上小手印,摔盘子摔碗,把家具晃得吱嘎乱响。这时,当年快乐农场上的黑奴之一的保尔·D 走进了塞斯母女这平静又不平静的生活。他的到来,引起了塞斯对过去的记忆,展开了小说蓄奴制层面上的叙述,小说在现实和回忆的交叉中发展。当年的快乐农场不大,

---

① 该事件收集在莫里森编辑的《黑人之书》(兰登书屋,1974 年版)中。

主人加纳算得上是个善待黑奴的人。他有六个黑奴：保尔·D、保尔·F、保尔·A、西克索、霍尔和塞斯。他信任他们，从来不用侮辱性的语言称呼他们，因而常常受到其他奴隶主的攻击。霍尔提出，他愿意用五年的星期日的劳动换取母亲贝贝·萨格斯的自由，加纳同意了，并通过主张废除蓄奴制的白人朋友波德温帮助贝贝在辛辛那提住了下来。霍尔和塞斯结婚，有了三个孩子。生活似乎还算善待他们。加纳先生死后，他多病的妻子找来了被称作"老师"的亲戚为她经营农场。"老师"和他的两个侄子完全不把黑奴当人看待，任意欺凌，于是黑奴策划逃跑。在六个黑奴中，保尔·F 已经被卖。在出逃过程中，保尔·A、保尔·D 和西克索被抓回来，一个被吊死，一个被活活烧死，保尔·D 被带上镣铐、嘴里上了铁嚼子卖掉。塞斯在约定的地方没有等来丈夫霍尔，只得把三个孩子交给秘密来接应他们的人，自己回去找霍尔。孩子被秘密通道的人送到了奶奶贝贝·萨格斯处，但是塞斯不但没有能够找到霍尔，自己也被"老师"的侄子蹂躏毒打。她惦记着已送走的一岁多的女儿需要吃自己的奶，就挣扎着拖着怀孕又被打得遍体鳞伤的身体逃离了农场。她在俄亥俄河旁的树林里临产，多亏遇见了一个离家出逃的贫穷的白人姑娘艾米救了她，生下了孩子。为了表示对艾米的感激之情，塞斯用艾米的姓丹佛给女儿取了名字。母女二人被一个专门在俄亥俄河上偷渡逃奴的自由黑人"付讫"救过河，到了没有蓄奴制的俄亥俄州，再由黑人女子爱拉送到婆婆贝贝家中。不料没过多久，"老师"带人持枪追到了 124 号。塞斯远远看到"老师"那顶熟悉的帽子，就一把将两儿两女拉进院中的小棚子里。等到人们找到她时，她已经用手锯杀死了一岁多的女儿"宠儿"，正要把丹佛往墙上摔。她宁愿杀死孩子，也不愿他们落入"老师"之手。塞斯因杀婴罪被捕，在波德温和废奴协会的帮助下，塞斯案的性质从杀婴变为对蓄奴制的反抗，因此她不久就从监狱里放了出来。她给这个被自己杀死的还没有名字的女儿立了一块刻有"宠儿"字样的小墓碑，而家里从此就有了小姑娘幽灵的出没。

在宠儿死后 18 年,保尔·D 出现了。他在干苦役和多年流浪之后,决定到贝贝和塞斯家来。在音讯全无的 18 年之后,他和塞斯两人一见面就诉说了各自逃出快乐农场的经过。从保尔·D 口中,塞斯解开了多年困扰她的疑问:当年霍尔为什么没有了下落。保尔·D 在被抓回农场、戴上镣铐和口嚼子时,看到塞斯被蹂躏和毒打,而当时霍尔也看到了,从此霍尔就疯了。就在保尔·D 来到蓝石街 124 号的当天晚上,鬼魂又出现了,房子震摇,家具移动。保尔·D 抓起向他冲过来的桌子向四周甩动,嘴里喊叫着:"你想斗,来吧! 见鬼! 没有你,她就已经够受的了。够受的了!"①从此鬼魂不再出现。事实上,这个鬼魂不是这么容易对付的。正当塞斯和保尔·D 的爱情使她麻木的心灵开始复苏,丹佛也开始接受保尔·D,三个人快乐地从狂欢节上回家来的时候,鬼魂以一个自称"宠儿"的 20 岁的姑娘的形象出现在 124 号门前的台阶上。他们以为这是一个迷了路的女孩子,但是她进了门就再也没有离开。她的片言只语使塞斯感到,死去的女儿又回到了自己的身边,塞斯默默地向宠儿倾诉一切,希望女儿能够理解她当年的行为。一开始,宠儿似乎很宽容,但是渐渐地,她主宰了这个家庭。她勾引保尔·D,使得他无法在家中生活下去;她占据了塞斯的身心,使得塞斯不能好好工作,不久被解雇了。家庭的生活有了困难,可是宠儿仍然只顾享用家中的一切。丹佛无奈,只得去找工作,于是人们得知了 124 号房子里的内情。邻居爱拉认为,不能让死去的人破坏活着的人的生活,便约了三十几个黑人妇女到 124 号院中祈祷唱歌。塞斯感到这很像当年婆婆的宗教集会,便和宠儿一起开门出来,正赶上波德温先生赶着马车来接丹佛到他家去干活。塞斯一见他戴的帽子,眼前出现了当年"老师"来抓她和孩子的幻觉,便向波德温冲过去,被丹佛、爱拉等拉住。一切平息后,宠儿已经不见了。塞斯失去宠儿以后,也失去了活下

---

①　托妮·莫里森:《宠儿》,克诺夫出版公司,1987 年精装版,第 18 页。

去的愿望和力量。她躺在当年贝贝长卧不起的床上，不再起来。保尔·D去照顾她，她对他说，宠儿是她最珍贵的。保尔·D深情地说："塞斯，我和你，我们比谁都有更多的昨天。我们需要有点明天。"他告诉她，"你是你自己最珍贵的，塞斯，你才是。"①塞斯在苦难的一生中，两次被人从肉体死亡的边缘救活，一次是在背上被打得皮开肉绽、双脚肿得无法行走、分娩困难的情况下被艾米的两只手救活，一次是带着重伤、抱着两天大的丹佛被贝贝的两只手救活并恢复了健康。这一次保尔·D要用手将塞斯从心灵死亡的边缘救活过来。

在《宠儿》中，蓄奴制下的生活是通过人物的回忆表现出来的。触发回忆的是保尔·D和宠儿的出现。由于难以忍受的肉体凌辱和精神折磨，经历过奴隶生活的贝贝·萨格斯、塞斯和保尔·D都把一切深埋心底，轻易不愿触及，因此一般都只是记忆的片段闪现，读者只能慢慢将片段拼接起来。宠儿的到来使塞斯产生要这个被自己杀死的女儿理解自己的行为的渴望，从她的内心独白中，读者才得知一个母亲杀死自己心爱的女儿的前因后果。保尔·D也是在重见塞斯后，才向这个共同经历过苦难而他一直爱着的女人说出了连自己也不愿再想的一切：他如何戴着镣铐和口嚼子被卖，如何和其他黑奴一起企图杀死恶毒的新主人而被捕并在用铁链锁在一起的"囚犯"队里干活，如何逃跑后因印第安人相救而活下来。蓄奴制的残酷和恐怖以及对黑奴身心的摧残在倾诉和内心独白的交错中被揭示了出来。这是塞斯和保尔·D的故事，也是所有黑奴的故事，它们的具体细节可能不同，但实质是一样的。也许这就是为什么莫里森没有给死去的小姑娘一个名字，而以"宠儿"来称呼她的寓意所在：她只是无数不为人知的死去的黑奴中的一个。

五年后出版的《爵士乐》的中心情节是一桩杀人事件：1926年，居住在纽约市哈莱姆黑人区的一个五十多岁的美容化妆品推销员，黑人

---

① 托妮·莫里森：《宠儿》，第273页。

乔·特雷斯枪杀了情人，18 岁的多卡斯。他的做理发师的妻子维奥利特在葬礼上愤怒地企图用刀毁坏死者的面容……小说运用内心独白的手法，追述了有关人物如何在 1920 年代黑人大规模从乡村移居城市的移民潮中来到纽约寻求新生活，如何在冷峻的现实面前幻灭了早年的梦，陷入枯燥麻木的生活，从而导致悲剧的发生。作者把个人的悲剧和种族歧视的历史现状有机地结合起来，深刻地揭示出黑人在美国社会的不幸遭遇。

　　和莫里森的前一部获普利策奖的小说《宠儿》一样，《爵士乐》也是由一桩真实事件触发，经过十年的酝酿才写成。小说基本上是个圆形构架，从多卡斯死后她的好友费利斯走进乔和维奥利特布满了裂痕的生活起，到小说结束时又回到了乔和维奥利特力图重新弥合两个人的生活的情景之中。和多卡斯进入他们生活的不同之处是，费利斯的到来，引出了究竟谁杀死了谁的问题。

　　从表面看来，是乔开枪击中了多卡斯，导致她第二天死去，然而在乔的悲痛的自我探索和维奥利特企图弄明白自己是什么时候、又是怎样失去了乔的过程中，莫里森展现了他们的一生，读者看到了他们受过重创的心灵。

　　维奥利特幼年时父亲离家而去，债主搬走了家中的一切，母亲罗斯精神完全崩溃。外祖母闻讯后带着毕生在白人家做女佣积下的十美元钱来照料女儿的五个子女，但四年后罗斯还是跳井自杀了。维奥利特忘不了吞噬了母亲的那口黑洞洞的深井，忘不了自己及兄弟姐妹的贫穷和绝望。她结婚后决意不要孩子，但是后来她后悔了，却为时已晚，于是日渐神思恍惚，终日以养鸟为寄托，晚上就抱着个玩偶睡觉，和乔的关系越来越冷漠。多卡斯事件后，她回顾了和乔的生活。在自我审视的过程中，她意识到，从一开始起，乔就只不过是个替身，从小就占据了她的心的，是外祖母反复对她讲的一个漂亮的金发男孩戈尔登（意思是"金黄"），一个女主人和黑人的私生子。尽管维奥利特从未见过他，但他始终"像个最亲爱的情人那样无可置疑地扰乱了我的少女时代"①，"除了外祖母，我最爱的就是他"。在蔗田初次拥抱乔时，她心中"希望他是我那从未见过面的金发小伙子"②。最后维奥利特才醒悟到："我把自己的生活搞得一团糟……我忘记自己的生活……总希望自己是另外一个人。"③

维奥利特的悲剧不免使人联想到莫里森的处女作《最蓝的眼睛》中的黑人小姑娘毕可拉。她认为自己一切不幸的根源是长着黑皮肤黑眼睛，因而渴望上帝能给她换上一双蓝眼睛，最后精神失常。维奥利特则因渴望得到一个金发男人的爱而毁掉了自己可能的幸福，也走上了几近精神分裂的路，同时还把丈夫逼到了另找情人、从情人那里寻找安慰的绝境。

多卡斯死后，乔一连三个月以泪洗面。书中叙述者告诉读者："至今我也不能肯定乔的眼泪真正为谁而流，但是我确知的是，他的眼泪不仅仅是为了多卡斯。"④和他走遍大街小巷寻找多卡斯时的身影交替出现的，是少年和青年时代的乔遍寻在荒山野地生活的疯母亲的身影。这个给了他生命却从他生活中消失得无影无踪的疯母亲留给乔的，是心灵上永恒的阴影。他在离家进入城市谋生前，曾三度去找寻母亲的踪影。他心底深藏的悲哀需要有个可以倾诉的人，而妻子的冷漠使他倍感孤独。结识多卡斯后，他感到有话只有对多卡斯才能讲。和她在一起的时候，他又成了个新人。

遗憾的是，多卡斯并不理解他，他们属于根本不同的两代人。多卡斯四五岁时亲眼看到一场大火把母亲烧死，家成了一片焦土，她被姨母带到哈莱姆养大。她是第一次世界大战以后"爵士时代"的产物，追求

---

① 托妮·莫里森：《爵士乐》，克诺夫出版公司，1992年版，第97页。
② 托妮·莫里森：《爵士乐》，第97页。
③ 托妮·莫里森：《爵士乐》，第208页。
④ 托妮·莫里森：《爵士乐》，第221页。

寻欢作乐,不愿肩负沉重的种族苦难。和乔交往三个月后,她结识了令黑人姑娘个个垂涎的风流小伙艾克顿,开始冷落疏远乔。乔在一次舞会上找到了正和艾克顿跳舞的多卡斯,对着她开了一枪。就在多卡斯死后,当乔和维奥利特各自陷入过去无法自拔的时候,费利斯来到他们的身旁。她告诉他们,乔的子弹只打中了多卡斯的肩膀,但她坚决不肯上医院,最后流血过多而死。多卡斯至死都拒绝说出开枪的人的名字,死前的最后一句话是托费利斯带给乔的口讯。是什么原因使她保护乔,不说出是他开的枪? 她是不是并不留恋人生,宁愿死在乔的枪下? 她的心愿是不是促使乔从那封闭的回忆和悔恨的怪圈中冲出来,重新面对未来? 小说最后的音符带有乐观气息:乔和维奥利特听完费利斯的一席话后,和着窗外飘进的爵士乐跳起舞来。然后乔说:"这儿需要一只鸟。"[1]维奥利特在多卡斯死后放走了家里养的鸟,在听到乔的话后便又去买了只鸟来。她还认为,他们家中需要一台电唱机。乔说他最好另找一份工作。从此两人合力将破碎的生活重新拼织起来。

《爵士乐》最耐人寻味之处是书中的叙述者。小说的情节多由人物内心独白来表现,但是小说还有一个贯穿始终的叙述者,把各个人物的回忆联结成为一个整体。这个声音时而像是作者的,时而又像个无所不知的第三者,而且它似乎还在不断改变着身份、口气、心态、情绪。对这位神秘的叙述者,著名黑人文学评论家小亨利·路易斯·盖茨教授在为莫里森签名的烫金精装首版本所写的特别祝词中,有这样一段精辟的分析:

　　　　尽管表明它(指叙述者)具有丰富的十足抒情的意识,尽管它对人物的意识进行了广泛的思索,它却仍然是个不明确的存在;它既非男人又非女子,既非青年又非老者,既不富有又不贫穷。它兼

---

[1]　托妮·莫里森:《爵士乐》,第 214 页。

为二者又全非二者。但它是活生生的，对通力协作演出了这一奇特的关于爱情、背叛、离弃、和解以及结合的故事的人间演员充满了感情和激动、尊重和藐视、盲点与洞察。被杀死的牺牲者竟又以自己死亡的同谋者身份出现。我们不会为多卡斯哭泣，反而是叙述者那最后的咏叹调使我们着迷。这是由渴望而生的杰作，对一种能经受住甚至最残酷的背叛的爱的渴望。①

盖茨接着说，读《爵士乐》时，他一再联想起福克纳的作品，认为《爵士乐》"再度表明叙述角度存在着多么巨大的可能性"。他说莫里森和爵士音乐大师杜克·埃林顿一样，找到了"从有板有眼的乐曲中创造出由即兴音乐构成的合奏"。② 盖茨也许道出了书名《爵士乐》含义之所在。

莫里森 20 世纪的最后一部作品《天堂》的主题似乎不同于她以前所有的作品。小说是这样开始的：

> 他们先朝那个白人女子开了枪。剩下的几个他们可以从容不迫地对付。在这里用不着急急忙忙的。他们离小城有 17 英里，而在这个小城 90 英里之内没有别的城镇。在修女院里有许多可以藏身之处，天才刚刚亮，有的是时间。③

接着往下读，读者逐渐明白了这是 1976 年 7 月一天的凌晨时分，在俄克拉何马州腹地人口只有 360 人的小城鲁比，9 个黑人男子为了保卫他们的纯得只有一个混血黑人的纯黑人城，袭击了 17 英里外的修

---

① 托妮·莫里森：《爵士乐》，克诺夫出版公司及兰登世纪集团公司，1992 年版，第 3 页。
② 托妮·莫里森：《爵士乐》，第 3 页。
③ 托妮·莫里森：《天堂》，克诺夫出版公司，1998 年精装版，第 3 页。

女院和里面的 5 个女人。小说结束时,9 个男人打死了一个女人,其余的女人奋力反抗后逃出,倒在了修女院的园子里。当鲁比城的女人们赶到修女院来阻止时,男人们已经得胜而归,但修女院中的女人也不见了踪影,连被打死的女人也消失得无影无踪。小说的开始和结束都是这场袭击,结构是首尾相接的一个圆圈。在这个封闭的圆形中,莫里森写出了一个抱残守缺的社区,即使是由受过迫害的纯种黑人构成的社区,同样会在僵化的种族、性别和价值观念的作用下,干出迫害别人的暴行。

小说共 8 章,都以女人的名字为标题,其中"玛维斯"、"格雷斯"、"塞尼卡"、"迪万"和"康索拉塔"写的是这 5 个女人如何来到了这个叫做修女院的地方,"鲁比"、"帕特里夏"、"萝恩"和"救救玛丽"则讲述了小城鲁比建立的经过和鲁比人的思想感情。

在 19 世纪 80 年代,有 158 个黑人离开了南北战争后白人种族主义分子疯狂反扑的密西西比州和路易斯安那州,想找到能够安身立命的地方。他们在哪儿都不受欢迎,就连只有黑人居住的城镇也不肯接纳他们,因为这 158 个黑人一无所有,而且是肤色极黑的未混血的黑人。黑人内部的肤色歧视深深地刺伤了他们,于是他们决定在荒野上自己建立一个城市,取名黑文城("安全的避难地"之意),并在城里修建了一个大炉灶,作为社区聚会的中心。居民互相帮助,共同建业。15 年后,黑文城发展到了 1 000 人,但是逐渐因资源匮乏,交通不便,许多人开始易地谋生,最后黑文城里只剩下了两百来人。到了 1949 年,只有 15 户人家不愿去他们认为充满危险的外面的世界生活。在摩根家的孪生兄弟斯图亚特和迪肯等人的带领下,这 15 户人家再度往西迁移,到更为荒凉的地方立足,并以第一个死在这个新地方的女人,摩根家的鲁比的名字作为城市的名字。他们把黑文城的大炉灶搬到鲁比,作为城市传统的象征。到 1960 年代,外面是风起云涌的民权运动和黑人权力运动,马丁·路德·金被暗杀……但这一切对小城的统治者似乎毫无影响，他们仍旧因袭着上个世纪末的观念生活，以自己几乎和外界隔绝的全黑人统治的全黑人城市而自豪。终于，不满现状的年轻人在象征黑文和鲁比的传统的大炉灶壁上涂鸦，激化了年轻一代和斯图亚特及迪肯所代表的老一代的传统观念的矛盾。年轻人要求开会。在老一辈人的眼里，年轻人的发言反对白人，"但是也反对他们……即他们自己的父母、祖父母、鲁比人。好像有一个新的更为男子汉的方式来对付白人……因为老方式太慢，只有少数人参与，软弱无力"[1]。而年轻人觉得，这些上年纪的人讲来讲去都是爷爷和父辈的英雄故事，"但是为什么没有他们自己的故事可讲？……没有东西可说，可以传下去。仿佛昔日的英雄主义足够使未来赖以生存下去了。仿佛他们（老一辈人）要的不是子女而是自己的复制品"[2]。年轻一代的反叛使统治鲁比的老一辈发怒了。他们认为，鲁比的风气被懒散的年轻人搞坏了，而年轻人被修女院的那些勾引男人、不守妇道的女人带坏了。当年迪肯不就是被里面的一个女人迷住，差点毁了他和索恩的婚姻，害得索恩流了产？迪肯的外甥 K.D 和阿涅特·弗里特伍德好，阿涅特都怀孕了，可是他叫里面的一个浪荡女人勾搭上了，不就不肯和阿涅特结婚了？阿涅特到修女院里面去过，她怀的那孩子到哪儿去了？瞧瞧，比丽-德里亚开始和那帮女人混在一起以后，居然把她妈妈推下楼梯，头也不回就往那儿跑！杰夫·弗里特伍德和甜妞好好的两个人，生下的孩子全有病，这种事以前从来没有过！一家五六口人居然会开车迷了路，冻死在离修女院只有两英里的地方！鲁比的 9 个建城元勋齐集在大炉灶旁，议论这些怪现象，得出的结论是：

> （修女院里的这几个女人）简直是女巫……这些事以前从来

---

① 托妮·莫里森：《天堂》，第 104 页。
② 托妮·莫里森：《天堂》，第 160 页。

没有发生过。在那些母牛到城里来之前,这儿是个平静的王国……(她们)像大粪吸引苍蝇一样把人吸引到她们那儿去,靠近过她们的人莫名其妙地都受到伤害,而这些肮脏事现在渗透到了我们的家园,我们的家人身上。我们不能允许……①

因此他们认为,这些独自生活的女人必须受到惩处。为了保卫他们平静的王国,他们必须去袭击修女院,赶走这些祸水,于是出现了小说开始的一幕。

修女院其实从来没有做过修女院。它原是一个贪官的豪宅,贪官被捕后房子贱卖,成了一所由一个富家女子资助的印第安女子寄宿学校,由天主教修女进行教学和管理,学校便因此被称作修女院。1925年,多年在非洲传教的美国修女玛丽·玛格纳带着收养的 9 岁孤儿康索拉塔(爱称康妮)被派回国经办这所学校。到 1950 年代,富家女已经耗尽了家产,政府又不出钱资助,渐渐地学生都离开了。修女院里最后只剩下了玛丽、康妮和修女罗伯塔,靠种园子养鸡生活,鲁比的妇女常来买她们的山核桃、辣椒、鸡蛋等。1954 年,康妮随玛丽·玛格纳去鲁比,29 岁的迪肯看到她后,第二天开车到修女院去找她,两人有了恋情。迪肯每周来找康妮一次,在外野合,直到冬天来临。迪肯的妻子索恩到修女院来找康妮,此后迪肯没有再来。后来罗伯塔进了养老院,修女院里只有康妮照顾多病的玛丽。到 1960 年代后期,几个不幸的女人先后偶然来到这儿,或长或短地住了下来。1968 年,五个孩子的妈妈玛维斯一次开车带着孪生婴儿去购物,婴儿闷死在车窗密闭的汽车里。玛维斯神经受到极大刺激,总认为丈夫和三个大一点的孩子为了惩罚她,要把她杀死,便驾车离家。一天,她在一个加油站看到一个男人,以为是丈夫追来了,慌不择路地驾车而逃。最后汽油耗完,她下车步行,

---

① 托妮·莫里森:《天堂》,第 276 页。

看到远处的大宅子，走去求助，发现是个修女院。以后她仍时不时地来修女院住上一段时间。格雷斯又叫基基，父亲进监狱后她浪迹天涯，后来男朋友也被捕。她为了追寻一个美好的传说在1971年来到鲁比，什么也没有找到，就搭鲁比送葬人罗杰的车，准备到有公共汽车的城市去。当罗杰到修女院去装刚去世的玛丽的遗体时，基基看到悲痛欲绝的康妮，不忍心把她独自留下，就留下来陪伴她。第二天，鲁比的一个年轻人K.D听到罗杰说，头天在鲁比出现的那个很吸引他的陌生女人住在修女院，就来找她，两人间产生了私情。1973年，20岁的塞尼卡见到一个边走边哭的女人，就从搭乘的车上跳下，给这个女人裹上自己的披肩，跟着她走到了修女院中。这个哭泣的女人就是整天在家照顾病孩子、精神几近崩溃的甜妞。甜妞休息后跟着找来的丈夫回了家，但塞尼卡留在了修女院中。她的母亲14岁时生下她，她5岁时母亲离开后再没有回家。她五天四夜一家家敲邻居的门找母亲。后来塞尼卡在收养孤儿的家庭中长大。男友开车撞人逃跑后被捕，塞尼卡到男友的母亲处求她用钱把儿子保释出来，被他母亲拒绝。绝望之下，她漫无目的地搭车，最后落脚在修女院。最后一个来到修女院的是派莱斯，修女院的人叫她迪万、迪迪。派莱斯父母离异，父亲是专为好莱坞名人打官司的阔律师。在派莱斯16岁生日的时候，父亲送给她一辆汽车。得不到父母真正关爱的派莱斯把感情倾注在学校的维修工卡洛斯身上。她得到汽车后的第一个圣诞节就买了礼物，和卡洛斯开车去拜访母亲，住了下来。她万万没有想到的是，母亲爱上了年纪相当的卡洛斯。派莱斯发现后驾车离开，出了交通事故，落入河里被救起。已经怀孕的派莱斯在修女院住了一些时候，打电话给父亲，父亲把她接了回去，但是四个月后她又回来生下了孩子。这些在生活中遭遇到不幸的女子都在修女院中抚平了精神上的创伤，她们在这个女人的天地里过着自己的生活。鲁比的一个86岁的老妇人萝恩注意到二十多年以来，在从鲁比到修女院的这条路上行走的：

只有女人，从来没有男人。来来去去，来来去去：哭着的女人，目光发呆的女人，满脸怒气、咬着嘴唇的女人或者纯粹迷途的女人……女人怀着悲哀来回行走在鲁比和修女院之间的这条路上……但是男人从来不在这条路上行走；他们开车，尽管有时他们的目的地和女人的一样。①

这样一个地方却成了鲁比男人的眼中钉。他们把自己生活中的倒霉事全归罪于这些"女巫"，归罪于受了这些女人的引诱。萝恩听到那 9 个男人指控这些女人"不需要男人，不需要上帝"时，心想，男人对她们的仇恨完全是因为她们"不是被安全地锁在男人接触不到的地方的女人；更糟的是，她们选择女人为伴"②。当男人意识到自己不但不是这些女人生活的中心，而且是女人不需要的存在时，他们的男权地位受到了挑战，因而发动了这场既不是种族也不是阶级而纯粹是性别间的战争。鲁比的女人对修女院中女人的看法和男人不同。她们之间有交往，有沟通，有友谊，有互助。

小说名叫《天堂》，读者在阅读的过程中不禁会琢磨，"天堂"的寓意何在？鲁比的建城元老们认为，他们这个纯黑人小城是个没有外界罪恶的天堂，但这里的青年人和许多女人却过着压抑的生活，有的离开了鲁比。在修女院生活的女人把修女院看作可以抚平外界给予的精神创伤、休养生息的天堂，但鲁比的元老们把这里看作罪恶之源。莫里森用这样的一段话结束了这部作品：当又一艘船开进港来时，"已经失去希望后被救的水手和乘客颤抖着，他们已经郁郁不乐很久了。现在他们将要休息，然后再担起造物主要他们在人世这个天堂承担的无休止

---

① 托妮·莫里森：《天堂》，第 270 页。
② 托妮·莫里森：《天堂》，第 276 页。

的工作"①。理想的、一切完美的天堂是不存在的，人类只能用不懈的工作，使人世这个天堂变得好一些，使自己变得好一些。

综观莫里森的全部作品，我们可以看出，她是位对待创作极其认真严肃的作家。她重视小说的社会政治作用，也重视如何以高超的艺术技巧使小说发挥这个作用。在《根性：作为根基之祖先》②一文中，她指出："小说应该是美的、有力的，但同时也应该发挥作用。小说应有启迪性，应能开启一扇门，指出一条路。小说中应反映出矛盾是什么，问题是什么。"她进而强调，"作品必须具有政治意义，作品的力量必须在此。在当今文艺评论界中，政治是个贬义词：如果作品中有了政治，就玷污了作品；我认为，恰恰相反，如果没有政治，就玷污了作品。"莫里森之所以如此重视作品的政治亦即社会意义、作品的启迪性，和她的出身有很大关系。在贫困中长大的她在离开故乡后，始终不忘黑人社区，不忘普通黑人群众的苦难。她说，自己在观察世界、描写世界时，这个世界永远是个黑人世界；在提笔创作时，笔底涌现的是黑人的村镇、社区和黑人的生存境遇。她利用小说这个形式，因为她想到，在黑人大规模脱离土地流入大城市后，传统文化失去了民间口头传说这一载体，"我们在家里不再听到那些故事了，父母不再和孩子们坐在一起，给他们讲述过去我们听到的那些传统的民间神话故事和传说"。莫里森认为，正因为如此，小说成了继承传播黑人民间文化传统的有力工具。她对黑人文学的界定也反映了这一思想。她说，黑人文学不只是黑人写的作品或有关黑人的作品或使用了黑人喜用的词语的作品，它还应该是同时包含了黑人民族与文化传统中特有成分的文学。

莫里森在追求作品的社会意义的同时，还十分注意政治和艺术的

---

① 托妮·莫里森：《天堂》，第 318 页。

② 玛丽·伊文思编辑：《黑人女作家：1950—1980》，铁锚出版社，1983 年版，第 339—345 页。本段引文均出自此文。

统一。对她来说,作家的责任就是努力使自己的作品既有鲜明的政治性,又有无与伦比的美。只有做到了这一点,才达到了艺术的最高境界。莫里森的艺术成就之一,是她在小说中成功地吸取和发扬了黑人文化传统中独特的魅力,把从黑奴时代起就开始流传的民间口头文学的传统运用到自己的创作中。她要求自己的作品要适于朗读,要具有黑人传教士布道或黑人音乐那种震撼人心的力量,要留给读者参与的天地,不仅要打动读者,而且要他们和人物一起去哭、去笑、去思考、去变革,和作者一起进入叙述的程序,去填补作者刻意留下的叙述空白。莫里森不在人物外形的描写上多费笔墨,在写对话时也很少去形容说话人的口气声调。她希望读者在自己的想象中去完成人物的外貌,从故事行文中体会交谈者的心境和状态,听到他们说话时的声调和语气,体会到寓于其中的感情色彩。

莫里森还善于利用群体背景话语,这和黑人口头文化的广泛流传也是分不开的。在黑人长期被剥夺受教育的权利的岁月里,知识的传播主要依靠口头媒介。一人讲,众人听,并且加入议论、插话,在一遍又一遍的重复中丰富扩展。参加过黑人礼拜仪式的人都惊奇于他们与众不同的参与性。在牧师布道时,会众或大声感叹,或高声赞同,或插话,最后是众人同时高声倾诉。哭的、叫的,感情充分地抒发出来。读莫里森的作品时,总能清楚地感到这种存在于主话语之外但又和主话语相互作用的群体背景话语的存在。小说中人物生活于其中的群体对主人公的言行进行着各式各样的评论,施加着各式各样的影响。这种背景话语拓宽了小说的空间,深化了小说的主题,增加了读者观察的视角。它最大的作用在于,使读者看清美国黑人的悲剧不是性格悲剧而是历史悲剧,因此要改变他们的命运主要是通过社会变革。

莫里森作品的又一特点是它的魔幻色彩。她认为,黑人既现实又富于幻想,善于接受超自然的魔幻力量。这和美国黑人的历史也是分不开的。生活在蓄奴制下的黑人对美好的未来充满了渴望，但现实的残酷使他们寄希望于冥冥中的神秘力量，如在黑人民间广泛流传的巫术。一些在别人看来怪异难信的事情，在黑人民间传说中视为当然，为人们所接受。莫里森的小说中常常出现许多无法解释的现象，但她却能使读者把疑问置于一旁，被故事本身的魅力所吸引，悟出怪异现象的寓意。在这方面最突出的例子，要算《宠儿》中那在蓝石路 124 号作祟的一岁多的宠儿的鬼魂了。这个小女孩的母亲塞斯因不愿她落入奴隶主之手而杀死了她，但她阴魂不散，总在母亲家出没。后来，一个不知来自何处的姑娘出现在母亲家，母亲立刻认为是长大的宠儿回来了，而这个女孩子的言谈也仿佛真是从另一个世界回来的宠儿。从理性上分析，这是绝对无法接受的情节，但是恐怕没有哪个读过这本书的人会去纠缠到底有没有鬼，而是会被莫里森惊心动魄的情节和无与伦比的叙述所吸引，不由自主地接受这非理性的情节，并超越魔幻性而获得对现实的深一步了解。《宠儿》从第一页起就闹鬼，吓跑了宠儿的两个哥哥，塞斯向婆婆提出搬家，老人回答说：

> 那有什么用？在这个国家里，没有一所房子不是直顶到房梁全都塞满了死去的黑人的悲苦……你够幸运的了，还有三个儿女活着，三个扯着你的裙子，只有一个在另一个世界里闹腾。知足吧，我有过八个孩子，个个都走了，四个被抓走，四个被追捕。我看他们全都在什么人的房子里闹鬼呢。①

莫里森的作品中常常出现这样的具有启迪性的老人的形象。他们往往是民族传统的体现者，作者称之为"祖先的存在"，认为这能反映出作家的历史感。她说："我的作品就是要说明，（保持与祖先传统的

①　托妮·莫里森：《宠儿》，第 5 页。

联系)正是我们的任务。一个人要是扼杀了祖先,也就是扼杀了自己。"①这些老人不仅是长者,而且是一种永恒的力量。他们以自己顽强的生命力和朴素的价值观念面对生活中的艰辛,保护和指引其他人物,用黑人代代相传的智慧的结晶守护着他们苦难的儿孙。《苏拉》中的伊娃,《所罗门之歌》中的派莱特,《宠儿》中的老奶奶,都是这样的老者。

莫里森的作品植根于黑人文化传统,同时在创作技巧上又广泛运用现代手法,十分讲究叙述角度的运用。她把黑人特有的传统表达方式和精湛的叙述技巧相结合,使紧扣美国黑人历史和现实的作品具有强烈的感染力。诺贝尔文学奖的授奖决定中也指出了莫里森的这一特点:"人们喜欢她无与伦比的叙事技巧。她在每本书里都使用不同的写作方法,形成了自己独特的写作风格。"莫里森的作品正是由于在内容上反映了美国社会中黑人自我意识的觉醒与发展,表现了对黑人女子命运的关切,以及对黑人文化传统和独特的语言使用的继承,在艺术上的创新追求,因而具有强大的感染力。

---

① 伊文思编辑:《黑人女作家:1950—1980》,第 334 页。

第七章
黑人文学大发展的最后 30 年
——寻求创新突破的黑人男作家

第一节　概论

在 20 世纪的最后 30 年中涌现的黑人男作家,和黑人女作家生活在同样的社会中,受到美国社会各种政治运动和文化思潮的巨大影响。由于黑人女作家群体的出现以及她们在文学上的非凡成就,黑人男作家似乎相形逊色,但是实际上也不乏佼佼者。这一时期的黑人男作家中相当一些人致力于寻求更能表现自己意识的文学手法和语言,反映出明显的后现代特点;他们利用对过去文学作品或人物的讽仿、虚构和真实事件交杂、时空和事件的迅速切换并置等手法,有意识地表现他们对西方白人文学传统的反叛;有的深入到黑人民间传统文化中去构建新的信仰和价值认知体系;有的重新审视黑人历史,解构白人书写的历史,将被白人歪曲或掩盖的黑人历史的真相用小说的形式再现出来,塑造了可尊可敬的普通黑人的形象;有的在美国种族歧视的社会现实中受到震动,反省了个人从逃离到回归种族传统的心路历程。无论这些作家个人的作品有什么特点,但都反映了对种族生存的现状和未来的强烈忧虑和关切。

他们和黑人女作家一起,共同创造了黑人小说上个世纪最后的辉煌,也共同为黑人小说在新世纪的进一步发展打下了坚实的基础。

第二节　后现代主义潮流中的黑人男作家

从 1960 年代开始,美国文坛上出现了相当一批以在创作技巧上进行创新试验为特征的作品,其中不乏黑人作家的作品。如集讽刺、幻想和黑色幽默之大成的《假发》[1];强调以布鲁斯和爵士乐的即兴、节奏和综合手法作为结构变化的原则,用意识流叙述手法产生呼应效果的《火车汽笛吉他》[2]等。本节将重点分析在耕耘黑人试验小说这块园地中最受瞩目的四位作家克莱伦斯·梅杰、威廉·梅尔文·凯利、利昂·弗利斯特和伊什梅尔·里德。

克莱伦斯·梅杰

被公认为美国实验小说家的重要代表之一的克莱伦斯·梅杰(1936—　)虽然也创作诗歌,发表文论,但是评论家讨论得最多的是他的后现代主义超小说作品。梅杰是 1960 年代兴起的超小说文学流派中的弄潮儿,1970 年代初成立的虚构小说社的成员。该社是一个由实验作家组成的合作出版实验性小说的组织,梅杰有两部作品就是虚构小说社出版的。这些实验作家彻底否定和抛弃了传统的文学叙述形式、人物塑造、情节发展和表意手法等,大量运用拼贴、讽仿、并置、时空倒置、碎片断裂的叙述等方法进行意义不确定的表述,作者本人进出于作品,一面建

---

[1]　查尔斯·斯蒂文森·赖特:《假发》,法勒-斯特拉斯-吉鲁特出版公司,1966 年版。

[2]　阿尔伯特·默里:《火车汽笛吉他》,麦格鲁·希尔出版公司,1974年版。

构一个叙述世界，一面又不断提醒读者自己的建构手法，从而解构这个世界。似乎这些作家的兴趣更在于小说的叙述过程和作者在写小说时的具体构思和做法上。梅杰的作品反映了超小说作品上述的所有特点。

梅杰于1936年出生在南方的亚特兰大市，10岁时父母离婚后随母亲移居芝加哥，但是每年夏天都到南方和父亲一起度过假期。他对印象派绘画十分感兴趣，但也着迷于文字的魅力，18岁时出版了第一部诗集《在天国燃烧的火》。1955年，梅杰入空军服役，空闲时写诗歌和短篇小说，两年后退役，得到奖学金进入芝加哥艺术学院学习绘画。他最终还是决定从事写作，1958年后不断在各种杂志上发表诗歌和小说，开始表现出他对语言和形式上进行试验的兴趣。1966年，梅杰搬到纽约，成为《黑人诗歌杂志》的编辑，并在布鲁克林学院等高等院校教文学和创作课。也是在这个时期，梅杰开始大量发表作品。他出版了12部诗集、1部短篇小说集和1部文集，还编写了《美国黑人俚语词典》等，但是，使他在文坛上留名的还是他的7部小说：《彻夜访客》(1969)、《不》(1973)、《反射和骨结构》(1975)、《紧急出口》(1979)、《我的截肢》(1986)、《季节如此》(1987)以及《彩龟：拿吉他的女人》(1988)。梅杰和白人后现代作家托马斯·品钦、唐纳德·巴塞尔姆、罗纳德·苏克尼克、雷蒙德·费德曼等以及黑人作家伊什梅尔·里德一样，质疑小说反映或建构有意义的现实这个传统观点，对小说功能本身产生了怀疑。他认为，黑人作家有权利用自己喜爱的任何方式进行创作。他对约翰·奥布赖恩说："想号召黑人作家去做不是他们自己选择要做的事情是可憎的……不应该把他们排斥在任何文体、风格和主题之外。我们应该抛弃这种僵化的观念，即认为某些题材和创作方法是专门为黑人作家保留的。"①他在自己的创作中采用一切后现代手

① 约翰·奥布赖恩编辑：《黑人作家访谈集》，里夫赖特出版公司，1973年版，第127页。

法将故事和人物碎片化,以表现在当代社会中人们难以具有完整的自我意识,总在追求无法找到的生活意义。他受非洲美学观的影响,认为创造的物体本身没有意义,是艺术家给予它们以意义,因此叙述者不是从故事中发现寓意而是将寓意加于故事之上。物体——诗歌、故事、艺术作品——都只是艺术家可以任意使用的东西,人物、情节、顺时叙述、因果关系等都是创造出来的东西,只有作者认为他们有用的时候才具有其价值。梅杰在作品中反复表明文学创作的这种人为性:人物等都是创造出来为故事服务的;作者不需要依从已经存在的现实来创作;小说是建立在语言自身规律上的语言创造;作品有自己的现实,独立于任何外部世界的事物。用他自己谈到文学时的话来说:"你以文字开始,以文字结束。内容存在于我们的头脑之中。我认为它不必是任何事物的反映。它是在书中创造出来的现实,最终是在你的头脑里存在并构建起来的。"①他利用作品探讨语言、小说和现实间的相互影响,以及作者、读者和文本间的关系。

　　梅杰的七部长篇小说中,前五部是由年轻的黑人男子作为叙述者亦即主人公的实验小说,后两部的主人公是女性,较具现实性。从故事层面上看,作者似乎在表现黑人在一个敌视的社会中企图寻找自身的意义的努力。《彻夜访客》中的艾里·波尔顿是个 28 岁的黑人,童年在孤儿院中度过,没有得到过爱的温暖,在越南战争中目睹美国大兵奸淫残杀妇女儿童,产生了强烈的绝望和异化感。回到美国后,他力图重构支离破碎的自我,以适应芝加哥和纽约充满暴力的现实社会。他打着两份工,白天在杂货店调制软饮料,夜里在小旅店值夜班,接触的大都是社会的下层、生活中的失败者,使他更加感到人成了失去意义的物,他只能从自己身上找到价值和意义,这就是他的性能力,"我的这个东西,这个身体——就是我","我的性器官是我的生命,必须是……

──────────

①　约翰·奥布赖恩编辑:《黑人作家访谈集》,第 125 页。

任何男人的这根通条就是他自己"①。艾里感到，只有在性交的狂喜中才能感受到自己是存在的，而不是别人头脑中的一个物体。艾里将性行为作为自我表现的主要方式，具体地叙述彻夜和不同的性伙伴的性关系，其间出现了他和已经离开了他的恋人凯西间的关系。一直以自己的性行为为表现自我的方式的艾里，在最后一章中，突然对拖儿带女来到他家门口请他帮助躲过醉酒的丈夫的波多黎各女人产生了理解和同情，随之而来的责任感，使他从对其他苦难的人的保护中实现了他生存必需的、超出性能力之外的男性的自我。

《不》中的叙述者，主人公摩西·威斯特比回顾了自己不断变化的自我意识的形成过程。在第一部"马戏团"中，人们称主人公为"男孩"以区别和他同名的父亲。男孩看到马戏团要来演出的广告，想去看，但是担心这种享乐在道德上是邪恶的。和快乐的马戏团演出相比，男孩看到的现实生活充满了暴力，如大人打架，儿童受到虐待。他自己因为在称呼一个白人时没有用"先生"而被打。第二部"烧死女巫"中，男孩的有印第安血统的祖母讲述了印第安人的苦难。男孩和父亲一起目击一个白人驾驶员出事故死去，而父亲冷漠地点燃了一支香烟，根本不去理会白人之死。男孩认为这就是黑人男子的气概，是他的榜样。父亲为了使家人脱离苦海，杀死全家后自杀。只有男孩伤而未死，离家到了纽约，把姓改为伊斯特比（原姓中"威斯特"意为"西"，改姓中"伊斯特"意为"东"），希望能从过去生活的阴影中解脱出来，但是他并不能够做到这一点。在纽约，他遇见了儿时的女友欧妮。在第三部"梅鲁山"中，摩西和欧妮同去拉丁美洲，希望能够在迫使父亲杀人和自杀的国家以外的地方找到精神上自由的生活，但是现实使他无法摆脱"双重意识"的禁锢。当地人偷他的东西，因为他们认为他是个有钱的美国人；而他遇到的美国白人却总是直接或间接地提醒他，无论在什么地

---

① 克莱伦斯·梅杰：《彻夜访客》，奥林匹亚出版社，1969 年版，第 4 页。

方,他还是一个黑人。他的自由是在梦境中的斗牛场里实现的。他梦见自己突然跳进了斗牛场,用手去触摸牛头,那一刻他感觉到,"那一个动作以奇特和至美的方式,成了我自身作为人的自由的鲜活的象征"①。触摸斗牛的头所需要的勇气,在危险和死亡面前表现的男子汉式的勇敢,给了他解放的感觉。他说自己"醒来以后,整整过了一个小时才开始把自己的碎片拼合起来"②。他回到美国,"相信这将是个新的开始"③。小说中的男孩有四个名字,有时令读者难以分辨他究竟是谁。作者通过不断突然改变名称、时空和文化的参考系,构建出一个混乱和任意性的语言世界,突出主人公在精神和肉体上无法摆脱的被束缚感。而他最后的解放感是在梦中获得的,反映了超小说创作中虚幻世界和现实的无界,自我可以是能够赋予其意义的想象世界中话语的产物。

　　评论家在评论梅杰的作品时谈得最多的是他的创作手法,在评论创作手法时谈得最多的是《反射和骨结构》以及《紧急出口》两部作品,因为多数评论家认为它们是梅杰艺术上最为出色的作品。《反射和骨结构》讽仿传统的侦探小说,在创作过程中对这一文学类型进行了彻底的解构。主人公亦即叙述者是个写小说的人,他一面写一面讨论构写侦探小说的过程,并且不断解构文本。同时他在一桩谋杀案中还是疑犯兼侦探。小说中有四个主要人物,除叙述者外,科拉·赫尔是个黑人女演员,住在纽约的格林威治村;卡纳达·杰克逊也是一个演员,可能是一个黑人革命组织的成员;戴尔是演先锋派戏剧的演员。这三个男子都在追求科拉。小说从发现肢解了的尸体到最后主人公指认尸体并且说明自己是杀人犯,读后主要的感觉是莫名其妙。这也许正是作

---

① 克莱伦斯·梅杰:《彻夜访客》,第 204 页。
② 克莱伦斯·梅杰:《彻夜访客》,第 204 页。
③ 克莱伦斯·梅杰:《彻夜访客》,第 205 页。

者的目的。如果一个叙述者不断提醒你，他的话不可靠，他在有意识地操纵文本，由于误解、遗忘、描写事物存在困难和脑子里飘忽不定的想象，他自己也不能确定所说的事情，读者又怎么可能对小说的情节有确切的了解呢？他随心所欲地对科拉的死做出不同的解释，描写不同的谋杀现场，侦探、凶器、动机、线索，一应俱全，但是和传统的侦探小说不同的是，在一大堆扭曲的细节、矛盾的情节中，侦探最后破不了案。小说中不时出现著名的侦探小说作家和电影及演员的名字，还有黑人音乐家和艺术家的名单等，但是这"现实"是交杂在诸如科拉衣服上莫名其妙出现的无数虫子和青蛙这样的超现实景象之中的。叙述者描述人物在一个房间里的活动，但是就在同一段落里，他们又在一个荒僻的海滩出现，关联的和不关联的片段似乎是任意地放置在作品之中，创造出一种神秘、荒诞、怪异的超现实气氛。读者得到的不是明确的信息，而是感受到这几个黑人男女生活的无序、无目的和无意义。这是梅杰想要传递的关于美国黑人生存状态的信息吗？

在《紧急出口》中，梅杰在小说形式上的创新试验可以说走到了极端。故事发生在康涅狄格州的因奈特城，该城有一条基于古老的禁忌而生的门槛法，要求 18 岁以上的妇女必须被男人抱过门槛。英格拉姆家是肤色极浅的黑人，满脑子美国梦。父亲吉姆是个成功的商人，母亲德博拉依照中产阶级的要求教育子女。吉姆和白人女秘书的私情使夫妻间关系紧张。吉姆在东非为美国情报机构服务时，女儿朱丽曾随他到过东非。这个中产阶级上层的黑人女子爱上了肤色很黑的毒品贩艾伦·莫里斯，小说的情节发展线索是艾伦到因奈特来探望朱丽。艾伦曾经在工读学校待过，认为世界整个是一个大屎坑。他和英格拉姆家的人没有共同语言，和朱丽的关系逐渐也因经济和阶级差别过大而矛盾日深。两人分手后，艾伦把朱丽的母亲德博拉抱过了门槛，和她上了床。以上所叙述的传统意义上的情节在梅杰的作品中其实是没有多大的意义的，只不过是叙述方式试验中的一种工具，是他解构的对象。梅杰在《紧急出口》中彻底瓦解了传统的现实主义，作者、叙述者的注意力和兴趣集中在小说的叙述过程，是一种反映作者创作过程的叙述方式。从作品的构成上看，简直就是一个大杂烩，有从古今的词典上详细摘录的"门槛"的定义，因奈特的电话号码本的一页，公共图书馆的书目，作者本人收到的信件的摘引，虚构小说社其他成员作品的引文，塞万提斯、王尔德、弗洛伊德等 22 个作家关于爱情的论述，26 幅梅杰自己的画作，等等。有时为了表示两个人在同一时间中内心存在着的对对方的看法，在一页上分成左右两栏，左栏是甲对乙的想法，右栏是乙对甲的琢磨。作者也任意进入作品之中，评论创作，有时不无调侃地问："我们没有倒叙过，是吗？没有至少一个好的倒叙怎么能有本像样的美国小说呢？"[①]有时质疑自己情节的效果。即使在强调叙述技巧和文本不依赖于外部世界的自身存在时，梅杰对现实世界的关切仍然透过超现实的技巧传递给了读者。吉姆在梦境中设计黑人的美国梦时，实际表现的是在美国社会中，一个人既是黑人又是美国人应如何在美国生存，这其实是所有黑人作家以不同的方式共同探讨了一百多年的问题。"327 个不同式样的美国梦每晚在他（吉姆）的梦中逐一出现"[②]，而反复出现的三个形象是布克·华盛顿、马丁·路德·金和一个从不和白人交往、只开设有关黑人学的课程的黑人教授。在这种超现实的梦境和具有代表性的黑人历史人物及虚构人物的交杂中，浓缩了黑人寻找平等自由、实现自我价值的不懈努力。梅杰在超小说的领域中表达了他对种族和社会的关切。

在《我的截肢》中，梅杰更加明确和突出了寻找自我的主题。他的主人公，作家梅森·艾里斯一直在寻求"我是谁"的答案。他并没有犯罪，却被判坐牢。在监狱中，他从电视上看到一则关于文学颁奖的报

---

① 克莱伦斯·梅杰：《紧急出口》，虚构小说出版公司，1979 年版，第 184 页。

② 克莱伦斯·梅杰：《紧急出口》，第 92 页。

道,他认为一项应该他得的奖被别人用假名冒领。出狱后,梅森决心要
找到这个人。在人们的帮助下,他找到了假冒者,把他绑架,折磨他,要
他坦白,但是这个名叫克莱伦斯·麦凯的人怎么也不承认。梅森开始
对自己的想法产生了怀疑。他感到自己的处境十分尴尬,监禁了一个
他认为偷去了他真正的自我的人,但是此人不承认,所以没法把他的自
我交还给他。他只得占用了麦凯领奖用的假名和他所领的奖金。这样
一来,梅森一直存在的"我是谁"的问题变得更加复杂了,而且萦绕心
头挥之不去。他有了钱和名,可是害怕被揭穿的恐惧折磨着他,愈加执
着地寻找答案。他去欧洲,遇到了各种人物,最后在非洲碰见一个利比
里亚的部族人,他手中的信封里显然装有梅森真正自我的秘密。和梅
杰以前的作品不同的是,《我的截肢》是以第三人称叙述展开的,这个
叙述者了解西方文明的一切,从音乐、艺术、文学到哲学,并且熟知布鲁
斯和爵士等黑人音乐。他常常进入小说,评论人物的行为,使现实和幻
想的界限变得更加模糊。这个叙述者的声音使人感到他很清楚自己是
什么人,和主人公的寻寻觅觅正好形成鲜明的对照。小说出版后,《纽
约时报书评》上发表了理查德·佩里的一篇评论,其中谈到了作品的
语言,提到梅杰曾说过,他写作的目的之一是打破诗歌和小说语言间人
为的区别,认为梅杰的《我的截肢》突出之点正是其"具有召唤力的丰
富而充满想象力的散文诗式的语言,有时如礼花在漆黑的夜空炸开,极
为壮观"。佩里也不得不承认,"有时语言将读者对故事的注意力转移
到语言本身,拖延了我非常想读下去的故事的发展"①。

其实,梅杰的小说里本来就没有多少传统意义上的故事,只有在
《季节如此》和《彩龟》中稍有不同。这两部作品的主人公都是女性:
《季节如此》中的主人公,黑人安妮·伊莱莎同时也是叙述者,作品带

---

① 理查德·佩里:《追捕偷自我身份的贼人》,《纽约时报书评》,1986年9
月28日,第30页。

有强烈的南方黑人民间文化气息；《彩龟》中绰号叫彩龟的主人公玛丽·艾塔瓦是印第安祖尼人，叙述者是她的男友，印第安那伐鹤人鲍迪。在这两部较为"现实"的作品中，梅杰反映了在各自的传统文化氛围中成长的女性寻求自身生活意义和生命价值的努力。

玛丽·艾塔瓦从小就渴望自己是个男孩子，可以享受父亲享有的自由，但是她必须按照母亲和祖母教导的方式生活。她 13 岁时被奸污，生下了一对双胞胎。她企图溺死婴儿，人们便认为她精神不正常，把她送到了印第安医疗中心。她几个月后出院，回到居留地，很快就意识到自己不被社区接受，而她也接受不了充满拘束的传统女性的生活。她渴望有自己独立的生活，于是离开了居留地。她做过酒吧女招待和妓女，因卖淫被抓。放出来以后，她拿起爱弹的吉他，在酒吧和小旅店唱歌，找到了一个自己的生存空间。参加马背巡回演出使她感受到生活的意义。她遇到鲍迪后逐渐产生了爱情，他们相互尊重，决定一起合作。小说由叙述者鲍迪认识玛丽开始，到他们双双骑马到达合作后的第一个演出地结束，由一个那伐鹤男子叙述一个祖尼女子的生活和经历，她所感到的本族传统习俗对女性的束缚，她在边缘化的生活中找到的生存空间和生命意义。这些内容对他来说是存在着距离的，因此读者对玛丽复杂的感情世界的认知也是朦胧的，但仍然能够感受到她对传统的性别歧视、种族歧视和社会偏见的强烈反叛精神。这是梅杰迄今唯一的一部主人公不是黑人的作品。有评论者指出，《彩龟》是美国 20 世纪末出现的多元文化文学潮流的代表，"在某种意义上，《彩龟》使梅杰彻底脱离早期作品中的自我反映式创作，表明了存在于阶级、人种和性别间的距离不能够阻止严肃作家超越自己的现实，以有趣和敬重的方式去探究其他群体的现实"。①

确实，在《季节如此》和《彩龟》中，作者没有再边创作边解构创作

---

① 阿尔方·杰弗逊：《彩龟：拿吉他的女人》，《黑人文学杰作》，第348 页。

中的作品,但是在创作技巧上两部作品仍具有后现代主义的许多特征。毕竟从早年开始,技巧就是梅杰的至爱。他在 1989 年发表的《必需的距离：关于成为作家的事后思考》一文中,分析凡高、塞尚、高更的绘画和图默、蓝波等人的作品对自己的影响时说:"……回顾起来,在绘画和作品中,技巧比主题更使自己着迷。小说和绘画的主题似乎是不相干的东西：裸体画,海滩景色……根本没有关系！ 重要的是画家或讲故事的人或诗人是如何吸引我进入故事、画幅、诗歌中去的。"①梅杰本人在作品中始终进行技巧上的创新试验,但是通观他的小说,他对主题还是十分在意的。在上述同一篇文章中他在谈到美国时,说美国的自我感觉是理想化了的,和美国的现实有着极大的差异。他列举了贫困、无知、疾病、腐败、种族主义、性别歧视和战争,说自己作为作家,没有权利享有美国这种理想化了的自我形象,而是必须透过表面现象触及本质。因此可以说,梅杰是一个关心黑人生存状态、在叙述技巧上创新试验的作家。

威廉·梅尔文·凯利

纽约出生的威廉·梅尔文·凯利(1937—　　)毕业于哈佛大学,在纽约州立大学和巴黎大学等校教授文学和写作。他从 1962 年开始出版小说,到 1970 年共出版了四部长篇小说：《别样鼓手》(1962)、《些微耐心》(1965)、《他们》(1967)和《邓福德到处旅行》(1970)。开始创作时,凯利认为,作家不是社会学家或政治家,他们的任务不是为社会问题提供答案,而是应该提出问题。后来他的态度有了变化,认为黑人作家的任务是对黑人说话,帮助他们"找回在非洲海岸上被抢走的东西,帮助纠正过去三个世纪中对黑人心灵的伤害"②。凯利的作品反映了

---

① 《美国黑人文学论坛》,第 23 卷,第 2 期,1989 年夏季号,第 210 页。
② 《黑人文摘》,1965 年 4 月号,第 78 页。

他对种族问题的这种历史关怀。

　　凯利的处女作《别样鼓手》出版的时候,作者只有 23 岁。小说的故事发生在南方一个虚构的州中叫萨顿的小城里。1957 年 6 月的一天早上,黑人农民塔克·卡里班开枪射杀了自家养的牛马,往田地里撒进大量的盐,放火烧掉了自己的房子,带着妻儿离开了萨顿。使小城的白人没有料到的是,城里所有的黑人全都随塔克而去。两天以后,北方来的一个激进的黑人教会领袖布莱德肖被私刑处死。黑人的集体离开和白人对这一事件的反应,构成小说的中心情节。开始时,对于黑人离开,多数白人和州长的想法一样:"没有什么可担心的。我们从来就不需要他们,没有他们我们过得很好……"①等到黑人走得一个都不剩的时候,白人的生活受到了影响,他们感到惊恐了,纷纷从自己的角度寻找发生这一不可思议的事件的原因。小说从布莱德肖被私刑处死的那一天开始叙述,作者通过不同叙述者的回忆和倒叙,对这个事件提供了多角度的审视。最先是世故的哈珀对聚集在他前廊上的人说,这都是塔克的祖先"非洲人"的反叛血统在作怪,说"非洲人"被抓后贩卖到美国,在拍卖台上被卖给了杜威·威尔逊。威尔逊当年是南军的将领,黑人集体出走时,他控制着萨顿城的政治经济大权,还是一个大种植园主。当年就在拍卖台上,"非洲人"挥舞手上的铁锁链,削去了拍卖人的脑袋后逃走,而且潜入杜威种植园,带领种植园里所有的黑奴逃进森林。威尔逊先是打算把他抓回来,但是在几个月都无法捉住他的情况下将他射杀,把他遗下的婴儿养大。哈珀的结论是,塔克继承了"非洲人"的反叛精神。白人分租农哈里·里兰是朝鲜战争的退伍老兵,他从来不许 8 岁的儿子哈罗德把黑人叫做"黑鬼",认为应该和所有的人和睦相处。他的看法是,黑人在恶劣的种族气氛下进行了战略撤退。

----

　　①　威廉·梅尔文·凯利:《别样鼓手》,道布尔迪出版公司,1962 年版,第 4 页。

小说的 11 章中，有 6 章是由威尔逊的后代叙述的，反映了他们各自和塔克的关系以及他们的生活经历，折射了南方复杂的种族和阶级关系。通过日记表现的戴维·威尔逊的思想和经历，反映了生活在南方的、不能认同美国的种族政策但又在出身和社会的压力下因循苟且的白人的心境。日记从 1931 年戴维在哈佛大学读书开始。他受黑人同学布莱德肖的影响，反对种族隔离，支持激进的斗争，因而上了黑名单。他 1938 年回到萨顿，在父亲手下工作。父亲给他的任务是向佃农催收地租。从这个时候起，戴维中止了记日记。到 1954 年，他看到报载布莱德肖作为一个激进的教会领袖的活动后，又开始了断续的记载。据他记载，塔克找他要买下卡里班家族的第一代种过的 7 英亩土地，他同意了，并且把据称是"非洲人"被杀前所建的神龛上的一块白石头还给了塔克。他说自己是在赎罪。塔克的离去震动了戴维 20 年苟且偷安的生活，他看到自己虚度了的岁月，写道："（他）解放了自己，这对他非常重要。但是他从某种角度也解放了我。"①戴维的 18 岁的儿子杜威第三是和比他大 3 岁的塔克一起长大的。他回忆起他 10 岁生日时，塔克教他骑自行车，因为两个人回家晚了，塔克挨了打，而杜威第三不敢在父亲面前为塔克说话，为此一直感到内疚。无论是熟悉塔克的人也好，不了解塔克的人也罢，没有一个白人知道，是塔克祖父之死，使塔克久积心中的愤怒升华成了行动的决心：离开南方。老人在城里的公共汽车上心脏病发作去世。塔克赶到时，看见祖父的遗体躺在"有色人区"的牌子下面，他就下定了决心，他决不允许这种事情再度发生，必须离开南方。小说结束前，作者回到了聚集在哈珀的前廊上的人群中。人们在找不到满意答案的情况下，有人认为是北方来的那个黑人牧师煽动黑人离开的。此时，布莱德肖正开车经过，一帮人上去把他从车上拉了下来，对他辱骂殴打，最后私刑杀死。在场的杜威第三企图劝阻，但

---

① 威廉·梅尔文·凯利：《别样鼓手》，第 151 页。

是个别白人的良知,在一种扭曲了的社会制度下,能够起到什么作用呢?

由于白人始终找不到使他们满意的塔克和其他黑人突然离去的解释,而中心人物塔克在小说里很少用语言来表达自己的思想,因此他在白人的心目中蒙上了一层神秘的传奇色彩,成了他的祖先"非洲人"的传奇的继承人。小说的结尾颇耐人回味。8 岁的哈罗德听到私刑者发出的喧嚣声,在脑海里幻化成人们欢迎塔克回来的宴会上的喧嚣,塔克和他分享食物,还告诉哈罗德,他找到了自己失去的东西。卡尔·罗里森在《美国黑人文学杰作》中评论这一结尾时指出:"塔克弃而离去的行为意味着,他在南方的本体特性上造成了一个缺空,小说中就连满脑子偏见的白人也不安地意识到了这种缺空,而只有在塔克带着完整的本体特性回来以后,南方才会重新归于完整。"①

《别样鼓手》中故事发生的时间延续了三天,每一章有不同的叙述人,他们年龄不同,经历各异,揭示了不同历史时代,以及在不同时代中黑人和白人两个家族交错复杂的关系。有的叙述者平铺直叙,有的完全是通过意识流,戴维的叙述则是通过日记的形式。每个人的叙述都留下了许多空白,需要读者自己去分析不同的叙述者的叙述,填补叙述的空白,并进而以自己的视角解读积淀在塔克和其他黑人破釜沉舟的神秘行为背后的历史性的缘由。凯利在创作手法上的创新尝试到《邓福德到处旅行》中发展到利用文字游戏、表音拼写和多层次双关语等语言手段,使作品晦涩难懂。

《些微耐心》和《他们》的出版没有引起太大的反响。前者表现的是,一个黑人盲人爵士音乐家勒德罗·华盛顿,在种族歧视和商业运作对他的剥削以及所爱的白人女子的背叛下精神崩溃,康复后拒绝公众对他作为音乐家的迟来的承认,到一个黑人小教堂去工作。后者的情

---

① 卡尔·罗里森:《美国黑人文学杰作》,第 145 页。

节很像一个肥皂剧，一家广告公司的白人经理米切尔的妻子生下了一黑一白两个异卵双生子，出生后白皮肤的婴儿死去，黑皮肤的活了下来。米切尔在两个黑人贝德罗和约翰逊的带领下到哈莱姆去寻找妻子的黑人情人库利，库利是家里黑人女仆的男友，他只在厨房里见过一面。他寻遍了哈莱姆的夜总会，最后意识到原来约翰逊就是库利。凯利喜欢通过人物间的关系将不同作品联系起来。勒德罗的女儿是《别样鼓手》中主人公塔克的妻子，而贝德罗则是《邓福德到处旅行》里哈莱姆情节中的主要人物。

《邓福德到处旅行》从人物、结构和风格上讽仿英国现代主义文学大师乔伊斯的《芬尼根守灵夜》，以主人公熟睡时的梦境为作品循环结构的开始，用不同风格的语言表现多层次多样性的意识，反映了主人公其格·邓福德寻找自我本质的过程。这个艰难的自我认识过程将他从许多欧洲国家的首都带回到哈莱姆，使他经历了和自己身上的白人价值观的痛苦斗争，黑人意识逐渐觉醒。故事时间背景是 1960 年代，小说有两个并行发展的情节。一个情节以邓福德为主线展开，开始的地点是欧洲一个虚构的国度，这里实行根据人选择所穿的衣服是蓝红相间还是黄红相间进行严格隔离的制度。另一个情节围绕贝德罗在哈莱姆的活动展开，两个情节在最后一章以邓福德和贝德罗在哈莱姆相聚而会合。小说前半部反映了邓福德旅居欧洲期间和 5 个旅伴的生活，其中大家都认为是白人的温迪是他的女友。在哈佛大学受过高等教育的邓福德，此时并没有意识到种族主义和黑人的历史传统对他个人具有的特殊意义。作者表明，邓福德身上的黑人意识此时只不过仍在沉睡而已，他通过根据黑人口头英语的发音拼写而成的文字将邓福德的这种意识反映了出来。后半部从 17 章到 29 章，奇数各章描写邓福德乘船回纽约，发现在船的锅炉房里藏着 100 个非洲黑奴，他企图弄清他们的来历。船上有两个对立的组织，在黑奴问题上持对立的态度。温迪是支持贩卖黑奴组织的代表，被对立组织发现后杀死。这时邓福德才知道温迪不仅支持贩卖黑奴,而且本人是个黑人。偶数各章描写贝德罗在哈莱姆的活动。他被一个富有的牙科医生雇来引诱他的妻子,以达到离婚的目的。贝德罗找来朋友洪多一起干。洪多说他已经把灵魂出卖给了魔鬼,贝德罗成功地从魔鬼手里将洪多的灵魂拯救出来。邓福德到达纽约后,和贝德罗及洪多在哈莱姆金松鸡酒吧相聚。邓福德听着贝德罗和洪多讲述与魔鬼较量的经过时,幻象、梦境和现实交杂在一起。他也同样有和魔鬼打交道的经历。他曾经生活在一个幻想的世界中,把自己的文化、历史和种族特性——自己的灵魂——交给了魔鬼,他在旅行终结时拯救了自己的灵魂,回到了家园。邓福德的旅行是寻找自己作为黑人的本真自我之行,最后在哈莱姆开始意识到了真实的自我。

　　凯利在《邓福德到处旅行》中表现多层次的意识时所使用的语言手段也是多种多样的。他用标准英语表现表层意识,这也是叙述者用以叙述发生的具体事件时使用的语言,在表现邓福德和贝德罗的半意识状态、反映超现实的梦境或如梦般世界时,作者使用了根据各人口头英语的发音拼写而成的表音语言。用洋泾浜英语、西班牙语和法语的词混合起来的语言表现邓福德的无意识世界。作者用心良苦,但是对读者来说,读懂这种近似文字游戏的语言实在是费时费力,而且难以尽得其意。如果作品写到了读者望而却步的地步,对于读者来说,这种创新就失去了意义,而凯利本人所希望的小说"对黑人说话"的目的也就无法实现,剩下的就只有评论家们去说长论短了。

利昂·弗利斯特

　　利昂·弗利斯特(1937—1997)出生在芝加哥,1960 年在芝加哥大学毕业后参军,在德国服役,退役后回到芝加哥,决定从事写作。他一面回芝加哥大学选读课程,一面在母亲和继父经营的酒吧打工。1960年代中期,弗利斯特开始做记者,后来成为美国伊斯兰联盟机关报《穆

罕默德说话》总编辑。1973 年，他的第一部小说《有一棵比伊甸园还要
古老的树》出版。不久他受聘到西北大学任教。他共创作了四部小
说，其中《有一棵比伊甸园还要古老的树》、《布拉德沃思家的孤儿们》
（1977）和《两只翅膀遮住我的面孔》（1983）又称威瑟斯庞三部曲，1992
年出版的《神赐时日》是长达一千一百多页的洋洋巨作。

　　弗利斯特作品的中心主题是黑人在美国孤儿般的处境。他们的祖
先被强迫离开了非洲，来到一个敌视、奴役、迫害他们的国家。他们的
后代至今没有得到完全平等的对待，精神上处于失落、异化和愤怒的状
态中。弗利斯特的主人公们寻求自我意识的确立和自我价值的实现，
而唯一的希望是从黑人文化传统中获取为生存而斗争的力量。评论家
基斯·拜尔曼在《抚摸粗糙的颗粒：近年黑人小说中的传统和形式》一
书中指出了这一点：

　　　　因此，弗利斯特作品的更为广泛的意义就很明显了：一个毁
　　谤他们的存在、将他们作为替罪羊的种族主义社会使黑人处于无
　　父、无母、无过去的状态……这种孤儿状态和强暴尽管具有极大的
　　破坏性，但也使得所有的黑人形成一个共同体，外人以污蔑的语言
　　界定他们，但是他们内部形成了通过民间文化的智慧生存下去的
　　决心。①

　　威瑟斯庞三部曲的故事发生在弗利斯特县（芝加哥地区），主人公
纳萨尼尔的祖上是密西西比州罗林斯·里德种植园的黑奴。《有一棵
比伊甸园还要古老的树》的表层时间是 1950 年代后期。1937 年出生
的纳萨尼尔是一个十一二岁的少年，刚刚失去母亲，成了孤儿。面对失

----

　　① 基斯·拜尔曼：《抚摸粗糙的颗粒》，佐治亚州立大学出版社，1985 年
版，第 255 页。

母之痛,他困惑、彷徨,不知道这一变故对他自我意识的发展意味着什么。他在家庭中既受到天主教也受到新教的影响,亲友中对深肤色的黑人有亲有疏,朋友中有好有坏。没有了母亲的指引,他很怕自己会迷失方向。小说通过纳萨尼尔在母亲葬礼时的内心活动,在以"噩梦"、"梦境"、"幻象"和"苏醒"为名的四章中回顾了自己的童年和少年时代以及母亲的生活,思考今后的人生道路。"噩梦"表现了纳萨尼尔企图超越死亡寻找死去的母亲,交织了主人公经历过和不曾经历过的黑人遭受的暴力。在"梦境"一章中,纳萨尼尔开始意识到个人的丧母之痛象征着美国黑人整个痛苦和失落的历史,因而逐渐走出困扰他的噩梦,进入使他能够获得自由的梦境。梦境中各种力量在他身上起着作用:姑姑赫蒂对他进行宗教教育,告诉他,对基督的信仰可以将丧母之痛转化为改变自己的力量;有着近十个化名、因贩卖枪支和反叛被通缉的詹姆斯唐·费希邦德,对他讲述了自己的祖父如何用布克·华盛顿的思想教育父亲,希望他成为黑人领袖,但是父亲却宁愿做混混;最后纳萨尼尔又梦见自己的祖父杰里柯·威瑟斯庞和詹姆斯唐就黑人的过去和未来进行辩论,祖父相信黑人能够在美国现存的制度下通过斗争改善处境,而詹姆斯唐则认为只有通过暴力革命彻底改变美国社会,黑人才能获得真正的自由。"幻象"中描写了两派人在各自头领的带领下对一个黑人私刑处死。其间雷鸣电闪,天空变得漆黑,该人被刺,手掌、脚心被钉在树上,每一暴行都引起在场人群欢呼,但是无论对这人进行怎样的残害,当头领问大家是否满足了的时候,回答永远是没有。直到将他肢解,在场的人还喊要他的头颅,并且三次叫喊要"他的灵魂"[①]!老鹰也来啄他的眼睛,但是剩下的一只眼睛似乎仍然洞察一切。当人群要最后毁掉这只眼睛的时候,一群天使将肢解的尸体整合复原。拜尔

---

① 利昂·弗利斯特:《有一棵比伊甸园还要古老的树》,兰登书屋,1973 年版,第 140 页。

曼认为这段叙述具有高度的象征性寓意,两派人代表南方和北方,各自为了自己的私利争夺黑人。血淋淋的私刑场面概括了黑人在美国的历史经历,但是无论怎样的迫害也不能征服他们。① 在经历了噩梦、梦境和幻象后,纳萨尼尔接受了母亲死亡和人生痛苦的现实,接受了自己的童年已经逝去、需要面对未来的人生这一冷酷的现实。

《布拉德沃思家的孤儿们》进一步展开了黑人在美国社会中的孤儿状态这一主题,强调了主流社会通过对黑人男子经济上的奴役和剥削以及对黑人女子的性剥削,不断从个人历史、精神和文化方面剥夺黑人继承的权利。弗利斯特这部作品中的许多人物都是白人男子和黑人女子的私生子女,得不到父亲的承认,彼此之间也不知道相互的血缘关系,造成了令人痛心的人间悲剧。他们仍在始终不断地求索,力图通过宗教、音乐、民间传说和故事重整黑人文化传统,将属于自己民族的精神财富保存下来。在这部作品中,时间已经到 1970 年代初期,纳萨尼尔 33 岁。12 年前祖母甜妞·里德去世前向他揭示了家族历史的真相,纳萨尼尔这才知道他一向深爱和依赖的祖母其实只是他父亲的养母。这段复杂和充满了恩怨情仇的历史是三部曲中第三部的内容,读者在读第二部时并不了解具体情况,对造成纳萨尼尔像断了锚的船般无目标的动荡生活状态的原因不甚了了。他在这部作品中更多的是一个旁观者而不是一个积极的参与者。布拉德沃思家族的一些人在三部曲其余两部中也出现,但是他们的悲剧是这一部作品的中心情节。1817 年出生的密西西比州种植园主,奴隶主阿林顿·布拉德沃思的儿子小布拉德沃思和孙子布拉德沃思三世,和当年许多奴隶主一样,除了白人子女外,还和黑人女子生下了混血子女。小说围绕着纳萨尼尔所接触的其中 6 个布拉德沃思的混血后代的悲剧展开。在骨肉分离,各人对自己身世不知情的情况下,乱伦、弑父、奸母的悲剧不断出现。作

---

① 基斯·拜尔曼:《抚摸粗糙的颗粒》,第 248—249 页。

者旨在通过由于种族歧视所造成的混血子女得不到白人父亲的承认，对他们及后代所产生的深远影响的揭示，对这个背离人性的制度进行有力的鞭挞。和个人悲剧呼应的是黑人的斗争和血腥的种族暴乱，整个社会都付出了沉重的代价。

小说共分为两大部分，围绕和纳萨尼尔关系密切的雷切尔、亚伯拉罕·朵尔芬和三胞胎里格尔·皮提蓬、阿默斯-奥蒂斯·西格朋、拉唐娜·斯凯尔斯及他们的同父异母弟弟诺亚·里奇鲁克·格兰德贝里等人物的故事层层发展。雷切尔早年被布拉德沃思三世霸占，生下了两个混血儿子。雷切尔不堪虐待离家，两个儿子被黑人牧师鲍曼收养。多年后，她在弗利斯特县住下来，和儿子团聚，但是两个儿子后来都暴死。雷切尔伤心之余，皈依宗教，并且收养了孤儿里格尔·皮提蓬。朵尔芬是一个有名的黑人医生，还是弗利斯特县最火爆的夜总会的老板，在黑人社区极有权势，和上层白人也过从甚密。他对身世一无所知，实际上，他是布拉德沃思二世的混血儿子威廉·布迪的私生子。布迪离家到欧洲，和他不知情的同父异母妹妹加丽·特劳特有了孩子。加丽生下朵尔芬后将他遗弃，被邻近种植园主马斯特逊的女儿收养。马斯特逊供他上了医学院，但他从肤色知道，自己并不是这个家庭的成员，对自己身世的无知始终困扰着他。医学院毕业后，朵尔芬回到故乡行医，在1952年的选举中，他鼓励来找自己看过病的黑人病人参与政治，受到来自白人的威胁，最终不得不躲在装运黑人老兵尸体的棺材中逃离了南方，在弗利斯特县落脚。他在事业上的成功仍然抹不去身世无着的阴影，最后自杀而死。三胞胎的父亲叫普迪·福特·布拉德沃思。传说他是富家子弟，家产被家族中另一个分支的人夺去后，他被遗弃，在1880年被布拉德沃思二世的仆人发现后由布拉德沃思收养。他在参与强奸布拉德沃思二世的私生女加丽·特劳特后，被养父赶出了种植园。养父诅咒他，说等他有了孩子，孩子会要他的命。他怕诅咒应验，就在三胞胎出生后把他们送到不同人家寄养，和他们断绝了联系。长大成人的里格尔和拉唐娜在护理病危的雷切尔时产生了爱情,但是在雷切尔的葬礼上,他们得知两人竟是亲兄妹! 身世被揭露后,阿默斯-奥蒂斯因哥哥里格尔乱伦和他打了起来。拉唐娜中枪死去;阿默斯-奥蒂斯也丧了命;里格尔被一群认为他的行为玷污了他们的教民打死。

小说结束时,弗利斯特县处于"洪水、黑人帮派之间的混战、警察的枪声和大火"①的大混乱中。拯救纳萨尼尔的灵魂的,是黑人民间音乐和诺亚。他和《圣经》中的诺亚一样,具有战胜灾难生存下来并创造一个新世界的能力,同时还从曾祖父那儿继承了黑人民间传统中的巫术。诺亚给予了纳萨尼尔在无路可走的情况下仍要找出一条路来的希望。他们决定"停止为过去哭泣"②,走出藏身的医院。他们在大火中拾到了一个放在大靴子盒里的弃婴。又是一个孤儿! 也许作者在他身上寄托了一线希望。当纳萨尼尔和诺亚回头看着放在汽车后座靴子盒里的小黑婴时,"他的小手颤动着往上伸向这两个抽泣着的面含悲伤的男人"③。也许这一个被遗弃的孤儿会在经历了太多的人间灾难的纳萨尼尔和诺亚的呵护之下,有一个不同于布拉德沃思家的孤儿的未来?

《两只翅膀遮住我的面孔》的时间倒回到了 1958 年,纳萨尼尔 21 岁。91 岁的祖母甜妞·里德实践了 1944 年丈夫杰里柯去世时的诺言,即在纳萨尼尔成年时把她为什么从 1904 年起和杰里柯分居,以及她在杰里柯的葬礼上古怪行为的原因向纳萨尼尔进行解释。现在纳萨尼尔已经成年,她把孙子叫到病榻旁,要他倾听并记录下她的故事。这是一个故事内套故事的叙述。小说的叙述者是纳萨尼尔,他叙述了祖母的故事和讲述时的情况及自己的想法。甜妞不仅将她自身的经历告

---

① 利昂·弗利斯特:《布拉德沃思家的孤儿们》,兰登书屋,1977 年版,第 382 页。

② 利昂·弗利斯特:《布拉德沃思家的孤儿们》,第 383 页。

③ 利昂·弗利斯特:《布拉德沃思家的孤儿们》,第 383 页。

诉了纳萨尼尔,同时还把她从父亲老里德那儿听来的有关家族的故事也讲给纳萨尼尔听。通过这跨越一百多年的历史,威瑟斯庞和布拉德沃思两个家族的故事清晰地呈现了出来,使读者对三部曲的前两部,特别是《布拉德沃思家的孤儿们》能够有深入一层的理解。

老里德是密西西比州罗林斯·里德种植园主罗林斯的黑奴,南北战争后做了罗林斯的贴身仆人。他在 1906 年去世前对关系疏远、已经 24 年没有见面的女儿将自己的一生做了最后的说明。里德年轻时对黑奴的头头黑伍德十分妒忌,想破坏他和主人罗林斯之间的关系,就告诉黑伍德说,罗林斯常常去找他的女人。黑伍德和罗林斯发生冲突,差点把罗林斯打死。黑伍德被里德用弹弓打伤后逃走。里德找来黑人女巫师,用巫术将罗林斯治好,而且把他变成了一个较为仁慈的奴隶主。黑伍德由于被里德打伤,不久被抓回并死去。为了惩罚里德,女巫师对他施咒,使他永远做罗林斯的仆人。南北战争末期,当北军行军经过种植园时,里德为躲在树林中的罗林斯送饭。战后,罗林斯为报答里德的救命之恩,把自己和一个女奴生的女儿安吉林娜给里德做了妻子,12年后甜姐出生。甜姐 7 岁时和母亲一起被三 K 党掳去。罗林斯派人去救自己的女儿和外孙女,但是安吉林娜已经被暴徒强奸后杀死,只救出了甜姐。里德把丧妻之痛变成了对活着回来的女儿的怨恨。女儿 15岁时,他就建议罗林斯把甜姐嫁给了杰里柯·威瑟斯庞。杰里柯早年在逃往北方时经过罗林斯的种植园,爱上了美丽的安吉林娜,但是为了自由和她失之交臂。这时他已经 55 岁,是个有身份的律师和法官,愿意出大价钱娶安吉林娜的女儿。甜姐和杰里柯结婚,离开了南方。她痛恨父亲甘愿为奴,也不能原谅他对自己的冷漠,直到里德去世前夕才重回老家。将要进入老年的杰里柯渴望得到儿女,但是始终未能如愿。1905 年,已经 78 岁的杰里柯突然抱回家一个刚满月的男婴,是他和情妇生的儿子。甜姐同意留下孩子,把他养大,条件是杰里柯不能再回家。从此两人分居,直到他 117 岁去世。甜姐除了养育孩子以外,把精力投入了救助贫穷黑人的慈善工作之中。这个养子就是纳萨尼尔的父亲亚瑟。以甜妞和里德的复杂交错的经历作为主线，作者展开了南北战争前后种植园中白人和黑人悲剧性的生活。在甜妞断续的叙述之间，弗利斯特还不断穿插纳萨尼尔的内心活动和回忆，而且是儿时和成年后的回忆同时出现。作者通过诸如"男孩纳萨尼尔看见……"和"回忆中的青年……"等将他不同年龄时期的回忆区别开来。甜妞去世前向孙子诉说了自己的一生，正如里德去世前向甜妞诉说自己的一生一样，解开了猜疑、误解甚至仇恨的心结，展现了黑人在不同时代的生存苦难，增加了各代人之间的了解和理解，并且通过口述保存了黑人家族和种族的历史。作者通过甜妞之口，点明了主题："我们这样多的历史被永远埋葬了——埋葬在了混乱的岁月之中——或者不能及时地传递给我们。"①甜妞和纳萨尼尔在叙述、倾听以及记录历史的过程中都意识到，了解黑人恐怖的、充满了心灵和肉体创伤的历史，是改变这种历史的不可或缺的一步。

正是出于这种认识，弗利斯特才通过一个黑人家庭一百多年的遭遇，审视在残酷的蓄奴制下白人和黑人、男人和女人之间斩不断的恩怨情仇，以及这一切对他们本人的生活和后代所造成的深远影响。

弗利斯特的最后一部作品《神赐时日》的主人公是29岁的黑人青年朱伯特·安东尼·琼斯，他以日记的形式记录了自己1996年2月16日到2月23日的生活。小说出版于1992年，主人公对于四年以后的未来的一周所写的日记与其说是实际生活的记录，不如说是超越了具体时间的象征意义上的一周生活，目的在于突出这种生存状态的普遍意义。朱伯特比纳萨尼尔小5岁，他的姨祖母是纳萨尼尔父亲的生母。他和纳萨尼尔不同，充满了自信，有明确的生活目标。小说中的朱伯特

---

① 利昂·弗利斯特：《两只翅膀遮住我的面孔》，兰登书屋，1983年版，第233页。

也是一个孤儿,3 岁丧母,12 岁丧父,由姨妈兼继母埃洛斯抚养成人。埃洛斯是个记者和专栏作家,还在弗利斯特县拥有一家夜总会,具有相当的文化修养。埃洛斯家庭中浓厚的文化气息,老理发师威利梅因讲不完的有关黑人的故事,对朱伯特的成长具有很大的影响。他在驻德国的美军部队服役两年,刚刚复员回到弗利斯特县。朱伯特归来的目的是"实现我成为剧作家的梦想,我甚至已经在心里制订好了头七天的计划"[1]。他打算根据三周前去世的弗利斯特县的神话式人物甜树丛留下的回忆录写个剧本,希望在创作过程中"发现在神赐此人在地球上的时日中的生存意义"[2]。

这部超长小说共分 15 章,以年、月、日、时、星期几分别标明,第一章是 1996 年 2 月 16 日,星期三,上午 6 时。有时一天占了两三章,如星期五占了三章:上午 10 时,下午 4 时半,傍晚 6 时半。朱伯特在这忙碌的七天中接触到了弗利斯特县各个阶层的黑人,他对自己的生活、思想和社区中各色人等的描述构成了美国城市黑人生活的全景图,而把这七天复杂的生活联结成有机整体的,是他对三个重要人物福特、甜树丛和德罗列托·霍洛德的生活和命运的叙述和思考。福特是弗利斯特县的神秘人物,不断变形,有许多名字,是个魔法师和许多宗教教派的教主。在《布拉德沃思家的孤儿们》中,给了纳萨尼尔极大影响的诺亚就曾是福特的一个教派的成员。福特还是占卜者,有高明的骗术,象征混乱和破坏的力量。朱伯特参军前和福特一起生活了七个星期,收集有关福特在弗利斯特县的叫做"神赐时日"教派的资料,打算写一个剧本。此后,福特就神秘地失踪了。他的命运引起了朱伯特强烈的兴趣。甜树丛在《布拉德沃思家的孤儿们》中已经出现,他的故事在《神赐时日》中有了更为充分的发展。他的父亲是老布拉德沃思的白种儿子,

---

① 利昂·弗利斯特:《神赐时日》,诺顿出版公司,1993 年版,第 9 页。

② 利昂·弗利斯特:《神赐时日》,第 9 页。

爱上了一个黑人女子,生下了甜树丛。母亲在生他时死去,父亲不愿公开认甜树丛为子,他为姨母收养。从12岁开始,父亲每月给他一些生活费,但是他必须在天黑以后到宅子的后门口去拿钱。17岁时,他离家去上大学,两年后回到故乡,在一个黑夜去父亲家的路上,发现了同父异母的姐姐被杀害的尸体。他怕受到怀疑,离开南方,来到弗利斯特县,发了财。他的豪赌和女人缘以及各种善举,使他成了弗利斯特县传奇式的人物和理发店里故事的主角,也是朱伯特的偶像。卡威尔迪在评论这部作品时指出,甜树丛是典型的创新的热衷者,福特是散布混乱的魔法师。从抽象意义上,一个代表了听任混乱现实的摆布,成为恶魔的力量,一个代表了寻求战胜苦难达到超越的努力。两人之间的斗争是小说故事的核心,同时作者也表现了这两种对立的力量在黑人的历史文化和现实社会中是并存的。① 了解甜树丛死前的情况并保存了甜树丛记录自己最后阶段思想的日记的老威尔克森的一段话,明确点出了这一点。他在小说结尾时对朱伯特谈到黑人传统文化的意义时说:

> 我们全心倾注的最强烈的愿望,永远是在无路可走的情况下找出一条路来。从我们的经历中不断出现的一切噩梦中创造出一种综合……吸收并重新创造,把一切接受进来,加以咀嚼、加工,然后像路易斯·阿姆斯特朗爵士乐中的即兴重复段那样抒情而激越地倾吐出来。②

而朱伯特的任务是,作为一个作家,他应如何把他所了解的福特和甜树丛所代表的力量进行综合和再创造。除了甜树丛和福特之外,朱

---

① 约翰·卡威尔迪编:《利昂·弗利斯特:介绍与诠释》,博林格林州立大学通俗出版社,1997年版,第58页。
② 利昂·弗利斯特:《神赐时日》,第992页。

伯特还从美丽的黑人女子德罗列托的悲剧中进一步感受到了老威尔克森的话的意义。朱伯特在参军以前就为德罗列托所吸引。她是个画家,在黑人区做社会福利工作。她没有归属感,极力想要使自己成为一个真正的非洲的后裔。她相信自己有黑皮肤的兄弟姐妹,就总想找到他们;她把自己的住所用非洲的艺术品装饰起来;她在画幅中表现社区青年黑人的形象;她把名字改成非洲式的名字伊玛尼。她的非洲艺术品实际上是赝品,而且提供的人是个毒品贩子。她画中的黑人青年是帮派团伙的首领。作者以此表明德罗列托所追求的以黑人和非洲分界的观点的片面性,德罗列托的自杀更表明了这条路是走不通的,从反面突出了作者认为美国黑人文化传统中综合和再创造的特点。德罗列托死后,朱伯特整理她的遗物,发现了她的日记。从日记中,朱伯特了解到,德罗列托强烈的寻根愿望来自她幼年时受到的伤害和由此而生的不安全感。她为自己幻想出一个理想化的黑人世界,不能面对自己生活的现实,这导致她走上自杀的路。她缺少的正是弗利斯特认为黑人所具有的在无路可走的情况下找出一条路来的能力。朱伯特在这关键的一个星期中,通过对黑人生存实质的进一步了解,感到自己有了创作《神赐时日》的信心和能力。

　　弗利斯特的作品十分难读,充满了超现实的噩梦、幻象、隐喻、讽仿、神话、寓言、传说、《圣经》和文学引喻、典故,将这一切和人物的内心意识、情感起伏、家庭历史、现实活动、政治斗争中的思潮和观点、历史人物等在时空上无序地交织起来,而且作品人物众多,关系复杂,要从中理解作者赋予作品的层层历史文化寓意,不进行深入的研究是很难做到的。兰登书屋在出版《有一棵比伊甸园还要古老的树》时,连该书的责任编辑托妮·莫里森都认为,想要读者明白主人公纳萨尼尔·威瑟斯庞纷乱的意识活动,需要加进对主要人物的介绍。这可见其晦涩的程度了。在某种意义上,这使得弗利斯特的作品难以为普通的黑人大众所接受,他对黑人命运的关切也只能停留在狭窄的圈子里了。

伊什梅尔·里德

在当代黑人作家中，最为特立独行、引起最多争议的作家恐怕要算伊什梅尔·里德（1938—　）了。小亨利·路易斯·盖茨在评论里德时，称他是"肆无忌惮的黑人作家，很可能代表了美国文化中后现代的极点"①。他嘲弄在美国占主导地位的文化和文学传统，在作品中对世事人物进行讽刺挖苦时确实是"肆无忌惮"的。作为诗人、教师、出版家、小说家，里德在美国黑人文学和美国文化中抹上了自己的一笔独特的色彩。

里德1938年出生于田纳西州，六岁时随母亲到了纽约州的布法罗市。高中毕业后，他白天在图书馆打工，晚上到一所学院的夜校学习。一位文学教授从他写的讽刺小说《纯洁之物》中看到了他的才能，帮助他进入了布法罗大学。由于经济原因，里德在1960年中断了学习。这时正是民权运动开始转入黑人权利运动的时代，他积极地参与了政治活动，先在黑人社区杂志《帝国之星周刊》做记者，并且在当地电台联合主持"布法罗社区圆桌论坛"节目。从一开始，这个节目就因比民权运动所主张的更为激进的政治观点引起了争议，在播出了里德对马尔科姆·X的访问后，节目被取消了。1962年，里德离开布法罗到纽约，在《促进》周刊任主编，协助创立了所谓非传统性的地下报纸《另类东村》。他是黑人作家组织本影工作室的成员，这个组织在黑人文艺运动和后来黑人美学观的建立上都起了相当的作用。对于里德来说，纽约的政治和文学气氛对他日后的创作具有重要意义，奠定了他文学生涯的基础。他的第一部小说就是在这里完成的。

里德于1967年移居加利福尼亚州伯克利市，此后除写作外，还先后在多所大学任教。他迄今共出版五部诗集，四部文集和九部小说：

---

① 瓦莱里·史密斯等编：《美国黑人作家》，第279页。

《独立抬棺人》(1967)、《黄皮收音机城解体》(1969)、《巫神》(1972)、《红色路易斯安那的末日》(1974)、《逃往加拿大》(1976)、《可怕的二》(1982)、《公然打量》(1986)、《可怕的三》(1989)和《春季掌握日语》(1993)。除了自己的作品外,里德还和友人共同开办了出版公司,建立了前哥伦布基金,二者的宗旨都是倡导美国文化多元化,挑战传统的创作和批评准则,使各种肤色的美国人能够以各种不同的声音在美国文学中占有一席之地。

里德一般被认为是一个后现代派的黑色幽默大师,作品难读难懂。他使用讽刺和戏仿的手法,不顾任何时空的关联,人物和情节荒诞不经,高度超现实,使人往往感到难以找到可以和人物或情节交流或呼应的共同经验。过去的事件和现实事件交叠,他的目的是打破顺时叙述的沉闷常规,并且使自己能够有机会把历史和当前的事件进行并列比较。里德对起源于非洲的伏都教的神秘色彩和它折中灵活的特性极感兴趣,认为伏都教是在恶化的社会环境下形成的、给人以尊严、具有和友善的超自然力量相通的一种宗教,希望用新伏都主义作为对抗西方文明的黑人美学的基础。在诸如《黄皮收音机城解体》、《巫神》、《逃往加拿大》等作品中,伏都教都作为和传统的西方宗教基督教的唯我独尊的行事方式的对立面出现,是一种颠覆既定传统的另类力量的象征。里德的作品充满了幽默和尖利的冷嘲热讽,但是要充分体会到他的含义,就需要对他所涉及的历史和人物有很好的了解,这是里德的作品难读的又一个原因。

《独立抬棺人》的故事发生在一个叫哈里·山姆的城市里,城市的白人统治者哈里·山姆一心培植自己的权势,不允许不同的思想行为方式存在。主人公,黑人青年布卡·杜丕达克按能力本来是可以在白人大学里按照白人的标准获得优异成绩的,但是在哈里·山姆市白人主导的学术界里,根本就不可能有杜丕达克的地位。他的白人同学看不起他,白人教授眼里没有他。他离开大学到黑人社区去,也得不到人们的理解。最后，他由于反对哈里，被悬在挂肉钩上吊死。电视台直播了他被吊死的情景，以此向人们警示一个不知道或找不到自己地位的黑人的下场。里德在这部作品中既犀利地讽刺了白人的统治，揭露了黑人居住区的恶劣条件、西方宗教对贫苦黑人的麻痹作用、白人控制下的黑人喉舌的欺骗性等黑人社区中的问题，同时也讽刺了黑人中存在的对白人统治姑息、趋炎附势甚至助纣为虐的情况。小说中出现了不少反面黑人形象，包括黑人民族主义者伊莱贾·拉文、宣称为大众服务的部长、保护白人的警察，等等。在黑人民族主义运动高潮时期，黑人作家的作品中出现这样的形象自然很难得到接受。里德以后出版的作品中继续出现反面的黑人形象时，就不可避免地受到黑人文艺运动评论家的批评。里德认为，黑人中存在不同的阶级和不同的价值取向，不能说只要出自黑人就必然是正确的，对黑人就不能讽刺批评。里德的第一部作品就充分反映了他的艺术和思想的特点，这样的特点在他以后的作品中发展到了极致。

《黄皮收音机城解体》反映的是美国西部一个叫做黄皮收音机的小城中存在的种族和独裁的问题。其故事发生在19世纪初的10年，主人公是马戏团演员，黑人牛仔路普·加路·基得，但在古埃及文明时代他就已经存在，20世纪赌城拉斯维加斯的赌场中仍有他的身影。眼下，他是个具有伏都教魔力的西部英雄，随着马戏团巡回来到了黄皮收音机城。城里的小孩子刚刚造了压迫他们的老一代的反，控制了城市。老一代找到了有钱有势的白人牧场主德拉格·吉布森求助。吉布森早就想把黄皮收音机城置于自己掌握之中，然后控制视频枢纽城，再逐步向东部扩大影响，对这个送到手的机会岂会放过，便派自己的牛仔去血洗该城。只有路普和两个小孩子逃得一命。路普在沙漠中被名叫陈列品的印第安酋长用一个世纪后才有的直升飞机救出，到山洞中修炼伏都教，然后对电波施魔法干扰，占领了视频枢纽城，并针对德拉格施行了一系列的魔法。德拉格雇杀手杀路普不成，又找教皇协助，终于抓住路普，打算让他上断头台。美国联邦军队坐出租车到来,用射线枪打死了德拉格的牛仔。德拉格也被杀死。亚马逊勇士从山林中杀出,打死了联邦士兵。黄皮收音机城里幸存下来的人们,追随早先逃脱德拉格血洗的两个小孩子去未来的乐土。亚马逊勇士重回山林。路普赶上了载教皇回罗马的航船,显然完成了在尘世的任务,重新成为宇宙中的冥冥力量。

　　路普显然不是一般意义上的人物,而是对史诗英雄的戏仿,糅合了西部牛仔和非洲民间传说中的魔法师的特点,是现存社会秩序的颠覆者。里德以伏都教象征生命的神秘力量,解构了基督教在西方唯我独尊的地位。作者给小说中两个虚构的城市取了黄皮收音机和视频枢纽这样的名字,显然意味着在控制现代美国人的思想上,宣传媒体所具有的重要作用。路普用伏都教改变了波长,颠覆了主流文化对文学艺术、思想文化所加的禁锢。处于里德嘲讽的中心的是德拉格这样的资本家兼极权暴君、西方世界的正统宗教、传统文化和联邦军队所代表的统治机器;受到身心迫害的是没有政治和经济权力的年轻一代、黑人、印第安人以及各种不循常规思想和生活的人。小说于荒诞不经中批判了美国历史和现实中的许多根本问题。由于套用了西部小说中"正义战胜邪恶"的路数,《黄皮收音机城解体》的结尾是光明的,这和里德的其他作品是不同的。

　　《巫神》套用了侦探小说的形式,背景是1920年代纽约的哈莱姆区和新奥尔良市,故事的中心情节是一个50岁的黑人,巫神大教堂的掌门人帕帕·拉巴斯在寻找随意生长运动的伏都教圣典的过程中的斗争。随意生长运动歌颂生命自由,反对主导的基督教对灵与肉的禁锢,主要追随者是黑人。拉巴斯的对手是一个获得了长生不老秘诀、已经好几百岁的白人辛克尔·冯·范普顿,他也在寻找随意生长运动的圣典,目的是不让圣典落入对方手中。范普顿是墙花会下属的基督教圣殿骑士团成员,做过骑士团图书管理员,而这部伏都教的圣典曾经为骑士团所占有。范普顿在20世纪初将圣典分成14部分,然后匿名把每个部分寄给了一个不同的黑人，并让他们把得到的部分相互投寄。这 14 人中的一个，黑人穆斯林杂志编辑阿布杜尔·哈密德获得了全部 14 个部分。小说开始时，随意生长运动正在从新奥尔良发展到纽约，拉巴斯必须找到运动的圣典，向公众揭示其存在，才能在美国文化中确立圣典的精神。墙花会得知哈密德重新把圣典恢复，就逼迫他说出圣典所在。哈密德拒绝，被墙花会杀害。拉巴斯根据线索终于在一家夜总会找到了装圣典的盒子，但是打开盒子以后却发现盒子是空的，圣典已经丢失。后来拉巴斯才知道，哈密德认为圣典有淫秽之处，将其烧毁了。拉巴斯并不气馁，相信世界上有生命和死亡两种力量，随意生长运动代表生命。他预言终有一天，美国黑人会重新创建自己的圣典。如果把这看似无稽的故事放在 20 世纪 20 年代的背景下审视，就可以看到，里德通过寻找和销毁圣典的斗争，实际上反映了伏都教和基督教之间的斗争。前者象征充满生机的哈莱姆文艺复兴时期的黑人文化以及黑人民间传统文化，后者象征主流文化传统以及用主流文化的框架禁锢人，特别是艺术家的心灵和精神的势力。他通过《巫神》表现了一种建立在 1920 年代哈莱姆精神之上的新的黑人美学思想，一种鼓舞精神、正面评价非洲亦即黑人文化历史传统的新美学。

许多评论家认为，《巫神》是里德最重要的一部作品。透过其表层故事，读者看到的是丰富的象征和示意手段，但往往不能弄清其所指。达里尔·平克内在《纽约书评》中称《巫神》中的暗示"是后结构主义者的丰富宝藏"[1]。小亨利·路易斯·盖茨评论《巫神》时，说它"既是一本关于文本的书，本身也是文本，一个由次文本、前文本以及叙述中之叙述组合成的混合性叙述。作品既界定也紧缩了美国黑人文化，是里

---

① 达里尔·平克内：《魔师故事》，《纽约书评》，第 36 卷，第 15 期，1989 年 10 月 12 日出版，第 22 页。

德最为复杂的语言艺术的典范"①。

　　帕帕·拉巴斯在里德的下一部作品《红色路易斯安那的末日》中再度出现。该小说的故事发生在 1970 年代早期的加利福尼亚州伯克利市。勤劳的中产阶级黑人埃德·叶林斯经营着一家叫"坚硬黏土"的伏都教企业的下属工厂。叶林斯发现了治愈癌症的方法,正在努力将其产品推向市场。他在寻找解除海洛因毒瘾的方法时,被代表邪恶力量的红色路易斯安那公司所谋杀。拉巴斯被坚硬黏土的董事会派去调查叶林斯案件。在侦查过程中,拉巴斯发现,红色路易斯安那公司和"摘桃子派"与谋杀案有关。和《巫神》不同的是,拉巴斯在这部作品中不是和白人权势斗争,而是和黑人内部的邪恶力量斗争。里德在这里讽刺了 1960 年代美国黑人争取民权和黑人权力的斗争中黑人内部的阴暗面。他写了"摘桃子派"这样一个激进的黑人女权主义组织,其领袖是叶林斯之女明妮。她们和白人男子合谋压制黑人男子。她们鼓吹暴力,不听取黑人中的不同意见,口头上说帮助普通黑人大众,实际上只是利用他们达到自己的目的。她们还摆出激进的姿态,从黑人社区中获取经济利益。叶林斯的黑人女仆还为行刺叶林斯的白人刺客做内应。为此,里德和他的这部作品受到了黑人妇女的猛烈批评。他对黑人文化运动中一些领袖人物的讽刺也遭到了激烈的抨击。

　　里德善于通过讽仿各种文学形式或前人的作品来表现自己的立场和观点,在《逃往加拿大》中正是如此。这是一部典型的"超小说",它对文字作用和作者在作品中的媒介作用十分关注,却忽略传统作品中对真实性的关注。《逃往加拿大》的故事发生在 19 世纪 60 年代。在第一章中,主人公,原黑奴拉文·奎克斯基尔回到了已经属于黑人罗宾叔叔的斯威尔种植园,坐在大餐厅里构思要创作的下一部作品,后来写出来的就是《逃往加拿大》。从第二章开始是拉文逃往加拿大的经过,小

---

①　瓦莱里·史密斯等编:《美国黑人作家》,第 283 页。

说在时间上基本按顺时发展，但是时间的历史真实性却完全被打乱，黑奴坐喷气飞机，看电视，扑面而来的是 20 世纪下半叶的经济文化气氛。

当年拉文在逃离斯威尔种植园到达纽约州的布法罗市后，为了筹集到加拿大所需的 200 美元路费，写了一首叙事诗，向奴隶主亚瑟·斯威尔叙述乘坐飞机逃离种植园的经过，并承认在离开之前在斯威尔的酒中下了毒。斯威尔是一个极有权势的人。他雇用了职业逃奴追捕人追捕拉文，他的金钱使他可以操纵政府和政策，甚至密谋策划了暗杀林肯的事件。作恶多端的他终究逃不脱报应。儿子的幽灵回来控诉他不仅应对他的死亡负责，还揭发了斯威尔把他的头骨捐给国家档案馆以抵消一部分税款的行为；妹妹的幽灵回来当众宣布他乱伦的罪行。斯威尔被妹妹的幽灵推入壁炉中烧死。斯威尔死后，他的黑奴管家篡改了他的遗书，继承了种植园。在北方的拉文在逃往加拿大的前夜，和他的印第安情妇夸夸公主一面做爱一面观看电视直播在福特剧院演出的《我们的美国表亲》以及布斯暗杀林肯的实况。他们逃到加拿大后，发现他们理想中的自由之邦比美国的情况更为糟糕。此时，罗宾叔叔捎信给拉文，告诉他，斯威尔的种植园已经属于自己，决定把自己的财产用在促进黑人的文化事业上，邀请拉文回来写下他的故事。里德仿用黑奴叙述的形式，在表层故事下探讨了文字和叙述的作用。如他利用拉文之口，强调"一个人的故事就是他的自我"，还说斯陀夫人在写《汤姆叔叔的小屋》时窃用了乔赛亚·亨森的黑奴自述，"就是偷走了他的自我"①。和拉文一起逃往加拿大的两个黑奴里奇菲尔德和"四十几"实际上只是公式化的人物，仿佛主要为了使拉文能够和他们争论艺术的本质和作用才存在的。"四十几"认为，艺术对于黑奴来说是无法负担的奢侈品，他对拉文说："你在开玩笑吧，文字？文字有什么用？"当拉文说"文字构筑了世界，也能毁灭世界"时，"四十几"反唇相讥道：

---

① 伊什梅尔·里德：《逃往加拿大》，兰登书屋，1976 年版，第 14 页。

"那么你去要文字吧,给我枪。我只需要这一个字:枪。砰!"①里奇菲尔德则认为拉文的诗歌以及他关于艺术的思想和论点没有任何实际作用,他相信这个国家只看得见钱,要的也只是钱,所以他拍摄色情电影挣钱。而夸夸公主显然是个接受了白人艺术标准的艺术家,认为唯一真正的艺术是主题具有普遍性意义的艺术。拉文说她这是思想上的奴隶制,到了印第安艺术和黑人艺术都成了具有普遍性意义的艺术的时候,"他们就会把你的印第安和我的黑奴艺术放到缩微胶卷上和社会学的书籍里,然后放进宇宙飞船送上月球。把你刻印在 5 分的镍币上,把我印在邮票上,完事大吉"②。拉文认为,文字是具有颠覆性的。罗宾叔叔用文字颠覆了种植园的白人统治,而里德要用文字颠覆正统的美学和诗学观念。

里德的作品充满了冷嘲热讽。1980 年代后,他对美国社会的嘲讽更加全面和深入。《可怕的二》中在电视上发表讲话的圣诞老人说,是到了找出困扰美国的根本原因的时候了。他说,美国恰似一个可怕的二龄童,"总想要别人给自己冰淇淋,总在抱怨,圣诞老人没有给我这啊,为什么圣诞老人没有给我那啊。谁也没法和我们讲道理,我们谁的话也不听"③。另一个人物说,一个两岁的孩子"自己的盘子满满的,可是总想着别人盘子里的东西"④。这部在 1982 年出版的小说从政治、经济、文化等各个方面勾画出一幅里根当政年代的黑色幽默图。故事说的是在三年以后的 1985 年,在阿拉斯加的北极开发公司、救世军、大百货商场等在加利福尼亚州法院打专利官司,目的是要取得对白色的、黑色的、棕红色皮肤的圣诞老人的垄断权。法官最后把独家经营权判给了北极开发公司的老板奥斯瓦尔德。这个人是经整容后逃过惩处的

---

① 伊什梅尔·里德:《逃往加拿大》,第 81 页。
② 伊什梅尔·里德:《逃往加拿大》,第 96 页。
③ 伊什梅尔·里德:《可怕的二》,圣马丁出版公司,1982 年版,第 95 页。
④ 伊什梅尔·里德:《可怕的二》,第 115 页。

罪犯。他得到独家经营权后，要求国会通过在北极给他两万英亩土地建立圣诞城，让世界各地的消费者到那儿去过圣诞节。反对奥斯瓦尔德这个计划的是尼古拉斯派，其领导人是一家大百货公司老板的儿子博伊·毕晓普和黑人黑彼得。黑彼得认为，圣诞老人的形象是美国白人文化的旁生物，排除了黑人，因此黑人应该有自己的圣诞人的形象。拥护不同的圣诞老人的这两派展开了明里暗里的斗争。1990 年，北极公司组织了圣诞老人的电视演讲会。黑彼得绑架了他们扮圣诞老人的瑞克斯·斯图尔特，把他关进了地下室，换成自己人去电视台发表讲话，号召人们和"掠夺我们、使我们的孩子痛苦地死于白血病的老板斗争，和给我们酸雨、破坏臭氧层……的人斗争"，还说是石油大亨垄断了圣诞节和几乎所有的节日。[1] 警察赶到，大打出手。黑彼得趁乱逃走。而被关在地下室的瑞克斯反省了自己的一生，认识到一直被奥斯瓦尔德利用，为富人利用圣诞节掠夺穷人。再加上圣尼古拉斯显灵，要他帮助穷人，他决意写出实情，揭露大资本家巧取豪夺的罪行。

在这场对圣诞老人的垄断和反垄断的闹剧上演的整个过程中，在美国的政治中心白宫也上演着另一场闹剧。一个男模特迪恩·克里夫特忽发奇想："当国会议员看来很容易，一半时间连班都不用上。你能遇见许多有趣的人，可以到处旅行。可以考虑（去竞选）。"[2]后来他不但当了议员，还做了总统。第一夫人要砍阿拉斯加的一棵云杉做白宫的圣诞树。印第安酋长说这是圣树，不同意砍，但是圣树还是被砍，酋长被抓。圣树为酋长报仇，把在圣诞树燃灯仪式上合电闸的第一夫人电死。克里夫特总统在丧妻后悲痛得灵魂出窍，跟着圣尼古拉斯来到"美国地狱"的第十层，这是最底层，是个大监狱，里面都是生前干了坏

---

① 伊什梅尔·里德：《可怕的二》，第 97 页。

② 伊什梅尔·里德：《可怕的二》，第 12 页。

事的政客,杜鲁门、麦克阿瑟等都在那儿。克里夫特在地狱中听到国防部长揭露了美国的"一石二鸟"行动,即自己用导弹炸纽约和迈阿密,然后嫁祸于一个非洲国家,制造灭绝该国和第三世界过剩人口的借口。克里夫特后来在电视上揭露了这个阴谋,被握有实力的人物说成是因夫人去世过度悲伤形成的幻觉,因而被送进了疗养院。

里德似乎对美国未来恶行的预测意犹未尽,在七年后又写了《可怕的三》,时间是《可怕的二》中那个圣诞节后的四年。总统克里夫特仍被幽禁在离首都 50 英里外的私家疗养院中。他的顾问之一,海军上将马修斯突然死亡,马修斯的海地女仆在他的废纸篓里发现了一封信,信中提到《可怕的二》中那个"一石二鸟"行动。副总统哈奇怕泄露出去,感到很紧张。白宫的宗教顾问克里门特·琼斯献计,说可以把这件事推到白宫通讯官克兰茨的头上,他是犹太人,可以说是他为以色列这样干的。这样既安抚了阿拉伯人,又能让美国的基督徒放心。哈奇的助理斯卡布却很希望信的内容曝光,这样克里夫特和哈奇就都没有再度当选的可能,他竞选总统得胜的可能性就会大大地增加。他的夫人不明白为什么高层要不嫌麻烦地搞什么"一石二鸟":"为什么他们不干脆把可卡因和海洛因用在少数族裔身上,或者把他们都赶到一起?我是说,艾滋病不就是这个目的吗? 不就是要消灭像同性恋和黑人这样不受欢迎的群体吗?"①在政客们为各自的前途绞尽脑汁的时候,在《可怕的二》中圣诞老人电视讲话后被追捕、一直躲在纽约地下洞穴中的黑彼得被圣诞玩具大亨马斯的手下找到。马斯生产的玩偶、儿童自行车,甚至唱片、香水……只要是黑彼得牌的,统统热销,因此他打算让黑彼得和自己合作。黑彼得经过整容后出洞,但此时又出现了一个黑彼得,专圆普通人的梦,给普通人一些欢乐。小说在人们的梦境、幻觉、通灵和撒旦交易等真真假假的情节中展开。小说将近结束时读者得

① 伊什梅尔·里德:《可怕的三》,雅典娜神庙出版社,1989 年版,第30 页。

知，白宫通讯官克兰茨是被派到地球的第三个外星人。前两个都输给了地球人，他的任务是在地球"搞个小核反应站，消灭这些两脚蟑螂，我们好有地方待。结果你却因对救你一命的琼斯的效忠和对女人的爱而脱离了大方向"①。外星人将再给他一次机会。小说结束时，总统克里夫特离开疗养院，车队向白宫开去。欢迎他的人群久等不见，这时电视新闻报告说，总统车队消失。海地女仆公布了马修斯关于"一石二鸟"的信，但是哈奇和琼斯仍保住了自己在白宫的地位。从《可怕的二》和《可怕的三》中，里德鞭挞了一个仇视少数族裔和穷人、破坏环境、被拜金主义统治的失去了灵魂的国家。他似乎在预言，如果继续下去，美国就会陷入一片混乱。

写于上述两部作品之间的《公然打量》，通过20世纪80年代纽约剧坛内部的激烈竞争，反映了黑人男子和黑人女权主义者、黑人和白人女权主义者之间根深蒂固的偏见和难以调和的冲突。作者在过去作品中对妇女和女权主义的否定态度在《公然打量》中有了淋漓尽致的表现。主人公伊恩·波尔是个年轻的黑人剧作家，他在纽约上演的第一部作品《苏珊娜》获得了很大的成功，这时正在创作第二个剧本《公然打量》。剧中黑人男子汉姆·希尔因为"公然打量"了一个叫柯拉·梅的白人女子，被私刑处死。柯拉·梅要求挖出汉姆的尸体，把骷髅放在法庭上审判，以证明汉姆犯有性侵犯罪。伊恩的初稿中，汉姆被证明无罪，但在他的主要支持人，白人朋友和导演明斯克在南方被白人种族主义者和反犹主义者残酷杀害后，演出经纪人，白人佩基·富兰奇拒绝上演伊恩的剧作，除非他做出修改，即必须起诉汉姆犯了性侵犯罪并且判为有罪。佩基是个激进的女权主义者，强调白人女子一贯的受害者地位。她说伊恩的男性视角歪曲了剧中的女性，即使修改以后也只能换到一个小剧场去演。伊恩经过几天的思想斗争，为了自己的剧本能够

---

① 伊什梅尔·里德：《可怕的三》，第133页。

上演,接受了佩基的要求,由黑人女权主义剧作家特雷蒙尼莎来帮助他对剧本进行修改。但是,作为黑人的特雷蒙尼莎不同意判汉姆有罪,和佩基大吵,说佩基是个对黑人女权主义者毫无同情心的白人女权主义者,并愤而离去。她走后,伊恩按佩基的要求修改了剧本,该剧得以上演。在首演后,一直支持并资助伊恩的老一辈黑人剧作家杰克指责他向女权主义妥协。伊恩为了剧本能够演出而向白人女权主义者妥协,但特雷蒙尼莎却决定放弃激进黑人女权主义的立场,不再在乎体重增加,要生儿育女去了。

　　小说中始终贯穿着一个神秘的“花怪”,他专门蒙面袭击文艺界的女权主义者,剪掉她们的头发后在现场留下一朵菊花。白人警探奥里迪被派去侦察此案,但是他总觉得他在做警察期间肆意伤害过的黑人和墨西哥裔人的幽灵纠缠他不放,根本无法破案。直到故事结束,伊恩回到加勒比小岛老家,母亲为他收拾带回来的东西,在箱子里发现了蒙面的面具和各色各样的人发,读者这才意识到,莫非花怪就是曾自称是“化身博士”①的伊恩? 也许这揭露了在美国社会中人们化身博士式的两面嘴脸,而各种主义也无非是为了达到个人目的的一种手段。小说充满了公式化的人物,几乎每一个人物的存在都是为了说明一种主义,一种社会思潮,是里德嘲讽的对象。

　　在以 1991 年的美国为背景的《春季掌握日语》中,里德把嘲讽对准了美国大学里的人物。黑人本杰明·帕特巴特的父亲是空军二星将军。1960 年代后期,帕特巴特在空军学院学习时,意识到日本将会成为世界列强之一,便开始学日语,但是因为组织黑豹党的支部被学校开除,只得到一个小学院拿了一个硕士学位,落脚杰克·伦敦学院的英语系。他教书后打算继续日语学习,看到报纸上“春季掌握日语”的速成

---

　　① 　英国著名作家斯蒂文森(1850—1894)的中篇小说《化身博士》,描写一个昼善夜恶的双重人格的人物“化身博士”。

学习广告，就在 1990 年初重新开始了学习。帕特巴特尚未获得终身教授的职位。他处心积虑地捕捉学术气候的变化，依此调整自己的观点，盼望早日得到梦寐以求的终身职位和与之同来的特殊待遇。学院中白人势力很强，右翼学生很嚣张。由于学院从右翼公司和律师事务所获得大量资助，因此对这些学生很放纵。他们攻击黑人学生，在他们的刊物上登载侮辱性极强的帕特巴特的漫画。在记者采访时，帕特巴特为了讨好学校中掌权的白人，说事情不能怪白人学生。黑人最大的敌人是他们自己，他们应该放弃对立性做法。"如果黑人不全力以赴地努力提高自己，白人就不会尊重我们，我们就都会成为下层社会的一员。如果白人对黑人有怒气，是因为黑人以自己过分的要求引起了别人的愤怒。"①他一面说，一面希望决定授予终身职位的人在听他说这些话。由于当时美国强调"政治正确"，校长不得不要求右翼学生的头领巴斯休学。

在女权主义又热起来的时候，帕特巴特听说学校要请一个叫阿普里尔·乔库乔库的黑人女权主义者来顶掉他。乔库乔库是个激进女同性恋者，同时也是生态保护积极分子，一个"把自己和同志的一切问题都归咎于白人妇女和黑人男子"②的人。他于是四处讨好，找系主任、校长、妇女研究所主任等人，希望赶快得到终身职位，避免被乔库乔库替代。评委们最终没有同意给他终身职位，学校也聘用了乔库乔库。帕特巴特在伤心失望之下挂出了黑人权力运动领袖马尔科姆·X 的肖像，找出了黑豹党的贝雷帽戴上。这时，他在报纸上读到了巴斯的父亲因学校要他的儿子休学而抽出对学校的投资，学校被一个神秘的日本财团收购。系主任通知教工开会"抗议日本侵略"，帕特巴特却认为日

---

① 伊什梅尔·里德：《春季掌握日语》，麦克米伦出版公司，1993 年版，第 17 页。

② 伊什梅尔·里德：《春季掌握日语》，第 33 页。

本人也不会比学校现在的当权派糟多少,"在被玩弄他的白人种族主义者欺骗以后……他情愿试试某种新的种族主义,黄种种族主义"①。使他感到意外而欣喜的是,被派来做大学执行校长的日本人竟是他的日语老师! 他任命帕特巴特为自己的特别助理,过去反对给他终身职位的人、嘲笑他的人纷纷来和他套近乎,给他送礼,请他吃饭。日本校长把大学改名为东条英机学院,开除了所有在美国出生的日本裔和华裔学生,还要组织把举行日本二战投降仪式的"密苏里"号军舰开来接受美国人对日本的道歉。帕特巴特认为他独断专行,走得太远,和他理论,被解雇。这时,帕特巴特身为将军的父亲派人逮捕了日本校长,说他是阴谋策划暗杀日本天皇和总理的黑龙帮,但是不久他被释放,到帕特巴特家来告诉他,华盛顿有一个政府中的政府,其中有人同意黑龙帮的观点。他要帕特巴特把"春季掌握日语"剩下的 15 课学完。他说,他不怕帕特巴特揭发他,因为"没有人会在你我两个人的话之间相信你一个黑人的话"②。

帕特巴特没有道德,见风使舵,为了个人利益什么事情都做得出来。他的父亲说他是"这个时代的产物,站在任何对自己有利的一边"③。里德对帕特巴特的讽刺,表现了他对一切争取主流社会的接纳的黑人的反感,他笔下的女权主义者的形象是可憎的,这使他受到了很多人的批评。但是,这部小说的主题是十分严肃的。学院的一个白人教授说应该感谢日本人对学院两个月的恐怖统治,是以其人之道还治其人之身,他们也和美国人一样认为自己的一切是具有普遍意义的。这里作者引进了一个日本帮派头目的一元化统治,以貌似高度荒谬的情节突出了多元文化相互交流共存的理想。也许是为了更好地直抒胸

①　伊什梅尔·里德:《春季掌握日语》,第 80 页。
②　伊什梅尔·里德:《春季掌握日语》,第 188 页。
③　伊什梅尔·里德:《春季掌握日语》,第 180 页。

臆,作者本人在这部作品中多次出现,说他"愈是研究约鲁巴语,就愈赏识自己的西非祖先"①,说"美国黑人和日本人有一个共同之处,两者都被认为应对美国的衰退负责"②。他在俱乐部和帕特巴特等人聊天,说自己开始在写《可怕的四》,反映白人在 1990 年代会不惜发动大规模的化学战,不惜毁灭一切文明,也要把有色人种压服下去。

可以说,里德的作品混合了现实和幻象、真实和虚构的人物,不顾传统的人物塑造方式,以后现代的创作手法,对美国社会中阶级、种族、性别、政治、文化等方面的各种思潮和敏感的问题明讽暗刺,在对各种社会问题的针砭中反映了他作为黑人的自豪感,对源自非洲传统的黑人文化的热爱。

第三节　解读百年种族史

戴维·布拉德利

戴维·布拉德利(1950—　)出生在宾夕法尼亚州西部,父亲是个牧师。布拉德利于 1972 年以优异成绩毕业于宾夕法尼亚州立大学,获得奖学金进入伦敦大学,后获历史学硕士学位。1975 年,他出版了《南街》,不久开始在费城的坦普尔大学教授创作课程。1981 年布拉德利出版了《昌奈斯维尔事件》。除写小说外,他还发表了许多书评,撰写有关黑人教育和黑人文学的文章。

顾名思义,《南街》写的是一条街,这是费城黑人贫民区的一条街。在小说第一部分的三章中,作者在每一章分别介绍了这条街上的一个地方:利奥的酒吧、"生命之词"教堂和南街一霸列洛伊开的幸福乐土

---

① 伊什梅尔·里德:《春季掌握日语》,第 120 页。
② 伊什梅尔·里德:《春季掌握日语》,第 209 页。

饭店的酒吧间。就像一个舞台剧,南街的故事基本在这三个场景中展开。第二部分共九章,每章记叙的是某一天发生在南街的故事。年轻的黑人诗人阿德莱·布朗离开了富有的女友的住处,来到南街住下,结识了利奥酒吧的一些常客,其中有银行大楼的清洁工雷伯恩、在火车站擦皮鞋的 75 岁的老酒鬼杰克和人老珠黄的胖妓女贝特西。教堂的主持斯洛恩是来自加利福尼亚州的逃犯,在黑人贫民区的教堂中隐姓埋名待了下来,利用教民的捐款和与地痞列洛伊勾结得来的钱过着奢侈的生活,勾引漂亮的女教民。这时,他正准备去加勒比地区度假,把教堂事务暂时交给弗莱彻牧师管理。出现在幸福乐土酒吧中的有列洛伊和他的两个打手,列洛伊的旧情人,妓女范瑞莎,列洛伊的新情人莱斯里。莱斯里是范瑞莎的妹妹,雷伯恩的妻子。

布朗进入利奥酒吧,打破了这个黑人贫民区的常规。当列洛伊和往常一样,到酒吧来拿了 12 瓶啤酒就要走的时候,被布朗拦住让他付钱。布朗的话把利奥都吓了一跳。在南街上,谁敢问列洛伊要酒钱呢?而列洛伊也被面前这个陌生人的举止镇住了,居然乖乖地付了钱。人们都认为布朗肯定大有来头,一定是意大利黑帮头子杰诺手下的人。为了挽回面子和自己在南街的权威,列洛伊命令手下调查布朗的来路,并亲自跟踪布朗,要杀掉他。

在小说情节展开的两个星期时间里,布拉德利向读者展示了黑人贫民区人们的生活状况。他们多数无业,就是有工作,也都是在黑人区里干活,唯一一个在黑人区以外工作的人是雷伯恩。由于工作勤恳,他从打扫大楼的地下室开始,逐渐被"提升"到打扫顶层银行总裁和董事长的办公室和卫生间。妻子莱斯里一百个看不起他,说他成天给白人扫厕所。原来靠卖身生活的莱斯里嫁了雷伯恩后,虽然不会饿肚子了,但是想要件像样的衣裳丈夫也买不起,对丈夫非常不满。虚荣心十足的她靠床上功夫夺走了姐姐的情人列洛伊。这样一来,她虽然在物质上得到了满足,可是却要忍受暴烈的列洛伊的拳脚。雷伯恩明知妻子

对他不忠,但是只要他下班回家时妻子在家,他也就满足了。莱斯里和
列洛伊搞上后不久就离开了雷伯恩。雷伯恩整天借酒浇愁,逢人就诉
说自己的不幸,见人就问谁知道妻子的下落。等他真正得知莱斯里在
列洛伊那儿时,却又不敢真和列洛伊去拼命。南街的许多女人没有受
过多少教育,十四五岁起就靠卖淫为生,变得麻木而冷酷。在酒吧度日
的黑人抱怨一切,借酒浇愁,对生活失去了希望。布朗的出现,他对人
们的同情,他的热心肠和真诚,特别是他敢于对抗列洛伊的行为,使大
家——从列洛伊到弗莱彻到范瑞莎——都想弄清他的底细。在这个过
程中,他们自身也都发生了这样那样的变化。

有关他和意大利黑帮头子杰诺的关系的流言越传越神,使列洛伊
又想除掉他又怕惹翻了杰诺。斯洛恩命令弗莱彻去搞清布朗的底细。
弗莱彻作为牧师,本来是不能深入酒吧这"罪恶之地"的,但是为了完
成任务,只得硬着头皮来到利奥酒吧,从而得以了解下层黑人教民的生
活现实,使得他对上帝的信念产生了动摇。而布朗也正因为看到的是
这些人的生活现实,他眼中出现的是人,是杰克,是贝特西,而不是酒
鬼、妓女,因此他能够和他们平等交谈,真心诚意地对待他们。就连列
洛伊也在跟踪布朗时因看到范瑞莎对布朗的真情而有所触动。他原先
对自己独霸南街的地位颇为得意,但现在明白,连一个女人的心他都从
来没有真正得到过。他回顾自己的生活,萌生出了一丝不满。他意识
到自己一离开南街就什么都不是了,在别人眼中就仅仅是个黑鬼而已,
只能得到白人允许他得到的、他们根本不在乎的东西。他感到自己
"活了很久,但活着的每一分钟都是个黑鬼"①。在这一幅美国城市黑
人贫民区生活的横断面中,读者看到的是下层黑人的生存处境。正如
小说结尾时布朗看到的南街,"像切过城市的一道刀痕,一个外科医生

---

① 戴维·布拉德利:《南街》,查尔斯·斯克里布纳之子出版公司,1986年
版,第328页。

的切口,渗着脓血……"①

　　布拉德利在小说中使用了底层黑人的日常口头语言,这些在酒吧中喝着啤酒或廉价红酒消磨时光的、一般人眼中生活里的不幸者或失败者并没有自艾自怜,他们或刻薄、或幽默、或揶揄、或尖酸的语言使小说生动有趣,人物栩栩如生。

　　《昌奈斯维尔事件》是布拉德利用了十年的时间酝酿创作的历史小说。主人公约翰·华盛顿是个年轻黑人,在费城一所大学教历史。小说开始时是 1979 年 3 月 3 日深夜,华盛顿接到母亲从宾夕法尼亚州西部山区老家南县打来的电话,说老杰克·克劳利病重,要见华盛顿。华盛顿于次日一早乘坐长途汽车回到南县,然后步行上山,来到杰克的小木屋。杰克于 5 日去世。对于 9 岁就失去了父亲摩西的华盛顿来说,杰克在他的生命中一直起着父亲的作用,给他讲述有关当地和他父亲的传说,教他捕猎和在野外生存的知识。华盛顿回到垂死的杰克身边后,杰克向他讲述了他和摩西的一段经历。这件事杰克直到生命的尽头才讲出来:当年他和摩西有一个名叫乔什的好友。乔什是个肤色白皙的黑人,爱上了一个白人农场主麦克艾尔费什的女儿克莱德特,两人互谈婚嫁。乔什决定去向她的父亲正式求婚。麦克艾尔费什当然不会让女儿嫁给黑人,便放出乔什要来求婚的消息。乔什竟然胆敢想娶白人,这激怒了南县政要中 12 个三 K 党徒。他们带领一帮农场主,准备在乔什来求婚的时候把他绑架到昌奈斯维尔私刑烧死。杰克得知乔什要去求婚,知道不会有好下场,就找到摩西,打算一起去把乔什追回来。岂知乔什已经到了克莱德特家并被绑在了椅子上。杰克不知他被绑,想冲进去把乔什拉走,结果自己也被绑了起来,一同押往昌奈斯维尔。他们把杰克绑在树上,派了一个人看守,其余的人都围在乔什身旁准备烧死他。情急之下,摩西找了一块白布蒙在身上装成三 K 党人,

---

① 戴维·布拉德利:《南街》,第 336 页。

得以接近看守杰克的人，杀死了他。杰克用看守的手枪向三 K 党人开枪，然后向山上逃去。等三 K 党徒去追杰克时，摩西救出了乔什。三个人在山上躲藏了两天后脱险。由于杰克长期在市法院门口给政要们擦皮鞋，因此 12 个三 K 党徒虽然用白布蒙住了头和身子，杰克仍旧能够从鞋子上认出他们是谁。他把这些人的名字一一告诉了摩西。三 K 党人在远离南县的昌奈斯维尔搞私刑，回来后自然不敢声张。摩西也没有暴露自己。生活似乎恢复了平静。在此后的三年中，12 个三 K 党徒或本人，或家人，都遇到各种"不幸"，死了一半，另一半吓得搬离了南县。

杰克临终时在小木屋的煤油灯下对约翰讲述的这最后一个故事，使得约翰不由自主地打开了记忆的阀门，重新燃起了他追溯父辈和南县黑人社区历史的热情。杰克去世后，他给在费城的女友，白人朱迪丝去信，说自己要在南县停留一段时间，调查了解有关的历史。约翰在父亲生前生活的顶楼房间里找出了父亲的书籍和日记，还有父亲留给他的文件。他以历史学研究者的态度和方法做了大量卡片，继续从事他在父亲死后三年自己 13 岁时在这间阁楼房间里开始的工作：解开父亲的一生这个谜。那时候，他记笔记，查文件，直到高中毕业，积累了许多历史资料，但仍然对父亲一无了解。杰克死后，律师按照摩西当年的遗嘱，把摩西的私人文件夹交给了约翰。这时约翰才知道自己做私酒起家的父亲，利用记下每一笔和白人政要的私酒买卖和收受贿赂的记录，实际上控制了当地的白人政客。20 年前父亲自杀死去后，官方说他死于打猎时猎枪走火的意外而非自杀，就是出于白人政客害怕对自杀原因进行调查的缘故。这时，约翰一心想要弄清父亲为什么要到昌奈斯维尔的一个墓地中自杀。从杰克口中，约翰得知三 K 党要在昌奈斯维尔把乔什私刑烧死这个未遂事件；从当地的传说中，约翰了解到自己的曾祖父 C. K. 华盛顿和 13 个逃奴在昌奈斯维尔被包围后集体自杀，尸体被一个同情黑奴解放的白人磨坊主埋在了自家坟场的旁边。

在力图弄清多年前这一起昌奈斯维尔事件的过程中,约翰和赶来找他的朱迪丝一起,利用已知的历史事实和摩西收藏的老华盛顿的日记,并亲自到昌奈斯维尔墓地摩西自杀之处,用想象捕捉历史事实和历史记载中的空白,在心中构筑起一段完整的历史。这使他成熟起来,能够面对美国黑人的历史和现实,在向朱迪丝叙述这段既是美国黑人普遍的、又是华盛顿家族独特的但具有代表性的历史的过程中,使自己和朱迪丝——黑人和白人——都深化了对美国两百多年来种族历史的理解,从而使两人之间虽相爱但由于不是同一种族而生的在真正交流上的障碍开始有所消除。

　　小说中华盛顿家族的历史始于 1787 年。在路易斯安那州白人华盛顿的农场上出生了一个小黑奴。这个叫扎克·华盛顿的黑奴长大后成了铁匠,拼命挣钱想给自己、妻子和儿子布罗德丁纳格买取自由。路易斯安那州在 1810 年通过了反对解放黑奴法案,使扎克多年的辛苦付诸东流,自己和家人获得自由的希望破灭。绝望中的扎克参加了 1813 年路易斯安那州五百多黑奴的起义。由于一个叫波拉的黑人告密,起义失败,66 个人被砍头示众,扎克也在其中。布罗德丁纳格在主人的农场干活,自己学会了读写。主人死后,他在 1823 年自己开了路条,从主人处私自取走了父亲存在那儿为自己赎身的钱后逃走。女主人雇了专抓逃奴的人去追捕他。他杀死追他的两个人和三条狗,成功地逃脱,改名 C. K. 华盛顿。他一心一意寻找波拉,要为父亲报仇。1826 年,他终于找到波拉隐居的木屋,砍下波拉的头,烧掉了木屋,进入切诺基印第安人的部落生活。在整个切诺基部落被联邦政府赶往西部保留地后,华盛顿来到费城。在 1834 年一次费城白人反黑人的骚乱中,他救出了一个黑人女子普列西拉,后来两人结了婚。华盛顿开始越来越多地参加到黑人的斗争中去,并发表反对种族歧视的文章。1842 年,在费城黑人纪念英国在帝国范围内废除奴隶制 8 周年的时候,白人进入黑人社区烧杀,华盛顿怀孕 7 个月的妻子被活活打死。他记录下目击的一切,卖掉家产捐给废奴运动,自己只身去南县山区做私酒,一面继续考虑如何有效地和蓄奴制斗争。他认识到蓄奴制的是与非不能从道德的角度来解决,这是一个行之有效的经济制度,因此需要以更为有效的经济制度来替代,或者通过斗争在经济上对蓄奴制进行打击。从黑奴的身价和他们创造的价值来看,华盛顿认为鼓励黑奴逃向北方是打击蓄奴制的好办法。于是他参加了秘密保护和运送黑奴到北方的"地下铁路"的活动。他直接救出的黑奴"价值总共为200万美元,在他的鼓舞下自己出逃的黑奴价值可能为数百万美元,他可能使南方使用了约合200万美元的人力物力来追捕他。就是说,1 000万美元的损失吧。他很成功"。①

1856年,华盛顿和救出的女奴之一比娇结婚,有了儿子拉曼。

老华盛顿的日记在1859年12月23日突然终止。他在那天离家后就消失得无影无踪了。

约翰查阅旧报纸,在1890年9月20日费城的黑人报纸上看到了富有的殡葬人拉曼·华盛顿得子摩西的启事,重新找到了华盛顿家族后代的下落。摩西从15岁开始就对费城黑人发展史产生了浓厚的兴趣。他在阅读中看到了C. K.华盛顿所写的文章。他在1907年底到南县山中祖父C. K.做私酒的地方,一面做私酒,一面设法弄清祖父突然失踪的原因。

摩西在C. K.和13个逃奴自杀的地点自杀,表明他搞清了这一起昌奈斯维尔事件的真相。在黑人古老的传说中,死亡是和祖先共同生活的继续,是回归故乡。摩西在C. K.和逃奴宁肯死去也不愿再做奴隶而自杀的地点结束自己的生命,表示了他对C. K.的认同,对自己祖先和黑人命运的认同。

---

① 戴维·布拉德利:《昌奈斯维尔事件》,哈珀和罗出版公司,1981年版,第366页。

　　小说共分 9 章,每章以年、月、日、时、分、星期几为标题。第一章是
197903032330,星期六,是约翰接到杰克病重的电话的时间。最后一章
是 197903121800,星期一,是约翰向朱迪丝讲述 C. K. 企图营救逃奴未
成、最后集体自杀的故事后,烧掉卡片准备下山的时间。小说发生在约
翰生命中的 12 天,但是主要篇幅是杰克讲述的故事,约翰的回忆和约
翰最后串连起来的 C. K. 和摩西的事迹,实际时间跨度将近 200 年。小
说中包括了许多历史事实和有关文件、法律规定等。所用的语言既有
黑人口头用语,也有一般的口头语言和文学性极强的描写和叙述。由
于作者巧妙地把历史和现实穿插叙述,使悬念迭起。更为难得的是,主
要人物中除约翰、朱迪丝和杰克外,其余均早已不在人世,但是作者仍
能通过第三者的叙述使他们性格鲜明,栩栩如生。

　　约翰在解开了 C. K. 突然消失和摩西的自杀之谜后重新构筑起了
自己家族的历史。在小说结束时,他却把记录了收集到的材料的卡片
统统付之一炬,心里想道,不知道朱迪丝“在看到山的远处升起的青烟
时是否能够理解这一切”[①]。黑人和白人都需要理解蓄奴制和种族歧
视给今天的白人和黑人带来的深刻影响和心理上的阴影。布拉德利这
部史诗般的作品历史地反映了美国社会对黑人制度性的迫害,并以一
个黑人家族为中心,表现了黑人和这一制度性的迫害所进行的斗争。
这是当今以黑人学者和作家为主体对美国种族史和黑人历史进行重新
评价时的一部重要作品。

欧内斯特·盖恩斯

　　欧内斯特·盖恩斯(1933—　　)出生在美国南方路易斯安那州奥
斯卡城外厢车岬教区的河湖农场。他虽然在 15 岁时搬到加利福尼亚
州和母亲及继父一起生活,却一直怀念着他出生并度过了童年和少年

[①]　戴维·布拉德利:《昌奈斯维尔事件》,第 432 页。

时代的南方农场。这个过去靠黑奴的劳动维持、后来由法国移民后代和黑人分租农耕种的农场和它周围的河流长沼、黑人聚居区和墓地、它的季节变化和特有的花卉树木，以及生活在那儿的人民和文化传统，成了盖恩斯作品不可分割的内容，人物命运和故事开展的背景和场所。他所有作品中出现的贝恩尼城外的圣拉非尔教区，实际上就是厢车岬教区，反映的是这个地区的黑人、克里奥尔混血人种、法国移民后代和传统美国白人之间复杂的种族关系以及不同文化传统观念间的矛盾、冲突和斗争。

　　盖恩斯对美国南方农村的种族歧视有过切身的体会。在父母离异母亲离家后，盖恩斯由行动不便的姨母抚养长大。他8岁就开始到农场去砍甘蔗，每天挣5角钱。他15岁时，因所在教区没有高中，只得到加利福尼亚州和母亲一起生活。继父是个商船水手，对盖恩斯要求很严格，不允许他在街上闲逛，对他交友也很挑剔。因此，盖恩斯除上学外，其余时间大多在公共图书馆中度过。他对故乡的思念和在异乡的孤独，使他企图在书籍中寻求安慰。1955年，盖恩斯服完兵役退伍后，进入旧金山州立学院文学系。他阅读了大量法国、俄国和爱尔兰作家等描写乡村生活的小说，也读了许多美国作家的作品，但是书中并没有他希望读到的他所熟悉的南方黑人和流传在他们之中的故事。他逐渐感到自己的文化在美国是不为人所知的，而白人作家笔下的黑人往往是公式化了的或歪曲了的形象。他对书籍的兴趣燃起了他对写作的兴趣，而文学作品中缺少美国黑人的真实形象和重现遗失在路易斯安那州乡村的黑人民间故事的愿望，成了盖恩斯创作的动力。他从1956年开始发表短篇小说。1957年在获得学士学位后，盖恩斯又进入斯坦福大学学习创作。他早期创作的一些短篇小说如《乌龟》、《十一月漫长的一天》、《就像一棵树》、《灰色的天空》、《三个男人》、《血统》等后来收集在短篇小说集《血统》（1968）中。这些早期小说的主题和创作风格在盖恩斯后来的小说中都有进一步的发展。

盖恩斯在 1962 年酝酿创作《凯瑟林·卡米尔》一书时感到构思不顺，于是决定回南方故乡重新体验生活。他重访了自己生活过的地方，坐在亲友家前廊上和他们促膝谈心，听他们讲述过去的故事。故乡的景物和人民触发了他的想象力和创作的灵感，他很快完成了《凯瑟林·卡米尔》(1964)。此后他陆续出版了《爱与尘》(1967)、《简·皮特曼小姐自传》(1972)、《在父亲家中》(1978)、《老人集合》(1983)和《刑前一课》(1993)。

在既虚构又现实的路易斯安那州贝恩尼城和圣拉非尔教区的农场上，盖恩斯展现了既平凡又惊心动魄的一幕幕历史和现实的凝重壮烈的悲剧。这里有百年来美国黑人历史上重大事件的反映，有南方乡村复杂的种族关系和文化传统的交错斗争，有强烈的爱和恨，有黑人男女寻求做人的权利和人的尊严的努力，有对黑人文化传统的敬重和对黑人生命价值的探讨。他呈现在读者面前的是一个栩栩如生的世界，这里有活生生的人物和冲突，有亲切的大自然景色，有时代变革带来的变化和影响，有流传在普通黑人中的民间传说和生动的黑人民间口头语言。

《凯瑟林·卡米尔》讲述的是一个被种族仇恨扼杀了的爱情故事。凯瑟林的父亲拉奥尔是自由黑白混血人的后代。在当地，这是一个低于白人（包括法裔白人）而高于黑人的群体。他们不被白人接受，又不接受黑人和新生混血人。拉奥尔是当地分租农中占有大片较好的土地的唯一的非白种人，不断受到法裔白人分租农的挤压排斥。他拼尽全力要保住这片土地。他意识到自己的世界正在消失，便更加依附于他的土地和在家庭中唯一理解他的亲人，女儿凯瑟林。当凯瑟林爱上从农场到加利福尼亚州接受高等教育后回乡探亲的黑人杰克逊后，拉奥尔怀着对黑人的全部仇恨反对他们。他一生已经输给黑人一回了：他的妻子早年曾和一个黑人生了个儿子，这个他不能容忍的孩子在 10 岁时和拉奥尔一起到树林去砍树时被砸死了。他把在妻子不忠后和自己生下的女儿莉莲送到新奥尔良姐姐家中，要把她教养成一个"淑女"。莉莲在城市中生活，一年只回乡两次，在家中总感到格格不入，感到压抑。她清楚地看到，父亲的世界"已经结束了。种地——一个人拼命和一群法裔白人斗——已经过时了"①。她在新奥尔良混血人的群体中生活，举止被训练得和白人淑女一样，感情上也被教育得仇恨黑人。她不愿也无法向黑人敞开心扉，可是也没有能够向白人世界敞开心扉。她对姐姐凯瑟林说，父亲和姑姑要她们做克里奥尔混血人，简直是可笑，"今天你不是白人就是黑人，没有中间者"②。她准备隐瞒自己身上些许黑人血统的事实，进入白人世界，从此不再回来。因此，在拉奥尔身边的就只有凯瑟林了，他不能再把凯瑟林输给又一个黑人，使自己的生活完全毁在黑人手里。

杰克逊的姨婆夏洛特把他抚养成人，满以为杰克逊回来后会在当地做教师，留下不走了，但是离家多年的杰克逊已经无法重新进入这个日渐衰败的封闭的小社区了。法裔白人已基本上分租了农场的耕地。此外，只有拉奥尔还在坚守着他租种的那块地，多数黑人租种边角贫瘠的土地难以为生。年轻黑人或大批离去，或到法裔白人地里做工。农场上仍守着过去的习俗生活，黑人仍旧不能和白人在同一个店堂里喝啤酒，只能或买了离开，或到专为黑人准备的边屋去喝。杰克逊无法使自己在白人面前低声下气。他在北方城市里找不到自己的根，在南方乡村又找不到自己的前途。他离家太久了，和亲友没有太多的共同话题。夏洛特对他期望甚切，对他说家里从来没有过"有出息"的人，现在"只有你了，只能指望你了，要是你不成器，我们就全完了"③。杰克

① 欧内斯特·盖恩斯：《凯瑟林·卡米尔》，查塔姆出版公司，1964 年版，第 40 页。
② 欧内斯特·盖恩斯：《凯瑟林·卡米尔》，第 48 页。
③ 欧内斯特·盖恩斯：《凯瑟林·卡米尔》，第 98 页。

逊不肯和她一起去做礼拜,说这是"资产阶级的闹剧"①,被夏洛特打了一记耳光。杰克逊感到老人把种族的期望放在他一个人身上,是他无法承受的重负。他既不能告诉夏洛特他不再能够背负起她的期望和因他而自豪的精神重担,也无法接受使夏洛特能够在艰难中生活下去的宗教和上帝。他觉得老家"一切都在干枯,一切都是半死不活的"②,唯一能够交谈的是他当年的小学老师。老师问他今后的打算,他说自己是"一片落叶,随风飘舞"③。他承认自己在寻找着什么,但是到了北方才明白,除了没有三 K 党徒,北方所谓的种族平等完全是谎言。老师指出他在寻的是"尊严,真理——你想在一个无意义的世界中找到一点意义"④。她看出了杰克逊和凯瑟林之间的感情,警告他凯瑟林不可能离开她那个家。

　　在和杰克逊关系的问题上,凯瑟林的心情是十分矛盾的。她爱杰克逊,但是父亲和家庭的价值观念又左右着她的行动。她没有摆脱家庭的机会,也没有摆脱家庭的愿望。她爱他,却又害怕自己的感情。她意识到他们相爱只会相互伤害。她晚上去和杰克逊幽会,总对家人说自己只是开车出去透透气。父亲对她外出感到伤心不安,整天一言不发,晚上一个人在地里干到很晚。凯瑟林意识到自己如果离开家就不可能不伤害父亲,决定不再和杰克逊见面。杰克逊十分痛苦,但是他并不恨拉奥尔。他看到拉奥尔"在极端不利的情况下仍然独自奋斗。就是这一点。他喜欢人的这种品质。这就是为什么凯瑟林留在了他的身边"⑤。

　　莉莲同情姐姐,认为只有离开这个令人窒息的家,凯瑟林才会有真

---

① 欧内斯特·盖恩斯:《凯瑟林·卡米尔》,第 100 页。
② 欧内斯特·盖恩斯:《凯瑟林·卡米尔》,第 102 页。
③ 欧内斯特·盖恩斯:《凯瑟林·卡米尔》,第 79 页。
④ 欧内斯特·盖恩斯:《凯瑟林·卡米尔》,第 81 页。
⑤ 欧内斯特·盖恩斯:《凯瑟林·卡米尔》,第 176 页。

正的生活。她觉得杰克逊是唯一能够使凯瑟林获得幸福的人，一心要促成两人的关系，就背着凯瑟林，约杰克逊参加当地一个盛大的舞会。杰克逊以为莉莲是在凯瑟林授意下约请他的，便欣然前往。两人见面后，多日的相思之苦，使凯瑟林为了家庭割舍情人的决心动摇了，她答应和杰克逊私奔。他们的计划被拉奥尔发现，他端着枪阻止他们。凯瑟林看到这种局面，只得留下，但是她要杰克逊等着她。凯瑟林的母亲说，拉奥尔在失去了和法裔白人斗争的斗志后，会放凯瑟林走的。

盖恩斯在演绎了一幕由种族隔离和扭曲的种族观念以及种族间的斗争造成的爱情悲剧后，留给了读者一线微弱的希望，但是这一线希望却是建立在法裔白人在经济上战胜混血人种的基础上的，因此读者被推上了一个两难的处境：既希望天下有情人终成眷属，又不愿看到奋斗了一生的属于黑人范畴的混血人种最终在经济上被白人挤垮出局。

变化着的世界迫使人们面对个人、种族和时代的现实。随着老人的故去和年轻人的离去，小说中描绘的这种传统和生活方式也将消失。《凯瑟林·卡米尔》捕捉住了陷入这消失前瞬间旋涡中的人物的情感和命运，反映了正在出现的新的社会现实需要新的价值观念的支持。

《爱与尘》的故事发生在1948年，同是在路易斯安那州的农场上。作者通过在赫伯特农场上的农机驾驶员，33岁的黑人吉姆的视角展开叙述。吉姆和白人、黑人、法裔白人工头都能和睦相处，有一个自己满意的地位。盖恩斯通过吉姆之口，不仅讲述了主人公，黑人青年马丘斯的故事，而且反映了农场上各色人对马丘斯事件的态度。从某种意义上说，人们的态度反映了当地的传统、道德、宗教和社会思想。

在一次酒吧斗殴中，马丘斯失手杀人后被捕。马丘斯的外祖母曾在马歇尔·赫伯特家做过40年女佣。她去求马歇尔把马丘斯保释出来，让他在农场干5年活顶替坐牢。马歇尔打着自己的小算盘答应了。他要利用马丘斯来除掉自己的心腹之患，法裔白人工头西德尼·蓬蓬。多年前，马歇尔的哥哥欠了巨额赌债，马歇尔让蓬蓬雇杀手杀了债主，然后又让蓬蓬杀了杀手。从此蓬蓬在农场上盗窃财物，为所欲为，马歇尔对他无可奈何。这次他保出马丘斯，为的是伺机利用马丘斯除掉蓬蓬。

马丘斯到农场后，蓬蓬利用派活百般刁难他。马丘斯本是在城市街头长大的，哪里受得了这种气，但是自己作为保释犯，不敢公开与他作对，便想通过勾引蓬蓬的女人来进行报复。他先去勾搭蓬蓬钟爱的黑人情妇宝琳，屡屡遭到拒绝，便转而打蓬蓬的白人妻子露易丝的主意。

露易丝和蓬蓬没有感情，结婚不久就开始逃回娘家去，但是每次都被父兄送回。她又没有别的地方可去，最终只得打消了逃跑的念头。她知道了丈夫和宝琳的关系，知道了蓬蓬是宝琳的孪生儿子的父亲以后，就一直在寻求报复丈夫的机会。马丘斯和露易丝各自出于报复蓬蓬的动机走到了一起。他们没有料到的是，没有多久，他们之间产生了真正的感情。吉姆从一开始就警告马丘斯不要打露易丝的主意，否则不仅他自己会被私刑处死，还会祸及农场上其他的黑人。"如果他们（法裔白人）发现了这件事，每一个黑人男女和儿童的生命都会处于危险之中。"[1]马丘斯告诉吉姆，马歇尔许诺过，如果他杀掉蓬蓬，马歇尔就给他一笔钱和一辆车，帮助他带露易丝逃走。吉姆听后意识到大难即将临头。有钱有势的白人要利用马丘斯去杀人！他劝阻不了马丘斯，想找人劝阻，但是谁能够阻止这件事呢？他知道在当时的南方，"你甚至不能去找司法人员帮助，因为他就是法律，他就是警察、法官和陪审团"[2]。可是天真的马丘斯和露易丝却以为只要杀了蓬蓬，就真能双双离开南方。露易丝对她的黑人女仆说："啊，我的心在歌唱，我

---

① 欧内斯特·盖恩斯：《爱与尘》，戴尔出版社，1967年版，第171页。

② 欧内斯特·盖恩斯：《爱与尘》，第198页。

想飞走!"①当马丘斯晚上去露易丝家接她时,马歇尔算好时间,开车把蓬蓬送回家。蓬蓬和马丘斯狭路相逢,用大砍刀砍死了马丘斯。

马歇尔终于如愿以偿了。蓬蓬杀死了马丘斯,无法在马歇尔的农场存身,只得远走他乡。马丘斯丢了命,露易丝疯了。

对马丘斯这个人物的理解,要从他的身世入手。他15岁时母亲去世,父亲把他放在外祖母家后就再也没有回来。他在停车场找到了一份工作,但是受到一个大个子同事的勒索,每天要孝敬给他钱,而且要得越来越多。他忍无可忍,用瓶子砸了大个子的脑袋,被关进了监狱。在监狱里,他因为没有钱给囚犯头子送香烟,经常遭到毒打。最后他不顾一切地反抗,终于保护了自己。因此他出狱时对自己说:"我将仅仅照顾自己。除了自己能为自己争取到的之外,不对生活抱有任何期望;世上别的人也别对我有什么指望。"②他看到的是一个虚伪的、敌视他的社会,因此他蔑视社会传统和道德观念。他以一切方式表现对压迫他的人的反叛。他故意穿着城里人的衬衣、皮鞋下地干活,以表示对蓬蓬用苦活累活整治他的蔑视。他想表现出自我的存在,表现出自己是个男子汉,想和处境及命运抗争,掌握自己的生活,但是社会留给他的选择太少了。他的选择不仅白人不能容忍,就连黑人也由于害怕他的行为的后果而不能理解和接受他。黑人中多数人宁肯在不公正的社会秩序下过安分守己的日子,也不愿冒改变社会秩序时会产生的无法预料的风险,而这正是制度化了的种族歧视状态得以在美国南方一些地区长期苟延残喘的原因。从表面看来,马丘斯盲目的报复行为使他自己送了命,并没有能够给农场黑人的生活带来好的变化,但是,从吉姆对马丘斯看法的变化中,读者可以体会到,这个满足于自己的处境、因循在种族歧视下的传统生活、一直对马丘斯的行为进行劝阻的人,最后

---

① 欧内斯特·盖恩斯:《爱与尘》,第245页。
② 欧内斯特·盖恩斯:《爱与尘》,第253页。

在思想上达到了升华：他眼中的马丘斯不再是一个不顾社会传统胡作非为的年轻人，而是一个为了保持自己做人的尊严而反抗非人的种族歧视制度的叛逆者。在小说最后，他在地里干活时意识到马丘斯和露易丝即将离开，他可能没有机会和他们告别，这时，他想道："我想告诉他们，他们在开创着什么……告诉他们别人会听到他们的所作所为，会理解他们，并且以他们为榜样。我要对他们说：'你们俩都很勇敢，我敬佩你们。'"①他开始以新的眼光看待现存的社会制度，审视自己在其中的地位。他看到马歇尔的行为是为了继续保持维护种族隔离和种族歧视所必需的种族间的对立和仇恨，所以应该恨的决不是马丘斯，甚至也不是蓬蓬，而是马歇尔。吉姆的觉醒使人们有理由相信，即使在衰败的南方乡村，社会变革也是不可避免、不可阻挡的。从蓄奴制时代沿袭下来的南方的种族等级制度，以及维持这一制度的一切传统观念和思维定式，绝对是落伍的，因而也一定是要消亡的。

对于盖恩斯来说，填补美国主流历史学中有关黑人历史的空缺和纠正历史书中有关黑人历史的误载是必不可缺的工作。作为一个作家，在《简·皮特曼小姐自传》中，他选择了通过一个虚构人物的口述自传来记述和剖析一百年来美国黑人的历史。特别值得一提的是，这个虚构人物是一位女性，是 110 岁的简·皮特曼。从黑人角度来看待美国历史已不多见，而以一个黑人女性的视角来看待美国黑人的历史，就更是难能可贵了。

盖恩斯在创作这部小说前阅读了大量相关的历史书籍和资料，并进行了广泛的访问。在小说出版后盖恩斯所写的《简小姐和我》一文中，作者说："在阅读北方和南方的报刊、黑人历史学家或白人历史学家所写的历史书籍时，读到的都是（对历史事件的）不同解释。"②他对

---

① 欧内斯特·盖恩斯：《爱与尘》，第 270 页。
② *Callaloo* 杂志，第 3 期，1978 年 5 月号，第 36 页。

历史有自己的了解和思索，并将这份了解和思索用简·皮特曼的自传的形式呈现在读者面前。

简·皮特曼的记忆从 10 岁左右在路易斯安那州一个农场做黑奴开始，直到 110 岁去世，跨越了整整一个世纪。小说共分四个部分。第一部分"战争年代"记叙了简从南北战争到战后北上寻找自由的努力的结束。

简原名梯西，10 岁那年，溃退的南军经过主人的庄园，女主人叫她打水给士兵喝。她感到这些士兵接过水时眼里根本就没有她这个小黑人。不久北军过境，她给他们打水，但是他们叫她休息，士兵们自己去打水。一个叫布朗的下士关心地问她有没有挨过打，问她叫什么名字。他对她说，梯西是黑奴用的名字，他给她改名为简，姓布朗，说这是他在俄亥俄州家中女儿的名字。她觉得这是个最好听的名字。南军看不见她的存在，北军对她关心爱护。布朗下士和北军在倔强的小姑娘的心中留下了深刻的印象。从此主人叫她梯西她不再答应，说自己叫简·布朗小姐。她不仅有了新的姓名，而且加上了"小姐"的称呼。她要求得到尊重，要求对方承认她是一个人。为了维护自己作为简·布朗的存在的权利，她被打得遍体鳞伤，并被发落到大田去干活。简·布朗这个名字和与此相联系的北军给了简憧憬和希望，一个遥远的地方和一个遥远的自由的梦想。因此当一年后黑人得到解放时，11 岁的简平生第一次有了选择自己道路的机会，便毫不犹豫地选择到北方去。对于地理一无所知的她告诉一切问她的人，她要去俄亥俄，去找布朗先生。得到解放的当晚，简就和二十几个要去北方的黑奴离开了农场。在路上第一次休息时，许多人就把名字改了，或叫道格拉斯，或叫华盛顿，表明在黑奴的心目中，自己能够选择姓名，象征着具有了作为人的尊严和自我的存在。

北上的路，自由之路，充满了艰辛和危险。溃败的南军、蓄奴制时代以追捕逃奴为生的穷苦白人、不甘心失去奴隶的奴隶主等组成的巡逻队见到黑人就杀。一起出来的黑人,只有简带着母亲和妹妹都被杀死的内德死里逃生。12 岁的简仍旧认定了要去俄亥俄,无论是北方派来的政府官员的劝阻,还是林中黑人猎人或好心的白人的忠告,对于走了许多天仍未离开路易斯安那州的简都犹如耳旁风。一个贫苦的白人约伯送简和内德去博恩先生专为收容失业的前黑奴开办的农场,路上被南军散兵拦下盘查。为了保护他们脱身,约伯只得说他们是自己的黑奴。这件事终于使简看到了和内德一起北上的风险,于是她决定留在博恩先生的农场工作。

简没有能够离开路易斯安那州,没有能够到达俄亥俄州。她一生的道路仍要在她曾经为奴的路易斯安那州走完。这反映了作者认为真正的解放不是抽象的、一纸宣言就可以实现的,也不是由人所处的空间决定的,而是在人的内心深处的精神上的独立和完整,以及作为人的尊严的确立。小说记载的正是简在获得精神自由的道路上所做的选择和取得的成功。

小说的第二部分“重建时期”一方面反映了简对种族平等社会的期望的幻灭;另一方面反映了简和丈夫乔·皮特曼企图从分租制和佃租制的经济奴役下解放出来的努力。第一节的标题“亮光一闪,然后重回黑暗”明确地指出了这一个历史时期的实质。在这一部分中,读者可以看到白人种族主义团体三 K 党、白人兄弟会等到处横行,联邦政府在南方设立的帮助解放了的黑奴的机构撤离后,白人农场主在政治、经济上重新占据统治地位。简认为,重建时期和蓄奴制一样,都对黑人进行残酷的经济剥削,黑人得不到正规受教育的机会,做人的权利照样得不到保障。她看到北方关心的不是给黑人以平等,而是重建南方经济,争取南北联合。为了能够有更多的发展机会,乔到得克萨斯去驯马。他宁愿面对危险,挑战命运,也不愿被苛刻的白人农场主所束缚。他在和一匹烈性黑马的较量中死去。简在心里深藏起对乔的怀念,重回路易斯安那州,在读者已经从盖恩斯前两部作品中熟悉了的贝恩尼市城外的一个农场生活下来。

在第二部分中，内德的遭遇很具典型性。内德和简一起死里逃生后，在简的照顾下长大。他是个关心黑人命运的青年，在十七八岁时参加了路易斯安那州调查黑人生活状况委员会的工作。三K党人最恨的是觉醒了的黑人，他们要抓内德，内德只得离家去了堪萨斯州。在那里，他继续做帮助从南方迁居到北方去的黑人的工作，同时晚上到夜校学习，毕业后做了教师。内德参加了美国和西班牙在古巴的战争后，于1899年带着妻子和三个子女来到简生活的农场，立志要把教育带给贫困的黑人儿童。他一面建校舍，一面在家中开始给黑人儿童上课。内德宣传弗雷德里克·道格拉斯的观念，反对布克·华盛顿"分离但平等"、黑人应接受技术教育而不是正规高等教育的观点。他告诉农场的黑人，黑人、白人应共同平等地工作，"这块土地是白人的，同样也是黑人的"[1]。他教育黑人要确立主人公意识，自己掌握自己的命运，挺起腰板做人，但是内德并没有得到黑人大众的支持。简说："不是他们（黑人）不相信他的话，是他们看到太多的屠杀，知道他的宣传会招来杀身之祸，跟随他的人也会被杀死。"[2]而内德对回到南方来做播火者的危险是很清楚的，来之前已经告诉妻子自己可能会被杀害。这时有人传话给简，说白人不允许内德在农场建立学校，要他回北方去，不要留在南方"滋事"。内德听说后对简说："我一定要建成我的学校，我要教书一直教到他们把我杀死为止。"[3]内德给予黑人的教育，主要是帮助他们从精神上解放自己。白人张口就叫黑人"黑鬼"，内德要年轻黑人做"黑人"，而不要做"黑鬼"。"首先，黑鬼觉得自己比世界上任何人都要低上一等，被白人欺虐得对自己不在乎，对别人不在乎，对任何东

---

① 欧内斯特·盖恩斯：《简·皮特曼小姐自传》，矮脚鸡丛书，1972 年版，第 105 页。

② 欧内斯特·盖恩斯：《简·皮特曼小姐自传》，第 106 页。

③ 欧内斯特·盖恩斯：《简·皮特曼小姐自传》，第 111 页。

西都不在乎……而黑人在乎,并会永远斗争下去。他每天起床都希望今天会有改进。"①这种从精神上和人格上唤醒黑人的努力,是白人种族主义者最害怕的,他们必欲诛之而后快。在种族主义横行,黑人的生命、尊严和权利没有任何保障的情况下,内德被杀死了。一个民族的觉醒需要它的精英付出生命的代价。在《简·皮特曼小姐自传》中,作者向读者展示的,正是黑人在为争取平等做人的权利的斗争中,多少代人前赴后继的壮烈图景。

在小说第三部分"农场"中,岁月已经进入 20 世纪二三十年代,简也已经六十多岁了。她已经搬到几英里以外的山姆逊农场,在农场主山姆逊家中干活。她对周围发生的事有了更多从历史经验出发的思考。她想到农场上黑人儿童的教育,回忆起不断更替的老师。莉莉小姐除了上课,还要求学生着装整齐,男生领带皮鞋,女生裙衣发带。如有学生缺席,她总要亲自去找,如果说是因为有病,她给他们送药去。她自己花钱进城给学生买牙刷。学生被家长体罚,她也去管。她的做法和要求离农场黑人生活现实的距离太大了,不被学生和家长接受。她一年后就不得不离开。然后是哈代先生。他不仅向学生和家长索要钱物,而且和女生调情,被家长捆在树上。之后一年多学校没有老师,无法上课。等到一个克里奥尔姑娘玛丽·拉法伯来学校教课,学生终于有了老师时,玛丽·拉法伯却又因为种族隔离和种族歧视导致的悲剧而不得不远走他乡。真正怀着历史的责任感来乡村开展对黑人儿童教育的内德被杀死了,很少有能够结合黑人的实际提高黑人教育质量的教师。有老师学校就开课,没有老师学校就关门。这种状况多么生动地反映了黑人教育得不到重视的现实!

玛丽·拉法伯和小鲍勃·山姆逊之间爱情的悲剧重现了《凯瑟林·卡米尔》和《爱与尘》的主题:种族间的鸿沟和南方根深蒂固的

---

① 欧内斯特·盖恩斯:《简·皮特曼小姐自传》,第 115 页。

种族观念毁灭了人间最美好的感情。小鲍勃虽然出生在白人世家，但自幼便和母亲是黑人的蒂米感情很深。在大学所受的教育也使他对种族间的歧视产生质疑。他爱玛丽，向她求婚，但周围的白人都劝他说，玛丽有黑人血统，做情妇可以，做妻子则不行。玛丽也对他说，他们如果结合，肯定不可能有任何前途。绝望的小鲍勃留下给母亲的遗书后自杀了。亲友中有人说，是玛丽勾引了小鲍勃，她应对他的死负责，要玛丽偿命。其中只有一个人说，对于小鲍勃的死，他们大家都有责任，是他们固守种族隔离和歧视黑人的传统，才使小鲍勃绝望地死去。这个人阻止人们加害于玛丽，并帮助她远走他乡。

除主人公简外，小说中还有三个人的一生通过和简生命轨迹的平行及交叉而占有突出的地位，补充和丰富了这一段时期的历史，使读者看到了在简的生活范围以外的美国，给与简身边和周围的事物以更大的现实意义。这三个人是前面提到过的内德、小鲍勃，还有一个是在小说最后一部分中出现的吉米。吉米生于 1938 年，不知父亲是谁，母亲去新奥尔良谋生。吉米由外祖父的妹妹莉娜抚养长大。在标题为"农场居民点"的第四部分，简一开始就表达了黑人期盼能够有自己的领袖人物出现，"人们总是盼望有人来带领他们"①，带他们摆脱蓄奴制，带他们摆脱贫穷和受奴役的地位，帮助他们建立自信和自豪感。第二次世界大战前后，黑人运动员开始在全国性比赛中出现，并取得优异的成绩。即使在路易斯安那州偏远的乡村，在简这样近百岁的老人心中，他们也成了英雄和偶像，成了黑人才能的象征，他们的成就使所有的黑人为之骄傲。在山姆逊农场，黑人们渴望有一个英雄人物来带领他们。这时的农场已经被主人罗伯特在爱子鲍勃自杀后分租给别人耕种，但是世代耕种这片土地的黑人却只分租到边角贫瘠的地块，而法裔白人租到的是肥沃的地块。黑人无以为生，大批离去。吉米从小伶俐懂事，

---

① 欧内斯特·盖恩斯：《简·皮特曼小姐自传》，第 211 页。

老人们认定他会是那个带领他们的人。他们对他严加管教,要他给居民点的人读《圣经》,读报,写信,念信。他在门廊上听老人讲蓄奴制,讲他们生活中的各种经历。他亲眼看到人们离开故土外出谋生,去参加第二次世界大战。他到新奥尔良母亲身边去上中学。后来马丁·路德·金领导的民权运动在南方如火如荼般开展起来,吉米参加了民权运动,和金一起坐过牢。出狱后,他回到故乡,号召人们以亚拉巴马州和密西西比州的黑人为榜样,起来争取自己的权利,但是农场黑人在白人的淫威下不敢行动,他们怕失去工作,失去住处。简对吉米说,时机尚未成熟,当地黑人还没有足够的觉悟和思想准备,"现在有的只是白人的仇恨和黑人的恐惧……总有一天他们会明白,恐惧比死亡更糟。到那个时候他们就会和你一起行动"。[1]

　　吉米准备在贝恩尼组织一次黑人的示威游行,计划好让一个混血女子在星期五到法院大楼中只许白人使用的饮水器去喝水。如果她被捕,黑人就在星期一上街游行抗议。已经 110 岁的简为了表示对吉米的支持,决定在星期一上午 9 点钟前到贝恩尼去。她的决定带动了许多人。正当他们聚集在一起等车子的时候,罗伯特幸灾乐祸地来报信说,吉米已经在 8 点钟的时候被杀害。简和一部分人依然出发到贝恩尼去。她说:"只有他的一小部分死了,其余的他正在贝恩尼等着我们呢。"[2]她"瞪着罗伯特,然后从他身边走了过去"[3]。

　　对于黑人来说,110 岁的简·皮特曼是自己祖辈、父辈和自身历史的见证和体现,同时也是争取一个积极的未来的力量。小说中内德和吉米的斗争都以失败告终,两人都为黑人的事业献出了年轻的生命。这反映了盖恩斯认为黑人为争取平等权利进行的斗争是极其艰巨的,

---

①　欧内斯特·盖恩斯:《简·皮特曼小姐自传》,第 241 页。
②　欧内斯特·盖恩斯:《简·皮特曼小姐自传》,第 259 页。
③　欧内斯特·盖恩斯:《简·皮特曼小姐自传》,第 259 页。

种族歧视的观念和在南方作为一种社会制度和生活方式的存在可以说是根深蒂固的，不是一两次斗争就能够轻易改变的。盖恩斯一方面记叙了以路易斯安那州一个农场为代表所反映出来的百年以来黑人的历史现实，另一方面也通过黑人中先进人物的出现和遭遇反映出黑人思想意识的变化和觉悟的不断提高，展示了黑人为争取做人的尊严和权利所做的不懈努力。特别是在简·皮特曼这样一个黑人女子身上，集中体现出黑人女性在艰难逆境中为种族的生存发展、为继承和保持黑人传统文化所表现出的坚忍不拔的精神。

　　盖恩斯在作品中表明，了解历史和过去并将其作为个人生存的现实接受下来，这一点在帮助人们面对当前和未来的生活上是至关重要的，对在社区中起领导作用的人来说尤其如此。在《在父亲家中》这部作品中，盖恩斯塑造了菲力普·马丁这个人物，通过他从企图切断过去建立自我，到面对并认识过去的自己，并在这个基础上重新面对未来的过程，形象地表现了这个主题。

　　青年时代的菲力普·马丁生活在里诺农场上，他喝酒，赌博，和女人生了孩子却不负养育的责任。他和乔安娜生了二子一女，从不照顾他们，乔安娜只能带着孩子远远离开了他。十七年前，他决定开始新的生活，入教做了牧师，在离家乡不远的小城圣亚德里安尼一个教堂传教，后来又参加了民权运动，成了社区民权运动委员会的主席，追随马丁·路德·金进行非暴力斗争，在反对种族隔离的斗争中取得了一些成绩。他以为"在教堂、在社区为大家所做的有益工作可以抵偿我过去的所作所为"[①]。小说开始时，委员会正在组织发动对白人施纳尔的商店进行抵制，因为他拒绝给黑人雇员和白人同工同酬的待遇。

　　正当菲力普对自己的成就和地位感到心满意足的时候，儿子带着

---

　　① 欧内斯特·盖恩斯：《在父亲家中》，诺顿出版公司，1983 年版，第201 页。

他的过去出现在圣亚德里安尼。他自称名叫罗伯特·X,住在维吉尼亚开的小旅店里,不和任何人交往,整天在街上闲逛,或站或坐在一个地方发呆。他特别爱坐在教堂后门外或菲力普家门口发呆。菲力普在家里举行聚会,罗伯特不请自来。菲力普看见出现在自家聚会上的罗伯特时,直觉告诉他这个青年是谁。他迈步想向他走过去,却跌倒在地,昏了过去。不久,罗伯特因在街头流浪被警长拘押。菲力普听说后去保释他时,不得不向这个白人警长说明自己和罗伯特的父子关系。警长提出的放人条件是,菲力普同意不再组织对施纳尔商店的抵制斗争。菲力普最后答应了。罗伯特对菲力普说,他这次来找他,是为了报仇。他的妹妹被奸污,弟弟给他枪要他为妹妹报仇,他却只会抱着妹妹祷告。弟弟忍无可忍,开枪打死了奸污妹妹的人,坐了五年牢。出狱后,弟弟和妹妹一同离开了家,而罗伯特因为自己作为长兄不能挺身而出,自责不已,从此闭门在家。菲力普面对眼前的儿子,明知他的名字不是罗伯特,却无论如何也想不起他的名字,也记不得另外两个孩子的名字。罗伯特愤然离去。

在他擅自决定停止对施纳尔商店的抵制后,施纳尔在家大肆公开庆祝。菲力普回到家中,发现民权委员会的其他委员都在家里等着他,他们为他做出的决定指责他。年轻的委员们本来就不满他非暴力斗争的策略,对他的背叛行为更加感到难以容忍。委员们当场表决罢免了他的主席职务。

这件事使菲力普在政治上受到了很大的打击,但此时他一心想到的是被他抛弃的乔安娜和子女的命运,感到十分愧疚。他想起了罗伯特尖刻的话:"你毁了我们的灵魂之后,居然到这儿拯救起灵魂来了。"[1]他也意识到,无法为自己的过去辩护,逃避也不能抹掉过去行为造成的后果。他又觉得无法向妻子阿尔玛和同事讲述压在心头的一切,于是就回到出

---

① 欧内斯特·盖恩斯:《在父亲家中》,第 100 页。

生长大的里诺农场，从生活在那里的人们的记忆中去找回自己的过去，正视和审视自己的过去。在寻找知道他过去家人的现状的老友齐波的过程中，他从一个老牧师身上反观自己作为牧师所宣传的观念的虚伪和无力；他从和一个年轻人的交谈中悟到新老两代人对待各种问题的认识上的巨大差别，自己不应该强迫年轻一代接受自己的宗教和政治信念；他在酒吧和老情人的偶遇，使他无法回避和多个女子有非婚生子女而自己从来没有承担过任何责任的事实。他刚从齐波嘴里听到了乔安娜和女儿的情况，又传来了罗伯特跳进湖沼自杀身亡的消息。这一连串的打击使菲力普万念俱灰，觉得什么都完了。连多年给了他力量的上帝竟也容许这样的事情发生，他完全失去了生活的勇气。这时齐波对他说，他不能自暴自弃，因为"我们太需要有你在前面了……我需要有一个能够仰仗信赖的人，我仰仗信赖你。我，许多像我这样的人，我们仰仗信赖你"①。一个年轻的女教师对菲力普说，由于他的努力，黑人在城里公共饮水器前喝水不再害怕得发抖。她带领黑人学生去法院大楼参观，他们也不再因为害怕而发抖了。这些都是已经取得的成绩。她对他说："你想改变过去，这是连上帝也无法做到的。因此能改变的只有未来。我们为未来而奋斗。"②

　　造成许多黑人儿童在缺少父亲关爱的环境中长大的原因十分复杂，如在蓄奴制下黑人家庭往往被拆散卖给不同的主人，或者女黑奴和白人所生的混血儿童只能跟母亲生活，或者是黑人谋生困难，往往背井离乡，把子女留给老人抚养，或者是未婚女子生了孩子而情人不愿或无法照管，等等。这些情况在盖恩斯的作品中都有反映。《凯瑟林·卡米尔》中的杰克逊，《爱与尘》中的马丘斯，《简·皮特曼小姐自传》中的内德、吉米，《刑前一课》中的杰弗逊，以及其他许多次要人物，都是由

---

① 欧内斯特·盖恩斯：《在父亲家中》，第208页。
② 欧内斯特·盖恩斯：《在父亲家中》，第213页。

母亲或祖母、外祖母甚至姨祖母养大。《在父亲家中》更是集中表现了父亲的缺失在子女成长中造成的影响。罗伯特对父亲行为的憎恨反映在他选择 X 作为自己的姓上。姓名是人身份的象征，X 表示未知，而在 1969 年小说故事发生时的美国，以 X 做姓会使人立刻联想到激进的黑人领袖马尔科姆·X。罗伯特父亲的姓是马丁，加上他在民权运动中所持的非暴力斗争的主张，自然使人想到马丁·路德·金。父子两代的隔阂交杂在民权运动的激进和保守、新老两代领导人的分歧、历史与现实、个人遭遇和社会责任之中，菲力普在重新审视自己的过去的基础上，在一段时间的失落后，定会如妻子阿尔玛所说的那样重新开始生活。这一次的重新开始肯定会和 17 年前的不同。在对自己的过去做了深刻的思考之后，重新开始生活的将是一个更为成熟的菲力普。他明白了一个人只有在承担起个人的责任之后才有可能承担起社会责任，成为一个具有人性和尊严的人。

《老人集合》中拿着枪和弹药聚集到马苏家院子里来的近 20 个黑人老头，除了"唯一不向白人低头"[1]的马苏之外，都是在种族歧视的社会秩序中沉默忍受了一生的人。世界已经进入 20 世纪 70 年代，但是在外部世界的变革很少触及的路易斯安那州的马歇尔家的农场上，人们仍基本沿袭着传统的种族等级制度生活。由于法裔白人租种了农场连片的肥沃土地，黑人在贫瘠的地块上难以耕作谋生，大多数年轻的黑人已经离去，留下的只有老年男女和带着孩子的女人。一天，法裔白人监工博突然被枪杀在黑人生活区马苏家的院子里。马歇尔农场的经营者，农场主的侄女坎迪传话，让大家带着枪支和弹药到马苏家的院子里集合。警长梅普斯赶到时，只见这些七八十岁的老黑人持枪坐在院子里。坎迪告诉他，因为博凶狠地打了为他干活的黑人查理，查理逃到马苏家，博开着拖拉机追来。他跳下拖拉机，端着枪要进院子。坎迪警告

---

[1]　欧内斯特·盖恩斯：《老人集合》，兰登书屋，1983 年版，第 31 页。

他,他不听,于是她只得开枪打死了博。梅普斯哪里会相信她的话,就问一个叫比利·华盛顿的老头,是谁杀死了博。谁知比利竟说是自己杀的。梅普斯打他他也不改口。梅普斯接着问盖布尔,盖布尔也说是自己杀的,梅普斯打他,他直瞪着梅普斯的眼睛。这些过去和白人说话时从来只敢低头看地的老人,一个个陈述自己杀死博的原因。比利说是因为儿子在第二次世界大战结束回到家中后,博的家族中的人觉得他对白人不肯低声下气,找茬把他打成了残废,儿子后来疯了。塔克说是为了被法裔白人毒打的哥哥,他自己当时害怕得听任哥哥挨打不敢搭救,而在法庭上他们却诬告是哥哥挑衅,也是由于害怕,他没有说出实情。多年在悔恨中生活的塔克在马苏的院子里对警长说:"这是算总账的时候了,我要什么都不怕地说出真相,即使因此会在监牢里度过余生也心甘情愿。"①盖布尔说是为了自己精神不正常的儿子,他在16岁时被诬陷强奸了一个和许多黑人及白人男子都睡过觉的白人女子,被电刑处死,自己杀死博是为儿子报仇。总之,在场的每一个黑人都有自己杀死一个白人的充分理由和动机。他们个人的悲剧虽然并不都是由博个人所造成,但都是白人对黑人种族的伤害。他们对博的仇恨反映了对白人统治下的种族歧视制度的不满和仇恨。他们带着枪支集合到马苏院中,是为了保护他们认为杀了博的马苏。马苏是他们之中唯一表现出自己做人的尊严、从不向白人点头哈腰的黑人。他们再也不能沉默忍受,听任博的家族来屠杀黑人,进行报复。他们行动起来了,如果法裔白人来报复,他们就会拿起枪来抵抗,再也不能任人宰割了。

在场所有的黑人老头和坎迪都说是自己杀死了博。梅普斯只得先派警察到法裔人居住区去设法阻止博的家族出动,尽量避免更多的流血,同时弄清真相。所有的人心里都认为杀死博的是马苏,认为只有他才会在白人对黑人肆虐时向白人开枪。正在僵持不下的时候,查理来

---

① 欧内斯特·盖恩斯:《老人集合》,第94页。

到了马苏家,讲述了事件的整个过程:他正在好好地干活,博过来无事找事训他。查理说他活干得很好,用不着训他。博说不但要训,而且要打。已经 50 岁、被欺辱了 45 年的查理不愿再屈辱地生活,就跳下了正在往上装甘蔗的拖拉机,说他不干了。博抓起一根甘蔗追打查理。查理急了,也抓起一根甘蔗向博抢去,把博的头打得鲜血直流。查理惊慌地跑到自己的教父马苏家,告诉马苏说,他要出逃。这时博开着拖拉机拿着枪追来。马苏拿起枪塞进查理手中,说他情愿看到查理在斗争中死去,也不愿看到他再逃跑。博走进院子,查理几次让他站住,博狞笑着说:"黑鬼,一开始我只不过是要寻寻开心,像猎兔子那样追追你,等我累了再开枪打死你。现在看来我不想浪费时间了。"①他说着举枪要射,查理先他一步,开枪打死了博。查理告诉马苏,他要到北方去,否则会被电刑处死,而马苏已经 82 岁,即使承认杀死了博也不会被处死刑。查理在逃出农场后,经过激烈的内心斗争,主动回到了马苏家,告诉大家:"我已经准备好付出代价。我卸掉了一个沉重的包袱。现在我知道自己是个男子汉了。"②当白人警长梅普斯带着发自内心的尊敬称呼他为布里格斯先生时,查理笑了。作者指出:"这是深沉的、发自内心的、真正的笑,一个做了 50 年黑鬼后终于成了男子汉的人的笑。"③

　　盖恩斯探索黑人摆脱心灵上受奴役的状态并以自己的行动实现自己做人的尊严和自己生命的价值的主题,在《老人集合》中得到了充分的表现。种族歧视的观念在美国,特别是在南方农村,是根深蒂固的,传统的力量也更为强大。像博这样的种族主义者对黑人是赤裸裸的歧视。即使是像坎迪这样失去父母后在很大程度上由马苏帮助抚育长大、因而对黑人有很深感情的白人,也在潜意识中感到黑人需要有她这

---

① 欧内斯特·盖恩斯:《老人集合》,第 193 页。
② 欧内斯特·盖恩斯:《老人集合》,第 193 页。
③ 欧内斯特·盖恩斯:《老人集合》,第 193 页。

样的白人来保护。她为救马苏，对白人警长说是自己杀死了博，因为她知道黑人杀死白人肯定是罪加一等，而且会引起博的家族来找黑人报仇，许多无辜的黑人会遭殃。读者能够理解她的行为，但是到黑人们要和梅普斯单独谈话，不让坎迪进屋时，她的潜在的白人优越感就暴露了出来。当克拉图对她说"这次我们不需要你在场"时，她竟然质问并威胁他："你知道你是在和什么人说话吗？滚出我的地方……"①连梅普斯都评论说："听听这位救世主的话！按她的要求去做，不然就把你们赶出去。"梅普斯认为坎迪"是想把他们永远保持在做奴隶的地位上"②。可以看出，尽管坎迪关心黑人，但是她并不承认他们是和自己一样的有尊严、能够自己作出决定、能够掌握自己命运的平等的人。坎迪的思想并没有真正从蓄奴制下解放出来。她的男友，记者卢目击她和黑人间的关系，对她说："从今以后你的生活将发生巨大的变化。那个老人（指马苏）已经摆脱了你。当他把你的手从他的胳膊上推开时……他使你们两个人都得到了自由……他是个老人，剩下的那点时间他要按自己的方式生活了。"③黑人只有把命运掌握在自己的手里，才能真正获得自由；白人只有承认黑人是和自己一样能够决定自己命运的人，才能从种族歧视的心态中真正解放出来。

博的家人在处理博被杀的事件上的不同态度，也反映了不同时代中成长的两代白人对待种族歧视传统的不同态度。博的弟弟吉尔伯特是路易斯安那州立大学的学生，是大学橄榄球队的主力。他和黑人队友卡尔合作默契，缺了哪一个也无法获胜。他们两人在球队的合作和精彩表现引起了人们的广泛注意。人们称这一对球友为吉尔和卡尔，给他们起了盐巴和胡椒的绰号，既表示他们一个是白人，一个是黑人，

---

① 欧内斯特·盖恩斯：《老人集合》，第 173 页。
② 欧内斯特·盖恩斯：《老人集合》，第 174 页。
③ 欧内斯特·盖恩斯：《老人集合》，第 185 页。

又表明他们如餐桌上的盐和胡椒一样是不可分的一对。他们的合作和成功象征了盖恩斯对种族团结获取成功的希望。在得到哥哥被杀的消息后,他立刻赶回家中。在父亲征求家人如何行动的意见时,吉尔伯特感到自己无法按父亲的愿望和种族及家族的传统要求拿起枪去报复。他对父亲说:"现在是 20 世纪的 70 年代,马上就要进入 80 年代了,不再是 20、30 年代或 40 年代了。"①吉尔伯特的反对使父亲打消了报复的想法。这是时代进步的一个小小的胜利。只有在不同肤色的人都能在享有人的尊严中生活,彼此承认并尊重对方的平等权利时,个人才能得到真正的自由和幸福。

　　盖恩斯迄今为止出版的最后一部作品是《刑前一课》。小说所反映的时间是第二次世界大战后的 1948 年。一个叫杰弗逊的年轻黑人在两个黑人和一个白人酒吧老板相互开枪射击时在场。他目击三人都被打死,吓得惊慌失措,在现场被警察作为杀人嫌疑犯逮捕。在法庭上,杰弗逊的白人律师为他辩护的基调是,他根本不具有能够策划这场抢劫杀人案的智力。"在这个脑袋壳里没有计划,你看到的只是一个按命令行动的东西,一个只会给你扶犁耙、扛棉包、挖沟、劈柴、收玉米的东西。""就说他有罪吧,杀了他有什么公正可言? 先生们,公正。把他放进电椅,还不如把一只猪放进电椅呢。"②一个完全由白人组成的陪审团认定他有罪,白人法官判他死刑:电椅处死。

　　小说的第一人称叙述者格兰特·威金斯的姨外婆和杰弗逊的教母,把他抚养长大的埃玛是邻居和好友。威金斯十年前离开农场老家去上大学,毕业后回农场的小学教书。在杰弗逊被判刑后,埃玛请求威金斯去监狱探视杰弗逊。她说:"我要老师让他知道他不是一头猪,他

---

① 欧内斯特·盖恩斯:《老人集合》,第 143 页。
② 欧内斯特·盖恩斯:《刑前一课》,兰登书屋,1993 年版,第 8 页。

是一个人。我要他在走向电椅之前明白这一点。"①每次探视，埃玛都给杰弗逊准备了各种好吃的东西，但杰弗逊不看也不吃，也不理睬埃玛。埃玛非常伤心，希望威金斯能够帮助杰弗逊。在威金斯第一次独自去探视时，杰弗逊问他有没有带玉米来，说"那才是猪吃的东西"②。威金斯说没有带玉米，但是带了糖。杰弗逊说，"猪是不吃糖的"，而威金斯对他说，"你不是猪，你是一个人"③。杰弗逊趴在地上用嘴拱食物，说自己只不过是一头猪。

　　威金斯在农场小学教书的 6 年中，思想始终处于矛盾和痛苦之中。他对于黑人受歧视的状况极端不满。他的学校没有校舍，借用教堂上课。他的学生从 6 岁到 14 岁都有，他一个人要教一到六年级。白人的学校每年上 9 个月的课，他的学生每年只能从 10 月末上课上到 4 月中旬，因为其余的时间学生要在地里干活。学生的课本都是白人学生用过的，而且还不能每人一本。每当他和白人打交道，白人都认为他应该表现得低声下气，而他做不到这一点，只能尽量减少和他们的接触。他想离开南方，但又感到哪儿都找不到自己的归属。年复一年，他看不到有任何变化。和杰弗逊接触、看到他的状态后，他非常希望自己能够帮助他好好走完人生这最后一程，他决意要"帮助他站立起来"。④

　　威金斯给杰弗逊带去一个小收音机，让他能够收听他喜欢的音乐。他给杰弗逊带去了小学生为他采摘的山核桃，并且让小学生和农场的老人去监狱看望他。杰弗逊是一个生下来父母就离去、6 岁就下地干活、从来没有人对他说过爱他的人，他终于被威金斯感动了，答应在埃玛再来探监时坐下来和她一起吃她带来的东西，答应用威金斯给他的铅笔和小本子记下自己想对威金斯说的话。威金斯对他说，自己做老

---

① 欧内斯特·盖恩斯：《刑前一课》，第 21 页。
② 欧内斯特·盖恩斯：《刑前一课》，第 82 页。
③ 欧内斯特·盖恩斯：《刑前一课》，第 83 页。
④ 欧内斯特·盖恩斯：《刑前一课》，第 218 页。

师,教的只是白人当局让他教的读、写、算,"有关尊严,有关自己是什么人,有关人与人之间的爱护和关心方面却什么也没有教给学生"①。他告诉杰弗逊,可以在白人面前表现出自己作为人的尊严。杰弗逊在死亡的阴影下开始和另一个人有了真正的心灵沟通,具有了人的尊严给了杰弗逊力量。在杰弗逊被处死的那天,农场上给白人干活的黑人罢了一天工。威金斯学校的学生在执行死刑的那一刻跪在地上,以表示对杰弗逊的尊敬。现场的一位警官在杰弗逊死后,按杰弗逊的委托,把他的日记交给了威金斯,说杰弗逊临刑前的最后一句话是,"告诉我的教母,我是自己走的"。② 警官怀着敬佩之情告诉威金斯:"今天行刑室里最勇敢的人是杰弗逊。"③和《老人集合》中的老者一样,杰弗逊在活着的时候找回了自己做人的尊严,给了打赌认为他只会像猪一样死去的白人一记响亮的耳光。

综观盖恩斯的作品,其中心思想是黑人在逆境中显示的尊严和追求人生价值的努力。他们并不是天生的英雄,而往往是在长期的屈辱和忍受中感悟到采取行动掌握自己命运的必要。他的小说中充满了时代的气息,反映了从内战后的重建时期到民权运动这一百年来美国黑人历史上的重大事件,以及美国,特别是南方种族关系的现实状况和变化。他以路易斯安那州乡村的微观世界,反映在复杂的种族和阶级关系及传统的种族观念支配下的社会,是如何左右和影响着生活在其中的黑人、白人、法裔白人和克里奥尔混血人的情感和生活的,从而使读者体会到,只有从这种社会制度下解放出来,人们才可能有真正的幸福。

盖恩斯的创作带有强烈的黑人民间口头文化的特点,多用第一人

---

① 欧内斯特·盖恩斯:《刑前一课》,第 192 页。
② 欧内斯特·盖恩斯:《刑前一课》,第 254 页。
③ 欧内斯特·盖恩斯:《刑前一课》,第 256 页。

称叙述,只有《在父亲家中》是用第三者叙述角度创作的。他的作品的叙述者往往是其中的一个人物,在叙述过程中常常会向读者交代,他不在场或未亲身经历的事是什么人讲给他听的。对于和故事有关的过去的事物,叙述者往往是从饱经沧桑的老妇人口中听到的。《老人集合》更是由每个老人和事件的参与者共 15 个人进行叙述,每个人除对当前发生的事从自己所知和所理解的角度叙述外,还对各自与当前事件有关的过去进行回顾,给予了沉默的黑人大众以说出自己心声的机会,同时也使读者不仅对事件的发生和经过有较为全面的了解,还能更为深刻地了解这一事件的历史和社会根源。叙述者使用生动的民间口头语言,具有极强的吸引力和艺术感染力。

第四节　匆匆回归的怀德曼

在华盛顿市出生、在宾夕法尼亚州匹茨堡市黑人聚居的乡林区长大的约翰·埃德加·怀德曼(1941—)被评论界誉为"当代最杰出、最有才华的黑人男作家之一"。他不仅被公认为"最重要的黑人男作家",而且是"最强有力、最有造诣的艺术家","美国最明亮的文学明灯之一"。[1]

怀德曼家境贫困,但是做侍者的父亲有稳定的工作。他高中毕业后获得了富兰克林奖学金,得以进入宾夕法尼亚州立大学。他以优异的成绩毕业后,又获得了罗兹奖学金赴英国牛津大学深造。回到美国后,他先在母校宾夕法尼亚州立大学任教,创建黑人学研究项目,开设黑人文学课,后去怀俄明大学拉蜡米校区、麻省大学阿默斯特校区任教。

---

[1]　威廉·L. 安德鲁斯等编:《牛津美国黑人文学指南》,第 775 页。

迄今为止,怀德曼共出版了八部长篇小说:《望向别处》(1967)、《匆匆回家》(1970)、《私刑者》(1973)、《躲藏之处》(1981)、《昨天让人找你来》(1983)、《鲁本》(1987)、《费城大火》(1990)和《双城》(1998),三部短篇小说集:《天蛇》(1981)、《狂热》(1989)和《怀德曼小说集》(1992),两部自传性作品:《兄弟和保护人》(1984,和弟弟罗伯特合著)和《为人父:关于父子之思考》(1994),以及不少评论文章。其中《天蛇》、《躲藏之处》和《昨天让人找你来》后来合并出版,总称《乡林三部曲》(1992)。

怀德曼三十余年来创作出版的作品中,与其说主要反映的是黑人在美国生活的现实,不如说是反映了怀特曼本人从疏离黑人群体到思想、艺术甚至肉体回归黑人传统文化,回归自己的根的过程。他的作品中总有黑人知识分子出现,在其中一些作品中他们还是主要人物,而这些人物又都反映了作者当时的思想和心态。怀德曼对这一点毫不讳言。在不少作品中,作者对自己疏离黑人传统的态度做了剖析。从《乡林三部曲》开始,怀德曼一步步地从以白人的价值标准对待自己、主宰自己的创作,转变为理解并接受黑人的历史、文化和价值观。怀德曼的作品反映了这个过程,因此,在分析和评论他的作品时,就不能不和作者个人的生活及思想紧密结合起来。

怀德曼的创作明显地可以分为三个阶段。早期的《望向别处》和《匆匆回家》,经《私刑者》过渡到第二阶段,作品包括《乡林三部曲》和《兄弟和保护人》,第三阶段作品有《鲁本》、《费城大火》和《双城》。

《望向别处》出版时正值美国民权运动高涨时期,许多黑人作家和知识分子呼唤通过黑人文艺运动建立黑人美学,使美国黑人文艺成为黑人权利运动的精神力量。而此时怀德曼关心的是要被主流文学界接受,他的创作目标是得到白人的承认,使用的是现代派和后现代派的创作手法,指望以此表明自己的艺术水平和价值。该小说的主人公之一是个叫罗伯特·瑟利的白人教授。他酗酒,搞同性恋,经常找贫穷的黑人男子作为性对象。另一个主要人物是黑人青年艾迪·劳森。他的母亲玛莎自从丈夫和长子尤金死后，始终不能从痛苦中自拔，总想把艾迪完全控制在身边，对艾迪有自己的生活十分不满，总想干预。她不喜欢艾迪结交的黑人青年朋友威廉。威廉去车站接从戒毒所回来的艾迪，一进门，母亲就骂走了威廉。艾迪去找女友，威廉的妹妹艾丽斯，但艾丽斯仍然因为艾迪曾和一个白人女子有过一夜之欢而不肯原谅他。艾迪满心失落地回到家中，看到一直在家照顾生病的母亲的妹妹丝毫得不到母亲的关爱，母亲对死去的尤金的爱使她排斥一切人。艾迪劝妹妹离家去寻找自己的生活，不要再受母亲的折磨。他对妹妹说："她不肯放过我们，因为只有往我们身上才能发泄她的痛苦，只要我们在她身边，她就会这样做，这就是她活着的唯一目的。"①岂料卧床的母亲下了床，在楼梯口听见了艾迪的这番话，气得滚下楼梯，摔死了。艾迪在自责中和威廉到酒吧去喝酒，遇见了也在这儿喝酒的瑟利。瑟利安慰艾迪，要陪他度过这个痛苦的长夜，但是艾迪独自离开，走向一片荒林。威廉和瑟利跟在他的身后。在小说最后 20 页里，三个人在荒林中点起的火堆旁各自想着自己的心事。作者用意识流的手法把三个人内心深处的思想、过去的遭遇和心中的愿望混合交织在一起，有时近一页没有一个标点符号。

怀德曼在这部小说中刻画了两个主要人物，一个是颓废的、和社会格格不入的白人教授，一个是渴望得到母亲的爱的黑人青年。作品的主题是和社会格格不入的、孤独的局外人的心态和内心深处的恋母情结，使用的表现手法是大量的内心独白，故事情节通过人物跳跃的思绪断续浮现，语言是标准书面体英语。这是主流文学喜爱的人物、主题和创作手法，所以出版后得到不少评论家的称赞，认为他具有福克纳和伍尔夫的特点。把他和英美两个现代派文学大师相比，怀德曼心中着实

---

① 约翰·怀德曼：《望向别处》，查塔姆出版公司，1967 年版，第 128 页。

感到得意。

比起《望向别处》来,《匆匆回家》较多地描写了黑人,主要人物是一个黑人知识分子西斯尔。小说开始时,西斯尔正在收拾垃圾。他是一幢居民楼的管理员,和妻子艾斯塔、艾斯塔的姨妈一起住在大楼的地下室。西斯尔是法学院的毕业生,是靠做清洁工并在艾斯塔的经济帮助下读完法学院的,毕业的当天就和艾斯塔结了婚,但新婚之夜就离家而去。他对自己解释这一不近情理的行为:"也许我只是为自己感到悲哀。运气不好。也许是那长期的鞭笞,那难以做到的自己把自己举起。学习法律,我变成了的那个从身体到言行都不允许像坏猴子的人,是他把我赶出了家门。"①他乘船到欧洲,在一个博物馆中遇见一个叫韦伯的白人。25 年前,韦伯曾和一个黑人女子安妮相好,生有一子。不久前,安妮写信告诉韦伯自己病重,儿子可能会去欧洲找他。韦伯在博物馆看到西斯尔,觉得他很像自己的儿子,就约西斯尔到马德里去,好进一步了解西斯尔的过去。而西斯尔对自己的过去了解得很少,内心充满了矛盾。他受过高等教育,但他觉得这只不过把他变成了一个不像白人眼中的"坏猴子"那样的黑人。如果他不是"坏猴子",那么,没有受过白人高等教育改造的黑人是"坏猴子"吗?究竟他应该和黑人大众认同,认为黑人决不是"坏猴子",还是站在白人一边,把自己从黑人中分离出来?他没有答案。在欧洲时,他感到"没有什么使我想回去。这就是为什么我在这儿,一个陌生人"。②由于这种无归属感的心态,他浪迹欧洲,把自己生活里的种种问题都归结为自己是个黑人。他极度彷徨,他的无法掌握自己命运的状态,体现在他反反复复地唠叨他失去了儿子西蒙,而这个很小就死去了的儿子是他原来根本就不想

① 约翰·怀德曼:《匆匆回家》,亨利·霍尔特出版公司,1986 年版,第 168 页。

② 约翰·怀德曼:《匆匆回家》,第 51 页。

要的。他祈求西蒙原谅他，一味悲叹已经无法挽回的过去。只有在他和普通的黑人大众建立了真正的交流后，他才开始接受作为黑人在美国生活的现实。在库斯坦斯开的能人美容厅工作，使西斯尔能够置身于黑人的闲谈、黑人的音乐、黑人的气味和黑人日常生活的环境之中，开始把自己和普通黑人大众联系起来。从一个老黑人奥提司那儿，西斯尔增加了对黑人大众的了解。在和黑人群体初步认同的基础上，他"匆匆回家"，用三年前离家时用来锁门的同一把钥匙开门进屋。也正是由于具有了黑人意识，他才会在看着窗外时感觉到"在狭窄的窗框里射进的刺目的、戏剧性的月光下，一切似乎都是可能的，都是在祈求黑人权利力量的某种展示"。①

西斯尔从极度彷徨到初步找到自己生活的支点并看到希望，是他从思想和心灵上向黑人群体回归的结果。在《匆匆回家》中，怀德曼探索了一个脱离黑人大众的黑人知识分子丧失自我时的困惑，从主题上突出了黑人的境遇，但是可以看出，小说仍是以白人读者为对象创作的，如使用法语格言，过于支离破碎的情节，令人摸不着头脑的时空切换等等，相当明显地表明作者急于得到主流文坛认可和接受的心态。这一点在下一部作品《私刑者》中有了很大的改变。

《私刑者》描写了四个黑人霍尔、桑德斯、威尔克森和赖斯，他们计划以白人对黑人私刑处死之道还治其人之身，密谋把一个白人警察私刑处死。四人的首领威利·霍尔具有明确的政治目的，是这一行动的策划者：

> 首先是扫除过去的一切。当我们将警察私刑处死时，我们就是在宣告我们对过去的了解，对过去的蔑视，对过去教育我们要畏惧的任何后果的漠视。我们同时也拒绝接受任何未来，除非是我

---

① 约翰·怀德曼：《匆匆回家》，第185页。

们自己作为战士，作为自由和激烈的人，能够决定我们生存于其中的现实的性质，否则就在争取这一未来时死去。①

他教育其他三个人说："我们决定要改变事物，我指的是大的方面，不是给黑人一个职业或让他去做公务员。不是一两个黑人升到上层，而是改变一切，从根本上改变。显然这意味着暴力。极端的暴力。没有人会不反抗就放弃权力的。"②

他们四个人各有分工：霍尔制定计划，发出执行信号。在邮局工作的桑德斯负责把一个叫西西的妓女藏起来。这样，既是西西的情夫，又是她的皮条客的一个白人警察就会到处寻找她，他们便说能够带他找到西西，然后用药麻翻他，由做楼房管理员的赖斯把他藏起来，一天一夜后把他私刑处死。威尔克森是一个小学教师，他负责传递霍尔的决定。为了安全，霍尔让每个人只完成自己的具体任务，这样万一出事，只伤一个环节。把这四个人凝聚起来的是他们对自己生存状况的不满和愤怒。他们意识到黑人需要团结一致才能改变现状，也试图这样去做，但是他们并不能同心同德地去完成这个任务。霍尔是坚定的，桑德斯过于急躁，而且有强烈的黑人优越感，不信任混血的威尔克森，赖斯则怀着个人的目的，想在成功后自己做领导。而威尔克森对计划的长期作用有怀疑，他认为"可能在短时期内会使人得到自由，在牢狱和牢狱之间创造一个中间地带。但是这个时刻能够延续吗？这个计划能够支持生活和社会吗？"③代表了黑人中不同思想意识的这四个人，在真正从思想上达到一致之前的这次行动必然难以成功。当霍尔在露天演讲时被警察打伤住院后，这个计划便夭折了。

---

① 约翰·怀德曼：《私刑者》，哈考特-布雷斯-约万诺维奇出版公司，1973年版，第117页。
② 约翰·怀德曼：《私刑者》，第236页。
③ 约翰·怀德曼：《私刑者》，第72页。

作者没有让私刑者的私刑计划得以实现,这反映了怀德曼并不认为这个办法能够真正解决黑人问题。作者在小说中通过两个黑人垃圾工对改变黑人状况的闲谈,从某个层面上反映了黑人大众对这一问题的考虑。一个说:"除非弟兄们能够把自己组织起来,否则什么也没有用。这是白人的秘密所在。关键不是领袖。杀死一个总统,会有50个和他一样的人准备当总统。在选举中击败一个,或者在早餐时暗杀他,你只是杀死了一个人而已。是整个制度把我们压在底层。机构意味着组织,你不能杀死一个机构。弟兄们应该明白的是这个。组织起来。"[1]另一个说:"先是回利比里亚,后来是加维主义……现在又有什么半生不熟的组织和先知来领导我们这些贫穷无知的黑人到福地去……我还没有傻到等着别人赏赐给我什么。我要斗争,要提出要求,但是要用合法的手段。"[2]小说在反映黑人对未来的希望时,同时也突出了对黑人大众进行政治意识教育的必要性。霍尔受伤住院后,受到警方的监视。他很想通过黑人护理员安东尼给他传递信息,便开始对他进行教育。安东尼本来是个认命的小人物,霍尔和他聊天,谈他自己作为黑人在美国生活的种种遭遇,分析原因,使安东尼逐渐明白他所受到的压迫和剥削,唤醒他作为黑人的自我意识。慢慢地,安东尼理解了霍尔的斗争,而且对他为此受到毒打表示愤怒和同情。当他发现霍尔被作为政治犯关到了医院的疯人楼层时,他反抗了,砸烂了护士站里所有的瓶瓶罐罐。

《私刑者》的主题和主要人物与前两部作品显然有很大的不同,从中可以看出怀德曼已经开始从主流文化的价值观中摆脱出来。他在弟弟罗伯特因持枪抢劫入狱后,去监狱和罗伯特长谈,后来写成了《兄弟和保护人》一书。在这部作品中,怀德曼审视了自己和弟弟所走的路,剖析了

① 约翰·怀德曼:《私刑者》,第135页。
② 约翰·怀德曼:《私刑者》,第135页。

自己如何力图把自己从黑人群体中脱离出来,在心中产生了对黑人文化和黑人的憎恨。他认为,大学教育中一切以白人为中心的观念是造成自己这种变化的根源:"在宾夕法尼亚州立大学中……在教师、教练、大学的白人氛围中,几乎一切重要的人物都力促我埋葬自己的过去。"[①]"要在社会上有所成就,你就必须成为和他们一样的人。而这些人决然不会去大声承认在匹茨堡的一群黑人亲属。"[②]

多年来,为了获得白人社会的承认从而有所成就,怀德曼有意识地埋葬了自己的过去,疏离了亲人和自己种族的历史文化传统。在几个月的时间里,和弟弟的监内访谈不仅勾起了他埋葬了的记忆,而且得知了许多他不甚了了的家族的历史。这时他才明白,自己在大学里之所以竭尽全力去和白人文化传统认同,完全是因为他缺乏对黑人文化历史的了解,因而毫无抵抗力。他总结道:

> 了解种族的历史,了解世界范围内有色人种反对欧洲统治的斗争具有无比的意义。它本来会成为一种工具,成为我在陌生的大学环境中每日面临对立状态时的支持。历史本来能够告诉我,我不是孤立的,我的情况不是独一无二的。相信自己是孤立的,使我对自己和别人都具有很大的危险。[③]

怀德曼和弟弟长谈的结果是:

> 我在我和弟弟的世界之间拉开的距离一下子就消失了。在怀俄明州的拉腊米和宾夕法尼亚州的匹茨堡之间 2 000 英里的距

---

① 约翰·怀德曼、罗伯特:《兄弟和保护人》,企鹅丛书,1984 年版,第 227 页。
② 约翰·怀德曼、罗伯特:《兄弟和保护人》,第 27—28 页。
③ 约翰·怀德曼、罗伯特:《兄弟和保护人》,第 32—33 页。

离,我故意造成的对家庭的无知和逃跑、躲藏的那些年头都没有能够改变一个简单的真理:我永远也不可能逃得够快、够远。罗贝(弟弟的爱称)在我身体之中,无论他亡命何处,他的身上都有着我的一部分。[1]

有意思的是,也正是在宾夕法尼亚州立大学,怀德曼开始了对黑人文化的回归。当他在民权运动高涨的1968年在宾夕法尼亚州立大学任课时,一群黑人学生要求他开设黑人文学课。他先是推诿,后来觉得一个教文学的黑人教师不教黑人文学有点说不过去,便答应下来。对于怀德曼来说,这是他生活中的转折点。他开始认真阅读黑人作家的作品。他对评论家威尔弗雷德·塞缪尔斯说:"美国黑人文学既是一门严肃的学科,又是伟大的颂歌。它开人眼界,使人觉醒,给人极大的享受。"[2]这一觉醒使他从主流文学的视角转向黑人文学的视角,开始从西方白人文学传统中解放出来,成为自信的、具有独创性的黑人作家。这一觉醒也使他分析自己的创作,认识到自己在创作中没有能够反映黑人文化的传统,于是他潜心研究黑人历史和文学,以使自己能在黑人文化和文学传统的继承中找到自己的位置,为黑人进行创作。他的这个研究和反思的过程十分漫长,直到1981年,在《私刑者》出版八年之后,才再度出版作品。他对威尔弗雷德·塞缪尔斯说:"我要做(前三部作品)没有做过的事。首先,我要使作品到达可能被自己以前的作品排除在外的各层次的读者。"[3]这些读者就是广大的黑人群众。读者对象的改变决定了作品主题和叙述手段的选择。怀德曼看到了用自己的视角来观察现实的重要性。他的黑人兄弟们正是以自己的视

---

① 约翰·怀德曼、罗伯特:《兄弟和保护人》,第4页。

② 《回家:和怀德曼对话》,原载 *Callaloo*,转引自多丽莎·德鲁蒙德·穆巴里亚:《怀德曼——恢复黑人个性》,第29页。

③ 《回家:和怀德曼对话》,第29页。

角、通过自己的眼睛来看待世界,用自己的声音来讲述自己的生活的。他此后有意识地远离白人文化和生活,把注意力集中在黑人的文化历史和生活上,出版的作品从人物到语言都和前期作品大不相同,表现出他是一个热爱、尊重和全面接受黑人生活和文化传统、并对黑人极其关切的作家。

在长达八年的思考和研究之后,怀德曼从 1981 年到 1983 年出版了《天蛇》、《躲藏之处》和《昨天让人找你来》。1992 年匹茨堡大学出版社将三部作品汇集成《乡林三部曲》出版时,作者在前言中指出,三部作品有共同的人物、事件和地点,在结构、主题和语言上也互相关联,"三本书不仅多角度地提供了对我成长之地匹茨堡乡林区的客观存在的探究,而且更是对一种文化采取的观察和被观察的方式。乡林是一种思想,是它的居民如何思考和行动的反映"①。怀德曼反复思索着,他告诉读者:"我来自何处? 我是谁? 我去向何方? 这些难以回答的问题——问题面对的人的本体特性和命运的神秘性——正是我希望探究的。"②

《乡林三部曲》的酝酿始于 1973 年怀德曼的外祖母去世之时。当时,一方面,怀德曼已经远离了自己的根基,和白人妻子朱迪及子女在 2 000 英里以外的怀俄明州生活;但另一方面,他也已经开始对黑人文化历史的研究。他带着家人回乡参加外祖母的葬礼。当家人和亲友聚集在一起回忆逝者的一生、讲述过去的经历时,"人们讲起了乡林黑人区建立的故事,我从小就听到过但从来没有理解其意义的故事……1973 年在匹茨堡的那些夜晚,我开始明白我根本不用到我生长之地和爱我的亲人以外去寻找文学上有久远意义的材料"③。怀德曼还特意

---

①　约翰·怀德曼:《乡林三部曲》序言,匹茨堡大学出版社,1992 年版,Ⅷ页。

②　约翰·怀德曼:《乡林三部曲》,Ⅸ页。

③　约翰·怀德曼:《乡林三部曲》,Ⅹ页。

指出，贯穿三本书中的一个绰号叫都特的人物的声音就是他自己的声音，"和自从我的眼睛和耳朵张开的时候起就听到的黑人的声音是不可分的"①。《乡林三部曲》的出版，标志着怀德曼完成了从"望向别处"到"置身其中"的本我回归。

《天蛇》由12篇短篇小说构成，正文前附有作者的家谱图，从19世纪40年代出生的名叫西伯拉·欧文斯的女奴开始至今。主人的儿子爱上了西伯拉，和西伯拉及他们的子女逃离了庄园，到乡林地区生活下来。随后又有黑人来到，乡林逐渐发展成一个黑人社区。西伯拉的外孙女弗里达是作者的外祖母。在《躲藏之处》的正文前也有同样的家谱图，表明作者有意识地在这些作品中用一个黑人家族的历史来反映黑人的文化传统。作者把《天蛇》献给他在监狱中服刑的弟弟，要他把这些小说看作"家书，是我早该写给你的信"②。他向罗伯特承认，自己从来不吃西瓜，因为过去西瓜被认为是黑奴最喜爱的水果，所以白人不吃，他也就不吃，而弟弟不怕被叫做黑鬼，专爱吃西瓜。怀德曼说自己"听任别人剥夺了我的一种淳朴的享受"③。在这部作品中，他同样深刻地剖析了自己作为黑人却害怕和黑人沾边的心态，小到吃西瓜，大到文学创作。他早该写给弟弟的这些信是他对弟弟的忏悔，表明作为黑人群体中少数受过高等教育的知识分子，他深感自己过去没有为自己的人民尽到应尽的责任，做出应有的贡献。他的自省和自责，使他创作出了反映黑人文化历史传统的作品。

在《天蛇》中，作者歌颂了一个黑人奥里安，他被从非洲贩卖到美国做奴隶后，从来不肯说一个英文字，并且不断逃跑，最后被主人砍头。小说还歌颂了不屈不挠的祖先，女奴西伯拉，并通过民权运动的积极分

---

① 约翰·怀德曼：《乡林三部曲》，XI页。
② 约翰·怀德曼：《天蛇》序言，佳酿丛书，1981年版。
③ 约翰·怀德曼：《天蛇》序言。

子,黑人女歌手瑞巴·杰克逊的歌曲,歌颂了黑人群体。在《托米》中,他写了叛逆不羁的弟弟罗伯特(即托米),从托米的角度叙述贫民区黑人青年的心态。托米找不到工作,没有钱,和另外两个黑人青年计划去抢一个专门收买赃物的名叫印多维纳的白人的钱。他们假装自己搞到了一车新电视机,要脱手给印多维纳。当印多维纳把唯一的店员派到停在外面的车上验货时,他们就由两个人对付印多维纳,抢去他收银台中的钱,然后带上司机逃到西部去。他们认为,印多维纳不可能去报警,因为他是收购赃物,所以只能吃哑巴亏,因此他们会很安全。托米对哥哥说的话,反映了贫穷的黑人青年铤而走险的心态:"当你一无所有的时候,你会变得不顾一切。你什么也不在乎。我是说,你有什么可担心的? 你的生命狗屁不值……有什么关系? 你反正一无所成。一无所有。除了从吸毒中得到一点兴奋,你什么盼头也没有……你看见周围的人和电视上的人,他们什么都有……你看看镜子里的自己,你什么前途也没有……你变得不顾一切。你去干你不得不干的事。"①托米在进入印多维纳的店中抢劫时,听到门外两声枪响,知道留在车上的同伙出了事。他怕被人发觉,用枪指着印多维纳要他关上电灯。在生命攸关的时刻,印多维纳利用美国根深蒂固的种族偏见来保护自己。他对托米说:"如果外面两个黑人死了一个,那只不过是一个黑鬼杀死了另外一个黑鬼……你要是杀了我,你会后悔的……你杀的是个白人……"②托米本来只是想抢点钱逃走,并不愿意杀人,所以他用枪托把印多维纳打倒后,仓皇间连钱也来不及拿就逃了出去。

在《乡林之路》中,作者除了详述西伯拉·欧文斯逃到乡林来的经过之外,还继续了托米的故事。他并未杀人,但是被按杀人犯追捕,他被迫千里出逃。作者在描述了这相隔一百多年的两次出逃后感叹道:

---

① 约翰·怀德曼:《乡林三部曲》,第 136 页。
② 约翰·怀德曼:《乡林三部曲》,第 138 页。

"在你们两个人的逃跑之'罪'之间相隔的年代里，情况有了什么变化吗？"①

《躲藏之处》中的躲藏者仍是托米，躲藏的地方是作者，也是托米的外祖母的姨妈，九十几岁的老人贝斯的家。贝斯的独子第二次世界大战期间在远东战场打仗，在日本投降两天后被日军打死。贝斯深受刺激，独自一人搬回到乡林区一个小山顶上的旧屋中生活。她认为，人身的孤独可以保护她不再受到感情的伤害。托米被追捕，逃到贝斯家。他知道，除了一个为贝斯送食品的黑人青年克里门特之外，没有别人会到那里去，希望能够躲过风头后远走高飞。贝斯起初不愿托米藏在她这里，因为他的出现使她想起了过去，想起了家人，而她只希望在孤独中忘却一切。

贝斯不肯收留，托米无处可去，只得在贝斯院中的破棚子里过夜。贝斯见他冷得发抖，实在没有地方可去，就不再赶他走。托米在山上躲了三天，向贝斯讲述了抢劫的经过。三天后，他要下山去。他说自己没有杀人，不应该害怕，要去面对指控。而和托米相处的三天使贝斯明白，身体或感情的与世隔绝等于死亡，生活意味着人与人的交往和接触。她也决定下山，去告诉人们，托米没有杀人，他只需要社会再给他一次机会。她下山的这个行动，也是她自己重返社会的一个机会。

在小说的结尾，两个主人公，一个是黑人老妇，一个是黑人青年，都从自己躲藏的地方走了出来，去面对眼前的现实。无论是为了埋葬过去而躲藏，还是为了逃避现实而躲藏，都不是黑人的出路，这也是作者审视自己内心后得出的结论。

《乡林三部曲》中的最后一部《昨天让人找你来》，把作者家庭的三代人从 20 世纪 20 年代到 70 年代的故事交织在一起，其中大多数人物都在前两部作品中出现过。作者的舅舅卡尔参加了第二次世界大战，

---

① 约翰·怀德曼：《乡林三部曲》，第 162 页。

但即使在战时,黑人士兵在军队内也受到歧视。战后,卡尔根据美国军人法案上了大学。他学绘画,但一个教师告诉他,没有哪家公司会雇用黑人去画画,于是他停了学。他找不到工作,每天在酒吧外等候白人来雇临时工。这些人"对你说话时颐指气使,把你当骡子使唤,可只付给你给白人一半的钱"①。他看不到前途,感到绝望,开始吸毒。"世界是个痛苦的恶作剧,毒品刺激意味着脱离这个世界"。② 卡尔的好友,生了皮肤白化病的泰特唯一的精神寄托是儿子。在儿子不慎烧死后,他就封闭了自己,不讲话,只用音乐来表达感情、和人交流。作者的外祖父约翰的好友阿尔伯特杀死了一个白人,在泰特帮助下逃走,七年后悄悄回到乡林,结果被警察开枪打死。约翰发誓要亲手杀死向警察告密的人,可是乡林的人明白:

> 关键不在穿制服的杀人傀儡,主要在于在背后拉线的人,那些从来不到乡林来却控制了乡林的人。那些把乡林像只柠檬般捏在雪白的手里,一滴滴地挤榨出一分一分的钱来,每一滴都像干了一天活而一无所获时的眼泪一样辛酸,像汗水一样苦涩。③

在了解、写出了自己家庭和社区的故事后,作者在听一首黑人乐曲时站起来跳舞。从排斥黑人文化到和着黑人音乐跳黑人舞蹈,作者清楚地知道这是一种脱胎换骨的变化。他形容道:"大家都参加了进来……我独自站立起来了,学会了站立、行走,学会了跳舞。"④怀德曼终于完全融入了黑人群体之中,并且在黑人文化传统的教育下成熟起来,学会了站立和行走。他在自我认识方面的成熟,也反映在他能够通

---

① 约翰·怀德曼:《乡林三部曲》,第 469 页。
② 约翰·怀德曼:《乡林三部曲》,第 471 页。
③ 约翰·怀德曼:《乡林三部曲》,第 404—405 页。
④ 约翰·怀德曼:《乡林三部曲》,第 518 页。

过别人的眼睛看待自己过去的可笑形象。如贝斯在想到托米的家人时
对自己说："他哥哥就是那个自以为什么都知道的人。那个说起话来
自以为是半个上帝半个律师的家伙。"①替贝斯跑腿的克里门特在酒吧
看见他进来找卡尔，形容道："穿西服的高个子闪身低头进了门，仔细
查看四周，好像他走错了地方。"②他的语言也和酒吧里黑人使用的语
言不同，对克里门特来说十分刺耳："他叫酒时说，'请来一瓶百威牌啤
酒'……不像别的明白事理的人那样叫来个百德（百威牌啤酒的简称）
什么的，好像维奥列特会在吧台上给他放上和别人喝的不一样的东西
似的。"③怀德曼通过别人的口进行自嘲，表明他充分意识到自己企图
把自己和黑人群体区别开的一切努力是多么可笑，因此他才能够在
《昨天让人找你来》中怀着深厚的感情和理解描写自己的家庭和家人
的朋友。

在《乡林三部曲》中，《昨天让人找你来》在叙述手法上是最为复杂
的。《天蛇》中的各篇小说脉络清楚，《躲藏之处》中两个主要人物各自
的回忆也使读者对他们各自的故事有很好的了解。《昨天让人找你
来》由于人物多，叙述声音很复杂，时而是卡尔，时而是泰特，时而是作
者，时而是社区群体的代表"人们"，这些不同的声音时而讲述自己的
故事，时而又讲述别人的故事。时间上的跳跃和叙述声音的混杂，加以
梦境和现实的交错，使读者需要费一番心思才能理清各人故事的线索。

在《鲁本》中，作者刻画了一个黑人知识分子服务社区的努力。鲁
本是一个黑人律师，办公、居住都在一辆停放在乡林地区一片荒地上的
拖车里。年轻时，鲁本在费城法学院的学生公寓里干活，目的是利用白
人学生的书和笔记自学法律。几个白人学生发现后，把他骗到一个妓

---

① 约翰·怀德曼：《乡林三部曲》，第 212 页。
② 约翰·怀德曼：《乡林三部曲》，第 270 页。
③ 约翰·怀德曼：《乡林三部曲》，第 27 页。

女家里毒打了他一顿,使他从心灵到身体都受到了重创。鲁本离开了费城,到匹茨堡一个马路口擦皮鞋为生。每天清晨,他都要受到一次种族歧视的现实教育,"他的黑皮肤同族:看门的、电梯工、厨师、餐馆招待、门卫、清洁女工坐着无轨电车、公共汽车或用疲惫的双脚走下山来。然后是第一批穿西服打领带、公事包里放着三明治的人"①。他在乡林做律师后,专门帮助贫苦的黑人解决法律纠纷。如一个叫塔克的穷黑人被白人雇去拆无人居住的旧房子上的砖,白人用车拉走去卖,但是警察说他私拆公房,把他抓了起来,却根本不去和雇他的人理论。鲁本为他申诉,把他弄了出来。小说开始时,一个叫克旺莎的年轻黑人女子来找鲁本,说她五岁的儿子卡德乔的生父瓦德尔要把卡德乔弄走,她希望鲁本能帮助她打官司,把儿子判给她,这样瓦德尔就不能带走孩子了。在鲁本未能采取任何行动之前,瓦德尔从白天照看卡德乔的人的家中接走了孩子。克旺莎发现孩子被带走后十分痛苦,不愿回到只剩下一个人的家中,就去找女友托都斯。第二天一大早,克旺莎开始到瓦德尔可能去的一切地方寻找他,走遍了乡林地区,没有找到。

　　本来想尽力帮助克旺莎的鲁本这时自己也出了事。两个黑人警察到他的住处带走了他。他被控冒充律师。报纸上也登载了指控他是骗子的文章,说他"无疑给他的邻居提供了大量帮助,有的是法律上或准法律上的帮助……但尽管他是出于好心,也不能把多年来他可能向寻求他帮助的人提供了错误的建议这一点轻易放过"②。鲁本找朋友把自己保释出来,他并不觉得自己是在欺骗。他是这样看待自己在无可奈何的穷苦黑人中所起的作用的:

　　　　我是某种中介。我处在客户和他们的困难问题之间。我出面

①　约翰·怀德曼:《鲁本》,亨利·赫尔特出版公司,1987 年版,第 129 页。
②　约翰·怀德曼:《鲁本》,第 194 页。

调停，让客户暂时摆脱一下，由我把压力承担起来，至少在短时间内减轻一些他们的负担。我让客户依靠我。在我处理过了之后，情况往往会好一些。如果没有好转，有我可以承受指责……人们需要这个。我提供的正是这种服务。

我主要是倾听，往往这就够了。在大多数情况下，在真正有问题的时候，别人也只能做到这一点。我十分明白我改变不了什么，但我仍尽力而为。谁还能够有更多的要求呢？

当你相信有个为你辩护、站在你一边、保护你的利益的人时，你的内心会得到一些平静。我努力提供这种幻觉。①

在穷黑人打不起官司，没有人为他们说话、关心他们的时候，鲁本为他们提供了一线希望，使他们得到一些慰藉，有时也能具体为他们办一些事。鲁本的行动也许不能真正解决问题，但是作者此时的认识是，黑人知识分子和黑人大众总应该有所行动，虽然他也意识到，这样通过个人做好事或者依赖法律来保护贫穷黑人是不可能解决问题的。克旺莎和托都斯在酒吧休息时，看见瓦德尔走进门来。克旺莎扑上去抓烂了他的脸，而他把她打倒在地，骑在她身上毒打她，托都斯上来割断了他的喉管。

当一个社会制度不能保护弱势群体的利益时，暴力就成了他们自我保护的手段。这一点是作为脱离了弱势群体的"守法"的怀德曼在对底层黑人，特别是弟弟罗伯特的生活有了充分的了解后才看清的。暴力和犯罪几乎成了黑人贫民区司空见惯的现象，而在优越的物质条件下长大的儿子杰克的犯罪起初使他感到难以理解。他在《费城大火》中对黑人青年中的问题做了进一步的思索。

《费城大火》被称为"文献小说"。作者把社会生活中的真实事件、个

---

① 约翰·怀德曼：《鲁本》，第 198 页。

人历史和虚构想象结合在同一部作品中。书中所写的大火,是 1985 年 5 月 13 日费城第一位黑人市长在对方不执行搬迁令的情况下,下命令炸掉在民权运动后期、黑人权力运动初始阶段建立的黑人激进组织"运动"的总部,炸死屋子里 13 个人中的 11 个,街区许多毗邻的住宅也被烧毁。

在小说中,这个真实事件震动了一个虚构的为了与世隔绝而自我放逐到希腊一个小岛上的黑人作家卡德乔。他回到费城来寻找据说在大火中幸存下来的一个叫辛巴·蒙图的孩子。在寻找的过程中,卡德乔去造访了另一个幸存者玛格丽特·琼斯。通过和琼斯的谈话,卡德乔意识到自己是以一个局外人的眼光看待事物,问题不止是一个黑人儿童失去了下落,而是整个一代黑人青年的失落。卡德乔寻找蒙图的过程,也正是作者的次子杰克因杀人而被判终身监禁后怀德曼在极度痛苦中从心灵上寻找失去儿子的过程。作者从肉体和精神上对黑人下一代的追寻,反映了他对黑人青年中存在的严重的失落感的关切。从弟弟罗伯特到儿子杰克,以及他所看到的黑人青年中吸毒、犯罪、对家庭缺乏责任感、酗酒等现象,使他停下来思考:"我们到底怎么了?"他的目的不是挽救个别的黑人青年,而是挽救所有的黑人青年。在儿子被审判期间,他发现自己根本不理解儿子和年轻一代。他埋怨、自责,精神处于崩溃的边缘,甚至想到过自杀。当他把儿子和一代黑人青年的状况、以及"运动"组织的遭遇和整个黑色人种的遭遇联系起来时,他意识到责任主要在于美国社会。"我们(黑人)中的一些人,其实只是很少数的人,比过去好了,在向上移动;极少数人甚至还取得了很大的成就。但是那些从来没有过、并且现在也没有任何机会的人的日子却比过去更糟了。穷的更穷,富的更富。"[1]他从弟弟和儿子的悲剧中进一步认识到受过高等教育的黑人在当代黑人青年的生存悲剧中应负

———————————

[1]　约翰·怀德曼:《费城大火》,亨利·赫尔特出版公司,1990 年版,第 79 页。

的责任。

《费城大火》中有三个叙述者：作者、卡德乔和一个第三者。以三种声音交织叙述的方法，显然给了在创作这部作品时处在深刻的个人危机中的怀德曼以极大的自由来抒发心中的感情和多年思考后的认知。怀德曼用费城的大火反映自己内心的大火。他从1960年代末期以来开始的自省和对黑人群体的回归在《费城大火》中得以完成。"大火"烧毁了他自少年以来就逐渐接受了的白人价值观，新的黑人价值观在大火中升华。

黑人贫民区的暴力问题是怀德曼后期作品中最关切的主题之一，也是当今贫困的黑人社区中突出的社会问题之一，在小说《双城》中有集中的反映。该小说中的"双城"是指费城和匹茨堡，故事的表层描写的是住在匹茨堡乡林区35岁的黑人女子凯西玛和50岁的黑人罗伯特之间的爱情，以及她与一个孤独的老房客马丁·马洛雷的友谊。时间是1995年。怀德曼对叙述视角切换的偏爱，使他几乎总是把小说的表层故事定格在一个较短的时间里，通过回忆和倒叙构筑起表层故事发生的前因后果。因此一般说来，他的小说的情节不是直线发展，而是在时空的跳跃中穿插交错。《双城》也具有这样的特点。小说开始时，马洛雷的声音在叙述，回忆自己的朋友约翰·阿非利加在费城"运动"组织总部被炸时烧死的经过。他在心中问约翰："这是个什么世界？家被炸，妇女儿童被活活烧死？"到第六章时，读者才从马洛雷断断续续的进一步回忆中得知他和约翰的友谊，以及"运动"组织和当局的斗争。当局要用推土机推平"运动"的总部，黑人反抗，和警察起了冲突，一个白人警察被打死，总部里的十几个黑人全部被判无期徒刑。约翰当时不在场，得以幸免于难，但是几年后被烧死在新总部中。读者对约翰的了解完全是通过马洛雷的回忆得到的。在马洛雷死后下葬那天，作者还在罗伯特和凯西玛谈话时插进了多年前马洛雷和阿非利加的对话。阿非利加对马洛雷说，"运动"组织要让人们知道他们和白人权力机构之间在进行一场战争,他们要使这场战争从无形变为人人都能看到并参加的斗争。

马洛雷本是一个极有正义感的摄影师。他照了一大箱有关黑人生活现实的相片,希望这些相片能够表现出"层层古老的痛苦"①。他年老后从费城搬到了匹茨堡,因为他没有亲人,而匹茨堡是他的一个在第二次世界大战中牺牲了的战友的老家。他患有严重的肺心病,整天基本卧床,没有任何人来看望他,只有凯西玛每天数次敲他的门问他是否安好。有一次,凯西玛敲门没有回音,怕他出事,开门进去,发现马洛雷极度虚弱。她照顾他,此后两人互谈经历,成了好朋友。马洛雷托付凯西玛,在他死后烧掉他所有的摄影作品。

凯西玛也是个十分不幸的女人。她的丈夫被捕时,她带着一个婴儿,而且还怀着孕。丈夫判了无期徒刑,后来因艾滋病死在监牢之中。她辛辛苦苦把两个儿子养到十几岁,结果一个在玩轮盘赌时发生的斗殴中死去,另一个被毒贩子误杀。她失去了所有的亲人,但还是得从头开始活下去。她遇到罗伯特,两人相爱。在一次罗伯特打球时发生球场暴力后,凯西玛吓坏了,要罗伯特离开她。她说:"我爱你,但是我不能再爱一个死男人。我已经爱过最后一个死男人了。再也受不了啦。再发生一次这样的事会要了我的命。爱你,所以我得和你割断联系。"②此后,无论罗伯特怎样设法和她联系,她坚决不和他见面。半年多以后,她突然给他打电话,说她回家发现马洛雷死在她的床上,要罗伯特来帮助她料理后事。在遗体告别那天,殡仪馆有马洛雷和一个死于街头暴力的黑人少年的两具遗体。两个对立的暴力集团在殡仪馆打了起来,死去少年的遗体被对方连棺材抬出扔在大街上。一些年轻人把马洛雷的棺材也抬了出来,并砸开了棺材盖。凯西玛看到这种景象,

① 约翰·怀德曼:《双城》,霍顿·米夫林出版公司,1998 年版,第 119 页。
② 约翰·怀德曼:《双城》,第 76 页。

想起两个儿子死于街头暴力的情况。她跪在马洛雷的棺材旁，和罗伯特一起，拼力保护他的遗体。

怀德曼在《双城》中反映的黑人贫民区的暴力是触目惊心的。他要给读者以震动。他在后期强调，创作的目的在于促进变革，旨在鼓舞人们以行动把世界变成一个使人们能够更好地生活的地方。他在早期强调写作过程的艰辛或愉悦，即强调作者和作品的关系，到中期强调以向读者反映真相为创作目的，发展到后期以创作作为斗争的武器。怀德曼的世界观和艺术观在彻底的内省后向黑人文化传统的回归中产生了根本的变化。在语言上也从主流书面语言风格转向使用黑人民间语言。只有在叙述手法上，他保留了使用多叙述角度开展情节，大量利用回忆、想象、梦境和现实材料，在错综交织、时空跳跃中多角度地刻画人物、表现主题。

结　语

　　20 世纪已经成了历史,历史的发展总有自己的轨迹。回顾在这个世纪中黑人小说的发展,其轨迹也是清晰可见的。从主题来看,从世纪初集中表现混血人种所受到的不公正对待,到 20 年代对新黑人的歌颂,到 40 年代的强烈抗议,到对黑人历史、传统文化和价值观的探索和对种族关系及黑人群体内部一切方面的全面反映;从读者对象来看,从以白人为主要读者,目的是唤醒白人的良知,或呼吁或抗议,到为黑人大众创作以帮助确立黑人的自我意识;从创作技巧上看,从较为单一的顺时叙事到各种现代主义和后现代主义的表现手法。黑人小说在一个世纪中从起步逐渐走向成熟,其发展速度是惊人的,从世纪初相对稚嫩、不为大众注意,到世纪末莫里森获诺贝尔文学奖,在美国和世界文学中确立了自己令人瞩目的地位。它丰富的内容和不断发展的创作技巧,都值得文学爱好者和研究者驻足流连。

附录一

美国黑人作家及其作品汉英对照及索引

附录二

20 世纪美国重要黑人小说年表

1900：宝琳·伊丽莎白·霍普金斯,《对立的力量》

查尔斯·切斯纳特,《杉树后面的房子》

1901：查尔斯·切斯纳特,《传统之精髓》

萨顿·格里格斯,《阴影笼罩》

宝琳·伊丽莎白·霍普金斯,《黑格的女儿：南方种族等级偏见的故事》

1902：萨顿·格里格斯,《挣脱枷锁》

保罗·劳伦斯·顿巴,《诸神的玩笑》

宝琳·伊丽莎白·霍普金斯,《维诺娜：南方和西南方黑人生活的故事》

1903：宝琳·伊丽莎白·霍普金斯,《同一血统,或,掩盖着的自我》

1905：查尔斯·切斯纳特,《上校的梦想》

萨顿·格里格斯,《束缚住的手》

1908：萨顿·格里格斯,《指路》

1911：杜波伊斯,《寻求银羊毛》

1912：詹姆斯·威尔顿·约翰逊,《一个原黑人的自传》

1916：宝琳·伊丽莎白·霍普金斯,《托普西·坦普尔顿》

1923：吉恩·图默,《蔗》

1924：沃尔特·怀特,《燧石火》

杰西·福塞特,《存在混乱》

1926：沃尔特·怀特,《逃离》

1928：克劳德·麦凯,《回到哈莱姆》

鲁道尔夫·费希尔,《耶利哥之墙》

内拉·拉森,《流沙》

杜波伊斯,《黑公主》

1929：克劳德·麦凯,《班卓》

华莱士·瑟曼,《莓子愈黑》

杰西·福塞特,《葡萄干面包》

内拉·拉森,《越过种族线》

1930：兰斯顿·休斯,《不无笑声》

1931：阿纳·邦当,《上帝送来了星期日》

乔治·斯凯勒,《不黑了》

乔治·斯凯勒,《今日奴隶：利比里亚的故事》

杰西·福塞特,《栋树》

1932：康蒂·卡伦,《天堂一途》

鲁道尔夫·费希尔,《术师死去：黑色哈莱姆的神秘故事》

华莱士·瑟曼,《春之婴》

1933：克劳德·麦凯,《香蕉谷》

杰西·福塞特,《美国式喜剧》

1934：佐拉·尼尔·赫斯顿,《约拿的葫芦藤》

1936：阿纳·邦当,《黑雷》

1937：佐拉·尼尔·赫斯顿,《他们眼望上苍》

1938：理查德·赖特,《汤姆叔叔的儿女》

1939：阿纳·邦当,《暮鼓声》

佐拉·尼尔·赫斯顿,《摩西,山的主宰》

威廉·阿特维,《让我发出雷霆之声》

1940：理查德·赖特,《土生子》

1941：威廉·阿特维,《锻炉血》

1945：理查德·赖特,《黑孩子》

　　切斯特·海姆斯,《他要是抱怨就让他走》

1946：安·佩特里,《大街》

1947：切斯特·海姆斯,《孤独征战》

　　安·佩特里,《乡村地方》

1948：佐拉·尼尔·赫斯顿,《苏旺尼的六翼天使》

　　多萝西·威斯特,《日子好过》

1950：兰斯顿·休斯,《辛普尔表明看法》

1952：切斯特·海姆斯,《扔出第一块石头》

　　拉尔夫·埃里森,《看不见的人》

1953：兰斯顿·休斯,《辛普尔娶妻》

　　理查德·赖特,《局外人》

　　安·佩特里,《狭处》

　　詹姆斯·亚瑟·鲍德温,《向苍天呼吁》

　　格温德琳·布鲁克斯,《莫德·玛莎》

1954：理查德·赖特,《野蛮的假日》

　　切斯特·海姆斯,《第三代》

　　约翰·奥列弗·基林斯,《扬布拉德一家》

1955：切斯特·海姆斯,《未开化者》

1956：詹姆斯·鲍德温,《乔万尼之室》

　　艾丽斯·恰尔德里斯,《就像一家人》

1957：兰斯顿·休斯,《辛普尔表明要求》

　　杜波伊斯,《曼萨特的磨难》

　　切斯特·海姆斯,《为了伊玛贝勒的爱》

1958：理查德·赖特,《漫长的梦》

1959：波勒·马歇尔,《褐姑娘,褐砖房》

　　杜波伊斯,《曼萨特创建学校》

1960：约翰·威廉姆斯,《愤怒的人们》,1975 年再版时改名为《一个纽约人》

1961：约翰·威廉姆斯,《夜歌》

杜波伊斯,《肤色世界》

1962：詹姆斯·鲍德温,《另一个国度》

威廉·梅尔文·凯利,《别样鼓手》

约翰·奥列弗·基林斯,《于是我们听到雷声》

1963：查尔斯·赖特,《信使》

约翰·威廉姆斯,《西西》

1964：欧内斯特·盖恩斯,《凯瑟林·卡米尔》

1965：兰斯顿·休斯,《辛普尔的山姆大叔》

阿米里·巴拉卡,《但丁地狱之体系》

威廉·梅尔文·凯利,《些微耐心》

1966：查尔斯·赖特,《假发》

玛格丽特·沃克,《禧年》

1967：欧内斯特·盖恩斯,《爱与尘》

约翰·埃德加·怀德曼,《望向别处》

约翰·威廉姆斯,《疾呼我是人者》

伊什梅尔·里德,《独立抬棺人》

约翰·奥列弗·基林斯,《西比》

威廉·梅尔文·凯利,《他们》

1968：詹姆斯·鲍德温,《告诉我火车开走多久了》

欧内斯特·盖恩斯,《血统》

1969：波勒·马歇尔,《上帝的选地,永恒的人民》

伊什梅尔·里德,《黄皮收音机械解体》

约翰·威廉姆斯,《黑暗之子,光明之子》

詹姆斯·艾伦·麦克弗森,《喧嚷》

克莱伦斯·梅杰,《彻夜访客》

1970：约翰·怀德曼,《匆匆回家》

艾丽斯·沃克,《格兰治·柯普兰的第三生》

托妮·莫里森,《最蓝的眼睛》

玛雅·安吉洛,《我知道笼中鸟为何歌唱》

威廉·梅尔文·凯利,《邓福德到处旅行》

露易丝·梅里韦瑟,《爸爸是个彩票赌博的兜揽人》

1971：约翰·奥列弗·基林斯,《大舞会》

1972：欧内斯特·盖恩斯,《简·皮特曼小姐自传》

托妮·凯德·邦芭拉,《大猩猩,我的爱》

约翰·威廉姆斯,《布莱克曼上尉》

伊什梅尔·里德,《巫神》

1973：约翰·怀德曼,《私刑者》

艾丽斯·沃克,《爱情与烦恼》

艾丽斯·恰尔德里斯,《英雄不过是个三明治》

克莱伦斯·梅杰,《不》

利昂·弗利斯特,《有一棵比伊甸园还要古老的树》

1974：詹姆斯·鲍德温,《如果比尔街会说话》

托妮·莫里森,《苏拉》

查尔斯·约翰逊,《费斯和好东西》

伊什梅尔·里德,《红色路易斯安那的末日》

1975：戴维·布拉德利,《南街》

盖尔·琼斯,《柯雷治多拉》

约翰·威廉姆斯,《马瑟西尔和狐狸》

克莱伦斯·梅杰,《反射和骨结构》

1976：艾丽斯·沃克,《梅瑞狄安》

盖尔·琼斯,《伊娃的男人》

伊什梅尔·里德,《逃往加拿大》

阿列克斯·哈利,《根》

约翰·威廉姆斯,《年轻单身汉协会》

1977：盖尔·琼斯,《白鼠》

托妮·莫里森,《所罗门之歌》

托妮·凯德·邦芭拉,《海鸟仍然活着》

利昂·弗利斯特,《布拉德沃思家的孤儿们》

1978：欧内斯特·盖恩斯,《在父亲家中》

詹姆斯·艾伦·麦克弗森,《回旋余地》

1979：詹姆斯·鲍德温,《正在我头上》

艾丽斯·恰尔德里斯,《短促的行程》

克莱伦斯·梅杰,《紧急出口》

1980：托妮·凯德·邦芭拉,《食盐者》

1981：戴维·布拉德利,《昌奈斯维尔事件》

约翰·怀德曼,《躲藏之处》,《天蛇》

艾丽斯·沃克,《好女人压不住》

艾丽斯·恰尔德里斯,《彩虹·乔丹》

托妮·莫里森,《沥青娃娃》

1982：恩吐扎基·香格,《黄樟、黑柏和蓝槐》

艾丽斯·沃克,《紫色》

格罗丽亚·内勒,《布鲁斯特街的女人们》

查尔斯·约翰逊,《牧牛故事》

伊什梅尔·里德,《可怕的二》

约翰·威廉姆斯,《！嗒嗒歌》

1983：欧内斯特·盖恩斯,《老人集合》

约翰·怀德曼,《昨天让人找你来》

杰梅卡·金凯德,《在河底》

波勒·马歇尔,《寡妇礼赞》

利昂·弗利斯特,《两只翅膀遮住我的面孔》

1984：米歇尔·克里夫,《海螺壳》

1985：恩吐扎基·香格,《贝特西·布朗》

格罗丽亚·内勒,《林顿山》

杰梅卡·金凯德，《安妮·约翰》

约翰·威廉姆斯，《贝尔哈马记述》

1986：雪莉·安·威廉姆斯，《德萨·罗斯》

伊什梅尔·里德，《公然打量》

克莱伦斯·梅杰，《我的截肢》

1987：约翰·怀德曼，《鲁本》

米歇尔·克里夫，《天堂不通电话》

托妮·莫里森，《宠儿》

特里·麦克米伦，《妈妈》

克莱伦斯·梅杰，《季节如此》

约翰·威廉姆斯，《天梯》

1988：格罗丽亚·内勒，《戴妈妈》

克莱伦斯·梅杰，《彩龟：拿吉他的女人》

1989：艾丽斯·沃克，《神话宠物的圣殿》

艾丽斯·恰尔德里斯，《另类人》

伊什梅尔·里德，《可怕的三》

特里·麦克米伦，《遁形记》

1990：约翰·怀德曼，《费城大火》

杰梅卡·金凯德，《露西》

查尔斯·约翰逊，《中途》

1991：波勒·马歇尔，《女儿们》

1992：艾丽斯·沃克，《拥有欢乐的秘密》

格罗丽亚·内勒，《贝利小餐馆》

托妮·莫里森，《爵士乐》

特里·麦克米伦，《等待呼气》

利昂·弗利斯特，《神赐时日》

1993：欧内斯特·盖恩斯，《刑前一课》

米歇尔·克里夫，《自由企业》

伊什梅尔·里德,《春季掌握日语》

1994：恩吐扎基·香格,《莉莲》

露易丝·梅里韦瑟,《方舟碎片》

1996：杰梅卡·金凯德,《我母亲的自传》

特里·麦克米伦,《斯特拉如何恢复活力》

1998：约翰·怀德曼,《双城》

托妮·莫里森,《天堂》

格罗丽亚·内勒,《布鲁斯特街的男人们》

盖尔·琼斯,《信仰治疗》

艾丽斯·沃克,《父亲的微笑之光下》

1999：盖尔·琼斯,《蚊》

附录三

美国黑人小说研究参考书目英汉对照

Andrews, William L. et al.

威廉·L.安德鲁斯等编

The Oxford Companion to African American Literature《牛津美国黑人文学指南》(牛津大学出版社,1997)

Babb, Valerie Melissa

瓦莱里·梅丽莎·巴布

Ernest Gaines《欧内斯特·盖恩斯》(特温尼出版公司,1991)

Baker, Houston A. ,Jr.

小休斯顿·A.贝克

Black Literature in America《黑人文学在美国》(麦格劳-希尔出版公司,1971)

The Journey Back—Issues in Black Literature and Criticism《回顾——黑人文学及评论中的问题》(芝加哥大学出版社,1980)

Modernism and the Harlem Renaissance《现代主义和哈莱姆文艺复兴》(芝加哥大学出版社,1987)

Afro-American Poetics: Revision of Harlem and the Black Aesthetic《美国黑人诗学:重审哈莱姆和黑人美学》(威斯康星大学出版社,1988)

ed. *Afro-American Literary Study in the 1990's*《1990年代美国黑人文学研究》(芝

加哥大学出版社,1989)

Bakish, David

戴维·巴基什

Richard Wright《理查德·赖特》(弗雷德里克·昂加尔出版公司,1973)

Beavers, Herman

赫尔曼·比弗斯

Wrestling Angels Into Song—The Fictions of Ernest J. Gains and James Alan McPherson《搏天使一歌——欧内斯特·盖恩斯和詹姆斯·艾伦·麦克弗森的小说》(宾夕法尼亚大学出版社,1995)

Bell, Bernard W.

伯纳德·W.贝尔

The Afro-American Novel and Its Tradition《美国黑人小说及其传统》(马萨诸塞大学出版社,1987)

Berry, Faith

费斯·贝里

Langston Hughes, Before and Beyond Harlem, a Biography《兰斯顿·休斯传——哈莱姆前后》(卡洛尔出版集团,1983)

Bigsby, C. W. E.

C. W. E. 比格斯比

The Second Black Renaissance《第二次黑人文艺复兴》(格林伍德出版社,1980)

Bloom, Harold ed.

哈罗德·布鲁姆编

Modern Critical Views: James Baldwin《现代评论观:詹姆斯·鲍德温》(切尔西书屋出版公司,1986)

Modern Critical Views: Langston Hughes《现代评论观:兰斯顿·休斯》(切尔西书

屋出版公司,1989)

Major Black American Writers Through the Harlem Renaissance《哈莱姆文艺复兴时
期的主要黑人作家》(切尔西书屋出版公司,1995)

Bone, Robert

罗伯特·博恩

The Negro Novel in America《美国黑人小说》(耶鲁大学出版社,1958)

Bontemps, Arna, ed.

阿纳·邦当编

The Harlem Renaissance Remembered《回忆哈莱姆文艺复兴》(多德-米德出版公
司,1972)

Braxton, Joanne M. ed.

乔安妮·M.布拉克斯顿

*Wild Women in the Whirlwind: African-American Culture and the Contemporary
Literary Renaissance*《旋风中的狂热女人：美国黑人文化和当代文学复兴》
(拉特格斯大学出版社,1990)

Brown, Lloyd W.

劳埃德·W.布朗

Amiri Baraka《阿米里·巴拉卡》(特温尼出版公司,1980)

Brown, Sterling, ed.

斯特林·布朗编

The Negro Caravan《黑人车队》(德莱顿出版公司,1941)

Bruck, Peter & Karrer Wolfgang

彼德·布吕克,卡勒·沃尔夫冈

The Afro-American Novel Since 1960《1960 年以来的美国黑人小说》(B. R. 格吕那

出版公司,1982)

Busby, Mark

马克·巴斯比

Ralph Ellison《拉尔夫·埃里森》(特温尼出版公司,1991)

Byerman, Keith E.

基斯·E. 拜尔曼

Fingering the Jagged Grain—Tradition and Form in Recent Black Fiction《抚摸粗糙的颗粒:近年黑人小说中的传统和形式》(佐治亚大学出版社,1985)

Campbell, James

詹姆斯·坎贝尔

Talking at the Gates—A Life of James Baldwin《在门口谈论——鲍德温生平》(海盗出版公司,1991)

Campbell, Jane

简·坎贝尔

Mythic Black Fiction—The Transformation of History《黑人神化小说——历史的变形》(田纳西大学出版社,1986)

Cartwright, Keith

基斯·卡特赖特

Reading Africa in American Literature: Epics, Fables and Gothic Tales《在美国文学中解读非洲:史诗、寓言和哥特故事》(肯塔基大学出版社,2002)

Cawelti, John, ed.

约翰·卡威尔迪编

Leon Forrest: Introductions and Interpretations《利昂·弗利斯特:介绍与诠释》(博林格林州立大学通俗出版社,1997)

Christian, Barbara

芭芭拉·克里斯琴

Black Women Novelists—The Development of a Tradition, 1892—1976《黑人女小说家——一种传统的发展：1892 至 1976 年》（格林伍德出版社,1980）

Black Feminist Criticism: Perspectives on Black Women Writers《黑人女性主义评论：黑人女作家面面观》（波卡蒙出版公司,1985）

ed. *"Everyday Use"—Alice Walker*《"日常使用"——艾丽斯·沃克》（拉特格斯大学出版社,1994）

Clark, Keith

基斯·克拉克

Black Manhood in James Baldwin, Ernest Gains and August Wilson《詹姆斯·鲍德温、欧内斯特·盖恩斯和奥古斯特·威尔逊作品中的黑人男子汉》（伊利诺斯大学出版社,2002）

Coleman, James W.

詹姆斯·W.柯尔曼

Blackness and Modernism—The Literary Career of John Edgar Wideman《黑人性与现代主义——怀德曼的文学生涯》（密西西比大学出版社,1989）

Davis, Arthur Paul

亚瑟·保罗·戴维斯

From the Dark Tower: Afro-American Writers (1900—1960)《来自暗塔中：美国黑人作家,1900—1960》（霍华德大学出版社,1974）

Emanuel, James A. & Theodore L. Gross ed.

詹姆斯·A.伊曼纽尔和西奥多·L.格罗斯编

Dark Symphony—Negro Literature in America《黑色交响乐——黑人文学在美国》（自由出版社,1968）

Fowler, Virginia C.

弗吉尼亚·C. 福勒

Gloria Naylor—In Search of Sanctuary《格罗丽亚·内勒——寻求庇护处》(特温尼
　　出版公司,1996)

Gates, Henry Louis, Jr.

小亨利·路易斯·盖茨

The Signifying Monkey《表意的猴子》(牛津大学出版社,1988)

Figures in Black: Words, Signs and the "Racial" Self《黑人修辞:词汇、符号和"种
　　族"自我》(牛津大学出版社,1987)

Loose Canons: Notes on the Culture Wars《宽松的经典准则:关于文化战之笔记》
　　(牛津大学出版社,1992)

Gates, Henry Louis, Jr. ed.

小亨利·路易斯·盖茨编

Black Literature and Literary Theory《黑人文学和文论》(梅休因出版公司,1984)

"Race," Writing, and Difference《"种族"、写作和区别》(芝加哥大学出版社,
　　1985)

Reading Black, Reading Feminist《解读黑人,解读女性主义》(企鹅集团,1990)

Gates and Appiah, ed.

盖茨及阿皮亚编

Critical Perspectives, Past and Present: Toni Morrison《今昔批评面面观:托妮·莫
　　里森》(阿密斯塔德出版公司,1993)

Critical Perspectives, Past and Present: Zora Neale Hurston《今昔批评面面观:佐
　　拉·尼尔·赫斯顿》(阿密斯塔德出版公司,1993)

Critical Perspectives, Past and Present: Gloria Naylor《今昔批评面面观:格罗丽
　　亚·内勒》(阿密斯塔德出版公司, 1993)

Critical Perspectives, Past and Present: Alice Walker《今昔批评面面观:艾丽斯·沃
　　克》(阿密斯塔德出版公司, 1993)

Critical Perspectives，Past and Present: Richard Wright《今昔批评面面观：理查德·
赖特》(阿密斯塔德出版公司,1993)

Critical Perspectives，Past and Present: Langston Hughes《今昔批评面面观：兰斯
顿·休斯》(阿密斯塔德出版公司,1993)

Gates，Henry Louis，Jr. and Nellie Y. Mckay ed.

小亨利·路易斯·盖茨及耐利·麦凯编

The Norton Anthology of African American Literature《诺顿美国黑人文学选集》(诺
顿出版公司,1997)

Gayle，Addison，Jr.

小爱迪生·盖尔

The Black Aesthetic《黑人美学》(道布尔迪出版公司,1971)

The Way of the New World—The Black Novel in America《新世界之方式——黑人小
说在美国》(锚出版社,1975)

Helbling，Mark Irving

马克·欧文·赫尔伯林

The Harlem Renaissance: the One and the Many《哈莱姆文艺复兴：独一与众多》
(格林伍德出版社,1999)

Hemenway，Robert ed.

罗伯特·海明威编

The black Novelist《黑人小说家》(查尔斯·梅里尔出版公司,1970)

Hernton，Calvin C.

卡尔文·赫恩顿

The Sexual Mountain and Black Women Writers《性别大山与黑人女作家》(锚出版
社,1987)

Hill, Herbert

赫伯特·希尔

Anger, and Beyond: The Negro Writer in the United states《愤怒及愤怒之外：黑人作家在美国》(哈珀出版公司,1966)

Howard, Lillie P.

莉莉·P.霍华德

Zora Neale Hurston《佐拉·尼尔·赫斯顿》(赖特大学出版社,1980)

Huggins, Nathan Irvin

内森·欧文·哈金斯

Harlem Renaissance《哈莱姆文艺复兴》(牛津大学出版社,1971)

ed. *Voices from the Harlem Renaissance*《哈莱姆文艺复兴之声》(牛津大学出版社,1976)

Hunter, Jeffrey W. ed.

杰弗里·W.亨特编

Black Literature Criticism《黑人文学评论》(盖尔出版公司,1999)

Jackson, Blyden

布莱登·杰克逊

A History of Afro-American Literature《美国黑人文学史》(路易斯安那大学出版社,1989)

Jackson, Edward M.

爱德华·M.杰克逊

Images of Black Men in Black Women Writers 1950—1990《1950—1990年黑人女作家作品中的黑人男子形象》(克洛弗代尔出版公司,1992)

Johnson, Charles

查尔斯·约翰逊

Being and Race: Black Writing Since 1970《存在和种族：1970 年以来的黑人创作》
（印第安纳大学出版社,1988）

Jones, Lola E. ed.

罗拉·E. 琼斯编

20 *Century black American Women in Print—Essays by Ralph Reckley*, *Sr.*《20 世纪
黑人女作家：老拉尔夫·雷克利文集》（科普利出版集团,1991）

Kostelanetz, Richard

理查德·科斯特拉尼茨

Politics in the African-American Novel《美国黑人小说中的政治》（格林伍德出版社,
1911）

Kramer, Victor A. ed.

维克多·A. 克莱默编

The Harlem Renaissance Re-examined《再评哈莱姆文艺复兴》（AMS 出版公司,
1987）

Littlejohn, David

戴维·利特尔约翰

Black on White: a Critical Survey of Writings by American Negroes《黑人论白人：美
国黑人作品概评》（格罗斯曼出版公司,1966）

Loggins, Vernon

弗农·洛金斯

The Negro Author, His Development in America《黑人作家在美国的发展》（哥伦比
亚大学出版社,1931）

Lundquest, James

詹姆斯·伦德奎斯特

Chester Himes《切斯特·海姆斯》(弗雷德里克·昂加尔出版公司,1976)

McDowell, Deborah E.

德博拉·麦克道尔

The Neglected Dimension of Jessie Redmon Fauset《杰西·雷德蒙·福塞特被忽视的方面》,见《巫术——黑人妇女、小说和文学传统》(玛乔里·普赖斯和霍藤斯·J.斯皮勒斯合编,印第安那大学出版社,1985)

McGee, Patrick

帕特里克·麦吉

Ishmeal Reed and the Ends of Race《伊什梅尔·里德和种族之终结》(圣马丁出版社,1997)

McLendon, Jackqueline

杰奎琳·麦克伦登

The Politics of Color in the Fiction of Jessie Fauset and Nella Larsen《杰西·福塞特和内拉·拉森小说中的肤色政治》(弗吉尼亚大学出版社,1995)

Matthews, Victoria Earle

维多利亚·厄尔·马休斯

The Value of Race Literature《种族文学的价值》(1895)

Mezu, Sebastian Okechukwu

塞巴斯蒂安·梅祝

Modern Black Literature《现代黑人文学》(黑人学院出版社,1971)

Miller, Ruth

鲁丝·米勒

Background to Blackamerican Literature《美国黑人文学的背景》(斯克兰顿-钱德勒
　　出版公司,1971)

Morrison, Toni

托妮·莫里森

Playing in the Dark—Whiteness and the Literary Imagination《在黑暗中表演：白色
　　性和文学想象》(哈佛大学出版社,1992)

Muller, Gilbert H.

吉尔伯特·H.穆勒

John A. Williams《约翰·A.威廉姆斯》(特温尼出版公司,1984)

Patterson, Lindsay

林赛·帕特森

An Introduction to Black Literature in America, *from* 1746 *to the Present*《美国黑人文
　　学介绍,1746 年至今》(出版者公司,1969)

Pettis, Joyce

乔伊斯·佩蒂斯

Towards Wholeness in Paule Marshall's Fiction《波勒·马歇尔小说中对完整性的追
　　求》(弗吉尼亚大学出版社,1995)

Pryse, Marjorie and Hortense J. Spillers ed.

玛乔里·普赖斯,霍藤斯·J.斯皮勒斯编

Conjuring: Black Women, *Fiction*, *and Literary Tradition*《巫术——黑人妇女、小说

和文学传统》(印第安那大学出版社,1985)

Roses, Lorraine Elena, ed.

洛林·埃林娜·罗西斯编

Harlem's Glory: Black Women Writing, 1900—1950《哈莱姆的荣光:黑人女作家,
　　1900—1950》(哈佛大学出版社,1997)

Russell, Sandi

桑迪·拉赛尔

Render me my Soul: African-American Women Writers from Slavery to the Present《表
　　现自己的心灵:美国黑人女作家,从蓄奴制时代至今》(圣马丁出版社,
　　1990)

Schraufnagel, Noel

诺埃尔·施劳弗纳格尔

From Apology to Protest: The Black American Novel《从辩护到抗议:美国黑人小
　　说》(埃弗雷特-爱德华兹出版公司,1973)

Sherman, Charlotte Watson, ed.

夏洛特·华生·舍曼编

Sisterfire: Black Womanist Fiction and Poetry《火热姐妹情:黑人妇女主义小说和
　　诗歌》(哈珀长青出版社,1994)

Simmons, Diane

黛安娜·西蒙斯

Jamaica Kincaid《杰梅卡·金凯德》(特温尼出版公司,1994)

Smith, Barbara

芭芭拉·史密斯

Toward a Black Feminist Criticism《走向黑人女性主义批评》(渡口出版社,1980)

The Truth That Never Hurts: Writings on Race, Cender and Freedom《真情无害：论
　种族、性别和自由的作品》(拉特格斯大学出版社,1998)

Spillers, Hontense

霍腾斯·斯皮勒斯

Black, White and in Color: Essays on American Literature and Culture《黑、白和有
　色：美国文学与文化论文集》(芝加哥大学出版社,2003)

Sylvander, Carolyn W.

卡罗琳·W.西尔万德尔

Jessie Redmon Fauset, Black American Writer《美国黑人作家杰西·雷德蒙·福塞
　特》(惠特斯顿出版公司,1981)

Tate, Claudia, ed.

克劳迪娅·泰特编

Black Women Writers at Work《创作中的黑人女作家》(连续统一体出版公司,
　1983)

Tolson, Melvin

梅尔文·托尔森

The Harlem Group of Negro Writers《哈莱姆黑人作家群》(格林伍德出版社,2001)

Turner, Darwin T. ed

达尔文·T.特纳编

Images of the Negro in America《黑人在美国的形象》(希斯出版社,1965)

Wade-Gayles, Gloria

格罗丽亚·韦德-盖尔斯

No Crystal Stair: Visions of Race and Gender in Black Women's Fiction《没有水晶楼

梯：黑人女作家小说中的种族和性别观》(朝圣者出版社,1997)

Walker, Melissa

梅丽莎·沃克

Down From the Mountaintop—Black Women's Novels in the Wake of the Civil Rights Movement, 1966—1986《从山顶下来——民权运动后黑人女作家的小说,1966—1986》(耶鲁大学出版社,1991)

Wall, Cheryl A.

谢里尔·A.沃尔

Women of the Harlem Renaissance《哈莱姆文艺复兴中的女性》(印第安那大学出版社,1995)

Wallace, Michele

米歇尔·华莱士

Black Macho and the Myth of the Superwoman《黑人大男子气概和女超人神话》(戴尔出版社,1978)

Whitlow, Roger

罗杰·惠特罗

Black American Literature: A Critical History《美国黑人文学批评史》(纳尔逊·霍尔出版公司,1973)

Wilkinson, Brenda Scott

布伦达·斯科特·威尔金森

African-American Women Writers《美国黑人女作家》(怀利出版公司,2000)

Wintz, Cary D.

卡里·D. 温茨

Black Culture and the Harlem Renaissance《黑人文化和哈莱姆文艺复兴》(赖斯大学出版社,1988)

Young, Kevin, ed.

凯文·杨编

Giant Steps: the New Generation of African American Writers《巨大的步伐：新一代美国黑人作家》(常青出版社,2000)

图书在版编目(CIP)数据

黑色火焰:20世纪美国黑人小说史/王家湘著.—杭州:
浙江文艺出版社,2017.7

ISBN 978－7－5339－4917－4

Ⅰ.①黑… Ⅱ.①王… Ⅲ.①小说史－美国－20世
纪 Ⅳ.①I712.074

中国版本图书馆CIP数据核字(2017)第139791号

策划统筹:曹元勇
责任编辑:曹元勇 王 艳
封面设计:人马艺术设计·储平
责任印制:吴春娟

黑色火焰:20世纪美国黑人小说史

王家湘 著

出版:浙江文艺出版社

地址:杭州市体育场路347号 邮编:310006

网址:www.zjwycbs.cn

经销:浙江省新华书店集团有限公司

印刷:杭州富春印务有限公司

开本:650毫米×970毫米 1/16

字数:395千字

印张:35.5

插页:6

版次:2017年7月第1版 2017年7月第1次印刷

书号:ISBN 978－7－5339－4917－4

定价:78.00元(精)